HEYNE
BÜCHER

Das Buch

Ihr verantwortungsvoller Beruf als Bewährungshelferin konfrontiert Ann Carlisle täglich mit Drogendelikten, bewaffneten Raubüberfällen, Vergewaltigungen und anderen Verbrechen. Sie steht in dem Ruf, eiskalt, korrekt und unerschütterlich zu sein. In ihrem Privatleben ist Ann vom Unglück verfolgt: Vor vier Jahren verschwand ihr Ehemann Hank spurlos; sein Streifenwagen wurde verlassen auf einem Highway gefunden. Ann leidet sehr unter der ungeklärten Tragödie, aber das Leben muß irgendwie weitergehen – ihres Sohnes David wegen, für den das Verschwinden des Vaters traumatisch war. Durch ihr Engagement im Beruf kann Ann den schrecklichen Verlust allmählich verkraften. Als Glen Hopkins, ein junger aufstrebender Staatsanwalt, in ihr Leben tritt, schöpft sie neue Hoffnung. Doch dann passiert das Schreckliche: Ann wird eines Abends aus einem vorbeifahrenden Auto heraus angeschossen und lebensgefährlich verletzt. Alles weist darauf hin, daß jemand sie gezielt ermorden wollte. Die Rache eines ehemaligen Häftlings? Und wie ist es zu erklären, daß ausgerechnet der frischverurteilte Drogendealer James Sawyer am Tatort auftauchte und Ann vor dem Verbluten rettete? Doch das sind nicht die einzigen Fragen, die Ann quälen …

Die Autorin

Nancy Taylor Rosenberg wurde in Dallas, Texas, geboren. Sie studierte Kriminologie und arbeitete als Polizistin für das Dallas Police Department, die New Mexico State Police und das Police Department von Ventura. Sie ist Mutter von fünf Kindern und lebt mit ihrem Mann in Kalifornien.

Im Wilhelm Heyne Verlag liegt außerdem vor: *Mildernde Umstände* (01/9519).

NANCY TAYLOR ROSENBERG

UNTER VERDACHT

Roman

Aus dem Amerikanischen
von Joachim Körber

WILHELM HEYNE VERLAG
MÜNCHEN

HEYNE ALLGEMEINE REIHE
Nr. 01/9659

Titel der Originalausgabe
FIRST OFFENSE

Umwelthinweis:
Dieses Buch wurde auf
chlor- und säurefreiem Papier gedruckt.

Printed in Germany 1996
Umschlagillustration: Bildagentur Mauritius/AGE, Mittenwald
Satz: Mitterweger Werksatz GmbH, Plankstadt
gesetzt aus der Aldus
Druck und Bindung: Elsnerdruck, Berlin

ISBN: 3-453-09654-1

Dank

Ehre, wem Ehre gebührt. Michaela Hamilton, meine wunderbare Lektorin bei Dutton/Signet hat viel dazu beigetragen, daß dieses Buch wurde, was es ist. Mike, du bist nicht nur Lektorin, du bist eine großartige Freundin und exzellente Sklaventreiberin. Du schaffst es immer, das Äußerste aus mir herauszuholen.

Außerdem muß ich Peter Miller, meinem Agenten von PMA Literary and Film Management Ltd., meinen Dank für sein unablässiges Bemühen aussprechen, genau wie Jennifer Robinson von PMA, ebenfalls eine Freundin und Beraterin. Darüber hinaus gilt mein Dank dem gesamten Stab von Penguin USA, darunter Peter Mayer, Marvin Brown, Elaine Koster, Lisa Johnson, John Paine und viele andere. Ganz ausdrücklich möchte ich dem schwer arbeitenden und hilfreichen Vertrieb danken.

Ein besonderes Dankeschön an meine Publizistin und enge Freundin Alexis Campbell für ihre gewissenhafte Arbeit.

Abschließend: Dieses Buch wurde als Tribut an Tausende schwer arbeitender Bewährungshelfer geschrieben, eine Arbeit, die wenig Ruhm und viel Verdruß einbringt. Ihr macht die Welt nicht nur viel sicherer, ihr bringt Vernunft und Unvoreingenommenheit in die unruhigen Gewässer unseres Strafverfolgungssystems.

Kapitel 1

Der Gerichtssaal war bestückt, und man wartete. Glen Hopkins, Assistent des Bezirksstaatsanwalts, machte sich Notizen in seiner Akte und trank Kaffee, während Verteidiger Harold Duke nervös auf die Uhr sah. Zwei Gerichtsdiener und ein uniformierter Wachmann sahen starr wie Statuen geradeaus. Ann Carlisle, Bewährungshelferin, eine attraktive Frau mit kurzem blondem Haar und klassischen Gesichtszügen, hatte den Kopf auf die Hände gestützt und sah immer wieder zu dem gutgebauten Bezirksanwalt hinüber, dessen Blick sie auf sich ziehen wollte.

Richter Hillstorm warf einen Blick auf die Uhr, dann sah er den Verteidiger an. Der weißhaarige Richter, der aus Georgia stammte, sprach immer noch mit einem deutlichen Südstaatenakzent. »Ihr Klient kommt zu spät, Mr. Duke«, sagte er tadelnd. »Die Verhandlung war auf vier Uhr angesetzt. In genau sechzig Sekunden wird die Kaution Ihres Klienten verfallen, und es wird ein Haftbefehl für seine Vorführung ergehen.«

Harold Duke, ein kleiner, drahtiger Mann, schluckte. Er drehte sich zum hundertsten Mal zu der Doppeltür um und stieß einen hörbaren Seufzer der Erleichterung aus, als sie von einem schlaksigen, langhaarigen jungen Mann in schwarzen Jeans, schwarzem T-Shirt und schwarzen Lederstiefeln mit klirrenden Ketten und Sporenattrappen aufgestoßen wurde. Er stolzierte in den Gerichtssaal, als würde er ihm gehören, ging schnurstracks zum Tisch der Verteidigung und ließ sich auf den Stuhl zwischen dem Verteidiger und der Bewährungshelferin fallen. Dukes Erleichterung verflüchtigte sich rasch, als er die Gefolgschaft hereinkommen sah.

Der Richter hatte den Hammer in der Hand und den Mund aufgemacht, um die Verhandlung zu eröffnen, als er erstarrte. Vier atemberaubende junge Mädchen tänzelten in den Saal, und jede schenkte dem Richter ein strahlendes Lächeln. Sie sahen alle wie wiederaufbereitete Hippies aus: Hosen mit weitem Schlag, nackte Taillen, pralle und tanzende Brüste, Schuhe mit Plateausohlen und langes, glattes Haar. Sie schlüpften in die letzte Reihe und drängten sich aneinander.

Ihnen folgte ein großer, gutaussehender Chinese Anfang Zwanzig. Er stürzte zum Verteidiger, ließ sich vor dem Tisch auf die Knie nieder und flüsterte etwas. Kaum war er fertig, nahm er ein paar Reihen vor den Mädchen Platz, drehte sich um und lächelte ihnen über die Schulter zu.

Das Gesicht von Richter Hillstorm lief rot an, und er klopfte mit dem Hammer, um die Verhandlung zu eröffnen. Derweil ging die Tür erneut auf, ein zweiter, gleichermaßen attraktiver Mann mit blondem Haar platzte herein, ließ den Blick durch den Saal schweifen und setzte sich hastig neben den jungen Chinesen.

»Nun«, sagte Richter Hillstorm gallig, »da wir alle fröhlich vereint sind, könnten wir eigentlich versuchen, ein kleines bißchen Recht zu sprechen. Das Volk gegen James Earl Sawyer II.« Er nickte der Bewährungshelferin zu, womit die Anhörung offiziell begann.

»Mr. Sawyer verbrachte nach seiner Ergreifung, und bevor das Gericht die Kaution festlegte, sechs Tage in Haft«, sagte Ann Carlisle und sprach die Worte so deutlich aus wie immer. »Angesichts der Art des Verbrechens sollen dem Beklagten zwölf Tage Haft angerechnet werden, er soll eine Geldstrafe von eintausend Dollar bezahlen und vierundzwanzig Monate Bewährung bekommen. Da es sich bei der ursprünglichen Anklage um ein Verbrechen im Zusammenhang mit Betäubungsmitteln handelte, empfehlen wir, daß der Beklagte mit uneingeschränkter Drogenkontrolle und Durchsuchungsrecht auf formelle Bewährung entlassen wird.«

»Ich verstehe«, sagte der Richter langsam und wandte sich zum Bezirksanwalt um. »Mr. Hopkins.«

In diesem Augenblick hatte sich Glen Hopkins über den Tisch gebeugt und betrachtete Ann Carlisle quer durch den Saal. Er war ein großer, muskulöser Mann Ende Dreißig. Sein Gesicht war eher herb als hübsch zu nennen; feine Fältchen verliefen strahlenförmig um Augen und Mund, weil er zuviel Zeit in der Sonne verbracht hatte. Er war in Colorado aufgewachsen und hatte einmal Bullen beim Rodeo geritten. Diese Aura von Wildheit war nicht von ihm gewichen. So teuer und maßgeschneidert seine Anzüge auch sein mochten, er sah stets unbehaglich darin aus und zupfte unaufhörlich an seinem gestärkten Kragen, als wolle der ihn erwürgen.

Ann Carlisle errötete, als sie feststellte, wie er sie ansah. Vor ein paar Monaten hatte sie sich schließlich, nachdem er sie ein Jahr bestürmt hatte, seinen Avancen ergeben. Sex mit ihm war ein Abenteuer, wie sie bald herausgefunden hatte. Ann wußte, er konnte ihre langen Beine unter dem Tisch sehen, daher schlug sie sie langsam übereinander und wieder auseinander. Dann richtete sie sich auf, sah starr geradeaus und ärgerte sich über sich selbst, weil sie solche Gedanken im Gerichtssaal hatte.

»Mr. Hopkins, hier findet eine Verhandlung statt. Könnten Sie uns bitte Ihre ungeteilte Aufmerksamkeit schenken?«

»Was? Oh«, sagte der Bezirksanwalt, riß sich augenblicklich zusammen und sah den Richter mit einem verschlagenen Lächeln an. »Ich glaube, Ms. Carlisle irrt sich. Wir haben uns auf die Geldbuße und die Eintragung der Haftstrafe, aber nicht auf Bewährung unter Aufsicht geeinigt. Die ausgehandelte Aufstellung sieht Bewährung ohne Aufsicht vor.«

Richter Hillstorm sah auf seine Akte und blätterte die

Seiten um. »Ms. Carlisle, besitzen Sie eine Kopie dieser Übereinkunft?«

Ann sah auf. »Ja, Euer Ehren, ich habe die Unterlagen hier vor mir liegen, aber die Übereinkunft spricht lediglich von vierundzwanzig Monaten Bewährung. Die Art der Bewährung wird nicht nicht näher bezeichnet. Meine Agentur empfiehlt formell.«

»Ein Versehen«, sagte Hopkins ungeduldig direkt zu Ann und nicht zum Richter. »Die Sekretärin hat vergessen, das Wort ›unbeaufsichtigte‹ vor das Wort ›Bewährung‹ zu tippen.«

»Mr. Duke«, sagte der Richter, »möchten Sie sich dazu äußern?«

Der schmächtige Anwalt stand förmlich auf und wandte sich dem Richterpult zu. »Es handelt sich um ein erstmaliges Vergehen, Euer Ehren, und mein Klient ist ein rechtschaffener junger Mann, der unglücklicherweise dem Druck falscher Freunde nachgab. Er hat vorher noch nie Drogen genommen und bereitet sich momentan gerade auf das College vor. Er hat nichts weiter getan als ›Aufputschmittel‹, wie er glaubte, von einem Fremden anzunehmen, ohne zu wissen, daß es sich um verbotene Substanzen oder Halluzinogene handelte. Dieselbe Person versicherte Mr. Sawyer, sie würden ihm helfen, sich besser zu konzentrieren. Nachdem Mr. Sawyer sie eingenommen hatte-«

»Mr. Duke«, sagte der Richter und unterbrach damit die Ausführungen des Verteidigers, »wir sprechen hier nur von einem einzigen Punkt, und nicht einmal über den müßten wir uns unterhalten, wenn es nicht zu einem Versehen gekommen wäre. Ich meine, Sie wissen doch, daß das Urteil bereits gefällt wurde? Sie befinden sich nicht im falschen Gerichtssaal, oder?« Hillstorm lächelte, als seine geistreiche Bemerkung mit einem Kichern gewürdigt wurde.

»Selbstverständlich nicht«, sagte Duke und verrenkte unbehaglich die Schultern.

»Nun denn«, sagte Hillstorm, »wir müssen nur eines

festlegen: Wird der Angeklagte von diesem Gericht zu Bewährung ohne Überwachung verurteilt, oder bekommt er einen Bewährungshelfer? Wenn wir uns darin geeinigt haben, können wir alle nach Hause gehen.«

Duke fuhr fort, und seine beherrschte Stimme ließ nicht erkennen, daß er verärgert war: »Es besteht kein Grund, meinen Klienten zu Bewährung unter Aufsicht zu verurteilen.«

Richter Hillstorm spielte mit seiner Brille, nahm sie ab und setzte sie wieder auf, während er seine Entscheidung traf. »James Earl Sawyer«, sagte er schließlich, »im Fall Aktenzeichen A5349837 verurteile ich Sie hiermit zu vierundzwanzig Monaten *modifizierter* Bewährung. Ein Bestandteil dieser Modifikation ist das, was wir gemeinhin Drogenkontrolle nennen, und Sie werden am dreiundzwanzigsten Oktober, genau in einem Jahr, eine Strafe von fünftausend Dollar bezahlen. Ich weiß, die Geldstrafe ist höher angesetzt, als es die Übereinkunft vorsieht, aber die Übereinkunft zwischen Ihnen und mir besagte auch, daß Sie um Punkt vier Uhr vor Gericht erscheinen sollten, und Sie haben sich nicht an diese Bedingung gehalten. Das«, sagte Hillstorm kichernd, »nennen wir Vertragsbruch. Diese Verhandlung kostet, wie ein junger Bursche wie Sie sich ausdrücken würde, richtig Geld. Was die Bewährung betrifft, so werden Sie sich einmal im Monat bei Ihrer Bewährungshelferin Ms. Carlisle melden müssen. Das ist die hübsche junge Dame, die direkt neben Ihnen sitzt. Haben Sie verstanden?«

»Ja, ich habe verstanden«, antwortete Sawyer steif und sah Ann nicht an, die wütend den Mund aufsperrte.

»Damit ist die Verhandlung geschlossen«, sagte Hillstorm, stand auf und verließ das Richterpult rasch über die Hintertreppe.

Kaum war der Richter gegangen, klappte die Schreiberin ihre Maschine zusammen, und die Gerichtsdiener schossen aus dem Saal. Ann blieb fassungslos an ihrem Tisch sitzen. Hillstorm hatte es wieder geschafft. Der alte Richter hatte die nervtötende Angewohnheit, sich einfach seine eigenen Regeln zu machen. Ein Richter konnte die Bewährungsvorschriften eines Verurteilten abwandeln, aber so etwas wie eine modifizierte Bewährung gab es nicht, und Ann selbst kontrollierte keine Leute auf Bewährung. Freilich war Richter Hillstorm ein Dinosaurier. Er glaubte, daß jeder Verurteilte seinen eigenen privaten Bewährungshelfer haben sollte. Was schlicht und einfach unmöglich war. Die Bewährungshelfer im Außendienst kümmerten sich nur noch um die schwersten Fälle, und dennoch waren sie hoffnungslos überlastet. Hillstorm spielte dieses Spielchen schon zum zweitenmal mit Ann, verlangte von ihr, daß sie einen Verurteilten persönlich kontrollierte, und sie war außer sich vor Wut. Auf ihrem Schreibtisch stapelten sich die Akten auch so schon bis zum Himmel.

»Was sollte das heißen?« fragte Jimmy Sawyer sie. »Sie wissen schon, was der Richter gesagt hat.«

Ann sah über die Schulter – sollte sein Anwalt es ihm erklären -, aber Harold Duke hatte wie alle anderen Reißaus genommen. Wie alle anderen – ausgenommen Glen Hopkins. Der Bezirksanwalt saß immer noch an seinem Tisch und verstaute mit finsterer Miene Unterlagen in einer schwarzen Aktentasche.

»Es bedeutet wohl, daß ich Ihr Bewährungshelfer bin, Jimmy«, sagte Ann, deren Miene deutlich machte, daß sie die Situation ganz und gar nicht glücklich stimmte. »Rufen Sie mich morgen an, damit wir einen Termin ausmachen können, okay? Ich lasse Ihre Bewährungsauflagen abtippen und spreche sie mit Ihnen durch.« Sie nahm die Unterlagen und wollte sich entfernen.

Sawyer streckte eine Hand aus und hielt sie auf. »Das mit der Bewährung ist mir schon klar. Aber die Drogenkontrolle – was bedeutet das?«

»Es bedeutet, daß Sie einmal im Monat in eine Flasche urinieren müssen, wenn ich Sie darum bitte. Sollte der Test etwas ergeben, kommen Sie wegen Verletzung der Bewährungsvorschriften ins Gefängnis.« Er zuckte zusammen, als sie sich zu ihm beugte. »Außerdem kann ich ohne Ankündigung bei Ihnen zu Hause aufkreuzen und nach Betäubungsmitteln suchen. Noch Fragen?«

»Ja«, sagte Sawyer mit aschfahlem Gesicht. »Sie meinen, Sie können einfach in mein Haus kommen, wann Sie wollen? Ist das nicht eine Verletzung meiner verfassungsmäßigen Rechte?«

»Was für verfassungsmäßige Rechte?« sagte Ann schroff. »Sie sind jetzt auf Bewährung, Jimmy, Sie haben keine Rechte.«

Als sie den Mittelgang entlangging, schloß Glen Hopkins sich ihr an. »Ist das zu glauben?« sagte sie. »Hillstorm hat es wieder geschafft. Ich wollte, daß der Typ beaufsichtigt wird, aber ich wollte um nichts auf der Welt an ihn gekettet sein. Der dämliche Kacker.«

Vor dem Gerichtssaal blieb Ann stehen und drehte sich zu dem Bezirksanwalt um. »Und dein Büro muß einfach aufhören, Drogendelikte auf Vergehen herunterzuspielen. Sawyer hatte eine Tonne Dope bei sich und ein ellenlanges Jugendstrafenregister, und jetzt wird er wegen einer Ordnungswidrigkeit verurteilt.« Sie warf ihm einen klagenden Blick zu. Normalerweise mißfiel es ihm, sich mit einem geringeren Strafmaß zufriedenzugeben. »Mensch, Glen. Warum gibst du dem Kerl nicht einfach einen Orden und die Adresse jeder Grundschule in der Stadt, damit er seinem Gewerbe nachgehen kann? Er ist ein verdammter Dealer.«

Sie drehte den Kopf und sah, daß Jimmy Sawyer ihnen dicht auf den Fersen folgte und jedes Wort hören konnte, das gesprochen wurde. Sie sahen sich kurz in die Augen, ehe Ann ihm wieder den Rücken zudrehte. Einen Augenblick später hörte sie, wie Sawyers Ketten und Sporen klirrend den Flur entlang verschwanden.

»Es war seine erste Straftat unter Erwachsenenstrafrecht«, sagte Hopkins leise und folgte Sawyer mit Blicken den Flur entlang. Als er Ann wieder ansah, klang seine Stimme ungewöhnlich schneidend. »Hör zu, mir gefällt das ebenso wenig wie dir. Sag mir einen, der sich mehr darum bemüht, solche Leute aus dem Verkehr zu ziehen, hm? Aber du mußt den größeren Rahmen sehen, Ann. Wir haben vier Mordprozesse laufen, sieben Vergewaltigungen und weiß Gott wieviel Bandenschießereien und Messerstechereien. Wir können uns ebenso wenig um jede Erstlingsstraftat kümmern, die reinkommt, wie du sie alle überwachen kannst.« Er runzelte die Stirn, als ihm etwas einfiel, dann fuhr er fort. »Ich dachte, du würdest überglücklich sein, daß ich auf normale Bewährung plädiert habe. Da drinnen hast du mir echt eine Falle gestellt, Ann.«

Ann wich ein wenig betroffen zurück. Sie hatten sich schon öfter über die Unzulänglichkeit des Strafverfolgungssystems unterhalten, aber so eine Breitseite hatte Glen noch nie abgefeuert. Er war, wie im Gerichtssaal, stets locker und beherrscht und trug seine Argumente ungezwungen vor. Sie war diejenige, die in Fahrt geriet und auf ihn einschlug, so wie sie es jetzt gerade tat.

»Das ist Quatsch, wie du selbst weißt. Bis einer seine erste Verurteilung hinter sich hat – nicht seine erste Verhaftung, wohlgemerkt, seine erste richtige Verurteilung –, kann er Dutzende Verbrechen begangen haben. Sieh dir doch nur die Akte mit Sawyers Jugendstraftaten an.«

»Ist unter Verschluß, Ann«, sagte er achselzuckend und gewann seine Gelassenheit wieder. »Du weißt, daß wir sie nicht verwenden können. Die meisten Anklagen wurden sowieso wieder fallengelassen. Hör zu, wenn du dich nicht mit Sawyer einlassen willst, nimm den Fall einfach zu den Akten und laß ihn in Ruhe. Das machen alle anderen Bewährungshelfer auch.«

»Aber ich ganz sicher nicht«, sagte Ann und kniff die Augen zusammen. »Bis ich mit ihm fertig bin, wird es Sawyer leid tun, daß er überhaupt geboren worden ist. Ich werde ihm nicht von der Pelle weichen. Hillstorm möchte, daß er überwacht wird? Glaub mir, er wird überwacht werden. Sollte er auch nur ein Aspirin unter die Leute bringen, zerre ich ihn wieder vor Gericht.« Aber als sich Ann an die

Wand lehnte, betrachtete sie ihren Liebhaber und stellte fest, wie sich dessen Gesicht in harte Falten legte. Plötzlich wurde ihr klar, daß sie zu weit gegangen war. »Entschuldige, Glen. Ich mußte nur Dampf ablassen.« Sie lachte. »Ich glaube, ich würde eine miese Staatsanwältin abgeben. Glücklicherweise habe ich nie Jura studiert. Wenn ich einen Fall verlieren würde, würde ich wahrscheinlich jemanden bewußtlos schlagen.«

»Ach ja?« sagte er, ohne richtig zuzuhören, und rieb sich die Schläfen, als hätte er Kopfschmerzen.

Ann wurde besorgt. »Alles in Ordnung? Macht dir etwas zu schaffen? Du wirkst so ...«

Glen lockerte den Krawattenknoten, verzog aber das Gesicht dabei, als wollte er die ganze Krawatte runterreißen. »Mir geht es gut, Ann.«

Sie sah Schweiß auf seiner Stirn und der Oberlippe glänzen. »Du siehst aber gar nicht gut aus.«

»Es ist wegen Delvecchio«, sagte Glen ärgerlich.

Anne wartete, bis vier oder fünf Leute vorbeigegangen waren. »Ich dachte, der Fall würde gut laufen. Ist was passiert?«

Hopkins sah kopfschüttelnd auf. »Fielder hat sich geweigert, die Mordfälle zu Protokoll zu nehmen: unzureichende Beweise.« Robert Fielder war Glens Boss, der gewählte Bezirksstaatsanwalt von Ventura County.

Ann schlug erschrocken die Hand vor den Mund. Randy Delvecchio stand vor Gericht, weil er vier Frauen vergewaltigt hatte, alle zwischen sechzig und siebzig. Obwohl stichhaltige Beweise noch ausstanden, waren die Staatsanwaltschaft und die Polizei von Ventura überzeugt, daß er auch für die Ermordung zweier ebenfalls älterer Frauen verantwortlich war. Es handelte sich um brutale, grausame Morde, und Glen war fest entschlossen, den Mann hinter Gitter zu bringen. Seine Verbissenheit war verständlich, fand Ann, denn er stand seiner Mutter, einer Richterin am obersten Gericht in Colorado, sehr nahe.

Ein Menschenschwarm zog an ihnen vorbei, als eine

weitere Verhandlung zu Ende ging. Anne, die Abgeschiedenheit wollte, nahm Glens Hand und zog ihn über den Flur, durch eine schwere Stahltür und auf den Absatz der Feuertreppe.

»Aber du wirst ihn doch wegen den Vergewaltigungen drankriegen, oder nicht?« sagte sie, und ihre Stimme hallte in dem Treppenhaus. »Das hast du mir gestern gesagt!«

»Ich will die Mordanklage, Ann. Ich kann nicht zulassen, daß Irre ungestraft Menschen ermorden.«

»Es ist nur ein Fall, Glen«, sagte sie und wollte ihn dazu bringen, daß er sie ansah. Dabei bemerkte sie, daß ihm das Haar in die Stirn gefallen war, beugte sich nach vorne und strich es zärtlich zurück.

»Es ist nicht nur ein Fall«, sagte er, riß die Hand hoch und stieß sie weg. »Eines der Opfer war meine Englischlehrerin der High School. Scheiße, diese Frauen waren im selben Alter wie meine Mutter.«

Kein Wunder, daß er nervös und nicht bei der Sache war, dachte Ann und wollte ihn trösten. Weil Ann wegen einer Nebenklage, Verletzung der Bewährungsvorschriften, ebenfalls mit Delvecchio zu tun hatte und nach der Verurteilung das Vorverhandlungsprotokoll erstellen mußte, war Ann nicht nur mit dem Fall vertraut, sie würde nicht unerheblichen Einfluß auf das Strafmaß haben. »Begnüg dich mit den Vergewaltigungen«, sagte sie fest. »Wegen der Waffen und weil es mehrere Vergewaltigungen hintereinander waren, werde ich mindestens zwanzig Jahre empfehlen.«

»Dann ist er in zehn Jahren wieder draußen«, antwortete Glen. »Vorausgesetzt, er bekommt die volle Ladung. Der Richter entscheidet sich vielleicht für ein mittleres Strafmaß, dann ist er in fünf Jahren wieder raus. Delvecchio ist erst sechsundzwanzig, Ann.«

Sie ging näher zu ihm, strich mit den Fingern an den Aufschlägen seines Jacketts entlang und wollte ihn von seiner Niedergeschlagenheit erlösen. »Er bekommt die Höchststrafe, Glen. Das Gericht folgt immer meinen Empfehlungen. Das weißt du. Er war zum Zeitpunkt der Vergewaltigungen schon auf Bewährung. Das ist ein erschwerender Faktor.« Als Ann sah, wie die Verkrampfung aus seinem Gesicht wich, ging sie einen Schritt weiter. »Und vergiß nicht, er ist ein Schwarzer mit einem langen Vorstrafenregister.«

Glen lächelte zaghaft. »Du glaubst wirklich, daß das Gericht Minderheiten mit höheren Strafen belegt, was?«

»Selbstverständlich«, sagte Ann. »Ich weiß es mit Sicherheit, Glen, und es macht mich krank, aber wenn sie sich so gemeiner Verbrechen schuldig gemacht haben, können wir es zu unseren Gunsten ausnutzen.«

Sein Lächeln wurde breiter, ein Mundwinkel krümmte sich nach oben und entblößte einen Zahn.

Ann lenkte ihn weiter ab, indem sie mit der Hand über das Metallgeländer der Treppe strich, dann ihren Hals entlang bis dicht oberhalb der Brüste. »Typen wie Jimmy Sawyer schlüpfen durch die Maschen, weil sie weiß sind oder ihre Familien es sich leisten können, erstklassige Anwälte einzuschalten«, sagte sie und ließ die Hand verführerisch um ihre Brüste kreisen. »Aber glaub mir, Delvecchio wird lange Zeit im Gefängnis sitzen.«

Obwohl Glen immer noch lächelte, schüttelte er den Kopf. »Du irrst dich, Ann. Minderheiten bekommen nur härtere Strafen, weil sie schwerere Verbrechen begehen. He, ich habe vollstes Vertrauen in das System, weißt du nicht mehr?«

»Klar«, sagte Ann schnippisch, »du bist der letzte Pfadfinder. Das hast du mir letzte Woche am Strand gezeigt.« Sie trat mit dem Fuß zärtlich gegen seine Schuhspitze.

Glen kicherte. »Ich bin lieber der letzte Pfadfinder als der Todesengel. Ich hab gehört, daß sie dich im Gefängnis so nennen.«

Ann erstarrte. »Wo hast du das gehört?«

»Von einem der Deputies. Er sagt, du gehst zu diesen Tieren rein und bezirzt sie, damit sie dir alle möglichen belastenden Einzelheiten schildern. Dann drehst du dich um hundertachtzig Grad und benützt das Wissen, damit sie höhere Strafen bekommen. Stimmt das?«

»Selbstverständlich nicht«, sagte sie hastig. »Mein Gott, es sind Verbrecher. Mich würde nichts überraschen, das sie zu mir sagen.«

Glen legte den Kopf schief und blinzelte. »Ach, komm schon, Ann. Ich weiß, daß es stimmt.«

Ann versuchte, sich nichts anmerken zu lassen, obwohl sie laut loslachen wollte. Sie hütete sich jedoch davor, etwas von ihrem Privatkrieg gegen das Verbrechen preiszugeben: wie sie Kriminelle zum Reden brachte, damit sie ihr Dinge anvertrauten, die sie keinem anderen gegenüber je erwähnt hatten. Das war eine Kunst, die sie seit Jahren verfeinerte. Verteidiger versuchten häufiger zu argumentieren, ihre Mandanten seien widerrechtlich zu diesem Geständnis verleitet worden, aber in nicht einem von Anns Fällen war ein Urteil in der Berufungsinstanz revidiert worden. Manche Beamte erzeugten eben Feindseligkeit und Mißtrauen, aber Ann hatte eine entwaffnende, unschuldige Art an sich, die praktisch von dem Moment an, wenn sie das Verhörzimmer betrat, Vertrauen einflößte.

Sie wollte gerade gehen, als Glen sie in die Arme zog. »Ich brauche dich, Ann«, sagte er in dem drängenden Tonfall, den sie allmählich nur zu gut kannte.

»Ich muß wieder an die Arbeit«, sagte sie, während ihr der Atem stockte und Erinnerungen an ihre letzte gemeinsame Liebesnacht ihren Körper anheizten. Glen hatte sie mit ins Kino genommen und war mit der Hand unter ihrem Kleid hinaufgerutscht. Als sie das Kino verließen, war Ann aufs äußerste erregt gewesen, gleichzeitig aber entsetzt bei dem Gedanken, jemand könnte sie beobachtet haben. Glen war direkt zum Strand gefahren und hatte sie überredet, im Freien mit ihm zu schlafen. Die konservative Ann, von der die Leute sagten, daß sie mit ihren pastellfarbenen Pullovern und weißen Baumwollblusen wie eine Schullehrerin aussah, hatte eine Seite in sich entdeckt, von deren Existenz sie noch nichts gewußt hatte. Und bei Glen wirkte alles so natürlich. Den ganzen Tag in einen stickigen Gerichtssaal eingesperrt zu sein, war eine Qual, sagte er ihr. Leidenschaft sollte spontan sein, sogar ein bißchen gefährlich – und nicht auf das Schlafzimmer beschränkt.

»Du mußt nicht zur Arbeit zurück«, sagte er mit leiser, aufreizender Stimme.

»Ich muß noch einen Bericht diktieren«, sagte Ann und schob ihn behutsam weg.

»Bitte, Ann, ich will dich«, sagte er, legte die Hände auf ihre Pobacken und drückte sie noch fester an seinen Körper. »Du schreist ja förmlich danach«, sagte er und stieß ein heiseres Lachen aus. »Du solltest deinen Gesichtsausdruck sehen.«

»Nein, Glen«, protestierte sie, sah auf, gab ihm einen Kuß und versuchte, sich ihm zu entziehen. »Nicht ... nicht hier.«

»Ich kann nicht warten«, sagte er, hielt sie fest, und seine Augen glänzten vor Verlangen. »Niemand wird hier rauskommen.«

Sie konnte spüren, wie sich seine Brust hob und senkte, spürte seine Erektion durch die Kleidung hindurch. Sie hätte ihn nicht hierherbringen, sich nicht so aufreizend verhalten dürfen. Es war nur so neu und so aufregend, fand sie, dieses Gefühl, dieser Mann.

Finger kitzelten die Rückseiten ihrer Oberschenkel. Hände schoben ihren Rocksaum Zentimeter für Zentimeter über ihre Nylonstrümpfe hoch. Ann spürte die kalte Oberfläche der Wand durch die Strumpfhose an den Pobacken, als er den Rock bis zur Taille hochgeschoben hatte.

»Ich hasse Strumpfhosen«, keuchte Glen, dessen Finger sich schon im Inneren befanden und den Nylonstoff einfach zerrissen, damit er die Stelle zwischen ihren Beinen erreichen konnte, wo er sie berührte, streichelte.

»Bitte, Glen«, sagte Ann, hin und her gerissen zwischen dem Wunsch wegzulaufen und dem wachsenden Verlangen, alles zu tun, was er wollte.

Er küßte wieder ihren Hals, das Schlüsselbein, dann saugte er durch die Seidenbluse an ihrer linken Brust, so daß ein kleiner feuchter Fleck zurückblieb. Ann lachte nervös. »Du bist unverbesserlich.«

Glen öffnete sein Jackett, preßte den Oberkörper an sie und drückte ihren Kopf sanft an seine Schulter. Das Rascheln ihrer Kleidung war im ganzen Treppenhaus zu hören. Er streichelte ihr den Rücken. »Entspann dich, Ann. Sieh mich an. Ich sehe gern dein Gesicht, wenn du in Fahrt kommst.«

Ann hatte den Mund offen und die Augen geschlossen. Wenn sie sie nicht aufschlug, dachte sie, konnte sie vielleicht vergessen, wo sie sich befanden. »Ich kann nicht«, protestierte sie und riß die Augen auf. »Jemand wird uns sehen.«

»Doch, du kannst«, flüsterte er. »Gestern nacht am Strand hat es dir auch gefallen.«

»Nicht hier«, sagte sie und betrachtete die Umgebung. Alles in dem Treppenhaus war grau gestrichen, wie im Inneren eines Schlachtschiffs, häßlich, nüchtern. Ein Durcheinander riesiger Rohrleitungen verlief an der Decke. Sie mußten den ganzen Raum erst kürzlich gestrichen haben, denn Ann konnte die Farbe riechen.

»Oh«, sagte sie, als sie spürte, wie er in sie eindrang.

Glen hob ihre Beine und hielt sie hoch, während er sich langsam und sinnlich in ihr bewegte. »Ich vergöttere dich, Ann«, sagte er und sah ihr forschend in die Augen. »Weißt du, was mich am meisten anmacht?«

»Mmmmm«, war alles, was sie herausbrachte. Seine Worte verhallten um sie herum, während sie mit dem Körper reagierte und sich ihm entgegendrängte.

»Du siehst so spröde und unnahbar aus ... diese kleine Lücke zwischen den Vorderzähnen.« Jetzt hatte Ann die Beine um seine Hüften geschlungen, und er preßte ihr direkt über dem Schamhaar eine Hand auf den Bauch. »Aber da unten bist du heiß«, sagte er lüstern. »Unglaublich heiß.«

Ann hielt selbstvergessen den Atem an, ihre zunehmende Erregung verdrängte jegliche Hemmungen. Sie schrie nicht, verspürte aber einen elektrisierenden Stromschlag der Lust, ihr Körper bebte und erstarrte. Glen bewegte sich stumm und entschlossen schneller; ihr Unterleib stieß immer wieder gegen die Wand, bis er in ihr explodierte.

Plötzlich hörte Ann ein Geräusch, schaute auf und konnte gerade noch sehen, wie die Tür zum Flur langsam zufiel. »Glen ...« sagte sie mit wachsender Panik.

Er beachtete sie gar nicht, küßte sie auf den Mund, drückte ihre Arme an die Wand und kicherte, als sie sich aus seinem Griff herauswinden wollte. Dann ließ er ihre Arme los, seufzte, strich sich mit den Fingern durch das Haar und sah sich benommen um.

»Herrgott, Glen, gerade hat jemand die Tür aufgemacht. Jemand hat uns gesehen.« Sie schob den Rock nach unten und sah, daß die Strumpfhose, wo er sie zerrissen hatte, in Fetzen hing. »Die Tür ist gerade ins Schloß gefallen. Wie konnte ich mich nur von dir dazu überreden lassen?« sagte sie mit gerötetem, schweißnassem Gesicht.

»War doch toll, oder nicht?« sagte Glen und sackte gegen die Wand. Dann sah er ihren erschrockenen Blick und wurde selbst wachsam. »Ist das dein Ernst? Jemand hat uns gesehen?« Er machte hastig seinen Reißverschluß zu und steckte gleichzeitig den Hemdenzipfel in seine Hose. »Wer? Hast du jemanden erkannt?« Seine Krawatte war ihm über die Schulter gefallen, er nahm sie nach vorn, strich sich über das Haar und zog das Jackett gerade. »Das hast du dir nur eingebildet.«

»Nein, Glen«, beharrte Ann. »Ich hab gesehen, wie die Tür ins Schloß gefallen ist. Wenn sie zufallen konnte, muß sie vorher geöffnet worden sein. Sie ist so schwer, daß sie nicht von alleine aufgeht.«

Sie sah ihn an wie ein ungezogenes Kind. Er war zwar besorgt, aber sie sah, daß ihn diese öffentliche Zurschaustellung auch erregte. Sie sprach mit leiser, aber schneidender Stimme weiter. »Ich habe einen Sohn, Glen. Ich kann es mir nicht leisten, mich in der Öffentlichkeit so aufzuführen, mich der Lächerlichkeit preiszugeben. Schon gar nicht hier im Gericht.«

Er wollte sie in die Arme nehmen, aber sie stieß ihn weg und streckte die Hand nach der schweren Feuertür aus.

»Glaubst du nicht, daß David schon genug durchgemacht hat?« stieß sie mit bebender Stimme hervor. »Fehlt gerade noch, daß er anhören muß, daß seine Mutter im Treppenhaus des Gerichtsgebäudes rumvögelt.«

»Ann«, sagte Glen und versuchte, sie zu beruhigen, »selbst wenn uns jemand gesehen hat, wird David es nicht erfahren. Übertreibst du nicht ein bißchen? Na gut, möglicherweise war es riskant, aber es ist keine Katastrophe.«

Sie seufzte und entspannte sich. Er hatte recht. Es gab gravierendere Dinge, über die man sich Gedanken machen mußte. David war eines davon. »Ich möchte nur, daß er dich akzeptiert, dich kennenlernt, bevor er herausfindet, daß wir miteinander schlafen. Und das wird er, Glen. Er vermutet es vielleicht schon. Für einen Zwölfjährigen ist er ziemlich aufgeweckt.«

Glen hielt verärgert die Hand hoch. »Es ist ja nicht so, daß ich es nicht versucht hätte«, sagte er.

Sie standen einander wortlos gegenüber. Er tat Ann leid. Er hatte jeden Versuch unternommen, die Freundschaft ihres Sohnes zu erlangen. Vor einer Woche hatte sie beiläufig erwähnt, daß Tommy Reed, Beamter der Mordkommission und ein alter Freund, mit ihrem Sohn zu einem Footballspiel der Raiders ging. Glen hatte darauf bestanden, sie zu begleiten. Doch der Junge war nicht nur abweisend gewesen und hatte Glens Anwesenheit kaum zur Kenntnis genommen, Reed und David hatten Glen auch absichtlich von jeder Unterhaltung ausgeschlossen. Glen hatte David sogar einen Wimpel der Raiders gekauft, aber als das Spiel vorbei war, hatte David ihn auf der Tribüne liegenlassen und Glen gesagt, daß er Wimpel nicht ausstehen konnte. Ann hatte mit ihm geschimpft, aber darüber hinaus konnte sie wenig tun.

Ann wußte, sie mußte dem Mann Achtung zollen. Angesichts eines feindseligen Jungen und einer Frau, die sich gerade vom Verlust ihres Mannes erholte, wären die meisten Männer einfach weitergezogen. »David wird es schon packen, Glen. Wir müssen ihm nur Zeit lassen.« Sie sah auf die Uhr und streckte die Hand wieder nach der Türklinke aus. »Ich muß gehen.«

Dabei legte sie ihm den Finger als Ersatz für einen Kuß an die Lippen, lächelte und ging zur Tür hinaus.

Wieder in ihrem Büro angekommen, ging Ann in ein Verhörzimmer und diktierte ihren Bericht. Als sie fertig war und an ihren Schreibtisch zurückkehrte, waren die meisten anderen Bewährungshelfer schon gegangen. Sie wollte David anrufen und ihm sagen, daß sie später kommen würde, aber nach dem wilden Paarungsakt im Treppenhaus war sie in einer seltsamen Stimmung – nachdenklich, träge. Sie nahm ihre Aktentasche und beschloß, auf den Anruf zu verzichten und nach Hause zu gehen, als ihr Blick auf das Bild ihres Mannes auf dem Schreibtisch fiel. Ann stellte die Aktentasche wieder ab und hielt sich das Foto dicht vors Gesicht. So würde er immer aussehen, dachte sie. Kein graues Haar, keine Falten, keinen Tag älter. Manchmal konnte sie sich nur noch an das eine Bild erinnern, das sie in Händen hielt.

Die Zeit war reif, dachte sie, holte tief Luft und ließ sie langsam wieder ausströmen. Sie machte die Schreibtischschublade auf und ließ das gerahmte Bild langsam hineingleiten, wohl wissend, daß es sich um einen bedeutsamen Augenblick handelte. Komisch, dachte sie, manchmal kamen und gingen Meilensteine im Leben eines Menschen auf die alltäglichste Weise. Ein Bild, das in eine Schublade gelegt wurde. Ein Brief, den man in den Briefkasten warf. Ein Schlüssel, der von einem Schlüsselbund genommen wurde.

Gott sei Dank für Glens Beharrlichkeit, dachte sie, schnappte sich die Aktentasche und fühlte sich, als sie zu den Fahrstühlen ging, beschwingt und jung wie seit Jahren nicht mehr. Ohne Glen würde sie immer noch in der Vergangenheit feststecken, jeden Abend zu Hause sitzen und sich selbst bemitleiden. Im vergangenen Jahr hatte er sie siebenmal eingeladen, und Ann hatte jedesmal abgelehnt. Aber er war geduldig und höflich, hatte jedesmal seinem Mitgefühl für sie und ihren Sohn Ausdruck verliehen und so lange gefragt, bis sie schließlich ja gesagt hatte.

»Ja, klar«, sagte Ann und lachte kichernd über sich selbst, während sie den Fahrstuhlknopf nach unten drückte. Jetzt, wo sie ihn kannte, fragte sie sich, ob sein Interesse eben wegen der zahlreichen Absagen geweckt worden war. Und wenn? dachte sie. Glen mochte in vieler Hinsicht unverfroren und ein bißchen wild sein, aber er weckte ihre Lebensgeister. Jetzt mußte sie nur noch ihren Sohn dazu bringen, daß er mit der Vergangenheit abschloß und sein eigenes Leben lebte.

Was einige Anstrengung erfordern könnte, dachte sie. Der Junge war so störrisch wie sein Vater.

Hank Carlisle, Officer der Highway Patrol, hatte von seinen Kollegen den Spitznamen »Bulldog« bekommen. Obwohl er einsfünfundachtzig groß gewesen war, hatte er aufgrund seiner gedrungenen Gestalt kleiner gewirkt. Während Ann dahinschritt, wurde das Bild vor ihrem geistigen Auge klarer. Er hatte das hellbraune Haar zu einem militärischen Bürstenschnitt rasiert, aber der Spitzname »Bulldog« rührte von seinem Stiernacken und den kleinen, listigen Augen her. Und seinem cholerischen Temperament. Ann hatte die Heftigkeit ihres Mannes als Bürgschaft für seine Sicherheit akzeptiert. Anders als sonstige Polizistenfrauen, hatte sie sich keine Sorgen gemacht, er könnte im Dienst verletzt werden. Selbstverständlich war Anns Vater Polizist gewesen, und sie hatte ihre berufliche Laufbahn als Polizistin bei der Polizei von Ventura begonnen. Sie war nicht gerade die durchschnittliche Polizistenehefrau.

Sie hatte Hank stets für unverwüstlich gehalten. Sie

machte im Büro sogar häufig Witze darüber, daß sie um die Leute auf der Straße Angst hatte, nicht um ihren Mann.

Dann war, vor vier Jahren, das Unvorstellbare geschehen. Hank Carlisle war einfach vom Erdboden verschwunden.

Sein Streifenwagen war am Straßenrand unmittelbar jenseits der Staatsgrenze zwischen Arizona und Kalifornien gefunden worden – dem langen, staubigen Streifen, den die Polizisten Niemandsland nannten. Die Türen und der Kofferraum des Wagens standen sperrangelweit offen, aber im Fahrzeug selbst fand man weder Blut noch sonstige Spuren. In der Stunde vor seinem Verschwinden hatte er keine Funkdurchsage mehr gemacht.

Die ermittelnden Beamten hatten sich nur eine logische Möglichkeit zusammengereimt. Hank Carlisle hatte an jenem Sommerabend vor vier Jahren eine routinemäßige Verkehrskontrolle durchgeführt, wahrscheinlich um einen Strafzettel wegen Geschwindigkeitsüberschreitung auszustellen. Der Fahrer, den er angehalten hatte, war ein gesuchter Verbrecher gewesen. Er wußte, die Highway Patrol prüfte bei sämtlichen Verkehrssündern routinemäßig, ob ein Haftbefehl vorlag, und daher hatte die Person sich auf Carlisle gestürzt, als er zum Streifenwagen zurückgegangen war, um das Funkgerät zu benützen. Am wahrscheinlichsten war, daß er von hinten mit einem schweren Gegenstand niedergeschlagen worden war, möglicherweise dem Griff einer Waffe. Als er bewußtlos war, hatte man ihn entwaffnet, an einen unbekannten Ort gebracht und ermordet.

Selbst nach monatelangem Suchen in dem meilenweiten sandigen Ödland war es den Behörden nicht gelungen, den Leichnam aufzuspüren. Sie hatten Hunde, Hubschrauber und Luftbilder auf dem neuesten Stand der Technik eingesetzt, außerdem das gesamte Gelände zu Fuß und mit Geländewagen durchkämmt. Aber sie hatten nichts gefunden. Keinen Leichnam, keine Beweise, keine einzige Spur, die sie verfolgen konnten.

Ann hatte grausame Verhöre der Ermittlungsbeamten über sich ergehen lassen müssen, Fragen über Fragen nach ihrer Ehe, ihrer finanziellen Lage, ihren Freunden und Bekannten. Sie mußten jede Möglichkeit überprüfen, sagten sie ihr, selbst die, daß ihr Mann aus einem noch unerfindlichen Grund sein eigenes Verschwinden inszeniert hatte.

Gott sei Dank, dachte Ann, als sie den Aufzug verließ, war die Möglichkeit eines Betrugs ad acta gelegt worden. Das war nicht nur für ihren Seelenfrieden wichtig. Das Revier schickte ihr zwar monatlich eine geringe Summe aus Hanks Pensionsfonds, aber seine Lebensversicherung hatten sie noch nicht ausbezahlt. Sie konnte das Geld brauchen, um David das College zu finanzieren.

Ann kam zu ihrem schwarzen 87er Jeep Kombi, der fast allein auf dem riesigen Parkplatz stand. Kaum hatte sie auf dem Fahrersitz Platz genommen, drehte sie den Zündschlüssel im Schloß. Es klickte nur. »Verdammt«, sagte sie und versuchte es noch einmal. Wieder ein metallisches Klicken; der Motor drehte überhaupt nicht. An der Batterie konnte es nicht liegen, dachte sie und wurde mit jedem Augenblick wütender. Die Batterie hatte sie erst letzte Woche auswechseln lassen. Diesmal mußte es etwas noch Kostspieligeres sein – beispielsweise der Anlasser. Sie stieg aus dem Auto aus, schlug die Tür zu, blieb stehen und überlegte sich, was sie tun sollte.

Ann sah zum Gerichtsgebäude zurück und überlegte sich, ob sie den Pannennotdienst anrufen sollte. Dann lehnte sie sich einige Augenblicke nur an das Auto, ließ die kühle Abendluft über ihr Gesicht streichen und sagte sich, daß sie sich von solchen Kleinigkeiten nicht derart aus der Fassung bringen lassen sollte.

Ihr Blick fiel auf die Fenster des Gefängnistrakts, wo sie schemenhafte Gestalten auf und ab gehen sah. Der Komplex beanspruchte einen ganzen Häuserblock für sich, in dem fast jede öffentliche Dienststelle des County untergebracht war. Tagsüber war es so gut wie unmöglich, einen

Parkplatz zu finden, obwohl Ann schätzte, daß es Parkmöglichkeiten für rund fünfhundert oder mehr Autos gab. Darüber hinaus hatte das County für eine recht ansehnliche Anlage gesorgt. Oleanderbüsche bildeten eine hohe Hecke um den ganzen Parkplatz herum und dämpften den Lärm vom Victoria Boulevard, einer größeren mehrspurigen Durchgangsstraße in Ventura. Ann fand die Büsche hübsch, da sie den einförmigen Beton auflockerten und eine angenehme Aussicht von ihrem Fenster boten.

Der Pannendienst würde sie nur zur nächsten Werkstatt schleppen, wenn es tatsächlich, wie sie vermutete, am Anlasser lag, dachte sie. Sie beschloß, zu Fuß nach Hause zu gehen. So spät war es noch nicht, und David hatte wahrscheinlich sowieso den ganzen Nachmittag irgendwelche Snacks zu sich genommen. Morgen früh würde sie den Mann ihrer Vorgesetzten fragen, ob der sich ihr Auto mal ansehen könnte. Er war Kundendienstbetreuer einer hiesigen Autovertretung und hatte ihr den Wagen schon öfter kostenlos repariert. Außerdem, sagte sie sich, lag ihr Haus nur fünf Blocks entfernt am Victoria. Wenn sie rasch ging, konnte sie schneller zu Hause sein, als wenn sie ins Gebäude zurückgehen und ein Taxi rufen würde.

Ann ging auf die Ausfahrt zu, die sie normalerweise mit dem Auto nahm, doch dann änderte sie die Richtung. Sie hatte auf der gegenüberliegenden Seite eine Lücke in den Oleanderbüschen entdeckt, durch die sie direkt auf den Bürgersteig des Victoria Boulevard kommen würde. Von dort konnte sie geradeaus den Hügel hinauf bis zu ihrem Haus laufen.

Gerade als sie die Öffnung erreichte, hörte Ann einen lauten Knall und drehte ruckartig den Kopf. Hatte sich wie ein Gewehrschuß angehört. Sie ließ den Blick über den menschenleeren Parkplatz schweifen, dann spähte sie durch die Lücke auf die Straße. Nichts zu sehen. Sie riß sich zusammen und sagte sich, daß es die Fehlzündung eines Autos gewesen sein mußte. Andauernd verwechselten Leute Fehlzündungen mit Schüssen. Als Polizistin hatte sie hunderte Male auf so einen falschen Alarm reagiert.

Sie bückte sich, duckte sich unter den Büschen durch, aber als sie mit den Absätzen im Morast einsank, runzelte sie die Stirn und überlegte sich, daß es vielleicht doch keine so gute Idee gewesen war. Die automatischen Rasensprenger hatten gerade abgeschaltet, der Boden war völlig durchnäßt. »Scheiße«, sagte sie und bückte sich noch tiefer , um ihre Schuhe zu inspizieren. Schlamm quoll um sie herum auf. Sie mußte daran denken, die Schuhe sauberzumachen, bevor sie das Haus betrat, sonst würde sie den Teppich ruinieren.

Ann schob die Zweige der hohen Büsche beiseite und wollte gerade auf den Bürgersteig hinaustreten, als sie wieder einen lauten Knall hörte.

Ihre Schulter ... ihre linke Schulter.

»O Gott«, schrie sie. Ihre Gedanken kreisten wild durcheinander, und sie bekam keine Luft mehr. Mit der Hand griff sie instinktiv nach der Stelle, wo die Schmerzen pochten, und da berührte sie etwas Feuchtes. Als sie die Hand vors Gesicht hielt und das Blut sah, schrie sie auf. »Ich bin angeschossen! Großer Gott, helft mir ... jemand schießt auf mich!«

Sie hörte einen Motor aufheulen, Reifen quietschen, und nahm den deutlichen Geruch von verbranntem Gummi wahr.

Runter, sagte sie zu sich, aber sie konnte sich nicht bewegen, war wie gelähmt vor Angst. Ann stolperte vorwärts, schlug mit den Händen nach den Büschen, fiel vornüber auf den Bürgersteig, und nur ihr unversehrter Arm polsterte den Sturz und verhinderte, daß sie sich böse das Gesicht aufschürfte. »Man hat auf mich geschossen! Helft mir doch! Bitte ... ruft einen Notarzt ... Polizei ...«

Obwohl Ann mit aller Verzweiflung zu schreien versuchte, um jemand auf sich aufmerksam zu machen, konnte sie ihre eigenen Worte gedämpft am Bürgersteig hören. Sie spürte, daß sich das Blut wie kochendes Wasser auf ihrem Rücken ausbreitete und die Bluse tränkte.

Sie versuchte, ihren rasenden Herzschlag zu verlangsamen und Kraft inmitten der Panik zu finden. Die Kugel konnte eine Arterie zerfetzt haben. Sie streckte die Finger aus, während sie gleichzeitig versuchte, gegen ihre Schmerzen und die wilde Angst anzukämpfen, und spürte, daß sie in einer Lache ihres eigenen Blutes lag.

Während ihr Lebenssaft auf den Bürgersteig floß, konnte Ann ihre inneren Organe mit ungewöhnlicher Klarheit hören: die Lungen, die nach Luft rangen, das pochende und pulsierende Herz, das wie eine Ölpumpe klang. Sie würde sterben. Aber sie durfte nicht sterben. Es war nicht fair. Sie hatte ihren Teil an Leid bereits hinter sich. Ihr kostbares Kind ... er brauchte sie. Sie war der einzige Mensch, den er auf der Welt hatte. Wenn es einen Gott gab, konnte er das einfach nicht zulassen.

Autos, deren Abgase sie erstickten, wenn sie nach Luft rang, rasten auf dem Victoria Boulevard vorbei. Sie versuchte erfolglos, lauter zu schreien, um jemanden auf sich aufmerksam zu machen, bevor es zu spät war und sie das Bewußtsein verlor. »Helft mir ... bitte helft mir ... ich bin angeschossen worden ...«

Ihr Gesicht fiel auf den Beton, die rauhe Oberfläche kratzte ihr das Kinn auf. Schwarze Pünktchen tanzten vor ihren Augen. Ihr war schwindlig und heiß und kalt zugleich. Ich darf nicht ohnmächtig werden, sagte sie sich. Wenn sie ohnmächtig wurde, würde sie mit Sicherheit verbluten.

Ann biß die Zähne zusammen, stemmte sich mit aller Kraft hoch und schaffte es, auf alle viere zu kommen. Dann brach sie wieder zusammen und mußte von vorne beginnen.

Ann konnte Geräusche hören: vorbeifahrende Autos, Stimmen und Gelächter von Passanten, irgendwo in der Ferne eine Sirene, ein Flugzeug, das über ihrem Kopf vorüberzog. Ich bin hier, schrie sie im Geiste. Rings um sie herum hielten sich Menschen auf. Warum konnten sie sie nicht sehen, nicht hören? »Hilfe!« rief sie wieder, diesmal lauter. »Bitte helft mir!«

Ann drehte den Kopf in die Richtung, aus der die Stimmen kamen und stellte fest, daß der Parkplatz des Restaurants Marie Callender's direkt auf der anderen Seite der zweigeteilten Zufahrt lag. Leute kamen und gingen. Sie war so nahe – aber nicht nahe genug. Der Verkehr, die breite Straße mit der Leitplanke dazwischen und Anns Position unmittelbar am Gebüsch machten sie in der Dunkelheit so gut wie unsichtbar.

»Hilfe!« rief sie wieder und richtete den Blick auf ein Paar mit einem kleinen Kind, die gerade in einen dunkelblauen Kombi einsteigen wollten. Die Frau unterhielt sich lachend mit dem Mann und hielt den kleinen Jungen fest an der Hand. In diesem Augenblick drehte sich der kleine Junge um und sah über die Straße zu Ann. »Ich bin hier ... hier drüben!« schrie sie und hob den Kopf vom Beton. »Ich bin angeschossen worden! Holt Hilfe!«

Vor den Augen der gequälten Ann zog die Mutter den kleinen Jungen an der Hand. Ohne einmal stehenzubleiben, stieg die Familie in das Auto ein, das wenig später auf die Straße hinausfuhr. »Nein!« schrie sie, ein klägliches Wimmern. »Nicht ... gehen ...«

Sie würde sterben.

Während die Blutlache größer und der Schmerz stärker wurde, versuchte Ann, sich das Gesicht ihres Sohnes vorzustellen, um damit ihre letzten Kraftreserven zu mobilisieren. Erneut versuchte sie, den geschwächten Körper hochzustemmen und die Schmerzen zu verdrängen. Es ist keine Arterie, sagte sie sich. Du wirst wieder gesund. Vielleicht war es nicht einmal eine Kugel. Vielleicht war sie an einem Stacheldraht hängengeblieben ... an etwas Scharfkantigem.

»Bleib ruhig«, konnte sie ihren Vater sagen hören. Er hatte es ihr unmittelbar nach ihrem Abschluß der Polizeiakademie gesagt, als sie ihre erste Leiche gesehen hatte – die eines Kindes. Sie war nach Hause gekommen und hatte ihrem Vater gesagt, daß sie es nicht schaffte und ihre Kündigung einreichen wolle. Sie sei zu jung, zu empfindsam für eine Polizistin. »Alle sind empfindsam, wenn es ums Sterben geht. Wenn du da nicht empfindsam wärst, dann wärst du kein Mensch. Du mußt tief Luft holen und dich auf deine innere Kraft besinnen«, hatte er nachdrücklich gesagt.

Plötzlich stellte Ann fest, daß sie sich ganz aufgerichtet hatte. Ihr Sehvermögen war verzerrt und unscharf, Schweiß rann ihr von der Stirn in die Augen, aber sie stand aufrecht. Jetzt wußte sie, was sie tun mußte. Sie mußte es über die Straße schaffen.

»Sind Sie verletzt?« fragte eine besorgte Stimme hinter ihr. »Stimmt etwas nicht?«

»Ich bin ... ich wurde ...« Sie versuchte, sich auf den Beinen zu halten, sich umzudrehen, zu sprechen. Hilfe war da ... jetzt würde alles gut werden.

Ann spürte, wie die Kräfte sie verließen. Kaum spürte sie, wie ein Arm an ihrer Seite entlang strich, spürte die tröstende Wärme eines anderen Körpers an ihrem, ließ sie sich von dieser Person wieder auf den Boden legen.

»Du!« murmelte Ann, als ein körperloses Gesicht vor ihr schwebte. Zärtliche, mitfühlende Augen sahen in ihre, die schönsten Augen, die sie je gesehen hatte.

»Ruft einen Krankenwagen«, rief eine Stimme so laut, daß sie erschrak. »Schnell, sie hat einen Blutsturz. Sie bekommt einen Schock. Und ... Decken. Holt Decken. In meinem Kofferraum.«

Im nächsten Moment war die Stimme wieder ruhig und beschwichtigend, und Ann sah einen Mann über sich gebeugt, dessen Hemd über ihr Gesicht strich. »Wir müssen einen Druckverband anlegen. Die Kugel hat eine Arterie getroffen. Ganz ruhig, entspann dich. Der Notarzt ist unterwegs.«

Der Mann ging zur anderen Seite von Anns Körper, wo sie seine Hände an sich spürte. Sie betrachtete sein Gesicht, versank in seinen Augen. Ann erinnerte sich aus einer längst vergangenen Zeit an sie und wußte, sie hatte sie schon einmal gesehen. Sie befand sich jetzt in einem

Zustand zwischen Bewußtsein und Besinnungslosigkeit, wach und doch nicht richtig wach – eine trübe, verschwommene Welt, fast wie unter Wasser. Sie hörte andere Stimmen, hörte weitere Schritte in ihre Richtung stapfen. Aber sie konnte nur dieses Gesicht sehen, die tröstende Stimme hören, die warme Berührung des Mannes an ihrem Körper spüren.

Durch den Nebel hörte Ann eine schrille Sirene die Nacht durchschneiden. Mit der freien Hand strich ihr der Mann über die Stirn und sah wieder in ihre Augen. Haare glitten über ihre Stirn. »Dein Haar ...« sagte Anne. Es war wie eine weiche Decke.

»Alles wird gut«, versicherte ihr die Stimme. »Die Kugel ist in der Nähe der Schulter eingedrungen.«

Ann mußte sich anstrengen, um zu sehen, zu hören. Sie verspürte eine Gefühlsaufwallung – Liebe –, vermischt mit einem Gefühl völligen Friedens. »Hank«, flüsterte sie. »Ich wußte, daß du zurückkommen würdest.«

Ihre Lider flatterten, dann schlossen sie sich unwillkürlich. Sie spürte eine unbekannte Kraft, die sie in die Dunkelheit hinabzog. Sie klammerte sich verzweifelt an das Bild des Mannes vor ihr und weigerte sich, es gehenzulassen. Es stand als einziges zwischen ihr und dem Nichts, das sie rief. Dann konnte sie sich nicht mehr halten und versank. Sie hörte Hanks Stimme, roch seinen Körper neben ihrem, er kannte seinen festen Griff. Hank war hier. Ihr Sohn hatte seinen Vater. Sie konnte sich gehenlassen.

Ein paar Sekunden später ließ sie sich von der Dunkelheit verschlucken.

Kapitel 2

Mit fünfzig Jahren war Detective Sergeant Thomas Milton Reed immer noch in ansehnlicher körperlicher Verfassung, worauf er selbst immer wieder hinwies. Er war einszweiundachtzig groß, wog neunzig Kilo und hatte noch volles Haar, in dem nur wenige graue Strähnen zu sehen waren. Er entblößte die Zähne vor dem Spiegel. Nachdem er das Rauchen aufgegeben hatte, waren die meisten Flecken verschwunden. Als er mit ansehen mußte, wie Lenny Braddock an Lungenkrebs starb, hatte er es geschafft. Aber die Falten in seinem Gesicht würden bleiben. Zu viele Jahre unter der Sonne Kaliforniens. Die Leute behaupteten allerdings, daß es einem Menschen Charakter verlieh. Und wenn er sonst nichts hatte, dachte Reed lachend, Charakter hatte er bestimmt.

Diesen Vortrag zur Aufmunterung hielt er sich jeden Tag auf dem Klo des Polizeireviers in Ventura. Dieses Jahr hatte er die Fünfzig überschritten, was in jeder Beziehung so schlimm war, wie man behauptete. Er zog den Bauch ein und schwor sich, daß er heute abend in die Sporthalle gehen würde. Es gab eine Menge jüngerer Cops da draußen, wenn auch keiner von ihnen notwendigerweise härter oder gar besser war. Wie auch immer, sagte er zu sich und warf das zusammengeknüllte Papierhandtuch in den Mülleimer, so sehe ich das jedenfalls.

Kaum war Reed zur Tür draußen, sah er Noah Abrams mit erschrockenem Gesichtsausdruck den Flur hinunterkommen. Reed wäre fast wieder ins Klo zurückgewichen, blieb dann aber stehen. Das mit dem Sport heute abend konnte er vergessen, dachte Reed, der wußte, daß ihn hier ein wichtiger Auftrag erwartete.

»Hier«, sagte Abrams und warf dem älteren Detective die Schlüssel zu einem Polizeiauto zu. »Sie fahren. Sie würden mich sowieso nicht fahren lassen. Ann Carlisle ist auf dem Weg ins County General. Schußwunde.«

Die Schlüssel fielen klirrend auf den Linoleumboden. Das Gesicht des Detective wurde aschfahl. Aber als der junge Beamte drei Schritte den Flur entlanggegangen war, hatte Reed sich allerdings schon mit einer geschmeidigen Bewegung seitwärts gebückt, die Schlüssel aufgehoben und sprintete regelrecht den Flur entlang, der zum Parkplatz führte. »Wo?«

»Parkplatz des Verwaltungszentrums. Weiß auch nicht viel ... bin grade reingekommen«, keuchte Noah, der jetzt neben Reed herlief.

»Wie ... ist ihr Zustand?«

»Keine Ahnung. Da ist das Auto. Das grüne.« Sie duckten sich beide in das Zivilfahrzeug. Abrams knallte das tragbare Blaulicht aufs Dach, Reed trat das Gaspedal durch, fuhr mit quietschenden Reifen vom Parkplatz und schlitterte um die parkenden Streifenwagen herum, während Abrams den Polizeifunk durchging und versuchte, den Kanal der Feuerwehr zu finden, damit sie bei den Sanitätern mithören konnten, die Ann Carlisle transportierten.

Tommy Reed war bestürzt. Hier war kein gewöhnlicher Sterblicher angeschossen worden. Anns Vater war sein Ausbilder gewesen, als er angefangen hatte, sein Mentor seit seinem ersten Tag als Cop. Auf dem Totenbett hatte Lenny Braddock Reed zu sich kommen lassen und ihm das Versprechen abgenommen, daß er sich um seine Tochter kümmern und darauf achten würde, daß niemand ihr je ein Leid antat. Ann sei impulsiv und starrköpfig, hatte Lenny immer gesagt. Eines Tages würde sie zu Schaden kommen. Nun, dachte Reed und biß sich auf die Innenseite der Wange, ihr Vater hatte recht behalten. Er schlug auf das

Lenkrad, verlor beinahe die Kontrolle über den dahinrasenden Wagen und verspürte das zitternde, hohle Gefühl in sich, das er stets empfand, wenn er etwas nicht unter Kontrolle hatte.

»Da sind sie«, schrie Abrams über die Sirene hinweg, als er Ärztekauderwelsch über Funk hörte. »Vorsicht, Reed, Sie fahren über hundert. Rechts«, fügte er rasch hinzu und sagte dem Detective damit, daß sie sich einer Nebenstraße näherten, bei dieser Geschwindigkeit eine gefährliche Situation. Wenn sich jemand der Kreuzung näherte und die Sirene nicht hörte, wäre es unmöglich, einen Zusammenstoß zu vermeiden, bei dem es definitiv keine Überlebenden geben würde.

Aus dem Funkgerät plärrten die Informationen, die die Unfallärzte an das Krankenhaus übermittelten. Als sie die Kreuzung hinter sich gelassen hatten, schaltete Abrams die Sirene aus, um besser mithören zu können. Sekunden später nahm Reed den Fuß vom Gas und ging mit der Geschwindigkeit auf sicherere siebzig Meilen zurück.

Ann lebte.

Die Kugel hatte eine Arterie getroffen, aber keine lebenswichtigen Organe. Sie hatte eine Menge Blut verloren und mußte aller Wahrscheinlichkeit nach operiert werden, aber es sah nicht kritisch aus.

»Sirene an oder aus, Sarge?« fragte Abrams und sah seinen Partner an.

»Aus«, sagte Reed. »Ist eine Streife am Schauplatz?«

»Fünf Mann und ein Lieutenant. Sie waren ganz in der Nähe, als der Anruf durchkam. Laut Funk ist sogar ein Bezirksstaatsanwalt an Ort und Stelle. Sie sprechen schon von einem Drive-By.«

»Verdammte Tiere«, bellte Reed und sah Abrams an, dann wieder auf die Straße, während sich seine Erleichterung in Wut verwandelte. Ann und ihr Sohn waren Reeds Familie geworden, besonders seit dem Verschwinden ihres Mannes. Niemand machte Leute, die Reed als seine Familie bezeichnete, zu Zielscheiben. Sodbrennen stieg ihm im

Hals hoch. Er griff in seine Tasche, fand eine Rolaid und warf sie sich in den Mund.

Was als Versprechen einem sterbenden Freund gegenüber begonnen hatte, hatte zuletzt eine Leere im Leben des Detective ausgefüllt. Obwohl sich Reed im Lauf der Jahre mit vielen Frauen getroffen hatte, schien ihm keine Beziehung stark genug für eine Heirat zu sein. Nach einer Familie allerdings hatte er sich gesehnt, und in vieler Hinsicht fühlte er sich heute, als hätte er eine.

Er griff zum Mikrophon und wandte sich an den Lieutenant vor Ort. Sie warteten auf die Spurensicherung und nahmen die Aussagen von Zeugen auf. Niemand hatte einen Verdächtigen oder ein Fahrzeug gesehen. Nur die am Boden liegende und blutende Ann war aufgefallen. Als die Notärzte eintrafen, war sie bewußtlos gewesen. »Vergessen Sie nicht, Claudette Landers zu informieren, und zwar dalli«, bellte Reed in das Mikro. »Sie soll Anns Sohn abholen. Wahrscheinlich ist er im Augenblick allein zu Hause. Ist die Presse schon da?«

»Was meinen Sie denn?« sagte Lieutenant Cummings. »Wie Flöhe an einem Hund.«

»Kümmern Sie sich schnell um den Jungen, Pete, sonst sieht er es im Fernsehen. Nicht die beste Methode zu erfahren, daß die eigene Mutter angeschossen wurde.«

Reed ließ das Mikrophon sinken. Er war hin und her gerissen und überlegte sich, daß er selbst zu dem Haus fahren und David informieren sollte. Aber Claudette hatte selbst Kinder und war eine enge Freundin von Ann. Frauen kamen mit so einer Situation besser zurecht.

»Hören Sie, Sarge«, sagte Abrams, »warum gehen Sie nicht ins Krankenhaus und sehen nach Ann, während ich den Jungen abhole und zum Haus dieser Frau bringe? Wenden Sie, bringen Sie mich zum Revier, ich nehme mir einen anderen Wagen.«

»Wir sind fast am Krankenhaus«, schnappte Reed schroffer als beabsichtigt. »Sobald wir wissen, daß Ann außer Lebensgefahr ist, fangen Sie mit dem Papierkram an.«

Nachdem er Abrams nachdrücklich in seine Schranken verwiesen hatte, kurbelte der Detective das Fenster herunter, um etwas frische Luft zu schnappen. Noah wollte Ann an die Wäsche, seit ihr Mann verschwunden war. Aber wenn er ihren Namen auch nur aussprach, hätte Reed ihm am liebsten den Kopf abgerissen. Er hatte nicht die geringste Ahnung, warum Noah sich für Ann interessierte. Sie war auf eine frische Art und Weise attraktiv, aber keine strahlende Schönheit, und schon gar nicht der Typ Frau, den Abrams bevorzugte. Er hatte es auf die Aufgetakelten abgesehen: große Brüste, hochtoupierte Frisuren, schicke Kleidung. Außerdem hatte er drei gescheiterte Ehen hinter sich, und Reed wollte nicht, daß er näher als zwei Meter an Ann herankam.

Mit seinen siebenunddreißig Jahren war Noah Abrams ein hübscher Mann mit kastanienfarbenem Haar, braunen Augen und Sommersprossen auf Nase und Stirn. Er hatte eine Schwäche für handbemalte Seidenkrawatten. Er würde denselben Anzug zehn Jahre hintereinander tragen, aber für eine einzige Krawatte konnte er hundert Mäuse springen lassen. Heute trug er eine mit dem Bild von Marilyn Monroe darauf.

»Da wir gerade davon sprechen, will ich Sie etwas fragen, Noah«, sagte Reed und riß sich aus seinen Gedanken. »Warum kreisen Sie andauernd um Ann Carlisle wie ein verdammter Hai? Sie ist nicht Ihr Typ. Ich habe die Frauen gesehen, mit denen Sie ausgehen.«

»Das gefällt mir nicht, Reed«, sagte Abrams. »Ich hatte vielleicht nicht immer den besten Geschmack, was Frauen angeht, aber ein vollkommener Trottel bin ich auch nicht. Sie scheinen zu vergessen, daß ich Ann fast so lange kenne wie Sie ...« Er verstummte und sah zum Beifahrerfenster hinaus. Als er weitersprach, war seine Stimme leise und aufrichtig. »Ich mag Ann wirklich, Sarge. Verdammt, als wir beide Polizeikadetten waren, habe ich mit ihr gearbeitet. Waren schöne Zeiten damals. Vielleicht werde ich eines Tages seßhaft. Wenn, dann möchte ich eine Frau wie sie.«

»Ach, wirklich?« sagte Reed und rutschte auf dem Sitz herum. »Sie hat schon jemanden, also können Sie sich das aus dem Kopf schlagen.«

In Wirklichkeit hielt Reed von Glen Hopkins ebensowenig wie von Noah Abrams. Hopkins mit seinem schicken Rolls und dem Motorrad war zu wild für Ann. Der Mann war ein Scheiß-Cowboy und prahlte immer mit seiner Zeit beim Rodeo herum, als ob es jemanden interessieren würde. »Erst die Sache mit ihrem Mann«, sagte Reed, »und jetzt schießt auch noch jemand auf das arme Mädchen. Ist das Leben nicht beschissen?«

Abrams hatte kein Wort gehört. Er beugte sich nach vorne und stützte sich am Armaturenbrett ab. »Mit wem trifft sich Ann? Ich dachte, sie hätte noch keinen neuen Freund. Warum haben Sie mir nicht gesagt, daß sie einen hat?«

»Vergessen Sie's«, sagte Reed. Er bog auf den Parkplatz des Krankenhauses und machte den Motor aus.

»Können Sie mir nicht wenigstens verraten, wer es ist?« beharrte Abrams.

»Ein Bezirksanwalt«, murmelte Reed, stieg aus dem Auto aus und lief auf den Eingang zur Notaufnahme zu.

Abrams beeilte sich, zu ihm aufzuschließen. »Wie heißt er? Wie lange geht sie schon mit ihm aus? Ich meine, ist es ernst zwischen den beiden?«

Reed blieb wie angewurzelt stehen, wirbelte auf dem Absatz herum und packte den anderen Detective am Kragen. »Lassen Sie die Finger von Ann Carlisle. *Comprende?* Die Frau ist angeschossen worden. Kann ich mich jetzt damit beschäftigen? Können wir Ihre Probleme, eine Frau zu finden, vorerst vergessen? Verdammt, Sie haben schon drei gehabt.«

Abrams riß sich mit rotem Kopf los. »Hol Sie der Teufel«, sagte er. »Ich kann mich nicht mal vernünftig mit Ihnen unterhalten. Ich dachte, wir wären Freunde.«

Reed preßte die Lippen aufeinander, als er auf die Matte für die automatische Tür trat. »Nach Ihnen«, sagte er zu

Abrams, als die Tür aufgegangen war. Als der jüngere Polizist eintrat, verpaßte Reed ihm rasch einen Tritt in den Hintern und fing sofort zu lachen an. Eigentlich hielt er große Stücke auf den jüngeren Mann.

»Was soll das?« schimpfte Abrams empört und hielt sich den Hosenboden. »Warum haben Sie das getan?«

Reed sagte grinsend: »Mir war einfach danach. Prima Methode, Dampf abzulassen.« Er suchte in der Tasche nach seinem Ausweis, drehte ihn herum und heftete ihn an den Gürtel.

»Klasse«, sagte Abrams sarkastisch. »Vielleicht müßte ich auch ein paar Spannungen abbauen.« Er tat so, als wollte er den Detective auch treten, ließ es aber sein. Um nichts auf der Welt. Reed war hart und so berechenbar wie ein Uhrwerk. Wenn Noah sich revanchierte, würde Reed ihn niederschlagen. Und dazu würde er nicht mal stehenbleiben müssen.

Die beiden Detectives lehnten an der Wand, ihre Zehenspitzen zwei Zentimeter hinter der sterilen, abgegrenzten Zone der Chirurgie des Krankenhauses. Sie starrten auf die verschiedenfarbigen Bodenfliesen und fragten sich, ob sie später wiederkommen sollten.

»Was passiert«, fragte Abrams, »wenn ich auf die grünen Fliesen trete? Geht ein Alarm los und eine Gruppe Schwestern springt mich an?« Er kicherte. »Das könnte ganz lustig sein.«

Reed sah Abrams an und knurrte. In diesem Augenblick kam ein Chirurg mit blutbeflecktem grünen Kittel zur Schwingtür des OP-Bereichs herausgestürmt.

Reed stieß sich von der Wand ab und ließ seine Marke sehen. »Sergeant Thomas Reed«, sagte er, dann nickte er zu seinem Partner, »Detective Abrams. Wie geht es ihr?«

»Ausgezeichnet«, antwortete der junge Chirurg. »Die Kugel hat eine Abzweigung der Axillararterie getroffen, sonst wäre sie schon wieder auf den Beinen. Knochen oder lebenswichtige Organe wurden nicht getroffen. Wir haben die Arterie versorgt und die Blutung gestoppt. In einer Woche oder so ist sie wieder auf dem Damm, wenn es nicht zu Komplikationen kommt.«

»Hat sie das Bewußtsein wiedererlangt? Hat sie etwas gesagt?« fragte Reed besorgt.

»Hören Sie«, sagte der Chirurg, »sie wird noch eine ganze Weile keine Aussage für euch Jungs machen können. Wahrscheinlich wäre es das Beste, Sie kommen morgen wieder.«

Der Arzt wollte weitergehen, aber Abrams stellte sich vor ihn. »Diese Frau ist wie eine Familienangehörige«, sagte er und nickte mit dem Kopf zu Tommy Reed. »Ihr Vater war Captain, und sie ist früher auch Cop gewesen.«

»Ich verstehe«, sagte der Arzt und sah von einem Mann zum anderen. Er zögerte, ehe er fortfuhr. »Man sagte mir, daß es sich möglicherweise um eine sexuell motivierte Straftat handeln könnte. Der behandelnde Arzt folgte der Vorschrift und nahm Proben, aber wir konnten nicht warten, bis einer Ihrer Leute hierherkam, und selbstverständlich galt unser Hauptaugenmerk der Blutung. Im OP hat sie kurz das Bewußtsein wiedererlangt, konnte aber nur unzusammenhängend sprechen. Einen Männernamen hat sie mehrmals erwähnt. Hank, glaube ich.«

»Das ist der Name ihres Mannes«, sagte Abrams bedächtig.

»Ist er hier? Möglicherweise ist er Ihr Täter.«

Reed trat näher an den Arzt heran und sah ihn mit betroffenem Gesichtsausdruck an. »Wurde sie vergewaltigt?« Dann wirbelte er zu Abrams herum. »Sehen Sie«, sagte er und bohrte dem Officer völlig außer sich den Finger in die Brust. »Genau das habe ich gemeint. Wichser wie Sie, die ihren verdammten Schwanz nicht in der Hose lassen können. Und Sie wollen wissen, warum ich sie unter meine Fittiche-«

Abrams schlug Reeds Hand weg. »Verdammt, ich hab sie nicht vergewaltigt. Was ist los mit Ihnen? Reißen Sie sich zusammen, Sarge.«

Der Chirurg räusperte sich, worauf sich die beiden Männer besannen, wo sie sich befanden.

»Ihr Mann ist tot«, sagte Reed tonlos. »Wie kommen Sie darauf, daß es sich um eine Vergewaltigung handeln könnte?«

»Wir haben Spuren von Sperma gefunden, aber keine Vaginalverletzungen, glaube ich.«

Abrams schüttelte betroffen den Kopf, doch Reed folgte dem jungen Arzt. »Was soll das heißen, Sie glauben? War Sperma da, oder nicht?« Er warf in hilfloser Frustration die Arme hoch, und seine Stimme hallte in dem gekachelten Flur. »Wie sollen wir damit vor Gericht gehen? Wie sieht es mit der Indizienkette aus? Kennt ihr Jungs die Regeln nicht inzwischen?«

Der Arzt blieb ruhig; er lächelte sogar. »Ich bin nur der Chirurg, meine Herren. Der Mann, mit dem Sie reden müßten, ist Richard Ogleby. Ich glaube, er ist noch unten in der NA. Er ist der Arzt, der sie aufgenommen hat. Wir sind gerade dabei, die letzten Wunden zu versorgen und noch weitere Proben zu nehmen, bevor man sie ins Krankenzimmer bringt.«

Kaum war der junge Chirurg verschwunden, sagte Abrams: »Was meinen Sie? Daß ein Irrer sie vergewaltigt und dann angeschossen hat?«

Reed bellte im Laufen Befehle, während sein Magen wie Feuer brannte. »Rufen Sie einen Streifenwagen her, der die Beweismittel abholt.« Er blieb stehen, rülpste, steckte die Hände in die Taschen und versuchte, seine Rolaids zu finden. Die Situation mit Ann war viel schlimmer, als er gedacht hatte. Die gesamten Ermittlungen standen auf dem Spiel. »Ich möchte wissen, was sie am Tatort gefunden haben.«

»Und wenn sie jetzt aufwacht?« sagte Abrams und versuchte, seinen eigenen Zorn im Zaum zu halten. Er holte Natrontabletten aus der Tasche und klatschte sie dem Sergeant in die Hand. »Sie könnte uns eine Beschreibung geben. Ohne Beschreibung sitzen wir auf dem trockenen.«

Reed betrachtete die Tabletten und Abrams mit einem seltsamen Gesichtsausdruck.

»Berufsrisiko, schätze ich«, sagte Abrams.

»Sie haben gehört, was der Doktor gesagt hat«, antwortete Reed und schob sich eine Tablette in den Mund. »Sie ist nicht vernehmungsfähig.«

»He, Sie sind der Sergeant«, sagte Abrams.

»Da haben Sie verdammt recht«, sagte Reed nachdrücklich. »Und ich will Ihnen noch was sagen, Abrams.«

»Ja?«

»Ich werde das Schwein erwischen, der das getan hat, und ihn mit meinen bloßen Händen umbringen.«

Abrams nickte nur; er hatte denselben stahlharten Ausdruck in den Augen wie Reed.

Es war ein Uhr morgens, und David Carlisle saß vornübergebeugt, auf die Knie gestützt, im Wartezimmer des Krankenhauses, als Glen Hopkins zur Tür hereinkam. David war ein untersetzter Junge, viel zu schwer für seine Größe, und erinnerte damit an seinen Vater: braunes Haar, olivfarbener Teint, kantiges Kinn. Nur die hellblauen Augen hatte er von Ann, aber die Wimpern waren dunkler und länger und machten die Augen zu seinem auffälligsten Merkmal. Er trug ein blaues Baumwollhemd und Jeans. Ein Hemdzipfel hing heraus, an der Taille waren einige Knöpfe offen, sein dunkles Haar sah zerzaust aus. Doch es war die Feindseligkeit in seinen Augen, die Glen Hopkins kurz innehalten ließ, bevor er ihn ansprach.

Keine Tränen, keine Gefühlsregung, nur ein kalter, leerer Blick.

»He, David«, sagte Hopkins leise und setzte sich neben ihn auf das grüne Vinylsofa. »Schlimme Sache, was? Das mit deiner Mutter tut mir leid. Wie geht es dir?«

David stand ohne zu zögern auf, ging durch das Zimmer und schaltete den Fernseher ein. Statt zu seinem ursprünglichen Sitzplatz auf dem Sofa zurückzukehren, nahm er auf der anderen Seite des Raums Platz.

»Man hat mir gesagt, daß es ihr gutgeht«, sagte Hopkins. »Sie muß vielleicht eine Zeitlang das Bett hüten, aber man hat mir versichert, daß sie sich wieder ganz erholen wird. Hast du sie schon gesehen?«

Als David nicht antwortete, fiel Hopkins ein, womit er seine Aufmerksamkeit erringen konnte. Essen. »Hast du Hunger? Unten ist eine Caféteria. Wir könnten ein Stück Kuchen essen.«

»Ich darf keinen Kuchen essen«, sagte David über die Schulter. »Haben Sie das immer noch nicht kapiert?«

»Okay«, sagte Hopkins und warf einen Blick auf den Bildschirm, wo ein alter Film lief. Sah der Junge wirklich hin, oder war er absichtlich unhöflich? Nachdem Glen sein Trumpfas ausgespielt hatte, wußte er nicht, was er sonst noch tun sollte. Als Tommy Reed durch die Tür kam, lief Hopkins hastig zu ihm und schüttelte dem Detective die Hand.

Reed sah David über die Schulter des Anwalts hinweg an. »Komm mit, Junge, ich werd' dich zu deiner Mutter reinschmuggeln. Sie erholt sich noch und darf keine Besucher empfangen, aber ich möchte, daß sie als erstes dein hübsches Gesicht sieht, wenn sie die Augen aufschlägt.«

David sprang grinsend auf die Füße. Dann drehte er sich zu Hopkins um, und das Lächeln wurde höhnisch. »Er kommt doch nicht mit, oder?«

»Ah, entschuldigen Sie uns einen Moment, Hopkins«, sagte Reed höflich. Muß dem Jungen ein gutes Beispiel geben, dachte er und zog die Hose hoch. Er legte einen Arm um die Schulter des Jungen, führte ihn zur Tür hinaus und ging mit ihm Richtung Krankenzimmer. »Weißt du, David, du solltest nicht so gemein zu den Freunden deiner Mutter sein. *So* schlimm ist er auch wieder nicht, oder? Ich meine, deine Mutter würde ihn nicht mögen, wenn er so ein Holzkopf wäre.«

»Er ist ein Arsch. Ich hasse ihn. Und er ist nicht nur Moms Freund. Du bist Moms Freund.« Der Junge zog die

Brauen hoch und sah Reed in die Augen. »Ich bin nicht dumm. Ich kenne den Unterschied.«

Okay, dachte Reed, was das anging, lagen sie auf einer Wellenlänge. David konnte Hopkins ebenso wenig leiden wie er. Sie gingen weiter, und der Junge versuchte, mit dem großen Detective Schritt zu halten, wozu er fast joggen mußte. David, dem wegen seines Gewichts und seiner Abneigung gegen jede Art von Sport schon die Puste ausging, hielt Reeds Arm fest.

»Kommt ... Mom wieder in Ordnung, Tommy?« sagte er mit vor unterdrückten Gefühlsregungen brüchiger Stimme. »Du lügst mich nicht an, oder? Immer lügen mich Leute an. Versprich mir, daß sie wieder in Ordnung kommt.«

Reed wußte genau, worauf er anspielte: auf die Monate nach dem Verschwinden seines Vaters. Er war erst acht Jahre alt gewesen, und sie hatten beschlossen, ihm nichts zu erzählen, bevor sie mit Sicherheit wußten, was sich zugetragen hatte. Unglücklicherweise hatte Ann das Täuschungsmanöver übertrieben und sich eine Ausrede nach der anderen ausgedacht, um die lange Abwesenheit seines Vaters zu erklären. Erst nach vier Monaten, als alle Möglichkeiten erschöpft waren, hatte sich Ann schließlich mit dem Jungen hingesetzt und ihm die Wahrheit gesagt. Aber der Detective machte Ann wirklich keine Vorwürfe, obwohl er ihr schon wenige Tage nach Hanks Verschwinden geraten hatte, dem Jungen reinen Wein einzuschenken. Es handelte sich um eine dieser tragischen Situationen, bei denen man nur etwas falsch machen konnte. Wenn sie dem Jungen sagten, daß sein Vater tot sei, und er wieder auftauchte ...

Nun, dachte Reed und verdrängte solche Gedanken, das gehörte der Vergangenheit an. Im Augenblick mußten sie Ann wieder auf die Beine bringen und diesem armen Jungen dabei helfen, mit einer weiteren sinnlosen Gewalttat fertigzuwerden – die gegen den einzigen Menschen auf der Welt gerichtet gewesen war, den er noch hatte. Reed hustete, weil sich ihm plötzlich die Kehle zuschnürte. David versuchte vielleicht, seine Furcht zu verbergen, aber Reed kannte den Jungen: Er war zu Tode erschrocken.

»Ich lüge nicht«, sagte Reed, hielt ihn an den Schultern fest und sah ihm in die Augen. »Hör mir zu. Deine Mom wird in Nullkommanichts wieder auf dem Damm sein. Klar, es ist schrecklich, daß solche Verbrechen passieren. Kein Zweifel. Grauenhaft. Einfach widerwärtig. Aber halten wir uns nicht damit auf. Seien wir nur dankbar, daß es ihr bald wieder bessergeht.« Er nahm David in die Arme und drückte ihn an sich.

Als sie die Tür des Krankenzimmers erreicht hatten, schob Reed den Jungen hinter sich, machte die Tür einen Spalt auf und vergewisserte sich, daß die Oberschwester noch mit einer anderen Patientin beschäftigt war. Er kannte Lucy Childers, für die Vorschriften alles waren. Cop hin oder her, sie hatte hier das Sagen. Einmal hatte sie Reed eins mit einer Bettpfanne auf den Kopf gegeben, als er sich weigerte, ihren Anordnungen Folge zu leisten. Reed hielt einen Finger an den Mund, ergriff Davids Hand, zog ihn hastig ins Zimmer, wo er rasch zu Anns Bett ging.

»Schläft sie?« fragte David mit Tränen in den Augen. »Sie sieht so blaß aus.«

Reed legte dem Jungen einen Arm um die Schultern, schob ihn näher ans Bett und zog mit der anderen Hand den weißen Vorhang zu. »Sprich mit ihr. Sie wird jetzt gleich aufwachen. Wenn sie deine Stimme hört, wacht sie ganz bestimmt auf.«

David umklammerte mit seinen dicken, kleinen Fingern das Geländer, als er sich näher zu seiner Mutter beugte. »Mom, kannst du mich hören? Ich bin es, David. Ich liebe dich, Mom. Sei tapfer. Sei ein großes Mädchen.« Er drehte sich zu Tommy um. »Das war dumm. Ich weiß nicht, was ich sagen soll. Sie hat mir andauernd gesagt, daß ich ein großer Junge sein soll. Äh, du weißt ja«, sagte er schuldbewußt, »bis ich dick geworden bin.«

»David«, murmelte Ann und schlug die Augen unter

grellen Deckenlichtern und inmitten von medizinischen Gerüchen auf. Obwohl sieben Stunden verstrichen waren, lag sie im Geiste noch auf dem Bürgersteig. Ihre Augen sahen wie wild in dem Raum hin und her, bis ihr allmählich dämmerte, daß sie sich in einem Krankenhaus befand. Aber bevor ihr Blick auf Davids Gesicht fiel, übermannten die Beruhigungsmittel sie, und sie ließ den Kopf auf das Kissen sinken.

Ann konnte die Szene auf dem Bürgersteig wie bei einer Diavorführung sehen, spürte die Kugel in ihr Fleisch eindringen, roch das deutliche Aroma von Blut. Aber nicht die Schmerzen machten ihr angst, sondern die Tatsache, daß sie auf dem Bürgersteig lag, schrie und fürchtete, niemand würde kommen, um sie zu retten. Sie fuhr mit der Zunge über die rissigen Lippen und wollte schlucken, aber ihr Mund war zu trocken. Dann hörte sie jemand anderen reden, aber die Stimme schien weit fort zu sein. Sie sagte sich, daß sie in Sicherheit war, während sie die Finger in das Laken krallte. Sie befand sich im Krankenhaus und war am Leben. Nur das allein zählte.

»Ann, ich bin es, Tommy«, sagte der Detective leise. »Und David ist bei mir. Du bist im Krankenhaus, und alles ist gut. Wir sind deinetwegen gekommen.«

David griff den Hinweis begierig auf. »Ja, Mom, wir sind beide hier. Du wirst wieder gesund. Tut es sehr weh? Wo ist die Kugel reingegangen? Ist sie auf der anderen Seite wieder raus?«

Reed zuckte zusammen und sah David kopfschüttelnd an. Dann flüsterte er dem Jungen ins Ohr: »Du solltest versuchen, über etwas anderes als Kugeln zu reden.«

Ann hörte die Stimme ihres Sohnes, kam aber nicht richtig zu sich. David war hier. Für ihn mußte sie stark sein. Wenn sie nur an den Rückschlag dachte, den dies für ihn bedeuten konnte, wurde ihr eiskalt. »David«, rief sie mit noch geschlossenen Augen. »David – «

»Ich bin hier, Mom.«

Ihre Gedanken wirbelten durcheinander, Dutzende Bilder bestürmten sie gleichzeitig. Sie sah sich, wie sie Hanks Foto in der Hand hielt, konnte sich aber nicht erinnern, wo und wann das gewesen war. Dann fiel ihr ein, wie sie gedacht hatte, er wäre da, wäre wahrhaftig zu ihrer Rettung erschienen. Alles war so durcheinander, daß sie sich nicht zurechtfand. »Langes Haar«, sagte sie, als ihr einfiel, wie das Haar des Mannes ihr über das Gesicht strich. »Der Mann ... wo ist der Mann mit dem Haar?«

Reed schrak hoch, weil er dachte, Ann würde den Mann beschreiben, der sie überfallen hatte. »Ann, hast du gesehen, wer es getan hat?«

Sie schüttelte den Kopf und strich wieder mit der Zunge über die Lippen. »Hab den Täter nicht gesehen. Der Mann ... der angehalten hat. Wer war er?« Sie war sich so sicher gewesen, daß es Hank war. Aber sie wußte auch, es mußte sich um eine Halluzination gehandelt haben. Logisch, daß sie in einer Krisensituation an Hank dachte. Er war ihr Mann gewesen, ihr Beschützer.

»Der Mann, der angehalten hat, war Jimmy Sawyer, Ann«, sagte Reed zu ihr. »Er sagte, er gehört zu deinen Bewährungskandidaten. Als er dich auf dem Bürgersteig stolpern gesehen hat, hat er gehalten. Er hat eine Ausbildung in Erster Hilfe. Hat gesagt, sein Vater sei Arzt.«

Warum? fragte sie sich. Ihre Wut darüber, warum ihr jemand so etwas antun konnte, verdrängte jegliche Dankbarkeit, die sie empfinden sollte. Warum schoß jemand auf sie? Was hatte sie getan? Hatte jemand einfach willkürlich um sich geschossen, oder speziell auf sie?

Plötzlich riß jemand so heftig den Vorhang zurück, daß Reed erschrak. Lucy Childers, fast so breit wie hoch, deren gewelltes graues Haar wie ein Abrazzo-Schwamm aussah, bohrte dem Detective einen Finger in den Rücken. »Keine Kinder, Reed. Sie hätten mehr Verstand haben sollen, als ein Kind mit hier reinzubringen.«

Reeds Gesicht nahm einen gespielt flehentlichen Ausdruck an. »Es ist ihr Sohn, Lucy. Haben Sie ein Herz. Ich meine, Sie müßten so kalt sein wie –«

»Das reicht, Reed.« Die Schwester sah David von oben bis unten an und bellte dann mit rauher Stimme: »Noch fünf Minuten. Mehr nicht. Die Zeit läuft, Reed. Junge Leute haben alle möglichen Infektionen in sich.« Sie sah auf die Uhr, um den Detective wissen zu lassen, daß sie es ernst meinte.

Unmittelbar hinter der Schwester sah Ann das Gesicht von Tommy Reed, und dann ging ihr Herz auf, als sie endlich David wahrnahm. »O, Liebling, komm her«, sagte sie kaum mehr als flüsternd. Sie versuchte, sich auf die Seite zu drehen, verzog unter Schmerzen das Gesicht, schaffte es aber trotzdem, die Hand bis an die Bettkante nach ihrem Sohn auszustrecken.

»Mom«, sagte er und nahm ihre Hand in seine. Ihr anderer Arm war an einem IV-Brett festgeschnallt. »Ich hab dich lieb, Mom.«

»Ich dich auch, Liebling. Mach dir keine Sorgen. Versprich mir, daß du dir keine Sorgen machst. Alles wird wieder gut.« Ann schlug die Lider auf, die zitterten und wieder zufielen. Sie kämpfte mit allen Mitteln gegen die Schmerzen an, weil sie wußte, sie mußte ihr Kind trösten. »Die Kugel hat nicht einmal wehgetan«, log sie und brachte ein Lächeln zustande. »War nicht schlimmer als ein Bienenstich. Das ist alles, David. Ich wette, ich könnte jetzt nach Hause gehen, wenn ich wollte.« Ann versuchte, sich im Bett aufzurichten, um ihm zu zeigen, daß es ihr gut ging. »Schau her«, sagte sie, zog sich mit der freien Hand in eine sitzende Haltung und stellte ein klägliches Lächeln zur Schau. Dann kippte ihr Kopf auf eine Seite, worauf Reed ihr einen Arm um den Nacken legte und sie sanft auf das Bett zurücksinken ließ.

Reed winkte den Jungen aus dem Zimmer, blieb aber neben Anns Bett. Wo, zum Teufel, blieb eigentlich Abrams? Er hatte Reed angerufen, nachdem er Sawyer verhört hatte, und der Detective hätte eigentlich erwartet, daß er mittlerweile im Krankenhaus sein müßte. Er wollte, daß er David zu Claudettes Haus fuhr.

Kaum hatte der Junge das Zimmer verlassen, berührte Reed Ann mit einer schwieligen Hand an der Wange und strich ihr das Haar aus der Stirn. »Ann, hör mir zu. Bist du vergewaltigt worden? Kannst du uns einen Hinweis geben, wer es getan hat?«

»Ich ... weiß nicht, wer es getan hat«, stammelte Ann, deren Gesicht so weiß wie das Laken war, während ihr eine Träne die linke Wange hinunterlief. »Es tut so schrecklich weh, Tommy.«

»Ich weiß«, sagte er mit erstickter Stimme. »Ich würde dir die Schmerzen abnehmen, wenn ich könnte, Ann, das weißt du.«

Sie sah ihm in die Augen, ehe sie antwortete, und ließ sich vom Anblick seines markanten Gesichts trösten. »Ich hab niemanden gesehen. Nur die Schüsse und einen Automotor hab ich gehört.« Sie machte die Augen zu und Sekunden später wieder auf. »Keine Vergewaltigung«, sagte sie. »Ich wurde nicht vergewaltigt, Tommy. Ich wurde angeschossen.«

»Hast du ein Auto gesehen, Ann?«

Sie schüttelte den Kopf und brachte heraus: »Nichts.«

Plötzlich schaute Reed auf und sah Glen Hopkins am Fußende des Betts stehen. Wie lange war er schon da? »Sie kann noch keine Besucher empfangen«, sagte er scharf. »Wenn Sie sich nützlich machen wollen, Hopkins, dann bringen Sie David zu Claudette Landers.«

»Aber ich ...« wollte Hopkins einwenden, beließ es aber dann dabei.

Ann drehte den Kopf, als sie seine Stimme hörte. »Glen«, sagte sie, »bist du das? O Gott, Glen, ich – «

»Ich habe Sie gebeten, den Jungen wegzubringen«, sagte Reed zwischen zusammengebissenen Zähnen hervor zu Reed. »Könnten Sie das für uns tun, ja? Wir versuchen, hier eine Ermittlung durchzuführen.«

Glen trat neben Anns Bett, sagte ein paar tröstende Worte zu ihr, dann gab er dem Detective mit dem Kopf ein zeichen, er solle mit nach draußen kommen. Als sie auf dem Flur standen, explodierte er: »Sie sind das größte Arschloch, das mir je untergekommen ist. Ich mache mir Sorgen um Ann, auch wenn Sie und ihr Sohn mich nicht akzeptieren wollen. Nicht nur das, ich bin stellvertretender Bezirksstaatsanwalt. Haben Sie das vergessen?«

Reed zuckte nur die Achseln. »Ich werde den Jungen selbst nach Hause bringen. Ich möchte nicht, daß Sie Ihrem schicken Rolls Royce die lange Strecke zumuten müssen.«

Glens Cowboystiefel machten ein scharrendes Geräusch auf dem Linoleum. »Das ist das Kindischste, was ich je gehört habe, Reed. Das Auto ist zwölf Jahre alt, und ich habe es bei einer verdammten Versteigerung für zwanzig Riesen gekauft, Herrgott noch mal.«

Reed machte einen Schritt auf den Anwalt zu und blies ihm seinen heißen, übelriechenden Atem ins Gesicht. »Was haben Sie da draußen gesehen? Sie waren als einer der ersten am Tatort.«

Hopkins' Antwort war ebenso scharf. »Ihr Partner hat meine Aussage schon aufgenommen. Fragen Sie ihn. Und Sie sollten sich lieber Ihren großen Helden einmal genauer ansehen, Reed«, sagte er höhnisch. »Jimmy Sawyer ist Drogendealer. Möglicherweise ist er Ihr Verdächtiger.«

»Sawyer ein Verdächtiger?« sagte Reed und machte überrascht den Mund auf. »Sie machen Witze, ja?«

Glen wirbelte herum, stapfte den Flur entlang und betrachtete den Detective über die Schulter. Dann rief er über den Flur: »Witze? Ich glaube nicht, Reed. Ihr Jungs benehmt euch wie die verfluchten Keystone Cops. Reißen Sie sich zusammen, sonst lasse ich Ihnen den Fall abnehmen.«

Tommy Reed kniff die Augen zusammen und sah Hopkins finster nach, bis er um die Ecke verschwunden war. Sawyer, fragte er sich, der Typ, der sie gerettet hatte? Er mußte Abrams fragen, was er von dem Burschen hielt. Soweit es Reed betraf, schien er ein reichlich unwahrscheinlicher Verdächtiger zu sein, was Anns hitzköpfiger Verehrer auch glauben mochte. Man schoß nicht auf eine

Frau und eilte ihr anschließend sofort zu Hilfe, um ihr das Leben zu retten. Wenn jemand sich zusammenreißen mußte, dachte Reed, dann Hopkins. Das hier war nicht der Wilde Westen – hier war das Land der MP-Uzis, der abgesägten Schrotflinten, der 9mm-Himmel. In dieser Gegend schossen die Leute wegen der kleinsten Kleinigkeit auf einen, aber sie blieben ganz bestimmt nicht, um Erste Hilfe zu leisten.

Mehrere Schwestern gingen auf dem Flur vorbei, und eine lächelte dem Detective zu. Er erwiderte das Lächeln, wartete ab, bis sie um die Ecke waren, und brach dann in Gelächter aus. Hopkins war ein Narr, ihm anzudrohen, er würde ihm den Fall wegnehmen; hier herumzustolzieren, als wäre er der große Zampano und der Detective nichts weiter als ein lausiger Cop. Für Reed war er ein Muttersöhnchen. Wahrscheinlich hatte Mami die Hausaufgaben beim Jurastudium für ihn gemacht.

Nur zu, Cowboy, dachte er, während er ins Wartezimmer ging, um David abzuholen, ziehen Sie mich ruhig von dem Fall ab. Der Captain hatte den Fall bereits offiziell Abrams zugeteilt, weil er fand, daß Reed Ann zu nahe stand. Tommy machte das nichts aus. Je weniger Papierkram er erledigen mußte, um so mehr Zeit würde er für seine eigenen Ermittlungen haben, und er hatte mehr Verbindungsmänner auf der Straße als jeder andere im Department.

»He, Junge«, sagte er, als er das Wartezimmer betrat. David saß auf einem der Stühle, sein Kopf war ihm nach vorne auf die Brust gesunken. Der Junge war fest eingeschlafen.

Kapitel 3

Ann lag im Bett und hatte fünf oder sechs Kissen hinter sich gestopft. Sie war nach nur sechs Tagen aus dem Krankenhaus entlassen worden, und am Ende der zweiten Woche war sie so gut wie wiederhergestellt. David mampfte Kartoffelchips und sah auf dem Boden neben ihrem Bett seine Sammlung von Baseballkarten durch. »Eines Tages werde ich genügend Geld für Mickey Mantle gespart haben«, erzählte er seiner Mutter. »Freddys Großvater hat ihm letztes Jahr einen Mickey Mantle gekauft. Ist das zu fassen? Freddy kann Baseball nicht mal ausstehen.«

Ann lachte über die Ironie von Davids Bemerkung. Sein Freund interessierte sich nicht für Sport, war aber, wie David, ein Sammler. Wenn er von seinen Lieblingsgegenständen umgeben war, fühlte David sich sicher, und wenn er etwas brauchte, dann ein Gefühl der Sicherheit. Er machte immer noch mehrmals die Woche ins Bett und litt ständig Todesängste, einer seiner Freunde könnte es herausfinden. Trotz jahrelanger Therapie nach dem Verschwinden seines Vaters war David immer noch ein zutiefst verstörter Junge.

»Es wird Zeit, daß du ins Bett gehst«, sagte Ann lächelnd zu ihm. »Und keine Chips mehr, Liebling. Weißt du, wieviel Kalorien ein einziger Kartoffelchip hat?«

Wenn sie einkaufen gegangen wäre, wären erst gar keine im Haus gewesen. Glen hatte vorhin mit drei Tüten Lebensmitteln unter dem Arm vorbeigeschaut. Ann wußte seine Freundlichkeit zu schätzen, aber sie hatte vergessen, ihm zu sagen, daß er nichts zum Knabbern mitbringen sollte. In den vergangenen zwei Wochen hatte David wieder fünf Pfund zugenommen.

Sie waren ein seltsames Paar, diese Mutter mit ihrem Sohn. David aß, wenn er Trost brauchte. Wenn Ann dagegen unter Streß stand, bekam sie keinen Bissen hinunter.

»Hier«, sagte er ernst und gab seiner Mutter die Chipstüte. »Vielleicht solltest du sie besser hierbehalten, damit ich gar nicht drankomme.«

Ann stand vom Bett auf und wollte ihn in sein Zimmer begleiten. Sie wollte die Tüte gerade in ihrer Nachttischschublade verstauen, als sie es sich anders überlegte und sie ihm wiedergab. »In letzter Zeit ist es ziemlich schwer für dich gewesen. Du kannst ja nächste Woche eine Diät machen, okay?«

Während David im Bad seinen Pyjama anzog, strich Ann mit der Hand über sein Laken und wischte Kekskrümel weg. Sie schnupperte nach dem Geruch von Urin. Die zwei Tage alten Laken rochen noch frisch, was sie erleichterte. Wenn David nur eine Woche durchhalten würde, glaubte sein Therapeut, konnte er sein Bettnässen vielleicht überwinden.

Das winzige Zimmer war unglaublich vollgestopft, ganz im Gegensatz zu dem von Ann. Der Junge war ein regelrechtes Eichhörnchen. Mit neun Jahren hatte er jeden Fetzen Alufolie aufgehoben, dessen er habhaft werden konnte, und daraus eine silberne Kugel mit mehr als dreißig Zentimetern Durchmesser gemacht. Da in dem Zimmer kaum ausreichend Platz für das Doppelbett und den Kiefernschreibtisch war, hatte sich Ann eines Tages, als David in der Schule war, den gräßlichen Silberpapierball geschnappt und in den Abfall geworfen. Das wiederholte sich immer wieder. Um das Zimmer des Jungen bewohnbar zu halten, mußte Ann jedesmal warten, bis sein Interesse an einer Art Plunder nachließ und diesen heimlich entsorgen, bevor ein anderer an seine Stelle trat.

Sie betrachtete das Bücherregal neben dem Schreibtisch.

Sie hoffte, die Modellflugzeuge würden als nächstes den Weg alles Irdischen gehen. Sie waren unmöglich abzustauben, und David hatte seit Jahren kein neues mehr haben wollen, seit er sich den Finger mit Sekundenkleber an der Nase festgeklebt hatte.

Dann fiel ihr etwas Seltsames auf. Seit dem Verschwinden seines Vaters sammelte David jedes Buch, jede Zeitschrift und jeden Zeitungsartikel über UFOs, die er finden konnte. Er sprach seine Meinung zwar nicht laut aus, aber Ann wußte, er hatte eine eigene Theorie, wonach sein Vater von Außerirdischen entführt worden war. Die Vorstellung war sicher angenehmer für ihn als der Gedanke, sein Vater könnte brutal ermordet und in einem anonymen Grab zurückgelassen worden sein. Wenn ein Außerirdischer seinen Vater entführt hatte, schien David zu glauben, dann konnte ein Außerirdischer ihn auch wieder zurückbringen.

Aber seit seine Mutter angeschossen worden war, mußte er sich mit der Wirklichkeit auseinandersetzen. Ja, dachte sie traurig, als sie die Poster von Fliegenden Untertassen zusammengeknüllt neben dem Papierkorb liegen sah. Freiwillig räumte er nie etwas aus seinem Zimmer. »Möchtest du die wirklich wegwerfen?« fragte Ann, als er aus dem Bad zurückkam. »Ich meine, falls nicht, solltest du sie lieber in deinem Schrank verstauen, sonst wandern sie in den Abfall.«

»Ja, schaff sie weg«, sagte David und warf sich auf das Bett, nachdem Ann aufgestanden war. »Es gibt keine Außerirdischen. Und Raumschiffe sind blöd. Freddy sagt, das sind nur getürkte Fotos.«

Ann strich ihm übers Haar, bückte sich und küßte ihn liebevoll auf die Wange. Sein Vater war ermordet und seine Mutter angeschossen worden. Kein Kind sollte so grausame Geschichten erleben müssen. Waffen, dachte Ann kopfschüttelnd und betrachtete die Wand über seinem Bett, wo Sportwimpel aufgereiht waren. Wann würden die Leute endlich aufwachen und Waffen abschaffen? Wie viele Menschen mußten noch sterben, bis vernünftige Waffengesetze verabschiedet wurden?

»Du hast keinen Wimpel der Raiders«, sagte sie, verschränkte die Arme und sah ihn streng an. »Warum warst du so gemein zu Glen und hast den nicht genommen, den er dir im Stadion gekauft hat? Das war häßlich von dir.«

»Die Raiders sind für'n Arsch«, sagte David und drehte sich auf die Seite. »Ich wollte nur mit Tommy zu dem Spiel, und dann mußte *er* mitkommen und den ganzen Tag verderben.«

Ann seufzte. Es war sinnlos, wieder einen Streit wegen Glen vom Zaun zu brechen. An der Tür drehte sie sich zu ihrem Sohn um und lächelte. »Aber die Schokokekse, die er dir gekauft hat, haben dir geschmeckt. Ich habe den Beweis dafür in deinem Bett gesehen. Vergiß nicht, was ich dir immer gesagt habe, David: Beiß nicht in die Hand, die dich füttert.«

Unvermittelt richtete er sich mit einem verzweifelten Gesichtsausdruck auf. »Mom, geh morgen nicht wieder zur Arbeit. Bitte«, flehte er. »Was ist, wenn sie wieder auf dich schießen?«

Ann stützte sich an den Türrahmen. »Darüber haben wir doch schon gesprochen, Liebes. Ich war ein Zufallsopfer. Den Leuten war egal, wen sie erwischten, mich oder jemand anderen. Das ist gut, weißt du. Es bedeutet, daß es nicht wieder passiert.« Sie wollte zu ihm gehen und einen weiteren Versuch unternehmen, seine Ängste zu zerstreuen, wußte aber nicht, was sie sagen sollte. »Geh jetzt schlafen. Alles wird gut. Ich hab dich lieb, mein Schatz.«

Ann trottete den langen Flur entlang, ließ sich auf das Bett sinken und berührte ihre schmerzende Schulter. Da sie die letzte Woche im Haus verbracht hatte, wurde sie von qualvollen Erinnerungen an Hank heimgesucht. Sie sah sich in dem Zimmer um und versuchte sich zu erinnern, wie es ausgesehen hatte, als er noch am Leben war. Ihr Mann hatte stets alles frisch gestrichen und repariert gehalten. Jetzt war die Farbe rissig und blätterte ab, und das

Dach war undicht. Aber Ann hatte sich die Ratschläge von Freunden zu Herzen genommen und versucht, nach seinem Verschwinden ihr Zimmer daraus zu machen, daher hatte sie es im vergangenen Jahr in Pastellfarben und Blumenmustern neu dekoriert. Sie mochte keine überladenen Räume, daher war kein Nippes zu sehen, aber sie kaufte hübsche Baumwolldeckchen und legte sie auf die zerkratzte Kommode und die Nachttischchen, die einst ihren Eltern gehört hatten. Dann hatte sie Trockenblumengestecke mit Sonnenblumen und Lilien angefertigt, dieselben Blumen wie auf den Mustern, und sie in Weidenkörben im Zimmer verteilt.

Aber neben den frischen Blumen, die Glen ihr immer brachte, sahen die künstlichen verblaßt und abgeschmackt aus. Die auf dem Nachttisch hatte er erst heute gebracht. Ann atmete ihren Duft ein. Seit sie angeschossen war, hatten sie Glens Umsicht und Anteilnahme angenehm überrascht. Viele Männer waren aufmerksam, wenn alles zum Besten stand, verdrückten sich aber beim ersten Anzeichen von Schwierigkeiten. Glen hatte bewiesen, daß er nicht zu dem Typ Mann gehörte. Dafür war Ann dankbar, und ihre Gefühle ihm gegenüber hatten sich noch vertieft.

Allerdings war er nicht einmal annähernd ein Ersatz für Hank. Genau dort, dachte sie und sah zur Kommode, hatte Hank Waffe und Marke abgelegt, wenn er nach einer Nachtschicht ins Schlafzimmer gekommen war. Genau zu diesem Zweck hatte Ann da eine große Keramikschüssel aufgestellt gehabt. Jeden Morgen nach dem Aufstehen hatte sie seine Uniform vom Boden aufgehoben und nachgesehen, ob er sie noch einen Tag tragen konnte, ehe sie sie in die Reinigung mußte. Dann nahm sie seine Waffe aus der Schüssel und schloß sie in dem kleinen Tresor auf dem Boden in der Ecke des Zimmers ein.

Der Mensch ist ein Gewohnheitstier, sagte Ann zu sich. Auch heute noch ertappte sie sich manchmal dabei, wie sie genau an der Stelle stehenblieb und einfach auf den Boden starrte, wo Hanks Uniform gelegen hatte. Der alte Tresor war jetzt mit einem zerknitterten, bedruckten Tischtuch abgedeckt und unters Fenster geschoben worden, aber Ann bewahrte ihre Schußwaffe noch darin auf. In Ventura County trugen Bewährungshelfer keine Waffen. Seit sie angeschossen worden war, hatte sie die Tresortür offen gelassen, damit sie die Waffe rasch holen konnte, sollte sie sie brauchen. Es waren so viele Jahre vergangen, David wußte wahrscheinlich nicht einmal mehr, daß der Tresor sich in dem Zimmer befand.

Sie sah zu der verschnörkelten Stuckkrone an der Decke und versuchte sich zu erinnern, wie alt das Haus genau war. Laut ihrem Vater waren sie hierher gezogen, als Ann drei Jahre alt war. Sie hatte im Lauf der Jahre immer vergessen zu fragen, ob das Haus neu war, als ihre Eltern es gekauft hatten, und nun konnte sie ohne Einblick ins Grundbuch nicht mehr feststellen, ob vorher andere Familien darin gewohnt hatten. Das wäre ihr seltsam vorgekommen, denn das Haus schien einzig und allein ihres zu sein. Ann hatte es nach dem Tod ihres Vaters geerbt und war gleich nach ihrer Heirat mit ihrem Mann eingezogen.

Ihre Mutter war gestorben, als Ann elf gewesen war. Sie kannte die Schmerzen, die David nach dem Verlust seines Vaters empfunden haben mußte, aus erster Hand. Aber im Gegensatz zu ihrem Sohn hatte sie gewußt, daß ihre Mutter sterben würde und wußte, wo sie begraben lag. Dadurch konnte sie ihren Tod viel leichter akzeptieren.

Das Haus war ständig Anlaß zu Reibereien zwischen Ann und ihrem Mann gewesen. Sie schloß die Augen und dachte an einen speziellen Anlaß. Sie waren auf die Suche nach einem Haus gegangen und hatten ein wunderbares mit vier Schlafzimmern gefunden, ein Neubau drüben am Freeway. David war zwei oder drei Jahre alt gewesen, durch das leerstehende Haus gelaufen und hatte Indianer auf dem Kriegspfad gespielt.

»Es ist toll«, sagte Ann und strich mit der Hand über den gekachelten Tresen in der Küche, die so ganz anders aussah als im Haus ihres Vaters, wo sie den rissigen und fleckigen

Tresen nie richtig sauberzubekommen schien. »Und sieh dir das an, eine richtige Vorratskammer.«

»Soll ich ein Angebot machen?« fragte Hank, dessen Augen vor Aufregung funkelten.

»Was meinst du damit?« antwortete Ann, die seine Aufregung ansteckend fand. »Wir können uns so ein Haus nicht leisten, nicht mit unseren Gehältern.«

Hank nahm sie in die Arme und wirbelte sie in die Luft, wie er es immer mit David machte. »Laß mich runter«, schrie Ann, dann lachte sie.

»Okay«, sagte er und stellte seine Frau behutsam wieder auf die Füße. »Ich hab alles geplant. Wir bekommen eine Hypothek von der Kreditbank für die Kaufsumme, und ich suche mir an Wochenenden einen Nebenjob als Wachmann. Wir schaffen es, Liebling«, sagte er lächelnd. »Ich werde dir dieses Haus kaufen.«

Ann gefiel es, wenn ihr Mann lächelte. Seine Wangen wirkten voll, und er sah beinahe fröhlich aus, nicht hart und kalt wie mit Uniform und Marke.

Die nächsten zehn Minuten lief Ann durch das Haus, sah in alle Schränke und bewunderte alle glänzenden neuen Armaturen in den Bädern. »Wir könnten unser Bett ganz an die Wand schieben«, sagte sie zu Hank im Elternschlafzimmer. »Und dann könnten wir den Fernseher dorthin stellen. Und weißt du, das vierte Schlafzimmer würde ein prima Arbeitszimmer abgeben. Kannst du dir das vorstellen, ein richtiges Arbeitszimmer? Ich könnte einen Schreibtisch haben, mit allem Drum und Dran.«

»Richtig«, sagte Hank strahlend. »Und ich könnte ein paar Kollegen bitten, mit mir eine Sauna im Garten zu bauen.«

Ann ließ den Blick zum Fenster hinaus über den Garten schweifen, und ihre Aufregung wich Ernüchterung. Da draußen war nichts als Dreck. Kein Zaun, kein Garten, keine Vorhänge. Sie würden mehr Möbel brauchen, um die zusätzlichen Zimmer auszustatten. Vor Anns geistigem Auge addierten sich die Dollarbeträge, sie sah sich am

Eßzimmertisch sitzen wie jeden Monat, wenn sie Rechnungen bezahlte – aber wenn sie dieses Haus kauften, würde sie nicht mehr genug Geld haben, sie zu bezahlen.

»Nein«, sagte sie und sah ihm in die Augen. »Wir können nicht, Hank. Wir haben so schon kaum genug, und dabei müssen wir nicht mal eine Hypothek bezahlen. Die Belastung für dieses Haus müßte bei rund tausend pro Monat liegen.«

Hank Carlisle war keiner, der sich um Geld Sorgen machte. Bevor er Ann geheiratet hatte, hatte er jeden Cent ausgegeben, aber heute nichts dafür vorzuweisen. Anns Lebensphilosophie stand in krassem Gegensatz dazu. Man sollte nie Geld ausgeben, das man nicht hatte. Das hatte ihr Vater ihr als erstes beigebracht.

Hank sah sie enttäuscht an. »Na und? Ich hab dir gesagt, daß ich einen zweiten Job annehme. Damit könnte ich die Hypothek allein bezahlen.«

»Du bist nicht realistisch, Liebling«, sagte Ann zu ihm. »Sie erwähnen die Steuern nicht. Du kannst unmöglich genug für die Raten verdienen, wenn du am Wochenende ein paar Schichten einlegst. Und du haßt deinen Job bei der Highway Patrol. Als Wachmann würde es dir noch weniger gefallen, selbst wenn es nur ein paar Stunden pro Woche wären.«

Hank kam näher und zog sie an sich. »Ich möchte dir dieses Haus kaufen, ein brandneues Haus, in dem noch niemand außer uns gelebt hat. Ich hasse es, Cop zu sein, Baby, aber nur, weil ich dir nicht alles kaufen kann, was du verdienst. Ich möchte nicht den Rest unseres Lebens in diesem heruntergekommenen Dreckloch deines Vaters verbringen. Da riecht es sogar alt.« Er verstummte und zog erheitert die Brauen hoch. »Außerdem weißt du ja, daß David älter wird, und sein Zimmer liegt direkt neben unserem. Wir können bald nicht mehr miteinander schlafen, ohne daß er uns hört.«

»So schlimm ist es auch nicht, Hank«, flehte Ann. »Bitte, wir sollten uns nicht bis über beide Ohren verschulden. Wir bräuchten schon für den Umzug zusätzliches Geld, und dann sind da noch Möbel, Vorhänge, höhere Grundsteuern, Gott weiß, was noch alles. Nein, Hank, wir können es nicht.« Und er würde noch mehr Extras wollen, wie die Sauna, von der er vorhin gesprochen hatte. Ann kannte ihren Mann – er mochte schöne Sachen. Sie wich zurück, damit sie ihn mit ihrem Blick festhalten konnte. »Wir können es uns nicht leisten, Hank. Du verdienst nicht genug.«

Ann, die an den Kissen lehnte, verzog das Gesicht, als sie daran dachte, was als nächstes geschehen war, und wünschte sich, sie könnte die häßlichen Erinnerungen verdrängen. Einige Augenblicke später läutete das Telefon, und sie nahm den Hörer dankbar ab, weil sie die Vergangenheit ruhen lassen konnte. Es war Tommy Reed.

»Hast du gewußt, daß sich niemand um meine Arbeit kümmert, während ich weg bin?« fragte sie ihn, als er Einwände dagegen erhob, daß sie am nächsten Tag wieder arbeiten gehen wollte. »Claudette hat sogar versucht, selbst einige Fälle zu übernehmen.«

»Darüber würde ich mir keine Gedanken machen«, sagte Reed. »Nur um deine Gesundheit.«

Ann freute sich aufrichtig über die Besorgnis, die ihr entgegengebracht wurde. Reed war schon der sechste, der ihr das sagte: Werd nur wieder gesund, erhol dich, alles andere wird schon werden. Klingt gut, sagt sich leicht, hört man gern. Glen hatte sogar darauf bestanden, daß sie David nehmen und ein paar Monate weggehen sollte, war sogar bereit gewesen, für die Kosten aufzukommen. Aber so gut es auch gemeint war, die Leute, die ihr Trost spendeten, sahen die Situation nicht mit Anns Augen. In den vergangenen zwei Wochen hatte sie die mit Argusaugen überwachten Krankentage durch ihren bezahlten Urlaub gestreckt. Der Staat genehmigte ihr nur wenige Tage bezahlte Freizeit pro Monat, und die mußte sie für Notfälle aufsparen. Die Situation war ganz einfach: Ann hatte keine andere Wahl als wieder zur Arbeit zu gehen.

»Mach dir um mich keine Sorgen«, sagte sie zu dem Detective und stellte ihre gewohnte Unbekümmertheit zur Schau. »Ich dreh sowieso hier im Haus durch. Was meinst du dazu, daß dieser Bewährungskandidat angehalten und mir geholfen hat? Jimmy Sawyer. Sie sagen, wenn er sich nicht mit Erster Hilfe ausgekannt und die Blutung zum Stillstand gebracht hätte, wäre ich möglicherweise verblutet. Ausgerechnet er, hm?«

Sie machte die Nachttischlampe aus, warf die überflüssigen Kissen auf den Boden und drehte sich auf die Seite, um im Dunkeln weiterzusprechen. »Ich habe versprochen, ich würde Sawyers Fall noch einmal aufrollen und normale Bewährung für ihn herausschinden, damit er sich nicht jeden Monat melden muß. Als eine Art Belohnung.«

»Ach ja?« sagte Reed. »Ich glaube nicht, daß das klappen wird. Deswegen rufe ich an. Glen Hopkins bereitet gerade einen Haftbefehl vor, um ihn festnehmen zu lassen.«

Ann schoß senkrecht im Bett hoch. »Was ist passiert? Ist er wieder mit Drogen geschnappt worden?«

»Hopkins glaubt, daß Sawyer auf dich geschossen hat.«

»Nein.« Ann verstummte, weil sie darüber nachdenken mußte. »Das ist lächerlich, Tommy. Weshalb sollte der Mann auf mich schießen und dann bleiben und Erste Hilfe leisten? Wann hat Glen dir das gesagt? Du kennst Glen nicht so gut. Sicher hat er einen Witz gemacht. Ich habe erst heute mit ihm gesprochen, und er hat nichts von Sawyer oder einem Haftbefehl erwähnt.« Ann griff hinüber zum Nachttisch und machte das Licht wieder an.

»Ich wiederhole nur, was ich gehört habe. Er glaubt, Sawyer hat auf dich geschossen, damit du ihm nicht auf die Pelle rücken kannst. Weißt du, Ann, Hopkins könnte recht haben. Möglicherweise hatte Sawyer eine große Lieferung im Haus und ist in Panik geraten, als ihm klar geworden ist, daß du einfach in sein Haus spazieren und ihn hochnehmen könntest. Abrams sagte, dein Auto ...«

Reed redete weiter, aber Ann hörte nicht zu. Die Hand, in der sie das Telefon hielt, zitterte heftig, und ihr Herz raste. Sie hatte das schreckliche Ereignis akzeptiert, weil sie es für eine Zufallstat gehalten hatte. Jetzt erzählte Reed ihr, es wäre Vorsatz im Spiel gewesen.

Reed sagte: »Bist du noch dran?«

Sie umklammerte den Hörer jetzt mit beiden Händen. »Aber du hast gesagt, es wäre ein Schuß aus einem vorbeifahrenden Auto gewesen. Sogar Noah hat das gesagt.«

»Das dachten wir ursprünglich. Wie ich gerade sagte, Abrams hat rausgefunden, daß dein Jeep lahmgelegt wurde. Die Zündkabel waren durchgeschnitten, Ann. Das paßt nicht zu einem Zufallstreffer aus einem vorbeifahrenden Auto.«

»Also wurde ich in einen Hinterhalt gelockt. Sie haben mir aufgelauert. Das bedeutet, sie wollten mich, Tommy. Sie haben nicht einfach aus Jux und Dollerei geschossen. Sie hatten es auf mich abgesehen.«

Der Detective zögerte und versuchte, ihre Stimmung einzuschätzen. »Hör zu, Ann, könnten wir uns ein andermal darüber unterhalten? Ich möchte dich nicht beunruhigen.«

»Nein«, schrie Ann in den Hörer. Dann senkte sie die Stimme, als sie an David dachte. »Sag mir alles, was du weißt, Tommy. Ich muß es wissen.«

»Okay«, sagte er seufzend. »Glen Hopkins glaubt, Sawyer hat in dem Augenblick beschlossen, auf dich zu schießen, als der Richter das Urteil verkündet hatte. Wenn du mir nicht glaubst, frag ihn.«

Ann sah durch das Zimmer und erlebte die Schießerei noch einmal. Jede einzelne Sekunde war ihr ins Gedächtnis eingebrannt. Sosehr sie auch versuchte, es zu vergessen, zu verdrängen, sie wußte, es würde immer dasein. Ein Wort genügte, und schon erstrahlte die ganze Nacht wieder in leuchtenden Farben.

»Ann«, sagte Reed, »bist du nach Sawyers Verhandlung mit Hopkins irgendwo hingegangen und dann aus irgendeinem Grund ins Gerichtsgebäude zurückgekehrt?«

»Nein«, sagte sie verwirrt. »Wir haben uns doch schon

darüber unterhalten, wie es abgelaufen ist. Hast du die Aussage nicht gelesen, die ich Abrams gegenüber gemacht habe?« Als der Detective nicht antwortete, rekapitulierte Ann die Ereignisse für ihn. »Okay, die Verhandlung dauerte etwa dreißig Minuten. Sie sollte um vier anfangen, aber Sawyer kam zu spät, also muß es nach halb fünf gewesen sein, als ich mit Glen den Gerichtssaal verlassen habe.« Sie verstummte, da sie ihm nicht sagen wollte, was sich im Treppenhaus abgespielt hatte. »Dann bin ich zurückgegangen und habe meinen Bericht diktiert. Als ich fertig war, hatten alle anderen schon Feierabend gemacht, daher schätze ich, es muß nach fünf gewesen sein. Ich habe etwas Zeit auf dem Parkplatz verplempert, als ich mir überlegt habe, was ich wegen des Autos unternehmen sollte, dann ging ich zu Fuß weg. Ich hab angenommen, daß Glen schon gegangen war, sonst hätte ich ihn gebeten, mich nach Hause zu fahren. Dann wurde auf mich geschossen. Glen muß mich mit Sawyer auf dem Bürgersteig gesehen haben, als er das Gebäude verließ. Er hat gesagt, daß er länger geblieben ist, um seine Notizen zu dem Fall zu ordnen.«

Reed wollte Ann die Wahrheit sagen, daß das Krankenhaus eine Untersuchung auf Vergewaltigung vorgenommen und festgestellt hatte, daß sie am Tag des Verbrechens Geschlechtsverkehr gehabt hatte. Dann besann er sich, weil er wußte, es würde ihr peinlich sein. Er mußte davon ausgehen, daß sie sich mit Glen zum Mittagessen getroffen hatte und die beiden anschließend irgendwo zusammen ins Bett gehüpft waren. In der Nacht auf der Intensivstation hatte sie offenbar so stark unter Medikamenten gestanden, daß sie sich nicht an seine Bemerkung erinnerte, sie hielten eine Vergewaltigung für wahrscheinlich. Nachdem Ann das verneint hatte, bestand keine Veranlassung mehr, es wieder zur Sprache zu bringen.

»Warum hast du gefragt, ob ich das Gerichtsgebäude verlassen hatte?« fragte Ann, die nicht wußte, worauf er mit dieser Frage hinaus wollte.

»Vergiß es«, sagte Reed rasch. Sein Tonfall deutete an, daß er das Thema lieber nicht angeschnitten hätte.

Ann verabschiedete sich und legte langsam den Hörer auf. Sie teilte Glens Verdacht gegen Jimmy Sawyer nicht, aber darüber machte sie sich keine Sorgen.Halb wahnsinnig machte sie die Tatsache, daß wer immer sie angeschossen hatte, sie hatte treffen wollen, nicht einfach irgendwen, sondern speziell sie. Würde er es so lange weiterversuchen, bis er Erfolg hatte?

Ann fröstelte, zog die Decke bis zum Kinn hoch und sah zur Decke.

In der Stille ertönte Davids flehentliche Stimme.

»Komm zurück, Dad«, schrie er. »Geh nicht weg. Laß mich nicht allein.«

Ann ergriff den Bademantel am Fußende des Betts und lief den Flur entlang zum Zimmer ihres Sohns. »Wach auf«, sagte sie und schüttelte ihn behutsam an den Schultern. »Du hast einen Alptraum, Liebling.«

David fuhr kerzengerade im Bett hoch. Sein Pyjama war schweißnaß, sein dunkles Haar ebenfalls. »Er war hier, Mom«, sagte er und ließ die Blicke über die Schatten im Zimmer schweifen. »Er stand an meinem Bett. Ich hab ihn gesehen. Wirklich.«

Ann setzte sich auf die Bettkante und zog ihren Sohn in die Arme. Sie spürte die Nässe unter sich und nahm den Geruch von Urin wahr. Herrgott, dachte sie verbittert, warum mußte ihr Kind so leiden? »Schon gut, Liebes«, sagte sie und strich ihm eine Strähne schweißnassen Haars aus der Stirn. »Du hast wieder einen Alptraum gehabt.«

»Nein«, beharrte er und packte den Bademantel seiner Mutter. »Dad war wirklich hier. Er hat gesagt, er würde zurückkommen. Er hat gesagt, ich darf nicht zulassen, daß du Glen heiratest.«

»Oh, Baby«, sagte Ann, der das Herz brach. »Ich werde niemanden heiraten, okay? Komm, wir ziehen dir die nassen Sachen aus, und ich beziehe das Bett frisch.«

Ann wollte gerade das Licht einschalten, als sie ihren

Sohn leise schluchzen hörte. Statt ihn der Peinlichkeit auszusetzen, die Laken zu wechseln, ging sie ins Bad, holte ein großes Handtuch und ließ ihn wegrücken, damit sie es auf die nasse Stelle legen konnte. Meistens stand er auf, wechselte die Laken selbst und warf die nassen am nächsten Morgen in die Waschmaschine.

Ann stieg zu ihm ins Bett und drückte seinen Kopf an die Brust. »Ich werde bei dir bleiben, Liebling«, flüsterte sie mit leiser, tröstender Stimme. »Mach die Augen zu und denk an etwas Schönes.«

»Dad wird mich für ein Baby halten«, schluchzte der Junge und schlotterte am ganzen Körper. »Er wird erfahren, daß ich noch ins Bett pinkle. Ich muß damit aufhören, bevor er zurückkommt. Ich muß einfach«

Ann hielt ihren Sohn fest und streichelte ihn zärtlich, bis er aufhörte zu weinen und sein Atem langsamer ging. Nach einer Weile drang die Nässe durch das Badetuch, und ihr war, als würde sie auf einem Gletscher schlafen. Ann zog die Decke über sie, schloß die Augen und gönnte endlich auch ihrem erschöpften Körper Schlaf.

Kapitel 4

Claudette Landers war auf hundertachtzig, ihre dröhnende Stimme hallte von den Wänden wider, als Ann das Büro betrat. »Raus hier«, schrie Claudette jemanden an. »Ich will keine jämmerlichen Beschwerden mehr hören.«

Ann holte sich eine Tasse Kaffee aus der kleinen Kochnische, wartete ab, bis sie den unglücklichen Bewährungshelfer aus Claudettes Büro flitzen sah wie eine Feldmaus, dann trat sie ein. Sie bezeichneten ihre Arbeitsräume als Büros, aber die bestanden nur aus stoffbezogenen Trennwänden in einem einzigen riesigen Raum. Als Abteilungsleiterin konnte Claudette immerhin eine abgeteilte Zelle für sich allein beanspruchen. Ann mußte ihre mit einer anderen Bewährungshelferin teilen. Telefongespräche, dienstlich oder privat, drangen von einer Kabine in die nächste. So etwas wie Privatsphäre gab es nicht.

Als Leiterin der Abteilung für Erwachsenenstraftaten teilte Claudette den einzelnen Beamten Fälle zu, die vom Gericht weitergegeben wurden, sprach sie mit ihnen durch – billigte im großen und ganzen ihre Einschätzungen und Empfehlungen – und fungierte als Vermittlerin zwischen den Gerichten, dem Büro des Bezirksstaatsanwalts, der Verteidigung und anderen beteiligten Dienststellen.

»Bin wieder da«, sagte Ann. »Haben Sie einen Moment Zeit?«

Claudette lächelte. »Mann, ich bin froh, Ihr hübsches Gesicht zu sehen. Ich habe noch keinen Schaum vor dem Mund, aber bald ... bald. Setzen Sie sich. Wie geht es

Ihnen? Sind Sie sicher, daß Sie schon wieder hier sein sollten? Haben die Ärzte Ihnen erlaubt, wieder arbeiten zu gehen?«

Ann ließ sich auf den Stuhl sinken; sie lehnte sich nicht zurück, weil ihre Schulter noch zu sehr wehtat. »Ich bin noch etwas schwach ... die Wunde schmerzt noch, wissen Sie?« Die beiden Frauen kannten einander so gut, daß Ann keine weiteren Erklärungen abgeben mußte. Ja, sie hatte immer noch Schmerzen, sagten ihre Augen. Ja, sie hatte Angst. Ja, sie hatte keine andere Wahl als wieder zur Arbeit zu gehen.

Als dieser Augenblick stillschweigenden Einverständnisses vorüber war, wechselte Ann rasch das Thema. »Was gibt es denn für Probleme mit Rogers?«

Claudette war eine gute Freundin, eine nette Frau und ein zäher Brocken. Über Anns Verletzung würde nicht mehr gesprochen, keine überflüssigen Mitleidsbekundungen ausgetauscht werden. Claudette Landers war mit ihren fünfunddreißig Jahren eine große Frau, deren Gewicht sich überwiegend in der unteren Körperhälfte konzentrierte. Sie war von afroamerikanischer Herkunft, intelligent, wortgewandt und wurde im ganzen County als herausragende Vorgesetzte respektiert.

»Der kleine Scheißer ist so eine Nervensäge«, sagte Claudette. »Jedesmal, wenn ich Rogers einen Fall mit mehr als einem Klienten zuteile, heult er wie ein Baby. Weiß nicht mal, was ein Bingoblatt ist, und weigert sich, es zu lernen. Haben Sie gehört, Rogers?« schrie sie über die Trennwand hinweg, und ihre Stimme klang lauter als Donnerhall. »Ihre Mutter hätte Sie durchprügeln sollen, als Sie ein Kind waren, und dieser Nörgelei ein Ende bereiten. Sehen Sie sich Ann hier an, die schon wieder zur Arbeit erschienen ist. Solche Leute brauchen wir hier, keine Bande schniefender Heulsusen.«

»Meine Mutter hat mich durchgeprügelt«, schrie Rogers zurück, der schon lange unter Claudettes Beschimpfungen zu leiden hatte und sich nicht so leicht einschüchtern ließ.

»Das stimmt nicht mit mir. Und jetzt habe ich auch noch Sie als Boss. Ich werde auf seelische Grausamkeit plädieren, wenn Sie mich nicht in Ruhe lassen, Claudette. Vielleicht ginge sogar sexuelle Belästigung. Dann werden sie mein Gehalt jeden Monat von Ihrem Gehaltsscheck abziehen.«

»Von Ihnen mit Ihrem knochigen weißen Arsch würde ich mich nicht ficken lassen, wenn Sie der letzte Mann auf der Welt wären«, gab Claudette rasch zurück.

Kichern und witzelnde Bemerkungen der anderen Bewährungshelfer ertönten, die von einem Chor von Stimmen abgelöst wurden: »Herzlich willkommen, Ann.«

»Danke, Leute. Ich bin froh, daß ich wieder hier bin.« Ihre Kollegen waren eine große Hilfe gewesen, hatten sie im Krankenhaus besucht, Unterstützung bei David angeboten, Essen gebracht.

»Ich möchte Jimmy Sawyers Fall noch einmal vor Gericht bringen und seine Bewährungsvorschriften ändern lassen«, sagte sie zu Claudette, als es wieder ruhig in der Abteilung geworden war. »Was meinen Sie? Glauben Sie, Hillstorm wird sich darauf einlassen? Ich habe Sawyer mehr oder weniger versprochen, daß ich es versuchen würde.«

»Warum, um alles in der Welt, wollen Sie das machen?« bellte Claudette, deren dunkle Augen blitzten. »Das Büro des Staatsanwalts hat vor, ihn wegen der Schüsse anzuklagen und ins Gefängnis zu werfen.«

»Er hat mir das Leben gerettet, Claudette«, sagte Ann. Sie konnte nicht glauben, daß Glen tatsächlich ohne stichhaltige Beweise gegen Sawyer vorgehen wollte. Nicht nur das, es sah ihm überhaupt nicht ähnlich, so ein Risiko einzugehen. Er stand auf Fälle, die zu einer todsicheren Verurteilung führten. »Sie wissen vielleicht, daß Glen Hopkins und ich miteinander befreundet sind, daher ist er voreingenommen in meinem Fall. Er scheint zu glauben, je früher er Anklage erhebt, desto schneller bin ich außer Gefahr. Da es keine anderen Verdächtigen oder Hinweise gibt, hat er es auf Sawyer abgesehen.«

»Vielleicht hat er recht«, sagte Claudette.

Ann schüttelte den Kopf. »Ich bin sicher, daß er es nicht war. Wie viele Leute schießen auf einen und bleiben dann, um einem Erste Hilfe zu leisten? Wenn er mich töten wollte, warum hat er mich dann nicht einfach verbluten lassen?«

»Hmph«, sagte Claudette, bewegte die ausladenden Hüften auf dem Bürostuhl hin und her und beugte sich dann ruckartig nach vorne über den Schreibtisch. »Keine Extrawürste. Sie wissen, was ich davon halte. Außerdem wird Hillstorm einfach glauben, daß Sie Sawyer nicht überwachen wollen. Das wird nie funktionieren.«

Obwohl Ann Claudette respektierte, fand Ann, daß diese Frau manchmal unnötig hart war. Hätte Claudette blutend auf dem Bürgersteig gelegen, würde sie verstehen, was Ann Jimmy Sawyer gegenüber empfand. Aber Claudette war ihre Vorgesetzte, und Ann hatte momentan nicht die Kraft, sich gegen sie zu stellen. »Sie sind der Boss«, sagte Ann und stand auf.

Zeit für den großen Sprung, dachte sie, um zu sehen, wie groß der Schaden in ihrem Büro tatsächlich war. »Scheiße«, kreischte Ann, als sie ihre Kabine betreten hatte. Die Hälfte der Anwesenden, einschließlich Claudette, kamen mit erschrockenen Gesichtern in ihr Abteil gestürmt. Ann sah sie über die Schulter an. »Entschuldigung«, sagte sie. »Niemand hat es auf mich abgesehen, außer der Mann vom Archiv.« Ann kickte einen großen Pappkarton aus dem Weg, damit sie wenigstens einen schmalen Pfad zu ihrem Schreibtisch hatte. »Seht euch das an. Ich wußte, daß es schlimm sein würde. Aber so schlimm hätte ich es mir nicht vorgestellt.«

Wo Ann auch hinsah, lagen Aktenordner und standen Pappkartons herum. Nach zehn Jahren bei der Behörde und mit ihrer beachtlichen Erfahrung befand sie sich in der wenig beneidenswerten Position, daß sie nur die kompliziertesten und wichtigsten Fälle bekam. Das bedeutete wahre Papierberge: Protokolle von Verhandlungen, Polizeiberichte, Mitschriften der Vorverhandlungen, Führungszeugnisse anderer Staaten und Behörden, Autopsieberichte, gerichtsmedizinische Gutachten. Diese Dokumente mußte Ann allesamt lesen und studieren. Sie waren überall aufgestapelt. Auf dem Schreibtisch, über einen Meter hoch auf dem Boden, wahllos in einen Plastikkorb auf dem Stahlschrank gestopft, der jeden Moment überzuquellen drohte.

Ann drehte sich um und sah Claudette noch mit besorgtem Gesichtsausdruck dastehen.

»Ich habe mir größte Mühe gegeben, Ann, wirklich. Ich habe Arbeit mit nach Hause genommen. Ich habe sie anderen zugeteilt. Bemühen Sie sich einfach. Mehr können Sie nicht tun.« Sie seufzte resigniert.

Sie befanden sich in einer traurigen Lage bei der Behörde. Eine unaufhörliche Flut von Fällen ergoß sich über sie, und alle mit einer Frist: Anhörungstermine, Gesprächstermine, Gerichtstermine, Pressetermine, Nebenklagentermine. Es war schon schlimm genug, daß sie mehr Arbeit hatten, als sie erledigen konnten, aber wenn alles noch eine Frist hatte, nahm die Belastung ein fast unerträgliches Ausmaß an.

Nachdem Claudette gegangen war, ließ sich Ann auf den Stuhl fallen. Ihr Schreibtisch stand direkt an einem Fenster vom Boden bis zur Decke, das ihr einen Ausblick über den Parkplatz des Komplexes ermöglichte. Ihr Blick wanderte sofort zu dem Gebüsch, das den Parkplatz zur Srraße hin abschirmte, wo sie nach der Öffnung zum Victoria Boulevard suchte. Dann fand sie sie – die exakte Stelle in der Hecke, wo sie Sekunden, bevor sie angeschossen wurde, durchgegangen war. Heute morgen hatte sie einen Umweg in Kauf genommen, um auf der anderen Seite des Gebäudes zu parken, weil sie nicht einmal in die Nähe der Stelle kommen wollte.

Ann nahm die Akte Delvecchio, schlug sie auf und dachte, sie könnte sich von dem ablenken, was vor ihrem Fenster lag. Fünf oder zehn Minuten vergingen, aber Ann sah die Akte gar nicht an. Sie dachte an diese Stelle und wie sehr sie sich wünschte, sie müßte sie nie wiedersehen. Die Angestellten kämpften förmlich um diese Schreibtische an den Fenstern, aber im Augenblick hätte Ann es vorgezogen, in einer geschlossenen Kabine zu arbeiten.

Ohne nachzudenken, stand sie auf, ging um den Schreibtisch herum und drückte die Handflächen gegen das Glas. Als sie auf ihre Hände sah, wurde ihr klar, warum sie es getan hatte. Sie wollte das Glas spüren, seine Festigkeit testen. Wollte sich vergewissern, daß sich etwas zwischen ihr und der Stelle in der Hecke befand.

Im nächsten Augenblick kamen ihr gegen ihren Willen Fragen in den Sinn. Sie pochten in ihrem Kopf wie Migräne, drückten gegen ihre Stirn, bedrängten die empfindlichen Stellen hinter den Schläfen – unablässige, bohrende Fragen – Fragen, die sie, wie sie genau wußte, ewig stellen würde, genau wie bei Hank. »Genau wie bei Hank«, murmelte sie, schüttelte den Kopf und wollte ihnen auf der Stelle ein Ende bereiten.

Wo hatte er gestanden, als er schoß? Warum hatte er überhaupt geschossen? Was hatte sie diesem Menschen getan? Wer haßte sie so sehr, daß er sie in den Rücken schoß und verblutend auf dem Bürgersteig liegenließ? Die verhaßten Fragen setzten ihr immer weiter zu und nahmen ein Eigenleben an.

Schließlich riß Ann sich vom Fenster los, sank wieder auf den Stuhl, betrachtete die Papier- und Aktenberge, und die Fragen wurden zu einer zweitrangigen Flüsterstimme. »Wo ist die Akte, die ich gerade in der Hand hatte?« fragte sie laut, um die Stimmen zu übertönen.

Wo lag Hanks Leichnam begraben? meldete sich eine weitere Stimme zu Wort. Was war an jenem Abend auf dem einsamen Straßenabschnitt geschehen? Wer hatte ihr Leben auf den Kopf gestellt?

Das war das Problem, wenn man anfing, Fragen zu stellen, und nach Antworten suchte, die es nicht gab, dachte Ann. Eine Frage führte immer nur zur nächsten.

Gegen zehn Uhr begegnete Ann auf dem Rückweg von der Kantine Perry Rogers. »Ann«, sagte er mit einem dicken Aktenordner in der Hand und einem frustrierten Gesichtsausdruck. »Ich weiß, du bist erst zurückgekommen und so, aber ich komme einfach nicht mit diesem Bingoblatt zurecht. Es ist komplizierter als meine Einkommensteuererklärung.«

Ann kicherte. Bingoblatt nannten sie das Formular, auf dem sie Haftbedingungen festhielten, und es erinnerte eine Menge Leute an eine Steuererklärung. Der Staat Kalifornien hatte vor ein paar Jahren einen ausgefeilten Gesetzeskatalog erlassen, der das Strafmaß für jeden Anklagepunkt genau festlegte. »Kein Problem«, sagte sie. »Komm in mein Büro, wir gehen es gleich zusammen durch.«

Perry Rogers war ein spindeldürrer Mann Ende Zwanzig, so mager und knochig, daß er an seinem Schreibtisch auf einem Kissen sitzen mußte. Ann hatte ihn Essen nie auch nur anrühren sehen, und das Gerücht ging, daß er an einer Stoffwechselstörung litt. Aber er war ein netter Kerl, und Ann war stets bereit, einem weniger erfahrenen Kollegen mit Rat und Tat zur Seite zu stehen.

»Okay, Perry«, sagte sie, als er einen Stuhl neben ihren Schreibtisch gezogen hatte. »Gib mir dein Bingoblatt und den Gerichtsbescheid, der die Anklagepunkte auflistet, zusammen mit deinen Empfehlungen.«

Rogers gab Ann die gesamte Akte und wartete, während sie die Einzelheiten studierte. Einer der Gründe, weshalb er so viele Schwierigkeiten hatte, bemerkte Ann, bestand darin, daß es sich bei dem Fall, den er bearbeitete, um einen mit mehreren Anklagepunkten handelte, allesamt Sexualdelikte. Die Richtlinien für das Strafmaß bei Sexualdelikten waren komplizierter geworden als bei jedem anderen Verbrechen. Jedes Jahr wurde ein neues Gesetz erlassen, welches das Strafmaß beeinflußte. Wie alle wußten, war Ann eine Expertin auf diesem Gebiet. Sie konnte einen Fall mit fünfzig Anklagepunkten innerhalb von Minuten im Kopf aufrechnen, wogegen Rogers und die meisten Schwierigkeiten hatten, es überhaupt zu schaffen.

»Hier hast du dich geirrt«, sagte sie zu ihm und deutete dabei auf das Formular. »Dieser Anklagepunkt muß nacheinander abgebüßt werden, nicht gleichzeitig, und du hast das zusätzliche Strafmaß für das vorausgegangene Einbruchsdelikt an der falschen Stelle eingetragen.«

Rogers kapierte nicht, was Ann sagte. »Warum können die verdammten Richter das nicht einfach selbst ausrechnen? Sie verdienen viel mehr Geld als wir.«

Das war die Ansicht der meisten Bewährungshelfer, und Ann hatte sie schon so oft gehört, daß sie nur mit einem Achselzucken reagierte. »Warum versuchst du nicht, ob du jetzt damit klarkommst, Perry?« sagte sie, gab ihm das Formular zurück und wartete, während er versuchte, es zu vervollständigen.

Im Lauf der Jahre war die Arbeit zunehmend abstrakter geworden. Bis vor sechs Monaten war Perry Rogers im Außendienst gewesen. Dabei mußte er Straftäter überwachen und nur Berichte schreiben, wenn sie gegen ihre Bewährungsauflagen verstießen. Außendienstler waren eine vollkommen andere Rasse als Gerichtsermittler. Viele handhabten ihre Fälle locker, kamen in Jeans und T-Shirt zur Arbeit und mußten selten einmal wegen ihrer Fälle vor Gericht erscheinen. Aber jetzt, wo Perry dem Innendienst zugeteilt worden war, beschränkte sich sein Job vornehmlich darauf, Akten für Gerichtsverhandlungen vorzubereiten.

»Warum hast du dieses Strafmaß erhöht?« fragte Ann, die das Formular über seine Schulter hinweg studierte.

»Weil er eine Feuerwaffe benutzt hat«, antwortete der Mann.

»Aber du hast schon zwei Jahre wegen der Waffe hinzugefügt. Darum kannst du sie nicht mehr heranziehen, um eine höhere Strafe zu fordern. Begreifst du nicht?« sagte Ann. »Das wäre doppelt gemoppelt. Er kann nicht zweimal wegen desselben Verbrechens bestraft werden.«

»Nun«, sagte Rogers eindeutig verwirrt, »sein Vorstrafenregister ist ein erschwerender Faktor, und deswegen habe ich das Strafmaß auch erhöht. Ist das nicht dasselbe?«

»Nein, das ist es nicht«, sagte Ann, die allmählich ebenso frustriert war wie Perry. Sie wußte, es war eine komplizierte Materie, und der Mann tat ihr leid, aber er mußte das Gesetz verstehen, wenn er seine Arbeit tun wollte. »Diese Steigerung gilt für ein bestimmtes vorhergehendes Verbrechen, den Einbruch. Du hast das Strafmaß aufgrund seines gesamten bisherigen Vorstrafenregisters hochgesetzt. Begreifst du den Unterschied?«

Ann betrachtete die Aktenstapel auf ihrem Schreibtisch und sah ihren Kollegen an. Sie hatte nicht den ganzen Tag Zeit, hier zu sitzen und es ihm zu erklären. Ann nahm ihm das Formular aus der Hand, setzte die korrekten Zahlen ein, rechnete sie selbst zusammen und gab es ihm wieder. »Da hast du es, Perry«, sagte sie. »Aber eines Tages wirst du dir die Zeit nehmen und es selbst lernen müssen.«

Nachdem Rogers in seine Kabine neben der von Ann zurückgekehrt war, redete er von der anderen Seite der Trennwand weiter. »Es war genau da drüben, oder nicht? Du erinnerst dich an die Stelle, wo du angeschossen worden bist?«

Ohne zu antworten, nahm Ann ihre Arbeit und verließ lautlos die Kabine, um einen freien Schreibtisch zu suchen, den sie vorübergehend benützen konnte – einen Schreibtisch, von dem sie den Parkplatz nicht sehen konnte.

Um halb eins hörte Ann, wie ihr Name über das Lautsprechersystem ausgerufen wurde. Sie nahm ihre Unterlagen und Ordner von dem langen Tisch im Konferenzzimmer, wo sie gearbeitet hatte, und lief hastig zu ihrem Schreibtisch zurück, um den Anruf entgegenzunehmen.

»Hi«, sagte Jimmy Sawyer. »Ich wollte nur wissen, wie es Ihnen geht.«

»Oh, Jimmy«, sagte Ann, als sie die näselnde Stimme erkannte. »Schön, daß Sie anrufen. Um ehrlich zu sein, ich wollte Sie heute nachmittag auch anrufen.« Da sie ihm die schlechte Nachricht nicht am Telefon beibringen wollte, schlug Ann vor, er sollte in ihr Büro kommen, damit sie sich unterhalten konnten. Dann überlegte sie es sich anders.

»Ich mache Ihnen einen Vorschlag«, sagte sie. »Ich stehe in Ihrer Schuld. Ich werde Sie zum Essen einladen. Treffen wir uns im Marie Callender's?« Was die anderen auch sagen mochten, Ann war ihm dankbar dafür, daß er ihr geholfen hatte. Viele Leute wollten in so etwas nicht hineingezogen werden, und Ann wußte, sie hätte auf dem Bürgersteig verbluten können.

»Marie Callender's ist zu weit von meinem Haus entfernt«, sagte Sawyer. »Treffen wir uns im Hilton.«

Ann betrat das Hotelrestaurant, setzte sich an einen Tisch und studierte gerade die Speisekarte, als Sawyer hereinkam. Er hatte das lange Haar zu einem Pferdeschwanz gebunden und trug Levi's und ein weißes Hemd mit bestickter Brusttasche. »Ich kann echt nicht bleiben«, sagte er, ohne sich zu setzen. »Ich muß gehen. Ich komme zu spät.«

»Sie meinen, Sie wollen nichts essen?« fragte Ann überrascht. »Aber ich wollte etwas für Sie tun. Ich meine, es ist nicht viel, aber ...«

Sawyer hatte Schwierigkeiten, ihr in die Augen zu sehen, bemerkte sie. Er sah sie an und gleich wieder weg. »Ich dachte, Sie wollten noch mal mit mir vor Gericht gehen, ihnen sagen, was ich getan habe. Sie wissen schon, meine Bewährung abändern, damit ich mich nicht jeden Monat melden muß.«

»Warum setzen Sie sich nicht, Jimmy?« sagte Ann und studierte sein Gesicht; ihre Meinung über ihn wechselte von einem Augenblick zum nächsten.

»Kann nicht. Ich muß gehen. Ich muß büffeln.«

»Gehen Sie zur Schule?« fragte sie verwirrt. Sie konnte sich wirklich kaum an seinen Fall erinnern. Es schien, als wäre alles unmittelbar vor den Schüssen einfach ausradiert worden.

»Nein«, sagte er. »Aber ich werde nächstes Semester gehen. Ich muß meine SAT-Punkte aufbessern.« Er verstummte unvermittelt und rieb sich die Hände an den Jeans ab. »Ich besuche einen dieser Paukkurse. Wenn ich meine Punktezahl nicht verbessern kann, muß ich auf ein blödes Juniorcollege gehen.«

Ein blödes Juniorcollege, dachte Ann und preßte die Lippen zusammen. Sie kannte Kinder, die liebend gerne auf jedes College gegangen wären. »Das ist nicht so schlimm. Viele Jungs verbringen die beiden ersten Jahre an einem Juniorcollege und wechseln dann erst zur Universität über. Mein Mann hat das auch getan, und er hat einen Abschluß mit Auszeichnung an der UCLA gemacht.« Ann hatte ein seltsames Gefühl, als sie Hank Sawyer gegenüber erwähnte. Plötzlich wurde ihr die Nacht, in der die Schüsse fielen, wieder ins Gedächtnis gerufen. Warum hatte sie gedacht, daß Hank dort gewesen war? Ann wußte, sie hatte halluziniert, dennoch belastete es sie. Wenn jemand das entkräften konnte, dachte sie, dann Sawyer. Er war dabeigewesen. »Jimmy, können Sie die Leute beschreiben, die stehengeblieben sind, als ich angeschossen wurde?«

»Ein älteres Paar. Ich weiß nicht. Kann mich echt nicht erinnern.«

»Detective Abrams sagte mir, daß eine Menge Leute zusammengelaufen sind. Haben Sie einen Mann meines Alters gesehen, Bürstenschnitt, kleine Augen, groß, kräftig? Jemand, der wie ein Militärausbilder ausgesehen hat?«

»Hören Sie«, sagte Sawyer verdrossen, »ich habe versucht, Ihnen zu helfen. Ich kann mich nicht erinnern.« Mit wachsendem Zorn fügte er hinzu: »Die Cops haben mich wie einen Verdächtigen behandelt. Ich kann Ihnen sagen, wenn ich es noch mal zu tun hätte, weiß ich nicht, ob ich anhalten würde.«

Ann schluckte und verspürte einen Anflug von Schuldgefühlen. Wenn sie Glen nicht ausreden konnte, Anklage gegen ihn zu erheben, würde der arme Junge wirklich verbittert werden. Er würde in seinem ganzen Leben keinem anderen Menschen mehr helfen.

»Dieser Bezirksanwalt war da«, sagte Sawyer, als könnte er Anns Gedanken lesen. »Sie wissen schon, Glen Hopkins.«

»Den habe ich nicht gemeint«, sagte Ann.

Sawyer fuhr fort: »Bringen sie diesen Typen keine erste Hilfe bei? Ich meine, er schien keine Ahnung zu haben, was er tun sollte. Er hat nur dagestanden und Sie angestarrt wie ein Schlappschwanz. Mein Dad ist Arzt, daher ...«

Aha, dachte Ann, Glen war in einer Krisensituation nicht ganz so cool wie im Gerichtssaal. Dann fiel ihr ein weiterer Grund ein, weshalb Glen möglicherweise entschlossen sein konnte, Anklage gegen Sawyer zu erheben. Er war ihr Liebhaber, und er war in Panik geraten. Sawyer hatte es ihm gezeigt.

»Warum stellen Sie mir diese ganzen Fragen?« wollte Sawyer wissen, der mit jedem Moment unruhiger wurde. »Ich dachte, Sie hätten mich herbestellt, um mir eine gute Neuigkeit zu überbringen, und nicht, um mich zu verhören wie ein Cop.«

»Tut mir leid«, sagte Ann verlegen. »Ich bin Ihnen wirklich dankbar für das, was Sie getan haben, Jimmy. Warum setzen Sie sich nicht einen Moment? Es ist wirklich schwierig, so eine Unterhaltung zu führen.«

Sawyer stand neben einer großen künstlichen Palme. Er drehte sich nervös um, dann sah er Ann wieder an. »Ich muß gehen. Ich will mich nicht setzen.«

»Wie auch immer«, sagte Ann frustriert von seinem Benehmen. Die Kellnerin war gekommen und bereit, ihre Bestellung aufzunehmen. »Sind Sie sicher, daß Sie nichts möchten? Vielleicht irgendwas Alkoholfreies oder ein Eis?«

Als Sawyer nicht antwortete, zuckte Ann die Achseln und bestellte. Aber derweil beobachtete sie ihn die ganze Zeit aus den Augenwinkeln. Er starrte einen Palmwedel aus Plastik an, als würde der die Geheimnisse des Universums in sich tragen. Kaum war die Kellnerin gegangen, sagte Ann mehrmals seinen Namen, aber er reagierte nicht. Plötzlich wurde ihr alles klar. Er war high. Sie wußte nicht genau, welche Drogen er genommen hatte, aber jetzt wußte sie, weshalb er nichts essen wollte, weshalb er nicht stillsitzen konnte, warum seine Handflächen feucht waren.

Ann hatte ihren Instinkten immer vertraut, und die sagten ihr, daß Sawyer nichts weiter als ein verzogener Junge auf Drogen war. Zu seiner Gerichtsverhandlung war er nüchtern gekommen, aber Jimmy Sawyer war drogenabhängig. Sie schaute zu ihm auf und versuchte festzustellen, ob seine Pupillen geweitet waren. »Was haben Sie genommen, Jimmy?«

»Was?« sagte er kichernd, als hätte sie gerade etwas ungeheuer Komisches gesagt.

»Sind Sie gerade auf Drogen?« Ann vermutete LSD oder Speed.

»Niemals, Mann. Ich muß jetzt gehen.« Er drehte sich um und entfernte sich rasch.

»He«, rief Ann und sprang auf. »Kommen Sie hierher.« Er war auf Bewährung, sie konnte ihn so nicht gehen lassen, egal was er für sie getan haben mochte. Als sie einem auf Bewährung das letztemal etwas hatte durchgehen lassen, hatte der fünf LSD-Trips eingeworfen und dann etwas später mit einem Messer auf seine Frau eingestochen und behauptet, sie wäre ein Dämon aus der Hölle. Das Mädchen war erst dreiundzwanzig gewesen, und das Paar hatte drei kleine Kinder gehabt. Ann wollte kein Risiko mehr eingehen. Ihre Verantwortung gegenüber dem Gericht und der Gemeinschaft wog zu schwer. Aber Sawyer war schon zur Tür draußen und Ann zu geschwächt, um ihn zu verfolgen.

»Was für eine Welt«, sagte sie und setzte sich wieder. Sie würde Sawyer einem Drogentest unterziehen müssen. So, wie es aussah, würde der Test positiv ausfallen, und damit würde Ann die Verantwortung dafür tragen, daß der Mann, der ihr das Leben gerettet hatte, ins Gefängnis mußte.

Kapitel 5

Ann fuhr in einem weißen Auto des County vom Parkplatz des Verwaltungszentrums, um einem Fall nachzugehen, der breiten Raum in ihrem Denken einnahm. Sie würde mit einem der Opfer in dem Delvecchio-Fall sprechen, mit der Frau, die Glens Lehrerin gewesen war. Vor der brutalen Vergewaltigung hatte Estelle Summer ein unabhängiges und aktives Leben geführt, obwohl sie schon Mitte Siebzig war. Ihren Kindern und Nachbarn zufolge hatte sie ein gemütliches Haus, Freunde und ihre Arbeit im Club. Und sie war eine ordentliche, gepflegte Frau gewesen, hübsch für ihr Alter. Das heißt, bis sie Randy Delvecchio begegnet war.

Der Vergewaltiger hatte in ihrem Schlafzimmerschrank gewartet. Kaum hatte die Frau das Zimmer betreten, sprang er heraus und hielt ihr ein Messer an die Kehle. Der Angreifer, der eine Skimaske trug, zwang die alte Frau, sich auf den Boden zu legen und erschreckte sie so sehr, daß sie sich in die Hose machte. Randy war ein richtiges Herzblatt gewesen, dachte Ann grimmig, und sogar soweit gegangen, einen Waschlappen zu holen und die alte Frau zu waschen. Nachdem er das getan hatte, hatte er sie geschlagen, vergewaltigt und zum Oralverkehr gezwungen. Als Estelle dann gebrochen und im Schock am Boden lag, war Randy zum Kühlschrank gegangen und hatte sich ein Schinken-Käse-Sandwich gemacht. Zum Nachtisch hatte er die alte Frau auf den Bauch gedreht und anal penetriert.

Estelle Summer würde nie wieder unabhängig leben. Die

Frau litt nach dem Überfall solche Todesangst, daß sie an schwerer Schlaflosigkeit erkrankt war. Noch Monate nach dem Angriff lag sie Nacht für Nacht wach im Bett und zitterte vor Angst. Sie hatte damit angefangen, ihr Haus in eine Festung zu verwandeln, und gab fast ihre gesamte kümmerliche Rente für komplizierte Alarmanlagen, Zäune und Wachtposten aus, die die ganze Nacht vor ihrer Tür standen. Nachdem das alles ihre Angst nicht gemildert hatte, hatte sie sämtliche Türen und Fenster vernagelt und sich geweigert, das Haus zu verlassen. Ihr Gewicht war auf dreiundsechzig Pfund gefallen. Sie entwickelte eine Inkontinenz und war gezwungen, Windeln zu tragen. Zuletzt hatten ihre Kinder sie in ein Pflegeheim gebracht.

Nach dreißig Jahren im Schuldienst, respektiert und mit Leib und Seele Lehrerin, konnte Estelle Summer ihren Ruhestand, ihre letzten verbleibenden Jahre auf Erden, nicht genießen. Kein Wunder, daß Glen so versessen darauf war, diesen Mann die ganze Härte des Gesetzes spüren zu lassen.

Ann parkte vor dem Pflegeheim, einem langen Backsteingebäude abseits der Straße, stieg aus und näherte sich dem Eingang. Reizende bunte Stiefmütterchen säumten den Weg zum Haupteingang, aber durch die offenen Fenster konnte Ann die Krankenhausbetten und Rollstühle sehen.

»Ich bin gekommen, um Estelle Summer zu sprechen«, sagte sie der Schwester in der Halle. Die Schwester, eine attraktive Frau Mitte Dreißig, hatte toupiertes Haar, helle Haut und blaue Augen.

»Oh«, sagte die Frau erbleichend, »sind Sie eine Verwandte?«

»Nein«, antwortete Ann, zog ihren County-Ausweis hervor und zeigte ihn. »Ich bin Bewährungshelferin. Ich muß wegen eines Falls mit ihr sprechen.«

Die Frau betrachtete den Ausweis und sah Ann dann langsam ins Gesicht. »Ms. Summer ist vor drei Stunden verschieden.«

Ann schrak vor dem Schreibtisch zurück, als hätte eine unsichtbare Kraft sie gestoßen. Sie wußte, sie hatte Angst, konnte sich aber nicht erklären warum. Sie hatte Estelle Summer nie kennengelernt. Warum machte der Tod dieser Frau sie so betroffen? Mußte an den Schüssen liegen, sagte sie sich. Sie wußte jetzt, wie es war, entsetzt, hilflos und verzweifelt zu sein. Estelle hatte sich darauf verlassen, daß die Polizei den Mann finden und der Gerechtigkeit übergeben würde, aber ehe das geschehen konnte, war es zu spät. Würde es Ann genauso gehen? Würden sie den Mann nie finden, der auf sie geschossen hatte? Würde ihre Angst immer weiter wachsen, bis sie jeden vernünftigen Gedanken erstickte?

»Hatte Ms. Summer einen Herzanfall?« fragte Ann, die einfach nicht weggehen konnte.

Die Schwester sah über die Schulter, dann Ann wieder an, stand auf und beugte sich über den Schreibtisch. »Nein«, sagte sie. »Es war nicht ihr Herz.« Die Schwester senkte den Blick und rückte geistesabwesend die Gegenstände auf ihrem Pult zurecht. Ann konnte sehen, daß ihre Hände zitterten. »Sie hat nichts mehr gegessen«, sagte die Schwester. »Wir haben versucht, sie künstlich zu ernähren, aber sie hat einfach die Schläuche rausgezogen.« Die Frau sah auf. »Wissen Sie, was sie kurz vor ihrem Tod zu mir gesagt hat?«

Ann antwortete nicht.

Die Schwester nahm ein Metalltablett in die Hand und knallte es auf den Tisch. »Sie hat gesagt, ihr würdet das Tier, das sie vergewaltigt hat, einfach laufen lassen, die Geschworenen würden ihn nicht schuldig sprechen. Darum wollte sie sterben. Sie sagte, sie wolle nicht mehr leben, wenn das Urteil verkündet wird.«

»Aber das stimmt nicht«, protestierte Ann. »Der Prozeß-«

Die Schwester fuchtelte mit der Hand vor Ann und ließ sich wieder auf den Bürostuhl fallen. »Prozesse«, sagte sie mit verächtlichem Gesichtsausdruck. »Ich kenne die großen Versprechungen, die ihr macht. Ich wurde auch vergewaltigt. Eines Nachts vor zwei Jahren verließ ich das County General Hospital, ging zu meinem Auto, und der Kerl springt mich an und zerrt mich in die Büsche. Ich habe alles gemacht, was die Cops gesagt haben: Ich habe ihn angezeigt, bin vor Gericht gegangen.« Sie verstummte und atmete ein, fast zu erschüttert, um weiterzusprechen. »Er wurde freigesprochen. Wissen Sie, wie ich mich da gefühlt habe?«

Ann schüttelte langsam den Kopf. »Das tut mir leid. Sie haben sich sicher schrecklich gefühlt.«

»Schrecklich, so?« sagte die Frau mit lauter, ätzender Stimme. »Das ist nicht das Wort, das ich benützen würde.«

Eine gebrechliche ältere Frau erschien plötzlich mit verwirrtem Gesichtsausdruck am Schreibtisch. »Ich brauche Größe acht, junge Dame«, sagte sie. »Ich möchte dieses Kleid umtauschen.« Sie legte ein Badehandtuch auf den Tresen und sah sich nach einer Verkäuferin um, die ihr helfen konnte.

»Gehen Sie wieder auf Ihr Zimmer, Mabel«, sagte die Schwester und gab ihr das Handtuch zurück. »Es ist fast Essenszeit.«

Nachdem die alte Frau mit dem Handtuch in der Hand gegangen war, fuhr die Schwester fort. »Die Ärzte wollten die arme Frau am Leben erhalten, sie an Apparate anschließen und so weiter. Nun, ich weiß, sie war schon an dem Tag tot, als sie hierhergekommen ist. Estelle ist gestorben, als der Kerl sie vergewaltigt hat. Er hat ihr den Lebenswillen gestohlen, wissen Sie, hat ihn ihr einfach rausgerissen.«

»Wenn Sie mal mit jemandem reden wollen«, sagte Ann und reichte der Frau ihre Visitenkarte, bevor sie ging, »ich bin gut im Zuhören.«

»Ja«, sagte die Schwester. »Eine Menge Leute hören zu, aber Zuhören verändert nichts. Sagen Sie das Ihren Vorgesetzten, ja? Tun Sie mir den Gefallen.«

Niedergeschlagen verließ Ann das Gebäude. Nein, sagte sie sich, als sie in der grellen Nachmittagssonne blinzelnd zum Auto zurückkehrte, sie würde nicht den Rest ihres Lebens in Angst verbringen. Und sie würde den Tod dieser Frau nicht ungesühnt lassen. Randy Delvecchio hatte durch seine Tat Estelle Summer getötet. Die Schwester hatte recht. Er hatte ihren Lebenswillen gestohlen.

Als sie ins Auto einstieg und den Motor anließ, arbeitete Anns Verstand auf Hochtouren. Glen konnte unmöglich schon wissen, daß Estelle gestorben war. Sie war eine wertvolle Zeugin in seinem Fall gegen Delvecchio, ihr Tod konnte möglicherweise bewirken, daß die Vergewaltigungsanklage bei dem Überfall fallengelassen wurde. Laut Glen hatten sie nicht genügend Beweise, um Delvecchio wegen der ungeklärten Mordfälle anzuklagen. Und wenn er nur einen einzigen Vergewaltigungsprozeß verlor, wäre er am Ende.

Als sie auf den Hauptweg einbog, sah Ann einen Kombi mit der Aufschrift »Hughes Bestattungsinstitut« auf der Seite in die Gasse hinter dem Genesungsheim fahren. Sie kamen, um Estelle Summer zu holen. Ann umklammerte das Lenkrad mit den Händen und trat das Gaspedal durch; die Tachonadel kletterte rapide höher, als sie die Straße hinabfuhr.

Estelle war nicht mehr imstande, ihren Angreifer zu stellen, aber Ann konnte es auf jeden Fall. Sie sah auf die Uhr und stellte fest, daß es schon nach vier war. Bis sie zurückkam, müßte Randy Delvecchio wieder in seine Zelle zurückgebracht worden sein.

Im Gerichtsgebäude begab sich Ann direkt in den Zellenblock, begierig auf die Konfrontation, die vor ihr lag.

Nachdem sie die Sicherheitskontrollen passiert und den Besucherausweis an die Bluse gesteckt hatte, führte der Aufseher sie zu einer Reihe verglaster Kabinen. »Ich habe am Empfang gesagt, daß ich ihm direkt gegenübersitzen möchte«, sagte Ann. »Hat man Ihnen das nicht gesagt?«

»Ich würde Ihnen davon abraten«, sagte der Aufseher und preßte die Lippen zusammen. »Wir hatten gewisse Probleme mit diesem Häftling.«

»Was für Probleme?«

»Er hat einen der anderen Gefangenen angefallen. Doc hält ihn für einen Psycho.«

»Natürlich ist er ein Psycho«, schnappte Ann. »Er ist ein verfluchter Irrer, der gern alte Frauen vergewaltigt. Holen Sie ihn, ja? Er ist genau mein Typ.«

»He, beruhigen Sie sich«, sagte der Aufseher und schlurfte davon, um den Häftling in den gesicherten Verhörraum bringen zu lassen; der Schlüsselbund an seinem Gürtel klirrte und schepperte, als er den gekachelten Gang entlangging. Während er weg war, riß Ann sich zusammen. Sie würde zuckersüß zu diesem Monster sein – und ihn dann zur Strecke bringen. Ein paar Minuten später kam der Aufseher zurück und begleitete Ann zur Tür, schloß sie auf und gleich wieder zu, als sie drinnen war.

Ann trug weder einen Notizblock und Kugelschreiber noch ein Tonbandgerät bei sich. So arbeitete sie. Häftlinge redeten nicht viel, wenn man alles aufschrieb oder mitschnitt, was sie sagten. Ann besaß ein ausgezeichnetes Gedächtnis. Das mußte genügen.

»Hi, Randy«, sagte sie strahlend und mit einer etwas höheren Stimme als gewöhnlich. »Erinnern Sie sich an mich? Ich habe während der Kautionsverhandlung mit Ihnen gesprochen. Ann Carlisle von der Bewährungsabteilung. Wie geht es Ihnen hier drinnen? Ziemlich hart, was?«

Der junge Mann sah eigentlich ganz gut aus, in gewisser Weise war er fast hübsch. Seine großen dunklen Augen waren von dichten Wimpern umgeben, sein Haar modisch kurz geschnitten, eine Art schräger Bürstenschnitt. Er trug einen Gefängnisoverall und saß zusammengesunken auf seinem Stuhl.

»Ich kann mich nicht an Sie erinnern«, sagte er. »Aber ich weiß, ich bin nicht auf Kaution raus.«

Ann setzte sich vorsichtig und sah ihm in die Augen. Es war gefährlich, Gewaltverbrecher allein zu vernehmen, wenn man mit ihnen in einem kleinen Zimmer eingeschlossen war. Die meisten anderen Bewährungshelfer entschieden sich für die Alternative: der Gefangene sicher hinter Panzerglas. Aber Glaswände verhinderten, genau wie Notizbücher und Tonbänder, daß die Häftlinge aus sich herausgingen. Ann ging das Risiko ein. Wenn sie auf einen Alarmknopf drückte, würde der Aufseher kommen – das heißt, wenn es ihr gelang, auf den Knopf zu drücken.

»Randy«, sagte sie zu ihm, »ich konnte bei der Kautionsverhandlung nichts für Sie tun. Sehen Sie, Sie waren schon wegen Einbruch auf Bewährung, als diese neuen Verbrechen passiert sind. Das zeigt dem Richter, daß Sie nicht zuverlässig sind. Darum bin ich heute auch hier, um einen Bericht über die Verletzung der Bewährung bei dem Einbruch zu schreiben.«

»Krieg ich wieder Bewährung?« fragte er mit erwartungsvollem Gesichtsausdruck.

»Das kommt darauf an, was die Geschworenen zu der Vergewaltigung sagen, Randy.« Ann zog die Brauen hoch und konnte nicht anders als zumindest einen Hieb auszuteilen. »Wenn die Sie natürlich schuldig sprechen, kommen Sie sehr lange Zeit ins Gefängnis. Dann kommen Sie nicht mehr für Bewährung in Frage, egal, was ich ihnen erzähle.«

Er verschränkte argwöhnisch die Arme vor der Brust. »Wenn ich keine Bewährung krieg, warum haben die Sie dann geschickt?«

»Gute Frage«, sagte Ann und fragte sich, wie oft sie das schon Häftlingen erklärt hatte, denen eine Gefängnisstrafe ins Haus stand. »Obwohl ich Bewährungshelferin bin und Sie in der Vergewaltigungssache wahrscheinlich keine Bewährung bekommen werden, verlangt das Gesetz, daß bei allen Schwerverbrechen ein ermittelnder Bewährungshelfer einen Bericht schreiben muß. Juristen nennen das einen Mandatarbericht, was etwas bedeutet, das dem Gesetz zufolge getan werden muß. Und das machen eben Bewährungshelfer, es gehört zu ihrem Job. Nächste Woche findet Ihre Verhandlung wegen Verletzung der Bewährung statt. Ich bin diejenige, die einen Bericht schreibt und dem Richter einen Vorschlag unterbreitet. Wenn Sie wegen der Vergewaltigung verurteilt werden, muß ich eine Empfehlung abgeben, wieviel Zeit Sie tatsächlich wegen dieser Verbrechen im Gefängnis absitzen sollen.«

Delvecchio war argwöhnisch. »Warum sollten Sie ihnen sagen, wie lange ich sitzen muß? Macht das nicht der Richter?«

»Richtig, aber er stützt sich bei seiner Entscheidung auf meinen Bericht. Vielleicht haben sie dieses Gesetz erlassen, weil sie denken, Bewährungshelfer verstehen Leute wie Sie besser, die Verbrechen begehen. Erscheint Ihnen das logisch?«

»Scheiße, woher soll ich das wissen?«

Ann beugte sich über den Tisch nach vorne. »Sehen Sie, der Richter hat keine Zeit, zu Ihnen zu kommen und sich so mit Ihnen zu unterhalten, daher mache ich das für ihn. Im Grunde genommen ist es Ihre Chance, Ihre Version der Geschichte zu erzählen, Randy, um dem Gericht zu zeigen, wie Ihr Leben bis zu der Tat gewesen ist. Etwas in der Art. Ich möchte nur, daß Sie sich heute zu nichts äußern, was das schwebende Verfahren betrifft. Das können wir noch nicht, wissen Sie. Erst wenn das Urteil verkündet ist.«

»Auf welcher Seite stehen Sie?« fragte Delvecchio und sah sie drohend an.

»Auf Ihrer natürlich«, log Ann. Ein paar Lügen bei Leuten wie Delvecchio bereiteten ihr keine schlaflosen Nächte. Sie hatte sich damit abgefunden, daß Hanks Mörder wahrscheinlich nie gefaßt werden würde, aber es gab eine Menge Männer wie Delvecchio. Ihrer Meinung nach mußte irgend jemand bezahlen.

Als sie Delvecchios finsteren Gesichtsausdruck sah, versuchte Ann, alle negativen Gedanken aus ihrem Kopf zu verdrängen. Sie schenkte Randy wieder ein gütiges, freundliches Lächeln. Klar, Randy, sagte sie sich, ich bin dein bester Kumpel. »Ich werde Ihnen zu Beginn ein paar Routinefragen stellen. Einverstanden, Randy?«

Er nickte. Sein Kopf sank auf die Brust, seine Augen blickten verschleierter und argwöhnischer denn je. Hübsche blonde Ladies redeten für gewöhnlich nicht mit so zuckersüßer Stimme mit ihm. Er war nicht blöd.

Ann lenkte ihn jedoch mit einem Bombardement unwichtiger Fragen ab: Fragen nach seinen verschiedenen Jobs, seinen Freunden, seinen Hobbys. Nach etwa fünfzehn Minuten erzählte sie ihm einen Witz, um ihn zum Lachen zu bringen. Nach einer weiteren Zeitspanne flocht sie eine komische Geschichte ein. Mehrmals berührte sie sanft seine Hand. Jedesmal erntete sie ein finsteres Lächeln dafür, aber immerhin ein Lächeln. Nachdem sie ihn eine Stunde weichgeklopft hatte, spürte sie, daß es Zeit für den Durchbruch wurde. Nur noch ein paar Schritte, sagte sie sich, und die Tür zu Randy Delvecchio würde weit offenstehen.

»Mann, Randy, bin ich durstig. Was ist mit Ihnen? Möchten Sie etwas Kaltes zu trinken?«

Delvecchio kicherte. »Klar, bringen Sie mir ein Bud.«

Ann warf den Kopf zurück und lachte mit ihm, als hätte er etwas Urkomisches gesagt. Delvecchio war zufrieden mit sich, lachte noch lauter und schlug sich auf die Schenkel. »Es hat seine Vorteile, Bewährungshelfer zu sein«, sagte Ann zu ihm, lächelte, ging zur Tür und drückte auf den Alarmknopf. Als der Aufseher aufgeschlossen hatte und hereinsah, sagte Ann: »Wir brauchen ein paar kalte Getränke.« Sie sah zu Delvecchio. »Coke oder 7-Up?«

Delvecchio wischte sich mit dem Handrücken den Mund ab und sagte: »Coke, Mann.«

Der Aufseher verzog das Gesicht, erhob aber keine Einwände. »Und sehen Sie zu, daß Eis darin ist«, sagte Ann. »Es hat über dreißig Grad hier drinnen.«

Kaum war der Aufseher mit den Getränken zurückgekehrt, trank Ann ein paar Schlucke und sah auf die Uhr. Wie lange hatte es diesmal gedauert? Über eine Stunde. Länger als üblich, aber Delvecchio war eine harte Nuß.

»Wie alt sind Sie?« fragte er.

»Raten Sie«, sagte Ann.

»Keine Ahnung. Dreißig oder so.«

»Nee«, log Ann. »Ich bin dreiundvierzig. Aber ich seh ziemlich gut aus, was?«

»Scheiße, echt? Sie sind echt dreiundvierzig? Ich glaube, meine Mom ist dreiundvierzig.«

»Klar, Randy«, sagte sie mit ernster Stimme. »Kommen wir jetzt wieder darauf zurück, wovon wir gesprochen haben, diese Sache mit Ihrer Mutter, wo Sie es wieder erwähnen. Sie haben gesagt, daß Sie Ihrer Mutter sehr nahestehen, Ihrem Vater aber nicht. Meine Mutter starb, als ich jung war, Randy, daher hatte ich nie die Möglichkeit, ihr näherzukommen. Traurig, was?« Ann senkte den Blick. Ein wenig Mitgefühl im rechten Augenblick konnte sie viel näher an die Tür heranbringen.

»Ach ja?« antwortete Delvecchio, den Anns Zurschaustellung von Gefühlen aus der Fassung brachte, während er gleichzeitig wegen etwas anderem aufgeregt wurde.

Da war es, dachte Ann und wurde mit einem Schlag wachsam. Vor ihren Augen veränderte sich seine ganze Persönlichkeit. Als würde eine Maske von seinem Gesicht rutschen und eine andere Persönlichkeit darunter zum Vorschein kommen. Ann hatte ihr Alter absichtlich höher angegeben, weil sie vermutete, daß er auf ältere Frauen stand. Hatte ihn das aus der Reserve gelockt, oder die Fragen nach seiner Mutter? Sie spürte, wie sich die feinen Härchen auf ihren Armen aufrichteten, wahrte aber ihr lächelndes Gesicht.

Randy lehnte sich über den Tisch, Arme verschränkt, Kopf schiefgelegt. »Sie sind echt hübsch, wissen Sie das?« sagte er und sah ihr in die Augen. »Sind Sie verheiratet?«

»Nein«, antwortete Ann unter seinem heißen Blick. Sie drehte den Hals ein wenig, um die Verkrampfung zu lösen und hoffte, er würde ihre Angst nicht spüren. Seine Augen, dachte sie immerzu. Man konnte alles in seinen Augen lesen. Direkt hinter diesen dunklen Augen mit ihren langen Wimpern kochte die Wut. »Ich lebe allein. Nur ich und mein Hund. Mögen Sie Hunde, Randy?«

»Klar«, sagte er, von dieser unerwarteten Wendung aus der Fassung gebracht, »jeder mag Hunde.«

Ann strahlte unschuldig. »Ich habe einen deutschen Schäferhund. Sie wissen schon, ein großer Hund. Man sagt, man erkennt die Persönlichkeit eines Menschen an der Art von Hund, die er mag.« Ann legte die Hände auf den Tisch und sagte: »Spielen wir ein Spiel, nur so zum Spaß. Wenn Sie ein Hund wären, was für ein Hund würden Sie gerne sein?«

Delvecchio wurde sofort wieder argwöhnisch. »Ist das eine Art Test oder so? Ich kann Tests nicht ausstehen.«

»Nein«, sagte Ann hastig. »Wir sind jetzt schon eine ganze Weile beschäftigt, Randy. Ich dachte mir, wir machen mal eine Pause. Sie wissen schon, wie die große Pause in der Schule.«

»Ich war nicht lange in der Schule«, sagte er, und sein Blick schweifte in die entgegengesetzte Ecke des Zimmers.

»Oh, nein«, sagte Ann. »Sie meinen, Sie sind einfach nicht mehr hingegangen?«

»Nein«, sagte er mit einem feuchten Glanz in den Augen. »Ich hatte keine Schuhe, sehen Sie, und sie wollten mich nicht ohne Schuhe in die Schule lassen.«

»Das tut mir leid«, sagte Ann aufrichtig mitfühlend und beobachtete, wie er die Tränen zurückblinzelte. Manchmal sah sie selbst im schlimmsten Verbrecher das Kind, das er gewesen war, und wurde traurig. Wäre Delvecchio heute hier, fragte sie sich, wenn ihm jemand nur ein Paar Schuhe geschenkt hätte? »Hören Sie«, sagte sie, »machen wir unser Spiel. Vergessen wir die Vergangenheit vorerst. Wenn Sie einen Hund hätten, Randy, was für ein Hund wäre das?«

Delvecchio kniff die Augen zusammen, aber einen Moment später entspannte er sich wieder. »Ich möchte keiner von diesen kleinen Kötern mit Schleifchen im Haar sein. Die beißen. Diese Hunde sind verdammt tückisch, Mann.« Er drehte den Kopf zur Seite und ließ die Halswirbel knacken.

»Ach, wirklich?« sagte Ann mit starrem Gesichtsausdruck; nur ihre Augen wurden groß. Sie war nah dran, verdammt nah. »Mich hat mal ein Hund gebissen. Soll ich's Ihnen zeigen?«

»Klar«, sagte er neugierig.

Ann schob den Stuhl ein Stück vom Tisch zurück und zog den Rock über die Knie hoch. »Sehen Sie, genau da«, sagte sie und zeigte auf eine nichtvorhandene Narbe am Schenkel. »Ein kleiner Pudel hat seine Zähne in mich geschlagen. Können Sie die Narbe sehen? Mann, ich hätte ihn fast umgebracht. Ich hab die verfluchte Töle halbtot getreten.« Bevor er sich deutlich ansehen konnte, worauf Ann zeigte, schob sie die Beine rasch wieder unter den Tisch und zog den Rock hinunter. Delvecchio hatte versucht, etwas zu sehen, aber nicht das, was Ann ihm zeigen wollte. Narben waren augenscheinlich längst nicht so interessant wie ihre langen Beine und die Stelle dazwischen.

Nachdem ihm diese Intimität gewährt worden war, wurde Randy aufgeregt wie ein Kind, lächelte, reckte die Schultern. Er krempelte die Ärmel seines Overalls hoch, ließ bewußt den Bizeps spielen und machte eine große Schau vor ihr. Ann konnte sehen, daß er erregt war. Er saß wenige Schritte von ihr entfernt und überlegte sich wahrscheinlich, wieviel Spaß es machen würde, ihr seine großen Hände um den Hals zu legen und sie zu erwürgen. Eine Kleinigkeit konnte der Auslöser sein, aber Ann wußte, nicht Sex erregte ihn. Randy Delvecchio war ein Vergewaltiger und Mörder. Was ihn anmachte, über die Maßen erregte, waren Grausamkeit und Einschüchterung. Für Randy Delvecchio gab es so etwas wie Sex nicht.

»Ein Scheißpudel hat mich auch gebissen«, sagte Delvecchio, kicherte wieder und machte Ann schöne Augen. »Direkt hier am Knöchel.« Als Ann sich nach vorne beugte, um die Stelle anzusehen, zog er das Hosenbein des Overalls und ließ seine muskulösen Waden sehen. »Hat verdammt weh getan. Ich hasse die elenden Köter.«

»War es ein weißer oder ein schwarzer Pudel? Ich hab

gehört, die weißen sind die schlimmsten. Mich hat ein weißer gebissen.«

»Ja, Sie haben recht«, sagte Delvecchio und grinste so breit, daß seine schiefen Zähne entblößt waren. »Die sind die gemeinsten. Es war ein weißer, und ich glaube, er hatte eine rote Schleife im Haar. Vielleicht hat Sie derselbe Hund gebissen wie mich.«

Ann lehnte sich zurück und lächelte Randy Delvecchio an, ihr erstes aufrichtiges Lächeln, seit sie die Zelle betreten hatte. Sie hatte vielleicht eine Stunde mit einem gemeingefährlichen Tier in einem engen, stickigen Raum verbringen müssen, aber sie hatte bekommen, was sie wollte. Der Rest des Gesprächs war bedeutungslos. Sie würde es später zu Ende bringen. Sie stand auf, schob den Stuhl zum Tisch zurück und sah ihn an. »Das war's für heute, Randy. Sehen Sie, war doch ganz leicht. Sie hören in den nächsten Tagen wieder von mir.«

»Moment«, sagte er mit verzweifeltem Gesichtsausdruck. »Das Wichtigste hab ich Ihnen noch nicht gesagt.«

»Und das wäre?« fragte Ann, drückte auf den Summer und wartete auf den Aufseher, weil sie jetzt so weit wie möglich von diesem Pisser weg sein wollte.

Er sah Ann direkt in die Augen. »Ich bin unschuldig. Ich hab keine Frauen vergewaltigt. Hab in meinem ganzen Leben niemand vergewaltigt. Ich muß sie nicht vergewaltigen. Frauen lieben mich. Ich kann jede Frau haben, die ich will.«

Klar, sagte Ann zu sich und entschied, daß seine Unschuldsbeteuerung nicht mal einer Antwort wert war. Jeder im Gefängnis war unschuldig. Kaum hatte der Aufseher geöffnet, war Ann den Flur hinunter verschwunden.

Kaum saß Ann wieder in ihrem Büro, rief sie Tommy Reed an. Als ihr gesagt wurde, daß er unterwegs war, bat sie die Zentrale, ihn über Funk zu rufen und ihn zu bitten, sich bei ihr zu Hause mit ihr zu treffen.

Der Detective, der nur wenige Blocks entfernt war, als er

den Funkspruch erhielt, fuhr in dem Moment an den Bordstein, als Ann auch eintraf. Ann sprang aus dem Auto und lief mit vor Aufregung gerötetem Gesicht zur Fahrertür. »Ich hab ihn, Tommy.«

»Wen?«

»Delvecchio.«

»Wie?«

»Der Hundebiß. Er hat es zugegeben.«

Die Augen des Detective strahlten. »Kein Scheiß?«

»Kein Scheiß, und ich werde es bezeugen. Ich bin auf jeden Fall eine glaubwürdige Zeugin. Er hat mir die Stelle gezeigt und sogar gesagt, daß es ein Pudel war ... ein weißer Zwergpudel mit roter Schleife im Haar. Kommt dir das bekannt vor? Sie ist an seinem Knöchel.«

»Es gibt eine Menge weiße Zwergpudel mit roten Schleifchen, Ann«, sagte Reed skeptisch. »Und ich will dir noch was sagen. Als er verhaftet wurde, haben sie jeden Quadratzentimeter seines Körpers untersucht. Er hat geschworen, daß die Knöchelverletzung von einem Sturz mit dem Motorrad herrührt. Seine Mutter hat die Geschichte sogar bestätigt.« Reed stieg aus dem Auto aus, schlug die Tür zu und lehnte sich dagegen. »Außerdem liegen diese Morde über ein Jahr zurück. Wenn der Biß nicht tief genug war, eine Narbe zu hinterlassen, ist er inzwischen längst verheilt.« Reed machte einen leisen Schmatzlaut mit dem Mund. Auch wenn er seine Zweifel hatte, er wollte offenbar, daß es stimmte. »Er hat dir wirklich gesagt, daß es ein verdammter Pudel war?«

»Das hab ich doch grade gesagt, oder nicht?« Ann war im Adrenalinrausch. »Er hat zugegeben, daß die Narbe an seinem Knöchel von einem Hundebiß stammt.« Eines der Mordopfer, eine Großmutter mit sechs Enkelkindern, hatte einen Zwergpudel gehabt. Der Hund war zur selben Zeit erwürgt worden, als das Opfer starb. Ann hatte die Protokolle studiert und die Hypothese aufgestellt, daß der kleine Hund wahrscheinlich den Killer angegriffen und dieser ihn in einem Wutanfall erwürgt hatte. Reed und die anderen

Beamten, die in dem Fall ermittelten, waren anderer Meinung gewesen. Ihrer Ansicht nach war der Hund absichtlich erwürgt worden, damit er nicht bellte und die Polizei auf den Plan rief. Aber Ann kannte Hunde, speziell Pudel, die ein behütetes Leben mit einer langjährigen Besitzerin wie dem Opfer führten. Sie entwickelten manchmal garstige Unarten und fingen an, nach Fremden zu schnappen. Und wenn der Hund eine bleibende Narbe hinterließ, wie dieser anscheinend, konnte das Labor immer noch nachweisen, daß sie von Hundezähnen stammte. Sie brauchten nur einen hieb- und stichfesten Beweis, der ihn mit den Morden in Verbindung brachte, und sie würden Anklage erheben können.

»Hör zu, Tommy, ich weiß, du bist der Meinung, daß ich Hirngespinsten nachjage, aber bitte schreib es auf und laß es Glen zukommen. Er will Delvecchio wirklich dingfest machen. Du weißt es vielleicht noch nicht, aber Estelle Summer ist heute morgen gestorben. Ich weiß nicht, wie wichtig ihre Aussage für den ganzen Fall ist, aber wenn wir die Anklage wegen Vergewaltigung verlieren, ist Delvecchio in Null Komma nichts wieder frei.«

»Sie ist gestorben, hm?« sagte Reed und rieb sich das Kinn. »Zu dumm für die Staatsanwaltschaft. Hat sie ihre Aussage schon gemacht?«

»Ich weiß nicht«, sagte Ann. »Hör zu, schick jemand vom Labor ins Gefängnis, damit er Abdrücke von dem Biß nimmt, den Delvecchio hat, dann versuchen wir festzustellen, ob er von einem Hund stammt. Aber nicht, bevor ich Bescheid weiß. Ich muß das Gespräch zu Ende bringen. Wenn ihm klar wird, daß ich ihm eine Falle gestellt habe, wird er nicht mehr reden und mich möglicherweise sogar angreifen.« Ann sah zu ihrem Haus, wo David die Eingangstür öffnete. Wahrscheinlich hatte er sie durch das Fenster beobachtet und wollte wissen, was los war.

»Was ist mit dem Hund passiert?« fragte sie Reed.

»Woher, zum Teufel, soll ich das wissen? Wahrscheinlich hat die Abdeckerei den Kadaver abgeholt und verbrannt.«

Ann war verärgert, beherrschte sich aber. Sie wartete, bis David zum Bordstein gekommen war, wo sie standen. »Hi, Süßer«, sagte sie und nahm ihn in die Arme. »He, könntest du Tommy und mich noch einen Moment allein miteinander reden lassen, dann komm ich rein, ja?«

»Warum kann ich nicht zuhören?« protestierte er und sah von Anns Gesicht zu dem des Detectives. »Worüber redet ihr überhaupt?«

»Geh«, sagte Ann und winkte ihn fort. »Wir reden über etwas Berufliches. Du weißt, ich mag es nicht, wenn du solche Sachen hörst.«

Ein listiges Lächeln erhellte sein pausbäckiges Gesicht. »Dann geh ich Nachrichten gucken. Ich glaube, jemand hat einem Kind den Kopf abgeschnitten, und sie zeigen es gleich im Fernsehen.«

Ann sperrte betroffen den Mund auf, als David zu kichern anfing. »War nur Spaß, Mom.«

»Gott sei Dank«, sagte sie und dachte, daß ihnen noch ein brutaler Killer, der die Gegend unsicher machte, gerade noch gefehlt hatte. »Geh rein, Kumpel. Fang mit deinen Hausaufgaben an.«

Als er widerwillig zum Haus zurückschlurfte, fuhr die Nachbarin in einem klapprigen Ford vorbei und winkte durchs Fenster. Es war ein angenehmes Viertel, dachte Ann, wenn auch kein wohlhabendes. Die Häuser waren älter und klein. Ihr eigenes Haus hatte beige Stuckverzierungen und ein großes Panoramafenster nach vorne hinaus. Eine riesige Sykamore im Vorgarten spendete in der Sommerhitze Schatten. Das Gras war hoch, da Ann es normalerweise selbst mähte, seit den Schüssen aber nicht mehr dazu gekommen war. Sie ließ David das Laub zusammenrechen, war aber zu besorgt, ihm den Rasenmäher anzuvertrauen. Reed sah das hohe Gras etwa im selben Augenblick wie Ann und machte ein betretenes Gesicht, weil er ihr keine Hilfe bei der Gartenarbeit angeboten hatte.

»Ich werde den Rasen am Wochenende mähen«, sagte er. »Tut mir leid, daß ich nicht schon längst –«

Ann unterbrach ihn, weil das Gras sie nicht kümmerte, sondern ihre Gedanken immer noch um den Fall Delvecchio kreisten. Sie hatte eine mögliche Verbindung zu den Morden hergestellt, und nun erzählte Reed ihr, daß sie das Beweismittel vernichtet hatten. »Wir brauchen das Gebiß des Hundes, damit wir einen Vergleich anstellen können, Tommy«, sagte sie frustriert. »Vielleicht liegt er im Labor in einer Kältekammer. Er war ein Beweismittel, richtig?«

»Die Morde sind vor über einem Jahr passiert, Ann«, sagte er defensiv. »Es ist zweifelhaft, ob wir den Beweis erbringen können, selbst wenn du recht hast, und es ist fast unmöglich, daß der Hund immer noch als Beweismittel aufbewahrt wird. Ich habe keine Ahnung, was aus dem Hund geworden ist. Das habe ich dir gerade gesagt.«

»Nun, dann mußt du es herausfinden«, verlangte Ann und kickte eine Schnecke vom Bürgersteig.

»Leg dich nicht mit Delvecchio an. Herrgott, Ann, er ist gefährlich ... ein Monster.«

»Er sitzt im Gefängnis, Tommy. Er kann nicht raus. Glaub mir, wenn ich mit ihm fertig bin, bekommt er die Höchststrafe wegen dieser Vergewaltigungen. Und wenn wir das mit den Morden auf die Reihe kriegen, kannst du Randy Delvecchio vergessen. Bis der das Tageslicht wieder sieht, kann er nicht mehr zu Fuß zum Gefängnistor rausgehen, geschweige denn alte Damen vergewaltigen und quälen. Sie werden ihn im Rollstuhl rausfahren müssen.«

Reed explodierte und schrie sie an: »Laß es bleiben. Hast du mich verstanden? Laß es bleiben, Ann.«

»Nein«, sagte sie störrisch. Sie schmollte. »Such den Hund.«

»Ich habe es schon mal gesagt – du wirst zu Schaden kommen«, sagte Reed. »Widersprich mir, wenn ich etwas Falsches sage. Aber man hat schon einmal auf dich geschossen. Das nächstemal werden sie dich töten.«

Ann schwieg, ihre Oberlippe bebte. Tommy redete schon seit Jahren auf sie ein und prophezeite ihr, daß ihre Gewohnheit, Gewaltverbrecher zu manipulieren, eines

Tages auf sie zurückfallen würde – daß einer rauskäme und sich an ihr rächen wollte. Jetzt fragte sie sich, ob der Detective vielleicht recht gehabt hatte.

»Soll ich mit dem Jungen was essen gehen?« sagte Reed. »Du weißt schon, damit du etwas Zeit für dich hast. Du siehst fix und fertig aus, Ann. Du hättest nicht so früh wieder zur Arbeit gehen sollen.«

Die Sonne war untergegangen, während sie sich unterhielten, es wurde dunkel und kalt. Ann schlang wärmend die Arme um sich. Sie konnte Estelle Summer nicht vergessen. Ja, was sie tat, war gefährlich, aber darüber konnte sie sich keine Gedanken machen. Wie könnte sie aufhören, es zu versuchen? Wie konnte sie sich einfach umdrehen und weggehen? Jemand mußte für Leute wie Estelle sprechen, die es selbst nicht mehr konnten.

»Nein, es ist nicht nötig, daß du mit David essen gehst«, sagte sie mit fester Stimme zu dem Detective. »Aber weißt du, was du für mich tun kannst?«

»Nein«, sagte er mit finsterer Miene, »aber ich bin sicher, du wirst es mir gleich sagen.«

Ann legte ihm die Arme um den Hals, lächelte und gab ihm einen Kuß auf die Wange. Bevor sie ihn losließ, zog sie seinen Kopf zu sich herunter und flüsterte ihm ins Ohr: »Such den verdammten Hund.«

Kapitel 6

Ann war so erschöpft nach ihrem ersten Tag im Büro, daß sie sich gleich nach dem Essen hinlegte und bis zum nächsten Morgen durchschlief. Als sie auf den Kalender an der Pinnwand sah, stellte sie fest, daß sie heute vormittag einen Termin beim Arzt hatte. Der Arzt hatte die Fäden schon gezogen, aber darauf bestanden, sich die Wunde noch mal anzusehen.

Ann rief Claudette an und sagte ihr, daß sie erst später kommen würde, dann rief sie zu David hinauf: »Beeil dich«, sagte sie, »du kommst zu spät zur Schule.«

David war mürrisch. »Ich verhungere«, sagte er. »Ich hab noch nicht gefrühstückt.« Dann strahlte er. »Halten wir unterwegs und essen Donuts.«

Ann stemmte die Hände an die Hüften. Donuts, dachte sie und sah, wie eng sein Hemd an der Taille saß. »Du kannst ein Weizenmuffin haben, David. Keine Donuts.«

»Ich will kein Weizenmuffin«, quengelte er und folgte Ann zur Küchentür hinaus in die Garage. Je näher er der Pubertät kam, desto mehr veränderte sich seine Stimme. Eben noch Sopran, im nächsten Moment Bariton. »Davon muß ich den ganzen Tag furzen.«

»Dann Blaubeer«, sagte Ann lachend.

Ann verließ die Arztpraxis um elf Uhr und war zufrieden mit den Ergebnissen. Ihre Verletzung heilte zufriedenstellend, und aller Wahrscheinlichkeit nach würde nur eine kleine Narbe zurückbleiben. Auf dem Weg ins Büro fragte sie sich, warum Glen gestern abend nicht angerufen hatte. Sicher mußte er inzwischen von Estelle Summers Tod erfahren haben. Vielleicht war er entmutigt und mit Freunden auf eine Zechtour gegangen.

Ann fuhr auf dem Freeway 101, als der Verkehr unvermittelt zum Stillstand kam. Kurz darauf hörte sie Sirenen und wußte, weiter vorne mußte es einen Unfall gegeben haben. Sie sah auf die Uhr, weil sie es kaum erwarten konnte, wieder ins Büro zu kommen. Dann fiel ihr Jimmy Sawyer wieder ein. Gestern hatte sie ihn vollkommen vergessen. Sie wollte einen Drogentest bei ihm machen. Ann fuhr mit dem Jeep auf den Seitenstreifen, steuerte an der Autoschlange vorbei und verließ den Freeway.

Zehn Minuten später hielt sie vor einem bescheidenen Wohnhaus. Das ältere Gebäude hatte einen Bogenbaldachin über der Haustür, der Fußweg zum Haus wurde von Rosenbüschen gesäumt. Die gesamte Nachbarschaft war ruhig und schattig, hier und da stand ein großer Baum. Ann spekulierte, daß die Häuser in der Straße wahrscheinlich von Berufstätigen um die Dreißig bewohnt wurden. Sie sah eine Menge Hinweise auf Besitzerstolz – gepflegte Vorgärten, frisch gestrichene Fassaden. Ganz ähnlich wie in Anns Viertel, nur waren die Häuser hier neuer und in einem besseren Zustand.

Hier wohnte Jimmy also. Mommy und Daddy hatten ihn satt und haben ihn rausgeworfen. Logisch, dachte Ann, stieg aus dem Auto aus und schloß die Tür ab. In der Akte hatte sie gelesen, erinnerte sie sich, daß Sawyer hier mit zwei Freunden wohnte. Sie fragte sich, ob sie die beiden jungen Männer waren, die sie vor Gericht gesehen hatte: der Chinese und der Blonde, der wie ein Filmstar aussah. Wenn Sawyer Drogen nahm, dann seine Freunde wahrscheinlich auch. Sie zuckte die Achseln. Ihretwegen konnte sie nichts unternehmen. Ann klappte ihre Aktentasche auf, holte einen Pappbecher für die Probe und ein Paar Gummihandschuhe heraus und verstaute sie in der Handtasche.

Danach ging sie zur Eingangstür und läutete. Beim Warten fiel ihr auf, daß die Rosensträucher, die aus der Ferne so beachtlich aussahen, aus der Nähe vertrocknet und braun wirkten. Sie wurde ungeduldig und versuchte, zu den Fenstern hineinzusehen, aber die waren, wie es aussah, alle mit Decken verhängt.

Schließlich stellte sie fest, daß die Tür nur angelehnt war. Sie stieß sie halb auf und rief hinein: »Jemand da?«

Keine Antwort. Von ihrem Standort aus konnte sie ins Wohnzimmer schauen. Es gab wenig zu sehen. Das Zimmer war größtenteils leer, es enthielt nur ein zerschlissenes Sofa und ein paar Umzugskisten. Aber hier wohnten Singles, sagte sich Ann und dachte daran, wie das Haus ausgesehen hatte, in dem Hank zur Miete wohnte, bevor sie heirateten, und wie spärlich es möbliert war.

»Ich sagte: Jemand da?« Sie hatte den blauen Porsche in der Einfahrt stehen sehen, also mußte er da sein. Vielleicht bin ich gerade noch rechtzeitig gekommen, dachte sie und betrachtete die Kisten. Möglicherweise wollte er ausrükken, den Staat verlassen, eine eindeutige Verletzung seiner Bewährungsvorschriften. Sie trat ein.

Ann ging durch das Wohnzimmer zum rückwärtigen Teil des Hauses, um in den Schlafzimmern nachzusehen. Abgesehen von Schutt und verschiedenen Gegenständen auf den Teppichen, waren die Zimmer leer. Soweit sie sagen konnte, stand das Haus leer, und Sawyer war nicht da.

Die Küche war eine Katastrophe. Der Boden war schmutzig, das Linoleum an mehreren Stellen verbrannt. Ob sie ihren eigenen Stoff machten? fragte sich Ann und betrachtete die Brandspuren. Sie ging zum Kühlschrank, zog am Griff und sah hinein. Es wäre nicht der erste Kühlschrank, der benutzt wurde, um LSD zu lagern. Einmal hatte sie die Pillen in einem Behälter mit Eiswürfeln eingefroren gefunden. Sie blieb einen Moment stehen und genoß nur die kalte Luft. Sämtliche Fenster waren geschlossen, es war außerordentlich heiß in dem Haus.

Eine dicke Eisschicht hatte sich auf dem Inhalt gebildet, und das Eis war schon mehr gelb als weiß. Entweder hatte seit Monaten niemand mehr die Tür geöffnet, dachte Ann, oder die Temperatur war zu niedrig eingestellt gewesen. Ann klopfte etwas Eis mit den Händen ab und entdeckte fünf Dosen Miller Light, dann glaubte sie, eine Dose Cola hinter mehreren Gläsern mit Mixed Pickles zu erkennen. Bier und Mixed Pickles, dachte sie. Was für eine Ernährung.

Aber die Cola sah verlockend aus. Es war stickig in dem Haus, ihre Kehle trocken. Alles stand dicht gedrängt in dem kleinen Kühlschrank, um das Cola zu bekommen, mußte Ann Bier und Mixed Pickles aus dem Fach nehmen und auf den Tresen stellen. Als sie das Cola in der Hand hielt, wischte sie den Deckel ab, zog die Lasche heraus – und die träge, halbgefrorene Flüssigkeit quoll heraus.

»Scheiße«, sagte sie und sah sich nach einem Küchentuch um. Schließlich erspähte sie einen Lappen auf dem Tresen. Als sie die Hände über der Spüle gewaschen und abgetrocknet hatte, drehte sie sich um, damit sie die anderen Sachen wieder in den Kühlschrank zurückstellen konnte. Als sie ein Glas mit Mixed Pickles hob, fiel ihr etwas Seltsames auf. Ihr Coke war gefroren, aber die Flüssigkeit in dem Glas schien überhaupt nicht gefroren zu sein. Was konnte sich im Inneren befinden? Zuerst hatte sie gedacht, sie würde weißen Stangenspargel sehen. Das hatte sie schon im Supermarkt in der Feinkostabteilung gesehen, aber bewahrten sie Spargel nicht in Wasser auf?

Als Ann klar wurde, was das Glas wirklich enthielt, machte sie unwillkürlich die Hand auf, und das Glas zerschellte auf dem Linoleumboden. Der Inhalt ergoß sich mitsamt der trüben braun-grünen Flüssigkeit heraus.

Finger.

Sie sah abgeschnittene menschliche Finger vor sich: einen Daumen, einen kleinen Finger und drei andere Finger. Sie mußten von einer Hand stammen. Brechreiz stieg ihr im Hals hoch, ihr Herz hämmerte ein wildes Stakkato.

Sie ging in die Knie, damit sie sie besser betrachten konnte. Die Fingernägel waren lackiert. Welche Farbe es auch gewesen sein mochte, jetzt war sie zu einem Hellorange verblaßt. An manchen Stellen hatte die Lake den Nagellack weggefressen, da war der Nagel weiß. Ann versuchte nicht, sie aufzuheben oder auch nur anzufassen. Sie wußte, daß man an einem Tatort nichts verändern durfte. Sie schalt sich bereits, weil sie das Glas fallengelassen hatte. Aber man konnte auch Fingerabdrücke von den Glasscherben nehmen, daher war der angerichtete Schaden vielleicht nicht so groß.

Sie sah sich nach einem Telefon um, fand aber nur einen freien Stecker. Sie würde von einem Münzfernsprecher anrufen müssen. Als sie bei der Eingangstür angekommen war, riß sie sie hastig auf und stolperte die Stufen hinunter. Sie sah kaum, wohin sie ging. Vor ihrem geistigen Auge sah sie nur die auf dem Boden verteilten grotesken Finger.

Ann drehte sich ruckartig um, weil sie Angst hatte, Sawyer könnte sie anspringen und ins Haus zurückzerren. Der Porsche stand immer noch in der Einfahrt. War er mit ihr drinnen gewesen? Versteckte er sich momentan irgendwo im Haus? Er könnte ihr mehr abhacken als nur die Finger, dachte sie. Er könnte ihr die Beine abhacken, sie möglicherweise völlig zerstückeln. Nein, keine Panik. Obwohl ihr der kalte Schweiß ausbrach, zwang sie sich, ruhiger zu werden. Ann holte mehrmals tief Luft und schloß mit zitternden Fingern ihre Autotür auf.

Der Mann, der ihr das Leben gerettet hatte, war ein Monster, der Menschen die Finger abschnitt und in einem Einmachglas aufbewahrte. Glen hatte recht gehabt. Sawyer mußte derjenige sein, der auf sie geschossen hatte. Sie hätte niemals allein hierherkommen dürfen. Sie war eine Närrin, eine völlige Idiotin.

Ann ließ den Jeep an und trat das Gaspedal durch, daß die Reifen auf dem Asphalt quietschten; der Geruch von Gummi drang zum offenen Fenster herein.

Sie fuhr direkt zum Freeway und beschloß, nicht anzurufen. Das Polizeirevier von Ventura war nur wenige Minuten entfernt. Weshalb sollte sie der Frau von der Vermittlung die grausigen Einzelheiten schildern? Die halbe Stadt und sämtliche Zeitungsredaktionen hörten den Polizeifunk ab. Bevor sie auch nur einen Streifenwagen losschicken konnten, würde Sawyers Haus von Reportern umstellt sein. So fing man keine Ermittlungen in einem Mordfall an. Es konnte eine Riesensache werden, und Ann wollte keine Fehler machen, die die Ermittlungen gefährden konnten.

Ann lenkte den Jeep auf den Parkplatz des Polizeireviers, sprang hinaus und rannte zum Eingang. Die Frau am Empfang war neu und wollte sie aufhalten, aber Ann zeigte ihren Ausweis und lief den Flur entlang zu Tommys Büro. Was auch immer der Frau ohne Finger zugestoßen sein mußte, es war in Reeds Zuständigkeitsbereich passiert, und seine Einheit würde den Fall übernehmen. Sie erwischte ihn, wie er gerade das Jackett über die Stuhllehne hängte und sich setzen wollte.

»Ann«, sagte er erschrocken. »Was machst du denn hier? Was ist los?«

Sie sah sich hektisch in dem Raum um. Zwei weitere Detectives waren anwesend. »Ich hab was, Tommy«, sagte sie, ließ sich auf einen Stuhl fallen und holte tief Luft. »Vielleicht sollten Abrams und Harper es auch hören. Wir müssen schnell handeln.«

Reed schob den Stuhl an den Schreibtisch; seine Gesichtsmuskeln verkrampften sich. Die anderen Männer, die gehört hatten, was sie gerade gesagt hatte, kamen hinzu. »Schieß los«, sagte er. »Wir warten.«

»Okay, folgendes«, sagte sie hastig. »Jimmy Sawyer bewahrt menschliche Finger in seinem Haus auf. Ich war zu einem unangemeldeten Hausbesuch dort und habe sie in einem Einmachglas gefunden.«

Alle Farbe wich aus dem Gesicht des Detectives. »Scheiße. Finger? Richtige Finger? Du warst alleine bei Sawyer, ohne Verstärkung?«

»Ich weiß«, sagte Ann, »ich hätte einen Streifenwagen zur Unterstützung anfordern sollen. Aber Tommy, ich hätte mir nie träumen lassen –«

»Fang da an, als du angekommen bist, Ann«, sagte Reed, der sich einen Kugelschreiber und einen Notizblock schnappte.

Ann holte Luft und fuhr fort: »Okay, es war niemand da, aber Jimmys Porsche stand in der Einfahrt. Er fährt doch einen Porsche, oder nicht? Hast du mir das nicht gesagt?« Sie sah zu Noah Abrams auf, der nickte.

»Weiter«, sagte er zu Ann.

»Die meisten Möbel und alles sind fort. Er scheint fliehen zu wollen. Aber er wird zurückkommen und das Auto holen, also wenn wir schnell genug sind –«

Abrams stand bereits auf.

»Bitte, Noah«, sagte Ann, »laß mich erst zu Ende erzählen. Als ich sah, daß die Tür nur angelehnt war, bin ich einfach reingegangen. Bevor ich wieder ging, beschloß ich, im Kühlschrank nachzusehen, ob er irgendwelche Drogen dort verstaut hatte. Da standen diese Einmachgläser ...« Sie verstummte. Alle sahen sie seltsam an. Plötzlich wurde ihr klar, wie bizarr sich das anhören mußte. Sie sah die beiden anderen Detectives an und fuhr mit nüchterner, fester Stimme fort. »In einem Einmachglas befanden sich fünf abgehackte Finger. Die Finger einer Frau. Ich habe den Nagellack auf den Nägeln gesehen.«

»Hast du sie?« fragte Reed.

»Ich hab das Glas fallen lassen, es ist kaputtgegangen, und die Finger sind auf den Boden gekullert«, sagte Ann, deren Gesicht vor Scham brannte. Warum hatte sie das Glas fallen lassen? »Ich wollte den Tatort nicht mehr verändern, als ich es schon getan hatte«, sagte sie hastig, um das Gesicht zu wahren, »darum bin ich gegangen und so schnell wie möglich hierhergekommen.«

Noah Abrams ging zum Schreibtisch und holte sein Jakkett. Er zog das Schulterhalfter über und sagte: »Fahren wir hin, bevor er sie wegschaffen kann.«

»Hiergeblieben«, sagte Reed. Er war der Sergeant. Wenn sie einen Fehler machten, würde er dafür geradestehen müssen. »Wir können nicht einfach kopflos aufbrechen und ins Haus dieses Kerls stürmen. Bedenken wir die rechtliche Situation.«

»Ganz recht, Reed«, bellte Abrams, »während er die Beweismittel die Toilette runterspült oder im Müllschlukker zerkleinert.«

»Halten Sie die Klappe«, sagte Reed. Er drehte sich zu Ann um. »Hör zu, du bist eine vereidigte Gesetzeshüterin. Das könnte Probleme mit der Hausdurchsuchung geben.«

»Wir haben ein Durchsuchungsrecht«, antwortete Ann wie aus der Pistole geschossen. »Ist das nicht eindeutig?«

»Nein«, sagte Reed, schüttelte den Kopf und dachte über das Problem nach. »Wenn ich mich recht erinnere, ist das kein allgemeines Durchsuchungsrecht, sondern nur ein Recht, nach Drogen zu suchen. Nach Drogen darfst du suchen, Ann, aber sonst nach nichts. Finger sind keine Drogen.«

Ann warf die Hände hoch. »Das ist lächerlich.«

»He«, sagte Reed, »ich schreibe die Gesetze nicht, ich sorge nur für ihre Einhaltung. Was du da gefunden hast, könnte als Ergebnis einer unrechtmäßigen Durchsuchung ausgeschlossen werden. Vor Gericht nicht zugelassen, weißt du?«

Ann hatte seit Jahren nicht mehr über solche Fragen nachgedacht. Innendienst war etwas vollkommen anderes als Polizeiarbeit auf der Straße. Dennoch war sie überzeugt, daß ihr Handeln im Rahmen des Gesetzes lag. »Ich glaube, es ist legal, Tommy. Es müßte unter die Offensichtlichkeitsdoktrin fallen.«

Ausschließlichkeitsregel und Offensichtlichkeitsdoktrin waren Durchführungsvorschriften, die das Recht auf Durchsuchung und Beschlagnahmung eines Beamten regelten. Sah ein Beamter etwas ganz Offensichtliches, zum Beispiel eine Schußwaffe auf einem Autositz, war das zulässiges Beweismaterial. Wenn die Waffe aber unter dem

Sitz verborgen war und der Beamte ohne Durchsuchungsbefehl danach suchte, wäre sie vor keinem Gericht der Vereinigten Staten als Beweis zugelassen. Daß sie dieses Gespräch überhaupt führen mußten, war ein Beweis für die Absurdität des Rechtssystems; als könnten die Rechte von jemandem verletzt werden, der anderen Leuten die Finger abschnitt.

»Ich finde, wir sollten das mit dem Staatsanwalt absprechen«, sagte Reed. »Wenn man jemandem den Kühlschrank öffnet, hat man nicht gerade etwas Offensichtliches gefunden.«

Aber die anderen Detectives wurden unruhig. »Schnappen wir uns den Dreckskerl einfach, holen die Finger und suchen die Leiche«, sagte Abrams. »Soll sich der Staatsanwalt um die rechtliche Scheiße kümmern.«

Reed nickte und stand auf; er brannte darauf, die Sache ins Rollen zu bringen. Doch dann setzte er sich eindeutig frustriert wieder hin. »Ruf Hopkins an und frag ihn, was er davon hält«, sagte er zu Ann. »Verdammt, er hat recht gehabt, was den Typ angeht.«

»Das steht fest«, sagte Ann. Sie griff zum Hörer, und als sie ihn an der Strippe hatte, wiederholte sie die Einzelheiten des Falles. Am anderen Ende der Leitung herrschte längeres Schweigen.

»Ich glaube, es ist unbedenklich«, antwortete Hopkins schließlich. »Du bist nicht als Polizistin hingegangen. Es war keine Durchsuchung. Du hast einen Hausbesuch bei einem Bewährungskandidaten gemacht und bist dabei zufällig über die Finger gestolpert.«

Ann hörte nicht besonders aufmerksam zu. Sie war schon in ähnlichen Situationen gewesen. Glen vergatterte sie und erklärte ihr, was sie sagen mußte, sollte der Fall je vor Gericht kommen. Wenn sie aussagte, daß ihre Absicht eine Durchsuchung war, würden sie ohne Durchsuchungsbefehl wahrscheinlich Ärger bekommen. Aber sie *hatte* nach Drogen im Kühlschrank gesucht. Was bedeutete, sie würde unter Eid lügen müssen.

Die Detectives sahen sie an und warteten auf eine Antwort. Ann würde alles tun, um die Sache vor Gericht zu bringen, aber Meineid? »Dann sollten wir vielleicht einen Durchsuchungsbefehl besorgen«, sagte sie zu ihm. »Damit wäre alles astrein. Bei so einem Fall sollte man kein Risiko eingehen.«

»Prima«, antwortete Glen. »Sag mir, was du hast, ich schreib es auf und geh rüber zu Richter Madsen. Wenn er unterschrieben hat, faxe ich dir die Kopie und mach mich mit dem Original auf den Weg. Dürfte nicht mehr als fünfzehn bis zwanzig Minuten dauern, wenn du mir die Informationen gleich gibst.«

Reed war schon aufgestanden, telefonierte an Abrams Schreibtisch und sagte dem Lieutenant und dem Captain Bescheid. Dann sorgte er dafür, daß er Streifenpolizisten zur Verstärkung bekam. Ann, die Glen gerade die Informationen für den Durchsuchungsbefehl durchgab, verstummte und sah Harper an. »Bitte, gehen Sie zu meinem Wagen ... der schwarze Jeep auf dem Parkplatz. Ist nicht abgeschlossen. Holen Sie die Akte des Falls. Ich brauche sie.«

Harper folgte ihren Anweisungen und kam mit einem Schnellhefter zurück. Ann las Glen sofort die Einzelheiten vor: Sawyers Name, das Aktenzeichen des Falls, die Adresse in der Henderson Avenue.

Wie versprochen piepste zwanzig Minuten später die Faxmaschine im Büro des Detectives und spuckte die Kopie des Durchsuchungsbefehls aus. Ann und Reed stießen beinahe zusammen, als sie beide zu der Maschine liefen. Tommy sah ihr in die Augen und ließ sie so erkennen, was er von Jimmy Sawyer hielt, während er das Fax abriß. Er war der Mann, der auf sie geschossen hatte. Ann wußte es jetzt, und Reed ebenfalls. Wenn Jimmy Sawyer noch im Lande war, und sollte er tausend Meilen entfernt sein, würde Reed ihn finden.

Sie fuhren im Konvoi. Ann fuhr mit Tommy Reed in dessen Dienstwagen, einem bronzefarbenen Chrysler. Dem folgten vier schwarzweiße Streifenwagen, ein Kleinbus der Spurensicherung und die Zivilfahrzeuge von Abrams, Harper, dem Lieutenant und dem Captain.

»Was ist, wenn Sawyer zurückgekommen ist, um das Auto zu holen?« sagte Ann und sprach damit eine Frage aus, die sie seit einer halben Stunde beschäftigte. »Als ich weggefahren bin, hätte er zurückkommen und das kaputte Einmachglas sehen können. Wenn er schlau ist, wird er die Finger ins Meer werfen, und wir haben nichts mehr in der Hand.«

Reeds Auto brach hinten aus, als er scharf rechts abbog. Er sah Ann an, dann wieder auf die Straße. »Wir hätten ohne den Durchsuchungsbefehl hingehen sollen.«

Ann schluckte. Er wußte es. Sie wußten es alle, überlegte sie sich. »Ich hab einen Fehler gemacht, richtig? Ich hätte mitgehen und nicht auf dem Durchsuchungsbefehl bestehen sollen.«

»Du mußt tun, was du für richtig hältst, Ann«, sagte Reed, gab Gas und fuhr den anderen Wagen davon.

Als sie die Henderson erreichten, parkten die Autos am Ende des Blocks, die Beamten stiegen aus. Der Lieutenant kam zu ihnen. »Hilgard, Evans und Baumgarten, ihr geht zur Vorderseite des Hauses«, sagte er zu den uniformierten Beamten. »Harper, Abrams und Reed zur Rückseite. Das Auto ist noch da. Er könnte drinnen sein. Der Captain und ich beziehen Stellung bei den Zäunen der Nachbarn, wo wir beide Seiten im Auge behalten können. Wenn er versucht, in unsere Richtung zu entkommen, nehmen wir ihn in Empfang.«

Ann stand mit hängenden Armen da. Sie hatte keine Waffe. Plötzlich kam sie sich wie eine Außenseiterin vor, und ihre Schultern sackten nach vorne.

Nach einer Minute fragte Reed über das tragbare Funkgerät, ob alle Polizisten ihre Positionen bezogen hätten.

»Positiv«, antworteten sie. »Wir sind bereit und warten.«

Während die Männer vorne an der Tür läuteten und sich zu erkennen gaben, sprang Reed über den Zaun und lief zur Rückseite des Hauses, wo ein Umzugslastwagen mit geschlossenen Hecktüren am Bordstein parkte.

Ann, die noch vorne stand, hörte Lärm im Haus, dann das Geräusch eines Handgemenges. Dann steckte einer der uniformierten Beamten den Kopf zur Tür heraus und rief Reed zu: »Wir haben Sawyer hier. Er ist allein.«

Reed und die anderen Detectives betraten das Haus von der Rückseite. Die Polizisten, die draußen gewartet hatten, stürmten vorne hinein. Binnen kürzester Zeit drängten sie sich in dem kleinen Wohnzimmer.

Jetzt konnte sie auch reingehen, dachte Ann. Als sie gerade die Eingangsstufen hinaufging, fuhr Glen an den Bordstein und sprang mit dem Original des Durchsuchungsbefehls aus dem Auto. Ihm dicht auf den Fersen folgte Ray Hernandez, ein Mann, den Ann als Ermittler aus dem Büro des Staatsanwalts kannte.

Glen sah sie an. »Wie sieht es aus?«

»Sie haben Sawyer drinnen.«

Die drei gingen zur Tür hinein in das überfüllte Wohnzimmer. Aus dem Augenwinkel sah sie Harper, der Jimmy Sawyer in Handschellen zur Hintertür hinausführte. Glen folgte ihnen rasch.

Über die Köpfe der Männer hinweg rief Tommy ihr zu: »Wo sind die verdammten Finger?« Sein Gesicht war rot, er schwitzte. Auch ohne die Polizisten wäre es in dem Haus wie in einem Ofen gewesen. Als ihm das klar wurde, fing er an, die Männer beiseite zu drängen. »Sie«, sagte er und deutete auf einen, »und Sie ... und Sie, raus hier, damit wir Luft zum Atmen haben.« Schließlich gelang es ihm, zur Eingangstür vorzudringen. »Wo, hast du gesagt, waren diese Finger?«

»In der Küche«, sagte Ann. »Ich hab sie in der Küche auf dem Boden gelassen.«

»Da sind keine Finger auf dem Boden, Ann«, sagte Reed verärgert.

Die ganze Versammlung bewegte sich in Richtung Küche. »Da drüben«, sagte Ann und stellte sich auf die Zehenspitzen, damit sie über die Köpfe der Männer hinwegsehen konnte. »Ich hab das Glas aus dem Kühlschrank geholt und fallen lassen. Als ich gegangen bin, lagen die Finger auf dem Boden verstreut. Es waren fünf.«

Reed und Ann schoben und drängten die Männer beiseite und bahnten sich einen Weg zum Kühlschrank. Reed holte die Bierdosen heraus und knallte sie auf den Küchenschrank. Dann sah er ein Einmachglas und hielt inne. »Ist es das?« sagte er.

»Eines davon.« Es war selbstverständlich nicht das Glas, das sie hatte fallen lassen, aber der Inhalt sah ähnlich aus. Wenn sich in dem einen Glas fünf Finger befunden hatten, waren die anderen fünf möglicherweise in diesem. »Ja, ja«, sagte sie und konnte den Blick nicht von dem Glas nehmen. »Es war Vlasic ... du weißt schon, die Marke. Ein Einmachglas von Vlasic. Es waren zwei. Das hier muß das andere sein.«

»Holt ein paar Jungs von der Spurensicherung rein«, rief Reed. Er zog ein Paar weiße Latexhandschuhe an, holte das Glas vorsichtig aus dem Kühlschrank und hielt es ans Licht.

»Laß mich sehen, Tommy«, bat Ann, obwohl der Inhalt anders aussah als bei dem anderen Glas. »Die Flüssigkeit ist trüb.« Sie kam direkt neben ihn und beugte sich dicht zu dem Glas heran. »Mach es auf. Ich hab zuerst auch gedacht, es wären Mixed Pickles. Ich hab sie sogar für weißen Stangenspargel gehalten.«

Es wurde still in dem Raum, und Ann wurde so schwindelig, daß sie befürchtete, sie würde sich übergeben müssen. Sie wartete, während Tommy den Deckel aufschraubte und einen Finger in das Einmachglas steckte. Dann hielt sie den Atem an und riß die Augen auf. Tommy hielt etwas in der Hand und schnupperte daran. Er lehnte sich an den

Tresen, sah Ann finster an, schob sich den Gegenstand in den Mund und biß kräftig ab. Die ganze Meute holte wie ein Mann Luft.

»Pickles«, sagte Reed und spie das Stück auf die Hand. »Das war's«, sagte er. »Außer der Spurensicherung alle raus. Wir haben nur eingelegtes Gemüse hier. Sieht nach einem falschen Alarm aus.«

Ann sah zu Boden; sie war zu verlegen, den Männern in die Augen zu sehen. Dabei fiel ihr auf, daß der Boden sauber war, nicht schmutzig wie vorher. »Da waren Finger, Tommy«, sagte sie, ohne aufzusehen. »Ich kenne den Unterschied zwischen Mixed Pickles und Fingern, Herrgott noch mal. Er ist offensichtlich zurückgekommen und hat sie weggeschafft.«

Reed sprach es zwar nicht offen aus, aber er hatte seine Zweifel. Ann war, seitdem man auf sie geschossen hatte, vollkommen durcheinander und hatte möglicherweise einfach eine falsche Schlußfolgerung gezogen. Sie war allein in dem Haus gewesen und wußte, daß Sawyer als der Hauptverdächtige des Attentats auf sie galt. Sie hatte in dem Einmachglas etwas Merkwürdiges gesehen und war einfach in Panik geraten. Reed wußte, der menschliche Verstand konnte seltsam reagieren, besonders unter Streß. Er hatte erfahrene Beamte in Krisensituationen Fehler machen sehen, hatte selbst schon welche gemacht.

»Hör mir zu, Tommy«, sagte Ann hastig. »Der Boden war schmutzig, als ich die Finger gesehen habe. Sieh ihn dir jetzt an – er ist blitzsauber. Er ist zurückgekommen, hat die Finger gesehen, sie beseitigt und den Boden aufgewischt. Werden sie denn nicht nach weiteren Spuren suchen? Und, weißt du, sie sollten sich den Boden vornehmen. Vielleicht finden sie Spuren von Blut oder etwas, das sie identifizieren können, in der Flüssigkeit, die mit den Fingern herausgespritzt ist. Und Glassplitter ... sie könnten Glassplitter finden, die meine Aussage erhärten.«

Reed dachte über das nach, was Ann gesagt hatte. Der Boden war *tatsächlich* sauber, während der Rest des Hauses wie ein Schweinestall aussah. »Wir kämmen alles durch«, sagte er. »Und schicken eine Menge ins Labor.« Seine Miene wurde sanfter. »Vielleicht finden wir was. Man kann nie wissen. Wir vermuten, daß Sawyer und seine Zimmergenossen Drogen dealen, vielleicht sogar Kocher sind.« Er verstummte und sah Ann gallig an. Kocher waren Leute, die Drogen wie LSD oder Amphetamine daheim in selbstgebauten Labors herstellten. In letzter Zeit schossen solche Labors wie Pilze aus dem Boden. »Als Sawyer zum erstenmal festgenommen wurde, hatte er ein ganzes Löschblatt voll erstklassigem LSD und einen Umschlag voll Ecstasy dabei. Die Drogenfahndung meint, der Markt wird in letzter Zeit mit dem Zeug überschwemmt, und die Kids an der High School lutschen es wie Süßigkeiten. Ich vermute, es stammt von hier – aus diesem Haus.«

»Ein Labor?« fragte Ann, der auffiel, daß Glen das Haus wieder betreten hatte und zu ihnen kam.

»Kaum hatte er Sawyer als Verdächtigen genannt«, sagte Reed, dessen Blick zu Glen schweifte, »haben wir angefangen, ihn zu überwachen. Unseren Ermittlungen zufolge deutet alles auf ein Labor hin.«

»Warum hast du mir das nicht gesagt?« Ann sah von Tommy zu Glen und wurde allmählich wütend. »Ich bin seine Bewährungshelferin. Und das erklärt immer noch nicht, weshalb er auf mich geschossen hat.«

»Doch, Ann«, sagte Reed nüchtern. »Sawyer muß auf dich geschossen haben, um genau das zu verhindern, was du heute getan hast – bei ihm aufzukreuzen und in sein Labor reinzuplatzen.« Der Detective seufzte und ließ enttäuscht die Schultern hängen. »Wie es aussieht, haben sie das Labor verlegt. Siehst du den Umzugswagen, der hinten steht? Sawyer muß zurückgekommen sein, um die letzten paar Kisten zu holen, möglicherweise den Kühlschrank. Aber in diesen Kisten ist nichts, was wir wollen.«

Ann konnte es nicht fassen. Die redeten von einer Drogenküche, sie von einem Menschenleben. »Was ist mit den

Fingern? Ich habe diese Finger gesehen, Reed. Weißt du, ich bin keine völlige Idiotin. Ich weiß, wie menschliche Finger aussehen. Ich war selber einmal Cop.« Sie sah trotzig zu Reed auf. Er sollte nur wagen, ihre Worte in Zweifel zu ziehen.

»Du kannst den Lastwagen nicht durchsuchen«, sagte Glen hastig. »Nicht ohne einen neuen Durchsuchungsbefehl. Der jetzige Durchsuchungsbefehl gilt ausdrücklich nur für das Haus.«

»Hören Sie, Hopkins«, sagte Reed, »ich weiß, Sie haben Ihre eigenen Sorgen, aber was ist, wenn die Person ohne Finger am Leben ist und in diesem Lastwagen verblutet? Was ist, wenn Ann doch etwas gesehen hat?«

Hopkins packte den Detective am Arm. Reed zog ihn wütend weg. »Gehen Sie nicht mal in die Nähe dieses Lastwagens ohne Durchsuchungsbefehl«, bellte der Bezirksanwalt. »Haben Sie verstanden? Wenn Sie es tun, werden sie mit dem, was Sie finden, nichts anfangen können. Warten Sie, bis wir es richtig machen können und einen zweiten Durchsuchungsbefehl haben. Muß ich noch mehr sagen?«

»He«, Reed spuckte die Worte förmlich aus, »Sie sind der Fachmann.«

»Komm mit, Ann«, sagte Glen, »ich nehm dich mit ins Gericht zurück.«

»Noch nicht«, sagte Ann, die immer noch den Detective ansah. »Glaubst du, ich habe mir das nur eingebildet, Tommy? Sag es mir. Komm schon, ich will es aus deinem Mund hören.«

Wieder zuckte Reed nur die Achseln. »Wo ist Sawyer?« rief er zu einem anderen Detective hinaus.

Eine Stimme rief zurück: »Draußen bei Harper.«

»Ich habe diese Finger gesehen, Tommy.«

»Ich sage nicht, daß ich dir nicht glaube, Mädchen«, sagte Reed mit leiserer Stimme. »Aber jetzt sind keine Finger mehr da.«

»Er muß sie weggeschafft haben, bevor wir hierhergekommen sind«, sagte Ann mit vor Zorn rot angelaufenem Gesicht. »Habe ich dir nicht gesagt, er würde zurückkommen und die Finger wegschaffen?«

Aber Reed brannte darauf, nach draußen zu gehen und festzustellen, was Sawyer zu sagen hatte. In jedem Fall wurde es Zeit, den Schauplatz zu räumen, damit die Spurensicherung sich an die Arbeit machen konnte. Er war schon zu lange im Polizeidienst, um herumzusitzen und darüber zu lamentieren, was sie hätten tun oder lassen sollen. »Hör zu, wir nehmen Sawyer mit, sobald wir hier alles abgeklärt haben. Du darfst bei dem Verhör dabeisein.«

»Prima«, sagte Ann und sah ihm nach, als er ging. Geh nur, dachte sie, mach mich vor versammelter Mannschaft zum Narren und wirf mir dann wie einem Hund einen Knochen hin. Es war ihre Schuld, daß sie auf dem Durchsuchungsbefehl bestanden hatte. War Reed deswegen so sauer? Gab der Detective ihr die Schuld daran, daß sie Glens Vorschlag nicht gefolgt und die Wahrheit so hingebogen hatte, wie sie sie brauchten? Oder glaubte er nur, sie sei ein hysterisches Weib, das nicht wußte, was es gesehen hatte?

Wie auch immer, Ann kochte vor Wut.

Nachdem er die Polizisten angewiesen hatte, sich in der Nachbarschaft umzuhören, was sie über die Bewohner des Hauses 875 Henderson in Erfahrung bringen konnten, fuhr Tommy Reed allein mit seinem Wagen zurück. Er steuerte zur Rückseite des Reviers und parkte. Dann blieb er einfach sitzen und sah zur Windschutzscheibe hinaus. Die Sonne ging wie eine riesige Orange unter, Farben loderten am Himmel.

Er senkte den Blick und ging im Geiste die Einzelheiten des Falls durch. Sie mußten Haftbefehle ausstellen lassen und die beiden anderen Jungs suchen. Das einzige Problem war die Begründung für die Haftbefehle. Wenn die Spurensicherung keine Hinweise auf Drogen in den Kisten oder sonstwo im Haus fand, wäre es so gut wie unmöglich, die Festnahme der beiden anderen Täter zu begründen. »Oh, verdammt«, sagte er und stieg aus dem Auto aus.

Als er das Büro der Detectives betrat, sprang Ann auf die Füße. Sie hatte auf dem Stuhl vor seinem Schreibtisch gewartet. »Wo ist Sawyer?« fragte sie.

»Einer der Streifenwagen bringt ihn her.«

»Hör zu, diese Finger müssen einer Frau gehört haben, Tommy. Ich habe Nagellack darauf gesehen. Wir müssen bei der Vermißtenabteilung nachfragen, ob eine Meldung vorliegt.«

Reed zog das Jackett aus und hängte es über die Stuhllehne. »Selbst wenn wir eine Vermißtenmeldung über eine Frau finden, Ann, was sagt uns das? Das einzige, was deine Geschichte erhärten könnte, wäre eine Leiche ohne Finger.«

Ann war immer noch sauer, das wußte Reed. Ihre Körpersprache sagte alles: vor der Brust verschränkte Arme, hoch erhobenes Kinn, entschlossenes Funkeln in den Augen. Als Antwort darauf behielt er seinen stoischen »Nur-die-Fakten-zählen«-Ausdruck bei, um sie wissen zu lassen, daß er der Detective der Mordkommission war, sie dagegen nur die Bewährungshelferin.

»Dann frag in den Leichenhallen nach«, sagte Ann. »Und laß die Meldungen über vermißte Frauen hier und in Los Angeles überprüfen.«

Reed beugte sich über seinen Schreibtisch und kritzelte beim Sprechen ein paar Anmerkungen auf seinen Notizblock. »In L.A. werden jeden Tag fünfundzwanzig Menschen oder mehr als vermißt gemeldet. Die meisten Vermißtenmeldungen werden einfach abgehakt. Sie schreiben nicht mal eine, sondern machen nur einen Eintrag ins Logbuch.« Er schrieb weiter und schenkte Ann überhaupt keine Beachtung mehr. Augenblicke später erschien ein junger Beamter mit Jimmy Sawyer im Schlepptau.

»Wo wollen Sie ihn hinhaben?« fragte der junge Polizist.

Reed befahl dem Beamten, Sawyer in ein Verhörzimmer zu bringen, dann sah er, wie der Captain ihm durch die Glasscheibe zuwinkte. Ann, die gezwungen war, draußen zu warten, sah ihn mit den Händen fuchtelnd auf und ab gehen. Mehrmals sah Reed sie mit finsterer Miene an. Sie hätte zu gern gewußt, worüber sie sprachen, falls sie sich über sie unterhielten.

Als Reed herauskam, wirkte er angespannt. »Der Captain sagt, Noah soll das Verhör führen.«

»Warum Noah?« sagte Ann. »Du bist der Sergeant. Das ist ein schwerwiegender Fall.«

»Weil er das Attentat auf dich untersucht und Sawyer jetzt der Hauptverdächtige ist ... sein Verdächtiger.« Er verstummte und strich sich mit den Fingern durch das Haar. »Hör zu, ich hab nie gesagt, daß ich dir das mit den Fingern nicht glaube. Ich weiß nicht, warum du dich so aufregst. Sie waren eben nicht da, das ist alles.«

»Aber du hast es gedacht«, sagte sie, etwas milder gestimmt. »Und die anderen Männer auch.«

»He«, sagte er lächelnd, »du kannst mir nicht zum Vorwurf machen, was andere Leute denken.«

Ann erwiderte sein Lächeln. In letzter Zeit hatte sie mehr als genug Feinde; sie mußte nicht auch noch ihre Freunde vor den Kopf stoßen. »Ich kann trotzdem bei dem Verhör dabeisein, oder? Du hast gesagt, ich dürfte.«

Reed runzelte die Stirn. »Warum gehst du nicht nach Hause und ruhst dich aus? Wir haben Sawyer in Gewahrsam. Noah kann ihn verhören. Außerdem werde ich Melanie Chase im Labor anrufen und sie bitten, die Spuren, die sie in dem Haus finden, so schnell wie möglich zu untersuchen.« Reed wich ihrer Frage aus und sah, daß sie das merkte. Stirnrunzelnd räusperte er sich, bevor er fortfuhr. »Ann, der Captain hat darauf hingewiesen, daß du an sich ein Opfer in diesem Fall bist, und die Politik des Departments untersagt, daß Opfer an den aktuellen Ermittlungen teilnehmen.« Er hob eine Hand, um ihre Einwände zu unterbinden. »Du weißt, es sind hier eine Menge Verantwortlichkeiten im Spiel. Manchmal ziehen Leute los und nehmen persönliche Rache, und ihre Angehörigen verklagen dann das Department. Es wäre ihm lieber, wenn du momentan nicht im Revier rumhängen würdest. Er hat mir sogar einen Anschiß verpaßt, weil wir dich zu der Hausdurchsuchung mitgenommen haben.«

Ann war, als hätte ihr jemand die Tür vor der Nase zugeschlagen. Schließlich hatte man auf sie geschossen, und sie war fast auf dem Bürgersteig verblutet. Wie auch immer, sie sah ein, daß sie machtlos war. Sie konnte Reed beschwatzen, aber gegen die Vorschriften des Reviers kam sie nicht an.

»Okay«, sagte sie resigniert. »Ich glaube, ich gehe nach Hause.«

Als Ann das Revier verließ, ging sie absichtlich an der Tür des Zimmers vorbei, das, wie sie wußte, mit einer Glasscheibe ausgestattet war, die nur in einer Richtung durchsichtig war, und drehte einem Impuls folgend den Knauf der Tür. Daß sie abgeschlossen war, bestätigte Anns Verdacht, daß es sich um den Raum handelte, wo sie Sawyer festhielten. War Abrams schon drinnen und verhörte ihn? Sie preßte das Ohr an die Tür und versuchte zu lauschen, aber dann schimpfte sie mit sich selbst, weil sie wußte, sie würde albern aussehen, wenn jemand vorbeikam. Es fiel ihr nur schwer, einfach so wegzugehen, wo sie doch wußte, daß der Mann, der auf sie geschossen hatte, sich direkt hinter dieser Tür befand. Sie wollte ihn selbst verhören, ihm die Hölle heiß machen, der Sache noch in diesem Augenblick auf den Grund gehen. Und dieses Recht sollte sie haben, fand sie, was Reed und die anderen auch immer sagen mochten. Sicher war sie das Opfer, trotzdem blieb Sawyer ihr Bewährungskandidat.

Dann tauchte das gräßliche Bild der abgehackten Finger vor ihren Augen auf, und sie war froh, daß sie nicht mit Jimmy Sawyer in dem Raum eingesperrt war. Wenn er einer armen Frau die Finger abgeschnitten und in einem Einmachglas aufbewahrt hatte, dann war er das personifizierte Böse. Sie konnten nie vorhersagen, was er als nächstes anstellen, wie weit er gehen würde, wie sie keine Ahnung hatten, wie viele andere schreckliche Verbrechen noch auf sein Konto gingen. Als sie das Gebäude verlassen hatte und in ihr Auto einstieg, schoß ihr ein anderer entsetzlicher Gedanke durch den Kopf. Wenn Sawyer keine Schußwaffe benutzt hätte, hätte er dann statt dessen ein Schlachtermesser genommen?

Sie wollte es gar nicht wissen.

Kapitel 7

Noah Abrams ging an seinem Schreibtisch vorbei und nahm den Kassettenrecorder mit. »Hoffen wir, daß er ein Angeber ist«, sagte er zu Reed, als sie den Flur entlanggingen. »Werden Sie das Verhör vom Beobachtungsraum aus mitverfolgen?«

»Nein«, sagte Reed, »aber Glen Hopkins. Sawyer gehört Ihnen, Noah. Sie machen das schon. Ich versuche, ein paar andere Dinge auf die Reihe zu kriegen und werde das Archiv in den Leichenhallen anrufen lassen. Wenn Ann tatsächlich Finger gesehen hat, muß irgendwo eine dazugehörige Leiche herumschwirren.«

Als Abrams das Verhörzimmer betrat, saß Jimmy Sawyer ruhig, mit im Schoß gefalteten Händen da, stellte einen unschuldigen, erwartungsvollen Gesichtsausdruck zur Schau und schien nicht zu wissen, daß er durch die Glasscheibe beobachtet wurde. »Jimmy Sawyer«, sagte der Detective, lockerte die Krawatte und ließ das Jackett von den Schultern gleiten. »So sehen wir uns also wieder, was? Nicht gerade unter denselben Umständen wie in der Nacht, als auf Ms. Carlisle geschossen wurde.«

Jimmy Sawyer lächelte unangemessen und warf das lange Haar hinter die Schultern. Seine Zähne waren weiß und ebenmäßig, das Produkt jahrelanger, teurer Zahnbehandlung. Dann sah er den Recorder, und das Lächeln verschwand im Nu von seinem Gesicht.

Abrams setzte sich an den langen Tisch und taxierte sein Gegenüber. Der Detective hatte eine ausgezeichnete Verhörtechnik, die das Vertrauen eines Verdächtigen gewinnen und ihn beruhigen konnte. Sobald sie nett und entspannt waren, schlug er zu.

»Als wir uns das letztemal unterhalten haben, ging es um Ihre Bewährungshelferin, Jim. Sieht so aus, als würde sie Ihnen in letzter Zeit eine Menge Ärger machen. Oh, bevorzugen Sie Jim oder Jimmy?«

»Egal«, sagte der junge Mann. »Man nennt mich sowohl als auch.«

»Nun, wenn Sie wollen, können Sie mich Noah nennen«, sagte der Detective freundlich. »Warum lassen wir die Förmlichkeiten nicht beiseite?«

»Hübsche Krawatte«, sagte Sawyer. »Ist das James Dean?«

»Ja«, sagte Abrams, hielt sie hoch und betrachtete sie. »Ich hab auch eine mit Marilyn Monroe drauf. Ich mag die fünfziger Jahre. Und Sie?«

»Ich weiß nur das über die Fünfziger, was ich in *Happy Days* gesehen habe, der Fernsehserie.«

»Woher wußten Sie dann, daß das James Dean ist?«

»Nun machen Sie aber halblang«, sagte Sawyer. »Jeder kennt James Dean. Ich hab in einer Spätvorstellung mal einen Film mit ihm gesehen, *Denn sie wissen nicht, was sie tun*. Ziemlich gut. Das Beste war das Autorennen zum Klippenrand.«

»Sie mögen gefährliche Sachen, was?« sagte Abrams.

Sawyer war zu gerissen, darauf zu antworten. »Bedeutet das, ich bin verhaftet?«

»Nicht unbedingt. Vorerst möchten wir nur ein paar Antworten.«

»Oh, ich verstehe«, sagte Sawyer langsam. Ein klirrendes Geräusch ertönte unter dem Tisch. Er trug Stiefel mit Ketten und Sporen und hatte die Beine übereinandergeschlagen. »Antworten, hm?«

»Wenn Sie wollen, können wir über den heutigen Vorfall sprechen und versuchen, ihn aufzuklären. Wenn nicht, können wir warten, bis Sie einen Anwalt haben, und dann darüber reden. Es ist Ihre Entscheidung.«

»Ich rede«, sagte Sawyer selbstsicher und kicherte. »Es ist so albern, wissen Sie. Ich kann es nicht glauben. Hat sie euch Jungs echt gesagt, ich hätte Finger in einem Einmachglas im Kühlschrank stehen?«

»Klar, das hat sie, Jimmy. Was meinen Sie, weshalb sollte sie so etwas sagen, wenn es nicht stimmt?«

Sawyer zögerte keinen Augenblick. »Ich erzähle es Ihnen wirklich nicht gern, aber sie ist wütend. Sie hat es nur getan, um mir eins auszuwischen.«

Noah Abrams konnte den Scheiß förmlich riechen, den Sawyer ihm verzapfen wollte. »Und warum ist sie wütend?«

Der Junge blinzelte nicht. Seine Augen waren kalt und entschlossen, als er sich über den Tisch lehnte. »Weil wir uns geliebt haben.«

Noah wahrte ein gleichgültiges Gesicht, aber die Wut zog ihm den Magen zusammen. Ann war eine anständige Frau, eine gute Frau. Es machte ihn krank, diesem Dreckschwein auch nur gegenüberzusitzen, das möglicherweise auf sie geschossen hatte. »Sie und Ihre Bewährungshelferin haben sich also geliebt?«

»Nur die letzten zwei Wochen«, sagte Sawyer zögernd und testete das Eis. »Sie hat mich gleich beim erstenmal angemacht, als wir uns gesehen haben, am Tag der Gerichtsverhandlung.«

»Ach, wirklich?« sagte Abrams lauter, als er beabsichtigt hatte. »Und wo ist das passiert?«

»In einer Vorratskammer neben ihrem Büro. Sehen Sie, ich hab auf dem Flur auf sie gewartet. Ich wollte einiges von dem abklären, was der Richter gesagt hatte.«

»Nur weiter«, sagte Abrams mit sanfterer Stimme. Er hatte ein Blatt Papier und einen Bleistift vor sich auf dem Tisch liegen und fing an zu kritzeln, um die Beherrschung nicht zu verlieren.

»Nun, ich glaube, es war Feierabend. Offenbar waren die meisten in ihrem Büro schon gegangen. Ich sah sie rausgehen, bevor ich Ann traf.« Sawyer verstummte und sah ins

Leere, als würde er sich die Szene vorstellen. »Wir haben uns unterhalten. Sie war nett. Als sie mir alles erklärt hatte, fragte sie mich, ob ich eine Freundin hätte, was ich verneinte. Sie sagte, wir sollten einander besser kennenlernen, weil sie meinen Fall bearbeite.« Abrams warf ihm einen giftigen Blick zu, aber Sawyer nahm ihn gelassen zur Kenntnis. »Dann bat sie mich, einen Moment mit ihr in diesen Raum zu gehen, damit wir uns ungestört unterhalten könnten. Da ist es passiert.«

»Was genau ist passiert, Jimmy?« sagte Abrams. In diesem Augenblick drückte er so fest auf den Bleistift, daß die Spitze abbrach. Verärgert warf er den Bleistift beiseite.

»Sie sagte mir, sie könnte meine Bewährungsbedingungen ändern lassen, damit ich mich nicht jeden Monat melden und in eine Flasche pinkeln müßte. Sie ... sie hat gesagt, daß ich ihr gefalle, ich wäre süß, oder so was.« Sawyer sah selbstzufrieden auf. Er hatte eine Menge anderer Mädchen gehabt, daher wußte er, daß sich dieser Teil wahrheitsgemäß anhörte. »Oh, und sie hat gesagt, daß ihr Mann tot ist. He, sie hat wie verrückt geflirtet, eine richtige Schmusekatze, Sie wissen schon.«

»Kein Scheiß?« sagte Abrams und zog die Brauen hoch, als würde er alles abkaufen. Innerlich war er auf hundertachtzig. Klar, der Mann wußte, was mit Hank passiert war. Als sie angeschossen wurde, hatten die Zeitungen die ganze Geschichte wieder aufgewärmt. Bleib ruhig, ermahnte Abrams sich, spiel mit. Das war ein Verhör, das er auf keinen Fall versauen wollte. »Sie sind ein echter Glückspilz, Sawyer«, sagte er kichernd. »Ich würde mich auch mal gern an sie ranmachen, aber zu mir ist sie nie gekommen. Wie auch immer, was ist dann passiert?«

Sawyer lächelte. Es lief großartig. Der Cop fraß ihm aus der Hand. »Wir haben uns geküßt, okay? Sie küßt ziemlich gut. Dann ließ sie mich ihre Titten begrapschen. Viel hat sie ja nicht, das kann ich Ihnen sagen.« Jimmy lachte laut und fand Gefallen an seiner eigenen Geschichte. »Wie dem auch sei, nachdem ich sie gefickt hatte, bin ich gegangen. Ich fuhr um den Block, und dann dachte ich über sie nach.«

»Na gut. Nur weiter, ich höre zu.« Abrams vergewisserte sich, daß das Tonband mitlief, weil er jeden Moment damit rechnete, daß Sawyer sich in seinem Lügengespinst verfangen würde.

»Ich fuhr zurück und über den Parkplatz, weil ich dachte, sie könnte noch da sein. Da ich sie nicht sah, beschloß ich, im McDonald's auf der anderen Straßenseite einen Hamburger zu essen. Da sah ich sie auf dem Bürgersteig und hielt an. Den Rest kennen Sie.«

Mit vollkommen tonloser, sachlicher Stimme sagte Abrams: »Bei unserer ersten Unterhaltung haben Sie nichts davon gesagt, daß Sie über den Parkplatz gefahren sind.« Ja, dachte er und wußte, daß er gerade den ersten Punkt für sich verbucht hatte. Sawyer hatte selbst zugegeben, daß er am Tatort gewesen war: auf dem Parkplatz, bevor die Schüsse gefallen waren.

Sawyer wurde hellwach. »Nun, ich wollte nicht mit der ganzen Wahrheit rausrücken, klar? Die Dame war angeschossen worden, und ... ich wollte ihren Ruf nicht ruinieren.«

Laß ihn nicht vom Haken, dachte Abrams und rieb sich unter dem Tisch mit den Händen über die Hose, während er einen bewundernden Gesichtsausdruck zur Schau stellte. »Sie sind ein umsichtiger Mann, Jimmy. Ein Held und ein Gentleman.«

»Oh«, sagte Sawyer, dem die zweite Hälfte seiner Geschichte wieder einfiel, »wir haben uns noch mal getroffen. Als sie wieder aus dem Krankenhaus raus war.« Er sah den Detective an. »Ich meine, vorher hatte ich sie im Krankenhaus angerufen. Sie hat mir ihre Telefonnummer gegeben und mich gebeten, sie anzurufen.«

Bis jetzt hatte Abrams Sawyer allgemein reden lassen, aber als sich die Schlinge zuzog, versuchte er, ihn auf Einzelheiten festzunageln. »Wann war das? An welchem Tag haben Sie sie zum zweitenmal gesehen?«

»Ich kann mich nicht an den Tag erinnern, okay?« sagte Sawyer. »Es war mittags, etwa ein Uhr. Ich rief sie an und wollte wissen, wie es ihr geht, und sie sagte, sie wollte mich zum Essen einladen. Sie bat mich, sie im Restaurant zu treffen, im Hilton. Ich sagte, ich würde lieber anderswo hingehen, weil das Essen dort beschissen ist, aber sie bestand darauf.« Sawyer lächelte, als er sich erinnerte, daß sie ins Marie Callender's hatte gehen wollen. Als er sich von ihr verabschiedet hatte, hatten er und ein paar seiner Freunde ihre Party in einem der Zimmer fortgesetzt.

»Was ist dann passiert?«

Sawyer ließ den Blick durch den Raum schweifen, bis er schließlich wieder auf den Detective fiel. »Als ich dort ankam, haben wir uns unterhalten. Sie sagte mir, welche Angst sie seit den Schüssen hätte und wie dankbar sie mir ist, daß ich ihr das Leben gerettet hatte. Sie flirtete wieder, machte alle möglichen zweideutigen Bemerkungen und sagte, sie wollte mir eine *richtige* Belohnung geben. Dann sagte sie, sie hätte keinen Hunger und fragte, ob ich mit auf ein Zimmer wollte. Ich hab das Zimmer bezahlt.«

»Sie haben das Zimmer bezahlt, ja?« sagte Abrams und ließ die Knöchel knacken. Das wurde immer besser. Sawyer log wie gedruckt, und wenn er weiterredete, würde er am Ende schlechter dastehen, als hätte er einfach den Mund gehalten und einen Anwalt verlangt. »Haben Sie mit einer Kreditkarte bezahlt?«

»Ja, American Express. Sie können meine Abrechnung überprüfen.« Sawyer lehnte sich grinsend auf dem Stuhl zurück. »Meine Mutter hat mir stets beigebracht, höflich zu sein, Noah. Sollte der Mann nicht bezahlen?«

Abrams verschränkte die Hände ineinander, legte sie auf den Tisch und widerstand dem Impuls, dem Bengel einfach in die Fresse zu schlagen.

»Dann bat sie mich, schon auf das Zimmer zu gehen, während sie eine Flasche Whiskey für uns in dem Laden in der Halle kaufte. Wissen Sie, ich kann keinen Alkohol kaufen, ich bin noch nicht alt genug.« Er verstummte und sah dem Detective forschend ins Gesicht. »Äh, als wir getrunken hatten, griff sie mir wieder zwischen die Beine.«

Da hätte Abrams fast laut aufgelacht. Er konnte sich in einer Million Jahren nicht vorstellen, daß Ann Carlisle so etwas tun würde. Sie war sittsam, zurückhaltend, immer eine Dame. »Zwischen die Beine gegriffen, hm? Sie hat einfach die Hand ausgestreckt und Ihnen zwischen die Beine gegriffen? Sie meinen, sie hat Ihren Pimmel angefaßt?«

»Ja.«

»Hatten Sie eine Erektion?«

Sawyers Blick tanzte überall hin. »Zuerst nicht, aber als sie anfing, mich zu streicheln und zu küssen, da schon. Sie hat sich förmlich auf mich gestürzt. Ich hab ihr unters Kleid gegriffen, und sie hatte kein Höschen an. Das war toll.«

»Was ist dann passiert?«

»Wir haben gefickt«, sagte er und fuhr sich mit der Zunge über die Lippen. »Ich meine, sie war völlig wild, Noah. Sie hat mich gelutscht. Mich gefickt. Sie wollte, daß ich es ihr im Arsch besorge. Sie sagte, sie hätte keinen guten Fick mehr gehabt, seit ihr Macker gestorben ist oder so.«

Abrams Gedanken schweiften ab, als er sich die Szene vorstellte, die Sawyer beschrieb: Ann Carlisle, die die langen Beine um seinen Hals geschlungen hatte. Um seinen, nicht um den von diesem Arsch. Dann riß er sich zusammen. Diese blödsinnige Geschichte erregte ihn. Er bemerkte, daß Sawyer ihn eingehend studierte, und räusperte sich. »Äh, wo waren wir stehengeblieben?«

»Ich hab sie gefickt«, wiederholte Sawyer augenzwinkernd. »Sie würden sie auch gerne ficken, was? Das sehe ich. Ich seh es Ihrem Gesicht an.« Er schlug auf den Tisch. »Scheiße, Noah, Sie würden sie selbst gerne ficken.«

Abrams wäre beinahe vor Wut von seinem Stuhl aufgesprungen. Aber er beherrschte sich gerade noch rechtzeitig. »Okay, Jimmy, ich bin nicht derjenige, der ein Problem hat.

Das sind Sie, also sehen wir zu, ob wir die Sache etwas beschleunigen können. Wir können Ihre Affäre später immer noch im Detail durchgehen.« Er rieb sich das Kinn, als würde er über alles nachdenken, was er gehört hatte. »Sie wollen damit sagen, so wie ich es verstehe, daß Sie und Ann Carlisle ein Liebespaar waren. Selbst wenn das stimmt, was hat es mit den Fingern zu tun?«

Sawyer legte unverzüglich los, und Abrams wurde klar, daß er diesen Teil im Geiste schon genau geprobt hatte. »Nachdem wir gefickt hatten, hab ich ihr gesagt, daß wir uns besser nicht wiedersehen.« Er sah Abrams in die Augen. »Sie wissen schon, sie wäre älter als ich, hätte ein Kind, und so weiter. Und sie sei meine Bewährungshelferin. Da ist sie hoch wie ein Sektkorken, Mann. Ich glaube, ich hab sie beleidigt, oder so. Als sie ging, drohte sie mir und sagte, das müßte ich büßen ... sie würde dafür sorgen, daß ich es büßen müßte.«

Abrams sah auf die Uhr. Es wurde Zeit, die Daumenschrauben anzuziehen. Sawyer war entspannt und glaubte allem Anschein nach, daß er die Situation unter Kontrolle hatte. Perfekt. »Sie wollen damit sagen, Ann Carlisle wurde wütend, als Sie die Beziehung beendet haben. Dann kam sie zu Ihnen nach Hause und hat diese Geschichte mit den abgehackten Fingern erfunden, um Ihnen Schwierigkeiten zu machen. Richtig? Ich meine, verbessern Sie mich, wenn ich mich irre. Ich will Ihnen die Worte nicht in den Mund legen.«

»Genau«, sagte Sawyer zufrieden. »Sie war nur ein Fick für mich. Ich meine, wir sind nicht miteinander gegangen, oder so. Vielleicht war sie wütend, weil ich heute aus meinem Haus ausziehen wollte. Scheiße, ich wollte nur wieder zu meinen Eltern ziehen. Es ist nicht so, daß ich das Land verlassen wollte. Wissen Sie, einer meiner Mitbewohner war ein Arsch, daher haben wir beschlossen, uns zu trennen.«

Abrams machte langsam Druck. »Sagen Sie, hat jemand Sie zusammen gesehen? Haben Sie eine Möglichkeit, die Beziehung zu bestätigen?«

Jimmy starrte verwirrt auf einen Punkt über Abrams Kopf. Schließlich sagte er: »Ja, Leute haben uns zusammen gesehen.«

Abrams sprang auf die Füße und brüllte ihn ins Gesicht, daß ihm Speichel von den Lippen flog: »Wer? Wie heißen sie? Wann genau haben sie Sie und Ann Carlisle gesehen, Jimmy? Wo haben sie Sie gesehen? Sie sind nichts weiter als ein dreckiger kleiner Lügner. Sie haben keine Beweise dafür, und kein Mensch wird Ihnen glauben.«

Sawyer schrak zurück und rückte den Stuhl ein paar Zentimeter vom Tisch weg.

Abrams umkreiste ihn, völlig außer sich. Sawyers Blick folgte ihm argwöhnisch um den Tisch herum. »Sie ist Bewährungshelferin. Und was sind Sie, Freundchen? Nichts. Sprechen wir von dem Drogenlabor, das Sie in Ihrem Haus eingerichtet hatten. Sprechen wir darüber, Jimmy-Boy. Und wohin haben sich Ihre Schleimbeutel von Mitbewohnern verkrochen? Sie hatten nicht nur einen Streit darüber, wer das Geschirr spült. Sie waren Kocher. Wir wissen, was da drüben vor sich gegangen ist.«

Einen Augenblick sah Sawyer aus, als würde er zusammenbrechen. Dann riß er sich zusammen und schrie den Detective an: »Meine Mutter hat uns zusammen gesehen.«

»Ihre Mutter, was?«

»Ja«, sagte Jimmy wieder gefaßt. »Sie hat in der Bar des Hilton mit einer Freundin etwas getrunken. Sie hat uns in der Halle gesehen, als ich mich eingecheckt hab. Sie können sie fragen.«

Für diesen Burschen war nichts zu erbärmlich, dachte Abrams angewidert. Er zog sogar seine Mutter in den Schlamassel hinein. Aber der Detective wußte, er mußte einen Rückzieher machen. Wenn der Verdächtige heftige Gegenreaktionen zeigte, wurde es Zeit für einen Rückzieher. Der Boden mußte weich sein, bevor man ihn beackern konnte.

»Sicher, Jimmy«, sagte er ruhig, ging zu seinem Stuhl zurück und setzte sich. »Kommen wir auf die Drogen zurück. Leugnen Sie, daß Sie in dem Haus Drogen hergestellt und verteilt haben?«

Sawyer lachte und schenkte dem Detective einen wissenden Blick, als würde er ihn in die Verschwörung einweihen. »Selbstverständlich leugne ich das. Was glauben Sie, Noah? Ich gestehe hier, daß ich ein großer Drogendealer bin? Verdammt komisch, Sie Arschloch.« Die Ketten unter dem Tisch klirrten, als Sawyer weiter an seinem Stuhl hinabrutschte.

Aha, dachte Abrams, er will die harte Tour. »Und Ihre Mutter wird vor einem Gericht beeiden, was Sie mir gerade gesagt haben? Daß sie Sie und die Bewährungshelferin zusammen im Hotel gesehen hat? Wird sie einen Meineid schwören und selbst eine Haftstrafe riskieren?« Wieder sprang der Detective von seinem Stuhl auf. »Da müssen Sie sich schon was Besseres einfallen lassen, Jimmy.«

Abrams stellte sich hinter ihn, hielt sich an der Stuhllehne fest und sagte mit vor Sarkasmus triefender Stimme: »Sie hätten gründlicher über alles nachdenken müssen. Es wird nichts nützen, wenn Mommy Kaution stellt und Ihnen Rückendeckung gibt.« Dann ging er rasch wieder um den Tisch herum und sah ihm in die Augen. »Und woher hatten Sie das Geld für diesen schicken Porsche? Möchten Sie mir nichts darüber erzählen? Soll Mommy auch beeiden, daß sie Ihnen den gekauft hat? Hat sie die eingelösten Schecks, um es zu beweisen? Sie sitzen ganz tief in der Scheiße, mein Freund.« Abrams verstummte und holte tief Luft; er war bereit, Sawyer durch den Wolf zu drehen. »Ich werde Ihnen den Arsch aufreißen, Sawyer. Ich werde die Scheißwaffe finden, mit der Sie auf dem Parkplatz diese arme Frau niedergeschossen haben.« Abrams schlug mit der Faust auf den Tisch, und Sawyer zuckte zusammen. »Dann werde ich Zeugen finden, die aussagen, daß Sie Drogen hergestellt und gedealt haben, ich werde Ihre Hausgenossen auftreiben und in die Mangel nehmen, ihnen Straffreiheit zusichern, was immer auch erforderlich sein mag.« Wieder schlug er mit der Faust zu, daß der wacklige Tisch erbebte. »Bis ich mit Ihnen fertig bin, Sie mieser Wichser, werden Sie sich wünschen, Sie wären tot.«

»Ich will meinen Anwalt sprechen«, verlangte Sawyer, der wie ein quengeliges Kind einen Schmollmund zog. Dann schnellte er auf die Füße, schlug wie Abrams auf den Tisch und schien einen regelrechten Tobsuchtsanfall zu bekommen. »Sie können mir nicht so drohen. Ich werde kein Wort mehr sagen, bis ich mit meinem Anwalt gesprochen habe.«

Abrams schaltete den Recorder aus, packte Sawyers Hand, bevor dieser noch einmal auf den Tisch schlagen konnte, und stieß sie beiseite. Er hatte auf die harte Tour gespielt, aber der Junge hatte trotzdem einen Punktsieg verbuchen können. Und er hatte es mit dem einzigen Satz getan, den jeder Cop während eines Verhörs fürchtete.

In dem Moment, wo ein Verdächtiger seinen Anwalt verlangte, kam die Uhr zum Stillstand und das Verhör war zu Ende.

Noah ließ Sawyer schäumend im Verhörzimmer zurück, nachdem er ihm ein Telefon auf den Tisch geknallt hatte, damit er seinen Anwalt anrufen konnte. Aber bevor er mit Hopkins sprach, machte er einen Abstecher zur Herrentoilette. Sollte das Arschloch ruhig warten, dachte er und lächelte grimmig. Hopkins würde ihm wahrscheinlich sowieso sagen, daß er das Verhör versaut hatte.

Nachdem er sich erleichtert hatte, wusch sich Abrams die Hände und betrachtete sich im Spiegel. Er hatte wegen Ann die Beherrschung verloren. Er hatte es satt, jeden Abend in Restaurants zu essen und in eine leere Wohnung heimzukommen, ohne jemals eine richtige Unterhaltung mit den Frauen zu führen, mit denen er ausging. In letzter Zeit war er überhaupt nicht oft ausgegangen. Er war aus der ganzen Singleszene ausgestiegen, besonders jetzt, wo Aids grassierte. Er wollte eine gute Frau, mit der er sich häuslich niederlassen konnte, und das war Ann.

Als er den Flur entlang ging, dachte Noah an die galligen Bemerkungen, die Reed über seine gescheiterten Ehen gemacht hatte. In Wahrheit hatten die Frauen beschlossen, daß sie doch nicht mit einem Cop verheiratet sein wollten, was konnte er da schon tun? Rhonda, seine erste Frau, hatte behauptet, er wäre praktisch nie zu Hause. Er hatte nicht genügend Geld verdient, um Sandra alle Wünsche zu erfüllen, während Bonnie sich Gedanken gemacht hatte, er könnte in Ausübung seines Berufs verletzt werden und sie müßte ihn versorgen. Richtig, dachte Noah gehässig, sie war mein letzter großer Fehler. Aber Ann war anders. Sie hatte ihr ganzes Leben lang mit Cops zu tun gehabt. Sie war eine von ihnen. Als sie noch Kadetten waren, hatten sie manchmal stundenlang zusammengesessen und sich über alle möglichen verrückten Dinge unterhalten. Er konnte sie immer noch vor sich sehen, wie sie vor dem alten Revier im Gras saß, die Knie bis zur Brust hochgezogen hatte, das Haar zu einem Pferdeschwanz zusammengebunden, und über seine albernen Geschichten lachte. Und sie war ein loyaler Mensch, in der heutigen Zeit eine echte Seltenheit. Sie war Hank seit vier Jahren treu geblieben, dachte er und war erstaunt, daß sie so lange gewartet hatte. Seine Ex-Frauen hatten drei Tage nach seinem Verschwinden neue Freunde gehabt.

Wenn Reed ihm nur gesagt hätte, daß Ann wieder mit Männern ausging, dann würde er sich jetzt um sie kümmern, und nicht dieser Cowboy Hopkins.

Der Detective riß die Tür des Beobachtungszimmers auf und sah hinein. »Und, was meinen Sie?«

Hopkins hatte die Hände an das Glas gepreßt und betrachtete Jimmy Sawyer durch die Scheibe. »Entschuldigung. Was haben Sie gesagt?«

»Was halten Sie von seiner Aussage? Ziemlich starker Tobak, was?«

»Der Mann ist ein pathologischer Lügner und Drogendealer, das ist offensichtlich«, sagte Glen gereizt. »Buchten Sie ihn ein.«

Abrams war überrascht. Er ging zu Hopkins hinüber, dann sahen beide durch die Glasscheibe, während sie sich unterhielten. »Glauben Sie wirklich, wir haben genug? Ich meine, nicht, daß ich Ihnen widersprechen wollte. Sie sind derjenige, der die Anklage zusammenbasteln muß.« Er griff sich in die Tasche, holte einen Kaugummi heraus, packte ihn aus und schob ihn in den Mund. Dann betrachtete er Hopkins' Stiefel. »Ist das Kroko? Wieviel kostet so ein Paar Stiefel?«

»Buchten Sie den Dreckskerl ein«, stieß Hopkins zwischen zusammengebissenen Zähnen hervor. »Für mich besteht kein Zweifel daran, daß er schuldig ist.«

Hier sprach nicht der Staatsanwalt, dachte Abrams, sondern der Mann. »Äh, mit welcher Anklage?«

»Mordversuch.«

»Die Schüsse auf Ann Carlisle, richtig?«

»Was glauben Sie denn?« sagte Hopkins, der immer noch durch die Scheibe sah. »Wegen der Finger können wir erst etwas unternehmen, wenn feststeht, daß wir es tatsächlich mit einem Verbrechen zu tun haben. Im Augenblick haben wir aber noch kein Opfer. Wir haben nichts, außer Sawyer selbst.«

Abrams schüttelte den Kopf. Sie setzten wirklich den Fall aufs Spiel, wenn sie vorschnell handelten. »Vielleicht stimmt es«, sagte er, weil er die Reaktion des Anwalts sehen wollte. »Glauben Sie, sie hat mit ihm geschlafen?«

Hopkins wirbelte zu ihm herum und schien bereit, ihm an die Kehle zu gehen. Doch er beherrschte sich rasch wieder. »Sie sind ein Idiot, Abrams. Sie kennen doch Ann. Glauben Sie wirklich allen Ernstes, Sie würde es mit einem Kerl wie dem treiben, einem Typen auf Bewährung, um Himmels willen? Das ist aberwitzig.«

»Tut mir leid«, sagte Abrams und hielt die Hände hoch. »Ich versuche nur, den Advocatus diaboli zu spielen. Glauben Sie mir, ich will den Kerl auch.«

»Buchten Sie ihn einfach ein und überlassen Sie mir den Rest«, sagte Hopkins und verließ hastig den Raum.

Abrams drehte sich um und starrte Sawyer an. Der Junge hatte Dreck am Stecken, kein Zweifel, wahrscheinlich war er bis zum Hals in kriminelle Aktivitäten verstrickt ... aber etwas paßte nicht zusammen. Der Detective konnte es in seinem Innersten spüren. Klar, er wollte den Täter auch, der auf Ann geschossen hatte, aber wenn sie den Fall vor Gericht brachten, ohne ihre Hausaufgaben gemacht zu haben, konnte Sawyer freigesprochen werden, und das war's dann. Es war immer sinnvoll, sich bei einem wackligen Fall Zeit zu lassen, obwohl er genau verstand, was Hopkins motivierte. Wenn er selbst mit Ann ausgehen würde, würde Sawyer wahrscheinlich schon im Krankenhaus liegen.

»Scheiße«, sagte er laut, während er dem auf und ab gehenden Sawyer mit den Augen folgte. »Ob du es weißt oder nicht, du Arschloch, dir stehen verdammt harte Zeiten bevor.«

Jimmy Sawyer hatte heute einen entscheidenden Fehler gemacht. Er hatte sich auf eine Bewährungshelferin eingeschossen, die ein Arztsohn logischerweise als unwichtige Nebenfigur betrachtete. Hätte er jemand anderen als Ann Carlisle beschuldigt, wäre sein schlauer kleiner Plan vielleicht aufgegangen. Die Frau wäre diskreditiert, zumindest aber eingeschüchtert genug gewesen, einen Rückzieher zu machen, und damit wären Sawyers Probleme erledigt. Aber er hatte es nicht mit einer einzelnen Frau oder einer Statistin zu tun, wie er glaubte. Jimmy hatte sich mit der gesamten Polizei, dem Büro des Staatsanwalts und der Bewährungsabteilung angelegt.

»Heute bist du dem falschen Mann auf die Zehen getreten, mein Freund«, sagte Abrams durch das Glas. Hopkins konnte sich aufplustern und Anklage erheben, aber das war nur der erste Schritt. Hopkins brauchte überzeugende Beweise für eine Verurteilung, und dabei mußte er sich auf den Mann verlassen, der die Ermittlungen leitete. Meine Wenigkeit, dachte Abrams.

Er klopfte mit dem Daumen gegen die Scheibe und sah,

wie Sawyer ruckartig zur Tür sah, weil er glaubte, es wäre sein Anwalt. Als die Tür nicht aufging, nahmen seine Augen einen ängstlichen Ausdruck an, und er sah zu der Scheibe. »Ganz recht«, sagte Abrams, »jemand hat dich im Auge, Sawyer. Und ich werde dich weiter beobachten, bis ich dich durchschaut habe.«

Bevor er mit ihm fertig war, würde Jimmy Sawyer nach mehr als nur seinem Anwalt schreien.

Kapitel 8

Ann spielte in der Küche mit David Rommée, als sie Reed durch die Glasscheibe der Hintertür sah. »Tommy«, rief David und lief mit den Karten in der Hand hin, um ihn hereinzulassen. »Sieh dir das an«, sagte er zu dem Detective und grinste seine Mutter tückisch an, als er ihm sein Blatt zeigte.

»Du steckst in großen Schwierigkeiten, Ann«, sagte Reed.

»Ja«, sagte sie lachend und steckte ihre Karten um. »Er hat mich schon dreimal nacheinander fertiggemacht. Ich bin schwer am Verlieren.« Dann bemerkte sie den grimmigen Gesichtsausdruck des Detectives. Sie legte die Karten auf den Tisch und wandte sich an David. »Laß mich ein paar Minuten mit Tommy reden. Ich glaube, er hat Informationen über einen meiner Bewährungskandidaten.«

»Aber ich gewinne«, sagte er. »Das ist nicht fair.«

Ann bemerkte das Geschirr, das sich auf der Spüle stapelte. »Sei lieb und spül das Geschirr für mich, ja? Wenn Tommy wieder gegangen ist, können wir ja zu Ende spielen.«

Als sie ins Wohnzimmer gegangen waren, setzte sich Ann nicht. Sie blieb bei der Tür stehen. Da das Haus so klein war, fiel es schwer, eine Unterhaltung zu führen, die David nicht mithören konnte. »Hast du geläutet?« fragte sie neugierig. »Ich hab dich gar nicht gehört.«

»Nein«, sagte er. »Ich dachte, wenn ich durch die Küche komme, könnte ich dich erwischen, bevor David mich sieht.«

Ann wußte, der Detective litt unter Schuldgefühlen, weil er zuletzt nicht mehr Zeit mit ihrem Sohn verbracht hatte, aber er konnte nicht immer für den Jungen dasein.

»Wie geht es ihm?« fragte er.

»Gut, denke ich«, sagte Ann, schüttelte aber langsam den Kopf. »Er macht wieder fast jede Nacht ins Bett und hat Alpträume. Eine Weile war es besser, aber ...«

»Vielleicht solltest du wieder mit ihm zum Seelenklempner«, sagte Reed.

»Das ist nicht die Lösung«, sagte sie. Nachdenklicher fuhr sie fort: »Was mit mir passiert ist, hat alles wieder wachgerufen. Du weißt schon ... die ganzen Ängste. Die Zeit ist das einzige Heilmittel.«

»Hat Hopkins dich angerufen?« fragte er.

»Ja«, sagte Ann. »Er sagte, ich soll mir keine Gedanken machen, weil er dir grünes Licht gegeben hat, Sawyer zu verhaften.« Als sie Reeds Gesichtsausdruck sah, legte sie eine Hand auf die Brust. »Er ist doch im Gefängnis, oder nicht? Ich meine, nach allem, was ich in seinem Haus gesehen habe ...«

Reed zog die Brauen hoch. »Mehr hat Hopkins nicht gesagt?«

»Er hat ziemlich harte Worte für Sawyer gefunden«, sagte Ann und versuchte, sich an die Unterhaltung zu erinnern. »Was ist los?«

Reed weihte sie in alles ein, was beim Verhör mit Sawyer geschehen war. Am Ende war Ann aschfahl im Gesicht. »Der schmierige kleine Dreckskerl. Denkt er allen Ernstes, jemand wird ihm das abkaufen?«

»Offensichtlich«, sagte Reed und räusperte sich. »Und hör mir zu, Ann, ich bin nicht gern derjenige, der schlechte Nachrichten überbringt, aber seine Eltern sind einflußreiche Leute. Sein Vater ist Arzt, die Familie ist in der Lokal- und Staatspolitik aktiv. Das ist nicht der normale Drecksack von der Straße. Seine Aussage könnte einiges Gewicht haben.«

Plötzlich fühlte sich Ann schwindlig und mußte sich in

den Ledersessel setzen. Reed setzte sich ihr gegenüber auf das Sofa. Sie lehnte sich nach vorne und schlang die Arme um den Bauch. »Was ist mit den Fingern?«

»Wir überprüfen die Leichenhallen. Aber ohne Leiche-« Er brach ab. Sie hatten sich schon darüber unterhalten.

»Und wenn er diese wüsten Sachen über mich auch vor Gericht aussagt? Die Presse könnte Wind davon bekommen.«

Reed versuchte, darüber hinwegzugehen. »Dann geh eben nicht zu der Verhandlung.«

»Klar«, sagte Ann und hob ruckartig den Kopf. »Das ist echt die Lösung, Tommy. Kannst du dir vorstellen, was das für einen Eindruck macht? Der Kerl hat mir das Leben gerettet. Er wird wie ein Held aussehen und ich wie ein undankbares Flittchen.«

»Ich würde mich nicht damit belasten, wie etwas aussehen wird.«

»Mom«, rief David aus der Küche.

»Ich komme«, rief Ann zurück. Sie ergriff die Hand des Detectives, als er aufstand, um zu gehen. Sie brauchte Trost. »Ich habe Angst, Tommy. Glaubst du wirklich, daß er auf mich geschossen hat?«

»Es wäre möglich«, sagte Reed. »Ich muß gestehen, daß ich mir noch nicht sicher bin.«

David rief wieder, und Reed folgte ihr in die Küche. Nachdem er sich verabschiedet hatte, ging er zur Küchentür wieder hinaus.

»Also los«, sagte David, der darauf brannte, das Spiel fortzusetzen, und hob die Karten auf. »Ich hatte abgelegt, also bist du dran.«

Ann nahm die oberste Karte des Stapels, doch dann behielt sie sie einfach in der Hand und sah durch das Zimmer. Wäre Hank am Leben und hätte das ekelhafte Zeug mitbekommen, das Sawyer über sie sagte, hätte er ihn in Stücke gerissen. Reed hatte nur die Achseln gezuckt. Vor sechs Jahren, als einer der Gerichtsdiener eine anzügliche Bemerkung über sie im Gerichtssaal gemacht hatte, hatte

Hank am nächsten Abend auf dem Parkplatz auf ihn gewartet. Was genau er mit ihm angestellt hatte, erfuhr sie nie, aber der Mann hatte sie nie wieder behelligt.

»Mom«, sagte David ungeduldig, »du mußt eine Karte ablegen.«

Ann warf die Karte gedankenverloren auf den Stapel. Sie verließ sich viel zu sehr auf Reed. Das war nicht recht. Er konnte nicht in Hanks Fußstapfen treten und sämtliche Schlachten für sie schlagen. Er war nicht ihr Mann, ebenso wenig wie Glen ihr Mann war. Ann ließ sich auf dem Stuhl zurücksinken, Tränen stiegen ihr in die Augen.

»Rommée«, jauchzte David, knallte die Karten auf den Tisch und riß seine Mutter aus ihren Gedanken. Als Ann ihre Karten ausbreitete, geriet David völlig aus dem Häuschen. »Du hast nicht mal ein Paar, Mom. Ich wette, das sind vierzig Punkte.« Er addierte das Gesamtergebnis und rieb sich freudestrahlend die Hände. »Das war's«, sagte er und sah sie an. »Ich hab schon wieder gewonnen.«

Ann wischte die Tränen rasch mit dem Handrücken weg, aber David sah es.

»Was ist los, Mom?« sagte er mit besorgtem Gesichtsausdruck. »Was ist passiert? Warum weinst du?«

»Ich weine nicht«, sagte Ann und brachte ein Lächeln zustande. »Ich bin nur wütend, weil du mich geschlagen hast.«

Er streckte die Finger über den Tisch, berührte zaghaft die seiner Mutter und zog sie wieder zurück. »Du vermißt Dad, richtig?«, sagte er leise. »Ich vermisse ihn auch. Wird er je zurückkommen, Mom?«

»Nein«, sagte Ann und sah ihrem Sohn tief in die Augen. »Er kommt nicht mehr zurück. Wir müssen unser Leben leben.«

Davids Gesichtsmuskeln erstarrten. Einen Augenblick später explodierte er und fegte sämtliche Karten auf den Boden. »Er kommt zurück. Ich weiß, daß er zurückkommt.«

»Heb die Karten auf«, verlangte Ann und sah ihn streng an.

»Nein«, sagte David trotzig. »Erst, wenn du es zurücknimmst. Du mußt daran glauben, Mom.«

»Ich kann nicht«, sagte Ann seufzend. Sie wollte dieses Gespräch nicht ausgerechnet jetzt führen. Sie wollte vom Tisch aufstehen, ließ sich aber wieder sinken. Der Psychologe hatte ihr geraten, unnachgiebig zu sein, wenn David sich so aufführte. Er konnte einfach nicht weiter dem Glauben nachhängen, sein Vater wäre am Leben. »Da gibt es nichts zu glauben. Er ist tot. Dein Vater ist vor vier Jahren gestorben. Du mußt es akzeptieren.«

Er stand wutschnaubend auf. Er schlug mit dem Fuß aus und kickte den Stuhl halb durch die Küche. Genau wie Hank, dachte Ann. Cholerisches Temperament, ein Unvermögen, das Offensichtliche zu akzeptieren, die Verwundbarkeit dicht unter der Oberfläche. Sie waren sich so ähnlich, und jeden Tag wurden die Ähnlichkeiten in ihrem Aussehen und ihrer Persönlichkeit größer. Sie blieb stumm, weil sie wußte, David mußte seiner Wut Luft machen, bevor sie vernünftig mit ihm sprechen konnte. Er war genau wie sein Vater, und sie konnte nichts tun, um ihm Einhalt zu gebieten.

»Es ist wegen diesem Mann«, sagte er und zeigte direkt mit dem Finger auf sie. »Seinetwegen möchtest du nicht, daß Dad zurückkommt. Das ist es. Ich hasse ihn. Er ist ein Schlappschwanz. Was machst du überhaupt mit ihm? Schmutzige Sachen? Denkst du, ich weiß nicht, was Sex ist? Ich bin kein kleines Kind mehr. Ich sehe doch, wie er dich anstarrt, mit seinen dummen Schlangenaugen.«

»Hör auf, David«, sagte Ann tonlos und versuchte, ruhig zu bleiben, bis sich der Sturm gelegt hatte. Er muß seine Gefühle herauslassen, hatte der Psychologe gesagt. Der Grund für seine Alpträume war, daß er soviel Wut und Verbitterung unterdrückte. Und nun hatte er einen neuen Grund, wütend zu sein. Weil jemand auf seine Mutter geschossen hatte.

Als sie sah, daß er sich beruhigte, ließ sich Ann auf Hände und Knie nieder und hob die Karten auf. Sie mußte nicht lange warten, bis er sich zu ihr herunterbückte und ihr beim Aufräumen half. Als die Karten eingesammelt waren, lehnte Ann sich einfach an die Schränke zurück, weil sie zu müde zum Aufstehen war.

»Es tut mir leid«, sagte David mit niedergeschlagenen Augen.

»Das weiß ich«, sagte Ann, während ein seltsames Gefühl der Ruhe über sie kam. Die Ruhe nach dem Sturm, dachte sie. Darüber wußte sie nur zu gut Bescheid. Im Lauf der Jahre hatte sie jede Menge Stürme mit Hank erlebt. Sie streckte den Arm aus, zog ihren Sohn an sich und gab ihm einen Kuß auf den Kopf. »Du bist alles, was ich habe«, sagte sie. »Wenn dein Vater noch am Leben wäre, würde er nicht dulden, daß du mir Widerworte gibst. Und er würde nicht dulden, daß du Sachen auf den Boden wirfst.«

»Aber er hat doch auch Sachen geworfen«, sagte David, in dessen Augen Erinnerungen aufleuchteten. »Ich weiß noch, wie er einmal eine Schüssel nach dir geworfen hat.«

Kinder sahen mehr, als man glaubte, dachte Ann und erstarrte. Sie hätte nie gedacht, daß sich David an diesen Abend erinnern konnte. »Das war das einzige Mal, Liebling«, sagte sie und wollte das Thema wechseln. »Wir hatten Streit. Verheiratete Leute streiten sich manchmal.«

Er sah seine Mutter an, dann rasch wieder weg. »Es würde ihm nicht gefallen, daß du mit diesem Mann ausgehst. In meinem Traum –«

Ann hielt eine Hand hoch, um ihn zum Schweigen zu bringen. »Träume sind Schäume, David. Ich habe auch Träume.«

»Von Dad?«

»Von Dad, dir, der Vergangenheit. Aber wir müssen in der Gegenwart leben. Man kann nie zurückgehen, immer nur vorwärts.«

»Heißt das, du wirst dich weiter mit Glen treffen?«

»Ich weiß nicht«, sagte Ann. »Ich meine es ehrlich, David. Beziehungen sind nicht einfach. Eines Tages wirst du wissen, was ich meine. Wenn Leute verheiratet sind,

sind sie jeden Tag zusammen. Das bedeutet, man muß viel geben und nehmen. Weißt du, was ich meine?«

»Eigentlich nicht«, sagte er zögernd. Dann lief sein Gesicht wieder rot an. »Du wirst ihn doch nicht heiraten, oder?«

»Ich kenne ihn nicht gut genug, um ihn zu heiraten. Ich bin fünf Jahre mit deinem Vater gegangen, bevor ich ihn geheiratet habe. Mit Glen treffe ich mich erst seit ein paar Monaten.«

Davids Miene wurde sanfter, er lächelte seine Mutter an. »Erzähl mir noch mal, wie du Dad kennengelernt hast.«

Ann seufzte, bevor sie weitersprach. »Ich war als Cop ein Grünschnabel, weißt du, und sie haben mich zu einem Tatort geschickt, wo Schüsse gemeldet worden waren. Als ich ankam, war dein Vater schon dort. Er hatte den Ruf gehört und war gerade in der Gegend, daher ist er hingefahren, obwohl er es nicht durfte.«

»Warum nicht?« fragte David.

»Weil er ein Polizist der Highway Patrol war, der Tatort aber innerhalb der Stadtgrenze lag.«

»War er hübsch?«

»Sicher«, sagte Ann und zerzauste ihm das Haar. »Er hat genau wie du ausgesehen. Ich meine, er war natürlich größer. Er war kompakt, gebaut wie ein Stier, und er hatte das gewisse Etwas. Ich weiß auch nicht, als gäbe es nichts, womit er nicht fertigwerden konnte.«

»Ein harter Bursche«, murmelte David.

»Tolles Lächeln«, sagte Ann und sah es im Geiste vor sich. »Wenn er lächelte, hat er überhaupt nicht hart ausgesehen. Er sah aus wie ein großer Teddybär. Und er hat oft gelacht. Dein Vater lachte gern. Es schien, als hätte er jeden Tag einen neuen Witz für mich parat.«

»Hat er dich an dem Abend geküßt?«

»Selbstverständlich nicht. Ich war im Dienst. Polizisten küssen sich nicht im Dienst.« Ann kannte Polizisten, die im Dienst viel mehr machten, als sich küssen, aber sie wollte, daß ihr Sohn ein intaktes Bild von Polizeibeamten behielt. »Nun gut«, fuhr sie fort, »nachdem wir festgestellt hatten, daß keine echte Schießerei im Gange war, gingen wir zusammen Kaffee trinken. Da kam ein Mann gelaufen und rief uns zu, wir sollten rauskommen.«

David lächelte vergnügt. Der Teil gefiel ihm am besten.

»Sechs Riesenkerle schlugen sich auf dem Parkplatz«, berichtete Ann. »Was für eine Prügelei. Ich glaube, es waren Hell's Angels. Du weißt schon, diese Motorradbande. Ich wollte dazwischengehen, aber dein Vater sah mich mit diesem Blick an, als wollte er sagen, was ich mir dabei dachte. Er war altmodisch, was Frauen im Polizeidienst betraf. Er wollte nicht, daß ich verletzt werde.« Ann verstummte und dachte daran, wie wütend er wäre, wenn er wüßte, daß auf sie geschossen worden war. In gewisser Weise war sie froh darüber, daß er es nicht mehr miterleben mußte. »Wie auch immer, er hat die Typen alle sechs fertiggemacht und ist dabei nicht mal richtig ins Schwitzen gekommen. Mann, war ich beeindruckt.«

»Ich könnte nicht mal einen jungen Hund verprügeln«, sagte David und drückte mit den Fingern auf seine schwabbeligen Schenkel.

»Dann fang an zu trainieren«, sagte Ann mit Nachdruck.

»Auf keinen Fall«, sagte er. »Jedesmal, wenn ich trainiere, werd ich richtig hungrig und würde am liebsten ein Dutzend Hamburger essen. Ich bin sowieso schon am Verhungern. Haben wir noch Eis da? Hat Glen heute Lebensmittel mitgebracht?«

»Nee«, sagte sie. »Wir sind wieder auf uns gestellt, Junge. Zurück zur Diät.«

Während David nach etwas Eßbarem suchte, ging Ann ins Wohnzimmer und ließ sich aufs Sofa fallen, wo sie nur kurz die Augen zumachen wollte. Doch im Nu war sie fest eingeschlafen. Wenig später träumte sie. Sie stand in Jimmy Sawyers Küche und hielt einen Finger hoch, den sie untersuchte, als ihr der Ring auffiel – der Ehering, den sie ihrem Mann gegeben hatte. Sie schrie und ließ den Finger fallen. Als er auf dem Boden landete, verwandelte er sich vor ihren Augen in ein Nagetier und huschte davon. Ann erwachte in kalten Schweiß gebadet, sah auf die Uhr am Kaminsims und stellte fest, daß es schon nach Mitternacht war. Es herrschte Stille im Haus; David war offensichtlich ins Bett gegangen.

Sawyers Vernehmung war morgen – nein, heute, wurde ihr klar. Deshalb mußte sie diesen gräßlichen Traum gehabt haben. Sie würde im selben Gerichtssaal mit einem Mann sitzen müssen, der einer Frau die Finger abgehackt hatte und der die Lügen über sie wahrscheinlich vor allen Leuten publik machen würde.

Ann wollte aufstehen, da fiel etwas von ihr herunter. Sie bückte sich und hob es auf. David hatte das Bild seines Vaters in der Uniform der Highway Patrol, das er in seinem Zimmer stehen hatte, mitten auf ihre Brust gelegt.

Detective Paul Whittaker war Ende Vierzig und stand kurz vor der Pensionierung. Seit er mit einundzwanzig aus dem Militärdienst ausgeschieden war, hatte er nie einen anderen Beruf gehabt als Cop. Er hatte mindestens zwanzig Pfund Übergewicht und die Hose tief auf den Hüften sitzen, damit sein Schmerbauch Platz hatte. Aber er war ein freundlicher, umgänglicher Mann mit jovialem, derbem Gesicht und einem herzlichen Lachen. Im Gegensatz zu anderen Veteranen des Reviers, war Whittaker nicht verbittert und desillusioniert, was das Strafvollzugssystem betraf. Oh, es gab Tage, da hätte er am liebsten die Brocken hingeworfen und wäre ab nach Oregon, aber er wußte, dort würde er es auf Dauer nicht aushalten.

Phil Whittaker war regelrecht süchtig. Er liebte seinen Job und blühte im Streß auf. Wenn er zu Hause bei Frau und Kindern war, dachte er an den Job. In seinem letzten Urlaub auf Hawaii hatte er keinen Gedanken an die aufreizenden jungen Urlauberinnen verschwendet, die am Strand lagen, er hatte an den Job gedacht, war im Geiste Indizien durchgegangen und hatte nach der Einzelheit gesucht, die ihm vielleicht entgangen war.

Er hatte den Auftrag erhalten, die Nachbarschaft abzuklappern und festzustellen, was er über Sawyer und dessen Hausgenossen herausfinden konnte, und seit sieben Uhr heute morgen an Türen geklopft, um die Leute zu erwischen, bevor sie zur Arbeit gingen. Am Abend zuvor hatte der Detective nur in Erfahrung bringen können, daß das Haus gestrichen und der Garten gegossen werden müßte und die Jungs eines Tages ein Kind aus der Nachbarschaft überfahren würden. Scheiße, dachte Whittaker, ebenso gut hätten sie sein Haus beschreiben können. Sein Garten war verdorrt, das Haus brauchte dringend frische Farbe, und jedesmal, wenn der Detective zu einem brandheißen Fall gerufen wurde und mit quietschenden Reifen die Straße entlangraste, riefen die Nachbarn bei seiner Frau an und beschwerten sich.

Als er den Anwohnern der Henderson Avenue mitteilte, daß die drei Jungs wegzogen, erntete er einhellige Erleichterung. Es freute ihn, der Überbringer guter Neuigkeiten zu sein, aber Whittaker brauchte Informationen. Wenn er ins Revier zurückkam, würde Reed schon wie ein hungriger Bär auf ihn warten. Die Beweise, die er bis jetzt für illegale Aktivitäten gesammelt hatte, liefen auf nicht mehr als ein paar Verkehrsübertretungen hinaus. Nicht gerade das, wonach sie suchten.

»Scheiße«, sagte er, holte ein Papiertaschentuch hervor und putzte sich die Nase. Die Bälger hatten wieder eine Erkältung angeschleppt. Dann betrachtete er das Haus vor sich und seufzte. Endlich hatte er sich bis zum Haus neben dem von Sawyer vorgearbeitet. Gestern abend waren die Leute nicht zu Hause gewesen. Er hoffte, sie würden heute morgen dasein, denn wenn er etwas Lohnendes finden würde, dann hier.

Er klopfte an die Tür und wartete. Ein paar Minuten später öffnete ein verwahrlostes Kleinkind die Tür und sah zum Fliegengitter heraus. Der Detective konnte nicht sagen, ob es sich um einen Jungen oder ein Mädchen handelte. Das Kind hatte kurzes Haar und große braune Augen und war in ein blaues Oberteil und geblümte Shorts gekleidet. »Ich muß mit deiner Mutter oder deinem Vater sprechen«, sagte er. »Sind sie zu Hause?«

»Meine Mommy schläft«, sagte das Kind.

»Sei ein Schatz und hol sie mir her, ja?«

»Sie wird wütend, wenn ich sie wecke.«

»Ich bin Polizist, Kleines«, sagte Whittaker, holte die Marke aus der Tasche und ließ sich auf ein Knie nieder, damit das Kind sie sehen konnte. »Siehst du, das ist meine Marke. Und jetzt sei ein braves Kind und geh deine Mommy holen.«

»Mom«, kreischte das Kind, lief den Flur entlang und ließ die Tür sperrangelweit offen stehen. »Da steht'n Plozist an der Tür. 'n echter Plozist mitner echten Macke.«

Whittaker stapfte ungeduldig auf der winzigen betonierten Veranda hin und her, sah die Straße hinunter und wieder zur Tür und hustete ein paarmal.

»Was wollen Sie?« sagte eine Frau im Inneren des Hauses.

Whittaker ging näher zum Fliegengitter. Er konnte nur einen dunklen Schatten erkennen. »Kann ich Ihnen ein paar Fragen stellen? Es wird nicht länger als fünf, höchstens zehn Minuten dauern. Tut mir leid, wenn ich Sie geweckt habe.«

»Worum geht es?« fragte die Frau, immer noch im Schatten.

»Wir möchten nur ein paar Fragen über die drei Jungs stellen, die das Haus nebenan gemietet haben.«

»Die ziehen weg«, sagte die Stimme im Schatten, »mehr weiß ich nicht. Ich weiß nur, daß sie wegziehen. Sie haben sämtliche Möbel in einen Umzugswagen geladen.«

»Macht es Ihnen was aus, wenn ich reinkomme und mich ein paar Minuten mit Ihnen unterhalte?«

»Ja«, antwortete die Frau. »Ich weiß nichts, Officer. Ich weiß nur, daß die Leute nebenan wegziehen.«

»Ich verstehe«, sagte Whittaker bedächtig und fragte sich, warum die Frau so abweisend war. Manche Leute mochten einfach keine Polizisten. »Ich sag Ihnen was«, sagte er. »Ich lasse Ihnen meine Karte da. Wenn Ihnen etwas einfällt, können Sie mich ja anrufen.« Er steckte die Karte in den Draht des Fliegengitters und wandte sich ab. Verdammt, dachte er, er hatte sich nicht einmal den Namen der Frau geben lassen. Das Haus auf der anderen Seite von dem von Sawyer stand leer und wurde zum Verkauf angeboten. Er würde mit leeren Händen zu Reed gehen müssen.

»Entschuldigen Sie«, sagte der Detective durch das Fliegengitter. »Ich muß wenigstens Ihren Namen haben. Sehen Sie, mein Sergeant wird nicht gerade glücklich sein, wenn er hört, daß ich keine Aussage von Ihnen habe. Könnten Sie mir nicht wenigstens etwas weiterhelfen?«

Das Flehen hatte Erfolg. Eine Frau trat aus den Schatten und tauchte hinter dem Fliegengitter auf. Sie hatte glattes, schulterlanges braunes Haar und kleine hellbraune Augen. Sie war klein, schätzungsweise etwas über einen Meter fünfundfünfzig, und außergewöhnlich schlank, fast hager. Ihre Haut hatte einen grauen Farbton, und sie hatte dunkle Ringe unter den Augen. Sie trug ein Paar verblichene Jeans und eine Bluse aus demselben bedruckten Stoff wie die Shorts des Kindes; ihr Gesicht war ungeschminkt. »Sally Farrar«, sagte sie. »Warum fragen Sie nach den Leuten nebenan?«

»Oh«, sagte er, »diese Information kann ich momentan wirklich noch nicht preisgeben.«

»Warum?« fragte sie. »Was haben sie getan?«

»Sie sind noch nicht eines Verbrechens angeklagt worden, Mrs. Farrar.«

»Warum sind Sie dann hier?«

»Weil wir wissen möchten, ob Sie etwas Verdächtiges gesehen haben.«

»Was ist verdächtig?«

»Sie wissen schon, merkwürdige Gestalten, die zu den unmöglichsten Zeiten kommen und gehen. Vielleicht seltsame Geräusche oder Schreie. Solche Sachen.« Kaum hatte

Whittaker das letzte Wort heraus, nieste er und griff nach einem Taschentuch.

»Sie sind erkältet.«

»Ohne Scheiß«, antwortete er und nieste wieder. »Entschuldigen Sie meine Ausdrucksweise. Sie haben recht. Ich fühle mich miserabel.«

»Hat jemand was über mich gesagt? Sind Sie deshalb hier?«

Whittaker studierte die Frau. Möglicherweise etwas paranoid, dachte er. Vielleicht war Sally Farrar die Exzentrikerin der Nachbarschaft. »Nein, Ma'am, es ist nur so, daß Sie direkt nebenan wohnen. Sie wissen doch bestimmt etwas darüber, was da drüben vor sich gegangen ist. Ich meine, wenn überhaupt jemand, dann –«

»Sie waren wild, das stimmt«, sagte sie und kam näher zum Fliegengitter; ihre Stimme klang fast provokativ. »Sie hatten jede Nacht Mädchen da drüben und haben widerliche Sachen mit ihnen gemacht. Wissen Sie, was ich meine, Officer?«

Whittaker errötete, schob sich einen Finger in den Hemdkragen und lockerte diesen ein wenig. Es lag daran, wie sie ihn ansah, an ihrem Tonfall. Wenn sie ihn jetzt hineinbat, sollte er vielleicht besser den Abflug machen. Früher hatten sich Frauen andauernd an ihn rangemacht, frustrierte Ehefrauen und so weiter. Aber nicht mehr, seit er keine Uniform mehr trug. »Könnten Sie etwas deutlicher werden?«

»Orgien, Officer. Wissen Sie, was eine Orgie ist?«

»Klar, aber ... woher wissen Sie genau, daß sie Orgien veranstaltet haben? Vielleicht waren es nur Partys.«

»Ich hab sie gesehen«, sagte sie mit glasigen Augen und offenem Mund, während sie den ganzen Körper an das Fliegengitter preßte.

»Äh, was genau haben Sie gesehen?«

»Es waren drei. Ein Chinese, sehr hübsch, ein großer Blonder mit einer tollen Figur ... die beste Figur, die ich je gesehen habe.« Sie verstummte, atmete tief durch und strich mit einem Fingernagel am Fliegengitter entlang, während sie ihn ansah.

Der Detective sah nervös zu Boden. Die Frau versuchte, ihn zu verführen. Er wußte es. Scheiße, dachte er, wenn ich das den Jungs erzähle. »Wir ... interessieren uns für den dunkelhaarigen Jungen, den mit dem langen Haar. Sein Name ist Jimmy Sawyer. Können Sie uns etwas über ihn sagen?«

»Er war grob. Sie wissen schon, mit den Mädchen. Ich glaube, er ist cholerischer oder eifersüchtiger als die anderen. Sie teilten sich ihre Frauen. Von solchen Sachen spreche ich. Es waren keine normalen Partys. Sie fingen an, wenn die Sonne unterging, und nahmen kein Ende. Tag für Tag...« Ihre Stimme brach, sie wich in den Schatten zurück.

Whittaker beschloß, diese Richtung des Gesprächs nicht weiter zu verfolgen. Die Frau war offensichtlich ein Fall für die Klapsmühle, und sie konnten Sawyer und seine Mitbewohner nicht wegen exzessivem Vögeln verurteilen. Dann dachte er an die Finger. Ann Carlisle hatte gesagt, daß sie Nagellack gesehen hatte. Er hätte sich beinahe auf die Stirn geschlagen. Die Frau hatte gesagt, daß Sawyer Choleriker war. Wenn der Fall vor Gericht kam, konnte diese Frau eine wertvolle Zeugin sein. »Könnten Sie die Mädchen beschreiben, die Sie da drüben gesehen haben?«

»Möglich«, flüsterte sie. »Wenn ich will.«

»Was ist mit Drogen? Haben Sie je gesehen, daß Sie Drogen oder Betäubungsmittel genommen haben?«

»Nehmen solche Leute nicht immer Drogen?«

»Haben Sie je Rauch aufsteigen oder etwas in der Art gesehen? Es besteht die Möglichkeit, daß sie Drogen hergestellt, ein Heimlabor unterhalten haben. Sie wissen schon, Rauch von Chemikalien und so was.«

Sie lachte. »Ein Labor? Ich hab keine Ahnung, wovon Sie sprechen.«

Die Tür wurde ihm vor der Nase zugeschlagen.

»Schönen Dank auch«, murmelte Whittaker und sah die Tür an. Es hätte keinen Zweck, wenn er versuchen würde, mehr Informationen aus dieser Lady herauszubringen. Sie würden ihr einfach eine Vorladung zustellen, wenn es soweit war.

Was auch immer Sawyer und seine Kumpane vorgehabt hatten, entschied er, sie hatten mordsmäßig einen draufgemacht, und Whittaker war ein bißchen eifersüchtig. Rasante Autos, flotte Bienen, schnelles Geld. Auf jeden Fall besser, als Türen vor der Nase zugeschlagen bekommen. Er seufzte, ging die Straße entlang und griff nach einem neuen Taschentuch.

Die Verhandlung war auf ein Uhr angesetzt. Ann traf sich vor dem Gerichtssaal mit Tommy Reed, dann gingen sie hinein und setzten sich in die erste Reihe. Selbst Reed hatte seine Vorbehalte gegen eine derart frühe Anklageerhebung, aber der Fall war ihnen aus der Hand genommen. Ann wollte es so schnell wie möglich hinter sich bringen und Sawyer, koste es was es wolle, hinter Gittern sehen. Aber sie hatte Angst davor, was er aussagen würde. Wenn seine finstere Geschichte im Gerichtssaal zum Vorschein kam, wo jeder sie hören konnte, wäre das eine furchtbare Demütigung.

Als die Gerichtsdiener Jimmy Sawyer hereinführten, konnte Ann nicht anders, als ihn anzustarren. Er trug Fußfesseln und Handschellen und konnte nur in kleinen Schritten gehen. Sein langes Haar war matt und strähnig, seine Schultern hingen herunter, sein Gesicht hatte einen ungesunden Farbton. Mit seinem Häftlingsoverall sah er auf jeden Fall ganz anders aus als bei seinem ersten Erscheinen vor Gericht, dachte sie und verspürte eine gewisse Befriedigung. Eine Nacht im County-Gefängnis von Ventura konnte bei einem übersteigerten Ego Wunder wirken.

Harold Duke wartete auf ihn und erhob sich, damit der Gerichtsdiener Sawyer am Tisch der Verteidigung Platz nehmen lassen konnte. Dann steckten die beiden Männer die Köpfe zusammen und unterhielten sich mit gedämpften Stimmen.

Ann drehte den Kopf und rechnete damit, die Gefolgschaft zu sehen, die Jimmy letztesmal mitgebracht hatte, aber heute war außer seiner Mutter niemand anwesend. Nach allem, was Ann im Haus in der Hendersons gesehen hatte, überraschte es sie nicht, daß Sawyers Freunde beschlossen hatten, der Verhandlung fernzubleiben.

»Wo ist Hopkins?« fragte Tommy sie.

»Ich habe ihn angerufen, bevor ich hergekommen bin, da hat er immer noch mit Robert Fielder diskutiert. Er müßte jeden Moment hiersein.« Ann runzelte die Stirn, als sie das sagte; sie befürchtete, Fielder könnte das Verfahren aus Mangel an Beweisen eingestellt haben. Sie sah wieder über die Schulter, diesmal, um nach Reportern Ausschau zu halten, aber der Gerichtsaal war so gut wie menschenleer. Da bemerkte sie, wie Sawyer sie mit funkelnden Augen ansah. Als er lächelte, sah Ann hastig weg und rückte näher zu Reed. Ein Gedanke schoß ihr immer wieder durch den Kopf: Vielleicht war Sawyer ihr und Glen zur Feuertreppe gefolgt, vielleicht war er es gewesen, der die Tür während ihres Geschlechtsverkehrs geöffnet hatte. Das könnte die Basis seiner lächerlichen Geschichte sein. Jeder, der sie beim Sex im Treppenhaus beobachtet hätte, hätte Stoff zum Nachdenken gehabt.

Hopkins kam plötzlich in den Gerichtssaal gestürmt und knallte den Aktenkoffer auf den Tisch. Er holte seine Akten und Unterlagen heraus und sah Ann an. »Ich hab das Okay von Fielder«, sagte er und lächelte zuversichtlich. »Mach dir keine Sorgen, Ann, alles unter Kontrolle.«

Sie stand von ihrem Platz auf und ging Glen im Mittelgang auf der anderen Seite des Gerichtssaals entgegen. »Warum hast du mir nicht gesagt, was Sawyer gestern nacht über mich erzählt hat?«

»Warum?« entgegnete Glen alles andere als erfreut, daß sie es erfahren hatte. »Warum sollte ich dich so etwas anhören lassen? Ich wußte, es würde dich kränken, Ann. Ich will nicht, daß du gekränkt wirst.«

Dankbarkeit erfüllte sie, und sie griff rasch nach seiner

Hand. »Kannst du heute abend vorbeikommen?« fragte sie. »Vielleicht könnten wir uns im Garten treffen, wenn David im Bett ist.«

Sein Blick wurde sanfter. »Kümmere dich nur um deinen Sohn, Ann. Nächste Woche wird es besser. Ich möchte auf keinen Fall, daß du dir jetzt meinetwegen Sorgen machst. Außerdem schlage ich mir wegen Delvecchio die Nächte um die Ohren. Da wir die Aussage von Estelle Summer verloren haben, steht die Anklage auf tönernen Füßen.«

Daraufhin verzogen beide das Gesicht, worauf Ann wieder Platz nahm und Glen beobachtete, wie er durch den Saal zur Schriftführerin ging und ihr zwei Exemplare des Informationsformblatts gab, wie sie bei Strafprozessen verwendet wurden, um die verschiedenen Anträge und Anklagen aufzulisten. Die Schriftführerin reichte daraufhin ein Exemplar dem Gerichtsdiener, der es Sawyers Anwalt übergab, und legte das zweite zur Akte des Richters. Das Telefon der Frau läutete; sie nahm ab. Dann rief sie Hopkins zu: »Richter Hillstorm möchte Sie unter vier Augen sprechen, bevor die Mitschrift beginnt.«

Glen ging hastig zur Hintertür des Gerichtssaals hinaus und den Flur zum Richterzimmer entlang. Hillstorms Sekretärin, eine rothaarige Frau mittleren Alters, winkte ihn hinein.

»Setzen Sie sich«, sagte Hillstorm und sah über einen großen Ahornschreibtisch, der schon bessere Zeiten gesehen hatte. Die Oberfläche war zerschrammt und zerkratzt, der größte Teil der Tischplatte unter Stapeln von Akten und Zeitschriften begraben. Hillstorm sammelte Bronzefiguren aus dem Wilden Westen und seltsame Kunstgegenstände, wodurch sein Büro mehr Ähnlichkeit mit einem verstaubten Dachboden als mit dem Arbeitszimmer eines Richters hatte. Auf einer Seite seines Schreibtischs stand eine ausgestopfte Eule auf einem Podest. Mehrere Bronzefiguren von scheuenden Pferden und Reitern drängten sich auf seiner Kredenz. Weil sie beide Pferde liebten, verstanden sich Hillstorm und Hopkins prächtig.

Kaum hatte Hopkins sich gesetzt, griff Hillstorm nach einer Zeitung und betrachtete sie. »Ist das derselbe Mann, den wir heute wegen Mordversuch anklagen wollen?« Er warf die Zeitung über den Schreibtisch zu Hopkins.

»Ja«, sagte Glen, betrachtete die Zeitung und legte sie wieder auf den Schreibtisch des Richters. »Sie haben den Mann selbst in der Drogensache verurteilt. Erinnern Sie sich nicht an ihn?«

Sonnenschein strömte durch ein Oberlicht in den Raum, Hillstorms weißes Haar funkelte. Aber er hatte die Augen zusammengekniffen, seine Stimme klang schneidend. »Selbstverständlich erinnere ich mich an ihn. Sie haben sogar mit mir Kontakt aufgenommen, als sie diesen Zeitungsartikel geschrieben haben. Zur Abwechslung mal eine hübsche Geschichte. Mann kommt vor Gericht und rettet anschließend seiner Bewährungshelferin das Leben.« Hillstorm kicherte und legte die Arme auf den Bauch. »Ich dachte, ich hätte Eindruck auf diesen jungen Burschen gemacht, weshalb er seinen Lebenswandel änderte. Irgendwie fühlte ich mich wie etwas Besonderes, wissen Sie.«

Hillstorm sah ihn unverwandt an, und Hopkins wurde unbehaglich zumute. War es dem alten Richter ernst, oder spielte er nur ein Spielchen? Sie waren alle Schmierenkomödianten und liebten eine gute Presse, zumal der überwiegende Teil ihrer Presse negativ war. Jeden Tag griff irgendeine Gruppe einen Richter wegen zu großer Milde oder aus anderen Gründen unangemessener Entscheidungen an. »Wollten Sie darüber mit mir reden?« fragte er.

»Was meinen Sie, weshalb ich Sie hereingebeten habe?«

Diesmal hielt Hopkins den Mund und hörte zu.

»Bob Fielder hat eine Abschrift der Aussage dieses Mannes hergeschickt. Sieht so aus, als wären die Eltern anständige Leute, daher hat er einige Vorbehalte, was den Fall selbst angeht. Glauben Sie, die Aussagen des Mannes über Ms. Carlisle enthalten auch nur ein Fünkchen Wahrheit?«

»Er hat auf die Frau geschossen«, rief Hopkins aus und

beugte sich nach vorne. »Wenn Sie seine Aussage gehört haben, dann wissen Sie, er hat zugegeben, daß er sich vor den Schüssen am Tatort aufgehalten hat, genau an der Stelle, wo sich unserer Meinung nach der Attentäter versteckt haben muß, als er geschossen hat. Er muß hinter einem parkenden Auto gewesen sein. Ann Carlisles Auto war außer Gefecht gesetzt. Was bedeutet, er wollte sie im Freien haben, wo er ungehindert auf sie schießen konnte, und lauerte ihr auf. Es war ein vorsätzlicher, heimtückischer Überfall. Nicht nur das, Ms. Carlisle hat menschliche Finger in seinem Kühlschrank gesehen. Wir wissen noch nicht, womit wir es hier zu tun haben. Möglicherweise haben wir es mit einem Serienmörder zu tun.«

»Aber Sie haben diese angeblichen Finger nicht gefunden. Ist das nicht so?« Richter Hillstorm drehte den Stuhl herum und sah zum Fenster, ohne auf Hopkins' Antwort zu warten. Er kannte die Antwort bereits. »Das war alles«, sagte er.

Nachdem der Gerichtsdiener die Anwesenden zur Ordnung gerufen hatte, ließ Hillstorm den Blick über den Gerichtssaal schweifen. »Haben Sie eine Kopie des Informationsblatts, Mr. Duke?«

»Ja, Euer Ehren«, sagte der Anwalt und stand auf. »Darüber hinaus habe ich einen Antrag auf Einsicht in die Beweismittel, den ich gerne zu den Akten geben würde.« Duke gab die Formulare dem Gerichtsdiener, damit der sie verteilen konnte.

Als der Richter sein Exemplar bekommen hatte, legte er es einfach beiseite. Einsicht in sämtliche Beweismittel der Gegenseite zu beantragen, war eine Standardprozedur. Im Verlauf des Prozesses würden von beiden Parteien weitere Anträge auf Einsicht gestellt werden, zusammen mit Dutzenden von Eingaben und Petitionen.

Es wurde still im Gerichtssaal, abgesehen vom Rascheln des Papiers der Schriftführerin, die die Mitschrift vorbereitete. Schließlich sah Hillstorm den Angeklagten an und ergriff das Wort. »Es stimmt mich traurig, Ihr Gesicht zu sehen, Mr. Sawyer. Sie sind ein junger Mann aus guter Familie, wie ich gehört habe. Und Ihnen werden schwerwiegende Vorwürfe gemacht.« Hillstorm schüttelte den Kopf, betrachtete das Protokoll und zog langsam die Brille auf, bevor er die Verhandlung eröffnete. »Wie plädiert Ihr Klient bei Punkt eins, eine Verletzung von Artikel 664/187 des kalifornischen Strafgesetzbuchs, Mordversuch?«

»Mein Klient plädiert auf nicht schuldig, Euer Ehren«, sagte Duke.

»Punkt zwei, eine Verletzung von Artikel 12022 (a) Benutzung einer Feuerwaffe bei Ausübung des oben genannten Verbrechens?«

»Nicht schuldig«, sagte Duke wieder.

»Punkt drei, eine Verletzung von 245 (d) (1), Angriff mit einer tödlichen Waffe auf eine Staatsbedienstete?«

»Nicht schuldig«, sagte der Verteidiger, beugte sich zu Sawyer, flüsterte ihm etwas ins Ohr und sah danach Sawyers Mutter an. Die Frau wischte sich die Augen mit einem Taschentuch ab.

»Nun gut«, sagte Hillstorm, »Punkt vier, eine Verletzung von Artikel 1203 des Strafgesetzbuchs, Nichteinhaltung der Bewährungsvorschriften im Fall A5349837?«

»Nicht schuldig.«

Plötzlich wurde Ann klar, daß es sich nicht um eine von vielen Routineanhörungen handelte, wie sie sie in der Vergangenheit so häufig erlebt hatte. Hier standen zwei Leben auf dem Spiel. Nicht nur das von Sawyer, sondern auch das von ihr. Als sie an dem besagten Tag in sein Haus gegangen war und ihren grausigen Fund gemacht hatte, hatte Ann die Maschinerie in Gang gesetzt. Selbst wenn sie es gewollt hätte, jetzt konnte sie sie nicht mehr aufhalten. Sie spürte, wie sie wankelmütig wurde und wie eine Mutter dachte. Sawyer war so jung, dachte sie, während sie seinen Rücken betrachtete. Vielleicht war einer seiner Mitbewohner der Schlächter, der die Finger abgehackt hatte. So ungerecht sein Vorwurf war, sie habe ihn verführt, konnte es sich um einen Racheakt seinerseits handeln? Nein, sagte sie sich, sie durfte nicht so denken.

Sie konnte die Nacht, in der die Schüsse gefallen waren, einfach dadurch wieder erleben, daß sie die Augen schloß; dann spürte sie die Kugel, die ihr Fleisch zerfetzte, das Blut, die Panik, das Entsetzen. Jetzt wußte sie, wie sich Opfer fühlten, wenn sie nur wenige Schritte von der Person entfernt saßen, die sie überfallen hatte.

Ann wußte, laut Gesetz konnte Sawyer nur für ein Verbrechen im Zusammenhang mit den Schüssen verurteilt werden, plus für Punkt zwei der Anklage, Schußwaffengebrauch, der als strafverschärfend angesehen wurde. Wenn er des Mordversuchs für schuldig befunden wurde, konnte er nicht wegen des Angriffs mit einer tödlichen Waffe verurteilt werden, da es sich im Grunde genommen um dieselbe Tat, aber ohne spezifische Absicht, handelte. Mehrere Anklagen gaben den Geschworenen Alternativen. Wenn es dem Staatsanwalt nicht ohne den geringsten Rest eines Zweifels zu beweisen gelang, daß es Sawyers Absicht gewesen war, Ann zu töten, konnten die Geschworenen trotzdem ein Urteil für die nicht so schwerwiegende Tat des Angriffs mit einer tödlichen Waffe fällen. Darüber hinaus waren mehrere Anklagen eine Taktik, falls das Verfahren durch eine Absprache geregelt wurde. Sollte Sawyer sich einsichtig zeigen und sich im Zusammenhang mit einer vorher ausgehandelten Haftstrafe schuldig bekennen, würde der erste Anklagepunkt mit größter Wahrscheinlichkeit fallengelassen werden.

»Ausgezeichnet«, sagte Richter Hillstorm und fuhr mit der Anhörung fort. Er setzte einen Zeitpunkt für die Vorverhandlung in drei Wochen fest und erklärte dem Angeklagten, was dann passieren würde. Im wesentlichen mußte die Staatsanwaltschaft nur nachweisen, daß tatsächlich ein Verbrechen stattgefunden hatte und ein hinreichender Verdacht bestand, daß der Angeklagte der Täter war. Während der Verhandlung dagegen würden andere Anforderungen an die Beweislast gestellt werden, und die

Staatsanwaltschaft würde ihren Fall ohne Spur eines Zweifels präsentieren müssen.

Harold Duke stand wieder auf. »Könnten wir auf eine Kaution zu sprechen kommen, Euer Ehren?«

»Mr. Duke«, sagte Hillstorm scharf, »wenn Sie mir noch einen Augenblick Zeit lassen würden, ich wollte gerade der Bewährungshelferin Anweisung geben, einen Kautionsbericht abzugeben. Das ist die übliche Verfahrensweise.«

»Einspruch«, sagte Duke rasch. »Mir ist bewußt, daß es die übliche Vorgehensweise ist, aber Sie sehen doch sicher ein, daß hier ein Interessenkonflikt vorliegt. Das Opfer ist Bewährungshelferin, daher erscheint es höchst fragwürdig, ob meinem Klienten seitens der Bewährungsabteilung eine objektive Behandlung zuteil wird. Wir sind der Meinung, das Gericht sollte unabhängig von anderen Empfehlungen allein über eine Kaution entscheiden.«

Glen Hopkins' Einspruch ließ nicht lange auf sich warten. »Warum sollte Mr. Sawyer besonders behandelt werden, Euer Ehren? Mr. Dukes Andeutung, die Bewährungsabteilung könnte bei der Beurteilung Ressentiments einfließen lassen, sind verleumderisch und regelrecht beleidigend.«

Richter Hillstorm nahm die Brille ab, wischte sie mit einem Zellstofftuch, dann setzte er sie sich wieder auf die Nase. »Ich stimme Mr. Duke zu«, sagte er langsam. »Ich werde über eine Kaution entscheiden. Mr. Hopkins, begründen Sie Ihren Standpunkt.«

»Das Volk verlangt, daß der Angeklagte ohne Kaution festgehalten wird«, sagte Hopkins entschlossen. Er war verärgert, weil Sawyer eine Spezialbehandlung erfuhr. »Er war zum Zeitpunkt der Tat auf Bewährung, und es gibt Hinweise dafür, daß er eindeutig eine Gefahr für die Öffentlichkeit darstellt. Darüber hinaus hat Ms. Carlisle durch die Tat ein schweres Trauma davongetragen und sollte keinen weiteren Risiken ausgesetzt werden. Vergessen Sie nicht, die arme Frau wurde hier angeschossen, Euer Ehren, direkt vor diesem Gericht, und zwar nur kurze Zeit nach der Verurteilung des Angeklagten. Wie könnte sie weiter ihrer Arbeit nachgehen und jeden Abend über den Parkplatz laufen, wenn sie weiß, daß sich dieser Mann wieder auf freiem Fuß befindet?«

»Mr. Duke«, sagte Hillstorm.

»Mein Klient hat nur eine Vorstrafe, eine Ordnungswidrigkeit. Frühere Gewalttaten sind nicht bekannt, und er hat sein ganzes Leben in der Gemeinde verbracht. Bei Festsetzung der Kaution gilt es in erster Linie die Frage zu bedenken, ob der Angeklagte fliehen könnte. Es besteht allerdings nicht der geringste Grund zu der Annahme, mein Klient könnte nicht wie angeordnet vor dieses Gericht zurückkehren.«

»Euer Ehren, das ist ganz und gar nicht der Fall«, protestierte Hopkins. »Es liegen schlagkräftige Beweise vor, daß der Angeklagte zum Zeitpunkt seiner Festnahme eine Flucht vorbereitete. Er hat einen Umzugswagen gemietet und sämtliches Mobiliar aus seinem Mietshaus entfernen lassen. Wenn das kein Beweis für Fluchtabsichten ist, dann weiß ich es nicht. Er hat keinen Job und keinen Grundbesitz und sieht einer schwerwiegenden Anklage entgegen.«

»Stimmt das, Mr. Duke?« sagte Hillstorm, der in seinen Unterlagen kramte, aber das Protokoll der Verhaftung nicht finden konnte. »Versuchte Ihr Klient zu fliehen, als er festgenommen wurde?«

»Ganz im Gegenteil«, gab Duke zurück. »Er wollte lediglich in sein Elternhaus zurückkehren. Es gibt keinen Beweis dafür, daß er den Staat oder auch nur die Stadt verlassen wollte.« Der Anwalt warf einen Blick nach hinten auf Rosemary Sawyer und hob gekränkt die Stimme. »Die Anklage ist überhaupt nur ein Hokuspokus. Welche Beweise besitzt die Staatsanwaltschaft, daß mein Klient etwas mit der Tat zu tun hat? In meinen Augen ist es undenkbar, einen unschuldigen Mann einzusperren, wenn man sehr genau weiß, daß man ihn niemals überführen wird.«

»Einspruch«, rief Hopkins und sprang auf. »Das gehört nicht zur Sache.«

»Die Kaution wird auf hunderttausend Dollar festgesetzt«, sagte Hillstorm und schlug mit dem Hammer zu. »Die Sitzung ist hiermit geschlossen.«

Nachdem der Richter sein Pult verlassen hatte, schnappte Hopkins sich seine Unterlagen und lief zu Ann. »Ein Anfang ist gemacht«, sagte er rasch. »Die Vorverhandlung ist in drei Wochen. Wenn er für verantwortlich erklärt wird, ziehen sie seine Kaution wahrscheinlich zurück.« Als er sah, daß ihr das kein Trost war, fuhr er mit unbeschwerterer Stimme fort: »He, wenigstens hat Hillstorm sie auf hundert Riesen festgesetzt. Das ist eine ziemlich große Summe. Vielleicht bekommt Sawyer sie nicht zusammen.«

»Er wird sie zusammenbekommen«, sagte Ann heftig und sah ihm in die Augen. »Sein Vater ist Arzt, vergiß das nicht.«

Während die Leute den Gerichtssaal verließen, sagte Glen ein paar Worte zu Harold Duke. Dann stürmte er hinaus zur Verhandlung von Delvecchio, die in einem anderen Gerichtssaal stattfand. Sawyers Familie mußte nur zehn Prozent aufbringen, nicht die ganze Summe. Ann wußte, sie würden ihren Sohn nie im Gefängnis sitzen lassen.

Als sie und Reed den Gerichtssaal verließen, sah sie plötzlich wieder die abgehackten Finger im Haus in der Henderson Avenue vor sich. Sie verdrängte das Bild augenblicklich. Es nützte nichts, wenn sie darauf herumritt und sich selbst verrückt machte. Was Sawyer auch getan, wen er auch abgeschlachtet haben und wie viele Drogen er auch auf der Straße gedealt haben mochte, er würde bald wieder auf freiem Fuß sein.

»Hör zu, Ann«, sagte Reed, »ich werde ihn beschatten lassen. Wenn er sich deinem Haus auch nur nähert, pusten wir ihm das Hirn weg.«

»Das könnte was nützen«, sagte sie und lachte nervös bei dem Versuch, ihre Angst zu verbergen. »Ich meine, das Beschatten.«

»Wir haben nur drei Wochen Zeit, um die Sache auf die

Reihe zu kriegen«, sagte der Detective zu ihr. »Ich werde jeden Mann, den ich entbehren kann, auf diesen Fall ansetzen. Wir müssen schnell handeln.«

Ann nickte wortlos und beschloß, nie wieder eine Kaution zu empfehlen, worum es bei dem Fall auch gehen mochte. Jetzt wußte sie Bescheid. Jetzt wußte sie, wie ihnen zumute war: den Opfern.

In vieler Hinsicht war es schlimmer als vor Sawyers Festnahme. Die Anklage war zwar im Namen des Staates Kalifornien erhoben worden, aber Sawyer wußte, Ann mußte seine Anklägerin sein. Und Ann mußte der Waffe, die auf sie geschossen hatte, ein Gesicht zuordnen. Ironischerweise war es dasselbe Gesicht, das sie an dem Abend auf dem Bürgersteig so schön gefunden hatte. Sawyer mußte psychisch gestört sein. Ein Mann, der auf einen schoß und dann am Tatort blieb, um einem zu helfen, mußte ein Soziopath sein, eine Person ohne Gewissen, ohne Verständnis für grundlegende Werte.

Was würde er jetzt tun? fragte sie sich, während die Angst ihr am Rückgrat hinaufkroch. Wenn nur Hank noch am Leben wäre, dachte sie traurig. Aber das war er nicht, und Ann wußte, sie würde tun müssen, wozu sie schon Jahre, bevor ihr Mann in ihr Leben trat, ausgebildet worden war. Sie mußte sich selbst schützen. In wenigen Stunden würde Jimmy Sawyer zur Tür des Gefängnisses hinausgehen, und Ann würde erst sicher sein, wenn er wieder drinnen saß. Nur drei Wochen, hatte Glen gesagt. Ann kamen die drei Wochen wie eine Ewigkeit vor.

Kapitel 9

Ann fuhr am selben Abend um neun Uhr nach einem Essen mit Claudette und ihrem Mann in einem peitschenden Regenschauer nach Hause. Sie hatte David erlaubt, bei seinem Freund zu übernachten. Sie war so erschöpft und emotional ausgelaugt, daß sie auf direktem Weg ins Schlafzimmer ging, sich aus den Kleidern schälte, das Licht löschte und unter die Decke kroch. Heftiger Regen prasselte auf das Dach, der starke Wind ließ das ganze Haus klappern und knirschen. Ann zog sich die Decke über den Kopf, damit sie den Lärm nicht hören mußte, und schlief rasch ein.

Etwa eine Viertelstunde später ertönte ein lauter Donnerknall, und Ann fuhr senkrecht im Bett in die Höhe. Für die Dauer eines Blitzschlags sah sie ihr Ebenbild im Spiegel auftauchen. Gestern hatte sie Glens Blumenstrauß auf den Tresor unter dem Fenster direkt gegenüber dem Bett gestellt, aber sie konnte das süßliche Aroma der verwelkenden Blumen trotzdem riechen, zu dem sich nun noch der feuchte Geruch des Regens gesellte.

Als sie ein lautes Tropfen hörte, zwang Ann sich endlich, doch aufzustehen und griff nach dem Morgenmantel. Als sie ihn nicht finden konnte, verzichtete sie darauf und ging nackt den Flur entlang. Niemand konnte in das Haus sehen, und David war nicht da. In der Küche angekommen, schaltete sie das Licht ein. Wie sie vermutet hatte, tropfte Wasser durch ein Leck in der Decke auf den Küchenboden, wo es eine große Pfütze bildete. Ann holte einen Kochtopf heraus, stellte ihn unter die tropfende Stelle und fragte sich, wieviel ein neues Dach kosten würde. Dann holte sie mehrere andere Töpfe und trug sie zu verschiedenen Stellen des Hauses, wo sie wußte, daß es Probleme geben würde. Letztes Jahr hatte sie sich mit Flicken zufriedengegeben. Dieses Jahr mußte sie an ein neues Dach denken.

Ann ging durch den Flur zu ihrem Schlafzimmer, an Davids Zimmer vorbei. Die Lichter waren aus, das Zimmer dunkel, aber sie spürte einen Hauch feuchter Luft. Er mußte das Fenster offengelassen haben. Wahrscheinlich regnete es herein und durchnäßte seinen Schreibtisch und seine sämtlichen Papiere. Der Junge würde ausrasten, wenn er nach Hause kam und es sah. »Geschieht dir recht«, sagte Ann und betrat das dunkle Zimmer. Sie hatte ihm schon hundertmal gesagt, daß er das Fenster schließen sollte, bevor er das Haus verließ. Hank hatte aus Sicherheitsgründen Fensterschlösser angebracht, aber ihr dummer Sohn ließ sein Fenster immer offen.

Ann stützte sich auf dem Schreibtisch ab, damit sie an das Fenster herankam. Die Platte war tatsächlich naß, und David hatte sogar ein paar Schulbücher darauf liegen. Ann würde sie in der Mikrowelle trocknen müssen, um eventuell Kosten für eine Neuanschaffung zu sparen. Sie ergriff das Fenster und wollte es zuziehen, als etwas klirrend auf Davids Schreibtisch fiel. Es war eine große Glasscherbe. Ann schaltete die Schreibtischlampe ein und sah, daß die gesamte Scheibe zertrümmert war. Einige Scherben lagen auf dem Schreibtisch, andere auf dem Boden, und ein paar waren zwischen Schreibtisch und Fenster hinuntergerutscht. Na großartig, dachte Ann, jetzt brauchte sie nicht nur ein neues Dach, sondern auch ein neues Fenster. Sie steckte den Kopf zum Fenster hinaus, wobei sie den im Rahmen verbliebenen Scherben sorgfältig auswich. Sie sah nichts, daher nahm sie an, daß der vom Wind gepeitschte Ast des Baums draußen die Scheibe eingeschlagen hatte.

Sie zog den Schreibtisch von der Wand weg und fragte sich, ob sie irgendwo in der Garage ein Stück Pappe finden würde, das groß genug war, um festgetackert werden zu können, bis die neue Scheibe kam. Dabei überlegte sie sich, was für eine Gefahr die Glasscherben auf dem Boden darstellten. Sie zog sich ein Paar von Davids Tennisschuhen an, die ihr schon zu groß waren, und schnappte sich seine Schulbücher. Als sie das Zimmer verlassen wollte, wurde mit einemmal alles pechschwarz.

Ann schrie und stürzte aus dem Zimmer, blieb aber an der Tür stehen, holte tief Luft und lachte über sich selbst. »Sei nicht kindisch«, sagte sie laut. »Das ist nur ein Stromausfall.« Sie war nicht daran gewöhnt, allein im Haus zu sein, und in letzter Zeit war sie besonders schreckhaft.

»Verdammt«, sagte sie, als sie sich den Flur entlangtastete. Sie konnte nichts sehen, rein gar nichts. Wenn sie es nur bis zur Küche schaffte, dachte sie; sie war sicher, sie hatte noch Kerzen im Haus. Da berührte sie mit der Schulter die Wand und beschloß, den Kontakt zu halten, während sie sich vorantastete.

»Ann«, sagte eine Männerstimme in der Dunkelheit. »Ann.«

Sie erstarrte, der Atem stockte ihr in der Kehle und ihr Herz hüpfte wie ein Kaninchen. Rasch wirbelte sie zur Küche und der Stimme herum. »Wer ist da? Was wollen Sie?« Sie ließ die Bücher fallen und wollte weglaufen, schlug sich aber die Schulter an einem Türrahmen an. Sie konnte nasse Kleidung, Körpergeruch und keuchenden Atem riechen. Der Eindringling stand nur wenige Schritte von ihr entfernt. Er mußte im Bad sein. Das Bad lag zwischen Davids Zimmer und der Küchentür.

Eine Hand berührte ihren Arm, und Ann kreischte wieder und stürzte blindlings über den Flur Richtung Schlafzimmer. Nach wenigen Schritten stolperte sie über die offenen Schnürsenkel der Turnschuhe. Sie verlor das Gleichgewicht und knallte gegen die Wand. Der Schock des Schmerzes brachte sie wieder zu Verstand. Sie mußte sich an ihre Polizeiausbildung erinnern. Wenn sie sich dicht am Boden hielt, würde sie ein schwierigeres Ziel abgeben. Sie mußte davon ausgehen, daß der Eindringling bewaffnet war.

Ann hielt den Atem an, beschwor sich, nicht in Panik zu geraten, und kroch weiter. Sie mußte den Tresor im Schlafzimmer erreichen und die Waffe herausholen.

Kleidung raschelte, ein dunkler Schatten bewegte sich vor ihr. Plötzlich wurde Ann platt auf den Boden gedrückt, als ein schweres Gewicht auf sie fiel. Der Mann lag auf ihr, auf ihrem Rücken. Sie konnte nicht atmen. Er erdrückte sie. »Runter von mir«, kreischte sie von Panik erfüllt. »Was wollen Sie? Ich habe kein Geld.« War es Jimmy Sawyer? War er gekommen, um sie zu töten, damit er sicher sein konnte, sie würde nie gegen ihn aussagen?

»Sei einfach still. Alles ist gut«, sagte der Mann mit gedämpfter Stimme. Ann stieß mit aller Macht nach oben und versuchte, ihn von ihrem Rücken zu schütteln. Er war zu groß, zu schwer. Sie spürte etwas Kratziges, Stachliges über ihre Wange streichen, spürte heißen Atem im Ohr. »Entspann dich, Ann«, sagte die Stimme. »Nicht dagegen ankämpfen. Weißt du nicht, wer ich bin?«

Während er sprach, glitten seine Hände über ihre Pobakken und zwischen ihre Beine. Ann wand sich unter ihm, strampelte mit den Beinen, drückte mit aller Kraft in die Höhe. »Runter von mir«, schrie sie. Hände zwängten sich von der Seite unter ihren Körper und kniffen sie in die Brustwarzen. Ann schrie vor Schmerzen. Der Mann würde sie vergewaltigen. Sie war nackt und hatte sich in ihrem ganzen Leben noch nie so hilflos und verwundbar gefühlt. »Aufhören! Nein! Lassen Sie mich aufstehen, und ich gebe Ihnen, was Sie wollen! Bitte!« Ein gräßlicher Gedanke schoß ihr durch den Kopf: Estelle Summer. Der Angreifer konnte sie in ihrer derzeitigen Haltung von hinten nehmen und müßte sie nicht einmal dazu umdrehen.

Wieder drückten die Hände ihre Brustwarzen, und Ann kniff die Augen zu.

Wer war dieser Mann? Seine Stimme ... sie versuchte, sich auf die Stimme zu konzentrieren. Die Stimme klang gedämpft, verzerrt, als würde der Mann durch ein Taschentuch oder eine Strumpfmaske sprechen. Kannte sie ihn? Hatte sie die Stimme schon einmal gehört? War es Sawyer? Ein anderer Mann, den sie ins Gefängnis gebracht hatte? Hatte Tommy nicht immer prophezeit, daß es so kommen, daß einer der Männer, denen sie durch Tricks ein Geständnis entlockt hatte, sich an ihr rächen würde?

Immer noch tasteten die Hände sie ab und glitten grob von den Brüsten nach unten zwischen ihre Beine. In diesem Augenblick beschloß Ann, falls es ihr nicht gelingen sollte, an die Waffe ranzukommen, würde sie den Mann mit bloßen Händen töten. Sie würde ihm Finger in die Augen bohren, ihm eine Hand in den Hals stoßen, ihm die Zunge herausreißen.

»Ist das nicht ein schönes Gefühl? Gefällt es dir nicht?« sagte der Mann verführerisch. »Wo ist David? Sag mir, wo er ist, Ann.«

David? Sie hörte ein Rauschen in den Ohren. Wie konnte dieses Tier etwas von David wissen?

Außer sich vor Wut, konnte Ann plötzlich Kraftreserven mobilisieren, von denen sie gar nichts gewußt hatte. Adrenalin raste durch ihren Blutkreislauf. Sie würde niemals zulassen, daß jemand David etwas zuleide tat. Lieber würde sie sterben. »Du Schwein«, fauchte sie tief aus der Kehle heraus.

Mit einem einzigen Aufbäumen stemmte sie sich auf Hände und Knie und warf den Mann ab. Er kippte seitwärts herunter und prallte gegen die Wand. Eine Hand packte ihren Arm, aber Ann trat um sich und traf etwas Weiches – den Bauch des Mannes? Sie wußte es nicht, aber er stöhnte, als hätte sie ihn zwischen den Beinen erwischt.

Sie sprang auf die Füße und lief den Flur entlang zu ihrem Schlafzimmer. Kaum war sie zur Tür drinnen, wirbelte sie in Richtung des Tresors herum, prallte mit dem Schenkel gegen die dicke Stahlplatte und stieß die Blumenvase herunter. Rasende Schmerzen schossen ihr Bein hoch, als hätte sie einen Nerv getroffen, aber Ann bemerkte es gar nicht, sondern warf das Tischtuch über dem Tresor in die Höhe und riß die Tür auf.

Aus dem Flur hörte Ann ein Plumpsen: Der Mann hatte aufzustehen versucht und war wieder gegen die Wand gefallen.

Ann tastete mit der Handfläche über den Tresorboden und fand schließlich die kalte, harte Oberfläche der Beretta, um die sie die Hand schloß.

Ann nahm die Waffe in beide Hände und entsicherte sie. Dann drückte sie ab, um sich zu vergewissern, daß die Pistole geladen war. Die Explosion dröhnte in ihren Ohren, hallte in ihrem Kopf, und der stechende Geruch von Schießpulver drang ihr in die Nase. Ein wunderbarer Duft, dachte Ann. Der beste Duft der Welt. Sie atmete ihn ein und spürte ihr Selbstvertrauen zurückkehren. »Hast du das gehört, du Wichser?« rief sie keuchend, richtete die Waffe auf die Tür und stützte das rechte Handgelenk mit dem anderen Arm. »Komm doch her, du Arschloch. Komm her und hol mich.«

Sie hörte hastige Schritte auf dem Parkett.

Ein Blitzschlag erhellte den Raum, und Ann stellte fest, daß das, was sie für die Tür zum Flur gehalten hatte, die Spiegelung des Fensters im Schlafzimmerspiegel war. Ann kickte die Tennisschuhe fort, damit sie nicht wieder stolperte, und sprang auf die Füße.

Sie schlich den Flur entlang, tastete an der Wand und fand die Badezimmertür. Sie blieb stehen und zielte mit der Waffe in die Dunkelheit. Einen Moment später hörte sie ein Geräusch aus der Richtung der Küche und wirbelte herum. Versuchte er zu fliehen? Glaubte er wirklich, sie würde ihm noch einmal die Möglichkeit lassen, David etwas zu tun? Vor der Küchentür preßte sie sich flach an die Wand. Sie zählte bis drei, sprang in die Türöffnung und hielt die Waffe schußbereit ausgestreckt.

Ein kalter Lufthauch wehte ihr plötzlich ins Gesicht, und Ann wurde klar, daß die Hintertür offenstehen mußte und Wind und Regen in den Raum strömten. Sie bewegte sich vorsichtig nach vorne und begann zu laufen, als sie merkte, daß der Mann geflohen war.

Ann sah einen Schatten die Einfahrt hinuntereilen und feuerte einen Schuß ab. Ein lauter Donnerschlag ertönte fast in dem Moment, als sie abdrückte, einen Moment später sah sie den Schatten zu Boden fallen.

Sie hatte ihn getroffen.

Im Lichtstrahl einer Straßenlampe in der Nähe sah sie sein Gesicht aus kurzer Entfernung. Er hatte den Kopf gedreht und sah Ann an, die Hüften hoch in der Luft wie ein Sprinter, nicht wie ein Mann, der angeschossen worden war. Sie hatte den Finger am Abzug, aber sie war wie hypnotisiert und konnte nicht abdrücken. In den wenigen Sekunden ihres Blickkontakts stand die Zeit still. Ann schlotterte am ganzen Körper. Sie kannte diesen Mann, hatte ihn schon einmal gesehen. Ihre Kehle war so trocken, daß sie nicht schlucken konnte. Das Herz drohte ihr in der Brust zu zerspringen.

Ann schloß die Augen, weil sie das Bild verdrängen wollte, und tastete blind nach dem Abzug. Erschieß ihn. Jetzt gleich, sagte sie sich. Sie machte die Augen wieder auf, um zu zielen, mußte aber feststellen, daß er verschwunden war. Sie ließ die Waffe fallen.

Seine Reflexe waren zu schnell gewesen, dachte sie und verfluchte sich selbst. Einen Sekundenbruchteil, bevor sie geschossen hatte, mußte sich der Mann zu Boden fallengelassen haben, und die Kugel war über seinen Kopf hinweggepfiffen. Sie hatte eine zweite Chance bekommen und gezögert. Nur wenige Sekunden, aber es war zu lang. Sollte sie ihn verfolgen, oder es einfach dabei bewenden lassen und sich im Haus verbarrikadieren? Sie sog Luft ein, blieb vollkommen reglos stehen und lauschte. Abgesehen von Wind und Regen war kein Laut zu hören.

Dann hörte sie, wie ein Automotor ansprang, Reifen auf der regennassen Straße durchdrehten und schlitterten, dann ein lautes, metallisches Knirschen.

Ann lief von der Einfahrt auf die Straße. Als sie dort

ankam, sah sie nur ein parkendes Auto, das seitlich auf der Straße stand, Räder auf dem Bordstein. Ann wußte, das war nicht das Fahrzeug des Täters. Es gehörte dem Mann auf der anderen Straßenseite. Als ihr klar wurde, daß sie nackt war, hielt sie die Arme vor die Brüste und drehte ruckartig den Kopf nach rechts, als sie einen Automotor hörte. Aber sie sah nur noch das Funkeln der Rücklichter, als der Wagen mit ihrem Angreifer schlitternd um die Ecke bog.

Sie lief zum Haus zurück, weil sie ihr Auto holen und ihn verfolgen wollte, aber dann blieb sie stehen. Bis sie die Garagentür geöffnet und das Auto angelassen hätte, wäre er schon längst verschwunden.

Als sie über das Glas an der Küchentür stieg, drehte Ann sich um und sah im Haus ihrer Nachbarn Licht in der Diele. Dann erinnerte sie sich, daß sie den Eindringling im Licht der Straßenlaterne gesehen hatte. Bei einem durch den Sturm verursachten Stromausfall wäre die Elektrizität in der ganzen Straße ausgefallen. Die Person, die in ihr Haus eingebrochen war, mußte die Hauptsicherung im Sicherungskasten an der Seitenwand der Garage herausgedreht haben. Er hatte ihr eine Falle gestellt und sie in eine Situation größter Verwundbarkeit gebracht, wie in der Nacht, als auf sie geschossen worden war. Naß vom Regen und zitternd, stand sie wie benommen da.

Wer konnte das getan haben? Warum war ihr der Mann so bekannt vorgekommen? Ann fand Kerzen und Streichhölzer über dem Herd, zündete eine an, ging ins Wohnzimmer und zog das erste Kleidungsstück aus dem Kleiderschrank, das ihr in die Hände fiel.

Sie steckte die Waffe in eine Tasche, weil sie die Polizei anrufen wollte, doch da spürte Ann etwas und zog eine zusammengeknüllte Packung Marlboro heraus. Sie trug Hanks Trenchcoat, den London Fog, den sie ihm einmal zu Weihnachten geschenkt hatte. Plötzlich vernahm sie das Echo der Stimme ihres Mannes im Kopf. Die Stimme des Angreifers, dachte sie, und versuchte sich zu erinnern, was ihr daran so bekannt vorgekommen war.

Als sie die Polizei angerufen hatte, ließ sie sich auf das Sofa fallen und wartete, während die Kerze in ihrer Hand flackerte. In ihrer Benommenheit merkte sie es erst, als heißes Wachs ihr auf die Finger tropfte. Ann beachtete die Schmerzen gar nicht, hielt die Kerze schräg und wartete, bis sich eine Wachspfütze im Aschenbecher auf dem Beistelltisch gebildet hatte. Dann stellte sie die Kerze hinein. Sie zog Hanks Trenchcoat enger um sich. Wenn sie den Arm dicht ans Gesicht hielt, glaubte sie, immer noch einen Hauch seines Rasierwassers in dem Stoff riechen zu können. Nein, entschied sie, das bildete sie sich nur ein.

Ann griff wieder zum Telefon und rief Glen an, bekam aber nur seinen Anrufbeantworter. Sie beschloß, keine Nachricht zu hinterlassen, und legte rasch auf. Sie konnte ihm das, was passiert war, unmöglich auf Band sprechen.

Wo blieb die Polizei? Ihr kam es so vor, als wartete sie schon seit Stunden. Sie wippte unwillkürlich mit den Füßen, während sie in die Schatten starrte, und ihre Gedanken kehrten wieder zu Hank zurück. Er wäre inzwischen hiergewesen, selbst wenn sie nicht seine Frau gewesen wäre. Obwohl er sich überwiegend um Verkehrsunfälle gekümmert hatte, hatte ihr Mann immer jegliche Vorsicht in den Wind geschlagen, um so schnell wie möglich an den Schauplatz eines Verbrechens zu gelangen. Einmal war Ann mit ihm gefahren und hatte ihn beschimpft, er würde eines Tages in den Tod rasen. »Sie warten da draußen«, hatte er gesagt. »Wie würde es dir gefallen, wenn du verletzt in einem Autowrack eingeklemmt wärst und warten müßtest, bis jemand kommt?« Sein Einsatz für Menschen in Not war eine der Eigenschaften, die Ann stets an ihm bewundert hatte.

Sie griff nach dem Bild auf dem Beistelltisch, das David ihr in der Nacht zuvor auf die Brust gelegt hatte. Da bemerkte sie, daß etwas fehlte. In einer Ecke des Tischchens sah sie eine polierte, staubfreie Stelle. An der Stelle hatte ein Bild von David gestanden. Ann dachte, daß es in dem Durcheinander unter den Tisch gefallen war und bückte sich, um es aufzuheben, konnte es aber nicht finden. Eine neue Woge der Panik schlug über ihr zusammen. Der Angreifer hatte Davids Bild mitgenommen. Sie hatte deutlich gehört, wie er während des Überfalls den Namen ihres Sohnes ausgesprochen hatte. Es war, wie die Schüsse, kein Zufall, kein normaler Einbruch gewesen.

Ann beugte sich nach vorne und barg das Gesicht in den Händen. Aber schon Augenblicke später holte sie die Waffe aus der Tasche, nahm sie fest in beide Hände und richtete sie auf die Tür.

»Komm ruhig wieder, du Dreckskerl«, preßte sie zwischen zusammengebissenen Zähnen hervor. »Nächstesmal erwarte ich dich.«

Kapitel 10

Detective Jess Rodriguez parkte seit sechs Uhr vor dem Einkaufszentrum der Main Street, wohin er dem Jungen mit dem Porsche von Dr. und Mrs. Sawyers Villa in der Seahorse Avenue gefolgt war. Er hatte keine Ahnung, was der Bengel da drinnen trieb, da die Geschäfte alle um neun schlossen und es mittlerweile fast zehn war. Schließlich beschloß Rodriguez, doch hineinzugehen und zu sehen, ob er ihn aufspüren konnte, aber die Außentür war bereits abgeschlossen, und es goß in Strömen. Er ging zum Auto zurück und holte den Regenmantel aus dem Kofferraum. Der Bursche würde zurückkommen, sagte er sich. Mit so einem Auto lief man nicht einfach davon. Jess ließ sich auf den Vordersitz des Camaro gleiten und sah über den Parkplatz. Er war hundemüde. Die Leute hatten keine Ahnung, wie anstrengend es war, stundenlang herumzusitzen und ein parkendes Auto anzustarren.

Jess beschloß, an einem Bericht zu arbeiten, bevor er eindöste; er mußte ihn bis morgen früh um neun fertig haben, sonst würde er einen Anpfiff bekommen. Er schaltete das Deckenlicht ein, legte den Schreibblock zurecht und wollte gerade anfangen, als er den Porsche davonrasen sah. »Scheiße«, sagte er und entfaltete hektische Aktivitäten. Er warf den Block auf den Boden und drehte den Zündschlüssel herum. Er hatte den Burschen bei dem Regen überhaupt nicht gesehen, und die Windschutzscheibe war beschlagen. Wenn er den Porsche verlor, würde ihm Tommy Reed die Hölle heißmachen.

Was, um alles in der Welt, war mit dem Burschen los? fragte sich Jess bald. Er ließ die Kupplung zu schnell kommen und fuhr wie ein Idiot. Vor seinen Augen machte der Porsche einen Satz nach vorne, bremste, machte wieder einen Satz. Er konnte das Getriebe knirschen hören. »Du fährst im falschen Gang, du Arschloch«, sagte er. Der kleine Pisser hatte keine Ahnung, wie man so eine tolle Kiste fuhr. Hatte sein Daddy, der Arzt, sie ihm gerade erst geschenkt?

Der Porsche schaffte es vom Parkplatz auf die regennasse Straße. Er fuhr langsam, ruckte aber wenigstens nicht mehr so sehr. Er rollte durch die Wohnviertel, dem Vorgebirge entgegen, Rodriguez dicht hinterher. Wenige Straßenlaternen beleuchteten die Gegend. Es war dunkel, und Jess überlegte sich, daß der Junge bei dem Regen unmöglich sehen konnte, wer hinter ihm fuhr. Dann fing der Porsche wieder an zu heulen und bocken. »Runterschalten, du Arschloch. Du kannst nicht im vierten Gang diesen Berg rauf.«

Eine Weile später parkte das Auto, und eine untersetzte Gestalt stieg aus. Rodriguez, der mehrere Türen entfernt hielt, schaute hinaus und sah noch einmal genauer hin, als der Fahrer zu einem Haus ging und unter die Türbeleuchtung trat.

Es war nicht Sawyer.

»Scheiße«, sagte er, als die Person in dem Haus verschwand. War er wie ein Narr dem falschen Auto gefolgt? Rasch verglich er die Nummer mit dem Zettel auf dem Beifahrersitz neben ihm. Das Auto war eindeutig das von Sawyer, aber wo steckte der Kerl? Er mußte sofort zum Einkaufszentrum zurück und nachsehen, ob sein Mann sich noch dort herumtrieb. Kurz bevor er in eine Nebenstraße abbog, konnte er im Rückspiegel sehen, wie sich der Porsche bewegte. Der Fahrer hatte die Handbremse nicht angezogen, das Auto rollte bergab auf einen anderen parkenden Wagen.

»Geschieht dir recht, du Wichser«, sagte Jess und brauste davon. »Mir einfach die Autos unter der Nase auszutauschen. Ich hoffe, du hast eine große Delle in deinem hübschen kleinen Porsche.«

Fast zwei Stunden waren seit der Flucht des Einbrechers vergangen. Ann stand in ihrem Schlafzimmer und schätzte mit Noah Abrams den Schaden ab, während das Team der Spurensicherung durch das Haus zog. Greenberg und Miller, zwei Beamte der Drogenfahndung, waren gleich nach dem ersten Streifenwagen am Tatort erschienen. Möbel waren umgestoßen, auf dem ganzen Boden lag Inventar verstreut, lehmige Fußabdrücke bildeten einen Trampelpfad von der Eingangstür ins Schlafzimmer, wo die Polizisten ein- und ausgegangen waren. Ein Schlachtfeld, dachte Ann kopfschüttelnd, während sie das Chaos zu überblicken versuchte.

Noahs Blick folgte ihr, während sie im Zimmer auf und ab ging. Sie trug immer noch den bis zum Hals zugeknöpften schwarzen Trenchcoat. Ihr blondes Haar war naß vom Regen, und sie war völlig durcheinander.

Die Absätze der Männer traten knirschend auf Glasscherben, als sie den Raum nach Spuren untersuchten. Abrams hatte schon eine Maske in der Einfahrt gefunden, wie Ärzte sie bei Operationen trugen, und er zeigte sie Ann. Offenbar war diese Maske der Grund gewesen, weshalb die Stimme des Mannes so gedämpft und verzerrt geklungen hatte. Da Sawyers Vater Chirurg war, deutete sie auch auf Sawyer als Täter hin.

»Aber es kann nicht Sawyer gewesen sein«, sagte Ann, die ihre aufgeriebenen Nerven nicht beruhigen konnte. »Tommy hat gesagt, ihr laßt ihn beobachten und er kommt nicht näher als eine Meile an mein Haus ran.«

»Jess Rodriguez hat ihn verloren«, sagte Abrams und verzog das Gesicht. »Er sagt, Sawyer sei gegen sechs Uhr ins Einkaufszentrum gegangen, und Jess dachte, er hätte ihn so gegen zehn im Porsche vor sich, aber das Arschloch hat mit jemand anderem das Auto getauscht.«

»Großartig«, sagte Ann. »Also wissen wir nicht, wo er sich momentan aufhält? Was ist mit dem parkenden Wagen, der gerammt wurde? Hat er Farbspuren?«

»Vielleicht«, sagte Abrams.

»Was soll das heißen?« sagte Ann scharf. »Entweder es gibt Farbspuren, oder es gibt keine. Weißt du es nicht?«

Abrams ließ die Maske in einen Plastikbeutel fallen und kam näher. »Es tut mir leid, Ann«, sagte er. »Ich war zu Hause, als ich den Anruf bekam. Wenn ich gearbeitet hätte, hätte ich einen Streifenwagen abkommandiert, um dein Haus zu bewachen.«

Sein schuldbewußter Gesichtsausdruck ließ ihren Zorn verrauchen. »Ich weiß, es ist nicht deine Schuld«, sagte Ann mit gesenkter Stimme. »Ich kann nur nicht glauben, daß sie ihn verloren haben.«

»Nun, glaub mir, Jess wird sein Fett abbekommen.« Wut blitzte in seinen Augen auf, er schlug sich mit der Faust in die offene Handfläche. Dann wurde seine Miene wieder besorgt. »Bist du sicher, daß mit dir alles in Ordnung ist?«

»Mir geht es gut«, sagte Ann. »Die Farbspuren, Noah?«

»Oh«, sagte er hastig, »ein Abschleppwagen ist unterwegs, um das gerammte Auto zum Labor zu bringen. Bei dem Regen kommen wir dort besser voran.«

»Was ist mit Fingerabdrücken?«

»Ann«, sagte Abrams sanft, »warum läßt du uns nicht die Ermittlungen durchführen? Setz dich oder leg dich ein paar Minuten hin. Du siehst nicht gut aus.« Sie war unter normalen Umständen schon blaß. Momentan war sie so weiß wie die Wand hinter ihr. »He, vielleicht sollte ich dich ins Krankenhaus bringen.«

»Nein«, sagte Ann, die Tommy um sich haben wollte, nicht Abrams. »Kann niemand Tommy und Phil Whittaker wecken?«

Abrams trat eine Glasscherbe mit dem Schuh weg; er war gekränkt, weil sie ihn nicht wollte. Er war der ermittelnde Beamte in diesem Fall, nicht Reed oder Whittaker. »Die müssen außer Reichweite sein«, antwortete er achselzuckend. »Wir haben versucht, sie über ihre Funktelefone zu erreichen, aber die waren abgeschaltet.«

»Tommy hat mir gesagt, er wollte mit Phil nach Los Angeles, um einigen Hinweisen nachzugehen«, sagte Ann. »Hast du herausfinden können, wer Sawyers Mitbewohner waren? Vielleicht können wir sie aufspüren. Sie müssen wissen, wo Sawyer steckt.«

»Ann«, sagte Abrams, der sie beruhigen wollte, »wir tun unser Bestes. Wir haben Namen und Beschreibung der beiden anderen Jungs und sind dabei, sie ausfindig zu machen, um sie zu verhören. Einer ist ein Chinese namens Peter Chen. Wir wissen nur, daß er noch nie verhaftet worden ist, und jemand sagte, er besucht die Long Beach State und studiert Physik oder so was. Der andere ist von hier und heißt Brett Wilkinson. Sawyer kennt ihn seit der High School.«

Ann sah auf die Uhr. Es war nicht einmal elf, und doch schienen seit dem Überfall Stunden vergangen zu sein. Die Episode mit dem Einbrecher hatte wahrscheinlich nur ein paar Minuten gedauert.

»Hast du nicht gesagt, es wäre nicht Sawyer gewesen?« fragte Abrams. »Hast du den Kerl genau sehen können?«

»Ich weiß nicht«, sagte Ann resigniert, weil sie das schon mehrmals gefragt worden war. »Ich weiß nur, der Mann war groß, hochgewachsen, du weißt schon, und er trug einen dicken Mantel. Es war zu dunkel, die Farbe zu erkennen. Und er trug die Maske, die du gefunden hast, aber ich hatte den Eindruck, daß er einen Bart hat. Sicher bin ich aber nicht. Als er dicht bei mir war, strich mir etwas wie Bartstoppeln oder Haare über die Wange. Ich habe ihn nur eine Sekunde im Licht gesehen. Wenn er einen Bart hatte, war es nicht Sawyer. Sawyer hat keinen Bart.«

»Aber du bist nicht sicher, richtig?« Herrgott, dachte Noah, diese Frau war Polizistin gewesen und brachte nicht einmal eine anständige Personenbeschreibung zustande. Wie sollte sie den Kerl jemals vor Gericht identifizieren? Er wollte ihn unbedingt erwischen, aber sie gab ihm wenig bis gar nichts, womit er arbeiten konnte.

Plötzlich dachte Ann an David und verfiel sofort wieder in Panik. Sie stürzte durch das Zimmer zum Telefon, und Abrams trottete hinterher. »Ich muß mich um David kümmern«, sagte sie ihm mit dem Hörer in der Hand. »Er hat Davids Namen gesagt. Der Mann hat nach David gesucht, nach David gefragt. Ich hätte schon früher anrufen müssen.«

Abrams sah Ann an, betrachtete sie mißtrauisch und war nicht sicher, ob sie ihm nicht umkippen würde. Schließlich ging er ins Wohnzimmer, während Ann ihren Sohn anrief.

»Freddy?« sagte sie. »Habt ihr schon geschlafen?«

»Nein. Wer ist da?«

»Ann Carlisle. Kann ich mit David sprechen?«

»He, David«, rief der Junge. »Deine Mom ist am Telefon.«

Ann hörte Kichern und einen Fernseher, der im Hintergrund plärrte. Hörte sich nach einem Rock-Video in MTV an.

»Was willst du?« sagte David, als hätte sie ihn in Verlegenheit gebracht, indem sie anrief und sich um ihn kümmerte wie um ein Baby.

»Wo sind Freddys Eltern?«

»In ihrem Zimmer. Was glaubst du denn, wo sie sind?«

Ann verspürte eine Woge der Erleichterung. Sie war eng mit Louise Litsky und ihrem Mann befreundet. »Okay, David, wie weit ist es von deinem Zimmer bis zu ihrem Zimmer?«

»Am anderen Ende des Flurs, aber wir sind im Wohnzimmer. Warum stellst du mir diese dummen Fragen?« Er verstummte und rief Freddy zu: »Mach leiser. Deine Eltern werden reinkommen und uns erwischen.« Dann fing er an zu kichern.

Ann konnte im Hintergrund eine Frau stöhnen hören. »Was ist das? Ich höre eine Frau. Ist etwas los, David?«

»Nein, nein«, protestierte er, und das Kichern in der Leitung wurde lauter. »Nichts ist los, Mom.« David hielt die

Sprechmuschel mit der Hand zu und rief zu seinem Freund hinüber: »He, Freddy, ich hab gesagt, mach leiser. Sofort. Meine Mom kann es hören, Mann. Sie kann es hören.«

Wie es bei Müttern manchmal der Fall ist, kam es Ann plötzlich vor, als könnte sie mit einem Röntgenblick in das Zimmer sehen. Es war eine gewaltige Erleichterung, Davids Stimme zu hören und zu wissen, daß es ihm gut ging, aber das bedeutete nicht, daß der Junge tun und lassen konnte, was er wollte. »Du siehst dir Pornofilme an, was, du kleiner Scheißer? Das ist ein Pornofilm. was ich da höre.« Sie wußte, sie hatte recht. All das getürkte Stöhnen. Das war einer der Gründe, weshalb Ann im allgemeinen nicht duldete, daß er bei anderen Leuten übernachtete. »Ihr seht den Playboy Channel, richtig?«

»Nein, Mom, ich schwöre es«, heulte David mit erhobener, brechender Stimme. »Es war nichts. Schalt es leiser, Freddy.« Der Lärm im Hintergrund verschwand.

»Ich lasse Louise auf der Stelle reinkommen. Hast du mich verstanden?« Anns Geduldsfaden war kurz. Jemand brach in ihr Haus ein, und ihr Sohn sah sich Pornofilme an.

Davids Stimme klang jetzt flehentlich. »Nein, Mom, bitte nicht. Es ist aus. Wir haben ausgeschaltet. Ich verspreche, wir werden es nicht mehr ansehen. Bitte, Mom, Freddy bringt mich um, wenn seine Eltern es erfahren. Sie haben mich eingeladen, diese Woche mit zum Magic Mountain zu gehen.«

Ann sah durch das Zimmer und erblickte eine kleine rothaarige Frau, die sich bückte und die Glasscherben auf dem Boden untersuchte. Sie erkannte sie sofort. Melanie Chase war eine der besten forensischen Fachkräfte im ganzen County. »Ich muß jetzt Schluß machen. Ich hol dich morgen früh ab.«

Ann kannte Melanie gut. Jeder Gesetzeshüter im County wußte, welche Wunderdinge sie mit Beweismitteln anstellen konnte. Als die Highway Patrol und andere Agenturen sich aus den Ermittlungen von Hanks Verschwinden zurückgezogen hatten, hatten Ann und Tommy

Melanie dazu überredet, sich an dem Fall zu versuchen. Nachdem sie acht Monate über Dokumenten geschwitzt und in ihrer Freizeit unentgeltlich Spuren untersucht hatte, gab die Frau schließlich auf. Da der oder die Verdächtigen Hank offensichtlich überfallen hatten, bevor er zum Streifenwagen zurückkehrte, und ihn dann an einen anderen Ort gebracht hatten, wo vermutlich der Mord begangen wurde, stellte der Fall ein forensisches Vakuum dar. Sie hatten nur die Reifenspuren, wo das Fahrzeug des Täters vom Tatort geflohen war, und die am Boden sichergestellten Beweismittel, die von den Verdächtigen stammen konnten, möglicherweise aber auch nicht. Laut Melanie Chase war das der einzige Fall, an dem sie so hart für nichts und wieder nichts gearbeitet hatte.

Melanie, die in ihrem gelben Regenmantel fast ertrank, stellte fest, daß Ann nicht mehr telefonierte und sah auf. »Alles in Ordnung?« sagte sie.

»Ja«, sagte Ann, »ich denke schon. Wie ist es dir ergangen?«

»Du weißt ja – ich arbeite, und dann arbeite ich noch ein bißchen mehr. Tolles Leben, was?«

Plötzlich bemerkte Ann Melanies Füße. Sie trug Gummistiefel, war aber so klein, daß die Stiefel ihr bis zu den Knien reichten. Mit dem Regenmantel, der ihr mindestens vier Nummern zu groß war, sah Melanie wie ein kleines Mädchen aus, das die Kleidungsstücke seiner Mutter anprobiert.

»Mel«, sagte Ann, »ich freue mich wirklich, daß du heute nacht gekommen bist, besonders in so einer Nacht.«

»Kein Problem«, sagte die Frau, richtete sich auf und beugte sich dann nach hinten, um den Rücken zu strecken. »Wir hatten eine Messerstecherei in der West Side, daher war ich sowieso unterwegs.« Melanie war knapp vierzig, aber wie knapp, wußte niemand. Obschon von kleiner Statur, war sie in anderer Beziehung groß: großer Mund, große Gesten, breites Lächeln, wenn ihr danach zumute war. Die Männer liebten sie alle. Wichtiger aber war, daß ihre Bewunderung auf Respekt basierte.

Sie griff mit Gummihandschuhen in die Tasche ihres Regenmantels und holte eine Salem heraus. Einen Augenblick später zündete sie sie mit einem goldenen Feuerzeug an. Dann ließ sie die Zigarette im Mundwinkel baumeln, eine wenig schmeichelhafte und abstoßende Gewohnheit von ihr. Ann glaubte, daß Melanie die Zigarette im Mund ließ, weil sie die Hände frei haben wollte. Jedesmal, wenn sie ihr begegnete, probierte sie gerade eine andere Methode aus, um sich das Rauchen abzugewöhnen: Pflaster, Nikotinkaugummi, Geräte, die an den Ohren befestigt wurden. Sie war sogar bei einem Hypnotiseur gewesen, aber da sie sie jetzt wieder qualmen sah, mußte Ann davon ausgehen, daß der Versuch erfolglos gewesen war.

»Wie sieht es aus?«

»Gut«, sagte Melanie, warf Ann einen raschen Blick zu und stieß eine Rauchwolke aus. »Wir haben Speichel auf dem Mundschutz.«

»Was ist mit Fingerabdrücken?« sagte Ann.

»Ich glaube nicht, daß wir Abdrücke finden werden«, murmelte Melanie und klemmte die Zigarette zwischen die Zähne. Sie hielt eine Plastiktüte mit einem winzigen Rest eines weißen Pulvers hoch. Dann nahm sie die Zigarette aus dem Mund und schnippte die Asche auf ihre Handfläche. »Das habe ich von mehreren Oberflächen entfernt, von Stellen, mit denen er, glaube ich, Kontakt hatte.«

»Was ist es?« Ann starrte das Tütchen an. »Sieht aus wie Staub. Ich bin nicht die beste Hausfrau, Melanie, also freu dich nicht zu früh.«

»Nein, das ist Babypuder oder Stärkemehl«, sagte sie und machte die Plastiktüte auf, damit Ann am Inhalt schnuppern konnte. »Was meinst du?«

»Ich bin nicht sicher«, sagte Ann. »Es riecht ein bißchen wie Babypuder oder Talkum oder so. Aber was hat Babypuder damit zu tun? Ich habe keinen Puder im Haus.«

»Die Gummihandschuhe, die das Schwein benützt hat, hatten einen Rückstand von feinem Puder an sich. Meine sind mit Stärkemehl behandelt. Das hält das Gummi weich und flexibel, damit es keine Risse bekommt. Und man kann die Handschuhe leichter überziehen.«

»Aha«, sagte Ann enttäuscht, »also hat er Handschuhe getragen.« Sie erinnerte sich, wie fremd sich seine Berührung angefühlt hatte; sie hatte Gummi auf ihrer Haut gespürt.

»Ja«, sagte Melanie, auf deren Gesicht sich ein Ansatz des legendären Lächelns ausbreitete, »aber mach dir deshalb keine Gedanken. Wir haben hier eine Menge, womit wir arbeiten können.« Plötzlich bemerkte sie etwas an der Wand und rief dem jungen Beamten zu, mit dem sie zusammenarbeitete: »Alex, bring mir die Leiter.«

Ann folgte ihrem Blick und sah etwas unter der Decke an der Wand, das wie eine Fliege aussah. »Was ist das?«

»Du hast nur einmal im Haus geschossen, richtig?«

»Richtig«, sagte Ann. »Und einmal in der Einfahrt.«

»Die erste Kugel muß den Spiegel getroffen haben und abgeprallt sein. Da oben ist sie gelandet.« Wieder rief sie: »Bring die Scheißleiter, Alex, aber sofort.«

Ein junger, blonder Polizist steckte den Kopf zur Tür herein; er sah leicht verärgert aus. »Melanie, die Leiter ist ganz hinten im Wagen. Wir haben eine Tonne Ausrüstung da drinnen. Ich muß alles ausräumen, und es regnet echt schlimm. Das ganze Zeug wird naß werden.«

»Räum es aus«, sagte sie, paffte noch einmal an der Zigarette und ging ins Bad, wo sie sie in die Toilette warf. »Alex, wenn du die Spuren versaust, die wir gerade bei der Messerstecherei gesammelt haben, dreh ich dir deinen dürren Hals um. Zieh eine Plane oder so was darüber.«

Als der junge Polizist verschwunden war, stellte sich Ann neben Melanie. Melanie zog die Packung aus der Tasche, um die nächste Zigarette herauszuholen, überlegte es sich aber anders und steckte sie wieder weg. »Du warst hier, Ann. He, hast du 'nen Kaugummi?«

Ann schüttelte den Kopf. Sie versuchte, sich den exakten Ablauf der Ereignisse zu vergegenwärtigen. Alles war so schnell geschehen.

»Was ist mit Minzbonbons? Hast du Minzbonbons?«

»Ich glaube nicht, Mel. Ich habe Obst, Trauben. Ginge das auch?«

»Trauben?« sagte Melanie mit komischem Gesichtsausdruck. »Was sollte ich mit Trauben anfangen? Vergiß es. Komm mit, sieh dir an, was wir im Flur gefunden haben.«

Ann folgte ihr das kurze Stück; Gummisohlen quietschten auf dem Boden. Mitten im Flur, direkt vor Davids Zimmer, hatte jemand grellorangefarbene Straßenbaukegel im Halbkreis aufgestellt.

»Entschuldige«, flüsterte Melanie und berührte Ann flüchtig. »Normalerweise markiere ich nur mit Kreide, aber sie haben mir diesen Grünschnabel zur Ausbildung gegeben, und der ist entweder blind wie ein Maulwurf oder ein Schwachkopf. Bei jedem Tatort, wo wir eintreffen, tritt er mittenrein. So was hab ich noch nie gesehen.« Sie verstummte und sah zu Ann auf. »Findest du nicht, sie sollten einen Sehtest im County absolvieren? Ich meine, wie kann man in diesem Job arbeiten, wenn man nichts sieht?«

Ann kicherte. Melanie hatte immer komische Geschichten über die Leute zu erzählen, mit denen sie arbeitete. »Aber er ist süß.«

»Der Teufel soll ihn holen«, sagte Melanie, deren blaue Augen leuchteten, als sie sich wieder zu den Kegeln umdrehte. »Da befand sich der Täter, als du ihn von deinem Rücken geworfen hast, richtig?«

»Richtig«, sagte Ann unsicher. »Nein, es war nicht da«, sagte sie und verbesserte sich. »Ich bin sicher, er ist direkt vor meiner Schlafzimmertür auf meinen Rücken gesprungen.« Ann drehte sich um und sah zu der Stelle, wo der Angriff ihrer Meinung nach stattgefunden hatte. Aber es war dunkel gewesen, und sie war sich einfach nicht sicher.

»Nun, dann«, antwortete Melanie, »muß er hier gestanden haben, als du zum erstenmal geschossen hast.«

»Richtig«, sagte Ann, der ein übler Geruch in die Nase stieg. »Was ist das für ein Gestank?«

Melanie lachte. »Du hast dem Wichser eine Scheißangst

eingejagt, Ann. Im wahrsten Sinne des Wortes. Als du den Schuß abgefeuert hast, hat er sich in die Hose gemacht.« Sie stieg vorsichtig in den Kreis der Kegel und kauerte sich mit einem Probenbecher und einem kleinen Spatel hin. Dann kratzte sie das dünnflüssige Exkrement ab und schabte es in den Becher. »Tolle Art, seinen Lebensunterhalt zu verdienen, was?« sagte sie. »Aber lieber kratze ich Scheiße ab als Hirnmasse. Und das hier ist gute Scheiße«, sagte sie und lachte wieder. »Bitte entschuldige das Wort, aber das hier kann uns eine Menge über den Kerl verraten.« Sie hielt sich den Spatel dicht vors Gesicht und betrachtete ihn. »Zum Beispiel, was er zu Abend gegessen hat, und eine Menge andere komische Dinge. Mais. Siehst du, da haben wir ein Maiskorn.«

Ann legte eine Hand auf den Bauch. Melanie verdiente vielleicht mehr Geld als sie, aber was Ann betraf, konnte sie ihren Job behalten. »Ich glaube, du rührst das Zeug auf. Herrgott, mach den Deckel auf das Ding.«

Melanie reagierte nicht. »Zum Speichel und den Exkrementen haben wir auch eine Blutprobe. Als er das Fenster im Zimmer deines Sohns aufgebrochen hat, um einzusteigen, muß er sich geschnitten haben. Weil alles so schnell gegangen ist, ist es wahrscheinlich nicht kontaminiert. Das bedeutet, wir bekommen den Fingerabdruck des Kerls.«

»Moment«, sagte Ann. »Ich dachte, er hat Handschuhe getragen.«

»Die Art Fingerabdruck hab ich nicht gemeint«, sagte Melanie, stand auf und stülpte den Deckel auf den Probenbecher. »Seinen genetischen Fingerabdruck. Du weißt schon, wir können einen DNS-Test machen, sollte er erforderlich sein. Das wird uns natürlich nicht zu dem Täter führen. Unglücklicherweise brauchen wir noch eine Blutprobe von ihm, sonst haben wir nichts, womit wir einen Vergleich ziehen können.«

Ann schüttelte den Kopf. Jetzt mußten sie eine Möglichkeit finden, den Täter zu identifizieren und aufzuspüren. Melanie lieferte hier die Mittel, ihn zu überführen.

Melanie zog die weißen Gummihandschuhe aus und steckte sie in die Tasche. Augenblicke später nahm sie sich eine neue Zigarette, zündete sie an und stieß zusammen mit ihren nächsten Worten einen Rauchschwall aus. »Weißt du, ein normaler Fingerabdruck ist gut, aber so gut auch wieder nicht. Wir bekommen selten ein vollständiges Set. Selten einmal haben wir mehr als Teilabdrücke von einem oder zwei Fingern. Das verrät uns, daß der Verdächtige einmal im Haus gewesen sein muß, aber nicht, ob er sich genau zur Tatzeit dort aufgehalten hat. Mit dem DNS-Fingerabdruck wissen wir es genau. Wir müssen den Dreckskerl nur noch vor Gericht bringen.«

Die Frau verstummte und lächelte, die volle Breitseite, ein Lächeln, das das halbe Gesicht einnahm und jeden, dem es zuteil wurde, Zeit seines Lebens zum Melanie-Chase-Fan machte. In solchen Augenblicken sah sie nicht aus wie jemand, der durch jahrelange Arbeit an der schlimmsten Front der Gesellschaft verhärtet war, eine Arbeit, bei der sie Hirnmasse, Eingeweide und menschliche Exkremente zusammenkratzen mußte. Sie sah wie ein Cherub aus – ein kleiner, rothaariger, sommersprossiger Cherub mit Haaren auf den Zähnen. Abgesehen von den Zigaretten, fand Ann.

In diesem Augenblick kam der blonde Polizist mit der Leiter auf dem Rücken den Flur entlang und stieß prompt zwei der Kegel um. Dann zog er die Leiter genau durch die Stelle, die Melanie abgesperrt hatte. Sie stand Schulter an Schulter mit Ann und flüsterte ihr ins Ohr: »Der Kerl ist blind. Hab ich es dir nicht gesagt? Zum Glück habe ich den Beweis schon gesichert. Wenn nicht, müßte ich ihn jetzt von seinen Schuhen kratzen.«

Sie sahen zu, wie er versuchte, die Leiter durch die Schlafzimmertür zu bringen, statt dessen aber an den Türrahmen stieß. »Wo wollen Sie die haben?« fragte er Melanie und rieb sich eine rote Beule an der Stirn.

»In Afrika natürlich«, bellte Melanie. Sie entriß ihm die Leiter und rammte sie an die Wand, wo die Kugel steckte. »Was glauben Sie denn, wo ich sie haben will?«

Ann war dabei, das Zimmer zu verlassen, als Melanie hinaufkletterte, während ihr die Zigarette aus dem Mund hing und ihr Kopf von einer dichten Rauchwolke verhüllt wurde. Dann hörte Ann Melanie schreien, gefolgt von einem lauten Knall, und lief in das Zimmer zurück. Anscheinend war Alex gegen die Leiter gestoßen, denn Melanie lag auf dem Rücken auf dem Boden. »Sind Sie verletzt?« fragte der junge Beamte und beugte sich über sie.

»Bleiben Sie mir vom Leib«, sagte Melanie, stand auf und klopfte sich ab. »Fassen Sie mich nicht an, oder Sie sind ein toter Mann, Alex.« Nachdem sie die glimmende Zigarette vom Boden aufgehoben und wieder in den Mund gesteckt hatte, stellte sie die Leiter wieder an die Wand. »Klettern Sie hinten in den Wagen, Alex, und machen Sie die Tür zu. Nein, das nehm ich zurück. Schließen Sie die Tür ab. Und kommen Sie heute nacht erst wieder raus, wenn wir im Revier sind.«

»Aber, Melanie, ich dachte –«

Sie kletterte wieder hinauf, drehte sich um und sagte zu Ann: »Siehst du, ich hab dir gesagt, daß es schlimm ist. Du wolltest mir ja nicht glauben. Niemand glaubt mir. Die Personalabteilung glaubt mir nicht, mein Boss glaubt mir nicht.«

Ann fing an zu lachen, ein gutes Gefühl nach der Feuerprobe, die sie durchgemacht hatte. Der junge Polizist stand immer noch da und wollte nicht gehen. »Aber Sie haben gesagt, Sie lassen mich –«

»Ann«, sagte Melanie hoch droben auf der Leiter, wo sie mit einem Metallinstrument im Verputz bohrte und dabei paffte, »tu mir einen Gefallen. Leg dem Kerl für mich Handschellen an. Sperr ihn in einen Schrank, oder so.«

Noah Abrams saß im Wohnzimmer auf dem Sofa und dachte angestrengt über den Fall nach. Verdammt, dachte er. Es mußte Sawyer sein. Der kleine Wichser hatte vor ihrer Nase die Autos vertauscht, wahrscheinlich mit der festen Absicht, hierherzukommen und diesen Überfall zu begehen. Falsch, dachte er. Er war nicht nur hergekommen, um Ann wehzutun. Wer auch immer hinter ihr her war, wollte sie kaltmachen. Jedenfalls sah er das so. Dies war der zweite unzweifelhafte Anschlag auf ihr Leben, und er leitete die Ermittlungen. Er mußte diesen Irren dingfest machen, koste es, was es wolle.

Aber er war verwirrt. Er konnte sich erklären, daß Sawyer es auf Ann abgesehen hatte, damit sie nicht aussagen konnte, aber was sollte das mit ihrem Sohn?

Ann kam ins Wohnzimmer und setzte sich neben ihn aufs Sofa. Noah sah sie an und kniff die Lippen zusammen. »Das gefällt mir nicht, Ann. Es gefällt mir ganz und gar nicht.«

»Mir auch nicht«, sagte sie grimmig, verschränkte die Finger ineinander und legte die Hände dann in den Schoß.

»Kannst du mir nichts Genaueres über den Täter sagen? Ich meine, du hast ihn gesehen. Hast du mir das nicht gesagt?«

Ann starrte ins Leere und zwang sich, sich das Bild des Mannes in der Einfahrt ins Gedächtnis zu rufen. »Er – er war ...« stammelte sie, und die Erinnerung erfüllte sie wieder mit Schrecken.

»Was?« sagte Abrams frustriert. »Gib mir einen Anhaltspunkt, Ann.«

Zuerst antwortete Ann nicht. Warum hatte sie gezögert? Warum hatte sie nicht abgedrückt, als sie ihn in der Einfahrt im Licht gesehen hatte? In dem Fall wäre er tot, und alles wäre vorbei. »Er kam mir bekannt vor«, sagte sie schließlich und sah ihm wieder ins Gesicht. »Ich glaube nicht, daß es Sawyer war, Noah.«

»Du kennst ihn?« sagte Abrams und sprang auf die Füße. »Scheiße, du läßt uns hier durch Reifen springen, und dabei weißt du, wer er ist?«

»Ich kenne ihn«, sagte Ann kläglich und schlug die Augen nieder, »aber ich kenne ihn auch wieder nicht.« Als ihr klar wurde, wie zweideutig sich das anhörte, fügte sie hinzu: »Es war nur einen Moment, Noah. Ich habe ihn nur einen Moment gesehen, aber seine Augen –«

»Na großartig«, sagte Abrams verärgert, wollte aus dem Zimmer stürmen, drehte sich aber noch einmal zu Ann um. »Was ist mit seinen Augen?«

Tränen liefen langsam Anns Gesicht hinab. »Ich weiß es einfach nicht, Noah«, sagte sie, die ehrlichste Aussage, die sie machen konnte. »Vielleicht fällt es mir später ein. Du weißt schon, wo ich ihn vorher gesehen habe. Ich habe im Lauf der Jahre so viele Fälle bearbeitet, es mit so vielen Verbrechern zu tun gehabt. Es könnte jeder von ihnen sein.«

Ann legte die Hand vor den Mund und zwang die Tränen zurück. Sie wollte nicht, daß er sie so sah. Sie wollte, daß er sie stark und entschlossen sah, nicht ängstlich und schwach. Seit Jahren stand sie schon im Schatten ihres Vaters und kämpfte darum, den Respekt von Männern wie Noah zu gewinnen. Und jetzt war sie auch so ein hysterisches Weib, und dermaßen verängstigt, daß sie nicht mal eine zusammenhängende Antwort geben konnte.

Abrams sah ihre Verzweiflung, ließ sich vor dem Sofa nieder und zog ihren Kopf an seine Schulter. »Wir finden ihn«, sagte er zärtlich. »Ich verspreche es dir, Ann, wir finden ihn.«

Kapitel 11

Als Reed und Whittaker endlich das Black Onion verließen, war es fast zwei Uhr. Aber sie hatten Einzelheiten erfahren, die sie noch nicht gewußt hatten, und einen Kontakt hergestellt. Sie hatten herausgefunden, daß Peter Chen und Brett Wilkinson Stammgäste in der Disco waren, auch wenn sie in letzter Zeit nicht dort gesehen worden waren, und niemand wußte, wer Jimmy Sawyer war. Offenbar gehörte das Black Onion nicht zu den Etablissements, die Sawyer frequentierte. Die Kundschaft stand auf New-Age-Funk. Wie sie gehört hatten, bevorzugte er Heavy Metal.

Phil Whittakers Kontaktmann war auf Bewährung aus dem Bundesgefängnis entlassen worden, wo er vier Jahre wegen Drogendelikten abgesessen hatte. Phil wußte, daß er wieder auf Drogen war und hätte ihn mühelos in den Knast zurückbringen können. Aber sie machten ein Geschäft auf Gegenseitigkeit, bei der Polizeiarbeit kein ungewöhnlicher Vorgang. Der Mann tauschte seine Informationen gegen Whittakers Schweigen.

»Große Sache«, sagte Phil auf dem Rückweg zum Auto. Es hatte vorübergehend aufgehört zu regnen, aber das Wasser strömte immer noch lautstark in den Rinnsteinen, und an einigen Stellen des Parkplatzes, die etwas tiefer lagen, hatten sich große Pfützen gebildet. »Ich meine, echt große Sache, Reed, alter Freund. Wir sind mit den Füßen zuerst in einem Schlangennest gelandet.«

Reed nickte, seine Gesichtsmuskeln zuckten. »Wie sind

kleine Scheißer wie Sawyer und seine Kumpane an diese Typen geraten? Kannst du mir das sagen, Phil? Das sind eindeutig zwei verschiedene Paar Schuhe.« Reed trat vom Bordstein direkt in eine tiefe Wasserlache. »Scheiße, sieh dir das an.« Sein Hosenbein triefte vor Nässe, seine Socken waren patschnaß. »Sie waren gerade trocken, und jetzt ...«

Whittaker hustete mehrmals; er fühlte sich so elend, daß ihn Reeds Mißgeschick kaltließ. Die beiden Männer gingen weiter die Straße entlang. Da sie nicht mit einem Polizeiauto vorfahren wollten, nicht einmal in einem zivilen, hatten sie mehrere Blocks entfernt geparkt. »Woher soll ich das wissen? Vielleicht waren sie zur rechten Zeit am rechten Ort. Kolumbianische Drogendealer«, sagte Phil und schüttelte den Kopf. »Scheiße, diese Typen eröffnen mit ihren AR-15 das Feuer, wenn man auch nur in ihrer Gegenwart niest.« Kaum hatte er es ausgesprochen, nieste er selbst und fischte ein Taschentuch aus der Tasche. »Klar, ich wollte den Mackern im Augenblick auch nicht über den Weg laufen«, sagte er mit verstopfter Nase. »Dann würdest du mit einem toten Mann reden.«

Reed nahm die Autoschlüssel zur Hand und schloß die Tür des Polizeiautos auf. Sie befanden sich in der Innenstadt von Los Angeles, und die umstehenden Gebäude waren mit Graffiti überzogen. Reed sah sich um und dachte, daß er in dieser Gegend keinen Dienst tun wollte. Verglichen mit L. A. sah Ventura blitzsauber aus.

Als er das Auto angelassen hatte und losgefahren war, setzte er das Gespräch fort. »Also gut, gehen wir davon aus, Sawyer und seine Bande werden von diesen Kolumbianern aus Miami finanziert. Das gibt uns ein besseres Bild von der allgemeinen Lage. Und die sieht folgendermaßen aus:

Sawyer und die anderen haben den Stoff genommen und sollten ihn in ihrem Gebiet verkaufen, hauptsächlich an College- und Mittelschicht-Kids mit Zaster, ein bißchen Kleingeld für Drogen. Die Typen sind perfekt. Wilkinson und Chen sehen aus, als wären sie gerade aus dem Haus einer Verbindung gekommen. Sawyer übernimmt die Leute in seinem Viertel, wahrscheinlich Typen, die er seit der High School kennt, die es aber nicht ans College geschafft haben. Das erklärt sein langes Haar und das schlampigere Äußere.« Es fing wieder an zu regnen, und Reed schaltete die Scheibenwischer ein. »Die bösen Buben aus Miami wissen wenigstens, was sie tun. Eine Bande südamerikanischer Drogendealer würden in einem kleinen Kaff wie Ventura auffallen wie Pferdeäpfel auf der Autobahn. Jeder Drogenfahnder des County würde ihnen auf die Pelle rücken.«

»Bis jetzt bin ich einverstanden«, sagte Whittaker nikkend. »Mach weiter.«

»Nachdem Sawyer & Co. ihre Quote des Stoffs abgesetzt haben, übergeben sie den Rest des Produkts diesem Drogenkartell, das es auf den Straßen von Miami verhökert. Glaubst du, sie schmuggeln Drogen außer Landes?«

»Nee«, sagte Whittaker, legte den Kopf zurück und schniefte Nasenspray die Nase hoch. »In Kolumbien ist jeder Drogendealer. Was meinst du, warum sie hierhergekommen sind? Wir sprechen hier sowieso nicht von Koks oder Smack. Das Zeug, das Sawyer und seine Kumpane da kochen, ist kinderleicht herzustellen. Man muß nur über einige chemische Grundkenntnisse verfügen, und schon ist man im Geschäft.«

»Genau«, sagte Reed. »Ich vermute, sie fabrizieren X, ein bißchen Acid und eine Tonne erstklassiges Speed.«

Reed sah Whittaker zu, wie er noch mehr Nasenspray in die Nasenlöcher drückte. »Du wirst süchtig von diesem Nasenspray«, warnte Reed. »Letztesmal hast du ein ganzes Jahr gebraucht, bis du wieder davon runter warst.«

»Ach ja?« sagte Whittaker und zog sich noch eine Extraportion rein. »Vielleicht sollte ich Sawyer anrufen und ihn fragen, was er noch für hübsche Sachen in seinem Drugstore hat. Ich wette, die würden mich wieder auf Vordermann bringen.«

Als Reed an einer Ampel hielt, drehten sich die beiden Männer zueinander um. »Scheißkolumbianer«, sagte Reed und zitterte wie ein nasser Hund.

»Abgehackte Finger und Kolumbianer«, sagte Whittaker mit demselben besorgten Ausdruck in den Augen wie Reed. »Tolle Kombination, was? Paßt wie die Faust aufs Auge.«

Den Rest der Fahrt verbrachten sie schweigend.

Als sie das Revier erreichten, war Whittaker so müde und krank, daß er Reed bat, ihn einfach an seinem Auto abzusetzen. Reed betrat das Gebäude, um sich beim Diensthabenden nach neuesten Entwicklungen zu erkundigen.

»Wo haben Sie gesteckt, Reed?« fragte der Diensthabende mürrisch. »Ihre Männer haben den Kerl verloren, und Ann Carlisle ist in ihrem Haus überfallen worden.«

Reed kam fast über den Tresen gesprungen. »Ist sie verletzt? Wann ist es passiert?«

»Vor Stunden«, sagte der Mann. »Ich glaube, die Streifenwagen sind schon abgezogen. Abrams hat sich um die Sache gekümmert.«

»Wo ist er?«

»Wahrscheinlich zu Hause im Bett.« Der Mann zuckte die Achseln.

Reed war Sekunden später wieder draußen in seinem Auto und raste durch die Straßen der Stadt.

Obwohl es fast drei Uhr morgens war, brannten alle Lichter in Anns Haus, als er am Bordstein hielt. Den ganzen Weg hatte Reed über die Situation nachgedacht. Wenn der Informant recht hatte, waren Sawyer, Chen und Wilkinson zwar keine großen Nummern, aber die Leute, mit denen sie es zu tun hatten, waren tödlich. Jeden Tag, den das Labor nicht in Betrieb war, verloren sie ein Vermögen an Einnahmen. Aber auch andere Überlegungen spielten eine Rolle. Sawyer und seine Freunde waren Neulinge im Drogengeschäft und nur darauf aus, die Knete und die Tussis zu bekommen und sich schicke Autos zu kaufen.

Für sie war alles ein Spiel. Aber wenn sie festgenommen wurden, hatten die Männer im Hintergrund, harte und bösartige Kriminelle, keine Gewißheit, daß die Jungs den Mund halten und nicht zu Zeugen der Staatsanwaltschaft werden und auspacken würden. Wenn Reeds Vermutungen zutrafen, waren alle drei Jungs Zielscheiben. Wenn sie nicht mehr imstande waren, ihre Leute mit Stoff zu versorgen, würden sie entbehrlich sein – im Grunde genommen Müll.

Reed mußte auch an die Finger denken, die Ann in Sawyers Haus gesehen haben wollte. Wie paßten die Finger in diese Gleichung? Hatten Sawyer und die anderen jemanden kaltmachen müssen, vielleicht um sich mit den südamerikanischen Schurken auf eine Stufe zu stellen? Reed wußte genau, daß Jungs, die in unbedeutende Verbrechen verwickelt waren, nicht selten mit richtigen Schwerverbrechen weitermachten. Die Jungs hätten jemand von der Straße ermorden können, eine Obdachlose, die niemand als vermißt melden würde, um dann als Beweis dafür, was sie getan hatten, die Finger abzuschneiden. Tommy fühlte, wie Adrenalin durch seine Adern schoß, als er die Autotür aufriß. Das ergab einen Sinn. Wenn Drogendealer aus Kolumbien wußten, Sawyer und seine Jungs waren hart genug, tatsächlich einen Mord zu begehen, würden sie die dummen reichen Jungs bereitwilliger in ihre Operation einbeziehen.

»Klar«, murmelte Reed, der spürte, er war auf einer heißen Spur, während er den Weg zu Anns Haus entlangschritt. Sawyer wird geschnappt und kommt auf Bewährung wieder raus, worüber seine südamerikanischen Freunde sicher nicht besonders glücklich sind. Um seine Operation zu schützen, schießt er auf dem Parkplatz auf Ann, oder wahrscheinlicher, einer der Kolumbianer übernimmt es für ihn. Sie ist lange genug außer Gefecht gesetzt, daß sie das Labor verlegen können, ehe sie zu einem Besuch kommt.

Das war das Szenario – wenn der Spitzel recht hatte.

Doch der argwöhnische Reed wußte, daß Informanten jede Geschichte erzählten, die sie vor dem Gefängnis bewahrte. Aber es war wenigstens eine Geschichte, die ein paar Fragen beantwortete.

Er klopfte an die Tür und wartete. Als Ann nicht aufmachte, ging er über den tropfnassen Rasen zum Wohnzimmerfenster. Ann drückte die Nase an die Scheibe und hatte die Mündung der Beretta direkt auf Reeds Kopf gerichtet.

»Scheiße«, sagte er erschrocken und rutschte im Matsch aus. »Laß mich rein«, rief er. »Was hast du vor, mir das Gehirn wegpusten, verdammt noch mal?«

Die Eingangstür ging auf, und Ann sah dahinter hervor. »Ich rate dir, nicht um mein Haus herumzuschleichen. Ich bin im Augenblick ein bißchen schießwütig.«

»Ann«, sagte er, kam einen Schritt näher und umarmte sie, »schon gut. Jetzt bin ich da. Erzähl mir genau, was passiert ist.«

»Tommy«, sagte sie, trat zurück, ließ die Waffe an der Seite herunterhängen und sah sich mit wildem Blick um, »es war ... es war ...«

»Ruhig, Ann«, sagte er besorgt. Sie sah so schrecklich aus wie nach Hanks Verschwinden. »Hast du Kaffee?«

Ann murmelte etwas, das Tommy nicht verstand, und senkte den Blick. Sie trug anscheinend eines von Hanks alten Hemden, weiße Baumwollschlüpfer und ein Paar weiße Socken. Sie drehte sich um und ging zur Küche. Dann blieb sie unvermittelt mitten im Zimmer stehen und sah ins Leere, als hätte sie vergessen, was sie wollte.

»Setz dich einfach«, sagte Reed und warf einen Blick zum Sofa, bevor er das Zimmer einer Prüfung unterzog. Er sah die Kerze im Aschenbecher, die lehmigen Fußabdrücke auf dem Teppich, Anns Gummigaloschen vor der Garderobe. Dann fiel ihm der beige Ledersessel auf, und er stellte sich vor, wie Lenny Braddock darin saß und eine Zigarette im Mundwinkel baumeln hatte. Als er zur Decke schaute, konnte er den häßlichen braunen Fleck vom Zigarettenrauch immer noch erkennen. Hank hatte die Wände gestrichen, aber nicht die Decke. »Ich hol mir den Kaffee selbst.«

Ann setzte sich mit überkreuzten Beinen in eine Ecke des Sofas und zog ein Kissen an die Brust. Die Hand mit der Waffe preßte sie gegen das Kissen. Anns Finger waren verkrampft und schmerzten. Aber sie konnte nicht loslassen. Die Waffe war zu einer Verlängerung ihrer Hand geworden.

Als Reed zurückkam, stellte er die dampfende Kaffeetasse auf den Tisch und deutete auf die Waffe. »Gib sie mir, bevor du mich erschießt.«

Anns Finger ließen nicht locker. »Nein, Tommy, ich brauche sie. Laß mich in Ruhe. Sie gibt mir Sicherheit.«

Er streckte die Hand aus und löste mit verkniffenem Mund Anns verkrampfte Finger. »Gib das Scheißding her, Ann. Ich werde nicht hier sitzen und in die Mündung einer geladenen Waffe sehen.« Es gelang ihm schließlich, sie ihr aus der Hand zu ziehen und vor sich auf den Beistelltisch zu legen. Er rieb sich die Augen, streckte die Beine aus und nahm einen Schluck Kaffee. Nachdem er etwas zur Ruhe gekommen war, drehte er sich zu ihr um. »Erzähl mir alles. Der Reihe nach, Ann, und langsam, damit du nichts ausläßt. Ich will die ganze Geschichte durchdenken können.«

Als Ann einmal angefangen hatte, konnte sie nicht mehr aufhören. Die Worte sprudelten in langen, weitschweifigen Sätzen aus ihr heraus. Sie erzählte ihm von dem Mann im Flur, was der Mann gesagt hatte, wie sie ihn flüchtig hatte sehen können. Dann ließ sie das Kissen sinken, und ihre Augen wurden noch größer. »Es hätte Hank sein können, Tommy.«

Reed wäre fast vom Stuhl gefallen. Wovon, um alles in der Welt, redete sie? Dann knallte er die Tasse auf den Tisch. Der Kaffee schwappte auf eine alte Ausgabe der *Time.* Stirnrunzelnd rieb sich Reed die Augen mit den Fäusten. Nach Hanks Verschwinden hatte sie sie im Kreis herumgejagt und eine wertlose Spur nach der anderen verfolgen lassen. Er würde nie die Episode mit der Wahrsagerin vergessen, als Ann ihn überredet hatte, ein unbebautes Grundstück in Oxnard umgraben zu lassen, weil sie überzeugt war, dort wäre er verscharrt worden. »Es war nicht Hank, Ann. Was sagst du da?«

Allein im Haus, hatte Ann zwanghaft über das fehlende Bild nachgedacht. Ihr Sohn war das Kostbarste für ihren Mann gewesen. Wenn er sein eigenes Verschwinden inszeniert hatte, wie die Highway Patrol zunächst vermutete, hätte er David unmöglich im Stich lassen können.

Ann, die bemerkte, daß der Detective sie ansah, als hätte sie den Verstand verloren, wurde unsicher. »So deutlich konnte ich ihn nicht sehen«, sagte sie hastig. »Es war vielleicht nur eine Sekunde, aber der Mann hatte eine gewisse Ähnlichkeit und war etwa so groß und schwer. Es war einfach etwas an ihm. Ich kenne ihn. Ich bin sicher, ich kenne den Mann, der in mein Haus eingebrochen ist, Tommy.«

»Nun, Sawyer kennst du auf jeden Fall.«

Ann packte ihn am Arm. »So meine ich das nicht. Anders. Ich kann es nicht beschreiben. Vielleicht wegen der Stimme ... ich weiß nicht. Es könnte seine Stimme gewesen sein, und er hat nach David gefragt.«

»Wenn es Hank war, warum, Ann? Frag dich doch, warum. Sag es mir, hm?« Tommy stand auf und ging vor dem Sofa auf und ab.

Ann kam sich wie ein Kind vor, das ausgeschimpft worden war. »Du machst es mir wirklich schwer, Tommy. Ich denke, du bist mein Freund.« Sie zog das Kissen wieder an die Brust und drückte es an den Körper.

»He«, sagte Reed, blieb stehen und hob die Arme. »Wenn du diesen Mist glaubst, dann überzeug mich. Ich bin bereit, dir zuzuhören, Ann. Aber du verzapfst dummes Zeug. Wenn Hank den Leuten entkommen ist, die ihn vor vier Jahren überfallen haben – was nach der langen Zeit für mich so gut wie ausgeschlossen ist -, warum sollte er dann heute nacht in dein Haus einbrechen und versuchen, dir wehzutun?«

»Vielleicht hatte er nicht vor, mir wehzutun.«

»Ach, wirklich?« sagte Reed. »Er ist einfach hier eingebrochen, im Dunkeln über dich hergefallen, hat versucht, dich zu vergewaltigen, aber er wollte dir nicht wehtun? Klar, Ann.« Während sie ihn mit offenem Mund anstarrte, fuhr Reed fort: »Es war Jimmy Sawyer, der heute nacht hierhergekommen ist. Er möchte dir soviel Angst einjagen, daß du die Stadt verläßt, dich einschüchtern, damit du nicht gegen ihn und die anderen aussagst. Und wenn es nicht Sawyer war, dann jemand Schlimmeres ... jemand, neben dem Sawyer wie ein Chorknabe wirkt.«

Ann hörte ihm nicht zu. »Es war nicht Sawyer. Ich meine, es hätte Sawyer sein können, aber der Mann war zu kräftig, und seine Stimme –«

»Du hast gesagt, er hat eine Maske getragen, Ann, daß seine Stimme gedämpft und verzerrt klang. Es war Sawyer. Sogar die Chirurgenmaske ... Siehst du nicht, wie alles zusammenpaßt? Sawyer hat die Maske wahrscheinlich aus der Klinik seines Vaters.«

»Das glaube ich nicht«, sagte Ann langsam. »Jeder könnte sich so eine Maske besorgen, Tommy. Sogar Maniküren tragen sie heutzutage.«

Wieder kehrten ihre Gedanken zu Hank zurück. Sie hatte sich all die Jahre etwas vorgemacht. Hank hatte seinen Job gehaßt. Als er nicht zum Lieutenant befördert worden war, war er verbittert und verschlossen geworden. Vielleicht lag es nicht einmal an dem Job, dachte sie. Ihr Mann konnte in illegale Aktivitäten verstrickt worden sein. Er hatte immer mehr gewollt, als er hatte, und für einen Cop gab es Gelegenheiten zur Korruption im Überfluß.

»Es war Hank«, sagte sie und nickte bekräftigend. »Er kam wegen David, er wollte David. Er hat sogar sein Bild mitgenommen.« Sie fing an zu schluchzen, riß sich aber zusammen. »Verstehst du nicht? Hank will seinen Sohn sehen.« Der Detective blickte sie immer noch finster an, aber Ann sah einen Funken Verständnis aufblitzen. »Wie würde das alles zu dem passen, was wir über Sawyer wissen? Er ist nur ein verwöhnter reicher Bengel, der bis über beide Ohren in Drogengeschäfte verwickelt ist.«

»Okay«, sagte Reed, »wenn es Hank war, warum hat er dir nicht einfach gesagt, wer er ist? Warum sollte er dir solche Angst einjagen?«

Ann richtete sich auf, warf das Kissen beiseite und stellte die Füße auf den Boden. Sie sah so jung aus, wie sie dasaß, dachte Reed, mit ihren langen, bloßen Beinen, abgesehen von den weißen Socken.

»Und wenn Hank aus irgendwelchen Gründen sein eigenes Verschwinden inszeniert hätte? Vergiß nicht, selbst die ermittelnden Leute von der Highway Patrol haben so etwas vermutet.« Ann verstummte und zögerte, ihren schlimmsten Verdacht auszusprechen – daß ihr Mann in etwas Ungesetzliches verwickelt gewesen sein könnte. »Er hat den Job gehaßt, Tommy, das weißt du. Wenn er nun aufhören wollte, mich verlassen, irgendwo anders ganz von vorne anfangen, aber Schuldgefühle hatte, weil er uns allein mit meinem Einkommen zurückließ? Wenn es nach einem Verbrechen aussah, würde ich seine Rente bekommen, seine Versicherung.«

Reed sagte, jetzt ganz bei der Sache: »Weiter.«

»Okay, Hank inszeniert sein Verschwinden. Alles läuft bestens, und er weiß, ich werde das Geld bekommen. Sein Plan funktioniert. Dann denkt er an David, wie er ihn im Stich gelassen hat. Er versucht, sein neues Leben zu genießen, wo auch immer. Aber er leidet Qualen wegen David. Also beschließt er, ihn zu entführen und ihn mitzunehmen in sein neues Leben ...« Ann verstummte. Tränen traten ihr in die Augen. Sie sagte damit, daß ihr Mann sie nicht wollte, daß ihm einerlei war, was aus ihr wurde. Möglicherweise hatte Hank seine Identität geändert und eine neue Frau, eine neue Familie gefunden. Er wollte nur seinen Sohn.

»Ann, nicht weinen«, sagte Reed, der sah, wie verstört sie war. »Es ist spät. Wir sind beide müde. Warum belassen wir es für heute nacht nicht dabei?«

»Nein. Laß mich ausreden, Tommy.« Ann überlegte. »Okay, der Mann überfällt mich im Flur. Er muß sich schon im Haus aufgehalten haben, als ich heimkam. Es war übrigens auch kein Stromausfall. Wer immer er war, er hat absichtlich den Strom draußen im Sicherungskasten abgestellt. Er wollte nicht, daß ich ihn sehe. Er trug sogar die Maske, damit ich seine Stimme nicht erkenne. Begreifst du nicht, Tommy? Warum sollte ein Wildfremder sich verkleiden? Es war sowieso dunkel.«

Reed hörte stumm zu. Nach ein paar Augenblicken sagte er: »Wenn er schon im Haus war, Ann, wie konnte er draußen den Strom ausschalten? Hat die Elektrizität nicht funktioniert, als du nach Hause gekommen bist?«

»Ja«, sagte Ann, »aber nachdem Melanie gegangen war, fiel mir auf, daß ein Fenster in meinem Schlafzimmer offenstand, und ich bin fast sicher, daß ich das Fenster geschlossen hatte, als ich schlafen ging. Ich lasse die Fenster nie offen, schon gar nicht nach allem, was passiert ist.«

»Mach weiter«, sagte Reed.

»Vielleicht hat er sich im Haus versteckt, als ich heimkam, und gewartet, bis ich geschlafen habe. Dann ist er durch Davids Fenster wieder raus zum Sicherungskasten. Da könnte er sich geschnitten haben, nicht beim Einsteigen, sondern weil er wieder rausging, als das Glas schon zerbrochen war.«

Reed schüttelte den Kopf. »Ich weiß nicht, Ann. Willst du damit sagen, er hat den Strom abgeschaltet und ist wieder ins Haus gekommen? Wie ist er wieder reingekommen?«

»Durch das Schlafzimmerfenster«, sagte Ann. »Okay, hör einfach zu. Hank hatte an allen Fenstern Schlösser anbringen lassen, daher gab es keinen Weg ins Haus, außer eine Scheibe einzuschlagen. Das wußte der Eindringling, als er sich drinnen befand. Wahrscheinlich hat er sich umgesehen, ehe ich nach Hause kam.« Anns Augen wurden groß vor Angst. »Ich glaube, er war in meinem Schlafzimmer, Tommy. Herrgott, wo ich jetzt darüber nachdenke, ich glaube, ich habe Geräusche gehört, dachte aber, es sei der Wind.« Als der Detective nickte, fuhr Ann fort: »Er öffnet die Fensterschlösser und macht vielleicht sogar mein Schlafzimmerfenster einen Spalt weit auf, weil er denkt, er wird das Haus auf diesem Weg verlassen oder einen Fluchtweg haben, sollte ich aufwachen. Als ich aufwache, ist er aber in Davids Zimmer und hechtet zum Fenster hinaus, wobei er sich wahrscheinlich an den Scherben schneidet. Nachdem er den Strom abgeschaltet hat, kommt er durch das Fenster in meinem Schlafzimmer wieder rein, das er aufgemacht hatte. Er hielt sich an dem Ende des Flurs auf, als er über mich hergefallen ist.«

»Okay«, sagte Reed, »kommen wir auf Hank zurück.«

»Als er mich ansprang und begrapschte«, sagte Ann, »hat er gesagt, ich soll mich entspannen. Ich glaube, es hat ihn erregt, in meiner Nähe zu sein, er wollte mich anfassen ... wollte ...«

»Dich vergewaltigen?« sagte Reed.

Sie erinnerte sich an die Hände des Mannes an ihren Brustwarzen und schlang die Arme fest um die Brust. »Vielleicht nicht vergewaltigen, aber so was ähnliches. Er hätte es sich anders überlegen und beschließen können, mir die Wahrheit zu sagen, als er hier war. Vielleicht wollte er wirklich mit mir schlafen, Tommy, du weißt schon, um der alten Zeiten willen. Diese Person ... er hat mir in die Brustwarzen gekniffen. Das hat Hank beim Sex auch immer gemacht.« Ann wandte den Kopf ab und murmelte den Rest. »Das hat ihm Spaß gemacht.«

»Davon hast du mir nie erzählt«, sagte Tommy und machte ein neugieriges Gesicht. »Du meinst, er hat dir im Bett auch wehgetan?«

Ann wußte, worauf er anspielte, schottete sich sofort ab

und warf ihm einen scharfen Blick zu. Tommy wußte, dieses Thema war tabu.

Er ging nicht näher drauf ein und fuhr fort: »Ich bin immer noch nicht überzeugt, Ann. Laut einem Spitzel, mit dem Whittaker heute nacht gesprochen hat, ist Sawyer in ein großes Drogengeschäft verwickelt, keine Kleinigkeiten, wie wir ursprünglich dachten. Er hat mit Drogenschmugglern aus Kolumbien zu tun, auch wenn er nur ein kleiner Fisch ist. Diese Leute –« Er verstummte. Je weniger sie wußte, desto besser. Sie litt auch so schon Todesangst. »Belassen wir es einfach dabei. Darüber solltest du dir den Kopf zerbrechen, und nicht, daß Hank nach all den Jahren zurückkommen könnte.«

»Wenn es wirklich Drogendealer waren, dann wären sie bis an die Zähne bewaffnet gewesen. Wer heute nacht hier eingebrochen ist, war nicht bewaffnet. Wenn der Kerl eine Waffe gehabt hat, warum hat er dann nicht zurückgeschossen?«

Reed hielt eine Hand ans Gesicht, strich sich über seine Bartstoppeln. Da hatte sie nicht unrecht. »Wenn es Sawyer war, Ann, hat er seine Waffe vielleicht nach den Schüssen auf dich weggeworfen und keine neue mehr gekauft. Seine Lage war so brenzlig, daß er sich nicht getraut hat, einfach in ein Waffengeschäft zu gehen und eine zu kaufen. Vielleicht hat er Angst gehabt, wir könnten ihn beschatten und festnehmen.«

»Tut mir leid, daß ich überhaupt davon angefangen habe«, sagte Ann erbost. Sie stand auf, ging ins Schlafzimmer und ließ Tommy stehen. Die lange Nacht forderte ihren Tribut, und sie ließ sich mit dem Gesicht nach vorn aufs Bett fallen. Hatte Tommy recht? Benahm sie sich närrisch und ruinierte den guten Ruf ihres Mannes grundlos? Die Leute behandelten sie so wie nach Hanks Verschwinden, als sie sich wie eine Verrückte aufgeführt hatte. Nun, dachte Ann, schnappte sich ein Kleenex und putzte sich die Nase, vielleicht hätten sie sich auch seltsam benommen, wenn ihr Mann oder Freund spurlos verschwunden wäre.

Kurze Zeit später roch sie Tommys Rasierwasser und drehte sich um. Er beugte sich über ihr Bett. »Ich schlafe heute nacht auf dem Sofa und geh morgen früh.«

»Danke«, murmelte Ann. Dann dachte sie an die rauhen Hände des Angreifers auf ihrem Körper, wie er Davids Namen ausgesprochen hatte, und richtete sich ruckartig auf. »Ist David in Sicherheit, Tommy? Vielleicht sollten wir ihn holen gehen. Ich hab solche Angst.«

»Ich bin sicher, es geht ihm gut, Ann«, beruhigte der Detective sie. »Sind die Eltern des Jungen nicht zu Hause?«

»Doch«, sagte Ann mit bebender Unterlippe. »Was soll ich nur tun? Wenn er nun wiederkommt, um David zu holen?«

Tommys große Hände drückten Ann behutsam wieder auf das Bett zurück. »Jetzt solltest du erst mal schlafen. Vergiß einfach alles. Eins nach dem anderen. Wenn du nicht abschaltest, wirst du dich nicht mal um dich selbst kümmern können, geschweige denn um David.« Der Detective beugte sich hinab und küßte Ann auf die Stirn. Er machte das Licht im Schlafzimmer aus, ging ins Wohnzimmer und schlief sofort auf dem Sofa ein.

Übermüdet und aufgekratzt, wie sie war, konnte Ann nicht einschlafen. Ihr Verstand überlegte und sortierte und versuchte, die Wahrheit zu finden. Hank liebte Mais, und der Einbrecher hatte Mais gegessen. Er war kräftig und untersetzt, wie der Einbrecher, nicht schlank wie Sawyer. Als Cop war er behende und hätte sich sofort zu Boden fallen lassen, als sie ihn aus dem Haus jagte, weil er befürchten mußte, daß sie ihm folgen und schießen würde. Außerdem wußte er etwas, das sonst niemand wußte – daß Ann seit Jahren nicht mehr mit einer Waffe geschossen hatte. Hatte er ihr Zögern vor dem Abdrücken vorhersehen können? Natürlich, dachte sie und erinnerte sich an ein Gespräch über dieses Thema, als sie ihm sagte, sie wüßte nicht, ob sie einem anderen Menschen das Leben nehmen könnte.

Der überzeugendste Faktor aber waren die Augen des

Mannes. Wenn sie in die Dunkelheit starrte, konnte sie sie immer noch vor sich sehen, wie sie sie ansahen. Tommy und die anderen konnten sagen, was sie wollten, entschied sie. Sie konnten sie hysterisch nennen, sogar verrückt. Sie wußte, sie hatte schon einmal in diese Augen gesehen, und selbst wenn es sich um Hank handelte, wollte sie nie wieder in sie sehen.

KAPITEL 12

Nachdem Ann David im Haus seines Freundes abgeholt und in der Schule abgesetzt hatte, raste sie ins Büro und rief Glen an. Als sie ihm erzählte, was ihr in ihrem Haus passiert war, war er entsetzt. »Kann ich rüberkommen und mit dir reden?« sagte Ann. »Die ganze Sache hat etwas, das du wissen müßtest.«

Es folgte eine lange Pause, bevor Glen fragte: »Kannst du es mir nicht einfach am Telefon sagen, Ann? Ich stecke bis zum Hals in Arbeit. In dreißig Minuten muß ich bei Gericht sein.«

Konnte er sich nicht mal einen Moment Zeit nehmen und ihr zuhören? dachte sie beleidigt. »Nein«, sagte sie, »ich will am Telefon nicht darüber reden. Es gibt keine Privatsphäre in meinem Büro. Das weißt du, Glen. Es dauert nur ein paar Minuten. Ich bin gleich da.« Bevor er weitere Einwände vorbringen konnte, legte sie auf und marschierte ins benachbarte Gebäude hinüber.

Das Büro des Bezirksstaatsanwalts von Ventura County war wie die Bewährungsabteilung aufgebaut: ein riesiger Raum, der in zahlreiche Arbeitsplätze aufgeteilt worden war. Aber die Assistenten des Staatsanwalts besaßen richtige Büros, die um den offenen Raum herumlagen, alle mit Fenstern. Als Ann dort ankam, war es Viertel vor neun, und wie üblich war die Hölle los. Anwälte kamen hereingestürmt, um ihre Notizen und Plädoyers ein letztesmal durchzugehen, bevor sie in den Gerichtssaal gingen, Drukker spuckten Papier aus, Telefone läuteten.

Ann betrat Glens Büro und machte die Tür hinter sich zu. Als er das Klicken hörte, sah er von seiner Arbeit auf. »Setz dich, Ann. Verzeih mir, daß ich am Telefon so kurz angebunden war. Aber es ist Freitag, und es war eine hektische Woche.«

Hektische Woche? Du hättest in meinen Schuhen stekken sollen, dachte Ann. Aber ihr Zorn verrauchte, als sie ihn ansah. Er trug einen dunkelgrauen Anzug, ein lavendelfarbenes Hemd und seine üblichen Cowboystiefel und sah robust und hübsch aus.

»Wie auch immer«, fuhr er fort, »ich hatte gehofft, wir könnten uns morgen abend sehen. Du weißt schon, einen hübschen Abend miteinander verbringen und alles andere vergessen.«

»Klingt nicht schlecht«, sagte Ann, obwohl sie es im Augenblick nicht für möglich hielt, daß sie vergessen konnte, was sie momentan beschäftige. Aber ein Abend in Glens Armen schien genau das zu sein, was sie brauchte. »David besucht dieses Wochenende mit einem Freund Magic Mountain. Da sind wir ungestört. Ich vermisse dich, Glen. Es ist so lange her.«

»Ich weiß«, sagte er und sah ihr in die Augen. »Ich vermisse dich auch. Ich bin erschüttert darüber, was du alles durchmachen mußtest ... was du gelitten hast. Es ist schrecklich.«

Ann blinzelte Tränen zurück. Es ging ihr gut, solange niemand ihr sein Mitgefühl ausdrückte. Wenn die Leute es doch taten, wenn sie es in ihren Augen sah, war es um ihre Selbstbeherrschung geschehen. Gerade bekam sie ihr Leben wieder in den Griff, und jetzt stand sie erneut vor einem Scherbenhaufen. Sie hatte seit den Schüssen nicht mehr mit Glen geschlafen. Ihr Körper sehnte sich nach ihm, seiner Berührung, seinem Geruch, dem Gefühl, mit dem er sie erfüllte.

Das erinnerte sie daran, warum sie gekommen war. »Ich muß dir was sagen. Ich weiß, du wirst mich für verrückt halten, Glen, aber dieser Mann gestern nacht ...« Sie wollte ihm gerade von ihrem Verdacht bezüglich Hank erzählen, als sein Telefon läutete und seine Augen einen seltsamen Ausdruck annahmen.

Zuerst achtete Glen nicht auf das Läuten. »Nur weiter, Ann. Ich höre zu. Was ist mit dem Mann gestern nacht?«

»Gehst du nicht ans Telefon?« Das Läuten hörte auf, fing aber sofort wieder an. »Hör zu, es tut mir leid, daß ich hergekommen bin und dich belästigt habe, obwohl du so beschäftigt bist. Das hier kann warten. Los, geh ran. Es könnte etwas Wichtiges sein.«

»Nein, Ann, wirklich«, sagte er besorgt. »Was immer es ist, es hat Zeit.«

Ein Gefühl der Wärme strömte durch sie, als sie sah, wieviel sie ihm wirklich bedeutete. Schließlich hörte das Telefon auf zu läuten. Ann machte gerade den Mund auf, um zu sprechen, als es wieder klingelte. »Scheiße«, sagte sie, und der Augenblick war dahin. »Geh ran, sonst rufen sie immer wieder an. Ich hab Kopfschmerzen.« Sie rieb sich die Stirn, als ein weiteres Läuten ertönte. »Ich kann nicht hier sitzen und reden, wenn das verdammte Telefon andauernd klingelt.«

Glen streckte den Arm aus, wollte auf den Lautsprecherknopf drücken und verfehlte ihn. Wütend riß er den Hörer hoch und warf das Telefon dabei fast vom Tisch. Als er hörte, wer am Apparat war, wirbelte er mit dem Stuhl herum und drehte Ann den Rücken zu. »Nein«, bellte er ins Telefon, »ich habe den Fall schon selbst erledigt. Steht alles in der Akte.«

Ann saß stumm wartend da. Dann stand sie auf und beschloß, später wiederzukommen.

Glen erhob sich, kam zu ihr, nahm sie in die Arme und lehnte sich gegen die Tür, falls jemand hereinkommen sollte. »Wir kriegen die Anklage gegen Sawyer zusammen, Ann. Sei unbesorgt. Ich arbeite Tag und Nacht, wenn es sein muß.«

Aus einem unerfindlichen Grund kam ihr seine Nähe erdrückend vor. Ann stellte fest, daß sie hektisch atmete und ihr die Ereignisse der vergangenen Nacht durch den Kopf schossen. Wie der Mann gerochen hatte, seine ekelhafte Berührung. Sie preßte die Hände steif an die Seiten, ihre Rückenmuskeln fühlten sich wie Beton an. Obwohl es sich um Glen handelte, zuckte sie unwillkürlich vor der Berührung eines Mannes zurück.

»Vertrau mir«, flüsterte Glen und versuchte, sie dichter an sich zu ziehen. Ann duckte sich, entwand sich ihm und entfernte sich ein paar Schritte. »Oh, Ann, ich werde heute übrigens den Fall Delvecchio abschließen. Schau vorbei, wenn du kannst, okay?«

»Mach ich.«

Ann stürmte zur Tür hinaus und ging mit gesenktem Kopf zu den Fahrstühlen, ohne auf den Weg zu achten. Sie war so konfus, dachte sie, sie hatte Glen nicht einmal von Hank erzählt. Sie stieß mit Ian McIntosh zusammen, einem Staatsanwalt, den sie gut kannte. McIntosh, ein spindeldürrer Rotschopf, war Marathonläufer. Für Ann sah er aus, als hätte er seit Wochen keine anständige Mahlzeit mehr bekommen.

»Ann«, sagte er verlegen. »Entschuldige, ich hab nicht aufgepaßt.«

»Nein«, sagte sie und schlug die Augen nieder, »ich glaube, es war meine Schuld.«

Sie wollte gerade weitergehen, als er sagte: »Ich bin froh, daß wir uns begegnet sind. Ich wollte dich anrufen, seit ich gehört habe, was mit dir passiert ist. Herrgott, wie schrecklich. Wie geht es dir?«

»Gut«, sagte sie kläglich. »Die Verletzung war eigentlich gar nicht so schlimm. Die Angst ist schlimmer.«

»Ich hab gehört, sie haben den Kerl geschnappt. Da kannst du sicher ruhiger schlafen.«

»Nicht unbedingt. Er ist auf Kaution raus«, sagte sie. »Gestern nacht ist jemand in mein Haus eingebrochen und hat mich wieder angegriffen.«

»Nein«, sagte er betroffen. »Das kann nicht dein Ernst sein. War es derselbe Mann?«

»Ich weiß es nicht, Ian«, sagte Ann und saugte an ihrer Unterlippe.

Er schien sich etwas zu überlegen. »Nun, da du schon da bist, kann ich dir auch gleich die schlechte Nachricht über Carl Simmons erzählen.«

»Was für eine schlechte Nachricht? Er sitzt im Gefängnis.«

»Die Klage wurde in der Berufung abgewiesen.«

»Er ist raus?« Ann war wie vom Donner gerührt und konnte es nicht glauben. Carl Simmons hatte zwei kleine Mädchen ermordet; sie hatte den Fall bearbeitet. »Was ist passiert? Hab ich was falsch gemacht?«

»Nein«, sagte er. »Dem Berufungsgericht ging es hauptsächlich um die Aussage des Sachverständigen. Sieht so aus, als wäre unser Dr. Adams eine richtige Hure. Er hat seinen eigenen Aussagen widersprochen.«

»Scheiße«, sagte Ann, die fast explodierte. »Ich wußte, du hättest den Dreckskerl nicht nehmen sollen.« Benjamin Adams war ein prominenter Psychiater, der einen beachtlichen Teil seines Einkommens als Gutachter bei Gerichtsverhandlungen verdiente. Das Problem war nur, daß er sich stets an den Meistbietenden verkaufte. Der Doktor hatte offenbar seine eigene Aussage entkräftet, und seine Aussage hatte einen Großteil zur Verurteilung von Carl Simmons beigetragen. Daher die Berufung. »Wirst du neu verhandeln?«

»Selbstverständlich, aber diesmal werden wir darauf achten, daß unser Fall hieb- und stichfest ist. Wir sammeln neue Beweise.« Er verstummte, strich sich mit den Händen durchs Haar und wirkte besorgter als zuvor. »Weißt du, Ann, als ich gehört habe, daß man auf dich geschossen hat, mußte ich sofort an Simmons und die Szene denken, die er im Gerichtssaal gemacht hat. Er glaubt, du hast ihn aufs Kreuz gelegt. Weißt du noch? Er hat damals noch Drohungen gegen dich ausgestoßen, als sie ihn rausgeschleppt haben. Ich habe bis jetzt nichts gesagt, weil ich davon ausgegangen bin, daß er noch im

Gefängnis steckt. Wir wurden erst gestern von der Berufung in Kenntnis gesetzt.«

»Ich hab ihn aufs Kreuz gelegt«, sagte Ann, die laut nachdachte. »Das hab ich nicht gesagt«, fügte sie hastig hinzu. »Du hast es nicht gehört.«

»Ich hab kein Wort gehört«, sagte McIntosh lachend.

Ann hielt das nicht für komisch und warf dem Anwalt einen scharfen Blick zu, bevor sie weiterging. Wenn sie mit den guten Sachen zu ihnen kam, waren sie alle aus dem Häuschen, aber jetzt, wo ihr Leben in Gefahr war, machten sie Witze. Ann schlurfte erschüttert von dem, was sie gerade gehört hatte, den Flur entlang und versuchte, sich Carl Simmons' Gesicht vorzustellen.

Er war ein großer Mann, wie der Angreifer gestern nacht. Er haßte sie. Daran konnte kein Zweifel bestehen. Ann war zu einem routinemäßigen Kautionsgespräch zu Summers geschickt worden. Kaution stand bei so einem schwerwiegenden Fall, einem Doppelmord an Kindern, vollkommen außer Frage, aber das Gericht ging nach Schema F vor. Ein Kautionsgespräch war eine Methode, Informationen von der Bewährungsabteilung zu bekommen, während die anderen Ermittlungen liefen. Der Beamte, der den Kautionsantrag bearbeitete, führte das Strafregister, überprüfte Vorstrafen und sammelte andere belastende Fakten über den Angeklagten.

Simmons war aufgeschlossen gewesen. Er hatte Ann aus der Hand gefressen. Bevor sie den Raum verließ, hatte er behauptet, daß er die Tat unmöglich begangen haben konnte. Die beiden jugendlichen Opfer waren vergewaltigt worden, und Simmons schwor, daß er impotent war und das durch ärztliche Atteste beweisen konnte. Er ging irrtümlich davon aus, die Ermittler hätten die Wahrheit nicht herausgefunden. Die Zeitungen sprachen zwar in beiden Fällen von Vergewaltigung und Mord, aber es waren nur im technischen Sinne Vergewaltigungen, da die Penetration mit einem fremden Gegenstand erfolgt war. Sie hatten kein Sperma gefunden. Ein Mann im besten Alter, der außerstande zum Geschlechtsverkehr war, wie Simmons gerade zugegeben hatte, entsprach genau dem psychologischen Profil für diese Art Perversion. Mit Dr. Adams' Aussage als Fachmann auf dem Gebiet und anderen Indizien, die ihn mit den Morden in Verbindung brachten, war er in beiden Fällen verurteilt worden.

Wie konnten sie ihn bloß freilassen? Zwei kleine Mädchen waren tot, und Carl Simmons befand sich wieder auf freiem Fuß. Ann fühlte sich hundeelend und war wütend auf das ganze abscheuliche System, das so etwas zuließ. Wie konnten die Eltern dieser Kinder nachts schlafen? Was würde sie tun, wenn David Gewalt angetan und er ermordet worden wäre?

Durch die ganze Gesetzgebung, die die Rechte von Angeklagten regelte, dachte Ann, war das System zu einem Labyrinth von Spitzfindigkeiten und erbärmlich konstruierten Bestimmungen geworden. Die Haftstrafen von Gefangenen wurden wegen guter Führung reduziert, sie wurden aus dem einen oder anderen Grund vorzeitig entlassen, und derweil wurden die Beweisvorschriften immer strenger. Die Ungerechtigkeit war einfach folgende: Das System bot den Leuten, die ein Verbrechen begingen, mehr Schutz als ihren Opfern.

Als sie wieder in ihrem Büro war, bekam sie einen Anruf von Tommy Reed, der fragte, ob sie dabeisein wollte, wenn er Sawyers Vater verhörte. Durch diesen neuen Vorstoß wollten sie Sawyer erwischen, wieder vor Gericht bringen und versuchen, seine Kaution widerrufen zu lassen. Der Vater erwies sich vielleicht als kooperativ und verriet ihnen den Aufenthaltsort seines Sohns.

Als sie dort ankamen, holte Ann ihre County-Marke heraus und zeigte sie der Sekretärin. »Wir wollen Dr. Sawyer sprechen.«

»Haben Sie einen Termin?«

»Nein«, sagte Ann. »Wir sind Polizeibeamte. Können Sie ihm bitte sagen, daß wir hier sind?«

Die junge Frau sah Ann an, als hätte sie ein Gespenst gesehen. Dann verschwand sie. Sekunden später ging die Tür auf, und sie sagte, daß der Doktor sie empfangen würde.

Dr. Sawyer war ein attraktiver älterer Mann. Seine Haut war glatt und straff, der Körper durchtrainiert wie der eines Athleten, und er hatte dunkles Haar und durchdringende Augen wie sein Sohn. Er sah aus, als würde er mehr Zeit auf dem Tennisplatz als im OP verbringen. Reed stellte sich vor, dann schüttelte Ann ihm die Hand. »Ich bin die Bewährungshelferin Ihres Sohnes, Dr. Sawyer. Ann Carlisle.«

Sie ließ den Blick durch das Zimmer schweifen. Die Vorhänge waren zugezogen, nur eine kleine Lampe auf dem Schreibtisch des Arztes spendete Licht; der Rest des Raums lag im Schatten. Als sie vor seinem Schreibtisch saßen, wandte sich Dr. Sawyer gefaßt und in keiner Weise beunruhigt an sie. Auf der Platte des Mahagonischreibtischs lag eine auf Hochglanz polierte Glasscheibe. Abgesehen von einigen Dekorationsstücken wie einem Brieföffner aus Kristall, einer pyramidenförmigen Kristalluhr, einem Bild von Jimmy und einem von Dr. Sawyers Frau, war der Schreibtisch vollkommen aufgeräumt: keine Papierstapel, keine Kaffeetassen. Dr. Sawyer war ein sauberer, ordentlicher Mann. Er sah sie mit klaren, intelligenten Augen hinter einer Nickelbrille an. »Ich habe nicht besonders viel Zeit, Officers. Was kann ich für Sie tun?«

Sie mußten hier Unterstützung finden, sagte Ann und betrachtete die zahlreichen Diplome und gerahmten Urkunden an den Wänden. Der Mann war Arzt, ein geachtetes Mitglied der Gemeinde. Direkt hinter seinem Schreibtisch sah Ann ein Foto von Dr. und Mrs. Sawyer und einem lächelnden Ronald Reagan. Wahrscheinlich glaubte er nicht, daß sein Sohn in etwas Ungesetzliches verstrickt sein könnte, wenn er nur die Aussage des Jungen gehört hatte, sagte sich Ann, aber er würde sich bestimmt kooperativ zeigen.

Sie übernahm die Eröffnung des Gesprächs und beugte sich auf ihrem Stuhl nach vorne. »Wissen Sie, was ich im Kühlschrank im Haus Ihres Sohnes gesehen habe? Ich habe menschliche Finger gesehen, Dr. Sawyer. Fünf menschliche Finger. Einen Daumen, einen kleinen und drei weitere Finger. Daraus schließe ich, daß sie alle von einer Hand stammten.«

Dr. Sawyer drehte den Sessel zur Seite, so daß sie ihn nur im Profil sehen konnten. »Ja«, sagte er nüchtern, »mir ist bekannt, was Sie gesagt haben. Mir ist auch bekannt, daß die Polizei ermittelt und nichts gefunden hat.« Er nahm die Brille ab und putzte sie mit einem Zellstofftuch aus dem Schreibtisch. Als er sie wieder aufgesetzt hatte, drehte er sich zu Reed und Ann um. »Unser Anwalt hat sich die Situation genauer angesehen, Ms. Carlisle. Er schlug vor, wir sollten einen Privatdetetktiv einschalten, und wir sind seinem Rat gefolgt. Der Detektiv ist zu einigen erstaunlichen Schlußfolgerungen gelangt, die, glaube ich, die Aussage meines Sohnes erhärten.« Dr. Sawyer lehnte sich in seinem Sessel zurück und sah Ann an. Kaum erwiderte sie seinen Blick, fuhr er mit leisem, monotonem und klinischem Tonfall fort. »Ms. Carlisle, stimmt es nicht, daß Ihr Mann unter seltsamen und beunruhigenden Umständen verschwunden ist und Sie in den vergangenen vier Jahren unter großem Druck gestanden haben?«

Ann saß vollkommen reglos auf ihrem Stuhl und wußte nicht, weshalb das Thema angesprochen worden war. »Ja, so ist es, aber ich verstehe nicht, was das mit Ihrem Sohn zu tun hat.«

»Würden Sie mich bitte fortfahren lassen?«

»Gewiß«, sagte Ann, schlug die Beine übereinander, stellte sie dann aber sofort wieder zurück.

»Daß Ihr Mann auf diese Weise verschwunden ist, war offensichtlich ein äußerst traumatisches Erlebnis für Sie, Ms. Carlisle. Darf ich Sie Ann nennen?«

»Gerne.«

»Gut«, sagte er und lächelte strahlend, als würde er sie schon jahrelang kennen. »Mir ist diese Art von Trauma nicht fremd, Ann. Ich hatte enge Verwandte und Patienten, deren Männer oder Söhne im Einsatz vermißt wurden. Bei den Streitkräften, selbstverständlich. Sie haben mir gesagt, das Schlimmste sei das Warten, die Ungewißheit, die ihnen letztendlich zu schaffen macht. War es bei Ihnen auch so?«

»Ja, natürlich, aber –«

Er redete weiter. »Ich werde nur wenige Minuten Ihrer Zeit beanspruchen, dann können Sie mich fragen, was Sie wollen. Meine Freunde sagten, am schlimmsten seien die ungeklärten Fragen. Sie können nicht schlafen, finden keine Ruhe, keinen Frieden, weil sie die Antworten nicht kennen. Wie ist er gestorben? Ist er überhaupt tot? Mußte er leiden? Und, wurde mir gesagt, es ist die Einsamkeit, die völlige Einsamkeit. Ganz anders als bei einem natürlichen Tod. Bei einem natürlichen Tod, Ann, sind die Umstände bekannt, ist die Situation endgültig. Der Hinterbliebene kann sich erholen, das Leben geht weiter.«

Ann war beeindruckt von seiner Einsicht – das alles und mehr hatte sie empfunden – aber warum redete er davon? »Dr. Sawyer –«

Er hielt gebieterisch eine Hand hoch. »Diese Frauen, die sich in einer ähnlichen Situation befinden wie Sie, sagen alle, sie können nicht vergessen, können keine normale Beziehung haben. Aber sie wollen sich mit Männern verabreden, wollen eine normale sexuelle Beziehung beginnen, können es nur einfach nicht. Wegen der Unsicherheit, Ann. Schließlich könnte ihr unglückseliger Mann irgendwo noch am Leben sein, leiden, beten, auf den Tag warten –«

»Bitte«, unterbrach Ann ihn. »Wir müssen über dringende Angelegenheiten mit Ihnen sprechen.«

»Ich interessiere mich sehr für diese Art von Trauma. Ich war Assistenzarzt bei den Marines in Vietnam. Manchmal zerbrachen die Männer unter der Belastung des Wartens, es war einfach zuviel für sie, darauf warten zu müssen, wann der Feind angreifen würde, ohne je genau zu wissen, wann es passieren würde.«

Wollte der Doc den ganzen Tag so weitermachen? Ann warf Reed einen Blick zu, als wollte sie sagen: Was ist denn mit dem los?

Tommy ergriff das Wort. »Dr. Sawyer, wir sind nicht gekommen, um über Ms. Carlisle zu sprechen. Es geht um Ihren Sohn.«

»Bitte erlauben Sie mir, meinen Gedankengang zu Ende zu führen«, sagte Dr. Sawyer zu Tommy, richtete seine Aufmerksamkeit aber sofort wieder auf Ann. »Diese Leute, von denen ich gesprochen habe, Ann, diese Frauen, deren Männer im Einsatz vermißt wurden, nun, einige dieser Frauen haben mir gesagt, daß sie körperliche Beziehungen suchen, die ihnen emotional nichts abverlangen ... zum Beispiel Hingabe. Haben Sie dieses Phänomen auch erlebt?«

»Antworte nicht darauf«, sagte Reed und sah Ann an. »Dr. Sawyer, ich bin nicht sicher, ob Officer Carlisle versteht, worauf Sie mit diesem Gespräch hinauswollen, aber ich schon.«

»Ach wirklich?« sagte Dr. Sawyer und zog eine Braue hoch. »Wie scharfsinnig, Detective Reed.«

Reeds Gesicht wurde rot, er verkrampfte die Hände um die Armlehnen des Stuhls. Dieser Hurensohn war kein Haar besser als sein mißratener Sohn. Er wollte auf Anns Geisteszustand raus und versuchte sie zu diskreditieren. »Was waren Sie in Vietnam überhaupt? Mitglied des Sonderkommandos?« höhnte Reed und spie den Rest förmlich aus. »Was war Ihr Spezialgebiet? Gehirnwäsche?«

Reed war kurz davor, zu explodieren. Er drehte sich zu Ann um. »Begreifst du nicht, was dieser Dreckskerl sagt? Was er andeuten will? Du bist so naiv, so unglaublich naiv. Er behauptet, daß du mit seinem Sohn geschlafen hast, weil du keine normale Beziehung aufbauen kannst. Ist es nicht so, Dr. Sawyer?«

»Stimmt«, sagte der Doktor, immer noch mit sorgfältig beherrschter Stimme. »Ist meine Einschätzung korrekt, Ann? Sehen Sie, diese Frauen, von denen ich vor ein paar Minuten gesprochen habe, die sagten mir, daß sie nicht mit einer Zurückweisung fertigwerden würden, daß eine Zurückweisung genauso wäre wie die Tatsache, daß ihre Männer nicht aus dem Krieg zurückgekehrt sind.«

Reed nickte zur Tür. »Gehen wir, Ann. Du mußt dir diese Scheiße nicht anhören. Er wird uns keine Informationen geben.«

Dr. Sawyers Gesicht nahm einen harten, verkniffenen Ausdruck an. »Haben Sie nicht deshalb meinen Sohn angeschwärzt und sich diese absurde Geschichte über Finger in einem Einmachglas ausgedacht, weil Sie nicht damit fertigwurden, daß er Sie zurückgewiesen hat? Sie sollten dankbar und verständnisvoll sein, statt dessen versuchen Sie, ihn zu vernichten.« Inzwischen schrie Dr. Sawyer. »Warum geben Sie nicht einfach zu, daß Sie mit meinem Sohn geschlafen haben? Warum müssen Sie lügen?«

»Ich habe nichts erfunden«, schrie Ann zurück und sah zum erstenmal das in ihm, was er wirklich war: ein böser, heimtückischer Mann, der alles tun würde, um sein Fleisch und Blut zu schützen, ganz zu schweigen von seinem guten Ruf. »Und mit Ihrem Sohn habe ich ganz bestimmt nicht geschlafen.« Sie holte tief Luft und machte weiter. »Wenn Ihr Sohn in drei Wochen nicht zur Vorverhandlung vor Gericht erscheint, wird ein Haftbefehl gegen ihn erlassen werden. Davon abgesehen, daß er der Hauptverdächtige für das Attentat auf mich ist, spricht alles dafür, daß Jimmy Drogen hergestellt und verkauft hat.« Ann nagelte ihn mit einem wissenden Blick fest. »Das alles sind schwerwiegende Vorwürfe. Wenn Ihr Sohn verurteilt wird, wird er zu Zuchthaus verurteilt. Zuchthaus, Dr. Sawyer, ist etwas ganz anderes als die Zelle hier im County-Gefängnis.«

»Komm mit«, sagte Tommy. »Gehen wir.«

»Nein, Tommy«, beharrte Ann, »wir sind hergekommen, um Antworten zu bekommen, und ich will Antworten. Dr. Sawyer, wissen Sie etwas über die Leichenteile, die ich im Kühlschrank Ihres Sohns gefunden habe?«

Er wandte sich ab und verweigerte die Antwort.

Ann stand auf, ging zu seinem Schreibtisch und stützte die Hände absichtlich auf die Glasplatte. »Dann hören Sie gut zu: Wenn Ihr Sohn sich der Festnahme widersetzt oder zum Zeitpunkt, wenn wir ihn schnappen, bewaffnet ist, könnte er sterben oder schwer verletzt werden.«

Sein Blick wurde trüb, sein Gesicht wutverzerrt. »Wollen Sie damit sagen, die Polizei wird auf ihn schießen?«

Aha, dachte Ann, also war er doch ein Mensch.

»Genau«, sagte sie. »Können Sie uns helfen?«

»Polizeibeamte wie dieser Mann?«

Ann sah Tommy an. »Ja, Dr. Sawyer, Polizeibeamte wie dieser Mann. Und ich will Ihnen noch etwas sagen. Wenn wir Jimmy tatsächlich dabei erwischen, wie er Drogen dealt, wird er für jeden einzelnen Vorgang angeklagt werden. Und jeder Vorgang wird als unabhängiges Verbrechen behandelt. Und bei der Verhandlung werden die einzelnen Strafen addiert. Haben Sie verstanden?«

Im Winkel von Dr. Sawyers rechtem Auge sammelte sich ein Tropfen Flüssigkeit und lief langsam an der Seite seines Gesichts hinab. Aber sein Gesicht blieb starr, und er versuchte nicht, die einzelne Träne wegzuwischen. Eigentlich ein trauriger Anblick, dachte Ann. Er war ein Vater, der sich um sein Kind Sorgen machte.

»Ich kenne das Gesetz ... sehr gut«, sagte Dr. Sawyer mit vor Gefühlsaufwallung bebender Stimme.

Im nächsten Augenblick verlor der Arzt vollkommen die Beherrschung. Ann hatte noch nie gesehen, daß ein Mann so schnell umkippte. Eben hatte er noch geweint, und im nächsten Moment quollen ihm die Augen aus den Höhlen und sein Gesicht war gerötet. Als sie die Hände von der Glasplatte nahm, schnellte er auf die Füße und versuchte, ihr ins Gesicht zu schlagen, aber Ann konnte rasch einen Schritt zurückweichen, bevor er sie traf.

»Mein Sohn ist ein anständiger junger Mann.« Er maß Ann mit einem glühenden Blick der Verachtung. »Und Sie ... Sie sind eine gemeine Schlampe, ein billiges Flittchen. Sie machen mich krank. Ich wette, Ihr Mann hat Sie verlassen, weil er nicht mit einer Hure verheiratet sein wollte. Wie viele junge Männer haben Sie verführt?«

Ann stöhnte und ergriff Reeds Arm. »Gehen wir, Tommy. Du hast recht. Komm, laß uns gehen.«

Alles geschah blitzschnell. Reed sprang von seinem Stuhl hoch und sprang fast über den Schreibtisch des Arztes. Er packte den Mann am Hemd und zog ihn nach vorne, nahm die Faust zurück und schlug zu. Dr. Sawyer unternahm nicht einmal den Versuch, sich zu wehren. Ann sprang auf Tommys Rücken und versuchte, ihn wegzuziehen, zu beruhigen. »Bitte, Tommy, nicht-«

Reed kletterte über den Schreibtisch, Brieföffner und Briefbeschwerer flogen durch die Luft, er trat auf eines der gerahmten Bilder und zerschmetterte das Glas. Als er über den Schreibtisch gesprungen war, fing er an zu brüllen: »Sie elender Drecksack. Nach allem, was diese Frau durchgemacht hat, haben Sie die Unverschämtheit, diese Gemeinheiten von sich zu geben.« Er hielt die Faust wieder schlagbereit. »Wenn Sie jemanden schlagen wollen«, sagte er knurrend, »dann schlagen Sie mich. Dann nehme ich Sie wegen Angriff auf einen Polizisten fest.«

»Tommy, nein«, sagte Ann und versuchte, ihn an den Armen zu halten. »Er hat mir nicht wehgetan. Bitte, hör auf, es lohnt sich nicht.«

Dr. Sawyer saß hinter dem Schreibtisch auf dem Boden, ein dünner Blutstrom lief ihm aus der Nase und tropfte auf das weiße Hemd. Als Tommy keuchend und außer Atem zurückwich, nahm der Arzt seine zerbrochene Brille ab und steckte sie in die Hemdentasche. Er hielt sich am Rand des Schreibtischs fest und zog sich in eine stehende Haltung. Als er stand, griff er nach der schweren Kristalluhr.

»Die Uhr, Tommy«, schrie Ann, die überzeugt war, der Arzt wollte sie Tommy über den Schädel schlagen.

Mit einer so schnellen Bewegung, daß sie vor Anns Augen verschwamm, ballte Reed beide Hände zur Faust und schlug damit auf die Hand des Arztes, bevor sie sich ganz um die Uhr schließen konnte. Etwas brach. In dem Moment öffnete die Schwester die Tür.

»Stimmt etwas nicht, Doktor? Ich habe gehört ...«

Dr. Sawyer hielt die Hand an die Brust. Zwei Finger standen in einem unnatürlichen Winkel ab und waren blutverschmiert. »Nein, Sheila«, sagte er tonlos. »Die Herrschaften wollten gerade gehen. Sie können sie zur Tür bringen.« Er wandte den Blick von der Frau ab, nahm hinter seinem Schreibtisch Platz, und sein Gericht war gerötet und von einem feinen Schweißfilm überzogen. Aber er verzog keine Miene und gab keinen Ton von sich.

»Aber, Doktor«, sagte die Frau, »Ihre Hand. Mein Gott, Ihre Hand ... und Ihre Nase blutet auch.«

»Das ist alles, Sheila«, sagte er, holte ein gestärktes weißes Taschentuch hervor und tupfte sich die blutende Nase ab. Er wandte sich an Reed. »Sie hören von meinem Anwalt.«

»Sie können mich mal«, sagte Reed, der bereit war, sich wieder auf den Mann zu stürzen und ihn zu blutigem Brei zu prügeln. »Mitsamt Ihrem Sohn ... und Ihrem Anwalt.«

Alle drängten sich an der Tür und versuchten gleichzeitig nach draußen zu gehen; Ann zog Reed am Arm. Schließlich ging die Schwester zaghaft an ihnen vorbei, und Ann legte dem Detective eine Hand auf den Rücken und versuchte, ihn hinauszuschieben, bevor es zu einer Schlägerei kommen konnte.

»Bevor Sie gehen, habe ich noch eine Frage«, sagte Dr. Sawyer. »Haben Sie eine Ahnung, was die Hand eines Chirurgen wert ist, wenn es zu einem Prozeß kommt?«

Was für ein Fiasko, dachte Ann, während sie zur Abteilung 17 stürmte, wo der Prozeß gegen Delvecchio stattfand. Glen hatte gesagt, die Anklage würde heute abgeschlossen werden, und Ann wollte das Schlußplädoyer hören.

Sie betrat leise den Gerichtssaal und nahm in einer der letzten Reihen Platz, obwohl kaum Zuschauer anwesend waren. Richter Robert Goldstein führte den Vorsitz. Sein Haar wurde schütter, und sein Gesicht war hager, aber mit seinen neununddreißig Jahren war er erst vor kurzem berufen worden und jetzt einer der jüngsten Richter des County.

Randy Delvecchio wurde von Winston Cataloni vom Büro der Pflichtverteidiger vertreten. Cataloni war kurz und gedrungen, sein Anzug zerknittert, und er sortierte wie ein Irrer Unterlagen auf dem Tisch der Verteidigung, als hätte er Mühe, der Verhandlung zu folgen. Ann konnte nicht anders, sie dachte, daß Delvecchio allein aufgrund seines Rechtsvertreters verurteilt werden würde. Cataloni war ein notorischer Alkoholiker. Angeblich war er trokken, aber wie es aussah, dachte Ann, schluckte er schon wieder.

Hopkins, der zum Zeugenstand zurückging, sah Ann und schenkte ihr ein zuversichtliches Lächeln. »Dies ist Beweisstück A des Volkes«, sagte er und hielt eine große Plastiktüte hoch. Er gab sie dem Gerichtsdiener, dann drehte er sich wieder zu dem Zeugen um. Ray Hernandez, der Ermittler des Staatsanwalts, sagte aus. Hernandez, ein dunkelhäutiger, distinguierter Mann um die Fünfzig, war nach zwanzig Jahren im Büro des Sheriffs, wovon er zehn bei der Mordkommission verbracht hatte, zur Staatsanwaltschaft übergewechselt.

»Also«, sagte Hopkins, der vor dem Zeugenstand stehenblieb, »Sie haben diesen Mantel im Besitz des Angeklagten gefunden. Wie kamen Sie darauf, er könnte im Verlauf eines der Verbrechen in seinen Besitz gelangt sein?«

Hernandez rückte näher ans Mikrophon. »Er befand sich nicht exakt in seinem Besitz«, sagte er penibel. »Er trug ihn, als wir ihn aufgegriffen haben. Am Revers steckte eine Rotary-Nadel mit der Nummer fünfundzwanzig. Estelle Summer hatte sie als einen der Gegenstände aufgelistet, die während des Überfalls aus ihrem Haus entwendet wurden. Sie gehörte ihrem verstorbenen Mann.«

»Nun gut«, sagte Hopkins nachdenklich und sah die Geschworenen an. »Bitte erzählen Sie uns, was Sie noch im Besitz des Angeklagten gefunden haben.« Kaum hatte er den Satz beendet, ging er zum Tisch der Staatsanwaltschaft zurück.

»Wir fanden den Ring einer Frau, einen Ehering.«

Glen hob ein weiteres Plastiktütchen vom Tisch auf, ein kleineres, und trug es zu Hernandez. »Ist das der Ring, den Sie gefunden haben?«

»Ja«, sagte Hernandez, nachdem er durch das Plastik gesehen hatte. »Er war im Schlafzimmer des Angeklagten versteckt, in einer Kommodenschublade, wo er seine Unterwäsche aufbewahrte.«

»Und wem gehört dieser Ring?« fragte Glen.

»Es ist Madeline Aldersons Ehering.«

»Hat Mrs. Alderson ihn als solchen identifiziert?«

»Ja, das hat sie«, sagte Hernandez. »Sie sagte, der Vergewaltiger habe ihn ihr vom Finger gezogen, bevor er floh.«

»Das Volk reicht dies als Beweisstück B ein, Euer Ehren«, sagte Hopkins und setzte sich.

»Mr. Cataloni«, sagte Goldstein und erteilte der Verteidigung das Wort.

Cataloni sah seinen Klienten an, dann den Richter, dann studierte er seine Notizen. »Stimmt es nicht, Mr. Hernandez, daß der Angeklagte ohne diesen anonymen Telefonanruf nie gefaßt worden wäre?«

»Ja, das stimmt«, sagte Hernandez.

»Erzählen Sie uns noch einmal von dem Telefonanruf.«

Hernandez schien verärgert, weil er wußte, daß das die Schwachstelle des Falles war. »Ein unbekannter Anrufer meldete sich bei uns und sagte uns, daß Mr. Delvecchio ein möglicher Verdächtiger bei diesen Verbrechen sei, weil er damit auf der Straße geprahlt habe.«

Cataloni rieb sich die Stirn und sah die Geschworenen an. »Mit prahlen meinen Sie, er hat davon gesprochen, wie er die hilflosen Frauen vergewaltigt und anschließend ihr Eigentum gestohlen hat?«

»Mehr oder weniger«, sagte Hernandez, der sich nicht mehr an den genauen Wortlaut erinnern konnte. Der Mann, der den Anruf entgegengenommen hatte, ebenfalls ein Ermittler der Staatsanwaltschaft, hatte zuvor ausgesagt. Hernandez' Aussage betraf nur das während der Durchsuchung sichergestellte Beweismaterial, aber Cataloni wollte den Punkt noch einmal verdeutlichen.

»Und das war der Auslöser dafür, daß ein Durchsuchungsbefehl für die Unterkunft meines Klienten beantragt und auch ausgeführt wurde?« Während Hernandez ihn finster ansah, ohne zu antworten, schlurfte Cataloni zum Zeugenstand und fuhr fort. »Das alles haben Sie einzig und allein wegen eines Gerüchts getan? Aufgrund von Informationen einer Person, die sich weigerte, Ihnen ihren Namen zu nennen, die sich bis auf den heutigen Tag nicht gemeldet hat?«

Hernandez' setzte sich aufrecht hin. »Wir bekommen eine Menge Informationen von Informanten. Wir wären aufgeschmissen, wenn wir solchen Hinweisen nicht nachgingen.«

»Keine weiteren Fragen«, stieß Cataloni hervor, während er zu seinem Tisch zurückging.

Goldstein richtete den Blick auf Hopkins. »Die Staatsanwaltschaft verzichtet, Euer Ehren«, sagte Hopkins.

Goldstein lehnte sich in seinem Sessel zurück. »Sie dürfen Ihr Schlußplädoyer halten, Mr. Hopkins.«

Hopkins sprang auf die Füße und ging rasch zur Geschworenenbank. »Ich muß nicht mehr auf die Schwere der Verbrechen hinweisen, und darauf, wie abscheulich die an den drei Frauen begangenen Schandtaten sind«, sagte er, hielt sich an dem Holzgeländer fest und sah in jedes Gesicht. »Sie haben die Aussagen von Madeline Alderson und Lucinda Wall über den Alptraum gehört, den sie unter den Händen des Angeklagten erleiden mußten. Estelle Summer kann sich in dieser Verhandlung ihrem Angreifer nicht stellen, weil sie nicht mehr am Leben ist. Aber sie ist hier«, sagte Hopkins, zog die Brauen hoch und ließ die Andeutung wirken. »Sie mag nicht leibhaftig unter uns sein, aber sie ist in anderer Weise hier. Sie müssen ihre eidesstattliche Aussage akzeptieren, die sie zu einem früheren Zeitpunkt vor diesem Gericht gemacht hat. Nein, nicht ihre Stimme hat die Geschehnisse geschildert, und Sie können nicht sehen, welche Qualen sie erleiden mußte, aber vergessen Sie nicht, daß sie diesen Mann eindeutig nach einem Foto identifiziert hat, daß er im Mantel ihres Mannes verhaftet wurde, der bei dem Verbrechen aus ihrem Haus gestohlen worden war.

Mr. Cataloni wird Ihnen gleich erzählen, daß sie alt und krank war, ihr Tod nicht direkt etwas mit den Taten des Angeklagten zu tun hat, aber Sie und ich wissen, daß das nicht stimmt.« Glen verstummte und verzog wütend das Gesicht. »Estelle Summer starb wegen dieses Mannes«, sagte er, wirbelte herum und zeigte anklagend mit dem Finger auf Randy Delvecchio, »aus keinem anderen Grund. Sie starb voll Angst und Scham. Sie starb in der Befürchtung, daß ihr niemals Gerechtigkeit widerfahren würde. Aber ich bin sicher«, sagte er und ging mit ernstem Gesichtsausdruck langsam vor der Geschworenenbank auf und ab, »ich bin sicher, daß Sie diese anständige Frau nicht ungesühnt sterben lassen.«

Hopkins drehte sich zur Seite und sah Ann in die Augen, bevor er fortfuhr. »Die Beweise sprechen für sich. Der Angeklagte hatte Gegenstände in seinem Besitz, die aus dem Haus von Estelle Summer gestohlen worden waren, die zu besitzen er kein Recht hatte, ebenso Gegenstände aus dem Besitz Madeline Aldersons. Das sind keine Spekulationen, meine Damen und Herren Geschworenen, es sind Tatsachen. Mr. Cataloni wird Ihnen erzählen, daß wir vielleicht dargelegt haben, daß sein Klient die fraglichen Dinge besaß, daß das aber nicht zweifelsfrei beweist, daß er auch die Verbrechen begangen hat. Die Verteidigung wird alle möglichen Märchen erzählen, um zu erklären, wie Mr.

Delvecchio in den Besitz dieser Gegenstände gekommen ist, um die Saat des Zweifels in Ihren Köpfen auszustreuen.«

Hopkins ließ den Kopf sinken, und es wurde still im Gerichtssaal. Dann sah er wieder auf und sagte mit donnernder Stimme: »Aber ich habe Vertrauen zu Ihnen, Vertrauen in Ihre Fähigkeit, Gerechtigkeit geschehen zu lassen, in Ihre Fähigkeit, die Wahrheit zu sehen.«

Ann lächelte in sich hinein. Er nahm sie an die Kandare, lobte sie, betonte die Wichtigkeit ihrer Funktion. Außerdem sicherte er ihr Mitgefühl für die Opfer und redete ihnen ein, daß sie für einen schrecklichen Justizirrtum verantwortlich sein würden, wenn sie den Angeklagten nicht schuldig sprachen.

»Das sind die Punkte, die Sie nicht vergessen dürfen«, sagte er und ließ den erhobenen Finger in der Luft kreisen, während er weiter auf und ab ging. »Der Angeklagte hat kein Alibi für die fraglichen Zeiten. Der Angeklagte wurde von allen drei Opfern identifiziert. Der Angeklagte war im Besitz von Eigentum, das den Opfern gestohlen wurde.« Er verstummte und sah sie an. »Wir haben diese Fakten alle eindeutig nachgewiesen. Und diese Fakten beweisen ohne jeden Zweifel, daß der Angeklagte schuldig ist.«

Ann wartete, bis Hopkins sich gesetzt hatte und Goldstein eine Pause anberaumte. Dann stand sie auf und neigte den Kopf zum hinteren Teil des Gerichtssaals, um anzudeuten, daß sie draußen auf ihn warten würde. Delvecchio hatte ihr während der Verhandlung den Rücken zugewandt gehabt, aber jetzt befürchtete sie, er könnte sich umdrehen und sie sehen. Sie wollte nicht, daß er mitbekam, wie sie mit dem Bezirksanwalt konferierte. Möglicherweise brauchten sie sie, damit sie ihm weitere Informationen über die Morde entlocken konnte.

Als Glen ein paar Minuten später zur Doppeltür herausgeplatzt kam, lächelte er. »Was meinst du?«

Ann sah den Flur auf und ab. Als sie sich vergewissert

hatte, daß sich niemand in der Nähe aufhielt, legte sie ihm rasch die Arme um den Hals und küßte ihn. »Ich finde, du bist brillant.«

»Ich fühle mich aber nicht brillant«, sagte er kleinmütig. »Ich bin gar nicht so zufrieden mit meinem Schlußplädoyer, aber ich wollte nicht zu sehr ins Detail gehen. Wenn man ihnen zuviel gibt, verwirrt man sie.«

Sie wollte ihm von dem Zwischenfall mit Sawyers Vater erzählen, zögerte aber. Goldstein hatte nur zehn Minuten Pause anberaumt, daher blieb ihnen nicht soviel Zeit zum Erzählen.

»Wie lange wird die Verteidigung brauchen, um ihre Seite des Falls zu präsentieren?«

»Ich glaube, die wird den Geschworenen nächste Woche vorliegen«, sagte Hopkins eindeutig erleichtert, daß das Ende abzusehen war. »Cataloni hat keine Zeugen, abgesehen von ein paar Verwandten des Täters. Ich bezweifle, daß er eine Null wie Delvecchio in den Zeugenstand rufen wird.«

Ann dachte an den Pflichtverteidiger und fragte sich, ob er trank. Wenn ja, und wenn sich später herausstellte, daß Delvecchio einen inkompetenten Rechtsbeistand gehabt hatte, würde die Klage in der Berufung abgewiesen werden. Sie fand, das mit Simmons war genug. Diesen Fall wollten sie ganz sicher nicht auch noch verlieren. »Glaubst du, Cataloni hängt wieder an der Flasche?«

»Selbstverständlich nicht«, schnappte Glen und ergriff ihren Arm. »Sag kein Wort. Bitte, Ann, das hat mir gerade noch gefehlt.«

Ann schlug seinen Arm weg wie eine Klapperschlange. Kaum hatte sie es getan, kam sie sich albern vor. »Tut mir leid«, sagte sie verlegen. »Ich versuche immer noch, über letzte Nacht hinwegzukommen. Wenn du dich nicht so auf mich stürzt, Glen, wird alles gut, aber wenn –«

»Ich hab mich nicht auf dich gestürzt«, protestierte er. »Ich hab nur die Hand auf deinen Arm gelegt.« Aber als er ihren ängstlichen Gesichtsausdruck sah, kam er näher und sprach mit leiser, beruhigender Stimme auf sie ein. »Verzeih mir, wenn ich dickfellig erscheine. Glaub mir, ich bin krank vor Sorge um dich. Ich weiß, wie schrecklich der Vorfall gestern nacht für dich gewesen sein muß. Ich stecke momentan einfach so tief in diesem Fall drin, daß ich nicht mehr klar denken kann.«

»Schon gut«, sagte sie und wollte gehen.

Seine Stimme hielt sie zurück. »Was ist mit Mittagessen? Wir machen um ein Uhr Pause. Wir könnten über die Straße ins Marie Callender's gehen.«

»Ich kann nicht«, sagte Ann, die keinen Appetit hatte. Außerdem hatte er sowieso nur gefragt, um höflich zu sein. Er stand unter Zeitdruck und brannte wahrscheinlich darauf, wieder in sein Büro zu kommen. Anwälte waren immer hektisch, wenn sie im Gericht zu tun hatten. »Ich laß mir was hierherbringen und werd versuchen, ein bißchen aufzuarbeiten.«

»Gehen wir morgen abend aus?«

»Soweit ich weiß, ja«, sagte sie und sah zum Fenster auf der anderen Seite des Flurs hinaus. Wie konnte sie wissen, ob sie morgen um diese Zeit überhaupt noch am Leben war? Obwohl es erst Mittag war, spürte Ann die kommende Nacht schon wie eine schwere Last.

»Ich will Delvecchio«, sagte Glen, dessen verbissene Stimme Ann aus ihren Gedanken riß. »Er ist ein Raubtier, genau wie Sawyer. Aber wenigstens bist du keine siebzig Jahre alt, Ann. Diese Frauen waren hilflose alte Damen. Sie hatten keine Chance.«

Ann sah ihm in die Augen und wußte, daß er recht hatte. Im Vergleich zu diesen Frauen war sie jung und kräftig. Sie konnte mit einer Waffe umgehen und war sogar in Selbstverteidigung ausgebildet worden. »Hör zu, wir sehen uns morgen«, sagte sie mit einem kläglichen Lächeln.

»Alles wird wieder gut, Ann«, versicherte er ihr. »Er weiß, daß du eine Waffe hast. Er wird nicht wiederkommen.«

Von Glens Blicken gefolgt, ging sie den Flur entlang,

die Arme um sich gelegt und nach vorne gebeugt, wie bei starkem Wind. Ja, ihr Angreifer wußte, daß sie eine Waffe hatte, was in den meisten Fällen ein Hinderungsgrund gewesen wäre. Aber er wußte auch etwas, das Glen nicht wußte: Er wußte, daß Ann nicht hatte abdrücken können.

Kapitel 13

Tommy Reed brütete über einem Computerausdruck der Vermißtenmeldungen und versuchte, nicht an das Desaster heute morgen zu denken. Es war eindeutig ein Fehler gewesen, Dr. Sawyer zu besuchen. Sobald seine Vorgesetzten von der Sache Wind bekamen, würde er einen schweren Anpfiff bekommen und als Disziplinarmaßnahme möglicherweise sogar suspendiert werden.

Verdammt, sagte er, schlug mit der Faust auf den Tisch und war so wütend wie vor ein paar Stunden. Wie hatte er nur zulassen können, daß ein selbstgefälliges Arschloch wie Sawyer ihn so auf die Palme brachte? Sicher, der Arzt hatte es auf Ann abgesehen gehabt und sie beleidigt, aber sie hätten einfach gehen können. Aber nein, schalt er sich, er mußte sich aufführen wie ein hitzköpfiger Grünschnabel und auf den Mann losgehen.

Plötzlich fiel ihm das richtige Wort ein: Schuld. Er fühlte sich schuldig. Schuldig, daß er Ann nicht vor den Schüssen hatte beschützen können. Schuldig, daß sie erneut in ihrem Haus überfallen worden war, obwohl er ihr garantiert hatte, Sawyer würde nicht einmal in die Nähe des Hauses kommen.

»Wie läuft's?« fragte Noah Abrams, der hemdsärmlig in das Büro der Detectives gestapft kam und eine Krawatte mit einem hellblauen '57er Chevy trug.

»Oh«, sagte Reed, sah auf und betrachtete mit verkniffenem Blick die Krawatte. »Ist das ein Auto auf Ihrer Krawatte?«

»Klar«, sagte Abrams. »Ist sie nicht toll?« Er beugte sich über Reeds Schulter und sagte: »Sind das die Vermißtenmeldungen? Was dabei?«

Reed schüttelte langsam den Kopf. »Im Augenblick hab ich nur eine Menge Namen und Daten. Nichts in Ventura County ist neueren Datums.«

»Was meinen Sie damit?« fragte Noah, sah in seinen Posteingangskorb und ließ sich auf den Stuhl neben Reed fallen, wo er die langen Beine ausstreckte.

»Wenn Ann wirklich Finger im Henderson-Haus gesehen hat, meinen Sie nicht, dann müßte der Mord kurz vorher stattgefunden haben, und nicht vor sechs Monaten oder einem Jahr?«

»Keine Ahnung«, sagte Noah, dem die dunklen Ringe unter den Augen des anderen Mannes und seine ungesunde Gesichtsfarbe auffielen. Der Fall machte ihm zu schaffen, dachte Noah. »Das Labor sagt, es waren nur Essigtunke und normale saure Mixed Pickles. Sie haben keine Spur von Formaldehyd oder einem anderen Konservierungsmittel gefunden. Demnach müßten Sie recht haben.«

»Aber andererseits«, sagte Reed und zeigte auf Abrams, »war das auch nicht das Glas mit den Fingern. Ann hat das Glas fallen lassen, und es ist zerbrochen. Wie können wir mit Sicherheit wissen, ob die Finger nicht doch konserviert waren?«

Abrams schüttelte den Kopf. Er betrachtete die Finger nicht als Hauptfaktor ihrer Ermittlung. Sie mußten ihre ganze Energie darauf verwenden, Sawyer ausfindig zu machen, bevor er Ann noch einmal angreifen konnte. »Hören Sie, Sarge, ich finde, wir sollten die Finger vergessen und uns auf die Drogenschieberei konzentrieren, die wir beweisen können, damit wir diesen Kerl wieder hinter Gitter bringen. Weshalb vergeuden wir unsere Zeit, wo wir nicht mal mit Sicherheit wissen, daß diese Finger existieren? Falls ein Leichnam ohne Finger reinkommt, können wir uns immer noch den Kopf darüber zerbrechen, richtig? So sehe ich das jedenfalls.«

»Richtig, wir vergessen die Finger einfach und warten seelenruhig ab, bis Anns Finger in einem Einmachglas landen«, sagte Reed sarkastisch, stand auf und zog das Jackett von der Stuhllehne. »Ich geh ins Labor nachsehen, was sie herausgefunden haben.«

Abrams war getroffen von seinen Worten, wußte aber, daß es sinnlos war, sich zu wehren. Reed würde ihm einheizen, bis der Fall aufgeklärt war.

»Kommen Sie mit oder bleiben Sie?«

»Ich komme«, sagte Abrams widerwillig, stand auf und folgte dem Detective über den Flur.

Als sie draußen auf dem Parkplatz waren, blieb Reed plötzlich unvermittelt stehen. Abrams ging weiter, blieb dann aber ebenfalls stehen und drehte sich. »Kommen Sie?«

Reed machte den Mund auf, um zu sprechen, klappte ihn aber wieder zu, steckte die Hände in die Taschen und suchte nach seinen Natrontabletten. Statt dessen brachte er einen Zahnstocher zum Vorschein und kaute darauf herum. »Heute morgen hab ich was versaut«, sagte er und wechselte den Zahnstocher rasch in den anderen Mundwinkel.

»Was?«

»Ich hab mich auf Dr. Sawyer gestürzt.«

»Ist das ein Witz?« sagte Abrams, dessen Augen zu leuchten anfingen. »Jimmys Vater? Was hat er Ihnen gesagt? Hat er rausgerückt, wo der Junge steckt?«

Reed sah über Abrams' Kopf hinweg. »Ich glaube, ich hab ihm die Scheißhand gebrochen.«

Toll, dachte Abrams, das brachte ihren Fall wirklich voran. Sie konnten Sawyer nicht finden, also verprügelte Reed dessen Vater. »Und? Was hat er gesagt?«

»Nichts«, murmelte Reed.

»Nichts?« wiederholte Abrams, sah zu Boden und dann dem Detective wieder ins Gesicht. »Sie haben ihm die Hand für nichts und wieder nichts gebrochen, Reed? Was hat das gebracht? Vielleicht hätte es sich der Mann überlegt und uns gesagt, wo Jimmy sich versteckt.«

Der Detective spie den Zahnstocher aus und sah Abrams mit zusammengekniffenen Augen an. »Er hat Ann beleidigt. Hat sogar nach ihr geschlagen. Ich schätze, Sie hätten ihn sagen lassen, was er wollte, was? Hätten einfach dagestanden und zugehört, wie er sie eine Schlampe nannte.«

Mit einem Mal explodierte Abrams' unterdrückte Abneigung. »Das stinkt mir, Reed. Hören Sie auf, okay? Sie tun gerade so, als läge mir ein Scheißdreck an dem Fall und an Anns Sicherheit.« Er verstummte und schlug mit der Faust ins Leere. »Gehen Sie ohne mich ins Labor. Ich versuche, den verdammten Verdächtigen zu finden.« Er stapfte über den Parkplatz davon, aber dann drehte er sich noch einmal um und rief Reed zu: »Ich glaube, Sie sind derjenige, der die Prioritäten durcheinanderbringt, Sergeant.« Abrams riß die Tür seines Wagens auf, stieg ein, schlug die Tür zu und verließ den Parkplatz mit einem Affenzahn.

»Tut mir leid, aber Sie können jetzt nicht zu ihr«, sagte Alex.

Tommy Reed hatte sich auf dem Parkplatz Phil Whittaker geschnappt und ihn zum Labor mitgenommen, und nun stand er im Vorzimmer Alex gegenüber. Direkt hinter der Tür lag das Labor, wo Melanie Chase arbeitete. »He, Mel«, rief er, als Alex vor die Tür trat und sie versperrte, »ich muß mit dir reden.« Als der blonde Grünschnabel nicht wich, wechselten die Detectives einen Blick.

»Alles hat seine Grenzen«, sagte Reed. Er stellte sich auf die eine Seite neben Alex, während Whittaker zur anderen ging. »Auf drei«, sagte Reed und zählte laut. Sie hoben den jungen Mann mühelos unter den Achseln hoch und stellten ihn ein paar Schritte von der Tür entfernt wieder ab.

»Das war nicht nett«, sagte Alex verdrossen.

Die beiden Männer betraten das Labor. An einer Wand stand eine Konsole blinkender Computerterminals hinter Glas. Der Rest des Raums war in Arbeitsnischen mit verschiedenen komplizierten Arbeitsgeräten und Mikroskopen auf weißen Resopaloberflächen unterteilt. Melanie

Chase, die einen weißen Laborkittel trug, saß auf einem hohen Hocker und begutachtete ein paar Objektträger. »Was hast du zu bieten, Reed? Sollte schon was Gutes sein.«

Reed streckte die Arme aus. »Mich.«

»Dich?« sagte sie und musterte den Detective von oben bis unten. Dann blinzelte sie und lächelte. »Eines Tages nehm ich das Angebot vielleicht an, Freundchen. Du solltest vorsichtiger sein.«

Reed grinste breit und spielte mit einer von Melanies Locken. »Niedlich«, sagte er. »Ein bißchen wie Shirley Temple.« Aber im nächsten Augenblick war er schon wieder ernst. »Was kannst du uns sagen, Mel? Wir sind verzweifelt. Gib uns wenigstens einen kurzen Abriß über das Henderson-Haus.«

»Oh«, sagte sie und wühlte in den Unterlagen auf ihrem Tisch. »Ich wollte den Bericht gerade diktieren. Da ist er.« Reed versuchte, ihn ihr aus der Hand zu reißen, aber Melanie zog ihn zurück. »Er ist handschriftlich, du Arschloch.« Sie überflog den Bericht. »Okay, in dem Haus ist was vorgegangen, das nicht ganz astrein war. Ich weiß nur noch nicht, was.«

Reed und Whittaker zogen zwei Stühle heran und setzten sich Melanie gegenüber. Wenn ihnen jemand weiterhelfen konnte, dann sie.

Sie fuhr fort. »Wir haben überall Spuren von Dimethylbenzylammoniumchlorid gefunden, Chemikalien, die in Haushaltsreinigern verwendet werden. Ich weiß nicht, an was du dich noch erinnerst, hier sind jedenfalls ein paar Bilder vom Inneren des Hauses.« Sie verstummte und reichte den beiden Männern einen Stapel Fotos im Format zwanzig mal dreißig. »Seht euch die ganzen Kisten und den Plunder an. Und jetzt die Kiste genau hier. Was seht ihr da?«

Tommy betrachtete die Fotos. »Nur ein paar Schüsseln und so.«

»Schmutzige Schüsseln, um genau zu sein. Schüsseln

mit angetrockneten Essenresten. Sie haben nicht mal das Geschirr gespült, bevor sie es verpackt haben.« Melanie ließ ihnen keine Zeit zu einer Schlußfolgerung, sondern fuhr gleich fort. »Klar, sie hatten es eilig, aber außerdem waren sie Schweine. Warum sollten sie praktisch jede Oberfläche in dem Haus mit einem starken Allzweckreiniger abschrubben, wenn sie nichts zu verbergen hatten?«

»Damit sie die Kaution zurückbekommen«, riet Whittaker.

Melanie schüttelte den Kopf. »Die Jungs werden ihre Kaution nie wiedersehen. Wahrscheinlich wird der Vermieter sie wegen der Schäden verklagen. Türen wurden aus den Angeln gerissen, Löcher in die Wände geschlagen, überall Spuren von Nägeln. Sie haben sogar den halben Küchenboden verbrannt, wahrscheinlich beim Drogenkochen. Warum sollten sie ihre Zeit damit verschwenden, jede feste Oberfläche in dem Haus abzuschrubben?«

»Glaubst du, sie hatten eine Leiche da drin?« fragte Reed.

»Nun«, antwortete sie und rieb sich die Augen, »ich kann nicht mit Sicherheit sagen, daß es eine Leiche war, aber etwas hatten sie, das niemand sonst wissen sollte.«

»Das Labor?«

»Möglich. Aber hätten sie dann auch die Wände im Schlafzimmer schrubben müssen? Das bezweifle ich. Aber Blutspuren oder sonstige Ausscheidungen, da wäre so ein Hausputz erforderlich.«

Reed mußte an die Finger denken. »Was ist mit dem Einbruch in Anns Haus?«

»Das«, sagte Melanie zornig, »ist wieder etwas ganz anderes.« Es mißfiel ihr, wenn eine andere Beamtin überfallen wurde, besonders eine Freundin wie Ann Carlisle. »Zuerst mal brauche ich Anns Waffe für den Ballistiktest. Ich habe eine Kugel gefunden, die wahrscheinlich aus einem anderen Schießeisen stammt, aber das kann ich ohne Anns Waffe nicht bestätigen, und sie wollte sie mir in der fraglichen Nacht nicht geben.«

»Du meinst, der Kerl hat zurückgeschossen?« fragte Whittaker verwirrt. »Ich dachte, er sei nicht bewaffnet gewesen.«

Melanie schüttelte den Kopf. »Laut Anns Aussage ist er nicht mal in die Nähe des Schlafzimmers gekommen.« Sie malte eine kleine Skizze auf ein Blatt Papier, das sie den beiden Detectives zeigte. »Ann befand sich auf der Nordseite des Zimmers, wo der Tresor steht, direkt unter dem offenen Fenster. Da gab sie einen Probeschuß ab und traf die Schranktür – eine Reflektion im Spiegel hat sie abgelenkt.« Melanie verstummte und sah sie an. »Das war Schuß Nummer eins. Als sie das zweitemal feuerte, stand sie in der Einfahrt. Schuß zwei. Ann hat nur zweimal geschossen, meine Herren, und selbstverständlich konnten wir das zweite Geschoß nicht finden.« Melanie wirbelte herum und holte zwei Gegenstände aus einem Pappkarton, die sie nacheinander mit einer Pinzette in die Höhe hielt. »Aber hier haben wir zwei Kugeln. Die Flugbahn der einen scheint vom offenen Fenster zum Spiegel zu führen. Dort prallte sie ab und blieb in der Wand stecken.«

Reed sprang auf die Füße, Säure brannte in seinem Hals. Wenn er Melanie richtig verstand, hatte der Fall gerade eben eine gefährliche Wendung genommen. »Demnach gibt es mehr als einen Täter? Jemand war draußen und hat auf Ann geschossen, während sie auf den Mann im Haus schoß?«

»Treffer«, sagte Melanie lächelnd. »Ich habe eine Blutprobe von der eingeschlagenen Fensterscheibe. Eine ziemlich gute. Blutgruppe null, nicht, daß uns das weiterhelfen würde. Für den genetischen Fingerabdruck brauchen wir eine Blutprobe des Verdächtigen. Bring mir die, und ich mache mich an die Arbeit.« Sie warf einen Blick auf ihre Notizen, ob sie etwas vergessen hatte. »Wo steckt Sawyer jetzt? Ihr könnt ihn auf frische Schnitte oder Schürfwunden untersuchen.«

»Viel Glück, Mel«, sagte Reed mürrisch. »Sawyer hat Kaution bekommen und ist verduftet.«

Sie schüttelte den Kopf, gehörte aber nicht zu denen, die sich von schlechten Nachrichten aus der Fassung bringen ließen. »Lassen Sie sich vom Staatsanwalt so schnell wie möglich eine Genehmigung zur Blutentnahme geben. In dem Moment, wo wir ihn haben, können wir sie ihm abnehmen. Es dauert seine Zeit, einen Test für den genetischen Fingerabdruck zu machen. Wir müssen die Probe in ein fremdes Labor schicken. Wenn ihr die Ergebnisse zur Verhandlung haben wollt ...«

Reed und Whittaker gingen zur Tür. »Danke, Mel«, sagte Reed.

»Vergiß nicht, mir Anns Waffe zu bringen«, sagte sie, dann wandte sie den Blick wieder dem Mikroskop zu und schob einen neuen Objektträger darunter.

Ann saß an ihrem Schreibtisch und studierte einen neuen Fall mehrfacher Kindesmißhandlung. Nachdem sie ein paar Notizen auf einem Block gemacht hatte, holte sie Fotos aus einem Umschlag und stöhnte. Ein fünfjähriger Junge stand mit dem Rücken zur Kamera, zwischen seinen Schulterblättern konnte man deutlich den in die Haut eingebrannten Abdruck eines Bügeleisens erkennen. Das nächste Foto zeigte die Tatverdächtige, die Mutter des Jungen. Die neunzehnjährige Vietnamesin sah selbst noch wie ein Kind aus. Zierlich, dunkelhäutig, die gleichgültigsten Augen, die Ann je gesehen hatte. Sie seufzte und legte die Fotos weg, als das Telefon läutete.

»Hallo. Bewährungsabteilung.«

»Ann«, sagte eine Stimme, »warum muß es so sein?«

Ann spürte, wie sich jeder Muskel in ihrem Körper verkrampfte. Es war die Stimme von Hank, die Stimme ihres Mannes.

»Hast du gehört?« Diesmal war die Stimme lauter und fordernder.

Sie hätte diesen Tonfall überall erkannt. Sie machte den Mund auf und wieder zu. Schließlich brachte sie heraus: »Hank ... bist du es?«

»Ann«, entgegnete die Stimme.

Sie fing an zu zittern und spürte, wie die vergangenen vier Jahre verflogen. Er war zurückgekommen. Ihr Mann lebte. Sie spürte Tränen auf dem Gesicht. »Wo bist du? O Gott, Hank ... sag mir, wo du bist, ich komm dich holen.«

Ann hielt den Atem an und horchte. Keine Antwort. Der Hörer wurde aufgelegt, gerade als sie bemerkte, daß Claudette neben ihr stand.

»Wer war das?« fragte Claudette besorgt. »Ich hab Hanks Namen gehört. Haben sie neue Informationen?«

»Es – es war Hank.« Ann sah mit einem strahlenden Lächeln auf.

Nicht schon wieder, dachte Claudette zutiefst besorgt. Nach Hanks Verschwinden hatte Ann ihn in jedem Gesicht, in jedem vorbeifahrenden Auto gesehen, und bei jedem Anruf gedacht, er wäre es. »Es kann nicht Hank gewesen sein. Sie sind einfach übermüdet. Sehen Sie sich nur an.« Sie legte den Kopf schief und studierte das Gesicht ihrer Freundin. »Ich glaube, Sie sollten besser nach Hause gehen, Ann. Sie sehen nicht gut aus. Ich wette, Sie haben, seit das alles angefangen hat, keine Nacht mehr durchgeschlafen.«

»Nein«, sagte Ann und sah Claudette mit festem Blick an, »es war Hank. Ich kenne die Stimme meines Mannes. Ich wußte, daß er lebt. Ich habe jedem erzählt, daß er noch lebt, aber niemand hat mir geglaubt.«

Claudette verschränkte die Arme vor der Brust. »Und was hat er gesagt? Wo ist er? Wo hat er die letzten vier Jahre gesteckt?«

»Er ... hat aufgelegt. Er sagte nur: ›Ann, warum muß es so sein?‹«

»Klar«, sagte Claudette wütend, daß Ann sich so irrational verhielt. »Der Mann ist vier Jahre verschwunden, und dann ruft er an und sagt so etwas Dummes.«

»Es war Hank«, fauchte Ann, stand auf und schob den Stuhl zurück.

Claudette legte Ann eine Hand auf die Schulter, zog den

Stuhl zurück und drückte sie wieder darauf nieder. »Das war nur ein schlechter Scherz. Begreifen Sie das nicht? Vielleicht hat jemand das mit Hank in der Zeitung gelesen. Als Sie angeschossen wurden, haben sie die ganze Geschichte wieder aufgerollt. Wahrscheinlich hat es einer Ihrer Bewährungskandidaten gelesen und beschlossen, es Ihnen heimzuzahlen.«

»Es war Hanks Stimme«, sagte Ann, aber jetzt war sie nicht mehr so sicher. Wenn Claudette nun recht hatte? Aber selbst wenn, überlegte sich Ann, wie konnte jemand die Stimme ihres Mannes so täuschend nachahmen, wo er doch schon seit vier Jahren tot war?

»Sehen Sie mich an, Mädchen«, sagte Claudette, drehte Anns Stuhl herum und ließ sich vor ihr auf ein Knie nieder. »Sie drehen durch.«

»Ich muß mir nicht anhören –« sagte Ann und wollte wieder aufspringen.

Claudette fiel ihr ins Wort. »Ich weiß, wovon ich spreche. Ich beobachte Sie, seit das alles angefangen hat, und ich habe bemerkt, daß es jeden Tag bergab ging. Und nachdem der Dreckskerl in Ihr Haus eingebrochen ist ...«

Ann sah sie benommen an. Spielte ihr Verstand ihr einen Streich? »Ich stehe vielleicht unter Streß, aber ich habe nicht den Verstand verloren. Hank schien sogar wütend auf mich zu sein. Ich weiß nicht, warum, aber ich habe es seiner Stimme angehört.« Sie zog die Brauen hoch. »Niemand könnte das nachahmen, Claudette.«

Die Frau stand auf und strich ihr Jackett glatt. »Sie müssen nur logisch denken. Wenn es Hank war, warum hat er aufgelegt? Warum hat er Ihnen nicht gesagt, wo er steckt?«

»Ich weiß nicht«, sagte Ann aufrichtig verwirrt. »Vielleicht hat er nicht aufgehängt. Vielleicht wurde er unterbrochen oder jemand anderer hat aufgehängt.« Sie griff zum Telefon. »Ich werde sofort die Highway Patrol anrufen.«

»Nein«, sagte Claudette mit finsterer Miene. »Sie werden sich lächerlich machen und in ein Wespennest stoßen.« Sie sah, daß Ann über ihre Worte nachdachte. »Lassen Sie es sein, Ann. Wenn es wirklich Hank war, wird er zurückrufen. Bei allem, was dieser Sawyer über Sie erzählt, glauben Sie nicht auch, es würde einen schlechten Eindruck machen, wenn Sie überall herumlaufen und erzählen, daß Ihr toter Mann Sie anruft? Man wird denken, daß Sie tatsächlich ein Fall für die Klapsmühle sind ... daß Sawyers blödsinnige Geschichte wahr ist.«

»Das glaube ich nicht«, sagte Ann mit Nachdruck.

»Glauben Sie es«, entgegnete Claudette schneidend. »Kommen Sie mit mir, damit wir uns ungestört unterhalten können.« Sie führte Ann zu einem Verhörzimmer, und als Ann eingetreten war, schloß sie die Tür. »Die Leute reden schon, Ann. Sawyers Geschichte macht im gesamten Justizgebäude die Runde.«

Ann stockte der Atem in der Kehle, als sie sagte: »Was wollen Sie damit sagen?«

»Ich versuche, Sie über ein paar Tatsachen des Lebens aufzuklären«, antwortete Claudette jetzt mit fast schriller Stimme. »Wenn Klatsch anrüchig ist, wollen die Leute glauben, daß es stimmt. Es macht Spaß und gibt ihnen ein Gesprächsthema in der Kaffeepause.«

Anns Gesicht nahm einen überraschten Ausdruck an. Die Leute redeten hinter ihrem Rücken?

»Glauben Sie, es wäre noch nie vorgekommen, daß jemand mit einem Bewährungskandidaten geschlafen hat?« fuhr Claudette fort, und ihr Atem wehte Ann ins Gesicht. »Erinnern Sie sich, Ann. Vor Jahren gab es einen Riesenskandal mit Pete Hendricks und diesem jungen Mädchen. Wissen Sie nicht mehr?«

»Doch«, sagte Ann kläglich. »Aber das war etwas anderes.«

Claudette schüttelte den Kopf. »Nein, Ann, daß Sie eine Frau sind, ändert nichts daran. Wie ich gerade sagte, die Leute glauben das Schlimmste. Viele halten Sawyer für einen gutaussehenden jungen Burschen. Eine Tippse hat ihn aus dem Gefängnis kommen sehen, als er freigelassen wurde, und hielt ihn für einen Rockstar. Sie lief herum und hat jedem erzählt, sie würde alles tun, um ihn kennenzulernen. Verstehen Sie nicht, was ich sage?«

Ann warf ihr einen argwöhnischen Blick zu. »Glauben Sie es?«

Claudette stöhnte und hielt sich eine Hand vor den Mund. »Selbstverständlich glaube ich es nicht. Wie auch immer, gehen Sie nach Hause und ruhen Sie sich aus. Wenn Sie wollen, nehmen Sie sich die ganze nächste Woche frei und verlassen Sie die Stadt. Denken Sie nicht mehr an die Sache mit Hank und diesem Sawyer.«

»Ich habe keine Zeit, Urlaub zu nehmen«, sagte Ann mit Nachdruck. »Ich muß sogar ins Gefängnis und sofort mit Delvecchio reden. Sie haben angerufen und mir mitgeteilt, daß er darauf besteht, mich zu sehen. Vielleicht will er die Morde gestehen.«

Claudette schüttelte den Kopf, weil sie es für sinnlos hielt. Ann konnte einfach nicht lockerlassen. »Was ist aus dem Hundebiß geworden?«

»Ich weiß nicht«, antwortete Ann, die mit aller Verzweiflung aus dem engen Zimmer und von ihrer Vorgesetzten fortkommen wollte. »Lassen Sie mich gehen, Claudette. Ich muß gehen.« Als die Frau den Weg nicht freigab, stieß Ann sie beiseite und floh den Flur entlang.

Was, zum Teufel, ging hier vor sich? fragte sie sich. Zuerst wurde auf sie geschossen. Dann brach jemand in ihr Haus ein und vergewaltigte sie fast. Jetzt bekam sie Anrufe von ihrem Mann, der seit vier Jahren als vermißt galt. Wenn Hank noch lebte, warum sollte er sie anrufen und so mit ihr reden? Andererseits erhärtete der Anruf ihren Verdacht, daß er der Mann in der Einfahrt gewesen war. Kein Wunder, daß sie nicht hatte abdrücken können.

Als sie die Fahrstuhltür erreicht hatte, drückte Ann immer wieder so fest auf den Knopf, daß sie sich den Fingernagel abbrach.

»Sie scheinen es ja wirklich eilig zu haben, nach unten

zu kommen«, sagte ein Mann, der den Fahrstuhl betrat und da erst ihren blutenden Finger bemerkte. »Herrje«, sagte er, »sind Sie verletzt?«

»Nur ein Fingernagel«, sagte sie liebenswürdig. »Typisch Frau, hm? Wir brechen uns einen Fingernagel ab, und man denkt, es wäre ein Beinbruch. Wahrscheinlich ist unser Leben nicht aufregend genug.«

Als der Mann lachte, warf Ann ihm einen Blick zu, der einen Elefanten getötet hätte.

Kapitel 14

Als Reed ins Polizeirevier zurückkam, versuchte er, vom Captain die Genehmigung zu bekommen, ein Beobachtungsteam vor Anns Haus zu postieren. Die Erkenntnis, daß mehr als eine Person in den Einbruch verwickelt war, war erschreckend, zumal der Komplize auf sie geschossen hatte. Die erste Möglichkeit, die Reed durch den Kopf schoß, waren die Kolumbianer. Sawyer und seine Freunde geraten in einen Schlamassel, und ihre südamerikanischen Freunde greifen ein und organisieren das große Saubermachen. In diesem Fall war Anns Leben in großer Gefahr, und er mußte einen Weg finden, ihre Sicherheit zu garantieren.

Das Problem lag beim Personal. In der Westside hatte sich eine Geiselnahme zugespitzt, zwei Bandenmorde waren geschehen, und eine ganze Anzahl Männer waren von demselben Grippebazillus außer Gefecht gesetzt worden, der auch Whittaker plagte. Reed wollte die Beamten nicht abziehen, die das Haus von Sawyers Eltern beobachteten. Er war sicher, Sawyer würde zum Haus seiner Eltern zurückkehren, und dann konnten sie die Spur wieder aufnehmen. Ann arbeitete im Moment. Bis heute abend müßten sie jemanden loseisen können, der sie im Auge behielt. Unglücklicherweise hatte der Captain klipp und klar gesagt, daß sie keinen privaten Sicherheitsdienst unterhielten. Es mußte schon hart auf hart kommen.

Ein Mann vom Archiv kam herein, warf etwas in Reeds Eingangskorb und wollte wieder gehen. »Was haben Sie mir gebracht?« fragte Reed. »Hat es was mit dem Fall Sawyer zu tun?«

»Sie wollten alles, was wir über das Henderson-Haus haben. Mehr konnte ich nicht finden.«

Reed griff sich die Unterlagen, als der Mann vom Archiv ging. Es handelte sich um den Bericht über einen Vorfall, den die Verkehrsbehörde vor ein paar Monaten erstellt hatte. Offenbar hatten die Nachbarn sich beschwert, daß die drei Jungs die Straße als Rennstrecke mißbrauchten. Von den drei aufgelisteten Fahrzeugen kannte er nur Sawyers Porsche. Sobald sie die Namen seiner Mitbewohner erfahren hatten, hatte Reed den Computer befragt und Kopien ihrer Verkehrssünderkartei kommen lassen; dann hatte er nach Fahrzeugen gesucht, die auf die Namen Brett Wilkinson und Peter Chen zugelassen waren. Einen Volkswagen Jetta und einen älteren Ford Bronco hatte er in Erfahrung bringen können. Er hatte die Highway Patrol informiert, daß die Verdächtigen diese Fahrzeuge benutzten.

Dieser Meldung zufolge fuhr Wilkinson jedoch einen brandneuen BMW mit getönten Scheiben und Spoilern, vergoldeten Zierleisten und dem ganzen Theater. Chen, hieß es, fuhr angeblich einen neuen Lexus. Keines der beiden Fahrzeuge besaß ein reguläres Nummernschild, lediglich eine rote Händlernummer. Autos wurden aber erst ins Computersystem eingegeben, wenn Nummernschilder beantragt wurden. Kein Wunder, daß sie die Burschen nicht hatten aufspüren können, dachte Reed. Sie suchten nach den falschen Autos.

Dann schoß ihm ein anderer Gedanke durch den Kopf: Woher hatten sie das Geld für so teure Spielsachen? Natürlich, dachte er, konnte die Antwort nur Drogen heißen, aber das schwarz auf weiß zu haben, konnte vor Gericht nützlich sein. Fehlte nur noch, daß Sawyer und die anderen in den Gerichtssaal schlenderten, behaupteten, sie nähmen ab und zu nur so zum Spaß Drogen, und wieder mit einem Klaps auf die Finger davonkamen. Er wußte, Abrams hatte in vieler Hinsicht recht gehabt, als er sagte, sie sollten sich auf etwas konzentrieren, das sie beweisen konnten. Die Schüsse und der Einbruch würden vielleicht nie aufgeklärt werden, ebenso wenig wie der Verbleib der Finger, die Ann angeblich in dem Henderson-Haus gesehen hatte. Aber die Anklage wegen Drogenschieberei sah vielversprechend aus.

Reed rief die Autohändler an und erfuhr, daß alle drei Fahrzeuge erst vor kurzem gegen Cash gekauft worden waren. Wenn das nicht nach Drogengeld roch, was dann, dachte Reed. Er kritzelte Zahlen auf ein Blatt Papier und zählte sie zusammen. Zusammen kosteten die drei Wagen über einhunderttausend Dollar. Er würde gern sehen, wie Sawyer das im Zeugenstand erklären wollte. Ganz bestimmt würde er sich nicht wieder eine Lügengeschichte über seine Bewährungshelferin ausdenken können, um seinen Hals zu retten. Und er bezweifelte, ob selbst Dr. Sawyer ihm zu Hilfe kommen würde. Wenn der Arzt aussagte, daß er Jimmy soviel Bargeld gegeben hatte, würde ihm ein ganzer Haufen Steuerprüfer im Nacken sitzen. Niemand mit einer sauberen Weste hatte soviel grüne Scheinchen in der Tasche.

Reed rief die Funkzentrale an und gab die neuen Fahrzeugbeschreibungen durch. Er war überzeugt, daß sie sie jetzt erwischen würden.

Kaum hatte er aufgelegt, dachte er an Sawyers Vater und dessen unverhohlene Feindseligkeit gegenüber Ann. Wenn der kleine Jimmy nun schnurstracks zu seinem Vater gelaufen wäre, als die Kacke am Dampfen war, und ihn angefleht hätte, ihn rauszuhauen? Konnte der gelackte Herr Doktor seinem Sohn geholfen haben, als der Ann seinen Besuch abstattete? Vielleicht hatte er draußen gewartet, und als er Anns ersten Schuß hörte, war er in Panik geraten und hatte in das Haus geschossen, um seinen Sohn zu beschützen. Reed rieb sich das Kinn. Es wäre möglich. Der Mann hatte gesagt, daß er in Vietnam gewesen war. Er müßte mit einer Schußwaffe umgehen können. Von allen möglichen Tathergängen, die sich Reed überlegt hatte, gefiel ihm dieser am besten. Nicht, daß es sich notwendigerweise so abgespielt hatte, aber wenigstens konnte er sich auf etwas freuen: Dr. Sawyer Handschellen anzulegen und ihn einzubuchten. Klar, dachte Reed, das wäre mir am liebsten.

Das Telefon läutete, und Reed riß den Hörer hoch. Claudette Landers legte los, bevor der Detective auch nur seinen Namen sagen konnte.

»Sind Sie das, Reed?« sagte sie.

»Ja, was ist los? Verdammt, ich hab seit Ewigkeiten nichts mehr von Ihnen gehört, Claudette. Seit Sie befördert worden sind, lassen Sie sich gar nicht mehr sehen.«

»Ja, aber jetzt hören Sie von mir«, antwortete die Frau. »Ann flippt mir aus, Reed. Sie glaubt, daß Hank sie anruft.«

»Was, um alles in –«

Sie unterbrach ihn und schilderte ihm, was der Anrufer gesagt hatte, und Anns Reaktion darauf. »Damit ist also wieder alles beim alten, und sie läßt, was Hank betrifft, ihrem Mundwerk freien Lauf. Was sollen wir tun?«

»Vielleicht ist was dran an dem, was sie sagt«, antwortete Reed, der laut nachdachte.

»Was? Sind Sie genauso plemplem wie Ann? Hank Carlisle könnte nur noch am Leben sein, wenn er absichtlich verschwunden wäre, und wenn er absichtlich verschwunden ist, sagen Sie mir den Grund dafür.«

Reed räusperte sich und ordnete seine Gedanken. »Damals war noch etwas. Ich meine, es wurde nicht an die große Glocke gehängt.«

Claudette horchte auf. »Werden Sie es mir sagen, oder nicht?«

»Kurz vor Hanks Verschwinden wurde eine Ladung Narkotika aus dem Asservatenraum der Highway Patrol entwendet. Sie kamen zum Ergebnis, daß sie jemand von draußen gestohlen haben mußte, aber das heißt nicht, daß er nicht irgendwie darin verwickelt gewesen sein könnte.«

»Scheiße«, sagte Claudette, und es wurde einen Moment still in der Leitung, während sie beide über die Möglichkeiten nachdachten. »Sie sind ein Arsch, wissen Sie das? Warum haben Sie mir das nicht gleich gesagt, als er verschwunden ist?«

»Sein Verschwinden wurde als Verbrechen eingestuft«, sagte Reed abwehrend. Seine Gedanken kreisten immer noch um den Anruf, den Ann bekommen hatte, und diese Frau ging ihm auf die Nerven.

»Ich verstehe«, sagte sie langsam. »Und wenn nun –«

»Hören Sie«, sagte Reed hastig. »Ich will nicht den ganzen Tag hier sitzen und spekulieren. Ich möchte Ann anrufen und hören, was sie zu sagen hat.«

»Sie ist im Gefängnis, und wagen Sie es nicht, mir einfach den Hörer einzuhängen«, sagte Claudette. »Und wenn nun Hank diese Drogen gestohlen und sich dann mit diesem Sawyer zusammengetan hätte, möglicherweise um sie abzusetzen? Dann würde alles zusammenpassen, oder nicht?«

»Hören Sie auf, Claudette«, sagte Reed stöhnend. Über die Möglichkeit, die sie da andeutete, wollte er lieber nicht nachdenken. Cops, die Verbrechen begingen und mit Drogen handelten, so etwas machte ihn krank. Und daß Hank zurückkam, auf Ann schoß und versuchte, ihren Sohn zu kidnappen, war geradezu unvorstellbar.

»Okay«, sagte sie unvermittelt und legte auf.

Reed ließ den Blick durch das Zimmer schweifen, über die unaufgeräumten stahlgrauen Schreibtische, die halbleeren Kaffeebecher, das Poster von Marilyn Monroe, das Noah an die Wand getackert hatte. Ohne bewußt darüber nachzudenken, zog er die unterste Schreibtischschublade auf und holte einen überquellenden Aktenordner heraus. Als Hank Carlisle verschwunden war, hatte Reed seine Zweifel an der offiziellen Version gehabt, aber als die Jahre vergingen und der Mann nicht mehr auftauchte, hatte er sie ad acta gelegt.

Reed wußte Dinge über Anns Mann, die die Highway

Patrol nicht herausgefunden hatte, die Ann selbst sorgfältig verborgen hielt. Hanks Kindheit war grauenhaft gewesen – so schlimm, daß ein bleibendes Trauma nicht auszuschließen war. Außerdem hatte es die perfekte Ehe, die jeder gesehen hatte, einfach nicht gegeben. Oh, sie hatten ihre schönen Zeiten gehabt, und sie hatten beide den Jungen vergöttert, aber es hatte auch genügend Anlässe gegeben, wo sich Reed gefragt hatte, weshalb Ann eigentlich bei ihrem Mann blieb.

Er rieb sich die Augen und dachte an die ersten Tage nach Hanks Verschwinden. Im ersten Monat konnte Ann nicht schlafen, schlurfte herum wie ein Zombie und versuchte, irgendwie durch den Tag zu kommen. Im zweiten Monat wurde ihr Denken so unlogisch, daß Reed sie mit Gewalt zur Notaufnahme schleppen mußte, weil er befürchtete, sie bekäme einen Nervenzusammenbruch. Die Ärzte hatten Schlafmangel diagnostiziert und ihr Schlaftabletten verschrieben. Was dann folgte, war noch schlimmer – Ann, die meistens unter Tabletten stand, nahm Verbindung mit Hellseherinnen und allen möglichen Irren auf. Einmal hatte sie eine Hellseherin, die behauptete, Informationen über Hank zu haben, bei sich im Haus wohnen lassen. Sie bestand darauf, die Frau müßte in unmittelbarer Nähe von Hanks Habseligkeiten sein, um die richtigen Schwingungen zu empfangen. Reed hatte zwei Wochen gebraucht, bis er Ann soweit hatte, sie hinauszuwerfen.

Verdammt, dachte er und schlug die Akte auf. Er war zwar kein Fan von Glen Hopkins, verspürte aber dennoch eine gewaltige Erleichterung, als Ann sich wieder mit einem Mann traf. Jetzt war er nicht mehr so sicher. Stürzte sie aufgrund von Schlafmangel und Streß wieder in den Abgrund? Oder war Hank Carlisle tatsächlich ein Monster?

Reed blätterte durch die Unterlagen, bis er zu der Liste aller Sachen kam, die der Officer der Highway Patrol zum Zeitpunkt seines Verschwindens in Besitz gehabt hatte.

Sein Blick blieb an der Beschreibung von Hanks Revolver hängen. Was ihre Gefährlichkeit anging, dachte er, lagen Welten zwischen Hank Carlisle und dem Bengel Jimmy Sawyer. Er hoffte nur, daß sich Anns Vermutung, ihr Mann könnte wieder aufgetaucht sein, nicht bestätigen würde. Hank war ein ausgebildeter Polizist, ein Meisterschütze und ein schlauer Fuchs. Er würde sich von niemand daran hindern, nichts unversucht lassen und vor nichts haltmachen, um zu bekommen, was er wollte.

Reed spürte, wie ein Gefühl ausgeprägter Abneigung von ihm Besitz ergriff. Er hatte nur wegen Ann Freundschaft mit diesem Mann geheuchelt. Möglicherweise war Hanks Tod die Arbeit eines Profikillers gewesen, weil er in illegale Aktivitäten verwickelt war. Der Vorfall hatte alle dazugehörigen Umstände: keinerlei Spuren, nur das Auto mit offenen Türen am Straßenrand, nicht mal ein Streichholzbriefchen auf dem Asphalt, das einen Anhaltspunkt geboten hätte. Nichts. Zu sauber. Zu ordentlich. Professionell, hatte Reed sich gesagt. Selbst Melanie Chase hatte ihm zugestimmt, aber sie waren sich auch einig gewesen, daß es falsch wäre, Ann ihre Meinung mitzuteilen. Die Last dieses Wissens hätte ihren Verlust nur noch schwerer erträglich gemacht.

Reed wurde durch einen Aufruhr auf dem Flur draußen aus seinen Gedanken gerissen.

»Da rein mit dir, du verdammtes Arschloch. Sofort«, schrie Phil Whittaker mit vor Erkältung nasaler Stimme. »Ich muß vom Totenbett aufstehen, um Abschaum wie dich aufzuspüren.«

Phil stieß seinen Gefangenen, einen jungen Mann Anfang Zwanzig, zur Doppeltür ins Büro der Detectives herein. Die Hände des Mannes waren mit Handschellen auf den Rücken gefesselt.

»Wen haben wir denn da?« sagte Reed.

»Sag nicht, ich würde dir nie was bringen«, platzte Phil heraus. »Tommy Reed, das ist Brett Wilkinson. Nach dem Foto ist er schwer zu erkennen, aber ich hab den kleinen

Scheißkerl an der Uni von Santa Barbara gefunden. Natürlich ist er da nicht eingeschrieben. Er sagt, er hätte Freunde besucht, weil er sich überlegt, ob er sich im Januar einschreiben soll.« Phil nieste und griff sofort nach seinem Taschentuch. »Der Teufel soll diese Erkältung holen. Und dich auch, Reed. Du wolltest ihn, da hast du ihn.«

Reed sprang auf, zog Whittaker in eine Ecke des Zimmers und ließ Brett Wilkinson stehen, der sich umsah, als wüßte er nicht, was er tun sollte. »Warum ist er in Handschellen? Ich sagte, ich wollte ihn nur zum Verhör hier haben, nicht gefesselt und offiziell verhaftet.«

Wieder nieste der vierschrötige Detective. Er zog sein Taschentuch heraus, sah es lange an und warf es in den Mülleimer. »Moment noch«, sagte er zu Reed und griff nach dem Nasenspray in der Tasche. »Einen Moment noch, verdammt. Ich krieg keine Luft.«

Nachdem er sich mit dem Spray bedient hatte, griff er in die Tasche und holte einen Plastikbeutel mit verschiedenen bunten Kapseln heraus. »Mal sehen, da haben wir etwas Speed, ein bißchen X – damit kann man garantiert vier Tage ununterbrochen vögeln – und, mal sehen, ein paar 'ludes, ein paar Seconal, ein paar LSD-Trips. Scheiße, wir haben eine richtige kleine Drogerie hier in dieser Tüte. Ist es nicht so, Brett? Bist du Apotheker, Mann?«

Der Mann in Handschellen schnaubte. »Leck mich, du Arschloch.«

»Hättest du wohl gerne«, antwortete Whittaker, drehte sich um und schwenkte den breiten Hintern vor ihm. »Warte nur, bis du in den Bunker kommst, Junge. Da werden sie Schlange stehen, um dich lecken und ficken zu können. Sie werden deinen engen kleinen Arsch lieben.« Whittaker sah hinüber, spitzte den Mund und machte Kußgeräusche in Richtung seines Gefangenen.

Reed schüttelte den Kopf und lächelte. Der alte Phil hatte es immer noch drauf. »Wie hast du ihn in Santa Barbara aufgespürt?«

»Du weißt schon, ein bißchen Beinarbeit, ein paar

Anrufe, einige Gefälligkeiten von Freunden. Ich wollte nichts verraten, bis ich ihn eingesackt hatte. Ich dachte mir, ich überrasche dich damit. Sieht so aus, als hätten sie da oben einen ziemlich sauberen Campus gehabt, nichts Ernsteres als ein bißchen Pot. Dann taucht dieser Jones da drüben auf, und plötzlich haben sie ein Riesendrogenproblem an der Uni.«

»Woher hast du gewußt, daß es Wilkinson war?« fragte Reed so leise, daß der Gefangene es nicht hören konnte.

»Spitzel«, brachte Whittaker heraus und fing an zu husten. »Hab ich aus eigener Tasche bezahlt, Reed.«

Reed ging bereits zu Wilkinson zurück. Der Junge war über einen Meter achtzig groß, gut gebaut und mit einer vergleichsweise ordentlichen Frisur, verglichen mit Sawyers langer Mähne. Er mußte der Außendienstmann sein, dachte Reed, der Verteiler bei ihrem Drogengeschäft. Daher mußte er auch so aussehen – wie ein Collegebursche. Sein Haar war honigblond, seine Augen mandelbraun. Mit seinem blauen Hemd und den frisch gebügelten Hosen sah er so gut aus, daß er direkt im Gerichtssaal hätte erscheinen können. »Hast du ihn getestet? Ist er drauf?«

»Klar hab ich ihn getestet. Der Bengel hat zwei Becher vollgemacht, aber er hat nichts genommen. Denk mal an.«

Reed machte die Schreibtischschublade auf und holte den Kassettenrecorder heraus, damit er den Verdächtigen mit in ein Verhörzimmer nehmen und nach Jimmy Sawyer ausquetschen konnte. So eine Gelegenheit liebte er. Brett steckte tief in der Scheiße und sah einer Anklage wegen Drogenbesitz mit Verkaufsabsicht entgegen. Und er würde vor Gericht keine so gute Figur machen wie sein Kumpan Sawyer. Reed wußte, er hatte schon eine Vorstrafe wegen Drogenhandel. Der propere Bursche, der dort in Handschellen vor ihm stand, sah einer Gefängnisstrafe entgegen. Reed ließ die Knöchel knacken und lächelte. Die Situation war perfekt.

»Okay, Brett«, sagte er, »wir beide werden uns kennenlernen, ein nettes, langes Gespräch führen.« Reed packte den Mann hinten an den Handschellen und stieß ihn durch das Zimmer.

»Danke, Phil«, sagte Whittaker, der die Füße auf den Schreibtisch gelegt und ein Kleenex in der Hand hatte. »Ich weiß deine harte Arbeit zu schätzen, Phil. Besonders, da du krank bist, Phil.«

Reed sah hinüber und lächelte den Detective an. »Gute Arbeit, Kumpel. Danke.«

»Wurde auch Zeit«, sagte Whittaker. »Kann ich mich jetzt endlich hinlegen und sterben? Hab ich deine Erlaubnis?«

Reed strahlte, überglücklich über Wilkinsons Festnahme. Seine rechte Schulter zuckte, und er grinste wie eine Cheshirekatze. »Nun, da bleiben immer noch Sawyer und Chen übrig, Phil. Diesmal hab ich der Funkzentrale die richtigen Fahrzeuge durchgegeben, daher müßte es für einen Schlauberger wie dich ein Kinderspiel sein, den Chinesen aufzuspüren. Wir brauchen alle Spieler. Kapiert, was ich meine?«

Whittaker stemmte sich auf die Füße und ergriff sein Jackett. »Ich hasse dich, Reed«, sagte er, als er zur Tür ging. »Das ist mein Ernst, und ich betrachte dich nicht nur als gefühllosen Klotz, wenn du das denken solltest. Ich hasse dich wirklich. Kapiert? Ich hasse dich. Hasse dich.«

Während Whittaker immer noch wie ein Irrer brabbelnd davonschlurfte, spie Wilkinson aus: »Ich hasse dich auch, Arschloch.«

»Tatsächlich?« sagte Reed, der rot sah. Mit einer groben Bewegung drehte er dem Jungen die Hände zum Körper, so daß er vor Schmerzen aufschrie.

»Scheiße, Sie tun mir weh.«

»Eine falsche Bewegung«, fauchte der Detective, »und ich werde dir zeigen, was wehtun wirklich bedeutet. Sind ziemlich schlimme Sachen passiert, Brett-Baby, und jemand muß dafür büßen.«

Ann überquerte den Innenhof des Gerichtsgebäudes; ihr Verstand war nach dem Anruf von Hank so durcheinander, daß sie nicht klar denken konnte.

Sie konnte es sich einfach nicht vorstellen. Claudette hatte recht. Wenn Hank noch leben würde, würde er zurückrufen, irgendwie mit ihr in Verbindung treten. Und auch wenn die Stimme sich genau wie die von Hank angehört hatte, stimmte etwas daran nicht. Ann kam nicht darauf. Sie war zu aufgerüttelt, aber mit der Zeit würde es ihr einfallen.

Sie warf wie ein Roboter ihre Marke in den Korb und wartete, bis der Aufseher den Türsummer für sie betätigte. »Sie wollten eine direkte Begegnung, richtig?« fragte er, während sie durch ein Labyrinth von Korridoren gingen.

Ann hörte ihre Schritte auf dem Boden, hörte die Männer in den Zellen reden, aber die Geräusche schienen aus weiter Ferne zu kommen. Sie vernahm nur die Stimme ihres Mannes. Hatte sie schon vergessen, wie sich der Mann am Telefon angehört hatte? Beschwor sie selbst Hanks richtige Stimme herauf, wenn sie an den Mann am Telefon dachte?

»Ich nehme an, das heißt ja«, sagte der Aufseher und sperrte die Tür eines kleinen Verhörzimmers auf. Kaum war Ann eingetreten, ging er Randy Delvecchio holen.

Ann hatte den Kopf auf die Tischplatte gelegt, als Delvecchio eintrat. »Ist Ihnen schlecht?« fragte er leise.

»Nein, nein«, sagte Ann und richtete sich auf dem Stuhl auf. »Weswegen wollten Sie mich sprechen?« Plötzlich erinnerte sie sich an die Verhandlung. Glen hatte gedacht, sie hätten inzwischen einen Schuldspruch.

Randy Delvecchio kam zu dem Stuhl geschlurft. »Ich hab Sie angerufen, weil ich dachte, Sie würden mir helfen.«

Klar, dachte Ann. Sie konnte sich selbst nicht helfen, geschweige denn einem brutalen Schwerverbrecher wie Delvecchio. Sie wollte ihn festnageln und bluten sehen. »Wie könnte ich Ihnen helfen? Ich bin nur Bewährungshelferin, Randy.«

Er griff in die Tasche seines Overalls und zog einen Umschlag heraus. »Das beweist, daß ich den Frauen nichts getan habe.«

Ann betastete den Umschlag zweifelnd und wollte ihn ihm ins Gesicht werfen. Sie hatte mit einem Geständnis gerechnet, nicht mit einer weiteren Unschuldsbeteuerung. »Was ist das?«

Delvecchio rieb sich die Handflächen nervös an seinem Overall ab und legte die Hände auf den Tisch. »Sie haben es zu meiner Mutter geschickt, wissen Sie. Ich hab ihnen gesagt, als sie mich festgenommen haben, daß ich an dem Tag gearbeitet hab, als die eine Frau vergewaltigt wurde, aber sie haben mir nicht geglaubt. Das hier ist der Beweis.«

Beweis, dachte Ann und fragte sich, wovon, zum Teufel, er sprach. Was für einen Beweis konnte er schon haben, der seine Unschuld belegte? Sie betrachtete den Inhalt des Umschlags. Das erste Dokument, das sie herauszog, war eine Gehaltsabrechnung, auf der die verschiedenen Einkommensteuern aufgelistet wurden. Die Firma auf dem Formblatt 1099 hieß Video Vendors. Ann legte das Blatt beiseite und studierte die anderen Dokumente. Mit großer, krakeliger Handschrift hatte Randys Mutter der Firma vor vier Monaten geschrieben und gebeten, die Arbeitszeit ihres Sohnes zu bestätigen. Der Briefkopf gab lediglich ein Postfach an. Das nächste Blatt war ein Gehaltskontenblatt, auf dem die Stunden nachgewiesen wurden, die Delvecchio im vergangenen Jahr für die Firma gearbeitet hatte. »Das war kein Ganztagsjob«, sagte Ann. »Hier steht, Sie haben das ganze Jahr nur dreiundachtzig Stunden gearbeitet.«

Delvecchio sagte ernst: »Sehen Sie, die Leute vom Arbeitsamt schicken mich zu Jobs. Wenn ich nicht gehe, krieg ich kein Arbeitslosengeld. Die Firma hab ich selbst gefunden, und die haben mir etwas Arbeit gegeben.«

»Das ist alles gut und schön, Randy«, sagte Ann und legte die Papiere zusammen, um sie ihm zurückzugeben, »aber ich glaube nicht, daß es Ihre Unschuld beweist. Wir haben es hier mit drei Verbrechen zu tun. Wollen Sie sagen, Sie haben zum Zeitpunkt aller drei Taten gearbeitet?«

»Nein«, sagte er kopfschüttelnd, und seine dunklen Augen blitzten. »Ich sage, ich hab an dem Tag gearbeitet, als diese Estelle überfallen wurde. An den anderen Tagen weiß ich nicht, wo ich war, aber an dem Tag weiß ich es, und das hier ist der Beweis.«

»Ich werde es überprüfen«, sagte Ann, stand auf, drückte auf den Summer und wünschte sich, sie hätte gar nicht erst ihre Zeit verschwendet, um hierherzukommen.

»Nehmen Sie die Unterlagen nicht mit?« sagte Delvecchio, hob sie auf und hielt sie ihr mit kläglichem Gesichtsausdruck hin. »Bitte helfen Sie mir. Ich will nicht ins Gefängnis. Die anderen Insassen sagen, sie werden mich des Mordes anklagen, weil die alte Dame gestorben ist. Ich war es nicht. Kann mir niemand helfen?«

Ann lehnte sich gegen die Tür und sah ihn argwöhnisch an. Die Chancen, daß Delvecchio unschuldig war, lagen bei einer Million zu eins. Die Öffentlichkeit glaubte, daß andauernd Unschuldige verurteilt wurden, aber das stimmte nicht. Es war schwer genug, einen Schuldigen verurteilt zu bekommen, geschweige denn einen Unschuldigen.

Aber seine Augen waren so groß und flehend, so hilflos, daß Ann plötzlich, wie eine Mutter, Mitleid mit ihm empfand. Sie streckte die Hand aus und nahm ihm den Umschlag ab, ehe sie es richtig merkte. »Ich werde sehen, was ich tun kann.«

Als Brett Wilkinson in einem Verhörzimmer saß, stellte Reed das Tonbandgerät an. »Mein Anwalt ist unterwegs«, sagte Brett mit einem Blick auf den Recorder.

»Ach, wirklich?« sagte Reed gelassen. Er hätte wissen müssen, daß sich Wilkinson von Anfang an einen Rechtsbeistand nehmen würde. Das bedeutete, er mußte alles, was auch nur entfernte Ähnlichkeit mit einem Geständnis hatte, in den nächsten Minuten bekommen. »Nun, wir beide können uns unterhalten, oder wir warten auf den Anwalt. Das liegt bei Ihnen, Brett.«

Angst und Unentschlossenheit leuchteten in den Augen des jungen Mannes. Er sah sich in dem Raum um, sagte aber nichts.

Reed spürte die Angst des jungen Mannes und richtete seine Taktik danach aus. Bei einem selbstbewußten Verdächtigen bestand seine Methode darin, sich freundlich zu geben und ihn auf dem falschen Fuß zu erwischen. Aber wenn der Verdächtige Angst hatte, tat er genau das Gegenteil und schürte die Angst. »Sie sehen einer Gefängnisstrafe entgegen«, sagte er schneidend. »Und Ihr Anwalt ist nicht derjenige, der den Bus dorthin fährt.«

Bretts Gesicht wurde aschfahl. »Aber wenn ich rede, muß ich mit Sicherheit ins Gefängnis.«

»Gefängnis?« sagte Reed lachend. »Sie machen sich Sorgen ums Gefängnis? Warten Sie ab, bis Sie ins Zuchthaus kommen.« Er sah den Jungen direkt an. »Wissen Sie, vielleicht schaffen Sie es ja sogar im Zuchthaus. Sie können ja bei einem der richtig schweren Jungs unterschlüpfen und seine Freundin spielen.«

»Seien Sie still«, schrie Brett, dem Schweißperlen auf die Stirn traten. »Da müßten sie mich schon umbringen. Ich werd nicht mit einem Kerl ficken. Ich bin kein Homo.«

Das reiche Muttersöhnchen würde zusammenbrechen, dachte Reed lächelnd. »Das werden Sie, Brett. Sie haben genau das richtige Aussehen, wissen Sie. Ich habe es schon hundertmal erlebt. Vielleicht macht es Ihnen sogar Spaß. Und verdammen Sie nichts, was Sie noch nicht ausprobiert haben.« Diesmal warf er den Kopf zurück und stieß ein noch lauteres Lachen aus.

Brett zappelte auf dem Stuhl hin und her und versuchte, die Hände aus den Handschellen zu bekommen. »Lassen Sie mich aus den Dingern raus. Ich leide an Klaustrophobie, Mann.«

»Was?« sagte Reed immer noch lachend. »Sie haben

Platzangst? Wie wollen Sie im Knast überleben, wenn Sie an Klaustrophobie leiden?«

Jetzt lief dem Jungen der Schweiß über das Gesicht, auf der Brust und unter den Achseln bildeten sich dunkle Flekken. Irgendwie gelang es ihm, die Arme über die Stuhllehne zu bekommen, doch dann hatte er die Handschellen auf der anderen Seite und mußte die Muskeln bis zum Zerreißen spannen. »Helfen Sie mir bitte«, schrie er.

Reed stand auf, trat hinter ihn und sah zu, wie der Junge den Hals verdrehte, um ihn zu sehen. Mit einer geschmeidigen Bewegung trat Reed gegen die Stuhlbeine, der Stuhl kippte um und fiel auf Wilkinsons Hände. »Tut mir leid, Brett«, sagte Reed. »Das war keine Absicht. Kommen Sie, ich helfe Ihnen.« Er bückte sich und zerrte Brett zusammen mit dem Stuhl am Hemd hoch.

»Ich werde reden«, sagte Brett weinend. »Bitte nehmen Sie mir die Handschellen ab.«

Reed handelte blitzschnell, schloß die Handschellen auf und steckte sie in die Gesäßtasche. Brett rieb sich die Handgelenke, sein Gesicht nahm einen erleichterten Ausdruck an.

»Okay, reden wir über Jimmy Sawyer«, sagte Reed, der sich rasch hinsetzte.

Brett wischte sich mit einem Hemdenzipfel den Schweiß vom Gesicht. »Was ist mit ihm?«

Reed war nicht in der Stimmung für Spielchen. »Er ist ein schlimmer Finger, ein echt schlimmer Finger. Wir haben keine Ahnung, in was er alles verwickelt ist. Ich wette, Sie wissen es auch nicht ... nicht alles, jedenfalls.« Reed verstummte und zwang sich, ruhiger zu werden. Wenn er zu eifrig wirkte, würde Brett verschlossen werden. »Sehen Sie, ich will nur nicht, daß Sie für seine Verbrechen büßen müssen, aber genau das wird passieren. Sawyer wird alles sagen, um seinen Hals zu retten, er wird davonkommen, und an Ihnen bleibt es hängen.«

»Wovon reden Sie?«

Reed knirschte mit den Zähnen und ließ die Knöchel

knacken. »Wer zuerst kommt, mahlt zuerst, Brett. So läuft das.«

Der Junge spürte einen Vorteil. »Sie bieten mir einen Handel an?«

»Nein«, sagte Reed. »Ich biete Ihnen gar nichts an. Nur der Staatsanwalt kann solche Abreden treffen. Aber was meinen Sie, wer überzeugt ihn davon, so etwas zu tun?«

»Sie«, sagte Brett und sah dem Detective ins Gesicht.

Reed lächelte freundlich. Jetzt war der Zeitpunkt gekommen, ihn zu überzeugen. »Sie sind ein kluger Junge, Brett, auch wenn Sie nicht wissen, wie man sich seine Freunde aussucht. Also, wir wissen, daß Sie von dem Haus aus einen Drogenhandel organisiert haben. Und wenn man sich die Autos ansieht, die ihr Jungs fahrt, sogar einen ziemlich florierenden.«

Brett zuckte die Achseln; sein Selbstbewußtsein stellte sich wieder ein. »Was für Autos? Ich bin heute gar nicht mit einem Auto gefahren. Fragen Sie das Arschloch, das mich verhaftet hat.«

Reed lehnte sich verärgert auf dem Stuhl zurück. Wenn Brett mit seinen Drogen in dem BMW verhaftet worden wäre, hätten sie das Fahrzeug legal als Profit aus Drogengeschäften beschlagnahmen können. Diese Jungs wußten zuviel über das System für Bengel, die gerade erst die High School hinter sich hatten. Wenn sie Mädchen aufreißen wollten, fuhren sie mit ihren schicken Autos spazieren, aber wenn sie ihre Drogen an den Mann brachten, wußten sie genau, daß man sich besser unauffällig verhielt.

»Mit dem Auto können wir Sie festnageln, Brett«, sagte Reed und sah ihm direkt in die Augen. »Die Autos wurden alle an einem Tag gekauft und bar bezahlt. Nicht viele ehrliche Leute laufen mit mehr als hundert Riesen in der Tasche herum. Lassen Sie uns deshalb nicht streiten. Das ist etwas, das wir ganz genau wissen, Brett. Ich werde Ihnen nicht mal viele Fragen über das Labor stellen. Ich will nur den Namen des Chemikers wissen. Ist es Peter Chen?«

Brett zögerte, weil er wußte, er stand am Scheideweg.

Wenn er von sich aus weiterging, gab es kein Zurück mehr, das wußte er. Aber seine Freunde saßen nicht hier vor einem kaltschnäuzigen Detective, der ihnen einheizte. Sie an seiner Stelle, dachte er, würden ihn ohne zu zögern über die Klinge springen lassen. »Ja«, sagte er mit leiser Stimme. »Es war Peter.«

Reed schob den Recorder näher hin. »Wiederholen Sie es bitte, Brett.«

»Es war Peter«, sagte er etwas lauter.

»Okay«, sagte Reed, »immerhin ein Anfang. Nur weiter.«

»Es ist alles so ein Durcheinander. Ich weiß gar nicht, wo ich anfangen soll.« Die harte Fassade war verschwunden. Er sah aus, als würde er gleich anfangen zu weinen. »Es sind schreckliche Leute da draußen ... alles ist schiefgegangen. Meine Eltern werden sterben. Mein Vater hat einen Herzfehler.«

»Okay«, sagte Reed, der nicht wußte , ob Bretts Gefühlsausbruch echt oder nur für ihn inszeniert war. »Wohin habt ihr das Labor verlegt?«

Brett schüttelte den Kopf und kniff die Lippen zusammen.

»Soll das heißen, Sie wollen es mir nicht sagen, oder existiert das Labor nicht mehr?«

»Fort«, sagte Brett und sah auf den Boden. »Alles ist fort.«

»Ich verstehe. Ihr habt beschlossen, das Unternehmen vorübergehend zu schließen«, sagte Reed und versuchte, seine Aufregung zu verbergen. Mit seiner Antwort eben hatte Brett das Drogengeschäft gestanden. »Okay, Brett, das haben Sie gut gemacht. Richtig gut. Ich bin stolz auf Sie, Kumpel. Und jetzt machen wir weiter im Text, wenn Sie einverstanden sind. Unterhalten wir uns über den Inhalt Ihres Kühlschranks.«

Als Brett Wilkinsons Anwalt erschien, wurde das Verhör beendet und Wilkinson wegen des Vorwurfs, verbotene Substanzen hergestellt und verkauft zu haben, ins County-

Gefängnis von Ventura überstellt. Aber die Befriedigung, die Reed verspürte, wurde durch einen Anruf des Chief zunichte gemacht. »Schaffen Sie sofort Ihren Arsch hierher!« Rosemary Sawyer hatte den Bürgermeister angerufen und behauptet, Ann Carlisle habe ihren Sohn verführt, Reed ihren Mann zusammengeschlagen und die Polizei würde völlig grundlos ihre ganze Familie terrorisieren. Offenbar hatten die Sawyers den letzten Wahlkampf des Bürgermeisters ganz schön unterstützt. Der Bürgermeister hatte selbstverständlich sofort den Chief angerufen, und Reed wurde die Hölle heißgemacht.

Die Polizeigewerkschaft würde ihm einen Verteidiger stellen, sollte er verklagt werden, aber es wäre dennoch ein Ärgernis und würde, wie der Chief hervorhob, ein schlechtes Licht auf das gesamte Department werfen. Aber als Reed erklärte, wie Dr. Sawyer ihn provoziert und Ann fast geschlagen hätte, sagte der Chief nichts mehr von einem Disziplinarverfahren. Reed wußte, hierbei kam ihm sein makelloses Führungszeugnis eindeutig zugute. Ein Polizist, der einmal die Beherrschung verlor, war etwas ganz anderes als einer, bei dem das wiederholt vorkam. Andererseits, wenn die Sawyers nicht nachgaben, würde dem Revier nichts anderes übrigbleiben, als die Ermittlungen einzuleiten. Auf lange Sicht wäre das schlimmer als eine Zivilklage. Sie konnten darauf bestehen, den Detective wegen Angriff und Körperverletzung anzuklagen.

Nachdem Reed an seinen Schreibtisch zurückgekehrt war, dachte er über den Stand der Dinge nach. Brett Wilkinson hatte seine Freunde verpfiffen. Er hatte zugegeben, daß Sawyer und Chen in dem Haus in der Henderson Drogen hergestellt hatten, daß Chen der Chemiker und Kopf des Unternehmens war und Sawyer die Tabletten an den Mann brachte, indem er seine gesellschaftlichen Beziehungen benutzte. Aber er schien nichts von irgendwelchen Drogenbossen aus Südamerika zu wissen, und das fand Reed seltsam. Entweder hatte er Angst vor Vergeltungsmaßnahmen, oder Phil Whittakers Spitzel hatte sie angeschmiert. Brett hatte jedoch zugegeben, daß sie einen Mäzen hatten, eine Art stillen Teilhaber. Er schwor jedoch, daß die Identität des Mannes nur einem einzigen bekannt war: Jimmy Sawyer.

Also, dachte Reed, sind mehr Spieler auf dem Feld als nur das Drogentrio.

Jedesmal, wenn Sawyers Name fiel, wurde Brett vollkommen zappelig. Er hatte geleugnet, daß er etwas von den Schüssen auf Ann wußte oder daß Sawyer Schußwaffen besaß. Was die Finger anbelangte, da hatte der junge Mann nur gelacht. »Wovon, um alles in der Welt, reden Sie? Sie meinen echte Finger von einem Menschen? Kann ich mir nicht vorstellen. Drogen, ja. Finger, unmöglich.«

Soviel zu Ann und den Fingern, die sie gesehen haben wollte, dachte Reed. Aber wenn er näher darüber nachdachte, mußte er zugeben, daß Wilkinson nicht dumm genug war, so etwas zu gestehen. Zugegeben, mit der Drogenanklage wurde er vielleicht zu ein paar Jahren im Bau verurteilt, aber selbst Besitz mit Verkaufsabsicht war ein ganz anderes Paar Schuhe als Mordversuch – oder, im Fall der geheimnisvollen Finger, Verstümmelung und Mord. Für das Drogendelikt würde er maximal vier Jahre bekommen. Bei guter Führung und Anrechnung der Untersuchungshaft wäre Brett in zwei Jahren wieder draußen – etwa die Zeit, die man zum Abschluß an der Junior High brauchte.

Wie der Fall sich momentan darstellte, führten alle Wege zu Jimmy Sawyer. Sobald sie ihn zu fassen bekamen, konnte er seiner Freiheit und seinem luxuriösen Lebensstil jedenfalls Lebewohl sagen. Selbst wenn sie ihm die Schüsse auf Ann nicht nachweisen konnten, das Drogendelikt verletzte seine Bewährungsauflagen, und er würde mit Sicherheit ins Gefängnis wandern.

Plötzlich schoß dem Detective ein Gedanke durch den Kopf. Konnte Jimmys Vater der Finanzier sein? Chirurgen verdienten heute nicht mehr soviel Geld wie früher, weil die Versicherungsprämien gegen Kunstfehler exorbitant gestiegen waren. Wenn Dr. Sawyer der stumme Teilhaber an dem Drogengeschäft war, dann war die Vermutung, er könnte als Jimmys Komplize bei dem Einbruch in Anns Haus fungiert haben, nicht so weit hergeholt. Zugegeben, die Vorstellung, der Arzt könnte eine Festnahme riskieren, nur um für seinen Sohn die Kastanien aus dem Feuer zu holen, paßte nicht so recht. Logisch schien jedoch, daß der Arzt alles tun würde, um seine Investition zu schützen.

Reed sah auf die Uhr und stellte fest, daß der Tag fast vorbei war. Bald würde es dunkel werden und Ann allein in ihrem Haus sitzen. Besaß Jimmys Vater eine Waffe? Reed fand, es wurde Zeit, das herauszufinden.

Kapitel 15

Am Abend, nachdem er ein paar Bier getrunken und kalt geduscht hatte, rief Reed Ann an. Er hatte nichts anderes zu ihrem Schutz tun können, als eine Streife zu bitten, häufiger an ihrem Haus vorbeizufahren. Er hätte die Überwachung selbst übernehmen können, war aber so müde, daß er sich kaum wachhalten konnte, und daher war Ann ohne ihn besser dran. Wenn sie glaubte, daß er sie beschützte, würde sie sich in falscher Sicherheit wiegen. Würden sie heute nacht zurückkommen? Reed wußte, eine Möglichkeit bestand, eine geringe, aber jetzt, wo Wilkinson in Haft saß, würde Sawyer verdammt nervös sein.

»He, David«, sagte er, als der Junge abnahm. »Was ist los, Großer?«

»Nichts«, flüsterte der. »Ich glaube, meine Mom schläft.«

»Nein«, sagte Ann, die sich vom Nebenanschluß in das Gespräch einmischte. »Ich ruhe mich nur aus, Tommy.«

»Ich hab den ganzen Nachmittag versucht, dich zu erreichen«, sagte Reed, der darauf brannte, ihre Version des Anrufs von Hank erzählt zu bekommen. »Claudette hat mir gesagt, was im Büro passiert ist.«

»Was ist passiert, Mom?« sagte David besorgt. »Ist heute was Schlimmes gewesen?«

Ann war wütend, daß Reed davon sprach, während David mithörte. »Nichts ist passiert, Liebes«, sagte sie hastig. »Ich leg jetzt auf, Tommy. Ich ruf dich später an.«

Kaum war seine Mutter aus der Leitung, wurde Davids Stimme schrill und brüchig. »Warum kannst du den Kerl nicht finden, der auf meine Mom geschossen hat?« flehte er. »Sie hat solche Angst, Tommy. Ich glaube nicht, daß sie allein sein will.«

»Nun, mein Sohn«, sagte Reed leise, »darum hat sie ja dich.«

David senkte die Stimme wieder zu einem Flüstern. »Du hättest das Haus sehen sollen, als ich heute heimgekommen bin. Ich hab keine Ahnung, was sie gemacht hat, aber es hat nach einer großen Party oder so ausgesehen.«

Nicht gerade eine Party, dachte Reed. »Sie braucht dich jetzt, David. Du bist der Mann im Haus. Hab ich dir das nicht immer gesagt? Mein Pop ist gestorben, als ich etwa in deinem Alter war, und ich mußte mehr oder weniger das Regiment übernehmen. Du mußt stark sein, klar? Erwachsen.«

»Ja, ich weiß«, sagte David.

»Ich weiß, es war schwer für dich«, sagte Reed, der ihn trösten wollte, »aber es wird alles wieder gut. Niemand wird dir oder deiner Mutter etwas tun. Verstanden? Nicht, solange der alte Tommy noch da ist.«

Wie nicht anders zu erwarten, wich David sofort aus, als das Gespräch sich dem Thema Angst näherte. »Klar. He, ich muß gehen. Ich seh mir gerade einen richtig tollen Videofilm an. Es geht um einen Mann, den jeder für tot hält, aber dann kommt er zurück. Er hat sich nur versteckt, um das Geld von der Versicherung zu bekommen.«

»David«, sagte Reed, »glaubst du immer noch, daß dein Dad zurückkommen wird? Es ist nicht gut, wenn du so denkst. So etwas nennt man unrealistische Erwartungen.«

»Oh, ja, man nennt es auch falsche Hoffnungen. Der dumme Seelenklempner spricht von nichts anderem. Aber weißt du, Tommy, ich habe keine falschen Hoffnungen oder unrealistischen Erwartungen«, sagte David. »Ich weiß es, Tommy. Mein Dad kommt zurück. Ich weiß nicht, wann, aber ich weiß, er kommt zurück. Und dann werden Mom und ich wieder glücklich sein.«

Bevor Reed noch etwas sagen konnte, hatte David den Hörer aufgelegt.

Ann lag im Schlafzimmer und sah zur Decke. Sie sollte David die Wahrheit über letzte Nacht sagen, brachte es aber nicht fertig. Zuerst hatte jemand auf seine Mutter geschossen, und jetzt mußte sie dem armen Jungen auch noch beibringen, daß jemand in ihr Haus eingebrochen war.

Ann schlüpfte in den Morgenmantel und ging zu ihm. »Du siehst dir einen Film an, hm?« sagte sie, als sie ihn mit ein paar Kissen unter dem Kopf auf dem Sofa liegen sah.

»Still«, sagte David. »Er ist fast vorbei.«

»Sieh dir dieses Durcheinander an«, sagte sie und strich mit den Fingern durch ihr Haar. Seine Schulbücher lagen mitten auf dem Boden verteilt, daneben sein Nylonparka, fünf oder sechs Comics und eine leere Tüte Mikrowellen-popcorn. »Ich hab dir schon hundertmal gesagt, du sollst deine Sachen nicht im Wohnzimmer herumliegen lassen.«

»Mom«, schrie er. »Du stehst vor dem Fernseher. Ich kann nichts sehen.«

Ann bückte sich und fing an, seine Sachen einzusammeln. »Ich will nur ein bißchen aufräumen.«

»Klasse, Mom«, sagte er sarkastisch. »Ich hab das Ende des Films verpaßt. Tausend Dank.« Er stürmte aus dem Zimmer und schlug die Badezimmertür am Ende des Flurs zu.

»Es ist nur ein Video, David«, sagte sie durch die Tür. »Du kannst ihn zurückspulen.«

Als er ein paar Minuten später die Tür wieder aufmachte, wartete seine Mutter noch draußen. »Was machst du?« sagte David.

»Nichts«, antwortete Ann verlegen und folgte ihm ins Wohnzimmer zurück. »Möchtest du ein paar Plätzchen?«

»Wir haben keine«, sagte David.

»Vielleicht kann ich ein paar Erdnußbutterplätzchen backen. Bleib hier, ich geh nachsehen, was wir haben. Ich müßte Mehl haben, und ...« Ihre Stimme verhallte in der Küche.

David schüttelte den Kopf über ihr sonderbares Verhalten, räumte seine Sachen zusammen und trug sie in sein Zimmer. Als er zurückkam, spähte er um die Ecke in die Küche, was seine Mutter anstellte. Daß sie ihm anbot, Plätzchen für ihn zu backen, wo sie doch immer so einen Aufstand wegen seinem Gewicht machte, kam ihm seltsam vor. Aber nicht halb so seltsam, wie seiner Mutter zuzusehen, während sie löffelweise Erdnußbutter direkt aus dem Glas auf das Backblech häufte. »Mom, mußt du nicht zuerst den Teig machen?«

»Oh«, sagte Ann, ohne sich umzudrehen. »Ich hab kein Mehl.«

Okay, dachte David und schlich auf Zehenspitzen davon. Seine Mutter war wieder völlig durchgedreht, wie nach dem Verschwinden seines Vaters. Er mußte aus dem Haus verschwinden, bevor sie ihn zwang, zu essen, was sie da zubereitete.

Dennoch knurrte sein Magen nach der bloßen Erwähnung von Essen. Wenn er sich beeilte, konnte er es noch vor Ladenschluß zum Videoladen an der Ecke schaffen und einen Film ausleihen. Und dort konnte er heimlich einen Schokoriegel verputzen. Er grinste. Wenn er schon etwas essen mußte, was dick machte, dann lieber einen Schokoriegel als verbrannte Erdnußbutter.

»Das ist albern«, sagte Ann ein paar Minuten später in der Küche, kratzte die Erdnußbutter ab und legte die Pfanne zum Einweichen in die Spüle. Sie würde David lieber zu einem Eis einladen.

Als sie ihn im Wohnzimmer nicht sah, geriet sie sofort in Panik. Dann stellte sie fest, daß der Videorecorder leer war. Sie hatte ihm immer erlaubt, allein zur Ecke zu gehen, aber nicht heute. Ann rannte in die Garage, fuhr den Jeep heraus und raste die Straße hinunter.

Da war er, er schlenderte mit einer Tasche in der Hand zum Haus zurück. Sie trat auf die Bremse. »Steig ein«, schrie sie zum Fenster hinaus und riß die Beifahrertür auf. »Ich habe dir nicht erlaubt, das Haus zu verlassen.«

»Du bist nicht angezogen, Mom«, sagte David stirnrunzelnd, als er die Tür aufmachte und auf den Beifahrersitz kletterte. Anns Morgenmantel klaffte auseinander, man konnte die Unterwäsche sehen.

Ann zog den Morgenmantel zu und schrie: »Verlaß das Haus nie wieder, hast du verstanden?«

David drückte sich in eine Ecke. »Tut mir leid, Mom«, sagte er. »Du läßt mich immer zur Videothek gehen. Ich wollte mir nur einen anderen Film holen.«

Ann fuhr in die Garage und blieb einfach schwer atmend sitzen, um ihre rasende Angst zu bändigen. »David«, sagte sie und sah ihn an, »gestern nacht ist jemand in unser Haus eingebrochen. Ich wollte es dir nicht sagen, aber jetzt muß ich es.«

»Wer?« sagte er und sperrte erschrocken den Mund auf.

»Ich weiß nicht, wer es war. Tommy glaubt, daß mir nur jemand Angst einjagen will, damit ich nicht gegen ihn aussage. Das nennt man einen Zeugen einschüchtern.«

David erstarrte, dann stieg er aus dem Auto aus und schlug die Tür hinter sich zu. Ann folgte ihm ins Haus, in der Küche blieben sie beide stehen und sahen sich an. »Komm her, Liebes«, sagte Ann und breitete die Arme aus.

»Nein«, sagte er und schüttelte mit bebenden Schultern und rotem Gesicht den Kopf. »Ich bin kein Baby. Ich hab keine Angst. Wenn wieder jemand herkommt, verprügle ich ihn. Ich laß nicht zu, daß dir jemand wehtut, Mom. Niemand wird dir je wieder wehtun.«

Ann ging zu ihrem Sohn, schlang die Arme um ihn und drückte ihn fest an sich. Mit leiser, tröstender Stimme sagte sie: »Es ist nicht schlimm, Angst zu haben, David. Auch ich habe Angst. Aber es wird alles gut. Niemand wird uns etwas tun.« Ann wich zurück und lächelte ihn an. »Ich hab den Kerl gestern nacht fast getötet. Ich hab meine Waffe genommen und auf ihn geschossen. Er ist so erschrocken gewesen, daß er sich in die Hose gemacht hat. Im Ernst, mitten im Flur.« Sie verstummte und brachte ein Lächeln zustande. »Deine Mutter ist ziemlich hart, weißt du. Ich werd nicht zulassen, daß uns jemand was tut.«

»Du mußt so was nicht zu mir sagen. Ich hab keine Angst«, log David, riß sich von seiner Mutter los und ging zu seinem Zimmer. »Darum war mein Fenster zerbrochen, richtig? Und darum sind meine Bücher naß geworden, richtig? Es war nicht der Baum, wie du gesagt hast. Warum sagst du mir nicht einfach die Wahrheit?«

Ann folgte ihrem Sohn den Flur entlang, aber er schlug ihr die Tür vor der Nase zu. Sie stand einfach da und starrte sie an. Dann lehnte sie die Stirn an das Holz und sprach durch die Tür. »Ich werd nicht reinkommen, okay?« sagte sie leise. »Ich weiß, du mußt selbst damit fertigwerden. Aber bitte glaub mir, David, alles wird wieder gut. Wenn sich nicht bald etwas ändert, packen wir einfach zusammen und ziehen anderswo hin.«

Wenige Augenblicke später ging die Tür auf und David sah heraus. »Können wir echt wegziehen?«

»Ich verspreche es«, sagte Ann.

»Wann?«

»Ich weiß nicht genau, wann, David. Ich muß mir einen Job suchen und eine Wohnung finden.«

»Du wirst nicht umziehen. Das sagst du nur so, wie du gesagt hast, daß der Baum die Scheibe kaputtgemacht hat.«

Wenn David wütend wurde, stand eine Ader an seinem Hals vor, genau wie bei seinem Vater. Ihr Sohn sah seinem Vater jeden Tag ähnlicher und verhielt sich auch so. Als er ihr wieder die Tür vor der Nase zuschlug, gab Ann es auf, vernünftig mit ihm reden zu wollen. Sie hatte mit ihrem Mann nie vernünftig reden können, weshalb glaubte sie also, sie könnte es mit seinem Sohn? Als sie durch den dunklen Flur, in dem sie überfallen worden war, zurück zu ihrem Zimmer ging, verspürte Ann die Woge der Depression, die sie mittlerweile nur zu gut kannte. Wie schon zuvor hatte jemand an einem Faden gezogen, und ihr ganzes Leben begann sich aufzulösen. Sie ließ sich Gesicht voraus auf das Bett fallen. Wenig später strömten gegen ihren Willen dunkle Erinnerungen an die Vergangenheit in ihren Kopf. Das Leben mit Hank war nicht so toll gewesen. Die vielen Male, als er einfach durchdrehte ...

Eine Episode, die ihr für ewig ins Gedächtnis eingebrannt war, hatte sich zugetragen, als David vier Monate alt und Ann immer noch Polizistin gewesen waren. Sie war eines Abends spät mit ihrem Partner aus dem Reviergebäude gekommen und hatte über einen Scherz gelacht, den der junge Officer gemacht hatte, als sie plötzlich etwas aus dem Augenwinkel sah. »Vorsicht, Bobby«, sagte sie und zog den anderen Polizisten hinter einen parkenden Streifenwagen. »Paß auf«, sagte sie flüsternd und griff, hinter das Auto geduckt, nach ihrer Waffe. »Jemand versteckt sich da drüben in den Büschen.«

»Scheiße«, sagte der Polizist, zog die eigene Waffe aus dem Halfter und sank auf die Knie. »Es ist ein Mann. Ich kann seine Beine sehen. Er muß gewartet und uns aufgelauert haben.«

Ann duckte sich neben ihn. »Kommen Sie raus«, rief sie, so laut sie konnte. »Kommen Sie raus, oder wir schießen. Wenn Sie eine Waffe haben, werfen Sie sie auf den Boden. Halten Sie die Hände hoch, damit wir sie sehen können.«

Als der Mann mit über den Kopf erhobenen Händen aus den Büschen trat, konnte Ann es nicht fassen. Sie hatte die Waffe auf ihren Mann gerichtet.

Sie schickte ihren bestürzten Partner fort und ging auf Hank los. »Was, um alles in der Welt, hast du getrieben? Herrgott, ich hätte dich um ein Haar erschossen. Und Bobby hält dich bestimmt für verrückt, wenn du dich wie ein Idiot im Gebüsch versteckst.«

Hank packte sie grob an den Armen und zog sie praktisch vom Boden hoch. »Du vögelst mit ihm«, knurrte er wie ein tollwütiger Hund. »Ich lasse nicht zu, daß meine Frau mit einem verdammten Grünschnabel rumfickt.«

Ann entwand sich ihm, bestürzt über die Anschuldigung. »Das tue ich nicht«, schrie sie zurück. »Was ist denn los mit dir? Bobby hat eine Freundin. Er ist mein Partner, Hank.«

»Ich möchte, daß du mit dem Polizeidienst aufhörst«, sagte er immer noch keuchend. »Ich will nicht, daß meine Frau nachts mit fremden Männern arbeiten muß.«

»Wo ist David?« fragte sie plötzlich erschrocken. »Du hast ihn doch nicht allein gelassen, oder?«

»Der Babysitter ist bei ihm«, sagte Hank und sah sie finster an. Er hätte das Baby nie vernachlässigt.

Erleichtert sah sich Ann auf dem Parkplatz um und seufzte. Wenigstens ging es David gut, dachte sie, und soweit sie erkennen konnte, hatte niemand sie gesehen. Der Großteil der Spätschicht war schon nach Hause gegangen und die Nachtschicht bereits auf der Straße. Ann war mit ihrem Partner länger geblieben, um im Revier einen Bericht fertigzustellen, wahrscheinlich ein Grund, weshalb Hank durchgedreht war. Er bestand darauf, daß sie zehn Minuten nach Schichtende zu Hause war – gerade genügend Zeit, die Strecke mit dem Auto zu fahren. Ann hatte nicht auf die Zeit geachtet und vergessen anzurufen.

»Ich geh nach Hause«, sagte sie, drehte sich um und lief zum Auto.

»Es ist mein Ernst, Ann«, sagte Hank und folgte ihr. »Ich will nicht, daß du weiter arbeitest. Ich möchte, daß du zu Hause bist, wo du hingehörst. David braucht dich.«

»Ich muß arbeiten«, sagte Ann tonlos und immer noch erbost über sein Verhalten. »Du verdienst nicht genug Geld, um uns zu versorgen.«

Sie sah den Wutausbruch kommen, konnte aber nichts tun, um ihn zu verhindern. Sie hatte das nicht zu ihm sagen wollen. Sie war wütend, da war es ihr eben rausgerutscht. Sein Gesicht lief rot an, er kniff die Lippen zusammen. Dann holte er aus. Als nächstes verdrehte er die Augen so sehr, daß nur noch das Weiße zu sehen war. Sie hielt den Blick auf ihn gerichtet, duckte sich nicht, sah nicht weg. Da, dachte Ann. Es war fast vorbei. Der Arm sauste durch die Luft. Sie wappnete sich für den Schlag.

Mit einem lauten, ekelerregenden Klatschen schlug ihr Hank mitten ins Gesicht.

»Wage es nicht, mir zu sagen, ich verdiene nicht genug Geld, um meine Familie zu versorgen!« Einen Moment wurde sein Gesicht wie leergewischt, als ihm klar wurde, was er getan hatte. Dann ging die Tirade weiter. Er schritt vor Ann auf und ab, ruderte mit den Armen und spuckte die Worte wie Gewehrkugeln aus. »Ich arbeite Tag und Nacht in diesem elenden, beschissenen Job. Leute spucken auf mich, kotzen auf mich, ganz zu schweigen von denen, die mich abknallen wollen.« Er verstummte und holte Luft, dann tobte er weiter. »Vielleicht werf ich einfach das Handtuch und schmeiß alles hin.«

Je länger Hank tobte, desto erregter und unbeherrschter wurde er. »Du kannst mich doch aushalten, oder? Wir wohnen doch schon im Haus deines Vaters. Warum versorgst du mich denn nicht? Versorg du mich doch.«

Ann schwieg und hielt sich die Hand vor den Mund. Es machte sie krank, ihren Mann so zu sehen. Aber sie würde nicht weinen. Sie weigerte sich, zu weinen. Sie hatten das alles schon einmal durchgemacht, sogar einen Eheberater aufgesucht. Den ganzen Tag hatte Ann in ihrem Job mit Männern zu tun, die ihre Frauen schlugen, aber zu Hause war sie nach wie vor das Opfer.

Die Leute verstanden es nicht, und ihre Freunde konnte sie auf keinen Fall einweihen, da die meisten selbst Polizisten waren. Sie dachten alle, Ann und Hank wären das perfekte Paar. Sie wußten nicht, unter welcher Belastung ihr Mann stand, wie sehr er seinen Job haßte, die Arbeitszeiten haßte, sogar behauptete, daß er die Hälfte der Kollegen von der Highway Patrol haßte, mit denen er zusammenarbeiten mußte. Er war einfach nicht für diesen Beruf geschaffen. Er brauchte einen Job ohne Streß, in dem er sich nicht mit dem Leid anderer Menschen auseinandersetzen mußte.

Ann sah, wie ihr Mann den Kopf senkte, während er wieder auf sie zugestürmt kam, mit demselben Gesichtsausdruck wie zuvor, aber diesmal schnell, als habe er vor, sie wie ein amoklaufender Bulle zu rammen.

»Schlag mich nicht noch einmal, Hank«, schrie Ann,

wich aus und duckte sich. »Ich dulde es nicht. Ich verlasse dich ... ich werde die Scheidung einreichen.«

Er blieb wie vom Donner gerührt stehen.

»Hast du mich verstanden, Hank?« sagte Ann. »Wenn du mich noch einmal schlägst, reiche ich die Scheidung ein.«

»Dann laß dich doch scheiden«, sagte Hank, der sie ebenfalls anschrie. »Verlaß mich doch. Nur zu, laß mich im Stich. Jeder in meinem Leben läßt mich im Stich.«

Ann richtete sich mit pochendem Kopf und schweißnassem Körper im Bett auf. Warum hatte sie diese Erinnerung an die Oberfläche kommen lassen? Sie wollte nur die guten Erinnerungen. Die schlechten Zeiten hatte sie einfach ausradiert, als hätte es sie nie gegeben.

Als Hank sie zum erstenmal geschlagen hatte, hatte Ann darauf bestanden, daß sie zu einem Eheberater gingen. Der Therapeut sagte Ann, daß ihr Mann ungelöste Konflikte mit sich herumschleppte, und schließlich war die schreckliche Wahrheit ans Licht gekommen.

Als Hank vier Jahre alt war, hatten seine Eltern, Alkoholiker und Herumtreiber, in South Dakota gelebt. Aus Gründen, die Hank nie herausgefunden hatte, waren sie mitten im tiefsten Winter mit ihm zu einer Stelle an der Interstate gefahren, ließen ihn aus dem Auto aussteigen und befahlen ihm, sich am Zaun festzuhalten, bis sie zurückkamen, um ihn zu holen. Die Temperatur lag unter dem Gefrierpunkt. Als die Polizei ihn schließlich rettete, waren Hanks Finger an dem Zaun festgefroren gewesen. Am ersten Tag stand auf Messers Schneide, ob die Finger des Kindes amputiert werden mußten. Aber Hank hatte sich von den körperlichen Schäden erholt und kam in ein Pflegeheim. Er wurde von einem Ort zum anderen weitergereicht, ohne jemals ein richtiges Zuhause zu haben. Als Teenager wurde er schließlich von einem älteren Ehepaar adoptiert. Sie waren nicht wohlhabend, bemühten sich aber, Hank ein anständiges Zuhause und Liebe zu geben. Aber das reichte nicht aus. Seine Eltern wurden nie gefunden, und Hank wuchs zu einem verbitterten und verwirrten jungen Mann heran. Dem Therapeuten zufolge hatte er soviel unterdrückte Wut in sich, daß er einer wandelnden Zeitbombe glich.

In der Therapie blieb Hank mürrisch und verschlossen und weigerte sich, seine tragische Kindheit zu verarbeiten. Schließlich ging er gar nicht mehr hin, und Ann konnte nichts anderes tun, als ihm Verständnis und Liebe entgegenzubringen. Wenn sie ihn nur genug liebte, sagte sie sich, würde seine Wut eines Tages versiegen.

Zu seinen Gunsten mußte sie sagen, daß er eines nie getan hatte, nämlich seine Wut an seinem Sohn auszulassen, aber das hätte Ann auch gar nicht geduldet. Das war ein Grund, weshalb Ann soviel erduldete. Was man Hank Carlisle auch immer nachsagen wollte, er war ein ausgezeichneter Vater für seinen Sohn.

Wie oft hatte Hank sie geschlagen? Öfter als sie sich erinnern konnte. Der Zwischenfall in dem Haus, das er ihr kaufen wollte, war kein besonders brutaler gewesen. Als sie ihm sagte, daß sie es sich nicht leisten konnten, hatte er sie zu Boden geworfen. Seine Angriffe gingen weiter, bis zu jener Nacht, als er einen Teller nach ihr geworfen und ihr eine Platzwunde an der Stirn zufügte, die mit sieben Stichen genäht werden mußte. Das war das letztemal. Danach hatte Ann zurückgeschlagen. Und als ihn das nicht hinderte, griff sie selbst an. Eines Nachts schlug sie ihrem Mann mit einem Baseballschläger gegen die Beine, als es aussah, als wollte er sie verprügeln. Das hatte seinen Attacken ein Ende bereitet.

Aber das Ende der Attacken bedeutete nicht das Ende ihrer Angst. Sie lebte Tag für Tag damit und wußte nie, wann er wieder explodieren würde. Da war Tommy Reed schon auf der Bildfläche erschienen. Einmal sah er Ann mit einem blauen Auge und rastete aus. Ann deckte Hank – sie erzählte dem Detective, daß sie nachts gegen die Badezimmertür gelaufen sei. Aber Tommy Reed war kein Dummkopf. Er wußte, daß Ann log. Außerdem wußte er, daß

Hank ein cholerisches, aufbrausendes Temperament besaß, weil er es bei zahllosen Anlässen mit eigenen Augen gesehen hatte. Reed versuchte sogar mehrmals, Ann zu überreden, Hank zu verlassen. Aber abgesehen von der Gelegenheit, als sie gedroht hatte, die Scheidung einzureichen, dachte Ann nie ernsthaft daran, sich vom ihrem Mann zu trennen. Wie konnte sie einen Mann verlassen, dem schon das größte Unrecht widerfahren war, als seine eigenen Eltern ihn aussetzten? Unter der Fassade des hartgesottenen Polizisten, die er der Welt präsentierte, war ihr Mann immer noch das kleine Kind am Freeway, das sich verzweifelt am Zaun festklammerte.

Drei oder vier Jahre schien alles besser zu werden, als Hank darauf hinarbeitete, zum Lieutenant befördert zu werden. Wenn er die Beförderung bekam, sagte er Ann immer wieder, würden sie genug Geld verdienen, daß sie sich ein größeres Haus leisten konnten, vielleicht ein paar neue Möbel oder einen längst überfälligen Urlaub. Er lernte und lernte, saß bis in die Nacht am Eßzimmertisch und erreichte schließlich eine der besten Zensuren aller Zeiten bei der Prüfung. Hank war sicher, daß er es schaffen würde.

Aber es kam anders. Zu viele Hinweise auf Brutalität im Einsatz in seinem Führungszeugnis, sagten sie. Zu viele Beschwerden von Mitbürgern. Hank war am Boden zerstört. In den Monaten vor seinem Verschwinden schlief er nicht mehr mit seiner Frau. Er mied den Kontakt mit seinen Freunden im Department. Einzig und allein für seinen Sohn schien er sich noch zu interessieren.

Das Telefon läutete und riß Ann aus ihren Gedanken.

»Ann«, sagte die Stimme.

»Ja?« sagte sie, den Hörer noch mehrere Zentimeter von ihrem Ohr entfernt.

»Ann, warum holst du nicht David, damit wir fortgehen können?«

Sie stöhnte und umklammerte den Hörer mit beiden Händen. »Wer ist da?« Es war wieder Hanks Stimme. Das

Herz pochte ihr in der Brust. »Hank, bist du es? O Gott, Hank, leg nicht auf ...«

Sie hörte ein Klicken am anderen Ende der Leitung, und dann das Amtszeichen.

»Nein«, schrie Ann und warf den Hörer heftig gegen die Wand. »Tu mir das nicht an. Du kannst mir das nicht antun.« Sie war so erschrocken, daß sie nicht klar denken konnte. Sie preßte die Fingerspitzen an die Schläfen und versuchte, sich an die Stimme zu erinnern. Hatte sie sie wirklich gehört? Litt sie wieder unter Halluzinationen, bedingt durch Schlafmangel? Was hatte er gesagt? Wie waren seine genauen Worte gewesen? Aber sie waren fort, nur ein Echo hallte in ihrem Kopf nach.

Nur an eines konnte sie sich ganz deutlich erinnern, daß die Stimme den Namen ihres Sohns genannt hatte.

Kapitel 16

Sally Farrar stand auf der hinteren Veranda und sah ihren Kindern beim Spielen zu, als sie nebenan ein rotes Auto in die Einfahrt biegen sah. Sie ging davon aus, daß es sich um die neuen Mieter handelte, und sah rasch weg, weil sie sich nicht vorstellen und mit ihnen plaudern wollte. Seit die drei Jungs weggezogen waren, hatte Sally eine Depression entwickelt, saß stundenlang da, starrte ins Leere und sprach den ganzen Tag kaum mehr als drei oder vier Worte. Auf der Spüle stapelte sich das Geschirr, aber sie weigerte sich, es zu abzuwaschen.

Der Voyeurismus hatte so unschuldig angefangen. Als Sally und ihr Mann in die Henderson Street gezogen waren, stellten sie fest, daß die vorherigen Bewohner das Küchenfenster mit Gardinen verhängt hatten. Alle in dem Viertel, fand Sally schnell heraus, zerrissen sich die Mäuler über die drei Jungs und beschwerten sich darüber, daß sie so auf der Straße rasten, obwohl viele Kinder dort spielten. Sally erlaubte ihren Kindern nicht, vor dem Haus zu spielen, daher war sie nicht betroffen. Außerdem mied sie den Kontakt mit den Nachbarn. Ihr ganzes Leben lang hatten die Leute aus dem einen oder anderen Grund auf ihr herumgehackt: Ihre Kleidung war sonderbar, sie war zu mager. Sie hatte Nachhilfeunterricht besucht, darum nannten die anderen Kinder sie Schwachkopf. Die Leute waren grausam und gemein. Sally hatte gelernt, für sich zu bleiben und sich um ihre eigenen Angelegenheiten zu kümmern. Wenn man anfing, im Leben anderer

Leute herumzustochern, stocherten sie auch im eigenen herum.

Eines Tages hatte sie die Gardinen abgenommen und abends beim Geschirrspülen entdeckt, daß sie direkt ins Schlafzimmer des Hauses nebenan sehen konnte. Und was sie sah, verschlug ihr die Sprache. Sie sah junge, nackte Körper, Männer und Frauen, die schönsten Körper, die sie je gesehen hatte. Und der Sex ... Sally wußte, daß es solche Sachen gab, aber sie mit eigenen Augen zu sehen, war schockierend. Manchmal machten zwei Jungs gleichzeitig Sex mit einem Mädchen. Manchmal machten Mädchen miteinander Sex, und die Jungs sahen zu, während Rockmusik aus dem Fenster dröhnte. Zuerst war Sally abgestoßen. Die Nachbarn hatten recht, dachte sie. Es waren böse, verdorbene Jungs, Perverse und Drogensüchtige. Sally war nicht dumm. Sie wußte, daß sie Drogen nahmen. Sie sah sie Pulver in die Nasen ziehen, roch bitteren Rauch, der nicht von Zigaretten stammte, sah einmal einen Jungen mit einer für Tabak viel zu kleinen Pfeife.

Aber der Ekel wurde zu Faszination. Sie freute sich richtig aufs Geschirrspülen. Sally stellte sich ans Küchenfenster und atmete flach vor Erwartung. Sie stellte sich vor, sie selbst würde an den exotischen Praktiken teilnehmen, die sie kaum sechs Meter entfernt demonstriert sah. Auf Sex mit ihrem Mann, eine Verrichtung, die sie stets mehr als Pflicht denn als Vergnügen betrachtet hatte, freute sie sich plötzlich den ganzen Tag, ebenso, wie sie sich darauf freute, die Leute nebenan durchs Fenster zu beobachten.

Dann hatte das Vergnügen plötzlich aufgehört.

Sie sah andere Dinge in dem Haus nebenan geschehen. Seltsame Dinge. Dinge, die Sally nicht verstand.

Sie sah nicht mehr durch das Fenster, als sich nichts mehr in dem Schlafzimmer abspielte, sondern schlich jetzt um das Haus herum, wenn ihr Mann eingeschlafen war. Die meisten Fenster des anderen Hauses waren zwar mit Decken verhängt, aber manche wurden zum Lüften geöffnet, und manchmal konnte sie hören, was die Jungs sagten. Sie stritten sich. Sie kannte die Stimme des Jungen mit dem langen dunklen Haar. Er war immer grob zu den Mädchen, schlug sie im Schlafzimmer, aber es schien ihnen nie was auszumachen.

Sally entwickelte eine regelrechte Besessenheit, kümmerte sich nicht mehr um ihr eigenes Leben und versank statt dessen im faszinierenden Leben der jungen Männer nebenan. Ihr nächtliches Schleichen wurde zum Spionieren bei Tage. Gewaltige Berge schmutziger Wäsche quollen über den Rand des Wäschekorbs neben der Waschmaschine. Die Kinder mußten manchmal tagelang dieselben schmutzigen Sachen anziehen. Das Haus war ein Schweinestall. Sally hatte seit Wochen nicht mehr geputzt. Jeden Abend, kurz bevor Earl von der Arbeit nach Hause kam, sprang sie ins Auto, holte etwas zu essen für alle im Schnellimbiß und erzählte Earl, sie habe Kopfschmerzen, Krämpfe, die Grippe, was ihr auch einfiel.

Sie beobachtete und sie lauschte.

Wenn einer der Jungs wegging, wußte Sally es. Jedesmal, wenn einer zurückkam, war Sally zur Stelle, beobachtete sie durch die Bäume, durch das Fenster, durch ein Loch, das sie in den Zaun gebohrt hatte. Einmal gelang es ihr sogar, in die Garage zu schlüpfen, als sie vergessen hatten, das Tor zu schließen. Sie strich mit den Fingern über die Hauben der schicken Autos. Sie öffnete vorsichtig die Tür des Wagens, der ihrem Liebling gehörte, dem blonden Jungen, steckte den Kopf hinein und atmete das herrliche Aroma von teurem Leder ein. Dann legte sie die Hand auf den Sitz, wo er gesessen, wo jener Teil seines Körpers sich befunden hatte. Es war fast, als würde sie ihn selbst anfassen. Sally erschauerte vor Wonne.

Dann sah sie hinüber und durch die Fenster des Autos, das dem Chinesenjungen gehörte, wo sie etwas auf dem Rücksitz bemerkte. Sally bevorzugte den Blonden, aber der Chinese war der beste Liebhaber der drei. Sie hatte ihn viele Male beobachtet und fast selbst empfunden, was er mit den Mädchen anstellte. Sie versuchte, die Autotür zu öffnen und hineinzusehen, aber sie war abgeschlossen.

Sally lächelte. Das sah ihm ähnlich, das Auto in der Garage abzuschließen. Er war immer so eigen mit seinen Sachen, so sauber und ordentlich. Als sie am Morgen nach einer ihrer lautstarken Auseinandersetzungen aufgestanden war, um den Kindern Frühstück zu machen, hatte sie eigentlich nicht damit gerechnet, etwas zu sehen, denn sie wußte, die Jungs standen selten vor Mittag auf, stellte aber zu ihrem Erstaunen fest, daß der chinesische Junge schon wach war und im Schlafzimmer saubermachte. Sie stand da und beobachtete, wie er das Bett frisch bezog, ordentlich die Ecken des Lakens feststeckte, gründlich die Wände abwusch, die Möbel, fast alles in dem Zimmer.

»Mommy, ich hab Hunger«, sagte Sallys ältester Junge. »Wann bekommen wir was zum Abendessen?«

»Ich weiß nicht«, sagte Sally, sah zu dem Haus nebenan und dem roten Wagen und stellte sich auf Zehenspitzen, damit sie über den Zaun schauen konnte. Dann ließ sie sich wieder auf die Stufen sinken. Die neuen Nachbarn waren ihr egal.

»Mommy, bitte, gib uns was zu essen«, beharrte der Junge und zupfte an ihrem Ärmel. »Wo ist Daddy?«

»Hör auf damit«, sagte Sally, riß sich los und sah ihren Sohn böse an. »Euer Vater arbeitet heute länger. Iß ein paar Cracker und laß mich in Ruhe.«

»Ich hab schon zu Mittag Cracker gegessen.«

Sally antwortete nicht. Sie hing ihren Gedanken nach. Als der Polizist gestern hiergewesen war, war sie zu Tode erschrocken, überzeugt, die Jungs hätten sie wegen ihrem Spionieren angezeigt, und rechnete damit, daß sie festgenommen werden würde wie eine gemeine Verbrecherin, eine Irre. Sie dachte sogar, die Jungs wären ihretwegen weggezogen.

Aber jetzt war sie sicher.

Der Polizist war nicht zurückgekommen, und die Jungs waren fort. Es war vorbei. Die Henderson Avenue würde nie mehr wie früher sein, und Sally auch nicht. Sie wollte Earl nicht. Sie wollte keine Bande kreischender Kinder mehr.

Sally Farrar wollte, was sie durch das Küchenfenster gesehen hatte.

Kaum war Ann am Samstag morgen aufgewacht, rief sie Freddys Mutter Louise Litsky an und fragte, ob sie immer noch vorhatten, morgen mit den Jungs zum Magic Mountain zu fahren.

»Aber natürlich«, antwortete die Frau. »Das heißt, wenn es nicht regnet.«

Ann erklärte, was sich zwei Nächte zuvor abgespielt hatte und daß sie deshalb Angst hatte, David könnte etwas geschehen. Louise drückte ihr Mitgefühl aus und fragte, ob sie etwas tun könne. »Ja, das könntest du«, sagte Ann. »Macht es dir was aus, wenn David heute nacht bei euch schlafen würde? Ich muß ihn aus dem Haus bekommen, Louise.«

»Ich muß darüber nachdenken, Ann«, antwortete sie zögernd, weil sie sich nicht in etwas hineinziehen lassen wollte. »Du weißt, ich will dir helfen, aber ich möchte meine eigene Familie nicht in Gefahr bringen.«

»Vergiß es«, sagte Ann rasch. »Du hast die Jahre über genug getan. Ich habe vollstes Verständnis, Louise.«

»Da fällt mir was ein. Charles und ich gehen mit den Jungs in ein Hotel in der Nähe des Freizeitparks und verbringen die Nacht dort. Damit wir sicher sein können, daß niemand weiß, wo sich David aufhält, könntest du ihn in Charles' Büro in der Stadt absetzen. Ich sage Charles, daß er dort auf dich warten soll. Wenn du dich mit ihm in der Tiefgarage triffst, wird euch niemand folgen können. Sie wüßten nicht, auf was für ein Auto sie achten sollen.«

Ann war nicht sicher, ob diese Vorsichtsmaßnahmen notwendig waren, fühlte sich aber dennoch erleichtert. »Du kannst dir nicht vorstellen, wie dankbar ich dir bin, Louise«, sagte sie.

»Ann, warum kommst du nicht mit uns? Warum willst du nach alledem allein im Haus bleiben?«

Da hatte Louise nicht unrecht, aber Ann hatte nicht vor, allein zu bleiben. Sie wollte mit Glen ausgehen, diesen ganzen Wahnsinn ein paar Stunden lang vergessen. »Nein, Louise, aber trotzdem danke. Tausend Dank, für alles. Ich werde David um fünf Uhr bei Charles' Büro abliefern.«

Kurz vor dem Mittagessen ging Reed ins Archiv. Der Fall fügte sich nahtlos zusammen. Er hatte gerade mit Hopkins gesprochen, der sicher war, daß sie in wenigen Stunden einen Haftbefehl für Peter Chen haben würden. Obwohl Samstag war, bestand Hopkins darauf, daß er sich sofort darum kümmerte. Wenn sie Chen verhafteten, konnte das die Spur zu Sawyer sein. Nicht nur das, wenn Chen klar wurde, daß Wilkinson ausgepackt hatte, verpfiff er vielleicht alle zusammen, einschließlich Sawyer.

Er stand am Tresen und suchte nach einem Gesicht. »Angie«, rief er einer hübschen Brünetten zu. »Komm mal her, ich hab was für dich.«

Angie Reynolds war privat ein umgänglicher Mensch, aber bei der Arbeit nicht weniger aggressiv als irgendein Kollege im Außendienst. Sie hatte das dunkle Haar zu einem Pferdeschwanz zurückgebunden und trug einen dunklen Pullover, einen kurzen schwarzen Rock und Tennisschuhe. Angie sah wie eine Schülerin der High School aus, aber Tommy wußte, sie hatte vier kleine Kinder zu Hause.

»Folgendes haben wir«, sagte er. »Ich glaube, wir haben möglicherweise einen Mord, aber bis jetzt haben wir keine Leiche und keine Identifizierung. Ich möchte von euch gern einen Ausdruck aller Vermißtenmeldungen der letzten neunzig Tage. Ich weiß, ihr habt mir gestern einen ganzen Stapel Material gegeben, aber wir müssen es irgendwie eingrenzen. Fangen wir mit Frauen um die Zwanzig an. Faxt uns die Meldungen mit Fotos. Und habt ihr was von den Leichenschauhäusern rauskriegen können?«

»Nein«, sagte sie und lächelte ihn freundlich an. Tommy Reed stand ganz oben auf ihrer Liste netter Typen. »Es gibt ein paar anonyme Frauenleichen in Los Angeles, aber die haben noch alle Finger. Ich werde Anfragen durch den ganzen Bundesstaat schicken. Und wenn das nichts bringt, nehm ich mir die angrenzenden Staaten vor.«

Er gab ihr ein Blatt Papier mit der Autonummer des roten Honda, gegen den Jimmy Sawyer seinen Porsche eingetauscht hatte, als es ihm gelungen war, Rodriguez am Einkaufszentrum abzuhängen. Die Besitzerin war eine junge Frau, noch keine zwanzig, namens Jennifer Daniels. Sie kannte Sawyer seit einiger Zeit, hatte aber keine Ahnung, wo er jetzt steckte. Er war lediglich in die Boutique gekommen, wo sie arbeitete, und hatte gefragt, ob sie ein paar Tage die Autos tauschen könnten. Einen Porsche gegen einen Honda, hatte das Mädchen mit leuchtenden Augen gesagt. Das war ein Angebot, das man nicht zurückweisen konnte.

»Vergiß nicht zu erwähnen, daß Sawyer und Chen bewaffnet und gefährlich sein könnten. Und achte darauf, einen Querverweis auf den Honda in den Haftbefehl mit aufzunehmen, und gib Peter Chen so schnell wie möglich ins Netz ein.«

Reed war schon den Flur hinuntergegangen, als sie rief: »He, Holzkopf, komm noch mal her. Ich brauche eine vollständige Beschreibung der Leute.«

Reed drehte sich um und ging zurück. »Du willst das volle Programm, was?«

»Worauf du dich verlassen kannst«, sagte Angie, griff ihn sich und zog beim Reden seine Krawatte zurecht. »Weißt du, ich kann eine Menge aus ihren DMV-Unterlagen erfahren, aber ohne Geburtsdatum habe ich nicht mal die. Dann brauche ich die Nummer des Autos von diesem Chen. Und übrigens, Reed, sie geben die Haftbefehle im Gerichtsgebäude ein.« Sie betrachtete seine Krawatte und legte den Kopf schief, um festzustellen, ob sie korrekt saß.

»Hör zu«, sagte Reed, »manchmal braucht das Gericht

dreißig Tage oder länger, um einen Haftbefehl in das Netz einzugeben. Ich will sie sofort drin haben. Ich gebe dir alle Informationen, Angie, sogar die Aktenzeichen der Haftbefehle. Ich hab alles, was du brauchst, in meinem Büro.«

»Das sind die Verdächtigen im Fall Carlisle, richtig?« sagte sie, als sie sein angespanntes Gesicht sah. »Wie steht Ann es durch?«

»Du weißt schon«, sagte Reed und machte eine Schaukelbewegung mit der Hand. »So la la.«

Als Reed ging, dachte sie an Ann Carlisle und all das Schlimme, das die Frau hatte durchmachen müssen. Nicht lange nach dem Verschwinden ihres Mannes hatte Angie sie spät nachts die Straße hinuntergehen sehen. Angie dachte, Anns Auto wäre kaputtgegangen und bot ihr an, sie mitzunehmen. Aber Ann hatte gesagt, sie könne einfach nicht mehr im Haus bleiben und warten, daher hätte sie sich angewöhnt, nachts spazierenzugehen. Sie waren Kaffee trinken gegangen, und Angie hatte ihr Möglichstes getan, sie zu beruhigen. Dann hatte sie ihr die Telefonnummer einer Hellseherin gegeben, die sie einmal bei der Polizei herangezogen hatten, weil sie dachte, die Frau könnte ihr helfen. Was das für ein Theater gewesen war, dachte Angie. Sie hätte nie gedacht, Ann würde sich soweit hinreißen und die Frau bei sich einziehen lassen. Tommy Reed war stinksauer gewesen.

Als Reed wieder an seinen Schreibtisch kam, konnte er Sawyers Akte nicht finden. Er wußte, er mußte sie haben, es sei denn, Abrams hätte sie mitgenommen. Abrams war der Unterhändler des Departments bei Geiselnahmen, und der Captain hatte ihn hinzugezogen, um mit einem Psychopathen zu verhandeln. Der Irre hielt drei Schwestern und einen Arzt im hiesigen Krankenhaus gefangen und behauptete, sie hätten seiner Frau ein falsches Baby untergeschoben.

Bei der Suche fiel sein Blick auf die Inventarliste, die er aus Hank Carlisles Akte gezogen hatte, und er studierte sie erneut. Ein fehlendes Glied – was konnte es sein? Sie waren überzeugt gewesen, daß zumindest Hanks Revolver irgendwann auftauchen würde. Es war unwahrscheinlich, daß die Person oder Personen, die ihn getötet hatten, die Waffe mit der Leiche begraben hatten. Waffen waren interessant. Sie kamen immer irgendwo wieder ans Licht. Waffen, mit denen ein Mord begangen worden war, tauchten bei einem anderen wieder auf, manchmal Jahre später. Polizisten hatten eine Faustregel dafür: der Typ Mensch, der eine Waffe benützte, vernichtete sie selten, auch wenn die Schußwaffe die einzige Verbindung zu dem Verbrechen sein sollte.

Reed ließ das Blatt Papier nachdenklich sinken und fand Sawyers Akte schließlich auf Abrams' Schreibtisch. Aber als er das Büro der Detectives verlassen wollte, schoß ihm plötzlich ein Gedanke durch den Kopf, und er kehrte um. Er hob den Zettel mit der Seriennummer von Hanks Smith & Wesson Revolver auf.

»Hier, Angie«, sagte Reed und gab ihr die Informationen über Sawyer und Chen, die sie brauchte. »Und könntest du diese Seriennummer für mich abfragen? Ich warte.«

Sie setzte sich an eine Computertastatur und gab die Zahlen ein. »Die ist sauber«, sagte sie Sekunden später.

»Sie kann nicht sauber sein«, rief Reed aus. »Diese Waffe hat Hank Carlisle gehört. Jede Alarmsirene der Welt müßte bei dieser Seriennummer losheulen.«

»Vielleicht hab ich einen Fehler gemacht«, sagte sie hastig. »Ich versuch's nochmal.«

Reed ging eilig um den Tresen herum und zog sich einen Stuhl direkt neben den der Frau.

Sie tippte auf den Bildschirm. »Siehst du, sie ist sauber. Gar nichts da. Vielleicht hat sie jemand aus Versehen gelöscht. Es ist vier Jahre her, richtig?«

»Richtig«, sagte Reed gallig. Genau aus diesem Grund hatte er beschlossen, die Nummer abzuchecken. Manchmal vergaßen selbst Polizisten, daß Daten, die in das Netz eingegeben wurden, aus Versehen entfernt oder gelöscht werden konnten, und niemand prüfte es jemals nach. »Rufen Sie die Highway Patrol an und erzählen Sie ihnen davon. Sie sollen die Waffe wieder ins Netz eingeben. Sie ist unsere einzige Hoffnung, den Mörder jemals zu fassen.«

»Moment mal, da heult doch eine Sirene«, sagte Angie und konzentrierte sich auf den Bildschirm. »Sie ist nicht als gestohlen eingegeben, aber es sieht so aus, als wäre sie verpfändet worden. Augenblick, ich hol mir die Akte.« Sie tippte, worauf ein anderes Bild erschien.

»Wo wurde sie verpfändet?« fragte Reed begierig. »Das könnte es sein.«

»Siehst du das AZ in der kleinen Box?« sagte sie und deutete darauf. »Das ist der Code für Arizona. Tut mir leid, aber wir haben nur eine nationale On-Line für dieses Netz. Niemand weiß bis jetzt, wie man es richtig benützt, sonst wäre es mir schon beim erstenmal aufgefallen.« Angie holte ein dickes Handbuch hervor und blätterte es beim Sprechen durch. »Weißt du, wir hatten früher schon Unterlagen über verpfändete Gegenstände, aber nur sporadisch. Jeder Computereintrag mußte durch einen Ausdruck des Pfandhauses abgesichert sein. Du weißt schon, Kopien der Empfangsbestätigungen. Aus diesem Grund haben sich die Pfandleihen, so lange es ging, gesträubt.« Sie sah ihm in die Augen. »Heute machen wir alles per Modem, und wenn sie keinen Computer haben, müssen sie es nur faxen. Wenn die Fehlerteufel aus dem Netz verschwunden sind, muß es großartig sein. Stell dir nur die vielen gestohlenen Sachen vor, die wir wiederbeschaffen können. Scheiße, ich kann den Abschnitt nicht finden.« Sie warf das Buch weg und fing an, am Computer herumzuspielen.

»Der Grund, weshalb wir schließlich doch die Mittel hierfür bekommen haben«, murmelte sie, während ihre Finger über die Tastatur flogen, »ist der, daß wir schnell handeln müssen. Die Pfandleihhäuser können die Sachen nach einer gewissen Zeitspanne verkaufen, wenn wir ihnen nicht sagen, daß sie gestohlen sind.«

»Was machst du da?« fragte Reed besorgt. »Kriegst du es hin?«

Ann gab ein paar Zahlen und Buchstaben ein, worauf sich der Bildschirm mit Daten füllte. »Gottverdammt«, sagte sie. »Schau her, hier haben wir die Person, die sie verpfändet hat, das Datum der Verpfändung, die Adresse und das Pfandleihhaus, wo die Waffe hinterlegt wurde, und die Führerscheinnummer des Kunden. Warte, da ist noch eine Seite.« Sie gab einen Befehl ein. »Das müßte die Foto-Identifizierung des Kunden sein.«

Reed verfolgte fassungslos, was als nächstes geschah. Das Bild hatte nicht die Qualität eines Fotos, aber es war farbig und verdammt gut. Das konnte wahrhaftig der Mörder sein. Dann sah er erschrocken noch einmal hin. Der Mann auf dem computererzeugten Bild wies eine unheimliche Ähnlichkeit mit Hank Carlisle auf. Reed hätte Angie fast aus dem Weg geschubst, damit er sich das Bild besser ansehen konnte. Bildete er es sich nur ein? War er so verrückt wie Ann? Nein, dachte er und starrte das Bild an. Der Mann hatte zwar dunkle Haut, aber das konnte durchaus eine tiefe Sonnenbräune sein. Dichte Gesichtsbehaarung, ein Vollbart und ein buschiger Schnäuzer, verbarg die untere Gesichtshälfte, aber die Nase könnte die von Carlisle sein, und der Knochenbau war derselbe, ziemlich breit in der Mitte des Gesichts. Für das Foto hatte der Mann eine getönte Brille getragen. Das war schlecht, denn es schloß eine der treffsichersten Methoden visueller Identifizierung aus: die Augen.

Aber wer auch immer der Mann sein mochte, Reed war aus dem Häuschen. Wenn sie die Waffe wiederbekamen, waren sie auf dem bestem Weg herauszubekommen, was Hank Carlisle zugestoßen war. Dies war der erste bedeutende Durchbruch in dem Fall seit fast vier Jahren.

Als er sah, daß Angie darauf wartete, von ihm zu hören, was sie als nächstes tun sollte, sagte er: »Kannst du das ausdrucken?«

»Klar«, sagte sie und erwachte wieder zum Leben. »Ich

druck das ganze Ding aus. Die Waffe wurde vor sechs Wochen verpfändet. Wenn du nicht willst, daß das Pfandleihhaus sie einem anderen verkauft, solltest du schnellstens anrufen.«

»Worauf du dich verlassen kannst«, sagte Reed und nahm die Blätter an sich, wie sie aus dem Drucker kamen.

»Okay, während du das machst, laß ich die Highway Patrol wissen, was wir gefunden haben.« Angie griff zum Telefon und wählte die Nummer aus dem Gedächtnis.

Plötzlich sprang Reed auf und drückte die Gabel nieder. »Nein«, sagte er.

Angie sah ihn erbost an. »Aber warum denn nicht? Das ist doch eine gute Spur, oder nicht? Ich meine, es ist die Waffe, die er bei sich hatte, als er entführt wurde. Der Kerl, der sie versetzt hat, könnte in die Entführung selbst verwickelt sein. Das ist dir doch klar.«

»Unternimm nichts, Angie«, sagte Reed, sah über die Schulter und vergewisserte sich, ob ihnen jemand zugehört hatte. »Ich kümmere mich selbst darum, okay?«

»Na gut«, sagte sie. »Ich geb dir die Nummer der Highway Patrol.« Sie kritzelte die Nummer auf ein Blatt Papier und drehte sich um, um sie Reed zu geben, aber der Detective war schon halb den Flur hinunter.

Glen rief Ann um vier Uhr nachmittags an. »Gehen wir heute abend immer noch aus?« fragte er fröhlich.

Ann antwortete zuerst nicht.

»Ann«, sagte er, »hast du mich verstanden?«

»Es sind seltsame Dinge passiert«, sagte sie, nachdem sie entschieden hatte, daß sie es ihm sagen mußte. »Ich wollte es dir gestern schon erzählen, hatte aber keine Zeit.«

»Mein Gott, geht es dir gut?«

»Ja«, sagte Ann langsam. »Mir ist nichts geschehen.« Sie stand in der Küche, hielt das tragbare Telefon in der Hand, und der Anruf von Hank beherrschte immer noch ihr ganzes Denken. »Ich bekomme Anrufe, Glen. Ich bin nicht sicher, aber die Stimme klingt wie die meines Mannes.«

»Nein«, sagte er ungläubig. »Was sagst du da?«

»Ich weiß, es ist verrückt«, sagte Ann, die verzweifelt wollte, daß er ihr glaubte. »Aber ich sage dir, die Stimme hört sich genau wie die von Hank an. Nicht nur das, er könnte der Mann gewesen sein, der in mein Haus eingebrochen ist und mich angegriffen hat.«

»Wie kommst du darauf?«

»Als ich ihn im Licht gesehen habe, hab ich ihn wiedererkannt.«

»Als deinen Mann?« sagte er. »Du hast ihn als deinen Mann erkannt? Dein Mann ist tot, Ann. Wie kann das sein?«

Sie wurde ungeduldig. »Ich habe ihn nicht eindeutig als meinen Mann erkannt«, sagte sie und wußte nicht, wie sie es erklären sollte. »Seine Augen ... Glen, ich habe die Augen des Mannes erkannt. Sie kamen mir bekannt vor. Ich weiß, ich habe diese Augen schon mal gesehen.«

»Ach so«, sagte er ruhig, »es war nur Sawyer. Weißt du noch, als auf dich geschossen wurde, hast du auch gedacht, dein Mann wäre am Tatort. Hast du mir das nicht gesagt?«

»Natürlich, aber –«

»Nun, das ist die Erklärung. Wenn du bei Sawyer an deinen Mann denken mußtest, als auf dich geschossen wurde, müssen sie eine Gemeinsamkeit haben.« Glens Stimme wurde leiser. »Möglicherweise die Augen?«

»Das glaube ich nicht«, sagte Ann. »In der Nacht, als ich angeschossen wurde, war ich nicht bei Sinnen. Dies ist etwas anderes.«

»Denk nur darüber nach, was ich gesagt habe, okay?«

»Gut«, sagte Ann. Sie hätte es gar nicht erst erwähnen sollen. Noch jemand, der ihr erzählte, wie albern sie sich anhörte, hatte ihr gerade noch gefehlt.

»Wie wäre es denn mit acht Uhr?« sagte Glen. »Sollen wir uns im Bristol treffen?«

»Prima«, sagte Ann.

Nachdem sie aufgelegt hatte, ging sie ins Bad, um zu duschen und sich vorzeigbar zu machen. Als sie vor dem

Spiegel stand, war sie erschrocken über das, was sie erblickte. Sie sah aus, als wäre sie tausend Jahre alt. Ihr Haar war schlaff und stumpf, ihre Lippen rissig, ihre sonst makellose Haut mit einer Art Ausschlag überzogen, der sie rauh wie Schmirgelpapier machte. Als sie ihr Gesicht mit den Fingern berührte, spürte Ann Dutzende winziger Wölbungen unter der Oberfläche.

»Ich muß weitermachen«, sagte sie sich. Selbst wenn es sich bei dem Anrufer um Hank handelte – er rief sie offenbar nicht an, um ihr zu sagen, daß er sie liebte. Er rief an, um ihr angst zu machen; er war zurückgekommen, um ihr ihren Sohn zu nehmen. Nach all den Jahren machte ihr Hank Carlisle immer noch das Leben zur Hölle.

Ann warf ihrem Spiegelbild einen letzten, mißfälligen Blick zu, dann zog sie sich aus und ging unter die Dusche. Während sie ihren Körper abschrubbte, schwor sie sich, daß sie sich von Hanks Anrufen, real oder eingebildet, nicht ihre Beziehung zu Glen kaputtmachen lassen würde. Wenn sie Glen verlor, würde sie sich das nie verzeihen. Endlich hatte sie einen Mann gefunden, den sie respektierte, einen Mann, der sie mit seiner Lebenslust mitriß, einen Mann, der zu wissen schien, wie er sie glücklich machen konnte.

Schon ging es ihr besser. Sie würde David absetzen, nach Hause fahren, sich zur Abwechslung einmal etwas Hübsches anziehen, und vielleicht, nur vielleicht, gelang es ihr, so etwas wie einen normalen Abend zu verbringen.

Das Restaurant, das sich auf belgische Küche spezialisiert hatte, befand sich in einem reizenden, altmodischen viktorianischen Haus. Glen wartete bereits an einem Tisch, als Ann eintrat. Sie trug ein kurzes schwarzes Kleid, ein leichtes Strickkleid, und nur eine Perlenkette um den langen, schlanken Hals. Sie wirkte ganz schlicht, der Kurzschnitt gab das Gesicht vollkommen frei, aber sie sah atemberaubend aus, und zahlreiche Köpfe drehten sich nach ihr um, als sie zu Glens Tisch ging. Normalerweise trug Ann immer praktische Schuhe zur Arbeit, aber heute abend hatte sie ein Paar Pumps angezogen. Dadurch kamen ihre langen Beine besser zur Geltung, ihr Gang wirkte verführerischer, wenn die Hüften unter dem hautengen Stoff wippten.

Glen stand mit zaghaftem Lächeln auf. »Du siehst großartig aus, Ann«, sagte er »Im Ernst, absolut atemberaubend.«

Ann hauchte ihm einen Kuß auf die Wange, setzte sich an seinen Tisch und sonnte sich in seinen Komplimenten. »Ich habe beschlossen, mein Leben weiterzuleben, weißt du. Was immer auch passieren mag.«

Glen hatte sich kaum gesetzt, beugte er sich über den Tisch und sprach mit leiser, angespannter Stimme. »Nach unserem Gespräch habe ich darüber nachgedacht, was du über deinen Mann gesagt hast, Ann. Es ist nicht recht von mir, dir zu sagen, was du denken und was du tun sollst. Wenn du glaubst, daß es Hank ist, dann muß es Hank sein.« Er wandte sich ab, als würden seine aufgewühlten Gefühle nicht zulassen, daß er sie ansah. »Und wenn er es nun ist? Was wird dann aus uns?«

Ann spielte mit der Serviette auf dem Schoß. »Laß uns nicht darüber sprechen«, sagte sie. »Nicht heute abend, Glen.«

»Nein«, sagte er hart und schlug auf den Tisch, daß das Silber klirrte. »Ich muß es wissen, Ann. Wie können wir weitermachen, wenn du alles hinwerfen wirst, sobald er zurückkommt?«

Ann sah ihm starr in die Augen. Schließlich antwortete sie mit fester Stimme: »Ich werde es nicht hinwerfen, Glen.«

Die Anspannung verschwand aus seinem Gesicht. »Gut«, sagte er und winkte lächelnd den Kellner herbei. »Essen wir.«

Ann nahm die Speisekarte zur Hand, studierte sie und entschied sich für eine Geflügelcrêpe mit Pilzrahmsoße. Sie hatte in letzter Zeit kaum etwas Vernünftiges zu sich genommen und wußte, sie hatte Gewicht verloren. Heute abend war ihr zumute, als könnte sie alles essen, was ihr vorgesetzt wurde.

Glen bestellte eine Flasche Wein zum Essen, dann seufzte er und lehnte sich auf dem Stuhl zurück. »Wir haben also den ganzen Abend für uns.«

»Toll, nicht?« sagte Ann, die sich über den Salat hermachte, kaum hatte der Kellner ihn auf den Tisch gestellt. »Köstlich. Und deiner?«

Er streckte die Finger über den Tisch aus. »Du hast mir gefehlt, Ann.«

»Du mir auch.«

»Ich will dich verschlingen«, sagte er und rieb unter dem Tisch sein Bein an ihrem. »Das ist es, worauf ich wirklich hungrig bin.«

Ann ließ die Gabel fallen, als sie die Berührung spürte, und ihr Gesicht nahm einen hellrosa Ton an. Sie konnte es bereits spüren – das Ziehen zwischen den Beinen. »Du bist ein Sex-Monster«, sagte sie. »Du solltest dich schämen.«

»Ich schäme mich nie«, sagte Glen mit tanzenden Augen und leiser, verführerischer Stimme. »Ich würde mich nur schämen, wenn ich nicht imstande wäre, dich zu befriedigen.«

Ann reagierte, zog den Schuh aus und rückte mit dem Stuhl näher an den Tisch. Dann tastete sie mit der Fußspitze nach seinem Schritt. »Ach ja?« sagte sie. »Bis jetzt habe ich keinen Grund zur Beschwerde.«

Der Kellner brachte den Wein an den Tisch, und Ann setzte sich gerade hin und stellte beide Füße wieder auf den Boden. Als der Kellner eingeschenkt hatte, sagte sie: »Wir könnten gehen, wenn du willst ...«

»Genau das will ich.« Sein Blick folgte dem Kellner, bis er ein gutes Stück entfernt war. Als er sich Ann wieder zuwandte, waren seine Augen halb geschlossen vor Verlangen. »Es sei denn, du möchtest gleich hier mit mir unter den Tisch gehen. Wir könnten eine Show abziehen. Du weißt schon«, sagte er lachend, »diesen netten Leuten ein bißchen Unterhaltung bieten.«

»Nein«, sagte Ann hastig, weil sie nicht sicher war, ob er einen Witz machte. »Laß uns gehen. Ich hab sowieso keinen Hunger.«

Er rief den Kellner und verlangte, sehr zu dessen Überraschung, die Rechnung. »Wir gehen zu mir, Ann. Da wird uns nichts ablenken.«

»Wie du meinst«, sagte sie und lächelte strahlend.

Von außen sah Glens Haus recht bescheiden aus. Es war gerade zehn Jahre alt, die Fassade vorne fast vollständig von dichtem Gebüsch und hohen Bäumen verborgen. Aber als Glen sie zum erstenmal hineingebeten hatte, war Ann angenehm überrascht gewesen. Das Innere war mit kostbaren Möbelstücken versehen, die sie bei einem Junggesellen nicht erwartet hätte. Er sammelte Antiquitäten, und die meisten waren massiv. Im Wohnzimmer stand ein Polstersofa mit einem gobelinähnlichen Bezug. Fast auf jedem Tischchen stand eine Skulptur oder ein Kunstgegenstand. Jedes Stück hatte seinen Platz. Keine Gläser standen ohne Untersetzer herum, es gab kein schmutziges Geschirr in der Spüle, keine ungemachten Betten oder auf den Boden geworfene Handtücher.

Glen machte Feuer im Kamin und ging eine Flasche Wein für sie holen. Ann fühlte sich auch so schon ein wenig benommen, was sie auf Schlafmangel und ihre sporadische Ernährung in letzter Zeit zurückführte.

»Ich glaube, ich werde betrunken«, sagte sie, als Glen zurückkam und ihr ein langstieliges Kristallglas gab.

»Vielleicht brauchst du genau das«, sagte er und zog sie in seine Arme. Ann küßte ihn, dann wich sie zurück und stellte das Glas auf den Kaminsims. »Dich brauche ich.«

»Ach, wirklich?« sagte er und massierte ihre Pobacken durch den Rock. »Du fühlst dich gut an, Ann, wirklich gut. Es ist viel zu lange her.«

Er schob behutsam den Kragen ihres Kleids nach unten,

bis die Schultern entblößt waren. Dann küßte er beide Schultern und strich mit dem Finger am Schlüsselbein entlang. »Du bist so zierlich«, flüsterte er. »Deine Haut, deine Knochen, deine Nase, sogar dein Mund.«

»Wie kann ich zierlich sein?« sagte Ann. »Ich bin so groß, ich sehe aus wie eine Giraffe.«

Er schob das Strickkleid weiter nach unten. Ann trug keinen BH, daher stand sie bald von der Hüfte aufwärts nackt vor ihm, den Rücken zum Feuer gewandt. Ihre Finger machten sich an den Knöpfen seines Hemdes zu schaffen. Sie war so nervös, daß sie sie nicht aufbekam, daher ließ sie schließlich die Hände sinken und sah nur zu, wie Glen sich das Hemd selbst auszog. Unter der Haut des Oberkörpers wölbten sich kräftige Muskeln, sein Brusthaar war schwarz und dicht. Sie betrachtete ihn im spärlichen Schein des Kaminfeuers, dann ging sie zu ihm, bis sie die Brust an seine preßte.

»Meine Brüste sind zu klein«, sagte sie schüchtern.

»Nein«, sagte er und drückte sie zurück, damit er sie sehen konnte, »sie sind perfekt. Wenn sie größer wären, würden sie herunterhängen wie bei einer alten Frau. Ich hasse Hängebrüste. Die Brüste meiner Mutter hängen.«

Mit einer geschmeidigen Bewegung ergriff er Anns Hand und zog sie auf den Plüschteppich. Dann zog er ihr vorsichtig das Kleid ganz aus und warf es beiseite. Ann trug einen Strumpfhalter und Strümpfe, aber keine Unterwäsche. Glen hatte ihr mehrmals gesagt, wie sehr ihn das erregte. Er hatte ihr sogar die Strapse geschenkt, die sie jetzt anhatte, aber bis heute abend hatte sie noch keine Gelegenheit gehabt, sie zu tragen.

Ann lag auf dem Rücken, während seine Hände forschten, hatte die Augen geschlossen und lauschte dem Prasseln und Knacken des wenige Schritte entfernten Kaminfeuers; durch den Wein fühlte sie sich weit entfernt von dem, was ihr zugestoßen war, locker und enthemmt. Ein hübscher, aufregender Mann machte Sex mit ihr, und sonst schien nichts mehr zu zählen.

Aber als er ihr die Beine spreizte und den Kopf dazwischen senkte, wollte Ann sich aufrichten und protestieren. Sie hatte das mit Hank nie gemacht und schämte sich, aber Glen drückte sie wieder nach unten und hielt sie mit den Armen fest. Nach den ersten zarten Liebkosungen entspannte sie sich und ließ ihren Körper reagieren. Sie warf den Kopf von einer Seite auf die andere und stöhnte. Da sie nicht sicher war, ob sie es noch lange aushalten würde, wollte sie Glen auf sich ziehen, doch der blieb standhaft.

»Bleib einfach liegen«, flüsterte er. »Ich möchte, daß du etwas empfindest, was du noch nie empfunden hast. Ich möchte dir zeigen, was wahre Lust ist.«

Ann hörte seine Worte, aber sie waren zusammenhanglos und weit entfernt. Die Lust, die sich irgendwo tief in ihrem Körper aufbaute, war überwältigend. Sie spürte Tränen auf den Wangen und konnte sie nicht zurückhalten. Es war fremd und wunderbar zugleich, sich so gut zu fühlen. »Bitte, Glen«, flehte sie, »ich will dich in mir spüren.«

Sie erwartete, daß er sich auf sie legen würde, aber das tat er nicht. Statt dessen streckte er sich neben ihr auf dem Boden aus und zog sie auf sich. »Reite mich«, sagte er mit leidenschaftlichem Blick.

Ann preßte die Lippen auf seine und spürte, wie er sich in sie bohrte. Seine Hände umfaßten ihre Pobacken und zwangen sie, sich in seinem Rhythmus zu wiegen. Ihre inneren Muskeln zuckten, umschlossen ihn immer wieder fest und gaben ihn wieder frei. Glen hob sie in die Höhe, bis die Verbindung fast unterbrochen war. Dann stieß er sie wieder hinab. Ann richtete sich auf, krümmte den Rücken, spürte seine sanften Hände, die ihre Brüste und die weiche Haut ihres Unterleibs liebkosten. Dann streichelten seine Finger genau die Stelle, wo ihre Körper vereint waren.

»O Gott«, schrie sie, warf sich auf seine Brust und ritt ihn heftig, beider Körper schweißnaß. »Ich liebe dich«, sagte sie.

Als sie erschöpft auf seine Brust sank, drehte er sich mit

ihr, ohne aus ihr herauszugleiten, bis er oben lag und sie zu ihm aufsah.

Er nahm ihre Beine, legte sie auf seine Schultern und stieß immer wieder in sie hinein; sein Gesicht war verzerrt, die Augen geschlossen, ganz Kraft und Entschlossenheit, wie ein Besessener. »Ja, ja«, schrie er, und sein ganzer Körper zuckte und bebte, als er in ihr explodierte.

Schließlich sackte er über ihr zusammen, schwer und bewegungslos. Nach etwa fünf Minuten glaubte Ann, daß sie nicht mehr atmen könnte, und war überzeugt, er sei eingeschlafen. Es gelang ihr schließlich, sich unter ihm hervorzuwinden. »Wohin gehst du?« sagte er und streckte eine Hand aus. »Komm zu mir zurück.«

Ann lachte, und sie sahen sich auf der Seite liegend an, nur zwei Zentimeter voneinander entfernt. »Ich schäme mich«, sagte sie. »Ich hab mich noch nie so ... du weißt schon ... gehenlassen.«

Glen lächelte und kniff ihr mit Daumen und Zeigefinger in die Brustwarze, bis sie wimmerte. »Was ist los?« fragte er. »Magst du das nicht?«

»Nicht, wenn es wehtut«, sagte sie und machte es bei ihm. »Siehst du, das tut weh. Wenn du es zärtlich machst, ist es sexy. Wenn du es zu fest machst, tut es verdammt weh.« Sie wollte ihm sagen, daß es sie momentan besonders abstieß, weil der Mann, der sie überfallen hatte, sie so angefaßt hatte. Dann überlegte sie es sich anders. Wenn sie von dieser Nacht erzählte, würden sie nur wieder von Hank sprechen. Was würde das bringen?

»Oh, jetzt bist du Expertin, was Lust angeht«, sagte Glen, dessen Blick sich in sie bohrte. »Weißt du nicht, daß Schmerz und Lust eng verwandt sind? Ohne Schmerz gäbe es so etwas wie Lust gar nicht.«

Ann spürte, daß sein Stolz verletzt war, und kicherte. »Vielleicht, aber mir ist die Lust lieber.«

Mit einer raschen Bewegung sprang Glen auf sie und drückte ihre Hände auf den Boden. »Jetzt bist du hilflos«, sagte er. »Mir vollkommen ausgeliefert.«

Ann kicherte, aber es gefiel ihr nicht. Sie versuchte, die Arme zu befreien. »Laß mich los. Ich mag nicht ...«

»Was?« sagte Glen unbekümmert. »Gehörst du zu den Frauen, die immer alles unter Kontrolle haben müssen, Ann?«

»Es geht nicht um Kontrolle ... es ... laß meine Arme los. Ich will aufstehen.« Wußte er nicht, daß sie gerade überfallen worden war? Wußte er nicht, was sie empfinden mußte, wenn sie wieder von einem Mann auf den Boden gedrückt wurde? Möglicherweise glaubte er gerade wegen des Überfalls, daß er wieder ein gewisses Maß an Kontrolle erlangen mußte.

Ein schwarzes Glühen glomm in seinen Augen, aber er ließ sie los. »Da«, sagte er, stand auf und griff nach dem Glas auf dem Kaminsims. »Ich wollte dir nichts tun.«

Ann stand ebenfalls auf, schlang die Arme um seine Taille und küßte ihn auf den Nacken. Dann glitt sie mit den Händen zu seinen Schultern und spürte die verkrampften Muskeln. Er war nervös wegen der Geschichte mit Hank, sagte sie sich, und hatte Angst, er könnte sie verlieren. »Manche Sachen mag ich eben nicht, Glen. Aber ich will Sex mit dir. Ich habe mich heute abend phantastisch gefühlt.«

Da er nicht antwortete, ließ Ann ihn los in dem Bewußtsein, daß sie nichts sagen konnte, um ihn zu beruhigen. Ihre Beziehung war jung, sie hatten noch nicht gelernt, einander zu vertrauen. Wahrscheinlich, überlegte sie, verglich er ihren Sex mit dem, was sich zwischen ihr und Hank abgespielt hatte. Sie hätte fast laut gelacht und dachte, daß er diesbezüglich keine Bedenken haben mußte. Sex mit Hank war schnell und grob gewesen, und sie war selten befriedigt worden.

Ann schlenderte durch das Wohnzimmer und betrachtete seine Kunstgegenstände und die Fotos auf dem polierten Konzertflügel. Als Staatsanwalt verdiente er natürlich mehr Geld als sie, aber sie wußte, er stammte auch aus einer wohlhabenden Familie. Sein schickes Auto, seine europäische Kleidung, die Antiquitäten. Sie hob ein Bild im silbernen Rahmen auf und betrachtete es. »Ist das deine Mutter? Sie sieht so jung aus. Ich meine, wo sie Richterin ist, hätte ich gedacht, sie müßte viel älter sein.«

Glen nahm ihr das Bild aus der Hand und stellte es wieder auf den Flügel. »Ich will nicht über meine Mutter sprechen, okay? Ebenso wenig wie über deinen Mann. Komm mit.«

Er führte sie Richtung Schlafzimmer. Als sie den Flur entlanggingen, raste ein Schauer der Angst durch ihren Körper. Es war dunkel in dem Flur, Erinnerungen an die Nacht, als sie überfallen worden war, stellten sich ein. Ann preßte sich von Panik erfüllt an die Wand.

»Was hast du?« fragte Glen, dessen Hand aus ihrer glitt.

Ann konnte die Stimme des Mannes hören: »Gefällt dir das nicht? Ist es nicht gut?« Nach dem Überfall hatte sie das meiste verdrängt, was sich in dem Flur abgespielt hatte. Jetzt erinnerte sie sich wieder an alles: wie er gerochen hatte, wie er auf ihrem Rücken saß.

»Mir – mir ist schlecht«, stammelte Ann, die sich schon seitwärts Richtung Wohnzimmer zurücktastete, weil sie dringend frische Luft brauchte. »Das Essen ... der Wein ... ich muß gehen.«

»Warte«, sagte Glen und folgte ihr. »Wenn du dich nicht wohlfühlst, leg dich hin, bis es dir bessergeht. Wenn du willst, fahr ich dich nach Hause, und du kannst das Auto morgen abholen.«

»Nein«, sagte Ann, riß ihre Kleidung vom Boden hoch und zog sich rasch an. »Bitte, Glen, ich will nach Hause. Ich fühle mich nicht wohl. Alles war toll, aber ...«

Er hob frustriert die Hände hoch. »Wie du meinst.«

Ann stieg in die Schuhe und rannte förmlich zur Tür.

Als sie in ihrem Jeep saß, legte sie verzweifelt den Kopf auf das Lenkrad. Sie mußte ihr Leben wieder unter Kontrolle bringen und diesem Wahnsinn ein für allemal ein Ende bereiten, andernfalls würde sie diesen Mann und das

Glück, das er ihr brachte, verlieren. Sie hob den Kopf, sah sehnsüchtig zu dem Haus, dachte sich, daß sie zurückkehren sollte, und wußte doch, sie konnte es nicht.

Ihre Gedanken kehrten zu dem Telefongespräch mit Glen zurück, das sie heute geführt hatte. Er war der einzige, der eine einleuchtende Erklärung für die Situation gefunden hatte. Vielleicht erinnerte sie *wirklich* etwas in Jimmy Sawyers Augen an Hank. Er hatte überzeugend darauf hingewiesen, daß sie beidesmal in Gegenwart von Sawyer an Hank gedacht hatte. Sah sie Grausamkeit in seinen Augen? War Sawyer so cholerisch wie Hank? War das etwas, das sie nach jahrelanger Mißhandlung sofort erkennen konnte? Ann wußte, es wäre möglich.

Wie oft hatte sie Sawyer tatsächlich gesehen? Am ersten Tag im Gerichtssaal, am Abend der Schießerei, als sie sich zum Essen getroffen hatten. Jedesmal war sie entweder verletzt oder von anderen Belangen abgelenkt gewesen. Und am Tag seiner Vorverhandlung hatte sie sich Sorgen gemacht, er könnte vor Gericht ihrem guten Ruf schaden. Der äußere Schein hatte ihr immer soviel bedeutet. Das war ein Grund, weshalb sie nie jemand von Hanks Mißhandlungen erzählt hatte.

Sawyer war nicht nur ein Drogendealer, das bewiesen die menschlichen Finger in seinem Kühlschrank. Ja, dachte sie, ließ den Motor an und fuhr vom Bordstein weg, Glen mußte recht haben.

Kapitel 17

Der Sonntag morgen kam und brachte eine neue Entschlossenheit mit sich. Ann nahm sämtliche Informationen zur Hand, die sie über den Fall Sawyer gesammelt hatte, ebenso die Informationen über die Schüsse auf sie, und legte alles in ordentlichen Stapeln auf den Küchentisch. Sie konnte nur wieder ein normales Leben führen, hatte sie in dem Moment entschieden, als sie aufgewacht war, wenn sie die Person oder Personen fand, die sie terrorisierten. Sie durfte ihre Beziehung zu Glen nicht von einem abgefeimten Schurken kaputtmachen lassen, der ein begabter Stimmenimitator war.

Ann holte Davids Tafel aus seinem Zimmer, schleppte sie den Flur entlang und stellte sie auf den Küchentresen. Sie arbeitete den ganzen Vormittag und bis in den Nachmittag hinein, und machte sich Notizen, wenn ihr eine Einzelheit auffiel oder sie ein Loch in dem Fall sah, das noch nicht geschlossen worden war. Eine große Lücke, die sich auftat, war das Fehlen jeglicher Hintergrundinformationen über Peter Chen. Da er kein Vorstrafenregister hatte, abgesehen von ein paar Strafzetteln wegen Falschparken, wußten sie so gut wie nichts über ihn. Wie sollten sie ihn da ausfindig machen? Er wohnte nicht mehr in der Henderson, aber es stand zu bezweifeln, daß er die Gegend verlassen hatte. Er war einfach zu jung, seine Familie und seine Freunde in der Nachbarschaft einfach aufzugeben. Darüber hinaus war er Chinese, und Ann wußte aus Erfahrung, welche Bedeutung die meisten von ihnen der Familie beimaßen.

Sie rieb sich das Kinn und ging die Notizen noch einmal durch. Jemand hatte herausgefunden, daß Chen einmal die Long Beach State University besucht und Chemie studiert hatte. Aber eine beigefügte Notiz besagte, daß die Informationen seitens der Universität zu keinem Ergebnis geführt hatten. Kein Wunder, dachte Ann, als sie das Fax der Verwaltung las. Der fragliche Student hieß Peter Chen, sicher, aber es war der falsche. Als sie es überprüft hatten, hatten sie nur Chens Namen gehabt, nicht sein Geburtsdatum. Das Geburtsdatum der Schulakte stimmte nicht mit dem von Chen überein, und Noah Abrams hatte sich nicht mehr mit der Uni in Verbindung gesetzt, als er die korrekten Informationen bekommen hatte.

Ann sah auf die Uhr und mußte daran denken, daß es Sonntag war. Am Wochenende würde niemand von der Verwaltung arbeiten. Dann kam ihr ein anderer Gedanke. Sie griff zum Telefon und wählte die Auskunft. »Ich brauche die Nummer des Dekanats der Long Beach State«, sagte sie der Telefonistin.

Nach mehreren erfolglosen Anrufen versuchte es Ann schließlich im Rechenzentrum, wo jemand abnahm. Sie fragte den Studenten, der am Telefon war, ob der Dekan auf dem oder in der Nähe des Campus wohnte. Ja, das tue er. Danach sagte sie ihm, daß sie Bewährungshelferin sei und den Dekan wegen eines dringenden Notfalls sprechen müßte, in den einer seiner Studenten verwickelt sei. Der Junge willigte ein, sofort zum Haus des Dekans zu gehen und ihm zu sagen, er solle Ann zurückrufen.

Sie wartete und trommelte mit den Fingern auf den Küchentisch.

Fünfzehn Minuten später läutete das Telefon, und Ann schnappte sich den Hörer.

Die Stimme sagte: »Hol David.«

Die Stimme aus dem Hörer war die ihres Mannes, aber Ann hatte nicht vor, sich täuschen zu lassen. »Wenn Sie das sind, Sawyer, dann machen Sie einen schweren Fehler«, sagte sie mit Nachdruck. »Wenn Sie mir noch einmal näher als fünf Schritte kommen, puste ich Ihnen Ihr verdammtes Gehirn raus.«

Sie wartete, hielt den Atem an und lauschte. Sie hörte etwas in der Leitung, war aber nicht sicher, was es war, eine Art Klicken. »Sie werden nicht reden, ja? Sie werden einfach immer und immer wieder anrufen. Wer Sie auch sein mögen, mich werden Sie nicht fertigmachen.« Diesmal wartete Ann nicht, bis der Mann auflegte. Sie knallte den Hörer auf die Gabel. Wenn es sich nicht um Hank handelte und jemand versuchte, ihr Angst einzujagen, wollte sie ihm die Befriedigung nicht geben. Von jetzt an, beschloß sie, würde sie einfach in dem Moment auflegen, wenn sie die Stimme hörte. Wenn dem Anrufer klar wurde, daß Ann nicht auf ihn hereinfiel, wäre das Spiel zu Ende.

Ein paar Minuten später rief der Dekan an, und Ann versuchte, ihn zu überreden, in die Verwaltung zu gehen und die Informationen über Peter Chen aus dem Computer zu holen.

»Das ist nicht nötig«, sagte der Mann. »Ich bin über meinen eigenen PC mit dem Netz der Universität verbunden. Warten Sie, mal sehen, was ich finden kann.« Er legte den Hörer weg, und Ann hörte eine Tastatur klappern. Wenig später meldete er sich wieder. »Es ist so ein verbreiteter Name. Wissen Sie, wir haben eine Menge Chens hier. Wir haben schon alles versucht, um der Polizei zu helfen, als die sich an uns gewandt hatte. Moment«, sagte er dann, »ich glaube, ich habe ihn.« Er leierte Chens Personenbeschreibung und Geburtsdatum herunter. Ann verglich die Angaben mit denen des Führerscheins. »Soll ich Ihnen die vollständige Personalakte faxen, alles, was wir haben?«

»Super«, sagte Ann.

»Ich muß es aber an eine offizielle Behörde Faxen, Ms. Carlisle. Das wissen Sie doch, oder nicht?«

»Kein Problem«, sagte Ann, gab ihm die Faxnummer der Bewährungsabteilung und dankte ihm überschwenglich. Kaum hatte sie den Hörer aufgelegt, schnappte sie ihre Jacke, steckte die Beretta in die Handtasche und stürmte hinaus.

Auf dem Freeway 405 nach Huntington Beach herrschte nur leichter Sonntagabendverkehr, daher kam Ann schnell voran. Sie sah auf die Liste der Adressen, die sie auf einen gelben Notizblock gekritzelt hatte, fuhr die Ausfahrt Beach Boulevard hinaus und suchte nach der richtigen Querstraße. Schließlich hatte sie sie gefunden und hielt nach Hausnummern Ausschau. Laut der Schulakte wohnte Peter Chens Onkel hier.

Es war ein kleines, hübsches Haus mit perfekt gepflegtem Rasen. Ann klopfte, wartete, sah hinten nach und ging schließlich wieder. Die Zeitungen von mehreren Tagen lagen in der Einfahrt. Die Leute schienen nicht in der Stadt zu sein.

Nächster Anlaufpunkt war einer von Peter Chens Leumundszeugen für die Collegeaufnahme. Da kam wenigstens jemand zur Tür, aber kein Chinese, und er behauptete, er habe noch nie von Peter Chen gehört. Ein neuer Mieter, entschied Ann.

Nach einem weiteren Halt vier Meilen entfernt, in Redondo Beach, kehrte Ann nach Huntington Beach zurück und konsultierte wieder ihre Karte. Von allen Plätzen, die sie aufgesucht hatte, mußte 1845 Orangewood der unwahrscheinlichste sein. Es war das Haus seiner Eltern, und der Junge würde sich kaum dort verstecken. Als sie durch das Viertel fuhr, wo jedes Haus mindestens drei- bis vierhunderttausend Dollar wert sein mußte, mußte sie unwillkürlich denken, was für eine Verschwendung es war, daß sich die drei Jungs in kriminelle Aktivitäten hatten verstricken lassen. Im Gegensatz zu Kindern aus der Innenstadt, hatten sie alle Vorteile gehabt: Anständiges Zuhause, gute Familien, Geld für das College. Peter Chens Zeugnisse der Long Beach State wiesen ihn als überdurchschnittlichen Studenten aus. Warum mußte so ein kluger Junge alles wegwerfen?

Sie klopfte an die Eingangstür und wartete. Ein chinesischer Junge machte die Tür einen Spalt auf und sah heraus. Zuerst dachte Ann, er wäre erst zehn, aber bei näherem

Hinsehen entschied sie, daß er vierzehn oder fünfzehn sein mußte. »Hi«, sagte sie. »Ich bin hier, um mit Peter zu sprechen. Bist du sein Bruder?«

»Er wohnt hier nicht mehr.«

»Ich verstehe«, sagte Ann. »Sind deine Eltern zu Hause?«

»Nein.«

»Weißt du zufällig, wo sich Peter aufhält?«

»Er wohnt jetzt in Ventura.« Der Junge sah hinter sich und zog die Tür soweit zu, daß nur noch ein schmaler Streifen seines Gesichts zu sehen war.

»In der Henderson? Ist das die Adresse?«

»Ja«, sagte der Junge höflich. »Worum geht es?«

Ann seufzte enttäuscht. »Nichts«, sagte sie, ging die Treppe hinunter und stieg in den Wagen ein, um wegzufahren. Sie schaltete die Innenbeleuchtung ein, damit sie ihre Karte studieren konnte, als sie aus dem Augenwinkel etwas sah. Die Vorhänge am Fenster zur Straße bewegten sich. Okay, sagte sie sich, ließ den Motor an und fuhr langsam um den Block. Sie parkte am Ende der Straße, dann ging sie zu Fuß zur Eingangstür und klopfte. Möglicherweise ging da drinnen etwas vor. Derselbe Junge machte auf.

»Tut mir leid, daß ich noch mal stören muß«, sagte Ann, »aber ich komme vom Stipendiumsfond der Stanford University. Dein Bruder hat ein Stipendium genehmigt bekommen, aber wir konnten ihn nicht ausfindig machen.« Die Tür ging ein Stück weiter auf. Rasch stellte sie Blickkontakt mit dem Jungen her und schob den Fuß zwischen die Tür, ohne daß er es merkte. »Eigentlich jammerschade. Weißt du, wir haben unsere Vorschriften. Nach einer gewissen Zeit verfällt das Stipendium und wird einem anderen gegeben.«

Ann sah dem Jungen ins Gesicht. Er war drauf und dran, anzubeißen. Mit lächelndem Gesicht steckte sie eine Hand in die Handtasche und ergriff die Waffe. »Stanford ist selbstverständlich eine sehr angesehene Schule.«

»Peter«, hörte sie den Jungen rufen, während er von der Tür zurückwich, »du hast ein Stipendium von Stanford bekommen.«

Das war es.

Ann kickte die Tür auf und riß die Beretta aus der Handtasche. »Runter«, rief sie dem Jungen zu, als sie eine dunkle Gestalt im Hintergrund sah. »Sofort«, brüllte sie, ging rasch weiter und stieß den Jungen selbst zu Boden. »Peter Chen, Sie sind verhaftet. Wenn Sie auch nur einen Mucks machen, erschieße ich Sie. Es ist mein Ernst. Ich werde Sie töten, ohne zu zögern.«

Ein hübscher, gutgebauter junger Mann kam mit über den Kopf erhobenen Händen aus dem Schatten. »Wer, zum Teufel, sind Sie?« fragte er und sah Ann von oben bis unten an. Sie trug Levi's und eine Jeansjacke und sah mehr wie ein Model für Guess Jeans als ein Cop aus.

Der junge Mann war vollkommen ruhig. Kein Schweißtropfen stand auf seiner Stirn, er wirkte frisch und entspannt wie jemand, der gerade aus der Dusche gekommen ist. In seinen Augen, mit denen er in die Mündung des geladenen Revolvers sah, stand ein Ausdruck von kaltem Trotz und Überlegenheit. Irgendwie schaffte es Peter Chen, auch mit erhobenen Händen elegant auszusehen.

»Man könnte sagen, ich bin Ihr fleischgewordener Alptraum«, sagte Ann, packte ihn an den Handgelenken und stieß ihn zur Tür.

»Sie«, sagte Chen, als er sie erkannte. »Sie sind die Bewährungshelferin, richtig? Die angeschossen wurde?« Dann lachte er. »Wo sind die Cops?«

»Die haben sonntags frei«, sagte Ann und bohrte ihm die Beretta in den Rücken. Chen war kühl wie ein Polarwind, sie dagegen schweißgebadet: Hemd, Hose, Haar, jeder Quadratzentimeter Haut ihres Körpers. Sie befürchtete fast, die Waffe könnte ihr einfach aus den Händen rutschen. Ann ging um ihren Gefangenen herum und öffnete ihm den Gürtel.

»Nein, Peter«, flüsterte sie ihm ins Gesicht. »Ich werde

Ihnen keinen blasen.« Dann zerrte sie den Gürtel aus den Schlaufen, verschränkte Chens Hände hinter dem Rücken und band sie fest mit dem Gürtel zusammen.

Bevor sie ging, drehte sie sich um und sprach leise zu seinem Bruder. »Wie heißt du, mein Junge?«

»Sean«, sagte er kläglich. »Sie bringen meinen Bruder ins Gefängnis, richtig? Sie haben mich ausgetrickst.«

»Sean, ich möchte, daß du deine Eltern anrufst und ihnen erzählst, was hier passiert ist. Sag ihnen, dein Bruder wurde verhaftet, weil ein Haftbefehl wegen Herstellung und Verbreitung illegaler Drogen gegen ihn erlassen wurde. Er wird ins County-Gefängnis von Ventura gebracht. Sie können dort anrufen, oder Peter kann sie in ein paar Stunden anrufen. Okay? Kannst du dir das alles merken?«

»Er hat gar kein Stipendium bekommen, richtig?« sagte der Junge, der den stechenden Blick seines Bruders mied.

»Natürlich nicht, du Idiot«, schnappte Peter.

Ann stieß dem älteren Jungen das Knie in den Rücken, dann drehte sie sich wieder zu seinem Bruder um. »Sean, hör mir zu. Du wirst eines Tages ein Stipendium bekommen. Du solltest nur etwas aus dem lernen, was sich eben hier abgespielt hat. Verdien dein Geld auf ehrliche Weise, so wie deine Eltern. Hast du verstanden?«

»Klar«, sagte er mit gesenktem Kopf. Einen Augenblick später wurde er aufgeregt und zappelig. »Wenn du ins Gefängnis mußt, Peter, bekomme ich dann deinen Lexus? Das wäre so geil.«

Peter Chen antwortete nicht.

»Kinder«, sagte Ann und stieß den älteren Jungen zur Eingangstür hinaus. Man sollte einem Kind niemals einen ernsten Vortrag halten. Peters Bruder interessierte sich nur für dessen Auto.

Auf der Fahrt zum Polizeirevier versuchte Ann, ihren Gefangenen zum Reden zu bringen, aber er war zu schlau. Er saß schweigend und mit steinerner Miene da. Um sich abzusichern, las ihm Ann seine Rechte von einer kleinen Karte vor, die sie in der Tasche aufbewahrte. Zu den Vorteilen, Bewährungshelferin zu sein, gehörte – ihrer Meinung nach jedenfalls -, daß man das Recht hatte, Festnahmen durchzuführen, ohne Schichtdienst arbeiten oder in einer albernen Uniform herumlaufen zu müssen.

An Ampeln studierte sie den Mann, der neben ihr saß. Er hatte dichtes, makellos geschnittenes schwarzes Haar, bei dem jede Strähne richtig fiel, sowie schwere Lider über intelligenten, entschlossen dreinblickenden Augen. Er trug ein teures Hemd aus Seide und Stoffhosen, alles schwarz, abgesehen von einem komplizierten, handgestickten Zeichen auf den Knöpfen und Kragenspitzen. Im linken Ohr hatte er einen Diamantstecker von mindestens zwei Karat. Er war ein überaus gutaussehender und selbstbewußter junger Mann, nicht der Typ, mit dem sie es sonst im Gefängnis zu tun hatten.

»Wie lange waren Sie an der Long Beach?« fragte Ann. Sie überlegte sich, daß er vielleicht keine Fragen zu dem Fall beantworten, sich aber möglicherweise zu einer Plauderei verführen lassen würde.

Sein Kopf blieb bewegungslos, aber sein Blick wanderte zu ihr. Ann konnte seine Zunge im Mund sehen, wie sie rosa und glatt über seine Zähne glitt. Ann erschauerte unwillkürlich. Peter Chen sah gut aus und war möglicherweise schlau, aber er hatte unübersehbar einen gemeinen Zug an sich. Ann konnte es spüren, fast riechen. Das war nicht der Mann, der sich in ihrem Flur in die Hose gemacht hatte, als sie auf ihn schoß. Ann war überzeugt, sie hätte ihm die Waffe ins Ohr stecken können, und er hätte nicht mal geblinzelt.

Chen konnte allerdings derjenige sein, der einem armen Mädchen die Finger abgeschnitten hatte. Was hatte das Mädchen getan? fragte sich Ann und spürte eine Wolke des Bösen von dem jungen Mann neben ihr ausgehen. Hatte sie nach etwas gegriffen, das sie nicht sollte, hatte sie etwas getan, das seine männliche Eitelkeit kränkte? Hatte er ihr die Finger einfach nur so zum Spaß abgeschnitten?

Den Rest der Fahrt verbrachten sie schweigend.

Ann kündigte sich nicht über Funk an. Sie wollte einfach so mit ihrem Gefangenen ins Polizeirevier von Ventura spazieren. Ihr Vater wäre stolz auf sie gewesen.

Anns grandioser Einzug gestaltete sich nicht ganz so, wie sie es sich vorgestellt hatte. Die Detectives Reed und Whittaker waren im Außendienst unterwegs, Noah Abrams war nach Hause gegangen, der einzige uniformierte Beamte im Revier war der diensthabende Wachmann, einer von der Motorradstreife, der wegen einer Beinverletzung dem Innendienst zugeteilt worden war. Ann hatte ihn noch nie gesehen. Sie übergab ihm Peter Chen, informierte ihn über Art und Status des Haftbefehls und verließ das Revier ohne einen Schlag auf den Rücken oder ein lobendes Wort.

Das einzig Gute daran war, sagte sich Ann, daß sie sich keine Strafpredigt von Tommy Reed anhören mußte, wie leichtsinnig und impulsiv sie war. Außerdem hatte sie die Ware geliefert. Nur darauf kam es an.

»Allein? Du bist allein dorthin gegangen?« sagte Glen Hopkins. Er hatte in dem Moment angerufen, als sie das Haus betrat. »Er hätte dich umbringen können.«

»Glen«, sagte Ann. »Das hat er aber nicht. Nach allem, was in letzter Zeit passiert ist, mußte ich mich einfach in die Arbeit stürzen. Außerdem habe ich alles andere überlebt. Da dachte ich mir, ich könnte auch Peter Chen überleben.«

»Hat er geredet?«

»Bis jetzt nicht«, sagte Ann. »Vielleicht könntest du was aus ihm rauskriegen, wenn du bereit bist, dich auf einen Handel einzulassen. Der Kerl ist eiskalt, Glen. Wenn du mich fragst, wer der brutalste dieses Dreiergespanns ist, würde ich Chen nennen. Wenn jemand einer Frau die Finger abgeschnitten hat, dann höchstwahrscheinlich er.«

Glen schwieg. »Ich will dich sehen, Ann«, sagte er schließlich. »Ich hab mir gestern nacht große Sorgen gemacht, als du einfach so aus dem Haus gestürmt bist.«

»Ich kann nicht«, sagte Ann, »David muß jeden Moment vom Magic Mountain zurückkommen.«

»Bist du aus irgendeinem Grund wütend auf mich? Hab ich dich gestern nacht irgendwie verärgert?«

»Nein, nein«, sagte Ann hastig. »Ich fühle mich nur nicht gut. Und weißt du, Glen, du hast mir wirklich geholfen. Im Ernst. Was du gesagt hast über die Ähnlichkeit zwischen Hank und Sawyer, das könnte stimmen.«

»Hast du mit jemand anderem darüber gesprochen?« sagte er mit leiser Stimme. »Ich habe darüber nachgedacht, und du solltest die Beamten informieren, die den Fall bearbeiten, vielleicht sogar die Highway Patrol wissen lassen, was geschehen ist.«

Ann setzte sich auf das Sofa. »Es ist nicht wichtig, Glen«, sagte sie. »Der Fall Sawyer fügt sich allmählich zusammen, daher ...«

Dann schweiften ihre Gedanken zu Delvecchio und dem Umschlag ab, den er ihr gegeben hatte. Sie hatte ihn vollkommen vergessen gehabt. »Was ist mit der Verhandlung? Du weißt schon, Delvecchio.«

»Sieht gut aus«, sagte er zuversichtlich. »Die Verteidigung hat ihren Fall abgeschlossen. Am Montag fangen die Geschworenen mit ihrer Beratung an. Warum fragst du?«

»Er hat gestern angerufen und wollte mich sprechen.«

»Ach, wirklich? Warum sollte er dich sprechen wollen?« fragte Glen mit verächtlicher Stimme.

»Ich glaube, er hat den Eindruck gewonnen, als wäre ich seine Verbündete, oder so«, antwortete Ann lachend. »Komisch, was?«

»Geh nie wieder zu ihm«, sagte Glen wütend. »Laß es dir gesagt sein. Delvecchio ist ein Tier, ein Killer, Herrgott noch mal.«

»He, beruhige dich«, sagte sie. Sie wollte ihm von Delvecchios Unschuldsbeteuerungen erzählen, entschied aber, daß ihn das nur noch wütender machen würde. »Er sitzt im Gefängnis, weißt du nicht mehr?«

»Bleib nur von ihm weg«, sagte er scharf.

»Wir reden morgen weiter«, sagte Ann. »Ich glaube, ich höre David an der Tür.«

Am Montag morgen schnappte sich Ann im Büro gerade eine Akte, mit der sie zu einer Verhandlung über ein Strafmaß ins Gericht wollte, als ihr der Umschlag ins Auge fiel, den ihr Randy Delvecchio gegeben hatte. Sie hatte dem Mann versprochen, sie würde den Zeitpunkt der Verbrechen mit seiner Arbeitszeit abgleichen, aber sie hatte es völlig vergessen. Aus reiner Neugier öffnete sie den Umschlag und verglich die Angaben. »Mein Gott ...«

Da stand es, schwarz auf weiß. An dem Tag, als Estelle Summer vergewaltigt worden war, hatte Randy Delvecchio gearbeitet. Ein Irrtum, sagte sie sich. Ann sah auf die Uhr. Sie hatte nur fünfzehn Minuten, aber sie mußte es herausfinden. Sie rief die Nummer der Firma an, aber der Anschluß war außer Betrieb. Dann überprüfte sie den Absender auf dem Umschlag und sah, daß er von einer Steuerberatungskanzlei kam. Ann ließ sich von der Auskunft die Nummer der Kanzlei geben, und als die Verbindung zustande gekommen war, erklärte sie rasch, wer sie war und weshalb die Informationen so wichtig waren.

»Nun, wir sind nur ein Steuerberatungsbüro«, antwortete die Stimme einer älteren Frau. »Video Vendors mußte vor einiger Zeit Konkurs anmelden.«

Ann vermutete, das war der Grund, weshalb es Delvecchio vorher nicht gelungen war, sich mit der Firma in Verbindung zu setzen. »Aber Sie sind offenbar im Besitz der Lohnunterlagen. Hören Sie, es ist äußerst wichtig, daß ich bestätigen kann, ob der Mann an einem bestimmten Tag gearbeitet hat.« Die Frau bat Ann, zu warten und meldete sich ein paar Minuten später wieder. »Laut den Abrechnungsunterlagen hat er an diesem Tag gearbeitet.«

»Das muß ein Irrtum sein«, sagte Ann. »Vielleicht kam er zur Arbeit und ging wieder, aber keiner hat ihn abgemeldet.«

»Das bezweifle ich.« Die Frau lachte. »Die Inhaber der Firma waren ausgesprochen geizig mit ihrem Geld. Ich meine, das Wasser stand ihnen bis zum Hals, aber sie waren schon vorher in manchen Dingen ungeheuer penibel. Glauben Sie mir, niemand wurde bezahlt, wenn er nicht arbeitete. Sie haben nicht einmal die Mittagspause bezahlt oder ihren Angestellten eine Kaffeepause gegönnt.«

»Klasse«, sagte Ann, verärgert über diese neue Entwicklung. Glen brachte sich um, damit er diesen Mann verurteilt bekam. Sie hätte die Finger davon lassen sollen.

»Im Augenblick ermittelt das Arbeitsamt, weil einige Angestellte Klage eingereicht haben«, fuhr die Frau fort. »Wie auch immer, sie benutzten Stechuhren. Mr. Delvecchio hat sie um acht Uhr morgens gedrückt, als er kam, und um fünf Uhr nachmittags, als er ging. Er hat als Aushilfskraft gearbeitet.«

Ann konnte es immer noch nicht glauben. Dann fiel ihr ein, daß Estelle um drei Uhr nachmittags vergewaltigt worden war. »Wie ist es mit der Mittagspause? Er hätte eine lange Mittagspause machen können.«

»Nein«, sagte die Frau, »er hat keine Mittagspause gedrückt. Die Aushilfskräfte haben selten eine Mittagspause gemacht. Sie haben draußen ein Sandwich gegessen, oder so. Wie ich schon sagte, die Mittagspausen wurden nicht bezahlt.«

Es mußte eine logische Erklärung geben, dachte Ann. »Hat er irgendwo alleine gearbeitet? Möglicherweise in einer Lagerhalle, wo er sich davonschleichen konnte, ohne daß es jemand bemerkte?«

Das schloß die Frau aus. »Laut seiner Akte arbeitete Mr. Delvecchio zusammen mit allen anderen Lagerarbeitern in einer Halle. Die Firma handelte mit gebrauchten Videofilmen. Die Aushilfskräfte packten die Kassetten aus, putzten sie und stapelten sie auf den Regalen. Dafür war Mr. Delvecchio eingestellt worden.«

Als Ann der Frau für ihre Hilfe gedankt hatte, eilte sie

um die Trennwand herum zu Claudettes Büro. »Ich muß Ihnen etwas Unglaubliches erzählen, muß aber gleich zum Gericht. Haben Sie um die Mittagspause Zeit?«

»Sagen Sie es mir jetzt«, antwortete Claudette, deren Neugier geweckt war.

»Ich kann nicht«, sagte Ann, schoß aus dem Büro und lief über den Flur zum Gericht.

Da Ann zu spät kam, war der Fall, zu dem sie bestellt war, ans Ende des nachmittäglichen Terminkalenders verschoben worden. Richter Hillstorm sah sie, ebenso wie der Anwalt der Gegenseite, finster an, als sie in die laufende Verhandlung hineinspazierte. Da sie keine Ahnung hatte, wie lange die anderen Sachen dauern würden, mußte Ann im Gerichtssaal bleiben. Wenn sie ging und der Fall wurde erneut aufgerufen und sie war wieder nicht da, wäre die Hölle los.

Ann setzte sich neben den Pflichtverteidiger und dachte über Randy Delvecchio nach. Waren sie dabei, einen Unschuldigen zu verurteilen? Sie kannte keine andere Einzelheit des Falls, die diese Vermutung gerechtfertigt hätte. Aber sie hatte keine Zeit gehabt, jedes Dokument zu lesen. Sie hatte mehr Zeit darauf verwendet, sich Delvecchios Vorstrafenregister anzusehen, sein psychologisches Profil zu studieren und zu überlegen, wie sie das Strafmaß erhöhen konnte, indem sie ihn mit den Morden in Verbindung brachte.

Es gab keine eindeutige Identifizierung, auch wenn Glen versucht hatte, die Geschworenen vom Gegenteil zu überzeugen. Ann wußte, der Vergewaltiger hatte eine Strumpfmaske über dem Kopf getragen, die Opfer hatten nur allgemeine Angaben zu Größe und Gewicht machen können. Außerdem hatte er ein Kondom getragen, weswegen auch keine Samenflüssigkeit zur Verfügung stand. Je raffinierter die von der Polizei angewendeten Maßnahmen der Spurensicherung wurden, desto vorsichtiger wurden die Verbrecher. Bei Vergewaltigungen trugen die Männer immer häufiger Kondome, weil sie wußten, wenn sie in ihren

Opfern ejakulierten, konnte genau das zu ihrer Verurteilung führen. Samen war eine Körperflüssigkeit, mit der sie den genetischen Fingerabdruck bekamen.

Die Anklage der Staatsanwaltschaft, soviel hatte Ann begriffen, beruhte einzig und allein auf der Tatsache, daß Delvecchio Besitztümer der Opfer bei sich gehabt hatte. Ann schüttelte verwundert den Kopf, ohne etwas von den Geschehnissen im Gerichtssaal mitzubekommen, und fragte sich, ob Randy Delvecchio ein Einbrecher sein konnte, der die Sachen einfach gestohlen hatte. Möglicherweise hatte der wahre Täter sie weggeworfen, und Delvecchio hatte sie bloß gefunden.

»Ms. Carlisle«, sagte der Richter, »würden Sie gerne die Auffassung Ihrer Behörde hinsichtlich des Strafmaßes vortragen?«

Ann sah auf und blätterte hektisch in ihren Unterlagen. Sie war so tief in Gedanken versunken gewesen, daß sie nicht einmal gehört hatte, wie ihr Fall aufgerufen wurde.

Kapitel 18

Angie Reynolds setzte ihre Kinder am Montag morgen bei ihrer Mutter in Simi Valley ab und fuhr zum Archiv.

»Warum fährst du jetzt zur Arbeit?« fragte ihre Mutter, während die Kinder an ihr vorbei ins Haus stürmten. »Ich dachte, du hättest diesen Monat die Schicht von drei bis Mitternacht.«

»Ich muß ein paar Sachen überprüfen, daher dachte ich, ich geh früher hin. Es macht dir doch nichts aus, oder?«

»Nein, natürlich macht es mir nichts aus. Aber ich mache mir Sorgen um dich, Liebling. Du arbeitest zu hart.«

Angie gab ihrer Mutter einen Kuß auf die Wange und fuhr los. Sie hatte die ganze Nacht an Ann Carlisle und das Verschwinden ihres Mannes gedacht. Angie wußte, wie es war, seinen Mann zu verlieren, nur wußte sie ganz genau, wo ihrer steckte – er hatte sich mit einer fetten, häßlichen Blondine nach Thousand Oaks abgesetzt. Eines Tages vor drei Jahren war er einfach auf und davon und hatte Angie die Verantwortung für die Kinder und einen Stapel unbezahlter Rechnungen überlassen.

Kaum war Angie im Archiv, stellte sie den Computer an, gab eine Reihe Codes über die Tastatur ein und klickte das Programm an, das sie benutzten, um Computerbilder von Verdächtigen anzufertigen. Als nächstes ging sie alle gespeicherten Dateien durch und fand die, nach der sie gesucht hatte, das Bild von Hank Carlisle, das die Highway Patrol über Computer zu sämtlichen Polizeidienststellen des Landes gesandt hatte. Dann löschte sie den Bildschirm und lud die Daten vom Vortag, die Fotoidentifikation des Mannes, der den Smith & Wesson-Revolver in Arizona verpfändet hatte. Angie hatte Hank Carlisle zwar nie kennengelernt, aber sämtliche Zeitungsartikel und Meldungen über sein Verschwinden gelesen. Gleich als sie das Bild aus dem Pfandleihhaus gesehen hatte, war ihr die Ähnlichkeit im Äußeren der beiden Männer aufgefallen, auch wenn sie den Mund gehalten hatte. Reed war der Detective, und sie wollte nicht respektlos erscheinen. Aber Angie spürte eine Verbundenheit mit Ann Carlisle. Wenn Angies Mann seine Familie ohne Vorwarnung verlassen konnte, dann konnte Hank Carlisle dasselbe getan haben.

Angie schlug das relevante Handbuch auf und überlegte sich, wie sie die Bilder miteinander vergleichen konnte. Sie mußte ein Bild über das andere legen, aber für dieses spezielle Programm hatte sie nie eine Ausbildung erhalten. Der einzige, der es benützte, war der Phantombildspezialist der Abteilung. Schließlich fand sie die richtige Seite und überflog sie rasch, wobei sie mit dem Finger an den Zeilen entlangglitt. Dann folgte sie den Anweisungen, und peng, da war es, ein Gesicht über dem anderen. Sie klatschte leise in die Hände und blendete ein Gitter ein. Sie zerlegte das Gesicht in Abschnitte und transferierte einen Abschnitt auf einen leeren Bildschirm. Jetzt mußte sie das Bild aus dem Pfandleihhaus nur noch mit diesem überblenden und den Vorgang wiederholen, bis beide Bilder deckungsgleich waren.

Ann griff zum Schreiber und zeichnete die Umrisse der beiden Bilder auf dem Pad nach. Dann entfernte sie mit der Maus das Haar. Soweit sie sagen konnte, hatte der Mann, der die Waffe verpfändet hatte, ein schmaleres Gesicht als Hank Carlisle, aber Ann wußte, mit einer anderen Frisur konnte ein Gesicht dünner aussehen. So weit, so gut, dachte sie.

Dann übertrug sie die untere Hälfte des Gitters. Die Gesichtsbehaarung war ein Problem, aber das würde sie auch noch hinkriegen. Sie löschte den Vollbart und den buschigen Schnurrbart, dann ging sie zum Zeichenbrett zurück und probierte ein Dutzend oder mehr Gesichter an. Die Unterlippe war auf dem Foto der Pfandleihe zu sehen, aber die Oberlippe wurde teilweise von dem Schnurrbart verdeckt, daher mußte sie bei diesem Teil des Gesichts spekulieren. Sie wußte, das Bild würde ihre Schöpfung sein und nicht dem tatsächlichen Aussehen entsprechen, aber besser bekam sie es nicht hin. Wenig später hatte sie ihr Kunstwerk vollendet.

»Was machen Sie so früh hier?« fragte der Hausmeister des Archivs und sah ihr über die Schulter.

»Nur herumspielen«, sagte Angie.

»Mensch, bekommen Sie nie genug davon?« sagte der Mann und ging weiter. »Ich finde es hier nicht besonders spaßig. Haben Sie kein Privatleben, Angie?«

Sie achtete nicht auf ihn, sondern ließ den Bildschirm nicht aus den Augen. Wie groß war die Übereinstimmung? Groß genug, die Highway Patrol zu verständigen? Eigentlich nicht. Nach einigen Korrekturen und Vergleichen nahm sich Ann wieder die Unterlagen der Pfandleihe vor. Jetzt mußte sie denken wie ein Ermittler.

Der Mann hatte einen Führerschein von Arizona zur Identifizierung vorgelegt. Angie speicherte ihre bisherige Arbeit und klinkte sich in die DMV-Unterlagen des Netzes von Arizona ein.

Sie blätterte die Seiten langsam um und notierte alles Wesentliche: den Namen des Mannes, Geburtsdatum, Geburtsort. Das Ausstellungsdatum lag sechs Monate nach dem Verschwinden von Hank Carlisle, der Name lautete Bill Collins. Wenn sie je einen Allerweltsnamen gesehen hatte, dann den hier. Plötzlich fiel ihr etwas auf. In dem Kästchen, wo die Antragsteller die Nummer des bisherigen Führerscheins eintragen mußten, hatte Collins nichts eingetragen. Laut Geburtsdatum des Mannes mußte er zweiundfünfzig sein. Angie spürte, wie ihr Herz schneller schlug. Er war zweiundfünfzig und hatte noch nie einen Führerschein gehabt? »Na klar doch, mein Lieber«, sagte sie laut und lächelte. »Klar, erzähl mir mal was Neues. Wenn du zweiundfünfzig bist, bin ich achtzig.«

Sie sahen immer wieder gefälschte Ausweise. Leute mit einer Verurteilung wegen Trunkenheit am Steuer zuviel, Verbrecher, die Vorstrafen verheimlichen wollten. Man mußte nur zur DMV gehen, die Fahrprüfung ablegen, eine gefälschte Geburtsurkunde vorlegen, und Bingo, die befleckte Vergangenheit verschwand. Die Polizei nahm mitunter Leute mit fünf bis zehn verschiedenen Führerscheinen in der Brieftasche fest. Hochstapler, die falsche Schecks ausstellten, waren berüchtigt dafür. Ihre Methode bestand darin, sich eine neue Identität zuzulegen, mit lausigen hundert Piepen ein neues Girokonto zu eröffnen und mit Waren für ein paar tausend Dollar davonzuspazieren, bevor ihnen jemand auf die Schliche kam.

Angie nahm Namen und Geburtsdatum des Mannes, um ganz sicherzugehen, und ließ sie durch das bundesweite Netz laufen. Sie wußte, das würde seine Zeit dauern. Einige Staaten, die noch nicht auf dem neuesten Stand der Technik waren, hatten keinen Zugang zu dem nationalen Netz, und wenn doch, waren ihre Leute nicht für die Bedienung ausgebildet. Manchmal war der Computer auch allein von der Anzahl der Anfragen überlastet.

Sie wartete. Nach einer fünfminütigen Suche meldete sich der Computer. 2453 Männer mit Namen Bill Collins und gültigem Führerschein waren ins bundesweite Netz eingegeben. Davon hatten achtundvierzig am selben Tag Geburtstag. Jetzt mußte sie die Personenbeschreibung eingeben, um den Kreis weiter einzugrenzen. Aber die Aufgabe erwies sich als unmöglich. Name und Alter waren einfach so weitverbreitet, daß der Computer unmöglich eine akkurate Sortierung durchführen konnte. Wer sich diese neue Identität zugelegt hatte, kannte das Computernetz ausgezeichnet. Der größte Teil der autofahrenden Bevölkerung fiel in diese Altersgruppe.

Frustriert beschloß Angie, Carlisles richtige Führerscheindaten mit denen von Bill Collins zu vergleichen. Sie kannte die menschliche Natur. Die Leute waren schlau, aber sie waren auch faul. Viele Verbrecher gaben sich neue Namen, benutzten aber weiterhin einige ihrer rechtmäßigen Daten, zum Beispiel Geburtsort, zweiten Vornamen, dieselbe Hausnummer in einer anderen Straße. Sie behielten ihr richtiges Geburtsdatum bei und tauschten nur den Monat oder das Jahr aus. Manchmal geschah das mehr aus Vorsicht als aus Faulheit. Wenn ein Polizist sie aufforderte, ihre persönlichen Daten anzugeben, fiel es ihnen leichter, eine glaubwürdige Vorstellung abzugeben, wenn ein Teil der Daten echt war.

Angie wurde müde. Es war fast Mittag, und ihre reguläre Arbeitszeit begann um drei Uhr. Sie gab sämtliche vergleichbaren Daten so schnell sie konnte in den Computer ein: Hanks und Anns Adresse, Anns Geburtstag, Davids Geburtstag, Sozialversicherungsnummer, die Nummer von Hanks Abzeichen bei der Highway Patrol, jede Ziffernfolge, die sie finden konnte, die er sich möglicherweise eingeprägt hatte. Um halb drei war sie schließlich fertig. Sie lehnte sich auf dem Stuhl zurück, rieb sich die Augen und streckte die Arme über den Kopf. Mit ausgestrecktem Finger drückte sie die Eingabetaste und hörte den Computer summen, als er die Daten verschlang.

»Tu deine Arbeit, Baby«, sagte sie und tätschelte das beigefarbene Metallkästchen, als wäre es ein Mensch.

Als Ann aus dem Gerichtssaal gestürmt kam, lief sie Tommy Reed direkt in die Arme. »Wir müssen miteinander reden«, sagte er mit strengem Gesichtsausdruck.

»Was ist los?« sagte Ann und trottete hinter ihm her. »Wohin gehen wir?«

»Raus.«

Ann blieb wie angewurzelt stehen und überlegte, weshalb der Detective so wütend war. Weil sie ihn Freitag abend nach seiner Unterhaltung mit David nicht zurückgerufen hatte? »Du bist sauer, richtig? Weil ich dich nicht zurückgerufen habe.«

Reed drehte sich mit finsterer Miene um. »Unter anderem.«

Ann war verwirrt. »Was noch?«

»Wie wäre es mit Peter Chen?«

»Ach, das«, sagte sie lächelnd im Glauben, daß seine Eitelkeit gekränkt war. »Freust du dich nicht, daß ich ihn erwischt habe?«

»Doch«, sagte Reed, dessen Zorn verrauchte, während sie den Flur hinuntergingen. »Der Captain hat Noah heute morgen den Arsch aufgerissen. Du hast Peter Chen gefunden, und wir haben die halbe Stadt nach ihm suchen lassen.« Er drehte sich zu ihr um. »Möchtest du mir erklären, wie du diese Meisterleistung vollbracht hast?«

Ann schüttelte den Kopf. »Berufsgeheimnis. Wer suchet, der findet. Habt ihr ihn schon verhört?«

»Scheiße, soll das ein Witz sein? Der Kerl hat kein Wort gesagt, seit du ihn eingeliefert hast. Er sitzt nur in seiner Zelle und starrt die Wand an, als wäre er im Koma.«

Draußen, im Sonnenschein, setzten sie sich auf den Betonrand des Springbrunnens. »Tut mir leid, daß ich nicht zurückgerufen habe«, sagte er.

»Ich wollte nur nicht, daß David mitbekommt, wie ich von den Anrufen und Hank spreche.«

»Darum haben Zimmer Türen«, erwiderte er.

Ann fuhr ungerührt fort. »Dieselbe Person hat mich Freitag nacht zu Hause angerufen, und dann gestern wieder. Beim letztenmal hab ich einfach aufgelegt.«

»Und du bist sicher, daß es Hank war?«

Ann ließ den Blick über den Innenhof schweifen und sah, wie mehrere unangenehme Typen zum Gefängnistrakt geführt wurden. »Nein, Tommy, ich bin nicht sicher.«

Er war überrascht. »Claudette hast du etwas anderes gesagt.«

»Diese Frau«, sagte Ann verärgert, daß Claudette hinter ihrem Rücken mit Tommy Reed über sie sprach. »Hör zu«, sagte sie. »Ich weiß nicht, wer er ist, aber er hört sich wie Hank an.« Dann sprach sie eine Befürchtung aus, die schon die ganze Zeit in ihr nagte. »Was ist, wenn David ans Telefon geht, wenn der Kerl das nächstemal anruft? Es wäre sein Ende, Tommy. Ich könnte ihn nie und nimmer davon überzeugen, daß es nicht sein Vater war. Die Stimme hört sich genau wie die von Hank an.«

Da Reed wußte, wie überzeugt der Junge davon war, daß sein Vater zurückkommen würde, konnte er Anns Besorgnis verstehen. »Ich schätze, wir könnten es mit einer Fangschaltung versuchen.«

»Ja«, sagte Ann eifrig. »Und wenn es Sawyer ist, können wir ihn aufspüren und festnehmen.« Sie schlug sich auf die Stirn und kam sich wie eine Närrin vor. »Warum hab ich nicht gleich daran gedacht?«

»Ich hab daran gedacht«, sagte Reed und stand auf. »Ich bin Samstag abend sogar bei dir vorbeigefahren, aber du warst nicht da. Egal, gib mir deinen Schlüssel, und ich schick sofort einen Trupp rüber.«

Ann angelte den Schlüssel aus ihrer Handtasche und reichte ihn ihm. Als ihr Blick an den Fenstern des Gefängnisses entlangglitt, mußte sie an Delvecchio denken. Sie erzählte dem Detective die neueste Wendung des Falls. Als sie fertig war, zuckte er nur die Achseln, als wollte er sagen, daß er mit den Vergewaltigungen nichts mehr zu tun hatte.

»Warte«, sagte Ann, bevor er gehen konnte. »Hast du dich eigentlich um den Hundebiß gekümmert?«

»Es war kein Hundebiß«, sagte er und warf ihr einen verdrießlichen Blick zu. »Wir sind keine Stümper, Ann. Wir haben die Narbe schon untersucht, als er eingeliefert wurde.«

Ann sah dem Detective verwirrt nach, wie er über den Parkplatz ging. Delvecchio hatte ihr gesagt, es sei ein Hundebiß. Warum sollte er deswegen lügen?

»Ray Hernandez«, sagte Ann zu der hübschen blonden Sekretärin. »Sagen Sie ihm, Ann Carlisle ist hier und will ihn sprechen.«

Die Ermittlungseinheit grenzte an das Büro des Staatsanwalts an und war wie die Bewährungsabteilung aufgebaut. Die Ermittler hatten keine richtigen Büros, nur abgeteilte Kabuffs, wie Ann. Nachdem die Sekretärin Hernandez angerufen hatte, nickte sie, und Ann ging zu seinem Schreibtisch.

»Ray«, sagte sie, ließ sich auf den Stuhl fallen und sah ihm in die Augen, »Sie wissen sicher, daß ich den Vorverhandlungsbericht über Randy Delvecchio vorbereite. Ich habe ein paar Fragen an Sie.« Ann verstummte und dachte über die Fakten nach. Sie wußte, der erste Hinweis auf Delvecchio bestand in einem anonymen Anruf, aber sie wußte auch, daß er von einem Polizeiinformanten stammen konnte. »Der Mann, der ihn verpfiffen hat, war das ein Spitzel?«

»Nein«, sagte Hernandez. »Wie kommen Sie darauf?«

Wieder eine Sackgasse, dachte Ann enttäuscht. Auch wenn der Spitzel nicht aussagen wollte, hatte sie gehofft, sie könnte ausführlichere Informationen bekommen. »Können Sie mir genau schildern, wie sich alles abgespielt hat?«

Hernandez verschränkte die Hände hinter dem Kopf, während er die Fakten herunterleierte. »Eine unbekannte Person rief uns an und informierte uns, daß sich Delvecchio auf der Straße damit brüstete, er habe mehrere alte Frauen vergewaltigt. Weiter schilderte uns der Informant, wie Delvecchio aussah und wo er wohnte. Danach beantragten wir einen Durchsuchungsbefehl.« Er verstummte, weil damit der Teil zu Ende war, den er für die Verhandlung auswendig gelernt hatte. »Hopkins wollte ihn nicht einfach nur zum Verhör abholen lassen«, sagte er mit einem Unterton von Bewunderung in der Stimme. »Er wollte es gleich richtig machen.«

Ann dachte sich, daß es für Glens Erfahrung sprach, daß er aufgrund derart fragwürdiger Anhaltspunkte einen Durchsuchungsbefehl bekommen hatte, aber genau die Art und Weise, wie Delvecchio festgenommen worden war, hatte ihr stets das größte Unbehagen bereitet. »Ray, glauben Sie wirklich, daß jemand bei klarem Verstand damit prahlen würde, daß er alte Frauen vergewaltigt?«

»He«, sagte er, »Arschlöcher wie Delvecchio reißen gern das Maul auf. Passiert immer wieder.«

Ann verzog das Gesicht. »Und wie viele Fälle haben Sie bearbeitet, wo ein Vergewaltiger, der es auf alte Frauen abgesehen hatte, sich damit brüstete?«

»Herrje, es müssen-« Er verstummte unvermittelt und versuchte sich zu erinnern.

»Habe ich Sie keinen sagen hören?« fragte Ann sarkastisch.

»Im Moment fällt mir keiner ein, aber –«

»Vergewaltiger gehören nicht zu den beliebtesten Leuten im Viertel«, fuhr Ann fort, »nicht einmal, wenn es sich bei dem Viertel um San Quentin handelt. Und wenn man alte Frauen vergewaltigt, ist das fast so schlimm wie Kinder mißbrauchen. Jeder hat eine Mutter. Können Sie mir folgen?«

»Ich verstehe, was Sie meinen«, sagte er langsam.

Ann wollte alles klar und deutlich wissen. »Sie haben also den Durchsuchungsbefehl geholt und sind direkt zu seinem Haus gefahren. Wer hat die eigentliche Festnahme durchgeführt?«

»Ich. Nun, ich war nicht allein, wenn Sie das meinen. Hopkins war dabei, und ... lassen Sie mich einen Moment nachdenken. Oh, Martin Gathers war auch dabei.« Gathers war ebenfalls Ermittler des Staatsanwalts. »Er hat den Ring gefunden.«

»Gathers?«

»Nein, Hopkins. In Delvecchios Schlafzimmer, in der Schublade. Es wurden auch andere Sachen im Rahmen der Vergewaltigungen gestohlen, aber die muß Delvecchio bereits verkauft haben.« Er schob den Stuhl zum Schreibtisch, ging seine Telefonzettel durch und wollte Ann damit zu verstehen geben, daß er wieder an die Arbeit mußte.

»Der Mantel?« fragte sie.

»Der Trottel hat den Mantel angehabt.« Hernandez sah lächelnd zu Ann auf und ließ sie wissen, daß das für ihn der entscheidende Punkt gewesen war. »Kam sogar darin zur Tür. Schätze, er war so stolz darauf, daß er das verdammte Ding sogar im Haus getragen hat.«

»Und das war der ganze Fall? Keine eindeutige Identifizierung durch eines der Opfer? Ich entsinne mich, daß Glen darauf anspielte, aber es ist nie passiert, richtig?«

Ray Hernandez runzelte die Stirn, verärgert über das, was Ann andeutete. »Wir haben Delvecchio in eine Reihe mit anderen Männern gestellt und alle Strumpfmasken tragen lassen. Summer und Alderson haben ihn aufgrund von Größe und Körperbau identifiziert, Stimme und so weiter. Wissen Sie, das ist eine Identifizierung«, sagte er und nahm Hopkins in Schutz, weil er es im Gerichtssaal ein bißchen ausgeschmückt hatte. Dann lachte er. »Wir können es nicht ganz falsch gemacht haben. Sie haben ihn vor etwa dreißig Minuten verurteilt.«

Ann holte tief Luft. »Sind Sie sicher?«

»Jawoll«, sagte er stolz. »Wir machen gute Arbeit hier. Glen hat mich persönlich aus dem Gerichtssaal angerufen. Er sagte, da die Summer gestorben ist, könnten wir Mordanklage erheben. Wenn er beweisen kann, daß ihr Tod in direktem Zusammenhang mit dem Verbrechen steht, wandert der Kerl in die Gaskammer.«

Ann konnte förmlich die Uhr in ihrem Kopf ticken hören. Delvecchio hatte in verschiedener Hinsicht keine guten Karten, darunter Rassenzugehörigkeit und miserablen Rechtsbeistand. Das bedeutete, es konnte alles sehr schnell gehen. Ihr Eingreifen war unabdingbar. »Was ist mit Fingerabdrücken?«

»Keine Abdrücke, Ann. Das Labor kam zum Ergebnis, daß der Vergewaltiger Handschuhe getragen haben muß. Es waren nicht besonders viele Spuren an den Tatorten zu finden. Der Mann ist clever. Man kann unmöglich sagen, wie viele Verbrechen er noch begangen hat.«

Ann dankte ihm für die Zeit, die er ihr geopfert hatte,

und ging in ihr Büro zurück. Clever, hatte er gesagt. Delvecchio war nicht clever. Sie vermutete sogar, daß er geistig leicht gestört oder lernbehindert war. Er hatte Ann sogar gesagt, daß er von der Schule abgegangen war, weil er keine Schuhe gehabt hatte. Kein Wunder, daß er an dem Mantel gehangen hatte, dachte sie und fand, er war mehr kindisch als arglistig. Und Handschuhe? Das konnte sich Ann überhaupt nicht vorstellen. Delvecchio war nur aufgrund von Indizien verurteilt worden, hauptsächlich, weil Sachen, die den Opfern gehört hatten, bei ihm gefunden wurden.

Dann schoß ihr ein anderer Gedanke durch den Kopf, so unvorstellbar, daß sie stehenblieb und sich auf eine Bank vor einem Gerichtssaal setzte. Warum hatte sie den Zusammenhang nicht schon vorher hergestellt? Die Person, die in ihr Haus eingebrochen war, hatte Handschuhe getragen. Und eine Maske; vielleicht keine Strumpfmaske, aber dennoch eine Maske. Und Ann hatte den deutlichen Eindruck gehabt, daß der Mann sie im Flur vergewaltigen wollte. Außerdem bekam sie seltsame Anrufe, und ein Anruf war es gewesen, der den entscheidenden Hinweis auf Delvecchio geliefert hatte. Konnte es sich um ein und dieselbe Person handeln?

Sie sprang auf die Füße und wollte Glen auf der Stelle davon erzählen. Dann hielt sie inne. Wie konnte sie ihm sagen, daß er möglicherweise einen Unschuldigen verurteilt hatte? Und das an dem Tag, als er die Verurteilung herbeigeführt hatte? Wahrscheinlich jubelte er schon in seinem Büro und feierte den Sieg. Er wäre am Boden zerstört. Bevor sie ihn fertigmachte, dachte sie, sollte sie sich vergewissern, daß sie auch ganz genau wußte, wovon sie sprach.

Ann setzte sich in einem Verhörzimmer des Gefängnisses gegenüber von Randy Delvecchio hin. »Randy«, sagte sie. »Ich habe beschlossen, Ihnen zu helfen, aber Sie müssen etwas für mich tun, sonst gehe ich einfach wieder und lasse Sie ins Zuchthaus wandern.«

»Was?« sagte er mit großen Augen. »Ich würde alles tun. Bitte ...«

»Sie müssen ganz ehrlich zu mir sein«, sagte Ann und sah ihm in die Augen. »Was ich Sie jetzt auch frage, Sie müssen die Wahrheit sagen. Haben Sie verstanden? Ist das völlig klar zwischen uns?«

Er nickte und leckte sich die trockenen Lippen, bevor er antwortete. »Ich verspreche es beim Leben meiner Mutter.«

Was für eine seltsame Bemerkung, dachte Ann, für jemand, der angeklagt war, Frauen ungefähr im Alter seiner Mutter zu vergewaltigen. Wenn er schuldig war, wußte er eindeutig nicht, wie man seine Worte wählte. »Haben Sie eine dieser Frauen vergewaltigt?«

Angst stand in seinen Augen. »Nein, ich – ich schwöre es.«

»Sind Sie in ihre Häuser eingebrochen und haben Sachen mitgenommen? Nicht lügen, Randy. Einbruch ist ein Verbrechen, aber nicht so schwerwiegend wie das, dessen Sie angeklagt sind.«

»Ich bin nie bei jemand ins Haus eingebrochen.«

Ann klappte seine Akte auf und holte die Liste heraus und schob sie ihm über den Tisch zu. »Was steht da, Randy?«

»Nur ein paar Zahlen.«

»Hier steht 459. Das ist der Paragraph des Strafgesetzbuchs für Einbruch. Sie sind in diesem Fall momentan noch auf Bewährung. Sie lügen mich an, Randy, und ich habe Ihnen gesagt –«

»Halt«, rief er aus. »Ich bin damals in kein Haus eingebrochen. Das war ein Lebensmittelladen. Meine Mutter hatte ihren Job verloren. Wir waren so hungrig, daß ich uns was zu essen besorgt hab.«

Ann sah ihn durchdringend an. Ohne die betreffende Akte konnte sie nicht verifizieren, was er sagte. »Lassen wir es vorerst dabei bewenden. Ich werde nachprüfen, ob Sie mir die Wahrheit gesagt haben. Und jetzt sagen Sie mir, warum Sie den Mantel von Estelle Summers Mann und den Ring von Madeline Alderson hatten, wenn Sie nie in ihren Häusern gewesen sind.«

»Ich hatte keinen Ring. Ich schwöre es. Sie sagen, er war in meinem Zimmer in meinem Haus, aber ich weiß nicht, wie er dorthin gekommen ist. Ich hab den Ring der Lady nie gesehen. Bitte glauben Sie mir.«

»Der Mantel?« Ann lehnte sich auf dem Stuhl zurück und war gespannt, wie er das erklären würde.

Delvecchio ließ das Kinn auf die Brust sinken und murmelte: »Ich hatte den Mantel, aber ich hab ihn nicht gestohlen. Jemand hat ihn mir gegeben.«

Ann schüttelte den Tisch mit den Händen, so daß er sich kerzengerade hinsetzte. »Wann? Wo? Wer? Ich muß alles wissen.«

Delvecchio duckte sich und schob seinen Stuhl vom Tisch weg. »Ich kann mich nicht erinnern. Vielleicht ein paar Tage, bevor sie in mein Haus gekommen sind, um mich zu holen.«

Ann runzelte die Stirn. »Da müssen Sie sich schon was Besseres einfallen lassen.«

»Ein Mann hat mir den Mantel gegeben«, sagte er und dachte angestrengt nach. »Ich stand auf der Alvarado. Da stehen wir manchmal, wenn wir tageweise arbeiten wollen. Die Leute kommen mit ihren Autos vorbei und nehmen uns mit. Der Mann hielt an, und ich fragte, ob ich für ihn arbeiten sollte. Nein, sagte er. Er wollte mir einen warmen Mantel geben, weil es kalt wurde.«

Wenn es Chen gewesen wäre, dachte Ann, würde sich Delvecchio bestimmt daran erinnern. »Wie hat der Mann ausgesehen?«

Delvecchio kratzte sich mit dumpfer Miene am Arm. »Weiß nicht. Nur ein Mann. Mein Gedächtnis ist nicht so gut. Ich vergeß eine Menge.«

Und das sollte ein cleverer Mann sein, dachte Ann. Wohl kaum. »Randy, das ist äußerst wichtig. Können Sie sich an gar nichts erinnern?«

»Er hatte ein echt großes Auto. Weiß nicht, was für eine Marke, aber groß und schwarz. So ein Auto hab ich noch nie gesehen. Wie eine Kiste. So wie diese alten Autos.«

»Was ist mit seinem Gesicht?«

»Kann mich nicht erinnern. Er hat eine Sonnenbrille aufgehabt und mir den Mantel einfach durchs Fenster rausgegeben. Oh, er hatte dunkles Haar.«

»Haben Sie Ihrem Pflichtverteidiger gesagt, daß Sie gearbeitet haben, als Estelle Summer vergewaltigt wurde?«

»Klar hab ich's ihm gesagt«, antwortete Delvecchio wütend. »Aber er hat mir nicht geglaubt. Hat gesagt, ich hätte keinen Beweis. Wollte mich nicht mal aussagen lassen. Er sagte, das würde alles nur noch schlimmer machen.«

»Warum haben Sie ihn Ihr Alibi nicht überprüfen lassen?« gab Ann zurück.

Delvecchio kratzte sich wieder nervös am Arm. »Sehen Sie, ich hab Ihnen schon gesagt, ich wollte den Videoladen anrufen, aber das Telefon war abgemeldet. Meine Mutter hat daran gedacht, den Brief zu schreiben, aber sie haben erst neulich geantwortet.«

Ann klappte die Akte zu und dachte darüber nach, was sie gerade gehört hatte. Die Einzelheiten, die er ihr geschildert hatte, waren so seltsam, daß er sie sich kaum ausgedacht haben konnte. Das Gedächtnis des Mannes war so schlecht, daß er ihr nicht einmal die Marke des schwarzen Autos verraten konnte.

»Randy«, sagte sie schließlich, »ich glaube Ihnen.«

Er strahlte. Hoffnung schimmerte in seinen Augen.

Die Welt war kein anständiger Ort, dachte Ann. Die Gefängnisse waren voll von Männern wie Randy, die nicht besonders klug waren, die aufgrund ihrer unzureichenden Ausbildung, ihrer harten und entbehrungsreichen Jugend in kriminelle Aktivitäten verstrickt wurden. Wie sollte sie wissen, was aus ihr unter denselben Voraussetzungen geworden wäre? Vielleicht wäre auch sie eine Verbrecherin.

Aber wenn ihre Vermutungen in diesem Fall richtig waren, dann war Randy Delvecchio gar kein Verbrecher. Er war ein Unschuldiger, der nur einen Schritt von der Gaskammer entfernt stand.

»Ich komme wieder, sobald ich etwas weiß«, sagte Ann zu ihm. »Bis dahin halten Sie den Mund und bleiben für sich.«

Nur noch eines, dachte Ann, als sie wieder in ihrem Büro saß. Sie rief Melanie Chase an.

»Ich stecke bis über beide Ohren in Arbeit«, sagte sie wie aus der Pistole geschossen. »Wenn du wegen der Beweismittel aus deinem Haus anrufst, ich hatte noch keine Zeit, sie zu untersuchen. Das ist für morgen angesetzt.«

»Nein, Melanie«, sagte Ann, »ich meine, mich interessiert schon, was du gefunden hast, aber ich muß dich auch etwas über den Fall Delvecchio fragen. Du hast die Vergewaltigungen untersucht, richtig?«

»Ja«, sagte sie kurz angebunden. »Was soll das? Delvecchio ist verurteilt worden, Ann. Hast du es nicht gehört?«

»Hast du Fingerabdrücke gefunden?«

Melanie seufzte, weil sie darauf brannte, sich dringenderen Dingen zuzuwenden. »Keine, die nicht den Opfern oder deren Freunden gehörten. Wir haben alles überprüft.«

»Aber du hast doch bestimmt andere Beweise gefunden.«

»Nun, selbstverständlich haben wir allen möglichen Kram eingesammelt. Wir haben das Haus gesaugt und alles untersucht. Die meisten Spuren der Vergewaltigungen stammten von den Opfern selbst. Möchtest du, daß ich die Akte hole?« fragte sie resigniert, da sie die Entschlossenheit in Anns Stimme hörte.

»Bitte«, sagte Ann. »Es ist wirklich wichtig, Mel. Sonst würde ich dich nicht behelligen.«

Ein paar Minuten später meldete sich Melanie wieder. »Okay, sie haben ein paar Haare gefunden, bei denen wir sicher waren, daß sie dem Verdächtigen gehören mußten ...

ein paar Stoffasern, sonstige Kleinigkeiten. Was die Haare betrifft, stimmten sie nicht mit Delvecchios Haaren überein. Es war nicht einmal Menschenhaar. Sie stammten von einer synthetischen Perücke.«

»Ich dachte, der Vergewaltiger hätte einen Strumpf über dem Kopf getragen.«

»Das haben sie gesagt.«

»Warum sollte er dann eine Perücke aufziehen?«

»Hör zu, das weiß ich nicht, Ann. Vielleicht hat die Perücke der alten Dame gehört. Da sie nicht zu dem Verdächtigen paßten, haben wir sie einfach fallengelassen, als sich der Fall zusammenfügte. Es schien keinen Grund zu geben, der Sache weiter nachzugehen. Hopkins selbst hat mir gesagt, ich sollte es bleiben lassen. Er sagte, er könnte es nicht brauchen, und es würde die Geschworenen nur verwirren.«

»Ich verstehe«, sagte Ann, der finstere Gedanken über Glen durch den Kopf gingen. »Wenn wir die Perücke hätten, könntest du die Haare vergleichen?«

»Das glaube ich nicht, Ann. Wir könnten nachweisen, daß es sich um Kunsthaar handelt, wie wir es bei dem Opfer gefunden haben, und möglicherweise sogar den Perückenhersteller bestimmen, aber ich bezweifle, ob wir mehr herausbekommen könnten. Weißt du, das ist alles dasselbe Material, nicht wie bei natürlichem Haar.«

Ann schwieg und dachte nach. Wenn sie jemanden festnageln wollte, dann die Person, die hinter alledem steckte. Im Augenblick würde sie alles tun, um die Wahrheit herauszufinden. Keine anderen Beweise?«

Melanie knipste das Feuerzeug an. »Laß mich noch mal nachsehen.« Sie stieß Rauch mit den Worten aus, als sie sagte: »Doch, aber auch das paßte nicht zusammen. Wir haben Schamhaare an Florence Green gefunden.«

»Hast du sie mit denen von Delvecchio verglichen?«

»Keine Übereinstimmung.«

»Was?«

»Ich sagte, keine Übereinstimmung. Was soll ich sonst noch sagen?«

Ann war so aufgeregt, daß sie aufstand und hin und her ging. »Wenn die Schamhaare nicht übereinstimmen, wie konnte Randy Delvecchio verurteilt werden? Herrgott, die alte Dame war nicht gerade ein heißer Feger. Jedes Schamhaar an ihr mußte von dem Vergewaltiger stammen.«

»Hör zu«, schnappte Melanie, »ich bereite die Anklage nicht vor. Sprich mit dem verfluchten Staatsanwalt. Ich untersuche nur die Spuren. Woher sollte ich wissen, was diese Frau getan oder nicht getan hat? Vielleicht hatte sie Liebhaber, Ann. Scheiße, unmöglich wäre es nicht. Sie war erst sechzig, oder so.«

»Achtundsechzig«, sagte Ann.

Melanie lachte. »Nun, der Herr sei ihrer Seele gnädig, aber vielleicht hatte sie hin und wieder noch Spaß daran, sich ein bißchen im Heu zu wälzen.«

»Das glaube ich nicht«, sagte Ann sarkastisch, »aber trotzdem vielen Dank.«

Kapitel 19

Kaum hatte Ann das Gespräch mit Melanie Chase beendet, rief Reed sie an. »Du kommst besser sofort nach Hause«, sagte er ohne Umschweife. »Ich bin hier mit David.«

»David?« sagte sie und stand sofort Todesängste aus. »Er müßte in der Schule sein. Mein Gott –«

»Es geht ihm gut, Ann«, sagte Reed hastig, da er sie nicht aufregen wollte. »Als wir herkamen, um die Fangschaltung zu installieren, war er schon da. Er sagte, aus irgendwelchen Gründen wäre die Schule früher aus gewesen. Komm einfach her, Ann, dann sage ich dir, was vorgefallen ist.«

Als Ann zehn Minuten später am Bordstein hielt, sah sie ein paar Häuser entfernt einen Überwachungswagen stehen. In dem Moment, als sie zur Tür hereinkam, lief David ihr mit vor Aufregung rotem Gesicht entgegen. »Ich hab mit Dad gesprochen«, sagte er, packte Anns Arm und grub die Fingernägel hinein. »Er lebt. Er hat mit mir telefoniert. Ich schwöre es, er lebt. Er lebt, Mom.«

»Nein«, sagte Ann kopfschüttelnd. Als Tommy Reed zur Küchentür hereinkam, fragte sie: »Warst du dabei?«

»Nein«, sagte er, »aber ich hab das Band gehört.«

»Es stimmt, Mom«, schrie David. »Es stimmt. Ich hab dir immer gesagt, daß er zurückkommen würde. Er lebt. Dad lebt.«

»David«, sagte Ann, aus deren Gesicht jegliches Blut gewichen war, »bitte, Liebling, reg dich nicht so auf. Er hört sich wie Dad an, ich weiß, das bedeutet aber nicht, daß er es ist.« Sie wandte sich mit zitternder Stimme hilfesuchend an Reed. »Konnten sie den Anruf zurückverfolgen?«

»Nicht genügend Zeit, Ann. Sie müssen zuerst die DAV-Nummer bekommen.«

»Was ist das?« fragte David eifrig.

»Digital Analog Viatrace. Wenn er das nächstemal anruft, mußt du ihn länger am Telefon halten.«

»Er wird morgen hier sein«, sagte David. »Ihr braucht den Anruf nicht zurückzuverfolgen. Er kommt morgen nach Hause. Das hat er mir gesagt.«

»Komm her und setz dich, Großer«, sagte Reed und klopfte auf eine Stelle des Sofas.

»Nein. Du willst mir nur sagen, daß es nicht so ist, aber es stimmt. Er hat angerufen, Mom. Er lebt.«

Ann wechselte einen Blick mit Tommy. Immerhin war sie nicht die einzige, die fand, daß sich die Stimme wie die von Hank anhörte. Das erfüllte sie mit nicht geringer Erleichterung. »Was hat die Person genau gesagt, David?«

»Er hat gesagt: ›Wir sehn uns morgen, Junge.‹« David versuchte, die tiefe Stimme seines Vaters nachzuahmen. »Genau so, Mom. Wie er es immer gesagt hat, wenn er abends zur Arbeit gegangen ist.«

»Das ist alles?« sagte Ann.

»Nein«, sagte er. »Zuerst hat er angerufen und gesagt: ›Wie geht's David?‹«

Etwas ging Ann durch den Kopf, aber sie bekam es nicht zu fassen. Sie rieb sich die Stirn und versuchte zu benennen, was sie beunruhigte, aber es schwirrte wieder davon. »Hast du versucht, mit ihm zu reden? Du weißt schon, wo er gesteckt hat, was passiert ist?«

»Ja«, sagte David stirnrunzelnd. »Ich hab alles mögliche gesagt, aber er hat einfach aufgelegt. Ich schätze, er kann jetzt nicht reden, oder er wurde unterbrochen. He, vielleicht will er zuerst mit dir sprechen. Ja, das ist es, er sieht echt mager und unheimlich aus, oder so. Er ist die ganze Zeit irgendwo eingesperrt gewesen.« Der Junge sah verwirrt aus, während er versuchte, es sich zusammenzureimen, doch dann strahlte er wieder. »Aber er hat gesagt, daß wir uns morgen sehen. Das hat er gesagt, weißt du.« Er hatte sich umgedreht und sprach zu Tommy.

»Warum konnte er nicht jetzt sofort kommen?« sagte Ann und stellte sich vor ihren Sohn.

Davids Gesicht wurde rot vor Wut. »Ich weiß nicht. Woher soll ich das wissen? Ich hab dir gesagt, daß er zurückkommt. Du wolltest mir nur nicht glauben. Wegen Glen«, schrie er, und eine Ader pochte an seinem Hals. »Du willst Dad nicht mehr. Du willst diesen gräßlichen Mann. Ich hasse dich.«

Ann wich zurück und schlug die Hände vor das Gesicht, so sehr trafen sie die Worte ihres Sohnes.

»Ann«, sagte Reed, »warum gehst du nicht nach nebenan und läßt David und mich miteinander reden?«

Kaum war Ann gegangen, zog Reed den Jungen zu sich auf das Sofa. Ein paar Minuten saßen sie schweigend nebeneinander, während Davids Brust sich hob und senkte, so aufgewühlt war er. »Ich hab's nicht so gemeint«, sagte er mit erstickter Stimme. »Ich hab meiner Mom wehgetan.«

»Sie versteht es«, antwortete Reed und legte David einen Arm um die Schulter. »Mütter verstehen alles.«

»Ich hab so lange drauf gewartet, daß Dad zurückkommt. Warum ist sie nicht auch glücklich?«

»Nun, Junge«, sagte Reed und sah David in die flehenden Augen, »sie möchte nur nicht, daß du enttäuscht bist. Möglicherweise ist es nicht dein Vater. Das haben wir versucht, dir zu erklären.«

»Es ist mein Dad, Tommy. Ich weiß, wie sich mein Dad anhört, und es war mein Dad.«

»Wir machen folgendes«, sagte Reed. »Wir nehmen das Band der Person, die angerufen hat, mit ins Labor und vergleichen es mit der Stimme deines Vaters. Das nennt man eine Stimmanalyse. Dann werden wir wissen, ob es dein Vater war oder nicht.«

»Okay«, sagte David. »Das ist eine gute Idee. Wie lange dauert das?«

»Nicht allzu lange. Aber ich muß nachsehen, ob deine Mutter ein Band mit der Stimme deines Vaters hat. Ohne das können wir keinen Vergleich anstellen.«

»Ich hab eins«, sagte David und sprang auf die Füße. »Ich hab das alte Band aus dem Anrufbeantworter aufgehoben, das in der Maschine war, als er entführt worden ist. Außerdem hab ich unsere alten Videobänder. Soll ich sie holen?«

»Hört sich nach einem guten Plan an«, sagte Reed. Als der Junge davonstürmte, stand der Detective auf und ging in die Küche, um nach Ann zu sehen.

Ihr Gesicht war blaß und abgespannt, die kurzen Haare auf ihrem Kopf standen senkrecht hoch. »Tommy«, sagte sie, »das macht David kaputt. Wer steckt hinter diesen Anrufen? Wir müssen das herausfinden.«

»Hier«, sagte David, der in die Küche platzte und Reed die Kassette aus dem Anrufbeantworter gab. »Mehr konnte ich nicht finden. Ich weiß nicht, wo die anderen Bänder sind.« Er sah seine Mutter fragend an, aber Ann reagierte nicht.

»Das müßte genügen«, sagte Tommy und steckte es in die Tasche. »Ich fahr sofort ins Labor. Melanie arbeitet noch. Sie wird sich gleich darum kümmern.« Auf dem Weg nach draußen nahm er David in einen Klammergriff. »Wirst du artig zu deiner Mom sein, während ich weg bin?«

»Ja«, sagte David kläglich.

»Dann ist es gut«, sagte der Detective und ging zur Küchentür hinaus.

Um ein Uhr morgens ging Ann schließlich ins Bett. Sie hatte Melanie Chase angerufen, um sich zu erkundigen, wie weit sie mit dem Band gekommen war, aber die Frau hatte nicht zurückgerufen. Sie hatte den ganzen Abend auf den Anruf gewartet. Um Mitternacht hatte sie es noch einmal versucht, und da hatte man ihr gesagt, daß Melanie zu einem bewaffneten Raubüberfall gerufen worden war. Ann wußte, es konnte vier Uhr morgens werden, bis sie zurück ins Labor kam.

David war auf dem Sofa eingeschlafen. Ann beschloß, ihn nicht zu wecken. Sie ging in sein Zimmer, holte seine Bettdecke, breitete sie auf dem Sofa über ihn und bückte sich, um ihm einen Kuß auf die Stirn zu geben. Der Junge hatte sämtliche Energiereserven, die er besaß, in der Aufregung über die bevorstehende Rückkehr seines Vaters verbraucht. Es brach ihr das Herz.

Als Ann sich ausgezogen hatte, ging sie zu Bett und löschte das Licht. Sie wußte, sie würde nicht einschlafen können. Als das Telefon läutete, stürzte sie sich in der Hoffnung darauf, daß es Melanie Chase war. »Ja?« sagte sie.

»Wo ist David?«

»Hank? Bist du das? O Gott, Hank, du mußt aufhören ...«

Sie fing so heftig an zu schluchzen, daß sie ihn kaum hören konnte. Seine Stimme hörte sich fern und nah zugleich an, zu nah, es war fast, als riefe er von irgendwo im Haus an.

»Hol David, Ann.«

»Hank, bitte sag mir, wo du bist. Sag mir, was passiert ist.«

Es verging ein Augenblick, bis Ann merkte, daß die Verbindung unterbrochen war. Sie suchte in ihrer Handtasche nach der Nummer des Überwachungswagens und hoffte, daß der Polizist nicht eingeschlafen war. Aber ihre Bemühungen waren unnötig, denn das Telefon läutete sofort wieder.

»War das Ihr Mann? Er war nicht lange genug in der Leitung, daß wir das Gespräch zurückverfolgen konnten.«

»Ja«, sagte Ann. »Ich meine, es war seine Stimme.«

Der Beamte wiederholte, daß sie den Anrufer länger in der Leitung halten sollte, und Ann hätte am liebsten geschrien. »Ich weiß nicht, wie ich ihn am Telefon halten soll. Was soll ich tun?«

»Beim nächsten Mal«, sagte der Beamte gelassen, »nehmen Sie den Hörer ab, sagen aber nichts. Tun Sie, was Sie können, um Zeit zu schinden.«

Ann akzeptierte es, aber ihr machte zu schaffen, daß sie nicht wußte, mit wem sie sprach. »Wer sind Sie?«

»Phil Whittaker. Sie erkennen meine Stimme nicht, weil ich eine abscheuliche Erkältung habe.«

»Oh«, sagte Ann. »Danke, Phil.« Sie machte das Licht aus, legte sich zurück, starrte in die Dunkelheit und versuchte, alle Gedanken aus ihrem Kopf zu verdrängen. Schließlich wurde sie von schierer Erschöpfung übermannt, schloß die Augen und schlief ein.

Ann erwachte, als morgendlicher Sonnenschein durch einen Spalt in den Vorhängen fiel. Jeder Knochen im Leib tat ihr weh, und sie fühlte sich, als hätte sie nicht länger als eine Stunde geschlafen. Ihre Augen waren aufgequollen und rot vom Weinen, die Bettlaken schweißnaß. Ein paar Minuten blieb sie vollkommen reglos liegen, sah zur Decke hinauf und versuchte zu entscheiden, ob sie ins Büro gehen konnte. Dann hörte sie Kleidungsstücke im Zimmer rascheln und schnellte kerzengerade in die Höhe.

David saß auf einem Stuhl, beobachtete sie und wartete darauf, daß sie aufwachte. Das normalerweise zerzauste Haar des Jungen war noch feucht vom Duschen und sorgfältig aus dem Gesicht gekämmt. Er trug eins seiner guten Hemden und eine schwarze Hose. Sogar die schwarzen Schuhe hatte er angezogen, die besonderen Gelegenheiten vorbehalten waren. Als Ann zum letztenmal darauf bestanden hatte, daß er sie anzog, hatte er gesagt, sie seien ihm zu klein.

»Wie spät ist es?« fragte Ann besorgt.

»Sieben.«

»Wie lange sitzt du schon hier?«

»Seit sechs.«

Ann betrachtete ihn wieder in seinem Sonntagsstaat, und das Herz wurde ihr schwer. Er wartete auf seinen

Vater. »Komm her«, sagte sie leise und klopfte neben sich auf das Bett.

»Nein«, sagte er. »Ich will mein Hemd nicht zerknittern. Du weißt, wie sehr Dad Falten haßt. Ich will echt gut aussehen, weißt du. Er soll wissen, daß ich jetzt erwachsen bin, daß ich alles getan hab, was er mir gesagt hat.«

»Gib mir den Morgenmantel«, sagte Ann. »Ich mach dir Frühstück.«

»Nein«, sagte David, holte den Morgenmantel vom Haken an der Tür und gab ihn ihr. »Ich will nichts essen, bis Dad hier ist. Dann können wir alle zusammen essen, wie eine Familie.«

Wie eine Familie, dachte sie traurig. Er wußte nicht, wie schlimm es am Ende gewesen war. »Liebling, wir wissen nicht einmal mit Sicherheit, ob er es überhaupt war. Ich habe gestern abend darüber nachgedacht, David, und der Mann, der mich hier im Haus überfallen hat, hat eine Maske getragen, um seine Stimme zu verstellen. Er hat dein Bild mitgenommen. Er hat sogar deinen Namen gesagt. Jemand könnte die Stimme deines Vaters nachahmen. Vielleicht ein Computer, oder so.«

»Was meinst du damit?«

»Begreifst du nicht, Liebling? Alle wissen, was mit deinem Vater passiert ist. Als auf mich geschossen wurde, ist die ganze Geschichte wieder durch die Presse gegangen. Wer mir das alles angetan hat, könnte versuchen, die Stimme deines Vaters nachzuahmen und Dinge sagen, von denen er weiß, daß sie uns glauben machen, er sei Dad. Das ist eine Methode, uns wehzutun.« Ann wandte den Kopf ab. Wenn es stimmte, was sie gesagt hatte, konnte kein Zweifel daran bestehen, wie weh es tun würde. David so zu sehen, mit so hochgesteckten Erwartungen, war fast mehr, als sie ertragen konnte.

»Das glaub ich nicht«, sagte er und wartete, während seine Mutter die Arme durch die Frotteeärmel schob und aufstand. »Es war mein Dad. Ich kenne doch meinen Dad, Mom. Das ist albern. Warum sollte jemand so was tun?«

»Nun«, sagte Ann, »vielleicht will mir jemand angst machen, mich verwirren, mir einreden, daß ich verrückt werde. David, du weißt über vieles von dem, was hier läuft, nicht Bescheid.«

»Es war Dad«, sagte er wütend. Dann drehte er sich um, stürmte aus dem Zimmer und schrie mit im Flur widerhallender Stimme zu ihr zurück: »Das sagst du nur, weil du nicht willst, daß Dad zurückkommt. Ich weiß, daß du immer mit ihm gestritten hast.«

Also wußte er es, dachte Ann. Trotzdem gab er ihr die Schuld, nicht seinem Vater. Hatte er dieses Benehmen von Hank geerbt, genau wie das cholerische Temperament? Glaubte ihr eigener Sohn, daß sie die Mißhandlungen und Beschimpfungen verdient, sie irgendwie provoziert hatte? Sie ging in die Küche, um Kaffee zu machen, und mußte im Wohnzimmer an David vorbei. Er saß reglos wie eine Statue auf dem Boden vor dem Fernseher und sah sich Zeichentrickfilme an. Ann schüttelte den Kopf. David hatte seit Jahren keine Zeichentrickfilme mehr gesehen. Er bevorzugte die wissenschaftlichen Sendungen im öffentlichen Fernsehen. Sie schüttete Kaffee in den Filter und wollte ihn gerade in die Kaffeemaschine schieben, als das Telefon läutete. Sie griff danach und hörte David im selben Moment losrasen. Als sie »Hallo«, sagte, hörte sie ihn ins Telefon schreien: »Dad, Dad, bist du es? Wir warten auf dich. Wann kommst du?«

»David«, sagte Reeds tiefe Stimme, »hier ist Tommy. Ich hab nur angerufen, um zu hören, wie es dir geht, und um dir zu sagen, daß wir an dem Band arbeiten.«

»Warum ist er noch nicht hier, Tommy?« sagte David. »Er hat mir gesagt, daß er heute kommen würde.«

»Durchhalten, Kumpel«, sagte Reed. »Wir kommen der Sache auf den Grund. Ist deine Mutter bei dir?«

»Ja«, sagte er niedergeschlagen. »Sie ist da.«

»Am Apparat«, meldete sich Ann zu Wort. »David, leg auf und laß mich mit Tommy reden. Bitte, Liebling.« Sie wartete, bis sie das Klicken hörte, dann wurde ihre Stimme verzweifelt. »Wir werden hier verrückt. Warum ist Melanie mit der Stimmanalyse noch nicht fertig? David sitzt hier fein angezogen wie an Weihnachten und wartet darauf, daß sein Vater zur Tür hereinspaziert kommt. Der arme Junge ist –«

»Beruhige dich, Ann«, sagte Reed tröstend. »Melanie hat gestern nacht bis zum Hals in Arbeit gesteckt. Sie hat auch nur zwei Hände.«

»Und?« schrie Ann. »Dann soll es jemand anders machen! Dieser Alex, zum Beispiel. Verdammt, irgend jemand. Wir müssen wissen, wer dahintersteckt.«

»Ich ruf sie noch mal an und seh zu, was sich machen läßt«, sagte Reed und legte hastig auf.

Ann legte das tragbare Telefon in der Küche auf und lief ins Wohnzimmer, um ihren Sohn zu trösten. Sie überlegte nicht mehr, sondern handelte nur instinktiv, weil ihre Gefühle so aufgewühlt waren, daß sie nicht klar denken konnte. Sie drückte ihren Sohn an die Brust. »Ich möchte, daß du in die Schule gehst, Liebling. Du kannst nicht den ganzen Tag hier sitzen und warten.«

»Nein, ich kann nicht in die Schule«, sagte er, während ihm Tränen aus den Augen quollen. »Dad könnte kommen, wenn ich weg bin.«

»Bitte, Liebling, nicht weinen. Geh ins Bad und hol dir einen kalten Waschlappen fürs Gesicht. Bitte, David, dann geht es dir wieder besser.«

»Nein«, sagte er und riß sich von seiner Mutter los. »Ich hab mit ihm gesprochen. Ich geh nicht zur Schule. Mir ist egal, was du mit mir machst, ich warte hier auf meinen Dad.«

David lief in sein Zimmer und schlug die Tür zu.

Ann wußte, sie konnte David nicht zur Schule schicken, und sie wußte auch, sie konnte nicht zur Arbeit gehen, bis die Lage geklärt war. Sie rief Claudette an und sagte ihr, daß sie den Tag freinehmen würde.

Sie wartete. Minuten wurden zu Stunden. Um zwölf Uhr rief Melanie Chase schließlich an.

»Die beiden Stimmen sind identisch, Ann. Es ist dein Mann, richtig?«

»Sie sind ... identisch?« stammelte Ann. »Dann ist es Hank, der mich anruft?«

»Da bin ich mir nicht sicher. Ich weiß nur, daß die Stimmprofile bei beiden Aufnahmen dieselben sind.«

Ann war verwirrt. »Wenn es Hanks Stimme ist, dann muß es Hank sein, der mich anruft. Ich verstehe nicht, was du damit sagen willst.«

»Das Band der Polizei hat eine weitaus bessere Qualität als das aus dem Anrufbeantworter. Mit unserer Ausrüstung konnten wir ein paar technische Geräusche neben der Stimme orten.«

»Was für technische Geräusche?«

»Eine Art Maschine ... Surren und Klicken. Es ist fast unmöglich zu sagen, was auf dem ursprünglichen Band war und was von der Polizeiausrüstung stammt. Ich brauche noch eine Aufnahme der Polizei, damit ich die Geräusche identifizieren kann. Kann einer der Jungs mir eins bringen?«

»Klar«, sagte Ann. »Sie überwachen meine Anrufe immer noch. Ich lasse das Band mit unserem letzten Gespräch rüberbringen. Wie wäre das?«

»Das genügt. Ich muß jetzt los«, sagte Melanie.

Kaum hatte sie das Gespräch beendet, rief Ann Oscar Chapa an, den Officer im Überwachungswagen, und bat ihn, ihr Gespräch mit Melanie herauszuschneiden und das Band zu ihr zu bringen. »Bedeutet das, ihr Mann ist noch am Leben, Ann?« sagte Chapa.

Also hatte er mitgehört. »Sie haben das Band gehört, Oscar. Um ehrlich zu sein, ich weiß nicht, was es bedeutet. Würden Sie eine Streife schicken, die es gleich hinbringt?«

»Kein Problem«, sagte er.

Der Mittag kam und ging, und David hatte sich immer noch in seinem Zimmer eingeschlossen. Ann machte ihm ein Sandwich und klopfte an seine Tür. »Laß mich rein«, sagte sie. »Du mußt was essen, Liebling.«

»Geh weg. Ich hab keinen Hunger.«

»David, bitte ... laß mich wenigstens reinkommen und mit dir reden. Sperr mich nicht so aus.«

»Geh weg. Laß mich in Ruhe.«

Ann stellte den Teller vor die Tür und ging ins Wohnzimmer, um zu warten. Sie versuchte, die Zeitung zu lesen und fernzusehen, konnte sich aber nicht konzentrieren. Schließlich fing sie an, das Haus zu putzen, schrubbte auf Händen und Knien den Küchenboden, entfernte mit einer Zahnbürste die alten Flecken aus den Fugen des Tresens und stellte das Porzellan in der Vitrine ordentlich hin.

Um fünf Uhr hatte sich Ann gerade daran gemacht, das Silber zu putzen, als es an der Eingangstür klopfte. Das ist es, dachte sie, während ihr der kalte Schweiß ausbrach. Sie sah durch den Spion und erblickte eine fremde Frau, die vor der Tür stand. »Wer ist da? Was wollen Sie?«

»Ann Carlisle«, sagte die Frau durch die Tür, »mein Name ist Connie Davidson. Ich bin Reporterin der *Star Free Press.* Ich würde gerne mit Ihnen reden.«

Ann schob die Riegel zurück und riß die Tür auf. Hatten sie Neuigkeiten über Hank? »Was wollen Sie?«

Ein Fotograf kam aus dem Schatten und fing an, Aufnahmen von Ann zu schießen. Sofort hob sie die Hände vor das Gesicht. »Aufhören. Keine Bilder, sonst mache ich die Tür sofort wieder zu.«

Die Reporterin winkte den Fotografen fort. »Stört es Sie, wenn ich reinkomme? Ich wollte Ihnen nur ein paar Fragen stellen.«

»Was für Fragen?« sagte Ann und sah die Frau mißtrauisch an.

»Ich ... Ms. Carlisle, es wäre mir lieber, wir könnten uns drinnen unterhalten, wenn es Ihnen nichts ausmacht.«

»Mein Sohn fühlt sich nicht wohl. Worum geht es?«

»Wir wurden von einem Dr. Sawyer angerufen. Es geht um Ihre Beziehung zu seinem Sohn. Kann ich Ihnen ein paar Fragen stellen, eine Stellungnahme bekommen?«

Ann fühlte sich, als hätte man ihr ein Baumwollbüschel

in den Hals gesteckt. Sie würde sich nicht darauf einlassen und versuchen, sich zu verteidigen. Was sie auch sagte, würde nur Öl ins Feuer gießen. »Nein«, sagte sie. »Drukken Sie, was Sie wollen. Wenn Sie meinen Ruf in Mitleidenschaft ziehen, verklage ich Sie. Ich bin Jimmy Sawyers Bewährungshelferin. Eine andere Beziehung gibt es nicht.« Ann wollte die Tür schließen, aber die andere Frau stellte sich in den Rahmen.

»Stimmt es, daß Ihnen Jimmy Sawyer das Leben gerettet hat, weil Sie eine Affäre mit ihm hatten? Haben Sie die Geschichte mit den abgehackten Fingern erfunden, um sich an ihm zu rächen? Haben Sie sich zum erstenmal mit einem Ihrer Bewährungskandidaten eingelassen?«

Ann drückte langsam die Tür zu und klemmte der Frau den Fuß ein, bis sie endlich zurücktrat und Ann die Tür ganz schließen ließ. Dann lehnte sich Ann dagegen und versuchte, tief durchzuatmen. Das hatte ihr im Augenblick gerade noch gefehlt ...

»Ich werde nicht weggehen, hören Sie«, rief die Reporterin durch die geschlossene Tür. »Möchten Sie uns nicht Ihre Version erzählen, bevor wir die Geschichte drucken?«

»Verlassen Sie mein Grundstück«, sagte Ann zitternd.

Als sie hörte, wie sich die Schritte der Frau entfernten, ging sie durch den Flur, war aber so in Gedanken, daß sie gar nicht mitbekam, wohin sie ging. »David«, sagte sie, als sie sah, daß seine Zimmertür offenstand.

Der Junge saß auf der Bettkante und starrte ins Leere. Sein rundes Gesicht war erschöpft, seine Augen voller Verzweiflung. Er trug nicht mehr seine guten Sachen, sondern Jeans und ein Sweatshirt. Schließlich hatte er doch aufgegeben.

»Oh, David«, sagte Ann, als ihr Sohn durch das Zimmer in ihre ausgebreiteten Arme gelaufen kam.

»Warum ist er nicht gekommen, Mom? Er hat gesagt, er würde kommen.«

»Sei jetzt ruhig, Liebling«, sagte Ann. »Sprechen wir ein Gebet für deinen Vater, daß er, wo er auch sein mag, seinen

Frieden gefunden hat und keine Schmerzen leidet. Mehr sollten wir uns nicht wünschen, Liebling.«

Sie standen schweigend da und umarmten einander.

»Ich hab dich lieb«, sagte David erstickt flüsternd. »Tut mir leid, daß ich so häßliche Sachen zu dir gesagt hab.«

»Oh, David«, sagte Ann und strich ihm durch das Haar. »Ich hab dich immer lieb, was du auch zu mir sagst.« Dann hob sie seinen Kopf und sah ihm direkt in die Augen. »Glaubst du mir das? Sind wir ein Team, wie immer?«

»Ja«, sagte er kläglich. »Wir sind ein Team, Mom, aber ohne Dad sind wir keine Familie.«

Ann zog ihn wieder in ihre Umarmung. »Da irrst du dich, David. Meine Mutter ist gestorben, als ich noch sehr jung war, und mein Vater hat mich großgezogen. Wir waren eine Familie. Hast du verstanden? Eine richtige Familie. Nur weil Dad nicht bei uns ist, heißt das nicht, daß wir keine Familie sind. Eine Familie basiert auf Liebe und Respekt.«

David antwortete nicht. Ann hielt ihn weiter in den Armen, bis er sich schließlich losmachte und ins Wohnzimmer ging, um fernzusehen.

Als es am Abend wieder an der Tür läutete, spielte Ann mit David am Küchentisch Rommée. Er stand auf, aber Ann eilte vor ihm zur Tür und sah Tommy Reed mit einem grimmigen Gesichtsausdruck. Als er David hinter Ann sah, schenkte er ihr keine Beachtung. »David«, sagte er, »ich hab eine Überraschung für dich. Geh die Straße runter zu dem Überwachungswagen. Oscar wird dir zeigen, wie die Ausrüstung funktioniert.«

»Klasse«, sagte David. »Was ist eigentlich in dem Ding?«

»Jedes elektronische Gerät, das du dir nur vorstellen kannst. Lauf jetzt. Oscar wartet schon auf dich.«

Als David gegangen war, wandte sich Reed an Ann. »Ich muß dir was erzählen. Du solltest dich besser setzen.«

Er nahm ihre Hand, führte sie zur Couch, legte ihr die Hände auf die Schultern und drückte sie nach unten. »In Hanks Fall hat sich eine neue Entwicklung ergeben.«

Ann war wie gelähmt. Sie konnte sich nichts Schlimmeres vorstellen als das, was sie und David bereits durchgemacht hatten.

»Ich hab gestern am Spätnachmittag die Highway Patrol informiert, und die haben ein paar Leute zu Ermittlungen nach Arizona geflogen.« Er räusperte sich. »Sie haben einen Tatverdächtigen festgenommen, Ann.«

»Nein«, sagte sie, beugte sich vor und schlang die Arme um sich. »Hank ...«

»Wir kennen noch nicht alle Einzelheiten. Sie wissen nur, daß sich Hanks Waffe in seinem Besitz befand. Dann hat eine Frau aus unserem Archiv auf eigene Faust Ermittlungen angestellt und herausgefunden, daß der Mann Hanks Ausweisnummer als Geburtsdatum angegeben hatte. Ich schätze, er hat die Marke die ganzen Jahre mit sich herumgetragen und die Nummer auswendig gelernt, ohne es zu merken. Als sie ihn verhaftet und seine Fingerabdrücke genommen haben, konnten sie seine wahre Identität ermitteln. Er heißt Wayne Coffer, und er wird wegen Mordes gesucht. Die Behörden in Texas haben vor über sechs Jahren den Haftbefehl ausgestellt. Der Mann hat unter falschem Namen gelebt.«

»Dann glauben Sie, daß er der Mann ist, der Hank entführt hat?« sagte sie. Sie hatte so lange darauf gewartet, die Wahrheit zu hören, aber nun kam sie ihr unwirklich vor. Unterschied sich das, was sie hörte, nicht von den Anrufen? War es alles nur eine Fata morgana, ein schrecklicher Traum?

»Sieht so aus«, sagte Reed. »Wir haben ja die ganze Zeit angenommen, daß Hank jemanden angehalten hat, der gesucht wurde, und daß derjenige sich auf ihn gestürzt hat, als er zum Wagen zurückging, um Informationen zu bekommen.«

Ann hatte immer noch die Arme um den Körper gelegt, wippte hin und her und versuchte zu verarbeiten, was sie gehört hatte. »Aber wir wissen immer noch nicht, ob Hank noch lebt oder tot ist, richtig?«

»Erstklassige Ermittler der Highway Patrol sind dort, zusammen mit den dortigen FBI-Agenten. Sie haben den Verdächtigen seit gestern nacht in der Mangel und versuchen, ihn kleinzukriegen. Anscheinend ist er Alkoholiker und leidet an einer Leberkrankheit. Wir können von Glück sagen, daß wir ihn gefunden haben, bevor er den Abgang gemacht hat. Der Mann ist in einem schlimmen Zustand.«

Innerlich wollte Ann schreien. Sie waren so nahe dran, wußten es aber immer noch nicht. »Was passiert jetzt?«

»Sie bearbeiten ihn noch eine Weile, dann überführen sie ihn hierher. Wir müssen den Fall aber schleunigst unter Dach und Fach bringen, denn Texas wird sofort eine Auslieferung beantragen.«

Melanie hatte ihr gerade gesagt, daß der Mann am Telefon ihr Ehemann war. Sie konnte nicht glauben, was Tommy da sagte. Wenn es nicht stimmte, würde sie den Verstand verlieren. »Besteht die Möglichkeit, daß Hank entkommen konnte? Kann er noch am leben sein? Melanie hat gesagt, es ist Hanks Stimme, Tommy. Da stimmt was nicht.«

»Nun, die Möglichkeit besteht immer, aber es ist unwahrscheinlich. Was die Anrufe betrifft –«

Ann sagte hartnäckig wie immer: »Vielleicht wurde er verletzt. Das könnte die Anrufe erklären. Seine Stimme klingt ganz wie die von Hank, aber er legt immer auf, und er spricht irgendwie seltsam. Sagen wir, dieser Coffer hat ihm einen Schlag auf den Kopf versetzt und ihn für tot liegenlassen. Hank könnte eine Gehirnverletzung haben und nicht mehr wissen, wer er ist.«

Reed zog sie in seine Arme. »Es tut mir leid. Aber wenigstens haben wir einen Verdächtigen in Haft. Ist das nicht immerhin etwas?«

»Nein«, sagte Ann und entwand sich ihm mit verkniffenem Mund. »Ich kann es erst akzeptieren, wenn sie die Leiche gefunden haben. Bis dahin könnte er noch am Leben sein.«

In dem Moment sah Ann David unter der Küchentür

stehen; sein Mund stand offen, das Gesicht hatte eine erschreckend graue Farbe.

»Wie lange hörst du schon zu?« fragte sie, und ihr Herz schlug so laut, daß sie sich kaum sprechen hören konnte.

»Er ist tot«, sagte David verbittert. »Mein Dad ist tot. Dieser Mann hat ihn umgebracht. Er kommt nie zurück.« Große Tränen kullerten seine Wangen hinab. »Wie konnte er mich anrufen? Wie konnte Dad mich anrufen, wenn er tot ist?«

Ann und Reed standen beide auf, gingen zu ihm und stellten sich neben ihn. »David«, sagte Reed zögernd, »es besteht eine winzige Chance, daß dein Vater noch lebt. Es wäre nicht recht, dir etwas anderes zu erzählen. Aber wir müßten bald einige klare Antworten bekommen.«

»Liebling«, sagte Ann und strich ihm das Haar aus der Stirn, »wir nähern uns dem Ende. Es ist fast vorbei. Wenn wir noch eine Weile durchhalten, werden wir es mit Sicherheit wissen.«

»Er ist tot«, sagte David tonlos.

Ann und Reed sahen einander an. Was konnten sie noch sagen? David hatte die Brücke endlich überquert.

Kapitel 20

Am Mittwoch morgen fuhr Ann David zur Schule und danach, schwach und erschüttert nach der vorhergehenden Nacht, zum Verwaltungszentrum. Reed war bis nach zehn Uhr geblieben, als die Ermittler in Arizona ihn informiert hatten, daß sie Feierabend machten. Bis jetzt hatte der Verdächtige nicht gestanden. Ann wußte, sie würden einen Durchsuchungsbefehl für sein Apartment beantragen, um weitere Beweise zu finden, aber im Moment konnten sie nichts weiter tun als warten.

Nachdem Reed gegangen war, saß Ann bis nach Mitternacht bei David, sah alte Fotoalben durch und erzählte ihm Geschichten von seinem Vater. Sie hatten gelacht und geweint, aber Ann fand, daß es notwendig war. David war im Begriff, seinen Vater endgültig zu begraben. Sie wollte, daß ihm die Erinnerungen frisch im Gedächtnis blieben.

Als sie gemeinsam durch den Innenhof zur Cafeteria gingen, um ihre Frühstückspause zu machen, stieß Claudette immer wieder mit Ann zusammen. »Warum machen Sie das andauernd?« fragte Ann in scharfem Ton. Die Anspannung hatte ihr eine üble Laune und pochende Kopfschmerzen beschert. »Merken Sie überhaupt, was Sie da tun, Claudette? Haben Sie eine Ahnung, wie nervtötend das ist?«

»Was?« sagte Claudette. »Was mache ich?«

»Jedesmal, wenn wir zusammen irgendwo hingehen, rempeln Sie mich ständig an. Sie gehen nicht geradeaus. Sie torkeln herum wie eine Betrunkene.«

»Nun, danke, daß Sie mir das sagen«, entgegnete Claudette gutmütig. Dann sah sie Anns abgespanntes Gesicht und wurde wieder ernst. »Haben Sie Tommy gesagt, daß er Sie hier anrufen soll, sobald er etwas erfährt?«

»Logisch«, sagte Ann.

»Scheiße«, sagte Claudette. »Es wird richtig unheimlich. Die ganze Sache mit Hank. Haben Sie etwas über Carl Simmons herausgefunden?«

»Er war noch im Gefängnis, als man auf mich geschossen hat, wurde aber in der Woche darauf freigelassen. Ich glaube nicht, daß wir es hier mit zwei verschiedenen Personen zu tun haben, Claudette. Wer auf mich geschossen hat, muß auch derjenige sein, der mich terrorisiert. Das hat mir Noah Abrams eingebleut.«

»Ich weiß nicht, Ann. Vielleicht hat es Simmons so geplant.«

»Was meinen Sie damit?«

»Er ist ein gebildeter Mann, Ann, wenn ich mich richtig erinnere. Vielleicht verrückt, aber nicht dumm. Er hätte im Knast jemanden anheuern können, der auf Sie schießt, und er hätte ein wasserdichtes Alibi gehabt. Und als der Kerl Sie nicht umgebracht hat, hat er Ihnen persönlich nachgestellt.«

Ein Mann kam aus den Schatten auf sie zu. »Ann Carlisle?« sagte er. »Sind Sie Ann Carlisle?«

Claudette ergriff Anns Arm und zog sie mit schreckgeweiteten Augen zu sich. »Was wollen Sie?« fragte sie.

Der Mann warf Claudette einen raschen Blick zu, dann gab er Ann einen Umschlag. »Ms. Carlisle, bitte unterschreiben Sie, wo das rote X ist.«

Ann sah auf das Blatt Papier, dann zu Claudette. »Das ist nur ein Gerichtszusteller, Claudette. Jemand schickt mir eine Vorladung, wahrscheinlich ein Verteidiger von einem meiner Fälle.« Ann kritzelte ihren Namen hin, steckte die Vorladung in die Handtasche und gab dem Mann das Formular zurück. Kaum hatte er das Blatt Papier in Händen, machte er sich auf die Suche nach einem neuen Opfer.

Ann zog die schwere Tür zum Hauptgebäude des Gerichts auf. Claudette hatte darauf bestanden, daß sie in die Kaffeepause gingen. Und wenn Claudette auf etwas bestand, fügte man sich besser.

»Wollen Sie sich das verdammte Ding nicht mal ansehen?« sagte Claudette neugierig.

»Nein«, antwortete Ann, die andere Sorgen hatte. »Später.«

Claudette blieb mitten in der Empfangshalle stehen; rechts und links strömten Leute auf dem Weg ins Gericht an ihnen vorbei. Sie hatte diesen Ausdruck in den Augen, der besagte, daß sie auf der Stelle wissen mußte, was sie wissen wollte. »Ach, kommen Sie, Ann. Sehen wir nach, um was für einen Fall es sich handelt.«

»Nein, Claudette«, sagte Ann und ging weiter, ohne einen Blick zurückzuwerfen.

Schritte ertönten hinter ihr, und schon ging Claudette wieder an Anns Seite und rempelte sie mit der Schulter an. »Erzählen Sie es mir später, ja? Gleich nach dem Kaffee?«

»Vielleicht«, sagte Ann mit einem spröden Lächeln. »Bezahlen Sie, Claudette?«

»Ich bezahle«, erwiderte Claudette. »Ich bezahle den verdammten Kaffee. Ich spendiere Ihnen sogar noch ein Donut dazu.«

In der Cafeteria stellten sie sich in die Schlange an der Ausgabetheke. Ann sah durch den Raum und suchte nach Glen.

»Werden Sie mich wenigstens über Delvecchio einweihen?« fragte Claudette, als sie mit dem Kaffee an einem Tisch saßen. »Haben Sie nicht gesagt, da hätte sich was ergeben?«

Ann verschluckte sich beim Namen Delvecchio. Kaum hatte sie sich geräuspert, antwortete sie: »Ich muß mit Glen reden. Etwas an der Anklage verstehe ich nicht.«

»Dann kümmern Sie sich darum«, sagte Claudette. »Jetzt, wo er verurteilt ist, müssen wir den Bericht abschließen.«

Die Cafeteria war überfüllt und laut, Anwälte unterhielten sich miteinander und diskutierten ihre Fälle, andere saßen allein, schwitzten über Berichten und hatten prallvolle Aktentaschen offen vor sich liegen. Hier und da tranken finster aussehende Angeklagte, mit Tätowierungen und allem, ihren Kaffee und warteten darauf, daß ihr Fall aufgerufen wurde. Gleich neben einem besonders häßlichen Typ saß eine Gruppe Männer an einem Tisch, die Ann als Assistenten des Staatsanwalts erkannte.

Sie beugte sich über den Tisch zu Claudette und flüsterte: »Denken Sie nie daran, wie gefährlich es ist, uns alle zusammen in diesem Komplex zu haben?«

»Eigentlich nicht«, sagte Claudette, spießte ihr gefülltes Hörnchen mit der Gabel auf und hielt es Ann vor das Gesicht. »Probieren Sie mal. Ich dachte, Sie würden ein Donut nehmen. Ich hab zehn Pfund zugenommen. Herrgott, wie soll ich die je wieder runterkriegen?«

Ann stieß die Gabel weg. »Ich hab keinen Hunger, Claudette. Sehen Sie den Kerl da drüben, der gleich neben dem Tisch der Staatsanwälte sitzt?«

»Klar«, sagte Claudette und drehte den Kopf. »Was ist mit ihm? Sieht wie ein Killer aus.«

»Was hindert ihn daran, eine Waffe zu ziehen und einen der Männer am Nebentisch zu erschießen? Woher wissen wir, daß einer von ihnen nicht genau der Staatsanwalt ist, der ihn anklagt?«

Claudette kaute; ihr gefülltes Hörnchen hatte sie fast aufgegessen. Als sie geschluckt hatte tupfte sie sich den Mund mit einer Serviette ab. »Sie werden paranoid, Ann. Auch im alten Gebäude sind Angeklagte und Staatsanwälte zusammengekommen. Wenn irgendein Restaurant in der Nähe des Gerichtsgebäudes liegt, wo man jeden reinläßt, wird wahrscheinlich genau dasselbe passieren.«

Ann wußte, daß sie recht hatte. Ihr kam alles nur zu nah beieinander vor, zu eng. Überall sah sie bedrohliche Gesichter. »Sehen Sie sich den Kerl an«, sagte sie, ohne nachzudenken. »Ein richtiges Herzblatt, was? Sieht aus, als könnte er einem die Leber rausreißen und zum Frühstück verspeisen.«

Claudette lachte. »Das ist ein Anwalt, Ann.«

»Sehen Sie, ich hab doch gesagt, daß er gemeingefährlich ist.« Ann lachte auch, und die Paranoia klang ab.

»Kommen Sie, sehen wir uns die Vorladung an.«

Ann mußte unwillkürlich lächeln. Claudette konnte es einfach nicht mehr aushalten. Ann holte den Umschlag aus der Tasche, schob die Tasse beiseite und breitete die Vorladung aus. »Scheiße, es ist Sawyer«, sagte sie mit zornrotem Gesicht. »Er verklagt mich wegen unrechtmäßiger Festnahme, Verleumdung und Belästigung.«

»Nein«, sagte Claudette. Es stank ihr, wenn einer ihrer Mitarbeiter verklagt wurde. Sie als Vorgesetzte hatte stets die endgültige Verantwortung. »Ich habe Ihnen gesagt, daß es die ganze Zeit Sawyer war. Mit dieser neuen Entwicklung wissen wir es mit Sicherheit. Es ist eindeutig. Der Kerl wird alles tun, rein alles, damit er nicht ins Gefängnis muß. Miese, dreckige kleine Ratte.«

Claudettes Neugier war befriedigt, und schon setzte sie ihre kleinen grauen Zellen in Marsch. »Erledigen Sie das mit Delvecchio, Ann«, sagte sie und stand auf. »Um Sawyer können Sie sich später kümmern.«

Als Ann selbst aufstand, ging sie nicht in die Bewährungsabteilung. Statt dessen fuhr sie mit dem Fahrstuhl in den dritten Stock, wo das Büro des Bezirksstaatsanwalts lag. Wie sie es sah, würde Glen das Verfahren neu eröffnen und eine ehrliche Anstrengung unternehmen müssen, Delvecchio zu rehabilitieren. Selbstverständlich hatte die Sache noch eine ernste Seite. Wenn Delvecchio unschuldig war, befand sich der wahre Vergewaltiger noch auf freiem Fuß.

Nachdem man sie durch die Sicherheitstür gelassen hatte, erspähte sie Glen auf dem Flur, wo er mit einer hübschen Brünetten flirtete. »Ann«, sagte er und stieß sich von der Wand ab, »was machst du hier?«

»Wir sehen uns zum Mittagessen«, sagte die Frau und lächelte Glen aufreizend zu, als sie ging.

»Kennst du Linda Weinstein?« fragte Hopkins mit gezwungenem Lächeln. »Sie arbeitet in der Abteilung für Sexualdelikte. Delvecchio war ursprünglich ihr Fall. Als ich ihr erzählt habe, wie stark mich die Sache beschäftigt, hat sie zugestimmt, ihn mir zu überlassen.«

Ann verspürte einen Anflug von Eifersucht. Linda Weinstein sah mit dem langen Haar, dem teuren blauen Anzug und den lackierten Fingernägeln faszinierend aus. Anns Nägel waren abgebrochen und unlackiert, und sie hatte sich heute morgen das erste gegriffen, was ihr im Schrank in die Hände gefallen war: eine weiße Bluse mit abgewetztem Kragen, einen schlichten schwarzen Rock, ausgetretene flache Schuhe. Sie sah aus wie eine Schullehrerin. »Warum hast du den Fall überhaupt gewollt?« sagte Ann. »Ich meine, die Verbrechen sind schrecklich, aber du hast so viele andere Fälle und beschwerst dich immer, wie überarbeitet du bist.«

»Ja, nun –« sagte er, dann brach er ab und sah nervös hinter sich.

»Glen ...«

»Ja«, sagte er hastig und nahm Anns Hand, um sie in sein Büro zu ziehen.

Ann riß sich los. »War Estelle Summer wirklich deine Lehrerin? Was für eine Schule hast du besucht?«

»Ja«, sagte er mürrisch. »Reden wir in meinem Büro.«

Glen war durcheinander, stellte Ann fest, und aus irgendeinem Grund wütend auf sie. Was hatte sie gesagt? Sie wollte sich nur über den Fall unterhalten. Hatte er der Frau Avancen gemacht, als sie hereingeplatzt war?

Er bestand darauf, daß sie mit ihm kam, und packte sie noch fester. Als Ann zurückzuckte, spürte sie eine rauhe Schwellung über seinem Handgelenk. Rasch hob sie den Arm hoch, damit sie sehen konnte, was es war. Ein Schnitt an seiner rechten Hand, schon mit Schorf bedeckt. »Was ist mit deiner Hand passiert?«

»Nichts«, sagte er mit zusammengebissenen Zähnen. »Was ist los mit dir? Du benimmst dich, als wäre ich der letzte Arsch, als hätte ich hinter deinem Rücken mit Linda Weinstein rumgemacht. Ich hab mich nur mit einer Kollegin unterhalten.« Er verstummte, und der Ausdruck in seinen Augen wurde tückisch. »Du läßt dich von diesen Anrufen verrückt machen. Du brauchst jemand, der dir hilft. Geh zu einem Psychiater, oder so.«

Ann klappte der Unterkiefer unter. Es mußte wahr sein, dachte sie, wahrscheinlich traf er sich mit dieser Frau. Er würde sich nicht so aufführen, wenn sie nicht einen Nerv getroffen hätte. Sie wollte ihm von Hank erzählen, ihm sagen, daß es vorbei war, konnte es aber nicht. Eine irrationale, instinktive Angst überkam sie. Ann konnte den Blick nicht abwenden, schüttelte aber ungläubig den Kopf. Was sah sie in seinen Augen? Was hatte er zu ihr gesagt? Wer war dieser Mann?

Sie wußte, sie konnte es keine Sekunde mehr bei ihm aushalten.

»Ich ... ich muß gehen«, stammelte sie, schritt rasch den Flur entlang und stieß Leute aus dem Weg. Kaum hatte sie die Sicherheitstür hinter sich gelassen, fing sie an zu laufen. Sie lief weiter, bis sie zur Damentoilette kam, und stürzte hinein.

Als Ann fünfzehn Minuten später wieder herauskam, ging ihr diese Schnittwunde nicht mehr aus dem Kopf. Dann hörte sie, wie ihr Name über Sprechanlage ausgerufen wurde, ging zu ihrem Schreibtisch und nahm das Gespräch entgegen.

»Ich hab Informationen für dich«, sagte Melanie Chase. »Ich wollte Reed anrufen, aber sein Apparat ist besetzt. Tut mir leid, daß es so lange gedauert hat, Ann, aber das hier ist das reinste Irrenhaus.«

»Was gibt's denn?« fragte Ann, von einer schrecklichen Vorahnung erfüllt.

»Ich habe die Analyse der Farbspuren vom Einbruch in dein Haus abgeschlossen«, sagte Melanie. »Das Auto ist schwarz, Ann, wahrscheinlich ein Rolls Royce. Das war leicht. Sie sind die einzige Firma, die diese Art von Lack benützen. Ich meine, Rolls oder Bentley, einer von beiden muß es sein.«

Ann ließ sich auf den Stuhl fallen und traute ihren Ohren nicht. »Ein Rolls-Royce?« sagte sie. »Bist du sicher, daß die Farbe von einem schwarzen Rolls-Royce stammt?«

»Nein, Ann«, sagte Melanie nachdrücklich, »das habe ich nicht gesagt. Ich sagte, von einem Bentley oder einem Rolls. Dieselbe Firma stellt beide Fabrikate her, daher könnten es beide sein.«

Ann sah Glens schwarzen Rolls Royce vor ihrem geistigen Auge. Er liebte das Auto, war so stolz darauf. Sie merkte, wie sich das Zimmer drehte, als würde es kentern. Dann fügte sich mit einem Mal alles zusammen. »Leg nicht auf«, bat Ann. »Hast du nicht gesagt, der Mann, der in mein Haus eingebrochen ist, müßte irgendwo eine Schnittwunde haben? Wo würde die sein?«

»Ich kann nicht glauben, daß du mich das fragst«, sagte Melanie verärgert. Das Klicken des Feuerzeugs war durch die Leitung zu hören, dann inhalierte sie. »Woher, um alles in der Welt, soll ich wissen, wo er sich geschnitten hat?« sagte sie und stieß den Rauch aus. »Ich hab den Kerl nicht gesehen, weißt du. Haltet ihr mich für eine verdammte Hexe oder so was?«

»Ich dachte –«

»Vergiß es«, sagte Melanie mit sanfterer Stimme. »Ich hab ein paar schwere Tage hinter mir.«

Obwohl der Schnitt nichts bewies, hatte Glen die richtige Figur, und Ann hatte die Augen wiedererkannt.

Die Maske! Delvecchio war in einer Reihe von Männern mit ähnlicher Statur, die Masken trugen, identifiziert worden. Und Delvecchio hatte gesagt, der Mann, der ihm den Mantel gegeben hatte, habe ein schwarzes Auto gefahren, das er nicht kannte. Etwas Kantiges, wie ein Rolls-Royce.

»Du hast Schamhaar von dem Vergewaltiger im Fall Delvecchio? Richtig? Hast du das nicht gesagt?«

»Sicher, Ann«, sagte Melanie verwirrt. »Ich dachte, wir sprechen über den Einbruch in dein Haus.«

»So ist es«, antwortete sie nach Luft schnappend. Sie fühlte sich, als hätte sich eine Boa constrictor um ihre Brust gelegt, die das Leben aus ihr herauspreßte. Glen war der Mann, der sie überfallen hatte. Er hatte drei hilflose alte Frauen vergewaltigt. Wie konnte das sein? Er hatte keinen Grund. Und wieso hatte Glen ein so auffälliges Auto wie einen Rolls-Royce gefahren, als er in ihr Haus eingebrochen war? Das war ein dummer Fehler, aber Glen war nicht dumm. Außerdem hatte er ein Motorrad. Dann dachte Ann an das Gewitter und den Wolkenbruch in der Nacht des Überfalls. Nun ergab es einen Sinn.

Aber das erklärte nicht alles. Warum mußte ein so attraktiver Mann wie Glen Frauen vergewaltigen? Dann verbesserte sich Ann. Sie wußte es besser. Vergewaltigung hatte etwas mit Macht, Aggression, Haß zu tun. Nichts mit Sex.

Als Ann sich verabschiedet und bedankt hatte, legte sie den Hörer auf und ließ den Kopf auf den Schreibtisch sinken. Sie mußte ruhigbleiben, logisch denken. Delvecchio hatte das Auto nicht identifizieren können. Aber wenn sie ihm ein Bild von Glens Rolls-Royce zeigte, konnte er es vielleicht. Möglicherweise hatte das Auto immer noch einen Blechschaden von dem Zusammenstoß. Glen war zu schlau, es so kurz nach dem Unfall in eine Werkstatt zu bringen. Er würde warten, bis das Interesse abgeklungen war.

Plötzlich spürte sie eine feste Hand auf der Schulter und hob ruckartig den Kopf.

»Ann«, sagte Glen sanft, »tut mir leid, daß wir uns gestritten haben. Linda und ich sind alte Freunde. Ich wollte sie zum Essen einladen, weil sie mir Delvecchio überlassen hatte. Wahrscheinlich war ich wütend, weil du an mir gezweifelt hast.«

»Schon gut«, sagte Ann, lächelte gezwungen, spürte die Wärme seiner Hand durch die Bluse und wollte seine Hand wegschlagen. Aber sie durfte ihre Angst nicht zeigen. »Es sind nur diese Anrufe«, log sie. »Sie machen mich verrückt.«

»Du hast nach meiner Hand gefragt«, sagte er und zeigte sie ihr. »Nur ein Kratzer. Muß passiert sein, als ich gestern an meinem Motorrad gearbeitet habe. Um ehrlich zu sein, es ist mir nicht mal aufgefallen, bis du es erwähnt hast.«

Ann ergriff seine Hand und sah den unregelmäßigen Schnitt, der von einer Glasscherbe stammen konnte. Wußte Glen, daß sie es wußte? Sie spürte ein Zucken am Hals und zwang sich, die Hand loszulassen. »Ich wollte dir nur ein Pflaster empfehlen, Glen«, sagte sie und seufzte, als wäre es gar nicht wichtig. »Du weißt ja, das ist die Mutter in mir. Ich hab immer Angst vor einer Infektion.«

Glen hatte seine Selbstsicherheit wiedergewonnen und lachte. »Wie geht es David?«

»Prima«, sagte sie. »Alles ist prima, abgesehen von diesen Anrufen. Ich komme einfach nicht dahinter, wer sie macht.«

»Kannst du dich heute abend ein paar Stunden davonschleichen?« fragte er und blinzelte anzüglich. »Ich sorge dafür, daß es sich für dich lohnt.«

»O nein«, sagte Ann kopfschüttelnd. »Ich kann wirklich nicht, Glen. Ich habe David versprochen, ich würde mit ihm ins Kino gehen.«

Plötzlich wurde sein Blick argwöhnisch. »Mitten in der Woche? Muß er morgen nicht in die Schule?«

»Nachmittagsvorstellung«, sagte Ann hastig. »Wie auch immer, bitte entschuldige mich, ich hab jeden Moment einen Termin. Bewährungskandidat, weißt du.«

»Kein Problem«, sagte er, stand auf und fuhr ihr durchs Haar, bevor er ging. »Ruf mich später an, okay?«

»Klar«, sagte sie und hielt den Atem an, bis seine Schritte verhallt waren. Wie konnte jemand so grausam und herzlos sein? Wie hatte sie auf ihn hereinfallen können? War sie so eine schlechte Menschenkennerin? Wie sollte es weitergehen?

Der Rolls, entschied sie.

Am Spätnachmittag hatte sich Tommy Reed noch nicht bei ihr gemeldet, und Ann war ein Nervenbündel. Sie hatte sich einen Plan zurechtgelegt, was sie wegen ihres Verdachts gegen Glen unternehmen wollte, konnte das Gebäude aber nicht verlassen, bis sie gehört hatte, was es Neues über Hank gab. Schließlich, um fünf Uhr, läutete das Telefon.

»Der Verdächtige hat gestanden«, sagte Reed. »Es ist vorbei, Ann.«

Sie schlug die Hand vor den Mund und konnte nicht zusammenhängend antworten.

»Wie die Ermittler der Highway Patrol mir gesagt haben, fanden Sie Hanks Dienstmarke in der Wohnung des Verdächtigen. Als sie ihm die Marke zeigten, hat er gestanden. In dem Moment wußte er, daß es vorbei war. Lieber wollte er wegen der Ermordung Hanks in Kalifornien angeklagt als an Texas ausgeliefert werden. Dort ist das Justizsystem weitaus strenger, er könnte die Todesstrafe bekommen.«

»Hat er ... ihnen gesagt, wo Hank begraben ist?«

»Sie sind gerade auf dem Weg dorthin.«

Ein überwältigendes Gefühl der Erleichterung erfüllte sie. »Dann ist es wirklich vorbei.«

»Ja, Ann«, sagte Reed leise, »es ist vorbei.«

Um sieben Uhr an diesem Abend lag Ann in ihrem Schlafzimmer auf dem Bett. David hatte die Nachricht besser aufgenommen, als sie erwartet hatte. Wie Ann war auch er erleichtert, daß sie endlich die Wahrheit kannten.

Das Telefon läutete, und Ann dachte, es wäre Reed mit Informationen über den Flug. Sie hatten Hanks Leichnam gefunden und wollten ihn morgen überführen. Sie hatte David schon gesagt, daß sie eine Beerdigung abhalten würden und sie die Vorbereitungen treffen mußte.

»Ann«, sagte Glen, »wie war der Film? In welchem wart ihr überhaupt?«

»Oh«, sagte Ann, augenblicklich wachsam, »wir waren gar nicht. David fühlt sich nicht wohl.« Bleib ruhig, sagte sie sich. »Was ist los?«

»Ich sitze hier ganz alleine«, sagte er schwermütig. »Du fehlst mir, Ann. Kannst du nicht herkommen, wenn David eingeschlafen ist? Ich fühle mich seit heute morgen nicht wohl in meiner Haut.« Er lachte. »War das unser erster Streit?«

Der erste und der letzte, dachte Ann verbittert. »Kann sein«, sagte sie statt dessen. »Mußte mal passieren. Paß auf, ich hab eine Idee. Warum treffen wir uns nicht in dreißig Minuten im Sail Loft? Bis dahin müßte David schlafen.«

»Super«, sagte er. »Du weißt nicht, wieviel besser es mir jetzt schon geht. Ich hasse es, mit Leuten zu streiten, die ich liebe.«

Liebe? dachte Ann. Bis heute hatte er das Wort nie ausgesprochen. »Liebst du mich wirklich, Glen?« sagte sie, weil sie der Versuchung nicht widerstehen konnte.

»Ich glaube, ich habe dich vom ersten Augenblick an geliebt, als ich dich gesehen habe.«

Wie rührend, dachte sie und versuchte, so leidenschaftlich zu klingen, wie sie nur konnte. »Dann bis gleich. Davon kannst du mir noch mehr erzählen.«

»Ich werde warten.«

Als Ann den Hörer auflegte, formte sich ein kalter Kloß der Wut in ihrem Magen. Wegen Glen konnte sie es sich nicht leisten, auch nur einen Augenblick über Hanks Tod nachzudenken oder sich Zeit zu nehmen, um ihren Sohn zu trösten und die Vorbereitungen für das Begräbnis zu treffen.

Sie mußte schnell handeln.

Nachdem sie David gesagt hatte, sie müßte noch mal weggehen, um ein Bestattungsinstitut aufzusuchen, ging Ann zu dem Überwachungswagen und klopfte an die Tür.

Einen Augenblick später sah ein hünenhafter Polizist Mitte Fünfzig mit hängendem Unterkiefer zu ihr heraus. Oscar Chapa bewegte sich langsam, sprach langsam und hätte einen in einer dunklen Nebenstraße zu Tode erschrecken können. Das Gesicht dazu hatte er. Er war ein Indianer, ein Sioux, hatte Ann gehört, und sein Aussehen trog. Er war der gütigste Mann, den sie je kennengelernt hatte.

»Oscar«, sagte sie, »glauben Sie, Sie könnten ein paar Stunden bei meinem Sohn im Haus bleiben? Ich will ihn nicht allein lassen, muß aber weg.«

»Klar«, sagte der Mann.

Als sie vor Glens Haus hielt, parkte sie den Wagen, starrte es an und versuchte, den Mut aufzubringen und hineinzugehen. Im Inneren brannten Lichter, aber Ann war sicher, daß Glen im Sail Loft auf sie wartete.

Sie ging zur Tür und läutete, um ganz sicherzugehen, worauf sie rasch die verschwitzten Handflächen an den Hosen abwischte. Während sie wartete, kamen ihr die Minuten wie Stunden vor. Nichts. Ann hatte in ihrem ganzen Leben noch nie das Gesetz gebrochen. Nicht wirklich das Gesetz gebrochen, dachte sie. Oh, als Kind hatte sie einmal einem anderen Kind das Spielzeug gestohlen, aber das war es auch schon gewesen. Ihr Vater hatte sie so verprügelt, daß sie eine Woche lang nicht sitzen konnte. Das hatte dem Stehlen ein Ende gemacht.

Aber dies war etwas anderes. Wenn sie in Glens Haus einbrach, beging sie eine Straftat. Ihre berufliche Laufbahn konnte den Bach runtergehen. Eine innere Stimme gab ihr den Rat, sich aus dem Staub zu machen. Sie würde es Tommy sagen, sollte er sich darum kümmern.

Aber eine andere Stimme sagte ihr: Jetzt ist der richtige Zeitpunkt. Sie konnte sich nicht aus dem Staub machen. Das hatte sie noch nie gemacht, so gefährlich die Situation auch gewesen sein mochte, wenn das Leben eines anderen Menschen auf dem Spiel stand. Das Leben, das hier auf dem Spiel stand, konnte ihres sein.

Sie beschloß, es zu riskieren.

Ann schlich zur Rückseite des Hauses, wobei sie sich geduckt hielt, damit die Nachbarn sie nicht sahen und die Polizei riefen. Sie wußte, Glen besaß eine Alarmanlage, deren Kode sie nicht kannte. Das bedeutete, sobald sie eine Tür oder ein Fenster öffnete, würde beim Wachdienst ein Alarm losgehen. Aber als ehemalige Polizistin wußte sie, daß es einige Zeit dauerte, bis jemand reagierte. In der Gegend, wo Glen wohnte, war den Anwohnern untersagt, lautstarke Alarmanlagen zu verwenden. Allzu oft wurde ein Alarm vom Wind, von einer Katze oder einer anderen harmlosen Sache ausgelöst, und die Polizei rückte umsonst an, während die Nachbarn tobten, weil sie sich eine ohrenbetäubende Sirene anhören mußten, bis sie jemand abschalten konnte.

Sie würde Zeit haben, in das Haus einzudringen, sich zu besorgen, was sie brauchte, und wieder zu verschwinden, bevor die Polizei auch nur verständigt wurde, und der Streifenwagen hielt sich vielleicht gerade im entgegengesetzten Teil der Stadt auf. Der Wachdienst informierte die Polizei nur, wenn sie Spuren eines gewaltsamen Eindringens fanden.

Ann dachte an das auf der Straße parkende Auto und entschied, daß das nicht gut war. Sie kehrte zurück, fuhr zur hinteren Gasse und parkte ein paar Häuser entfernt. Dann suchte sie im Kofferraum nach etwas, das sie überziehen konnte, eine Art Verkleidung, falls sie doch jemand sah. Außerdem lag Glens Garage hinter dem Haus. Wenn er nach Hause kam, würde er durch die Garage kommen. Ann hatte eine bessere Chance, ihn zu sehen, falls er vorfuhr, wenn sie das Haus von hinten betrat. Sie fand einen alten Parka, den sie letzten Sommer am Strand getragen hatte, und zog ihn an. Dann fiel ihr ihre Polaroidkamera ins Auge. Rasch sah sie nach und stellte fest, daß der Film noch für vier Bilder reichte. Als letztes nahm sie einen großen Stein in die Hand, den sie mitgebracht hatte.

Sie kehrte zum Haus zurück und überprüfte alle Fenster, aber sie waren verschlossen. Sie schlich in den Garten, wo sie sich hinter dem Palisadenzaun nicht mehr ganz wie auf dem Präsentierteller fühlte. Sie zog den Parka aus, wickelte ihn um die Hand und schlug leise das hintere Fenster mit dem Stein ein. Dann hob sie den Holzrahmen hoch, kletterte hinein und versuchte, sich nicht an dem Glas zu schneiden. Sie wußte, in diesem Augenblick bekam der Wachdienst das Signal. Sie mußte sich beeilen.

Sie lief ins Bad neben dem Schlafzimmer, nahm Glens Haarbürste und steckte sie in die Tasche. Sie suchte zur Sicherheit noch nach einem Kamm, wollte sich aber nicht soviel Zeit lassen. Als sie durch den Flur ging, kam sie an der offenen Tür zu einem Zimmer vorbei, in dem sie bisher noch nie gewesen war. Jedesmal, wenn sie Glen zu Hause besucht hatte, war die Tür zu diesem Zimmer geschlossen gewesen.

Sie trat ein und sah, daß es sich um ein Arbeitszimmer handelte. Zahllose Urkunden und gerahmte Fotos hingen an den Wänden, in einer Ecke stand ein Schreibtisch, ein festgeschraubter Gewehrständer beanspruchte die hintere Wand. Anns Blick wurde auf die Fotos gezogen. Eines zeigte Glen als Jungen. Er hielt ein riesiges Gewehr in der Hand. Das nächste Foto zeigte Glen wieder als Jungen, schätzungsweise zehn oder zwölf. Er stand bei einer Auktion neben einem Kalb und hatte Tränen in den Augen. Waren sie dabei gewesen, sein Lieblingstier zur Schlachtung zu versteigern? Sie sah Fotos von Glen mit seiner Mutter, die ein strenges Gesicht machte. Glen war ein sensibles Kind gewesen, dachte sie, mit einer dominierenden Mutter. Vergewaltigte er deshalb?

Eines war das Klassenfoto der Boulder High School Abschlußklasse, und sie fand Glens Gesicht. Selbst in der Beziehung hatte er gelogen, dachte sie und riß das Foto von der Wand, um es mitzunehmen. Estelle Summer konnte nicht seine Englischlehrerin an der High School gewesen sein. Glen hatte zwar das College in Berkeley besucht, aber anscheinend die High School in Colorado. Lügen, dachte Ann. Alles an ihm lief auf Lügen hinaus.

Das Haus war so still, so totenstill.

Ann durchsuchte seinen Schreibtisch und wühlte die Papiere durch. Hauptsächlich Rechnungen. Sie machte die Schublade auf und suchte darin. Etwas fiel mit einem metallischen Klirren aus einem Umschlag und landete auf dem Boden der Schublade. Ein Armreif aus Silber. Ann hob ihn auf und sah die Gravur: »Für Großmutter, von Billy.« Das Datum war 1965. Sie steckte den Armreif in die Brusttasche. Er mußte einem der Vergewaltigungsopfer gehören. Ann wußte, sie sollte in die Garage und dann das Haus verlassen, aber sie lief zu dem Gewehrständer.

Schrotflinten, großkalibrige Gewehre mit Zielfernrohr, Faustfeuerwaffen. Glen hatte nie erwähnt, daß er Waffen sammelte. Natürlich, er wußte, daß Ann Schußwaffen haßte. Die mit dem Zielfernrohr, dachte sie, und der Atem stockte ihr. Sollte sie sie mitnehmen? Hatte er damit auf sie geschossen?

Nein, sie war schon viel zu lange geblieben. Außerdem, dachte sie, wenn Glen eine Waffe mit Zielfernrohr benützt hätte, wäre sie jetzt tot. Jeden Moment würde Glen zurückkehren oder die Polizei mit heulenden Sirenen angefahren kommen und sie festnehmen. Sie mußte das Haus verlassen. Sie ließ Glens Klassenfoto fallen und lief hastig in die Garage.

Da stand er unter einer Segeltuchplane: Glens schwarzer 1979er Rolls-Royce. Er mußte gerade mit der Harley Davidson unterwegs sein, da das Motorrad nicht in der Garage stand. Ann riß die Plane herunter, sah die Delle an der rechten Vorderseite und fotografierte sie. Sie schoß alle vier Fotos, um ein möglichst vollständiges Bild von dem Wagen zu haben, da ihr wahrscheinlich nur noch Sekunden blieben.

Sie schob die Fotos in die Gesäßtasche und wollte gerade gehen, als die Garagentür aufging. Anns Herz schlug rasend schnell, als sie das Motorrad in die Einfahrt biegen sah. Rasch versteckte sie die Kamera hinter einem Stapel Skiausrüstung und warf ihren Parka darüber. Sie strich das Haar zurecht und versuchte, ihren Atem zu beruhigen. Was sollte sie sagen? Wie konnte sie das nur erklären? Herrgott, er konnte sie auf der Stelle töten.

»Ann«, sagte Glen, brachte das Motorrad zum Stillstand und zog mit finsterem Blick den Helm ab. »Was machst du in meiner Garage? Ich hab im Sail Loft gewartet.«

»Oh ... Glen, ich bin so froh, daß du da bist«, sagte Ann. »Mir ist ein paar Blocks entfernt das Benzin ausgegangen. Da ich keine Telefonzelle finden konnte, beschloß ich, zu dir zu gehen und zu warten, bis du nach Hause kommst.« Sie redete so schnell, daß die Worte sich überschlugen. Sie zwang sich, ruhiger zu werden. Sie mußte hier raus, weg von ihm. »Als ich herkam, sah ich, daß dein hinteres Fenster eingeschlagen war. Ich dachte mir, vielleicht bist du verletzt, und bin reingeklettert, um nach dir zu sehen. Dann bin ich hierher gekommen, um nachzusehen, ob dein Auto noch da ist.«

Er saß immer noch auf dem Motorrad und öffnete und schloß die Hände um die Handgriffe. »Das ist Quatsch«, sagte er mit wütendem Blick.

Ann wich zurück und sah sich dabei in der Garage um. Glens Motorrad stand vor ihr, daher konnte sie nicht durch das offene Tor fliehen. Aber wenn sie ins Haus zurücklief, konnte er sie einholen und töten. Niemand wußte, daß sie hier war.

Die Finger. Wie hatte sie die abgehackten Finger vergessen können? War Glen auch dafür verantwortlich? Er hatte Delvecchio reingelegt. Konnte er auch Sawyer reingelegt haben? Hatte er eine unschuldige Frau ermordet und ihre Finger in das Haus in der Henderson gebracht? Sie hatte mit einem Monster geschlafen.

Er kam auf sie zu. Ann zwang sich, nicht zurückzuweichen. Je näher er kam, desto besser waren ihre Chancen, sich zu verteidigen, ihn zu überwältigen. Sollte er nur kommen, dachte sie und spannte in Erwartung die Muskeln. Er machte zwar vielleicht Gewichtheben, aber er verstand nicht viel von Selbstverteidigung.

»Was versuchst du mir anzutun?« stieß er hervor und blies ihr seinen heißen Atem ins Gesicht. »Du bist wie alle anderen.«

»Nein, Glen«, flehte Ann und gab ihm damit, was er wollte. »Tu mir nicht weh. Bitte, tu mir nicht weh.« Kaum hatte sie Angst erkennen lassen, hob er den Kopf, und seine Augen nahmen einen verschwommenen Ausdruck an.

Er war vorübergehend unaufmerksam, trunken von ihrer Angst. Jetzt war der richtige Zeitpunkt. Ann legte ihm die Hände auf die Schultern und zog ihn zu sich, als wollte sie ihn umarmen. Dann rammte sie ihm plötzlich das Knie, so fest sie konnte, in den Unterleib.

»Scheiße«, schrie er unter Schmerzen und verzog das Gesicht. Sein Kopf sackte auf ihre Schultern, sein Becken zuckte zurück.

Als Ann zur Seite sprang, sank Glen auf den Garagenboden und zog die Knie an die Brust. Mit einer raschen Bewegung nahm sie ihren Parka und die Kamera. Sie lief zu der Gasse, als sie hörte, wie er sich aufrappelte. Die Haarbürste fiel ihr aus der Tasche und landete auf der betonierten Einfahrt. Sie hörte, wie Glen nur wenige Schritte hinter ihr stehenblieb und sich danach bückte. Laß sie, dachte sie. Aber sie konnte nicht. Sie brauchte Beweise. Sie hatte ihr Leben riskiert, um sie zu bekommen. Ohne sie würde sie nicht gehen.

Als Glen gerade die Finger darum schließen wollte, trat Ann ihm mit ihrem gesamten Körpergewicht auf die Hand. Dann beugte sie sich nach vorne und schnappte sich die Bürste. Wenn sie nur ihre Waffe mitgebracht hätte, dachte sie, dann hätte sie ihn in diesem Augenblick getötet. Ihre Blicke begegneten einander, und Ann sah, daß sich das Blatt gewendet hatte. Jetzt war er derjenige mit Todesangst, der Schutzlose. Sie nahm den Fuß nicht von seiner Hand. »Komm mir nicht zu nahe«, stieß sie hervor, und

Speichel flog aus ihrem Mund. »Wenn du mir näher als drei Schritte kommst, puste ich dir den Kopf weg.«

Mit der freien Hand griff er nach ihrem Knöchel, aber Ann war zu schnell. Sie lief die Einfahrt hinunter in die Gasse. Sie sprang in ihr Auto, ließ den Motor an und passierte auf der Main Street einen Streifenwagen auf dem Weg zu Glens Haus.

Kapitel 21

»Ich muß Melanie auf der Stelle sehen.« Ann stand im Labor und hämmerte mit den Fäusten auf den Tisch, während sie Alex anschrie. »Ich habe Ihnen gesagt, es ist ein Notfall.«

»Ann«, sagte Melanie mit erstauntem Gesicht von der Tür her. »Komm rein. Was ist los? Du siehst schrecklich aus.«

Ann warf Alex einen Blick zu, dann wandte sie sich ab, holte tief Luft und versuchte, sich zu beruhigen. »Nicht so schrecklich, wie ich mich fühle, Mel«, sagte sie und strich sich das Haar glatt, als sie das Labor betrat. Als Melanie auf einem Hocker Platz genommen hatte, gab sie ihr die Bürste. »Du mußt sofort einen Vergleich der Haare hieran für mich machen. Stell fest, ob sie mit dem Schamhaar im Fall Delvecchio übereinstimmen.«

»Was geht hier vor?« fragte die Gerichtsmedizinerin zutiefst besorgt. Sie stieß mit dem Fuß an den Hocker neben sich, damit Ann sich hinsetzte. »Ich werde nichts unternehmen, bevor ich weiß, was das alles zu bedeuten hat.«

Ann schilderte ihr alle Zusammenhänge, die sie hergestellt hatte. Lieber wollte sie im Augenblick mit einer Frau zu tun haben, als ihre Geschichte einem Mann erzählen. Nachdem sie ihr alles erzählt hatte, ging sie hart mit sich ins Gericht. »Ich hab mit ihm geschlafen«, sagte sie verzweifelt. »Wie konnte ich so dumm sein? Warum hab ich es nicht gesehen, nicht gespürt?«

Melanie glitt von ihrem Hocker und umarmte sie. »Liebling, Männer sind Arschlöcher. Ich meine, jeder normale Mann, und das ist bei weitem kein normaler Mann.«

»Aber warum?« sagte Ann mit bebenden Schultern. »Warum schießt er auf mich und überfällt mich? Ich verstehe es einfach nicht, Melanie. Wenn ich es nur verstehen würde –«

»Er ist ein Vergewaltiger, Ann«, sagte Melanie, selbst mit gequälter, brüchiger Stimme und blitzenden Augen. »Er geilt sich daran auf – der Dreckskerl -, wenn er Frauen leiden sieht. Es erregt ihn sexuell. Ich wette, anders hätte er gar keinen Sex mit dir haben können.«

Ann verstand es immer noch nicht. »Aber, Melanie, ich hab mich schon mit ihm getroffen, bevor das alles losging. Da war er auch schon mit mir im Bett. Ich hatte keine Angst, und er hatte keine Schwierigkeiten, glaub mir.« Plötzlich dachte sie an Glens Vorliebe dafür, Sex in der Öffentlichkeit zu machen, wo die Gefahr einer Entdeckung bestand. Was damals erregend schien, schien jetzt entlarvend. Als sie Melanie diese Information gegeben hatte, wich die Frau zurück, setzte sich wieder auf den Hocker und zündete sich eine Zigarette an.

»Du warst schon vorher ein Opfer«, sagte Melanie, die zunehmend erbost die Lippen zusammenkniff, während die brennende Zigarette im Aschenbecher lag und der Rauch ihr ins Gesicht zog. »Ich sag es nicht gern, Ann«, sagte sie und verteilte mit der Hand wedelnd den Rauch, »und bitte versteh mich nicht falsch, aber du hast das Wort *Opfer* förmlich auf die Stirn tätowiert gehabt. Hank ...«

Ann spürte, wie sich ihr der Magen umdrehte. Wußte Melanie, daß Hank sie geschlagen hatte? Wußten es alle? »Du meinst, darum hat Glen mir überhaupt erst den Hof gemacht?«

»Wahrscheinlich«, sagte sie, machte einen raschen Zug und legte die Zigarette wieder in den Aschenbecher. »Weißt du, durch das, was mit Hank passiert ist, warst du schon vorbelastet.« Dann fiel ihr etwas anderes ein.

»Sag mir, wie werden in eurer Abteilung die Fälle zugeteilt?«

»Was meinst du damit?«

»Nun, hat das alles nicht angefangen, als Hopkins erfuhr, daß du den Fall Delvecchio bearbeiten würdest?«

Ann versuchte, sich zu erinnern. An dem Tag, als auf sie geschossen worden war, hatte sie Glen gesagt, daß sie den Vorverhandlungsbericht über Delvecchio schreiben würde, aber zu dem Zeitpunkt war ihr der Bericht über den Verstoß gegen Bewährungsauflagen schon zugeteilt gewesen. »Sie geben mir immer die Fälle mit mehreren Anklagepunkten. Das weiß Glen. Ich bin die einzige, die das Bingoblatt richtig ausfüllt. Aber ich verstehe nicht, worauf du hinauswillst, Melanie. Glaubst du, er hat auf mich geschossen, weil er Angst hatte, ich könnte die Wahrheit herausfinden?«

»Das wäre eine Möglichkeit, aber ich glaube es nicht«, sagte Melanie nachdenklich. »Ich glaube, es war genau umgekehrt, Ann. Er war erregt von der Tatsache, daß du mit Delvecchio zu tun haben würdest. Das hat ihn sexuell noch mehr angemacht. Vergewaltigung hat etwas mit Macht zu tun, aber auch mit Risiko. Es war der höchste Einsatz, um den er spielen konnte. Ein Mann wie Glen unterscheidet sich von einem normalen Vergewaltiger.«

»Inwiefern?« fragte Ann, die psychologischen Interpretationen stets mißtrauisch gegenüberstand. Vieles, was Davids Analytiker gesagt hatte, war völlig an den Haaren herbeigezogen.

Melanie sah während der Unterhaltung über Anns Kopf hinweg und ordnete dabei ihre Gedanken. »Weißt du, er ist schlau«, sagte sie, zog noch einmal an der Zigarette und drückte sie aus. »Aber er selbst fühlt sich nicht schlau. Vielleicht fühlt er sich minderwertig, weil seine Mutter so ein hohes Tier in der Welt der Justiz ist. Möglicherweise setzt sie ihn herab und redet ihm ein, daß er es niemals soweit bringen kann wie sie. Indem er das Rechtssystem überlistet, das er mit seiner Mutter gleichsetzt, überlistet er auch seine Mutter. Begreifst du nicht? Symbolisch bist du zu seiner Mutter geworden, und damit zum Opfer seiner Wut.«

Ann sah auf. »Du meinst, weil ich ein Kind habe, oder so?«

»Genau«, sagte Melanie. »Du bist idealistisch, was deine Arbeit betrifft, Ann. Entschlossen und stark, ausgebildete Polizistin. Jemand schießt auf dich, aber das bringt dich kaum aus dem Tritt. Das erinnert ihn an seine Mutter.«

»Mach weiter«, sagte Ann.

»Aber andererseits sieht er dich als perfekte Mutter für David, gütig und verständnisvoll. Seine eigene Mutter ist wahrscheinlich anspruchsvoll und kritisiert alles, was er tut, um sie zufriedenzustellen.« Melanie machte eine Pause, beugte sich nach vorne und ergriff Anns Hand. »Weißt du, Ann, du repräsentierst zugleich alles, was er haßt, und alles, was er sich wünscht. In Wirklichkeit will er Davids Stelle einnehmen, sich David vom Hals schaffen. Dann kann er derjenige sein, dem deine ganze Liebe gilt.«

Ann verspürte einen Anflug von Angst und sprang von dem Hocker. »David? Er will David etwas antun?«

Melanie hob die Bürste auf und deutete zum Telefon. »Nur zu. Ruf an und stell fest, ob alles mit ihm in Ordnung ist.«

»Untersuchst du die Haare?«

»Klar«, sagte Melanie und beugte sich über das Mikroskop.

Nachdem Ann mit Oscar Chapa gesprochen und sich vergewissert hatte, daß David wohlbehalten schlief, beugte sie sich über Melanies Schultern. »Wie sieht's aus?«

»Ann, du hast mir Kopfhaare gebracht. Ich wollte nichts sagen, als du reingekommen bist, aber unsere Probe stammt vom Schamhaar. Das ist ein Unterschied.«

Ann umklammerte die Stuhllehne und hätte am liebsten geschrien. »Du mußt eine Übereinstimmung finden, Melanie.«

»Beruhige dich«, sagte Melanie, die eine Hand hochhielt, den Kopf aber nicht vom Mikroskop nahm. »Einige der Zell- und Lichtdurchlässigkeitsstrukturen sind identisch. Aber für einen zuverlässigen Vergleich brauche ich ein Schamhaar.«

»Herrgott«, sagte Ann. »Schamhaar.« Sie war für nichts und wieder nichts in Glens Haus eingebrochen. Sie konnte nur bekommen, was Melanie brauchte, wenn sie wieder mit Glen schlief, und das kam überhaupt nicht in Frage.

»Scheiße«, sagte Melanie und sah auf. »Ich hätte es merken müssen, als die Beweismittel der Vergewaltigungen reinkamen. Aber weil Glen sagte, es wäre nicht notwendig, hab ich diese Probe mehr oder weniger außen vor gelassen. Das Schamhaar, das an dem Opfer gefunden wurde, stammt von einem Weißen. Ist Delvecchio nicht schwarz?«

»Ja«, sagte Ann.

»Nun, dann ist er nicht der Vergewaltiger.«

»Das wissen wir bereits«, erwiderte Ann, die mit jedem Augenblick frustrierter wurde. »Wir müssen beweisen, daß es Glens Schamhaar ist.«

»Ich kann dir nicht helfen, Ann«, antwortete Melanie, gleichermaßen entmutigt. »Tut mir leid, aber wie schon gesagt, Kopfhaar unterscheidet sich von Schamhaar. Mit genügend Zeit könnte ich die Zellstruktur studieren, vielleicht sogar einen DNS-Test machen, aber im Augenblick –«

Der Armreif. Ann steckte die Hand in die Tasche und zog ihn heraus. »Den hab ich in seinem Haus gefunden. Rasch, Mel, nimm die Berichte und sieh nach, ob er einem der Opfer gestohlen wurde.«

Während Melanie ins Nebenzimmer ging, um die Akten zu holen, studierte Ann die einzelnen Glieder des Armreifs: Medaillons mit Bildern von Kindern, gravierten Herzen, Miniaturen verschiedener Gegenstände: ein Klavier, betende Hände, ein Kreuz, ein Einhorn. Sie hielt die kostbaren Erinnerungen eines Lebens in Händen.

»Estelle Summer«, sagte Melanie lächelnd und schwenkte den Bericht in der Luft. »Er wurde bei ihrer Vergewaltigung gestohlen. Hier steht es, schwarz auf weiß. Wir haben ihn.«

Ann machte den Mund auf, um zu antworten, und umklammerte den Armreif mit der Hand. Dann sah sie, wie das Lächeln von Melanies Gesicht verschwand.

»Du bist in sein Haus eingebrochen, um ihn zu bekommen«, sagte sie und schüttelte den Kopf, so daß ihr die roten Locken in die Stirn fielen. »Können wir nicht brauchen. Du hättest ihn nicht mitnehmen sollen, Ann. Das ist ein illegal erlangter Beweis und vor Gericht nicht zulässig.«

»Aber –« wandte sie ein, öffnete die Hand und betrachtete den Armreif. »Was sollen wir dann machen?«

Als Melanie sah, wie Ann vor ihren Augen auseinanderfiel, packte sie sie fest an den Schultern. »Sieh mich an, Ann«, sagte sie. »Was geschehen ist, ist geschehen. Kannst du stark sein?«

Ann sah sie nur an, außerstande zu sprechen.

»Nein«, sagte Melanie. »Im Augenblick benimmst du dich wie ein Opfer. Hör auf. Du mußt ihn zwingen, einen Zug zu machen. Nur so wirst du Hopkins schnappen und vor Gericht bringen.«

»Wie?« fragte Ann mit zitternder Stimme. »Er könnte David etwas antun. Ich kann David nicht dieser Gefahr –«

»Laß den Jungen aus dem Spiel«, sagte Melanie schroff, ließ die Hände sinken und ging vor Ann auf und ab. »Erzähl Reed alles und laß dich von ihm jede Sekunde des Tages beobachten. Benimm dich, als wäre nichts geschehen, als hätte sich der Zwischenfall in der Garage nie ereignet. Mach Glen verrückt. Dann muß er handeln. Verstehst du nicht? Wenn du ihn auf frischer Tat ertappst, wenn du ihn erwischst, wie er dir etwas tun will, dann hast du ihn.«

Ann wußte, was sie damit sagen wollte. Sie konnte Glen möglicherweise mit dem, was sie hatte und wußte, verhaften lassen, aber sie konnte ihn nicht auf Dauer hinter Gitter bringen. Er würde auf Kaution rauskommen, wie alle anderen, und dann würden sie ihn nie wiedersehen. Er hatte mit Sicherheit genügend Geld, um aus dem Land zu fliehen. Sein Haus war vollgestopft mit Kunstgegenständen und Wertsachen, die er verkaufen konnte. Schlimmer, er konnte auf Kaution rauskommen, in den Untergrund gehen und Ann weiter verfolgen, bis er sie getöt hatte. Wenn sie Melanies Rat folgte und nicht klein beigab, wäre Glen in der Defensive, dann würde Glen alles riskieren müssen, um sie aufzuhalten.

»Ich kann es.«

»Braves Mädchen«, sagte Melanie und klopfte ihr auf den Rücken.

Eine halbe Stunde später betrat Ann die vordere Veranda ihres Hauses, um mit Oscar Chapa zu sprechen. Er war der geeignete Mann, ihren Sohn zu beschützen. Er lebte allein, war Single und hatte einen Wohnwagen irgendwo in den Bergen in Ojai, nicht weit von Ventura entfernt. »Oscar«, sagte sie. »Ich brauche Ihre Hilfe.« Dann schilderte sie ihm, was los war, und fragte, ob er David ein paar Tage zu sich nehmen konnte.

»Ich muß arbeiten, wissen Sie?« sagte er mit leerem Blick. Er konnte keinen Urlaub nehmen, um für sie den Babysitter zu spielen.

»Das ist Arbeit«, antwortete Ann lauter, als sie beabsichtigt hatte. »Ich werde es mit Reed und dem Department abklären, Oscar. Ich wollte Sie vorher nur persönlich fragen.«

»Dann gerne.« Oscar lächelte. »Er ist ein netter Junge. Ich werde nicht zulassen, daß ihm etwas geschieht.«

Ann beugte sich nach vorne und gab dem großen Mann einen Kuß auf die Wange. »Das weiß ich, Oscar. Darum habe ich Sie gefragt.«

Ann rief Reed an, erzählte ihm alles, was sie herausbekommen hatte, verplemperte aber keine Zeit damit, seine Fragen zu beantworten. Wenn er herkam, würde sie Schritt für Schritt mit ihm durchsprechen, was sie wußte.

Als er sagte, daß er auf dem Weg zu ihr war, holte Ann David aus dem Bett und warf einige seiner Sachen in einen Seesack, während er sich im Bad anzog. Sie hatte ihn belogen und ihm gesagt, daß sie nach Arizona fliegen mußte, um Hanks Leichnam zu identifizieren, daß die Behörden dort ihn vorher nicht freigeben würden.

Als nächstes bestand sie darauf, daß Oscar den Jungen sofort mit zu seinem Wohnwagen in Ojai nahm. Ann wollte nicht bis Tagesanbruch warten. Sie hatte das Arsenal hochkarätiger Waffen gesehen, das Glen besaß. Er könnte an dem Überwachungsteam vorbeischleichen und sie beide in der Nacht töten.

Als David angezogen, verschlafen und desorientiert aus dem Bad kam, schob Ann ihn zusammen mit Oscar zur Tür hinaus. »Reed wird jeden Moment hiersein«, sagte sie dem Polizisten, machte die Tür zu und schob die Riegel vor.

Ann setzte sich auf das Sofa, verschränkte die Finger ineinander und legte sie in den Schoß, um das Zittern zu unterbinden, aber ihr Blick schweifte immer wieder zum Telefon. Der Dreckskerl, dachte sie plötzlich, nahm den Hörer und wählte Glens Nummer. Als er sich meldete, lauschte sie nur und legte wieder auf. Sollte er ruhig schwitzen, entschied sie. Sollte er sehen, wie es war, wenn man Tag und Nacht angerufen wurde. Aber wie hatte er Hanks Stimme imitieren können? Das war der einzige Aspekt des Falls, hinter den sie noch nicht gekommen war.

Dann dachte sie an die Stimmanalyse und Melanies Behauptung, daß es Hanks Stimme war. Sie hatte technische Geräusche erwähnt. Ann selbst konnte sich deutlich erinnern, daß sie während der Anrufe ein seltsames Geräusch gehört hatte: ein Klicken oder so was. Natürlich, dachte sie, und plötzlich ging ihr ein Licht auf. Die Stimme hörte sich wie Hanks Stimme an, weil es seine Stimme war. Sie lief in Davids Zimmer und suchte unten in seinem Schrank nach den alten Videokassetten. Dann fiel ihr ein, daß er sie in einem Schuhkarton auf dem Schreibtisch stehen hatte. Ann fand den Karton, aber er war leer. Sie betrachtete das Fenster und wußte, was geschehen war. Glen war in das Haus eingebrochen und hatte etwas gesucht, womit er sie verrückt machen konnte, damit sie dachte, sie würde den Verstand verlieren. Wäre ihre Glaubwürdigkeit erst einmal zerstört, würde es ihr niemand abnehmen, wenn sie auf die Wahrheit stieß und Vorwürfe gegen ihn erhob. Er hatte nur die Videokassetten gestohlen und am Telefon abgespielt. Die Sätze, die der vorgebliche Hank gesprochen hatte, waren ihr bekannt vorgekommen. Nach Hanks Verschwinden hatte David diese Kassetten Dutzende Male abgespielt, bis Ann darauf bestand, daß er sie wegräumte.

»Wo ist David?« hatte die feindselige Stimme gesagt. »Hol David.« Ja, fiel ihr ein, und ihre Gedanken wirbelten durcheinander. Eine der Kassetten war im Park aufgenommen worden. An dem Tag war Hank plötzlich zu einem Einsatz gerufen worden, was das Picknick verdorben hatte, und er hatte prompt einen Wutanfall bekommen. Ann erinnerte sich, wie er sie angeschrien hatte, sie solle David holen, sie sogar ins Gras gestoßen hatte. David hatte sie oft gefragt, weshalb das Band einfach aufhörte, weshalb nur noch verwackelte Bilder zu sehen waren. Das Kind war auf der anderen Seite des Parks gewesen, auf dem Spielplatz. Gott sei Dank hatte er nicht gesehen, wie sein Vater explodiert war.

Vielleicht hatte Glen geglaubt, sie würde durchdrehen, dachte Ann, und in einer Nervenheilanstalt enden. Alle wußten, wie verrückt sie sich nach Hanks Verschwinden aufgeführt hatte, die Dummheiten, die sie gemacht hatte. Wie Melanie sagte, Glen Hopkins hatte sie aus genau diesen Gründen ausgewählt. Opfer. Opfer. Opfer. Wie ein Tier, das Raubtier, das er war, hatte er die Witterung der Beute aufgenommen.

Als sie Reed an die Eingangstür klopfen und rufen hörte, ließ Ann den Schuhkarton fallen und lief zur Tür zurück; unbändiger Haß schürte ihren Mut. Sie würde niemals klein beigeben, sich nie wieder von ihm einschüchtern lassen. Und wenn es das letzte war, was sie tat, sie würde dafür sorgen, daß Glen Hopkins bezahlte.

Reed und Noah Abrams blieben die ganze Nacht in Anns Haus und schliefen abwechselnd. Ann schlief nicht mehr als eine Stunde. Sie ging hinten im Haus auf Posten und ließ die Detectives im Wohnzimmer die Vorderseite überwachen. Zuerst war Reed skeptisch gewesen und hatte sich geweigert, Anns Verdacht zu akzeptieren. Aber seine Antipathie gegen Hopkins und Anns Beweise überzeugten ihn schließlich.

Als die Sonne gerade aufging, kam Abrams in die Küche und zog einen Stuhl neben den von Ann. »Du solltest noch ein bißchen schlafen«, sagte er leise. »Du bist die ganze Nacht kaum zur Ruhe gekommen. Reed ist wach, und ich bin hier. Los. Es ist fast Tag. Jetzt wird er nichts mehr unternehmen.«

»Ich kann nicht«, sagte Ann kläglich; sie umklammerte ihre Waffe mit der Hand, ihr Gesicht war abgespannt, die Augen blutunterlaufen. Neben ihr auf dem Küchentisch lag das schnurlose Telefon. Die Detectives wußten nicht, daß Ann die ganze Nacht alle fünfzehn Minuten auf den Selbstwahlknopf gedrückt und jedesmal die Verbindung unterbrochen hatte, wenn Glen Hopkins abnahm. Es brachte nicht viel, erfüllte sie aber mit einer gewissen Befriedigung.

Noah und Ann saßen schweigend in der Küche und sahen zu, wie vor dem Fenster der Himmel grau und dann orange wurde. Auf den Bäumen zwitscherten die Vögel, in vielen Häusern gingen die Lichter an, wenn die Bewohner sich vorbereiteten, um zur Arbeit zu gehen und Mütter ihren Kindern das Frühstück machten oder sie zur Schule schickten.

»Auch ohne das alles«, sagte Noah nachdenklich, »war er nicht gut genug für dich, Ann.«

Ann sah ihm in die Augen und war tief gerührt von der

Zärtlichkeit, die sie darin erblickte. Sie hatte Noah seit Jahren nicht mehr so ernst gesehen, nicht, seit sie Kadetten gewesen waren. Damals hatten sie lange Gespräche über ihre Hoffnungen und Träume für die Zukunft geführt. Im Morgenlicht sah sein Haar fast rot aus, und Ann betrachtete lächelnd die Sommersprossen in seinem Gesicht, während sie dachte, wie unschuldig er damit aussah. Normalerweise trug er einen Anzug und eine seiner auffälligen Krawatten, aber heute morgen sah er aus wie damals. Mit Jeans und T-Shirt wirkte er arglos und jugendlich.

»Wir haben es nicht besonders gut gemacht, was, Noah?« sagte sie mit melancholischer Stimme.

»Was meinst du?« fragte er verlegen.

»Weißt du nicht mehr, wie wir beide jemand Wunderbaren heiraten und mit einem Haus voller Kinder glücklich bis ans Ende unserer Tage leben wollten?«

Noah schlug die Augen nieder. »Ja«, sagte er. »Ich dachte immer, Hank wäre dein Mr. Wunderbar, Ann. Ich dachte, er hätte, was ich nie gefunden habe.«

»Nun, er war nicht mein Mr. Wunderbar«, sagte Ann und seufzte reumütig. »Er war ein verwirrter und verbitterter Mann, Noah.« Sie fragte sich, wieviel er von ihrer Beziehung zu Hank wußte, wieviel Reed ihm erzählt hatte. Noah hatte drei gescheiterte Ehen hinter sich, und Ann hatte sich in einen Irren wie Glen verliebt. Wie hatten sie soweit vom Kurs abkommen können? fragte sie sich. Als sie jung war, hatte sie für Noah geschwärmt, sogar davon geträumt, sie würden eines Tages zusammensein. »Warum hast du dich nie mit mir verabredet?« fragte sie neugierig.

»Oh«, sagte er, ohne sie anzusehen, »ich dachte, du magst mich nicht. Nicht so, meine ich. Du warst so hübsch und selbstsicher, Ann. Ich war nur ein magerer kleiner Knilch.«

Zugegeben, damals war sie ein steiler Zahn gewesen. Verdorbenes Gör war aber sicher zutreffender. Ihr Vater war Captain, was ihr gewisse Privilegien im Department sicherte. Alle Männer kannten sie, nahmen Rücksicht auf sie, verhätschelten sie und ließen ihr Dinge durchgehen, für die jeder andere Kadett bestraft worden wäre.

»Aber ich mochte dich«, sagte Ann und sah, wie seine Augen aufleuchteten. »Im Ernst, Noah. Ich wäre sofort mit dir ausgegangen, wenn du mich gefragt hättest.«

»Echt?« sagte er, lächelte breit, und seine rechte Schulter zuckte vor Aufregung.

Plötzlich prusteten beide vor Lachen. Ann sah Noah an und legte wieder los. Sie lachte, bis ihr Tränen über die Wangen liefen und die Anspannung, die sich in ihr aufgestaut hatte, endlich ein Ventil fand. »Weißt du, Noah«, sagte sie und wischte sich mit den Händen die Augen, »wir hätten uns beiden eine Menge Kummer ersparen können, wenn du nur einmal den Mut aufgebracht hättest, dich mit mir zu verabreden.«

»Ja«, sagte er und kicherte nervös. »Kann schon sein. Ich hab's echt versaut, was?« Er stand auf, um ins Nebenzimmer zu gehen, als er Reed rufen hörte, blieb aber statt dessen direkt über Anns Stuhl stehen. »Kann ich was machen, was ich schon seit Jahren tun möchte?« fragte er zaghaft.

Ann sah auf, weil sie nicht sicher war, was er meinte. Er wartete nicht auf ihre Antwort. Er bückte sich und preßte die Lippen zu einem linkischen Kuß auf ihre. Es dauerte nur einen Augenblick, aber Ann spürte ein elektrisierendes Gefühl, eine wohlige Wärme, und die verstrichenen Jahre schienen zu verschwinden. Die Welt um sie herum hatte sich verändert, und sie hatten beide einen Teil ihrer Träume zu Bruch gehen sehen, aber Noah hatte sich in Wahrheit nicht verändert, und Ann wußte, tief in ihrem Innersten war sie auch noch das kleine Mädchen von damals.

Das Gute hatte Bestand, dachte sie, und ihr Herz schwoll an vor Zuneigung zu diesem Mann, dem sie nachsah, wie er ins Wohnzimmer ging, um zu hören, was Reed wollte. Das Böse veränderte sich aufgrund seiner Natur ununterbrochen, verwandelte sich, trat immer wieder über die

Schattengrenze, genau wie Glen, aber das grundlegende Gute, wie Noah es besaß, blieb konstant.

Von neuer Kraft und Hoffnung erfüllt, setzte Ann ihre Wache fort.

Um neun Uhr parkte Noah vor dem Gerichtsgebäude. »Ich sollte mit dir reingehen«, sagte er.

»Nein«, beharrte Ann. »Gib mir nur Deckung, bis ich drinnen bin. Im Gefängnis kann mir nichts passieren. Wenn wir wollen, daß Glen handelt, darf er nicht wissen, daß ihr hinter ihm her seid. Er muß glauben, daß ich immer noch Beweise suche, weil ich denke, daß mir sonst niemand glauben wird. So hat er es die ganze Zeit geplant. Lassen wir ihn noch eine Weile in dem Glauben, daß er alles unter Kontrolle hat. Das kann sich nur zu unserem Vorteil auswirken.«

»Du hast recht«, sagte Noah, nahm ihre Hand und drückte sie. »Es ist nur so, jetzt, wo wir –«

Ann warf ihm einen strengen Blick zu. Was immer heute morgen zwischen ihnen geschehen war, mußte warten. Ein unschuldiger Mann saß im Gefängnis, ein sehr gefährlicher Mann war noch auf freiem Fuß. »Es dürfte nicht länger als ein paar Minuten dauern, Noah.«

Er ließ widerwillig ihre Hand los, und Ann ging rasch zum Gefängnistor, wobei ihr Blick immer wieder zu den Fenstern der Büros des Bezirksstaatsanwalts schweifte.

Wenn es ihr gelang, genügend Zweifel zu säen, dachte sie, würde das Gericht vielleicht in Delvecchios Fall auf eine fehlerhafte Verhandlung erkennen. Aber sie mußte etwas tun, um ihm sofort zu helfen. Ihr Gewissen ertrug nicht, daß sie einen Unschuldigen auch noch einen Moment länger in Haft sitzen ließ. Glen hatte ihn nicht nur reingelegt, sein Verteidiger hatte völlig versagt. Ann nahm an, daß sie das Urteil in der Berufung selbst ohne Glens Verwicklung in den Fall revidiert bekommen würde, aber das nahm Zeit in Anspruch, und während dieser Zeit würde Delvecchio im Gefängnis bleiben.

Es gab jedoch zwei Seiten, von denen man den Fall betrachten konnte, und im Augenblick wäre es verfrüht, den Pflichtverteidiger zu beschuldigen. Er hatte die entsprechenden Anträge gestellt, Einblick in alle Informationen zu bekommen, die die Staatsanwaltschaft gegen seinen Klienten besaß. Da Glen hinter diesen abscheulichen Machenschaften steckte, konnte er problemlos einige Laborbefunde unterschlagen haben, als er auf die Anträge reagierte. Was die Arbeitsunterlagen Delvecchios betraf, wußte Ann nur zu gut, wie so etwas lief. Jeder, der vor Gericht kam, schwor Stein und Bein, daß er etwas hatte, das seine Unschuld beweisen würde, wenn er es nur finden konnte. Der Pflichtverteidiger war, wie so viele andere in dem System, einfach abgestumpft geworden.

Ein Klingeln ertönte, als Ann ihre County-Marke in den Korb des Wachmanns warf, damit sie passieren durfte. »Persönlich«, sagte sie knapp. Sie war nervös und zerstreut und kaum imstande, simple Routineangelegenheiten zu erledigen. So viel war in so kurzer Zeit passiert.

Als Ann den Korridor an den Zellen entlangging, pfiff ein Mann und rief: »Komm her, Baby, laß mich deine Titten sehen.«

Ann konnte sich nicht beherrschen und zeigte dem Gefangenen den Mittelfinger. »Leck mich.«

Der Mann lachte höhnisch und klapperte mit den Gitterstäben. Dann fing er an zu kichern. Kurz darauf war der gesamte Trakt in Aufruhr, die Häftlinge schlugen mit den Blechtassen gegen die Gitterstäbe, lachten und johlten.

Der Wärter sah Ann böse an. »Wenn Sie sie einfach nicht beachten, hören sie auf. Wenn man auf sie eingeht, drehen sie durch.«

»Tut mir leid«, sagte Ann. »Ich bin heute nicht gerade in toleranter Stimmung.«

Die Tür des Verhörzimmers wurde geöffnet, und Ann sah Delvecchio ausdruckslos und zusammengesunken auf seinem Stuhl sitzen. Kaum erblickte er die große, blonde

Bewährungshelferin, leuchteten seine Augen, und er setzte sich aufrecht hin.

»Nun, Randy«, sagte sie, »ich bin ein Stück weitergekommen, aber nicht weit genug. Ich möchte, daß Sie sich Bilder von einem Auto ansehen und mir sagen, was Sie davon halten.« Ann holte die Polaroidfotos aus der Tasche und schob sie ihm hin.

Delvecchio erkannte es sofort. »Das ist das Auto. Das hat der Mann gefahren, der mir den Mantel gegeben hat. Wie haben Sie es gefunden?«

Ann beugte sich zu ihm, preßte die Handflächen auf den Tisch und sah ihm mitten ins Gesicht. »Sind Sie sicher, Randy? Ich meine, todsicher? Was Sie mir jetzt sagen, müssen Sie alles vor Gericht unter Eid wiederholen. Ist das klar?« In seiner Situation würde der Mann das Auto seiner eigenen Mutter identifizieren, um aus dem Gefängnis zu kommen. Sie mußte ganz sichergehen. Auch wenn sie wußte, daß es Glen gewesen war, sollte Delvecchios Aussage wahrheitsgemäß sein, nicht voreingenommen.

Delvecchio zappelte aufgeregt. »Ich schwöre es«, sagte er. »Sehen Sie, ich kenne Autos, aber so eins hab ich noch nie gesehen.«

Ann nahm die Bilder wieder an sich.

»Was ist los?« sagte Delvecchio. »Glauben Sie mir nicht? Bitte, Mann, ich schwöre es. Warum sollte ich Sie anlügen?«

»Warum haben Sie mir gesagt, daß ein Hund Sie gebissen hat?« fragte Ann, die sich an ihr erstes Gespräch erinnerte. »Ein weißer Pudel mit einer Schleife im Haar. Haben Sie mir das nicht gesagt?«

Delvecchio ließ den Kopf hängen. »Keine Ahnung. Wir ham uns unterhalten, und ich wollte, daß Sie mich mögen. Ich hab's nur so gesagt. Sie haben doch mit den Pudeln angefangen.«

»Womit haben Sie mich sonst noch belogen?«

»Nichts, Lady, ich schwöre es. Wenn Sie mir nicht helfen, werden sie mich töten. Jetzt, wo die eine Frau gestorben ist, werden sie mich in die Gaskammer schicken.«

Dunkle, feuchte Augen sahen sie flehentlich an. Ann sah hinein und wandte sich nicht ab. Sie sah nichts Böses oder Gemeines darin. Keine Arglist und Verschlagenheit. In Randy Delvecchios Augen sah sie nur dasselbe wie in ihren, wenn sie in den Spiegel schaute.

Nackte Angst.

Sie sah, wie Delvecchios Gesichtsmuskeln zuckten. Plötzlich hörte sie etwas auf den Boden plätschern.

Ann beugte sich zur Seite und sah unter den Tisch. Delvecchio hatte auf den Boden uriniert. Er hatte sich in die Hose gepißt. Ann verspürte selbst einen Anflug von Angst, drückte hastig auf den Summer und wartete an der Tür, bis der Wärter öffnete.

Noah hatte ihr gesagt, er würde vor dem Hintereingang des Gefängnisses warten, wo es mehr Parkplätze gab. Ann ging durch das überfüllte Wartezimmer, die weniger begangenen Flure entlang, und plötzlich blieb sie wie angewurzelt stehen; jeder Muskel ihres Körpers verkrampfte sich.

Glen stand mitten auf dem Flur und versperrte ihr den Weg mit seinem Körper.

»Geh mir aus dem Weg, Glen«, sagte sie fest.

»Nein«, sagte er, streckte die Hände nach ihr aus und versuchte, sie zu packen. »Du bist krank, Ann. Alle wissen es. Du bist geisteskrank.«

Ann wich zurück, lief aber nicht weg. Sie mußte Flagge zeigen und ihn wissen lassen, daß sie keine Angst hatte. »Geh mir aus dem Weg.«

»Bitte«, sagte er, wich aber nicht. »Ich verachte dich nicht, Ann. Ich weiß, wie es ist, wenn man Probleme hat. Direkt hier in der Straße ist eine Klinik, wo sie dir helfen können. Ich werde dich selbst hinfahren.«

Ann empfand fast Mitleid mit ihm. Er war verrückt, vollkommen verrückt. Glaubte er wirklich, er konnte sie in eine Nervenheilanstalt schaffen, ohne daß es jemand bemerkte? Sie ging so schnell sie konnte zurück und erreichte schließlich wieder die Halle. Glen stand immer noch in dem Flur. Dann lief sie zur Vordertür hinaus, um das Gebäude herum und nach hinten und sprang förmlich in das wartende Auto.

Um sechs Uhr abends aßen Ann, Reed und Abrams eine Pizza in der Küche und unterhielten sich darüber, wie sie weiter vorgehen sollten. Reed hatte Ann gerade von dem Test auf Vergewaltigung erzählt, den sie gemacht hatten, nachdem auf sie geschossen worden war, und Ann war völlig aus dem Häuschen. »Dann haben sie Schamhaare, Tommy«, rief sie aus. »Melanie muß sie nur mit denen aus dem Vergewaltigungsfall vergleichen, und damit können wir zu Fielder gehen. Das ist der Beweis«, sagte sie, hob das Glas und prostete ihnen zu. »Was brauchen wir noch? Wir lassen ihn festnehmen, ohne Kaution inhaftieren, und ich kann David wieder holen.«

Als das Telefon läutete, wollte Noah abnehmen, aber Ann winkte ihn weg. »Ja?« sagte sie in der Meinung, es wäre David.

»Spricht da Ann Carlisle, die Bewährungshelferin?«

»Ja«, sagte sie. »Wer sind Sie?«

»Ich muß Sie sprechen«, sagte die Stimme. »Es ist wichtig.«

Ann glaubte, die Stimme zu erkennen, war aber nicht sicher. »Jimmy«, sagte sie mit ruhiger Stimme, sah zu Reed und Abrams und zeigte zur Tür. Noah begriff rasch und lief zur Hintertür hinaus zu dem Überwachungswagen. Sie hatten sich ganz auf die Verfolgung von Hopkins konzentriert und dabei die Anrufe völlig vergessen. Den hier sollten sie auf jeden Fall zurückverfolgen. »Wo sind Sie, Jimmy?« fragte Ann.

»Ich weiß, daß die Polizei nach mir sucht. Ich geh nie wieder in dieses Gefängnis.« Er redete schnell, mit schriller Stimme. »Als sie mich das erstemal festgenommen haben, hab ich sechs Tage in dem stinkenden Loch verbracht. Ich hab nicht auf Sie geschossen, Ann, ich schwöre es. Ja, ich war in Drogengeschäfte verwickelt und hab diese Sachen von Ihnen behauptet, um meinen Hals zu retten, aber verletzt hab ich niemand.«

»Jimmy«, sagte Ann langsam und versuchte, ihn lange genug in ein Gespräch zu verwickeln, damit sie den Anruf verfolgen konnten, »warum haben Sie diese Geschichte erfunden? Haben Sie wirklich geglaubt, man würde Ihnen eher als mir glauben?«

»Ich hab gesehen, wie Sie im Treppenhaus mit ihm gefickt haben«, sagte er und senkte die Stimme zu einem Flüstern. »Ich dachte mir, wenn Sie mit ihm ficken, würde man mir auch glauben, daß Sie mit mir gefickt haben.«

Ann war zumute, als würde ihr etwas im Hals stecken, das sie nicht schlucken konnte. Sie hatte recht gehabt, Sawyer hatte die Tür zum Treppenhaus aufgemacht. Hatte sie sich geirrt, was die Kassetten betraf? Sie mußte es wissen. »Haben Sie mich angerufen und Ihre Stimme verstellt?«

»Was meinen Sie?«

»Sie wissen, was ich meine«, sagte sie und sah Reed dabei in die Augen. »Jemand hat mich angerufen, seine Stimme verstellt und sich für meinen Mann ausgegeben.«

»Hören Sie, ich erzähle Ihnen alles, was ich weiß, wenn Sie sich mit mir treffen«, sagte Sawyer mit festerer Stimme. »Aber keine Cops und keine Staatsanwälte. Wenn Sie diese Arschlöcher mitbringen, werden Sie nie wieder was von mir hören.«

»Staatsanwalt?« sagte Ann und sah Reed mit hochgezogenen Brauen an. »Haben Sie was von einem Staatsanwalt gesagt?« Reed ging ins andere Zimmer, damit er am Nebenanschluß mithören konnte.

»Er versucht, mich reinzulegen«, sagte Sawyer rasch. »Mein Vater hat mir geraten, Sie anzurufen. Er sagte, sie töten mich, wenn sie mich finden.«

Ann war fassungslos. Sie hatten fast ausgeschlossen, daß

Sawyer und Konsorten etwas mit dem Fall zu tun hatten. Wollte er damit sagen, er steckte auch hinter dieser Sache, daß er mit Glen zusammengearbeitet hatte? »Wer versucht, Sie reinzulegen?« sagte sie nachdrücklich und schlug mit der Hand gegen die Wand. »Sagen Sie seinen Namen, Jimmy.«

»Nicht am Telefon. Ich erzähle Ihnen alles, wenn Sie kommen. Ich bin ein Zeuge. Wenn Sie versprechen, daß Sie mir helfen und nicht zulassen, daß sie mich ins Gefängnis werfen, sage ich für Sie aus.«

Ann spürte, wie ihr Herz klopfte. Die ganze Sache war aberwitzig. Glen steckte mit Sawyer unter einer Decke? Glen war der Mann, der darauf bestanden hatte, daß Sawyer festgenommen wurde, der die Anklage eröffnet hatte, obwohl alle der Meinung waren, sie hätten keine ausreichenden Beweise. »Hat Glen Hopkins jemanden getötet und den Leichnam in Ihrem Haus versteckt?« fragte sie und dachte, daß es vielleicht das war, was er gesehen hatte. »Die Finger, Jimmy. Wenn Sie mir was erzählen wollen, dann erzählen Sie mir was über die Finger.«

Die Leitung war tot.

Einen Augenblick später stand Reed wütend in der Küche. »Warum hast du ihn aufgebracht? Als du Hopkins erwähnt hast, ist er in Panik geraten und hat gedacht, er hätte nichts mehr als Druckmittel. Das war dumm, Ann.« Er strich sich mit den Fingern durch das Haar. »Nein, das nehm ich zurück. Es war nicht dumm, es war idiotisch.«

»Tut mir leid, ja?« schrie sie. »Wenn Glen nun eine arme Frau abgeschlachtet hat? Willst du das nicht herausfinden? Herrgott, Tommy«, sagte Ann, »die Finger sind fort. Sawyer könnte unser einziges Bindeglied zu dem Mord sein.«

»Wenn es einen Mord gab«, entgegnete Reed.

Noah kam ins Haus zurück und schüttelte den Kopf. Sie hatten nicht genug Zeit gehabt, den Anruf zurückzuverfolgen. Ein paar Augenblicke später läutete das Telefon wieder. »Geh ran«, sagte er. »Die Ausrüstung ist bereit. Sorg dafür, daß er dranbleibt.«

»Wo sollen wir uns treffen?« sagte Ann. Sie wußte, daß es Sawyer war. »Warum erzählen Sie mir nicht einfach alles am Telefon? Woher weiß ich, daß Sie mich nicht irgendwo hinlocken wollen, wo Sie mir etwas antun können?«

»He«, sagte Sawyer selbstbewußter als zuvor. »Ich werde Ihnen von den Fingern erzählen. Ja, es waren echte Finger. Aber Sie müssen sich in einer Stunde mit mir im Marina Park treffen. Tragen Sie etwas Weißes und setzen Sie sich auf die Bank neben dem Klettergerüst. Kommen Sie nicht zu spät. Ich warte nicht.«

»Nein«, sagte Ann. Sie versuchte, ihn am Telefon zu halten. »Legen Sie nicht auf. Was ist mit den Fingern? Warum sollte ich mich mit Ihnen treffen, Jimmy? Sie könnten ein Killer sein.«

»Weil ich Ihnen sagen werde, was Sie wissen wollen.«

Er legte auf, und sie knallte den Hörer auf die Gabel.

»Nächstesmal, Ann«, sagte Noah zum wiederholten Mal, »mußt du dafür sorgen, daß er länger redet.«

»Es wird kein nächstesmal geben. Er will sich mit mir treffen«, sagte Ann mit bebender Stimme. »Hast du ihn nicht gehört? Er ist bereit, sich zu stellen, sogar gegen Glen auszusagen.« Sie verstummte und sah die beiden Detectives an. »Trommelt ein paar Männer zusammen. Ich treffe mich mit Sawyer. Ich muß wissen, was los ist. Wenn nicht, geh ich allein. Und sagt ihnen, sie sollen Dampf machen. Wir haben nur eine Stunde.«

Reed packte sie, schüttelte sie und schrie ihr ins Gesicht. »Ich laß dich nicht da raus. Er könnte dich erschießen. Vielleicht irren wir uns, was Hopkins betrifft.«

Noah zog Reed zurück. »Streiten wir uns nicht«, sagte er. Dann drehte er sich zu Ann um. »Reed hat recht, Ann. Du solltest nicht gehen.«

»Doch«, brüllte Ann. »Ich gehe. Wenn ich nicht komme, wird er fliehen, und wir werden die Wahrheit nie erfahren. Es waren menschliche Finger.«

Beide wußten, worauf sie hinauswollte: Möglicherweise hatte Glen einen Mord begangen, und ohne Sawyers Informationen konnten sie es vielleicht nie beweisen. Als sie aus dem Zimmer stürmte, knurrte Reed und schlug mit der Faust auf den Tisch. »Na gut, Noah«, sagte er resigniert, »rufen Sie die Funkzentrale und lassen Sie sie die notwendigen Männer und die entsprechende Ausrüstung zusammenstellen.«

Kapitel 22

Sieben Zivilfahrzeuge der Drogenfahndung fuhren vor und parkten hinter dem Lebensmittelladen Alpha Beta sechs Blocks vom Marina Park entfernt, dazu mehrere Wagen vom Büro des Sheriffs. Noah Abrams sprang heraus und gab Ann die Wanze, während Reed und seine Leute sich auf der gegenüberliegenden Seite des Parkplatzes versammelten. Ann machte sofort den Parka auf, zog den weißen Pullover darunter hoch und hielt das Mikrophon an ihre Haut, während Abrams es festklebte. Obwohl es kalt war, schwitzte Ann. »Du solltest besser mehr Klebeband nehmen«, sagte sie zu ihm. »Ich schwitze, es wird rutschen.«

Abrams nahm das Klebeband und befestigte den Rest der Apparatur an Anns Rücken. Dabei spürte er die Beretta. »Du bist bewaffnet«, sagte er. »Scheiße, was ist, wenn der Kerl dich abtastet?«

»Ich werde mich nicht von ihm abtasten lassen«, antwortete Ann, drehte sich um und sah ihn an, als das Gerät befestigt war. »Dann würde er auch das Mikro finden.«

»Mir liegt wirklich viel an dir«, sagte Abrams sanft und hielt sie an den Schultern fest. »Ich wünschte, du würdest das nicht machen.«

Ann sah ihm tief in die Augen.

Der Detective strich ihr zärtlich mit der Handfläche über die Wange. »Wir könnten ein gemeinsames Leben führen, ein gutes Leben. Ich war immer verrückt nach dir, Ann, und ich wollte immer eine Familie haben. He, es ist mir peinlich, es zuzugeben, aber ich war froh, als Hank verschwunden ist.« Er schlug beschämt die Augen nieder. »Ziemlich gemein, was? Aber Reed wollte nicht, daß ich dir den Hof mache. Er war unerbittlich.« Schließlich sah er wieder auf. »Wahrscheinlich hat er gedacht, ich würde dir wehtun. Er hat sich geirrt.«

Ann war sprachlos vor Rührung. Die ganze Zeit hatte er Angst gehabt, etwas zu ihr zu sagen. Wenn sie es nur gewußt hätte.

»Egal, wir sollten besser weitermachen«, sagte Abrams verlegen, als er sah, wie sie nach Worten suchte. »Da ist der Ohrstöpsel.«

»Ich kann den Ohrstöpsel nicht tragen«, sagte Ann und gab ihn zurück.

Noah verzog das Gesicht. »Aber du mußt ihn tragen, Ann. Ohne das Ding können wir nicht mit dir reden.«

»Dann werdet ihr eben nicht mit mir reden. Ihr könnt mich ja immer noch hören«, antwortete Ann, die darauf brannte, zu gehen, bevor sie den Mut verlor. »Siehst du mein Haar, Noah? Es ist so kurz, daß es die Ohren nicht bedeckt. Er wird es in dem Moment sehen, wo ich bei ihm bin. Und er wird mir nie die Wahrheit sagen, wenn er denkt, daß ich eine Wanze bei mir habe.«

»Es ist zu gefährlich«, sagte Abrams, der in kleinen Kreisen herumging. »Sawyer könnte bewaffnet sein. Möglicherweise kommt er nur her, um dich umzulegen.« Er sah Ann an. »Er hat sogar zugegeben, daß die Finger echt waren. Begreifst du nicht, Ann? Wir haben keine Ahnung, was mit dem Kerl los ist.«

Ann beachtete ihn gar nicht, entfernte sich ein paar Schritte und sprach in das Mikrophon. »Test, eins, zwei, drei. Alles verstanden, Noah?« Sie drehte sich um, und er nickte ernst. Dann stand sie da, schüttelte die Hände, stapfte mit den Füßen und versuchte, ihre Nervosität zu überwinden.

Schließlich atmete sie langsam aus. »Ich bin soweit«, sagte sie zu ihm. Sie kletterte auf den Sitz eines geliehenen Range Rover und brauste los.

Detective Reed instruierte eine Gruppe Polizisten, als Abrams sich zu ihnen gesellte. »Ich will nicht, daß Sawyer näher als eine Meile an den Marina Park rankommt«, sagte er zu ihnen. »Ist das klar?«

Captain Mathews kam dazu, als Reed gerade zu Ende gesprochen hatte. »Augenblick mal«, bellte er, als die Männer bereits mit weitreichenden Gewehren mit Zielfernrohr zu ihren Streifenwagen liefen. »Wovon reden Sie, Reed?«

»Genau, was ich gesagt habe«, bellte Reed. Dann wurde ihm klar, daß er mit seinem Vorgesetzten sprach, und er mäßigte seinen Tonfall. »Hören Sie, Captain, Ann glaubt, daß Sawyer kommt, um auszupacken oder uns Informationen über Hopkins zu geben, aber wir haben keine Ahnung, in was der Bursche tatsächlich verwickelt ist. Wenn wir ihn erwischen, bevor er in den Park geht –«

Der Captain sah ihn finster an. »Wenn Sie sagen erwischen, dann reden wir davon, den Mann festzunehmen, richtig?« Als Reed nur die Achseln zuckte, wandte sich der Captain an die Männer. »Sie werden nur schießen, wenn auf Sie oder Ann Carlisle geschossen wird. Wir sind hergekommen, um Informationen zu erhalten. Ich habe nicht die Absicht, das hier in ein Blutbad zu verwandeln.«

Reed zog Abrams beiseite. »Haben Sie überprüft, wo Hopkins steckt?«

»Klar«, sagte Abrams, »bei sich zu Hause. Ich habe angerufen und mich vergewissert, bevor wir überhaupt Anns Haus verlassen hatten. Dann hab ich ihn vor ein paar Minuten noch mal über Funktelefon angerufen, und Hopkins hat wieder abgenommen. Er kann unmöglich hierherkommen, ohne daß wir ihn sehen. Er wohnt droben in den Bergen. Davon abgesehen haben wir an jeder Straße zum Park einen Wagen stehen.«

»Gut«, sagte Reed nickend. »Aber gehen wir kein Risiko ein. Ein Streifenwagen soll vor Hopkins' Haus parken. Sobald wir herausgefunden haben, was Sawyer zu sagen hat, schnappen wir ihn uns sowieso. Ich will ganz sichergehen, daß der Dreckskerl nicht hier auftaucht. Das hätte uns gerade noch gefehlt.« Er setzte sich in Bewegung, blieb aber noch einmal stehen. »Und ich möchte, daß Sie Ann persönlich überwachen, Noah. Ist sie auf dem Ausweichkanal? Wenn nicht, könnten ihre Übertragungen im restlichen Funkverkehr untergehen.«

»Ist sie«, sagte Abrams. »Mein Funkgerät ist schon auf ihre Frequenz eingestellt.« Er hielt das tragbare Funkgerät ans Ohr und horchte. »Sie hat uns gerade informiert, daß sie den Park betritt. Die Zentrale verfolgt ihre Übertragung ebenfalls. Wenn etwas schiefgeht, senden sie es über beide Frequenzen.«

Reed sah nachdenklich ins Leere. »Okay«, sagte er wenig später in der Gewißheit, daß sie auf alle Eventualitäten vorbereitet waren. »Schickt sofort einen Streifenwagen zu Hopkins«, wiederholte er. »Sie sollen keinen Kontakt aufnehmen, es sei denn, er will wegfahren. Und ruf Hopkins noch mal an, damit wir ganz sicher sind, daß er sich noch im Haus aufhält. Er soll sich nicht davonschleichen können, bevor das Überwachungsteam dort ist.«

Reed ging zu seinem Wagen, riß die Schrotflinte aus der Halterung und vergewisserte sich, daß sie geladen war. Wenn der Captain sich an die Vorschriften halten wollte, sollte er das tun. Wenn es sein mußte, würde er, Reed, Sawyer persönlich umpusten. Sawyer konnte, soweit sie wußten, ein Mörder und Schlächter sein. Auf keinen Fall würde Reed ihn in Anns Nähe lassen.

Da sah der Detective auf und erblickte etwas Rotes aus dem Augenwinkel, das die Straße zum Marina Park hinunterraste. Reed kniff die Augen zusammen, damit er das Nummernschild lesen konnte, ließ auf der Stelle den Motor an und fuhr mit quietschenden Reifen, um die Streifenwagen herumschlingernd, vom Parkplatz. Auf dem Nummernschild des roten Honda stand JINNY, der Name des Mädchens, mit dem Sawyer im Einkaufszentrum die Autos getauscht hatte. Reed nahm das Mikrophon vom Sitz und brüllte hinein: »Habe die Verfolgung aufgenommen. Ich sehe den roten Honda und bin fast sicher, daß

Sawyer am Steuer sitzt. Wir fahren von Alpha Beta auf der Tradewind in westlicher Richtung. Die Streifenwagen sollen ihm den Weg abschneiden, bevor er den Park erreicht.

Marina Park lag im Strandviertel von Ventura, nicht weit von dem Haus von Sawyers Eltern entfernt. Nach zahlreichen Problemen mit Jugendlichen, die sich dort versammelten, tranken und Drogen nahmen, hatte die Stadtverwaltung den Park abends für die Öffentlichkeit geschlossen. Ann fuhr an den Straßenrand, machte den Motor aus und bemerkte, daß im Park selbst keine Lichter brannten. Aber nahe am Eingang stand eine Straßenlaterne, die einen schmalen Lichtstreifen über den Spielplatz warf. Für Ann sah der Park verlassen und furchteinflößend aus. Sie stieg aus dem Auto aus und machte die weiße Jacke zu. Dann informierte sie das Beobachtungsteam über das versteckte Mikrophon: »Ich geh jetzt rein.«

Sie riß sich zusammen und ging los. Sie versuchte, den Kopf geradeaus zu halten und dem Drang zu widerstehen, sich umzudrehen, aber ihre Angst wuchs. Anfangs ging sie auf Gras. Als sie den Spielplatz erreicht hatte, sanken ihre Füße in Sand ein. Nicht weit entfernt, konnte sie die Wellen ans Ufer schlagen hören, die Luft war schwer und feucht. Sie sah eine Art Holzfort, in dem die Kinder spielen konnten, und dann erblickte sie das Klettergerüst.

Sie setzte sich auf die Bank und wartete.

Minuten vergingen quälend langsam. Ann hatte sich in ihrem ganzen Leben noch nie so allein gefühlt. Irgendwo in der Ferne hörte sie Sirenen und fragte sich, aus welchem Anlaß sie ausrückten. Wahrscheinlich handelte es sich um einen Brand oder einen Autounfall.

Sie wußte, die Polizisten hörten mit und waren bereit, ihr beim kleinsten Anzeichen von Ärger zu Hilfe zu kommen. Es half nichts. Bis sie bei ihr waren, konnte Sawyer sie getötet haben. Rasch griff sie mit der Hand hinter sich und berührte den kalten Stahl der Beretta.

Als Ann in der Nähe ein Geräusch hörte, erstarrte sie,

konnte aber nicht sagen, aus welcher Richtung es gekommen war. Dann schrie sie fast auf, als sie einen Kopf aus dem Holzfort auftauchen sah, gefolgt vom Oberkörper eines Mannes. »Jimmy?« sagte sie und hoffte, daß nicht ein Betrunkener oder Obdachloser sich zum Schlafen dort verkrochen hatte.

Ann stand auf und versuchte, das Gesicht des Mannes zu sehen, um herauszufinden, ob es sich tatsächlich um Sawyer handelte, als der Mann wie ein wildes Tier aus dem Schatten sprang und sie zu Boden warf. Instinktiv drehte sich Ann auf den Bauch und griff nach der Waffe. Doch sie lag mit leeren Händen da; die Waffe war herausgefallen, als er sie angesprungen hatte, und lag jetzt irgendwo im Sand.

Im nächsten Augenblick spürte Ann die Knie des Mannes auf dem Rücken, und eine Hand wurde fest auf ihren Mund gepreßt. Ihre Schreie ertönten gedämpft an seiner Handfläche. Sie grub die Zähne in die Haut, aber der Mann reagierte nicht. Ann wehrte sich gegen ihn, wußte aber, der Angreifer war zu stark. Mit ungeheurer Kraft drückte er ihr eine Hand auf den Rücken und hielt die andere mit dem Körper auf den Boden gepreßt. Fingernägel kratzten auf der Brust über ihre Haut, und Ann war überzeugt, daß er sie vergewaltigen würde. Aber er riß nur die Wanze von ihr herunter und warf sie in die Dunkelheit.

Ann rollte sich seitwärts in seinen Körper und brachte ihn aus dem Gleichgewicht, aber er packte sie wieder, und sie rollten zusammen über den Boden und landeten in dem Teil des Parks, der von der Straßenlampe erhellt wurde.

Es war Glen.

»Du«, sagte sie, schrie unbeherrscht und war sicher, die Polizisten des Überwachungsteams würden jeden Moment hier sein.

Sie lag auf dem Rücken, Glen saß auf ihr und hielt ihre Hände über den Kopf gedrückt. »Sie werden dir nicht zu Hilfe kommen«, sagte Glen grinsend. »Sie sind zu sehr damit beschäftigt, Jimmy zu verhaften.«

Ann hörte etwas aus der Nähe des Forts kommen, regen

Funkverkehr und Polizeijargon. »Ein Scanner?« sagte sie. »Du hast einen Polizeiscanner? Darum hast du gewußt, daß ich mich mit Sawyer treffen wollte.«

»Was?« sagte er, und seine Augen waren von einem seltsamen Leuchten erfüllt. »Glaubst du wirklich, ich würde mich von einem kleinen Dreckstück wie Sawyer ruinieren lassen? Oder von einer dummen Frau wie dir?«

»Nein«, schrie sie panisch. »Sie kommen. Sie sind da vorne in der Straße. Sie werden dich erschießen ... dich töten.«

»Arme Ann«, sagte er mit irrem Grinsen. »Weißt du, du warst so perfekt. Ich hab dich wirklich gemocht, aber du hast das Spiel zu weit getrieben und versucht, es zu deinem Spiel zu machen.« Das Grinsen verschwand, Glens Gesicht wurde hart und kalt, eine unbeschreiblich häßliche, bösartige Fratze. »Jetzt möchtest du den ganzen Ruhm einheimsen, das Lob bekommen«, fuhr er fort. »Aber das schaffst du nicht. Ich bin derjenige, zu dem die Justiz aufschauen, den sie bewundern wird. Ich habe es geschafft, Delvecchio zu verurteilen. Weißt du, wie stolz meine Mutter auf mich ist? Glaubst du, es hätte sie beeindruckt, wenn ich irgend einen Fall gewonnen hätte? Nein, es mußte schon ein aussichtsloser Fall sein.«

»Die Polizei weiß alles«, schrie Ann. »Ich hab es ihnen schon gesagt und die Beweise übergeben. Wenn du mich tötest, werden Sie dich verhaften, dich jagen und in die Gaskammer schicken.«

Einen Augenblick hielt er inne, und Vernunft blitzte in seinen Augen auf, aber dann war sie auch schon wieder verschwunden, und Ann konnte nur den Wahnsinn sehen. Hände wie Stahl legten sich um ihren Hals, und sie spürte, wie er zudrückte. Ann schluckte und würgte, zerkratzte ihm die Hände mit den Fingernägeln. Wo blieben die Männer? Dann fiel ihr die weggeworfene Wanze ein. Sie konnten sie nicht hören.

In dem Moment wußte Ann, daß sie sterben würde.

Er würde sie töten. Und ungeschoren davonkommen,

wie mit allem anderen. Plötzlich erfüllte Wut sie und trieb sie an wie ein starker Motor. Ann ertastete seinen kleinen Finger an ihrem Hals und knickte ihn mit aller Kraft zurück, eine alte Polizeitaktik, um den Griff eines Täters zu lockern. Der Druck ließ lange genug nach, daß Ann seine andere Hand von ihrem Hals drücken und ein kurzes Stück fortkriechen konnte. Sie war auf Händen und Knien, als sie ihn auf dem Rücken spürte, und worum es sich bei dem harten Gegenstand handelte, der zwischen ihre Schulterblätter gebohrt wurde, daran konnte kein Zweifel bestehen. Eine Schußwaffe. Ann erstarrte, und jeder Muskel ihres Körpers verkrampfte sich.

»Ich benutze nicht gern Waffen, Ann. Sie sind zu laut.« Glen keuchte; er hatte das Gesicht direkt an ihrem Ohr. »Aber auf dich zu schießen, hat mir Spaß gemacht«, sagte er. »Bis dahin hatte ich noch nie einen Menschen gejagt.«

»Warum?« schrie Ann. »Warum wolltest du mich töten?« Sie mußte ihn hinhalten, mit ihm reden, bis die Männer kamen, um sie zu retten.

»Wenn ich dich hätte töten wollen«, sagte Hopkins und knabberte mit den Zähnen an ihrem Ohr, »hätte ich es getan. Ich wollte dich nur aus dem Verkehr ziehen. Du warst eine Gefahr.«

»Ich war keine Gefahr für dich«, wimmerte Ann. »Wir hatten uns gerade vorher noch geliebt.«

»Du wolltest mein Geschäft ruinieren«, fuhr er fort, »Ich habe so hart gearbeitet, dieses Geschäft aufzubauen. Zum erstenmal hatte ich jede Menge eigenes Geld ... mehr Geld, als die meisten Menschen in ihrem ganzen Leben sehen.«

Ann spürte den festen Druck der Waffe zwischen den Schultern und schrie. Dann ließ der Druck vorübergehend nach, als Glen aufstand und sie mit der Schuhspitze wieder auf den Rücken drehte. Sie richtete sich in eine sitzende Haltung auf und wollte sich auf seine Beine stürzen, um ihn aus dem Gleichgewicht zu bringen, als sie plötzlich völlig reglos verharrte.

Die Waffe in seiner Hand sah wie eine Kanone aus. Ann starrte in den nur Zentimeter von ihrem Gesicht entfernten, scheinbar endlosen Lauf. In ihrem ganzen Leben hatte sie noch nie solche Angst gehabt. Ihre Blase leerte sich, warmer Urin tränkte ihre Jeans. Glen stand über ihr, packte rasch eine Handvoll ihres Haars und zog sie auf die Knie. Als er ihren Kopf zu der Waffe riß, machte Ann den Mund auf, um zu schreien, und war überzeugt, es würde ihr letzter Laut vor ihrem Tod sein.

Das kalte Metall drang in ihren Mund ein und wurde ihr tief in den Rachen gestoßen. Sie würgte, ihr Mund füllte sich mit Flüssigkeit. Ein paar Augenblicke später ließ der Würgereflex vor Angst nach, und sie wurde reglos wie eine Statue.

»Das dürfte dich zum Schweigen bringen«, sagte er und lachte, als er ihr auf den Hinterkopf schlug und so den Lauf noch tiefer in ihren Hals trieb.

Sie betete. Dann spürte sie, wie ihr Tränen aus den Augen quollen. Tränen um ihr geliebtes Kind, dachte sie. Aber zugleich wußte sie, sie weinte um mehr als um David. Sie beklagte ihren eigenen Tod und fragte sich, wie es sein würde, wenn er abdrückte. Sie hatte einige Selbstmörder gesehen, die sich eine Waffe in den Mund gesteckt hatten. Ann wußte, sie hatte keine Überlebenschance. Die Kugel würde ihren Hinterkopf wegpusten, mitsamt dem Gehirn.

Glen ließ den Blick über das Parkgelände schweifen und schien zu bemerken, wie nahe sie beim Parkplatz und der Laterne waren. Zuviel Zeit war verstrichen, und er konnte kein Risiko eingehen. Er zog die Waffe aus Anns Mund und sagte drohend: »Steh auf und geh.«

Ann rappelte sich auf die Füße und verdrängte den Brechreiz. Sie hatte einen abscheulichen metallischen Geschmack im Mund und rieb sich mit einer Hand den Hals. Warum tötete er sie nicht einfach, drückte ab und brachte es hinter sich? Es schien ihn zu erregen, sie hilflos und verängstigt um ihr Leben flehen zu sehen. Wenn er sie tötete, wäre die beeindruckende Macht dahin, die er über sie hatte. Er genoß es und hielt sich in seinem Wahn für unbesiegbar.

Glen stieß sie mit der Waffe an, und Ann setzte sich stolpernd in Bewegung. Sollte sie laufen, fragte sie sich, einen Fluchtversuch unternehmen? Nein, entschied sie, dann würde er ihr einfach in den Rücken schießen. Die Befriedigung wollte sie ihm nicht geben. Wenn er sie tötete, dann sollte er ihr direkt in die Augen sehen.

»Beeil dich«, befahl er und schob sie in Richtung der Brandung.

Ann sah in die Dunkelheit und erblickt eine Reflexion im Wasser. Was hatte er jetzt mit ihr vor? dachte sie voller Entsetzen. Wollte er sie ertränken, statt sie zu erschießen? Eigentlich spielte es keine Rolle, dachtc sie und fügte sich in ihr Schicksal. Was er auch immer mit ihr machte, Ann wußte, wenn es vorbei war, würde sie tot sein.

Der rote Honda stand schräg mitten auf der Straße, die Beifahrertür offen. Eine Seite des Fahrzeugs hatte einen gravierenden Blechschaden hinnehmen müssen. Mindestens ein Dutzend Polizeiautos parkten auf beiden Seiden davon, manche standen mit den Reifen auf dem Bordstein oder dem Grünstreifen.

Jimmy Sawyer lag im grellen Licht der Streifenwagen bäuchlings auf der Straße.

»Werfen Sie Ihre Waffe weg«, bellte Reed über Lautsprecher aus einem der Wagen.

Sawyer flehte: »Ich schwöre, ich hab keine Waffe. Erschießt mich nicht. Bitte erschießt mich nicht.«

Reed sah zu Abrams. »Rufen Sie Ann an und sagen Sie ihr, wir haben Sawyer. Sie muß nicht mehr warten.«

Abrams zog eine finstere Miene. »Sie hat keinen Ohrstöpsel, Sarge. Wir müssen zu ihr.«

»Haben Sie den Überwachungskanal verfolgt?« fragte Reed hastig und zog die Brauen hoch. »Sie hat doch nicht um Hilfe gerufen, und wir haben es nicht gehört?«

»Selbstverständlich nicht«, antwortete Abrams. »Sie

muß einfach da draußen sitzen und sich fragen, was Sawyer zugestoßen ist.«

Reed wandte sich wieder dem Gefangenen zu. Die letzten fünfzehn Minuten waren chaotisch gewesen. Als Reed ihn erblickte, hatte Sawyer so ein Tempo draufgehabt, daß eine rasende Verfolgungsjagd daraus geworden war, mit Reed an der Spitze und anderen Streifenwagen im Gefolge, die aus verschiedenen Nebenstraßen dazugestoßen waren. Schließlich hatte Sawyer die Kontrolle über den Honda verloren und war gegen einen Baum geprallt.

Reed griff wieder zum Mikrophon und wandte sich an Sawyer. »Stehen Sie langsam auf und halten Sie die Hände vom Körper weg. Dann ziehen Sie sich aus. Aber lassen Sie uns immer Ihre Hände sehen.«

Sawyer richtete sich auf die Füße auf und streckte die Hände von sich. Er trug ein Sweatshirt, das er rasch über den Kopf zog, worauf er den Polizisten sofort wieder die offenen Handflächen zeigte.

»Die Hose auch«, befahl Reed, drehte sich um und wandte sich wieder an Abrams. »Holen Sie Ann. Ich will nicht, daß sie allein in diesem Park sitzt.«

Während Jimmy Sawyer die Jeans auszog und beiseite kickte, erspähte Abrams sein Zivilfahrzeug, das allerdings von mehreren Streifenwagen blockiert wurde. »Ich muß warten, bis wir ihn in Gewahrsam haben«, sagte er zu Reed. »Ich komme mit meinem Auto nicht weg.«

»Dann gehen Sie zu Fuß«, sagte Reed unbeeindruckt und nahm das Mikrophon wieder hoch. »Die Unterhose auch«, befahl er Sawyer und sah zu, wie der Junge das letzte Kleidungsstück ablegte. Nun stand er völlig nackt im grellen Licht der Scheinwerfer und hielt sich unwillkürlich eine Hand vor die Genitalien.

Abrams ging hin, um ihm Handschellen anzulegen, gefolgt von mehreren anderen Polizisten, und dachte, daß er jetzt die Kollegen auffordern konnte, ihre Streifenwagen wegzufahren, und dann selbst zum Marina Park fahren konnte, um Ann zu holen. Sawyer hatte im Verlauf der

Verfolgungsjagd häufiger die Richtung gewechselt und sie von dem Park weggeführt. Abrams wußte, wenn er zu Fuß ginge, würde es zu lange dauern.

Als Sawyer in Handschellen war, übergab Abrams ihn Reed, und der Detective schob ihn in Richtung seines Wagens, während Abrams versuchte, die Fahrer der Streifenwagen ausfindig zu machen, die seinen Wagen blockierten.

»Ich erfriere«, sagte Sawyer auf dem Beifahrersitz von Reeds Wagen. »Ich meine, ich bin hergekommen, um mich zu stellen. Jedesmal, wenn ich was richtig machen will, artet es in einen verdammten Alptraum aus. Können Sie mich nicht wenigstens meine Sachen wieder anziehen lassen?«

»Erst, wenn ich ein paar Antworten bekommen habe«, sagte Reed barsch. »Und zu Ihrer Information, Ihre Kumpane haben Sie verpfiffen. Sie sehen einer schwerwiegenden Anklage wegen Drogendelikten entgegen.«

Sawyer schwieg, ein Muskel in seinem Gesicht zuckte.

Reed drehte sich zu ihm um und sah ihm unverwandt in die Augen. »Haben Sie mit Hopkins zusammengearbeitet?«

»Gewissermaßen«, antwortete Sawyer. »Ich meine, ich tu gern so, als hätten wir für uns gearbeitet, aber leider ist es nicht so gelaufen.«

Reed war verwirrt. »Reden Sie von der Drogenküche?«

»Ja«, sagte Sawyer, beugte sich nach vorne und versuchte, es sich mit auf den Rücken gefesselten Händen bequem zu machen. »Sehen Sie, er war unser Finanzier. Jemand, den Peter von der Straße kannte, erzählte uns von einem Typen, der zehn Riesen springen ließ, damit wir ein Heimlabor einrichten konnten. Er sagte, er würde uns auch alle Chemikalien beschaffen, die wir brauchen, um das Zeug zu kochen, und wir würden eine Tonne Zaster verdienen. Woher hätte ich wissen sollen, daß der Kerl ein Scheißstaatsanwalt war?« Er fing wieder an zu zappeln. »Scheiße, diese Handschellen bringen mich um.«

Reed traute seinen Ohren nicht. Hopkins hatte mehr Dreck am Stecken, als sie sich je hätten träumen lassen. Der Detective verspürte einen Anflug von Mitgefühl für den Jungen und öffnete ihm die Handschellen. Dann zog er seine Jacke aus und gab sie ihm. »Wann haben Sie sich zum erstenmal mit Hopkins eingelassen?«

»Ich kann mich nicht an den genauen Zeitpunkt erinnern«, sagte der Junge und steckte die Arme in die Ärmel von Reeds Jacke. »Vor achtzehn Monaten oder so. Hören Sie, er hat uns garantiert, daß wir nicht ins Gefängnis müßten, und das Geld kam uns sehr gelegen. Wir kochten die Drogen, brachten sie in sein Lagerhaus in L. A. und verkauften den Rest auf der Straße. Wir haben uns die Autos und ein paar neue Klamotten gekauft. Als ich festgenommen wurde, hat der Irrsinn angefangen.«

»Sie sprechen von der ersten Verhaftung, richtig?« sagte Reed, rieb sich das Kinn und verfluchte sich, weil er auf die Geschichte über kolumbianische Drogendealer reingefallen war, die Whittakers Informant erzählt hatte. Aber er hätte Glen Hopkins nie und nimmer mit einem Drogenring in Verbindung gebracht. »Haben Sie auf Ann Carlisle geschossen?«

»Nein, ich schwöre es«, sagte Sawyer ernst. »Hopkins hat es getan. Ich hab ihn sogar gesehen. Ich meine, nicht, wie er tatsächlich abgedrückt hat, aber ich sah ihn über den Parkplatz laufen, und er hatte etwas in der Hand.« Da Reed ihn nur anstarrte, fuhr Sawyer fort: »Er hat mir versprochen, ich würde nur Bewährung bekommen. Er hat gesagt, er würde alles ins reine bringen. Als ich dann vor Gericht kam, hat Ann alles vermasselt. Ich hatte Angst, sie könnte rauskommen und das Labor finden, darum hab ich versucht, mit Hopkins zu reden, um ihn zu fragen, was wir tun sollten, aber das konnte ich nicht, weil er bei ihr war. Ich bin weggefahren und später noch mal hin, um mit ihm zu reden. Da hörte ich die Schüsse und sah ihn über den Parkplatz laufen.«

»Und warum haben Sie ihr dann geholfen?« fragte Reed,

der befürchtete, Sawyer könnte ihm irgend einen Mist verzapfen und doch selbst auf Ann geschossen haben.

»Hören Sie«, sagte Sawyer mit gekränkter Miene, »ich bin vielleicht ein Dealer und so, aber ich bringe keine Leute um, und ich würde niemanden so verbluten lassen. Scheiße, er schon. Er hat nur dagestanden und sie angestarrt. Als die Sanitäter dann da waren, hat er mich beiseite genommen und mir gesagt, wir sollten das Labor verlegen, er hätte auf sie geschossen, damit sie uns nicht auffliegen läßt.«

»War ihm nicht klar, daß einfach ein anderer Bewährungshelfer eingeteilt werden würde, wenn er sie erschossen hätte?«

»He, woher soll ich das wissen?« schnappte Sawyer. Nach einer Pause fuhr er fort: »Moment, er hat da was gesagt. Er sagte, wenn sie nur ein paar Wochen außer Gefecht wäre, würde der Fall einfach ruhen. Und er hatte recht. Niemand sonst hat sich sehen lassen, und wir hatten genügend Zeit, ein anderes Haus zu mieten und uns dort einzurichten. Aber als sie die Finger gefunden hatte, sagte er uns, wir sollten es endgültig verschwinden lassen.«

Reed dachte an Ann, griff zum Mikrophon und versuchte, Abrams zu erreichen. Als Abrams sich meldete, herrschte er ihn ungeduldig an: »Wo, zum Teufel, stecken Sie? Wo ist Ann? Ich dachte, Sie wären inzwischen wieder zurück.«

»Ich bin fast beim Park«, sagte Abrams, während das Funkgerät knisterte. »Ich hätte nie und nimmer zu Fuß gehen können, Reed. Sie haben keine Ahnung, wie weit entfernt wir waren, aber hören Sie, Ann hat den ganzen Abend keinen Pieps gemacht. Es geht ihr gut. Ich hab mich sogar bei der Zentrale vergewissert.«

Reed ließ das Mikrophon auf den Sitz fallen und starrte zur Windschutzscheibe hinaus. Ein seltsames Gefühl überkam ihn, das er immer bekam, wenn etwas nicht stimmte. Ann würde sich nie so lange ohne ein Wort in den Park setzen. Mindestens zwanzig Minuten waren verstrichen, seit sie reingegangen war. Er schenkte seinem Häftling keine Beachtung mehr, sondern fuhr ein paar Schritte vorwärts und hielt vor ein paar Polizisten, wo er über Sawyer hinweggriff und die Beifahrertür öffnete. »Nehmt den Kerl mit«, sagte er zu den Männern und schubste Sawyer gleich darauf zur Tür hinaus.

Bevor die Männer reagieren konnten, brauste Reed davon, ohne die Beifahrertür seines Wagens zu schließen. Er trat das Gaspedal durch, die Tachonadel kletterte höher, und die Tür fiel von selbst ins Schloß, als er um eine Kurve fuhr und Richtung Marina Park raste.

Ann war am Ufer wieder auf die Knie gesunken und flehte Glen an, sie gehenzulassen, während die Waffe auf ihren Kopf gerichtet blieb. »Glen, bitte«, flehte sie. »Tu's nicht. Wenn du das alles getan hast, weil du krank bist, kann dir geholfen werden. Wir haben uns doch gern gehabt. Ich hab ein Kind. Tu mir das nicht an.«

»Das hättest du dir überlegen sollen, bevor du deine Nase in Angelegenheiten gesteckt hast, die dich nichts angehen«, sagte er und wischte sich das verschwitzte Gesicht mit dem Hemdzipfel ab.

Anns Blick schweifte überall hin. In weiter Ferne sah sie Scheinwerfer, die auf den Parkplatz bogen. Es konnte ein Wildfremder sein und keiner der Polizisten, aber das war Ann egal. Sie war von einem so verzehrenden Haß erfüllt, daß ihr egal war, ob sie lebte oder starb, wenn sie nur sicherstellen konnte, daß Glen dafür büßen mußte. Der Gedanke, er könnte ungestraft davonkommen, war ihr schlichtweg unerträglich.

Plötzlich betrachtete Ann den Lauf der Waffe, und da schoß ihr etwas durch den Kopf. Er würde jeden Moment abdrücken. Was sie auch immer zu ihrer Verteidigung unternahm, es wäre besser als nichts. Wenn sie einen Fluchtversuch unternahm, der scheiterte, würde das am Ausgang nichts ändern. Sie ließ den Blick zum Parkplatz schweifen und sah eine dunkle Gestalt aus dem Auto aussteigen und Richtung Spielplatz gehen. Wenn Glen sie tötete, wollte Ann, daß es jetzt passierte.

Sie hatte einen Zeugen.

Aber sie hatte auch eine Chance. Keine gute, aber immerhin eine Chance. Als sie Polizeikadett war, hatte ihr Vater einen Trick mit ihr geübt, um jemanden zu entwaffnen, der aus nächster Nähe eine Waffe auf einen gerichtet hielt. Sie schloß die Augen und versuchte, sich an die exakten Bewegungen zu erinnern, die ihr Vater ihr beigebracht hatte.

Dann handelte sie blitzschnell, packte den Lauf der Waffe mit beiden Händen und drehte sein Handgelenk mit jedem Quentchen Kraft zur Seite, das sie besaß. Als die Waffe nicht mehr auf sie zeigte, übte Ann mit Rippen und Körpergewicht mehr Druck auf Glens Handgelenk aus. Er schrie vor Schmerzen, und sie glaubte, Knochen brechen zu hören. Schnell wie der Wind schob Ann die Finger zwischen die von Glen und stellte fest, als sie nach hinten kippten, daß sie die Waffe plötzlich in der Hand hielt.

»Los doch«, sagte sie und knirschte mit den Zähnen, während sie ihm in die Augen sah und die Waffe an seine Stirn drückte, »tu was. Nur zu, Glen. Wenn du auch nur einen Mucks machst, bist du ein toter Mann.«

Ann sah zur Seite und erblickte Noah Abrams, der über den Sand gelaufen kam. »Hier drüben«, rief sie ihm zu. »Am Wasser.«

»Großer Gott«, sagte Abrams, als er Ann mit Hopkins am Boden sah. Er zog sie sofort von ihm herunter. »Alles in Ordnung?« fragte er hastig, während er seine Handschellen aus der Gesäßtasche zog und grob um Hopkins' Handgelenke legte.

Ann antwortete zuerst nicht. Sie lag flach auf dem Rükken, sah zum Himmel, streckte die Arme vom Körper weg und ließ den Revolver in den Sand fallen.

Sie lebte.

»Mir geht es gut«, sagte sie schließlich, stand auf und klopfte sich den Sand von der Kleidung. Aber sie hatte

Sand im Haar, Sand im Mund, Sand in den Augen, Sand in ihrer Kleidung. Ann kratzte sich, als hätte sie sich in einen Ameisenhaufen gesetzt. Dann sah sie, wie Abrams sie betrachtete, und musterte ihn mit zusammengekniffenen Augen. »Übrigens, wo wart ihr Jungs eigentlich? Zum Glück hatte ich hier draußen keine Probleme, oder so was. Ich meine, schön zu wissen, daß man so tolle Unterstützung hat. Das gibt einem echt ein Gefühl von Sicherheit.«

Abrams machte einen kläglichen Eindruck. »Es tut mir leid, Ann. Wirklich. Ich fühle mich beschissen. Ich weiß nicht, was passiert ist. Wir waren gerade aufgebrochen, da hab ich bei dem Dreckskerl zu Hause angerufen, und er hat abgenommen. Wir haben sogar einen Streifenwagen losgeschickt, um sein Haus zu beobachten, und ein paar Minuten, nachdem du dich gemeldet und gesagt hast, daß du den Park betrittst, hab ich ihn noch mal angerufen und mich vergewissert, daß er immer noch dort war.« Abrams hielt Hopkins' Kopf im Würgegriff, riß seinen Kopf zurück und schrie ihm ins Gesicht: »Wie hast du das gemacht, Arschloch?«

»Er hat einen Scanner«, sagte Ann. »Ich hab ihn im Fort gehört.«

Abrams war verwirrt. »Das erklärt nicht, wie er ans Telefon gehen konnte. Wie konnte er an zwei Orten gleichzeitig sein, Ann?«

»Anrufbeantworter«, schlug Ann vor. »Vielleicht hast du seinen Anrufbeantworter an der Strippe gehabt und gedacht, er wäre es.«

»Unmöglich. Es war eine echte Stimme am Telefon. Ich weiß nicht wie, aber er war es.« Abrams stieß Hopkins zu Boden und hob den Fuß, als wollte er ihn treten. »Sag's mir, du Wichser, oder ich brech dir jeden einzelnen Knochen im Leib.«

»Anrufweiterleitung«, murmelte Hopkins und stöhnte vor Schmerzen. »Ich hab meine Privatnummer einfach zum Autotelefon weiterleiten lassen. Mein Handgelenk ist gebrochen. Ich brauche einen Arzt. Ich habe starke Schmerzen.«

»Halt bloß den Mund«, sagte Abrams, »oder ich dreh dir den Hals um.«

Sie sahen beide, wie Reed von weitem auf sie zugelaufen kam. »Reed ist derjenige, der alles versaut hat«, sagte Abrams zu Ann. »Wir haben Sawyer auf dem Weg hierher festgenommen, sonst wären wir früher gekommen und hätten nach dir gesehen.«

Reed schaffte es bis zu ihnen, erfaßte die Situation mit einem raschen Blick und umarmte Ann. »Jetzt ist es vorbei«, sagte er zärtlich. »Sawyer und Hopkins sind beide verhaftet, die anderen auch. Alles wird gut werden.«

Ann riß sich los, holte Glens Waffe und gab sie dem Detective. »Die wirst du brauchen«, sagte sie. »Es ist wahrscheinlich die Waffe, mit der er auf mich geschossen hat. Meine Pistole hab ich verloren, als er sich auf mich gestürzt hat. Sie müßte irgendwo da hinten im Sand liegen.«

»Scheiße«, sagte Reed und drehte die Ruger 9mm in den Händen. »Du hast ihn selbst entwaffnet?« Als er aufsah, ging Ann bereits zum Parkplatz zurück. »He«, rief Reed aus, »warte, ich fahr dich nach Hause. Ich will nicht, daß du alleine gehst.«

Ann sah über die Schulter zurück und ging weiter.

»Wohin gehst du?« rief Abrams ihr nach. »Vielleicht solltest du dich von einem Arzt untersuchen lassen.«

Ann blieb stehen, drehte sich um und sprach aus ein paar Schritten Entfernung mit ihnen. »Ich glaube nicht, daß das nötig sein wird, meine Herren.« Sie wandte sich wieder ab und rief den Rest, während sie zum Parkplatz ging. »Ich werde meinen Sohn holen und dann duschen gehen. Ich glaube nicht, daß ich dazu eure Hilfe brauche.«

Als sie den Range Rover auf dem Parkplatz erreichte, blieb Ann einfach stehen und lehnte sich an das Auto; die reine Freude, noch am Leben zu sein, ließ ihren ganzen Körper vor Wonne erschauern. Sie sah ein paar Minuten zum Himmel hinauf, ließ die kühle Abendbrise zärtlich über ihr Gesicht streichen und atmete die salzige Meeresluft ein. Sie spürte, wie die Präsenz ihres Vaters sie umgab. Irgendwie hatte er es gewußt, hatte eine Art Vorahnung gehabt. Vor Jahren, als er ihr den Trick beigebracht hatte, mit dem sie Hopkins entwaffnen konnte, hatte er ihr gesagt, daß sie ihn eines Tages vielleicht brauchen würde und daß das der mutigste Augenblick ihres Lebens wäre. Die Waffe hätte jederzeit losgehen und sie töten können, aber ihr Vater hatte es gewußt. Er hatte gewußt, sollte sich seine Tochter jemals in einer so gefährlichen Situation befinden, würde sie so oder so dem sicheren Tod ins Auge schauen.

Ann sah, wie Reed und Abrams mit Hopkins im Schlepptau durch den Sand stapften. Nach allem, was geschehen war, versuchten die beiden Detectives immer noch, sie zu beschützen und boten ihr an, sie nach Hause zu fahren. Nach den Ereignissen des heutigen Abends war das so lächerlich, daß es fast komisch wirkte.

Aber Ann hatte heute nacht eine wertvolle Lektion gelernt, die sie nie mehr vergessen würde. Wenn es ums Ganze ging, konnten einen alle Armeen der Welt nicht beschützen. Mann, Frau, Kind, es war alles dasselbe, sagte sie sich.

Es gab nur einen einzigen Menschen auf der Welt, der sie niemals im Stich lassen, nie einen Fehler oder eine Fehleinschätzung machen, nie fortbleiben würde, wenn sie ihn brauchte. Sie schlug sich mit der Faust anerkennend auf die Brust.

Dann stieg sie in das Auto ein und fuhr los.

Kapitel 23

Ann schlich sich in den Gerichtssaal und setzte sich auf den ersten freien Platz in der letzten Reihe. Jimmy Sawyer war im Zeugenstand, der Gerichtsaal voll mit Zuschauern.

»Ist Mr. Hopkins je im Haus in der Henderson gewesen?« fragte Harold Duke.

»Ja«, sagte Sawyer. »Das erstemal gleich nach meiner Verhaftung.«

»War das die Nacht, als Sally Farrar ihn durch das Fenster gesehen hat?«

»Kann sein«, sagte Sawyer. »Sehen Sie, wir hatten eine Party. Hopkins hat mit mir geredet, dann mit den Tussis. Er hat sich ein bißchen Ecstasy mit uns reingezogen, als wäre er einer von uns. Dann hat er den Rest der Nacht mit den Mädchen gefeiert.«

Ann wußte, Sally Farrar hatte bereits ausgesagt und Glen eindeutig als einen der Männer identifiziert, die sie im Haus in der Henderson gesehen hatte, aber die Vorstellung, daß er Drogen genommen und bei Gruppensexorgien mitgemacht hatte, war durch und durch abstoßend. Das war der Mann, mit dem sie geschlafen, den sie geglaubt hatte, lieben zu können. Sie konnte auch nicht verstehen, warum er ein so großes Risiko eingegangen war. Aber Ann hatte dasselbe Verhalten auch bei anderen Gewohnheitstätern gesehen: Serienmörder, Serienvergewaltiger. Anfangs waren sie vorsichtig, aber wenn sie immer mehr Verbrechen begingen und unentdeckt blieben, wurden sie nachlässig, fast als würden sie die Polizei herausfordern, sie zu fassen. Glen beging zu der Zeit, als er das Haus in der Henderson besuchte, abscheuliche Verbrechen, er vergewaltigte alte Frauen. Im Unterbewußtsein, entschied Ann, mußte er einen Aufschrei von sich gegeben haben, jemand möge ihn aufhalten und seinem Wahnsinn ein Ende bereiten. Sie schüttelte den Kopf und konzentrierte sich wieder auf die Verhandlung.

Duke machte eine Pause, ging zum Tisch zurück und wirbelte dann hastig herum, um seinen Klienten anzusehen. »Ms. Farrar hat ausgesagt, daß sie einen großen Gegenstand auf dem Rücksitz von Mr. Chens Lexus gesehen hat. Können Sie dem Gericht sagen, worum es sich bei diesem Gegenstand gehandelt hat?«

Sawyer strich sich das Haar aus dem Gesicht und ging näher an das Mikrophon heran. »Wir sind mit dem Labor umgezogen, daher vermute ich, es muß ein Teil der Ausrüstung gewesen sein.«

»Es war keine Leiche, oder?« sagte Duke lächelnd.

»Selbstverständlich nicht«, sagte Sawyer mit Nachdruck.

»Wann haben Sie das nächstemal mit Mr. Hopkins gesprochen?«

»Das war im Haus in der Henderson. Die Polizei durchsuchte es, nachdem sie die Finger gefunden hatte, und Hopkins kam nach draußen, wo ich festgehalten wurde. Der andere Beamte ging ins Haus, und da sagte mir Hopkins, daß er Anklage gegen mich erheben müßte. Er sagte, ich wäre ein verkorkster Wichser und eine Schande für die Menschheit.« Er brach ab und sah zu dem Richter auf. »Bitte entschuldigen Sie meine Ausdrucksweise, aber das hat er gesagt. Er sagte, er müßte Anklage gegen mich erheben wegen der Schüsse auf Ms. Carlisle und wegen Verletzung meiner Bewährungsauflagen, daß es aber auf lange Sicht besser für mich wäre, wenn er Anklage erhob. Er sagte, ich würde Bewährung bekommen, und er würde dafür sorgen, daß ich nie verurteilt werden würde. Wenn ich angeklagt und freigesprochen wurde, sagte er, könnten sie mich nicht noch mal anklagen. Er sagte, das wäre doppelt gemoppelt.«

»Ich verstehe«, sagte Duke, ging zum Tisch zurück und setzte sich. »Hat es Sie nicht nervös gemacht, daß Sie möglicherweise für etwas ins Gefängnis gesteckt werden würden, das Sie gar nicht getan hatten?«

»Er war Bezirksstaatsanwalt«, sagte Sawyer durchdringend. »Ich dachte, er wüßte, was er tut. Und ich hatte ja nicht auf sie geschossen. Außerdem war ich verrückt vor Angst. Sehen Sie, er hatte herausgefunden, daß wir nebenher dealten und das Geld in die eigene Tasche steckten. Ich dachte, er würde mich umbringen, wenn ich nicht tat, was er sagte. Außerdem war er wütend darüber, was sie im Haus gefunden hatte. Er sagte, ich könnte wegen Mordes verurteilt werden, wenn ich nicht genau das tat, was er sagte.«

»Wer ist sie? Sprechen Sie von Ms. Carlisle?«

»Ja. Sie hat die Finger gefunden.«

»Welche Finger?«

Sawyer schlug die Augen nieder. »Die in meinem Kühlschrank.«

»Woher stammten diese Finger?«

»Wir haben niemanden umgebracht. Wir bekamen die Finger von einem Chinesen in Los Angeles, den Peter kannte. Der Bursche war gerade aus China rübergekommen und arbeitete für eines der billigen Bestattungsinstitute. Er sagte, er könnte uns besorgen, was wir wollten.«

»Was bedeutet das genau? Was für ein Institut?«

»Man bezahlt zweihundert Dollar, und sie äschern die Person ein.« Sawyer zuckte die Achseln, als wollte er sagen, daß er sich mit so etwas nicht besonders gut auskannte.

»Wie sind Sie zu den Fingern gekommen?«

»Wir haben sie gekauft.«

Ein Raunen ging durch den Gerichtsaal, verschiedene Leute tuschelten miteinander. Richter Hillstorm ließ den Blick streng über den Saal schweifen, worauf der Lärm sich legte.

Duke fuhr fort: »Dieser chinesische Bursche, wie Sie ihn nennen, er hat Ihnen die Finger verkauft? Nicht seine eigenen Finger, richtig, sondern die einer Leiche?«

»Richtig«, sagte Sawyer. »Er sagte, sie hätten überall Leichen gestapelt, aber bei der Hälfte wüßten sie nicht mal mehr, wer sie wären. Wir wollten eine Hand, aber Peter sagte, die könnten wir nicht so leicht konservieren wie Finger.«

Harold Duke ging zum Zeugenstand. »Warum wollten Sie abgehackte Finger?«

»Weil sämtliche Banden es auf uns abgesehen hatten«, sagte Sawyer, sah sich im Gerichtsaal um und dann Duke wieder an, »als wir anfingen, selbst zu dealen. Sie sagten, wir würden in ihrem Gebiet dealen, daß es ihnen gehörte. Wir dachten, wenn wir ihnen angst machen, würden sie uns in Ruhe lassen. Darum haben wir die Finger gekauft, auf der Straße herumgezeigt und behauptet, wir hätten den letzten Kerl getötet, der unserem Geschäft in die Quere kam. Ich meine, soweit ich weiß, stammten die Finger von einer alten Dame, aber niemand hat sie sich so genau angesehen, daß es aufgefallen wäre. Trotzdem hat eines Tages eine Bande auf Brett geschossen, aber sie haben ihn verfehlt. Danach beschlossen wir, nicht mehr in ihrem Gebiet zu dealen. Statt dessen versuchten wir es an Schulen, Einkaufszentren, und so weiter.«

»Wann haben Sie Mr. Hopkins wiedergesehen?«

»Er rief mich an dem Tag an, als ich auf Kaution rausgekommen bin, und sagte, ich sollte mich mit ihm treffen. Als ich ihn traf, verlangte er von mir, daß ich in Ms. Carlisles Haus einbrechen sollte. Er sagte, wir bräuchten etwas von ihrem Sohn oder ihrem Mann, das wir gegen sie verwenden könnten. Er sagte, wir müßten sie verrückt machen und ihr richtig Angst einjagen, damit man ihr nicht glaubte, was sie über uns sagte, Sie wissen schon, mit den Fingern und so.«

»Haben Sie getan, was er verlangt hat?«

»Ich hatte schon genug Ärger am Hals«, sagte Sawyer

mit gepreßter Stimme. »Ich wollte aussteigen. Am Telefon sagte er mir, ich sollte den Porsche mitbringen. Ich konnte mir das nicht erklären, es sei denn, er wollte mich reinlegen. Ich wußte, die Polizei beschattete mich, daher tauschte ich das Auto mit einer Freundin vom Einkaufszentrum. Als ich Hopkins traf, sagte ich ihm, daß ich es nicht machen würde.«

»Was machen?« fragte Duke.

»In ihr Haus einbrechen.«

»Was für ein Auto fuhr Mr. Hopkins?«

»Einen schwarzen Rolls-Royce«, antwortete Sawyer.

»Was ist passiert, nachdem Sie ihn getroffen hatten?«

»Wir fuhren zu Ms. Carlisles Haus und parkten ein paar Häuser entfernt. Er hatte eine Waffe, eine Ruger. Er gab sie mir und sagte, wenn ich nicht selbst in das Haus einbrechen wollte, müßte ich ihm von außen Deckung geben.« Sawyer machte eine Pause und überlegte sich seine weitere Aussage. »Sehen Sie, er war schon in ihrem Haus gewesen. Er sagte, sie hätte Schlösser an allen Fenstern, aber wenn er drinnen wäre, würde er das Fenster an der Vorderseite öffnen. Wenn ich jemanden vorfahren sah, sollte ich am Sicherungskasten außen den Strom abstellen. Er hat mir sogar gezeigt, wo der war.«

»Und haben Sie das getan?« fragte Duke. »Haben Sie Ms. Carlisle vorfahren gesehen?«

»Ja, das habe ich, aber ich habe den Strom nicht sofort ausgeschaltet. Ich wußte wirklich nicht, was ich tun sollte. Es regnete in Strömen, und ich wollte einfach nach Hause gehen.«

»Welche Instruktionen hat Ihnen Mr. Hopkins sonst noch gegeben?«

»Wenn ich einen Kampf hörte oder so was, sollte ich durch das andere Fenster einsteigen und ihm helfen.«

»Haben Sie das getan?«

»Nein«, sagte Sawyer kopfschüttelnd. »Als sie vorgefahren war, ging sie rein, und ich vermute, sie ging ins Bett, weil sie alle Lichter ausmachte. Dann schlich ich um das

Haus herum, weil ich ihn finden und ihm sagen wollte, sie sei wieder da. Und da hab ich ihn gesehen.«

»Wo haben Sie ihn gesehen?«

»Er stieg aus dem Fenster, das er eingeschlagen hatte, um ins Haus zu kommen. Er gab mir die Sachen und befahl mir, den Strom abzuschalten, weil er noch mal reingehen und ihr einen richtigen Schrecken einjagen wollte.«

»Was hat er Ihnen gegeben?«

»Ich glaube, es war ein Bild und ein paar Videokassetten.«

»Was ist dann passiert?« fragte Duke.

»Ich hab den Strom abgeschaltet, wie er gesagt hat.«

»Ist Mr. Hopkins ins Haus zurückgegangen?«

»Er muß durch das andere Fenster eingestiegen sein. Ein paar Minuten später hörte ich einen Schuß im Haus. Ich dachte, er würde sie umbringen und lief zum Fenster. Da hab ich geschossen.«

»Worauf haben Sie geschossen?«

»Ich dachte, ich würde auf ihn schießen«, sagte Sawyer frustriert. »Wissen Sie, auf Hopkins. Es war dunkel und regnete. Ich war sicher, daß ich ihn getroffen hatte, aber das hab ich wohl nicht.«

»Was haben Sie dann gemacht?«

»Ich lief zu seinem Auto zurück und geriet in Panik. Als ich wegfuhr, war ich so aufgeregt und nervös, daß ich gegen ein auf der Straße parkendes Auto stieß. Da glaubte ich wirklich, ich hätte jemanden erschossen. Ich wußte nicht, daß ich danebengeschossen hatte.«

»Was haben Sie getan, nachdem Sie mit dem parkenden Auto zusammengestoßen sind?«

»Ich bin einfach weitergefahren.«

»Mit Mr. Hopkins' Rolls-Royce?«

»Ja.«

»Und wo war Mr. Hopkins?«

»Keine Ahnung. Ich schätze, er ist die Straße runtergelaufen und hat sich versteckt.«

»Was haben Sie dann gemacht?«

»Ich hab die Ruger abgewischt und im Auto gelassen, zusammen mit den Sachen, die er mir gegeben hatte. Sogar die Schlüssel hab ich in dem Auto gelassen, aber selbstverständlich auch abgewischt. Dann ließ ich das Auto in der Straße stehen, wo ich meins geparkt hatte. Das war etwa sechs Blocks von Ms. Carlisles Haus entfernt.«

»Haben Sie Mr. Hopkins je wiedergesehen?«

»Nein, aber anscheinend hat er sein Auto gefunden und ist damit geflohen.« Jimmy lachte, als hätte er etwas Komisches gesagt.

Duke verzog das Gesicht, worauf Sawyer wieder ernst wurde. »Haben Sie am Telefon mit ihm gesprochen?«

»Nein. Ich hab mich auf der Jacht meiner Eltern versteckt. Davor hatte ich mich in dem Haus in der Henderson aufgehalten. Niemand wußte, wo ich war, abgesehen vielleicht von der Farrar von nebenan, aber die hat nicht die Cops gerufen.«

»Warum wollten Sie sich im Marina Park mit Ms. Carlisle treffen?«

»Um ihr die Wahrheit zu sagen und mich zu stellen. Ich erzählte meinem Vater schließlich die Wahrheit, was wir getan hatten, die Drogen und alles. Er sagte, wenn ich mich nicht freiwillig stellen würde, würde mich die Polizei erschießen. Er hat mir geraten, Ann Carlisle anzurufen. Er sagte, wenn mir jemand helfen würde, dann sie. Das Büro des Bezirksstaatsanwalts wollte ich auf keinen Fall anrufen, und ich wußte nicht, ob die Polizei mit Hopkins gemeinsame Sache machte oder nicht.«

»Sie haben Glen Hopkins nicht angerufen und ihm gesagt, daß Sie zum Marina Park fuhren?«

»Nein. Ich hätte nie gedacht, daß er einen Polizeifunkscanner hat und dort auftauchen würde«, sagte Sawyer, dessen Gesichtsmuskeln zuckten, als er an jene Nacht zurückdachte. »Er war der letzte Mensch auf der Welt, den ich sehen wollte, das kann ich Ihnen sagen.«

»Keine weiteren Fragen, Euer Ehren«, sagte Duke.

Richter Hillstorm sah auf die Uhr und stellte fest, daß es

schon drei war. »Können wir fünfzehn Minuten Pause machen, Mr. Duke? Wieviel Zeugen werden Sie noch aufrufen?«

»Keinen«, sagte Duke.

»Ausgezeichnet«, sagte Hillstorm, »dann werden wir diese Sache zum Abschluß bringen, wenn wir aus der Pause zurückkehren.«

Als die Anhörung von Jimmy Sawyer fortgesetzt wurde, ergriff Robert Fielder, der Oberstaatsanwalt, persönlich das Wort. Der Gerichtssaal war noch voller und lauter als zuvor.

»Das Volk verzichtet auf die Anklagepunkte eins bis drei«, sagte Fielder, »die die Schüsse auf Ann Carlisle betreffen. Aber Mr. Sawyers Aussage macht deutlich, daß er gegen die Auflagen seiner Bewährung verstoßen hat, indem er weiter Drogen veräußerte, daher sollte er in Gewahrsam behalten werden und sich wegen Verstoß gegen Bewährungsauflagen verantworten. Desweiteren sollte der Angeklagte wegen Paragraph 11366.5 des Health and Safety Codes angeklagt werden, Betreibung einer ungesetzlichen Produktions- oder Lagerstätte für rezeptpflichtige Substanzen; Paragraph 11366.6 des Health and Safety Codes, Behinderung von Gesetzeshütern beim Betreten dieser Produktionsstätte, um ungehindert weiter verkaufen zu können; und Paragraph 11383 des Health and Safety Codes, Besitz verbotener Substanzen zur Herstellung von Drogen.«

Fielder setzte sich, und Richter Hillstorm sagte: »Mr. Duke.«

Ann wußte, daß Sawyer immer noch bis zum Hals in Schwierigkeiten steckte. Wenn er verurteilt wurde, sahen die Anklagepunkte in jedem Fall eine längere Haftstrafe vor. Das war auf die Tatsache zurückzuführen, daß Sawyer und seine Mitbewohner nicht nur Drogen verkauft, sondern auch selbst hergestellt hatten, und die Strafen für derlei Aktivitäten waren streng. Wäre es nur um Besitz mit

Verkaufsabsicht gegangen, hätte der Richter die Möglichkeit gehabt, Sawyer ins County-Gefängnis zu schicken statt ins Zuchthaus. Als Gegenleistung für Sawyers Aussage gegen Glen Hopkins, der weitaus ernstere Fall, dachte Ann, konnte der Oberstaatsanwalt einen oder mehrere der Anklagepunkte fallenlassen. Aber Jimmy Sawyer würde eine Haftstrafe im Zuchthaus absitzen, daran konnte kein Zweifel bestehen. Er konnte Tag und Nacht mit den Behörden kooperieren, und er würde trotzdem im Bus zum Zuchthaus sitzen. Seine Kooperation konnte lediglich eine Verkürzung der Haftstrafe bewirken.

Duke wandte sich an das Gericht. »Mein Klient hat rückhaltlos mit den Behörden kooperiert. Das hat sein heutiges Verhalten im Gerichtssaal gezeigt. Obwohl er wußte, daß er sich selbst belastet und mit einer Zuchthausstrafe rechnen muß, hat Mr. Sawyer beschlossen, die Wahrheit zu sagen.« Duke machte eine Pause und sah Hillstorm direkt an, bevor er fortfuhr. »Aus diesem Grund beantrage ich, daß das Gericht die zuvor angeordnete Kaution wieder in Kraft setzt.«

Hillstorm nickte, setzte sich die Brille auf die Nase und schob seine Unterlagen herum. Dann sah er wieder auf und ergriff das Wort. »Die Anklagepunkte eins, zwei und drei werden auf Antrag der Staatsanwaltschaft fallengelassen. Was Punkt vier betrifft, Verletzung der Bewährungsauflagen, scheint hinreichend Grund zu bestehen, den Angeklagten zur Verantwortung zu ziehen, desgleichen bei den Punkten fünf, sechs und sieben, Herstellung und Verkauf verbotener Substanzen.« Danach ordnete der Richter die Hauptverhandlung an und entschied sich für ein Datum, dem beide Anwälte zustimmten.

Als er die Formalitäten erledigt hatte, sah er Jimmy Sawyer an. »Mr. Sawyer, es ist traurig, mit ansehen zu müssen, wie ein junger Mann wie Sie in die Welt des Verbrechens hineingezogen wird. Hoffentlich wird Ihnen das, was Ihnen als Folge Ihrer illegalen Aktivitäten zugestoßen ist, eine Lektion sein, die Sie nicht so schnell vergessen. Ich werde nicht der Richter sein, der den Vorsitz in der Hauptverhandlung hat, aber wenn Sie verurteilt werden, können Sie immer noch bereuen und ein anständiges Mitglied der Gesellschaft werden. Sie sind ein junger Mann aus einer anständigen Familie. Viele Leute in Ihrer Lage haben diese Vorteile nicht.« Hillstorm macht eine Pause und sah mit einem mitfühlenden Ausdruck in seinen müden Augen zu Jimmys Eltern hinüber. »Nun gut«, sagte er und stieß einen Stoßseufzer aus, während er über sein weiteres Vorgehen nachdachte. »Weil Sie heute bereitwillig in den Zeugenstand getreten sind und ehrlich mit diesem Gericht gewesen zu sein scheinen, werde ich dem Antrag von Mr. Duke stattgeben und die Kaution wieder in Kraft setzen.« Hillstorm setzte die Brille ab und schlug einmal mit dem Hammer auf den Tisch. »Die Verhandlung ist geschlossen.«

Zeitungsreporter stürmten zu den Hintertüren hinaus, um ihre Redakteure anzurufen. Jimmy Sawyers Eltern traten zu ihm, und Ann sah, wie Dr. Sawyer seinen Sohn umarmte. Sie konnte nicht anders, sie mußte an all die Hoffnungen und Träume denken, die der Chirurg wahrscheinlich für sein einziges Kind gehabt hatte. Der Junge fing sich vielleicht wieder, aber weder für ihn noch für seine Familie würde es je wieder so sein wie früher. Wenn jemand ins Zuchthaus mußte, hinterließ das immer dauerhafte Narben.

Ann wartete, bis sich der Gerichtssaal weitgehend geleert hatte, dann ging sie näher hin und wartete, bis Jimmy Sawyer sie sah. Dr. Sawyer wich zurück, und Ann schüttelte Jimmy die Hand. »Ich werde Ihnen immer dankbar sein, daß sie in jener Nacht angehalten haben«, sagte sie. »Das wollte ich Ihnen nur sagen. Wenn Sie nicht etwas Gutes in sich hätten, wären Sie einfach weitergegangen.«

Dr. Sawyer sah Ann an, wandte sich aber verlegen wieder ab.

»Wie geht es Ihrer Hand?« fragte Ann.

Der Arzt hielt sie hoch, und Ann sah Schienen an zwei

Fingern. »Nicht so schlimm. In ein paar Wochen ist sie wieder in Ordnung. Ich schätze, ich habe mich an dem Tag hinreißen lassen. Bitte akzeptieren Sie meine Entschuldigung. Es ging um meinen Sohn, da –«

»Ich habe auch einen Sohn, Dr. Sawyer«, sagte Ann und sah ihm in die Augen. »Sie müssen mir nichts erklären. Ich verstehe.« Damit drehte sie sich um und verließ den Gerichtssaal.

Als Ann von der Arbeit nach Hause kam, ging sie mit David ins Bob's Big Boy, sein Lieblingsrestaurant. Sie aßen Hamburger und Pommes frites und fanden trotzdem noch Platz für ein Eis. Schließlich lehnte sich David zurück und legte die Hände auf den Bauch. »Ich bin satt. Puh.«

»Das steht fest«, sagte Ann und lächelte ihrem Sohn zu. »He, du hast das Eis gewollt, Großer.«

Sie gingen mit untergehakten Armen zum Auto. Als David auf dem Beifahrersitz saß, nahm Ann seine Hand in ihre. »Liebling, der Gottesdienst für deinen Vater wird schön werden. Alle Polizisten der Highway Patrol kommen aus dem ganzen Bundesstaat in Paradeuniform. Das würde deinem Vater gefallen, meinst du nicht auch?«

»Ja«, sagte David leise, »das würde ihm gefallen.«

Als Ann am nächsten Morgen ins Gerichtsgebäude kam, warteten Tommy Reed und Noah Abrams in ihrem Büro. »Sie haben gestern abend sein Haus durchsucht.«

»Glens?« fragte sie.

»Ja«, antwortete Reed. »Sie fanden die Perücke, die er bei den Vergewaltigungen getragen hat. Ich denke, er wollte sicher sein, daß man ihn nie anhand seiner Haare identifiziert. Außerdem hat sie seine äußere Erscheinung noch weiter verändert.«

Ann nickte. Glen war in vieler Hinsicht verschlagen und arglistig gewesen. In anderer Hinsicht dagegen tollkühn und dumm. Die ganze Mühe mit der Perücke und den Kondomen. Er hätte wissen müssen, daß sie Schamhaare finden könnten. Er selbst hatte Dutzende Vergewaltigungsfälle bearbeitet. Aber er wußte auch, daß er in der perfekten Position saß, seine Fehler zu korrigieren und seine Irrtümer auszubügeln. Daß er die Macht hatte, das System zu manipulieren, mußte seinen Wahnsinn angestachelt haben, und je mehr er ungestraft tun konnte, desto kühner wurde er.

Ann sah die Detectives an. »Wie lange ist er in Drogenhandel verwickelt? Wissen wir das?«

»Den Abrechnungen für das Lagerhaus, wo er sie aufbewahrte, konnten wir entnehmen, daß er es vor zwei Jahren gemietet hat«, sagte Reed. »Es geht nicht nur um Sawyer und seine Kumpels, Ann. Wir sind ziemlich sicher, daß Hopkins auch bei zahlreichen anderen Heimlabors die Finger im Spiel hatte.«

»Aber warum?« fragte Ann kopfschüttelnd.

Abrams rieb Daumen und Zeigefinger aneinander. »Zaster«, sagte er. »Jede Menge Zaster. Er hat mehr als eine halbe Million auf einem Konto in der Karibik. Wir haben die Kontoauszüge in seinem Haus gefunden. Es könnte noch mehr sein. Seine Schließfächer haben wir uns noch gar nicht vorgenommen.«

»Aber seine Familie ist reich«, sagte Ann. »Wieso mußte er mit Drogen handeln?«

»Seine Mutter ist heute hergeflogen«, sagte Abrams. »Wir haben sie im Haus getroffen. Eine zähe alte Schachtel, das kann ich dir flüstern. Sie behauptet, sie hätte ein Zerwürfnis mit ihrem Sohn gehabt, als er den Job als County-Staatsanwalt angenommen hat. Deswegen hat sie ihn finanziell kurzgehalten und sogar gedroht, sie würde ihn enterben. Sie wollte, daß er in eine teure Anwaltskanzlei im Osten einsteigt, aber die haben ihn alle abgelehnt. Offenbar waren seine Abschlußzeugnisse nicht die besten.« Abrams zuckte die Achseln. »Ich schätze, er wollte sie beeindrucken, indem er viel Geld verdiente, genau wie er Delvecchio anklagen und den Prozeß gewinnen wollte, um sich ihre Bewunderung zu sichern.«

»Und das mit den Anrufen konnten wir auch klären«, warf Reed ein. »Du hattest recht, Ann.«

»Die Videos«, sagte sie rasch.

»Bingo«, sagte Abrams. »Wir haben sie in seinem Haus gefunden. Deine Vermutung war ganz richtig, Ann. Er hat lediglich ein paar Sätze herausgeschnitten, sie auf ein hochwertiges Tonband überspielt und am Telefon laufen lassen, wenn er dich angerufen hat.«

»Dreckskerl«, sagte Ann. Sie hätte ihn mit bloßen Händen erwürgen können. David in dem Glauben zu wiegen, sein Vater wäre noch am Leben, war das Allerletzte. »Allein dafür müßte er in die Gaskammer.« Dann dachte Ann an die ungelösten Mordfälle. »Was ist mit den Morden? Was hat Melanie herausgefunden?«

»Die Fingerabdrücke an den Tatorten sind nicht die von Glen«, sagte Reed. »Die einzige Gemeinsamkeit ist, daß es sich bei den Opfern um ältere Frauen handelte. Da die Morde vor den Vergewaltigungen passiert sind, denken wir, Hopkins wollte uns absichtlich glauben machen, daß derselbe Täter dafür verantwortlich ist. Du weißt schon, eine Art Nachahmungsverbrechen.«

Ann sah zum Fenster hinaus zu jener Stelle im Gebüsch.

Als könnte er ihre Gedanken lesen, sagte Abrams: »Hopkins ist am Ende, Ann. Gestern abend haben wir eine Gegenüberstellung gemacht, und Delvecchio hat ihn eindeutig identifiziert. Wir lassen die überlebenden Vergewaltigungsopfer kommen und sehen zu, ob sie ihn auch identifizieren können. Sein Gesicht können sie nicht identifizieren, aber ich wette, seine Stimme werden sie nie vergessen. Und Melanie hat eine Blutprobe aus deinem Haus. Wenn wir eine von Hopkins haben, können sie ihn durch den genetischen Fingerabdruck eindeutig identifizieren.«

»Moment mal«, rief Ann aus, weil Abrams den Punkt angesprochen hatte, der ihr immer noch zu schaffen machte. »Delvecchio hat Glen zigmal im Gerichtssaal gesehen. Warum hat er ihn da nicht erkannt?«

»Ich glaube, er hat ihn nicht im Zusammenhang gesehen«, sagte Abrams und legte Ann eine Hand auf die Schulter. »Weißt du, er hätte sich einfach nie träumen lassen, daß ihm der Bezirksstaatsanwalt den Mantel gegeben hat. Ich meine, Delvecchio ist nicht besonders klug. Wir haben die Männer bei der Gegenüberstellung dunkle Brillen tragen lassen, wie Glen an dem Tag eine im Auto trug. Manchmal ist so eine Kleinigkeit ausschlaggebend.«

Ann sagte, daß sie frische Luft brauchte. Sie gingen hinaus und setzten sich auf den Rand des Springbrunnens. »Was wird Fielder wegen Delvecchio unternehmen?«

Abrams sah sich zum Gefängnis um und lächelte. »Ich glaube, da hast du deine Antwort, Ann.«

Randy Delvecchio persönlich kam über den Innenhof geschlendert.

»Aber sie müssen das Urteil offiziell revidieren«, sagte Ann und stand auf. »Wie ist er so schnell rausgekommen?«

»Nirgends steht geschrieben, daß ein Unschuldiger inhaftiert bleiben muß«, sagte Reed mit verschmitztem Gesichtsausdruck. »Fielder hat ihn auf Kaution rausgelassen. Übrigens, Melanie hat mich zu Thanksgiving eingeladen. Sie möchte, daß du und David auch kommt. Verdammt, sie hat sogar Noah eingeladen. Irgendwie mag ich diese Frau. Sie ist ein energisches kleines Ding.«

»Du und Melanie Chase?« sagte Ann fassungslos. »Herrgott, Tommy, ist das dein Ernst?«

»Klar«, sagte er und errötete im ganzen Gesicht. Dann sah er zu Noah und fletschte die Zähne. »Irgendwelche Einwände, Noah?«

»Ich?« sagte Noah und zeigte auf seine Brust. »He, Sarge, Sie können ausgehen, mit wem Sie wollen. Natürlich wäre es schön, wenn Sie mir dasselbe zugestehen würden.« Er nickte mit dem Kopf zu Ann.

Sie lächelte ihnen zu und gab beiden Männern einen Kuß auf die Wange. »Ich weiß nicht, wie ich es ohne euch zwei geschafft hätte«, sagte sie liebevoll. »Andererseits-«

Reed und Abrams runzelten beide die Stirn. Sie wußten, daß sie auf das Fiasko im Marina Park anspielte. Das würde sie ihnen, solange sie lebten, unter die Nase reiben. »He«, sagte Reed, der schnell das Thema wechseln wollte, »kommst du zu Mels Thanksgiving-Party, oder nicht?«

Da sie soviel um die Ohren gehabt hatte, hatte Ann den bevorstehenden Feiertag vollkommen vergessen, aber als sie Delvecchio aus den Augenwinkeln sah, überlegte sie, daß wenigstens einer Grund zum Feiern hatte.

Delvecchio sah Ann und kam auf sie zu. Er nahm ihre Hand, führte sie an die Lippen und küßte sie. »Sie sind mein Engel«, sagte er und machte eine Verbeugung. »Ich wußte in dem Moment, als Sie meine Zelle betreten haben, daß es einen Gott gibt. Die anderen Häftlinge haben mir gesagt, daß ich verrückt bin. Sie haben gesagt, Sie wären das reine Gift. Aber ich hab Seine Stimme gehört. Er sagte: ›Randy, das ist die Frau, die dich retten wird.‹«

Ann nahm seine Hand und zog den jungen Mann an sich. Sie schlang ihm die Arme um den Hals und umarmte ihn wie ihren eigenen Sohn. »Tut mir leid, was Sie alles durchmachen mußten«, sagte sie leise. Wie viele Monate hatte er im Gefängnis gesessen? Wie viele Tage seines Lebens waren ihm grausam gestohlen worden? Er konnte das County verklagen, aber keine noch so große Geldsumme konnte ihm den Abschnitt seines Lebens wiedergeben, den er verloren hatte.

Als sie ihn losließ, ging er mit der Sonne im Rücken rasch durch den Innenhof. Dann blieb er stehen und rief aufgeregt wie ein Fünfjähriger über den Parkplatz: »Ich kann nächste Woche den gegrillten Truthahn meiner Mama essen. Sie ist die beste Köchin in der ganzen Stadt.«

Ann lächelte und winkte ihm, bis er in ein Auto voller Menschen einstieg und wegfuhr. Statt ins Zuchthaus, ging der junge Mann zum Thanksgivingfest nach Hause. »O Gott«, sagte sie zu den Detectives, »er scheint nicht mal verbittert zu sein. Ich glaube, ich an seiner Stelle wollte Blut sehen.« Kaum hatte sie es gesagt, ging ihr die Ironie ihrer Worte auf. Was hatte sie alles durchmachen müssen, nicht nur in den vergangenen Monaten, sondern in den vier Jahren, die sie warten mußte, um die Wahrheit über Hank zu erfahren. War sie verbittert? Nein, entschied sie und lächelte den Detectives zu. Sie wußte, was Delvecchio empfand: ein überwältigendes Gefühl der Erleichterung, das keinen Platz für Verbitterung oder Haß ließ.

Sie gingen zum Gerichtsgebäude zurück. Ann schlenderte langsam, genoß die warme Sonne auf der Haut, die Gesellschaft von zwei guten Freunden, die duftende frische Luft. So viele Kleinigkeiten hatte sie als gegeben vorausgesetzt, dachte sie. Aber daß sie nur Sekunden vom sicheren Tod entfernt gewesen war, erfüllte sie mit einem neuen Gefühl der Wertschätzung für das Leben, und dafür würde sie immer dankbar sein. Derselbe Gedanke ging ihr immer wieder durch den Kopf, und sie sah in einem Anflug von Dankbarkeit zum Himmel hinauf.

»Ich lebe«, sagte sie plötzlich. »Durch Gottes Gnade habe ich überlebt. Wißt ihr, wie toll es ist, einfach nur am Leben zu sein?«

»Ich glaube, ja«, sagte Reed, dessen rauhes Gesicht von einem Lächeln erhellt wurde.

Als sie zur Doppeltür des Gefängnistrakts kamen, hielt Reed einen Türflügel auf, Abrams den anderen, und Ann ging hinein. Dann folgten ihr die beiden Männer, und die Tür fiel langsam hinter ihnen ins Schloß.

HEYNE BÜCHER

Nancy Taylor Rosenberg

»Wie John Grishams Schwester konstruiert die Autorin eine brillant ausgedachte Story… Die Qualität ist hervorragend.«
ABENDZEITUNG

Mildernde Umstände
01/9519

im Hardcover:

Im Namen der Gerechtigkeit
43/26

01/9519